Stefan Steinmetz

Nachtkind

Copyright © 2016 Stefan Steinmetz

All rights reserved.

ISBN: 1535572345

ISBN-13: 978-1535572347

Korrektorat: Doris Eichhorn-Zeller

Homepage des Autors:

www.stefans-geschichten.de

Sie kamen ohne Vorwarnung im Dunkel der Nacht. Der Vater stellte sich ihnen entgegen.

„Raus! Schnell!", brüllte er dem Mädchen und seiner Mutter zu und versuchte, die Vermummten aufzuhalten. Sie waren zu viele. Mit tierhaftem Knurren gingen sie auf ihn los. Der Vater wehrte sich, so gut er konnte. Doch die Angreifer hatten Messer und sie waren geübt im Töten. Er konnte sich nicht lange wehren.

„Weg hier!", schrie die Mutter des Mädchens. Panik stand in ihren Augen. Noch nie hatte das Mädchen seine Mutter in solcher Angst erlebt. Es begann vor Furcht zu weinen.

Seine Mutter schob es zur Hintertür hinaus. Die Vermummten waren direkt hinter ihnen. Das Mädchen hörte das Knurren der grausigen Gestalten. Das waren keine Menschen mehr, das waren tollwütige Kreaturen, die nur ein einziges Ziel kannten: das Mädchen und seine Familie zu töten!

„Sie haben Papa totgemacht!", schrie das Kind. Seine Stimme war schrill vor Kummer und Furcht.

Sie rannten hinaus in den Garten mit all den schmackhaften Gemüsesorten und den süßen Beeren, die das Mädchen so liebte. Auch hier lauerte der Tod. Vermummte Gestalten kamen von allen Seiten auf sie zu.

„Wir müssen in den Wald, Charlotte", rief die Mutter drängend.

„Aber die Vermummten sind überall, Mama!"

„Ich weiß, Schatz! Ich weiß!" Die Mutter weinte.

Die vermummten Gestalten kamen näher. Sie wussten, dass ihre Opfer nicht mehr entkommen konnten. Die Vermummten würden das tun, was sie immer taten: Sie würden den Tod bringen.

Die Mutter kniete vor dem kleinen Mädchen nieder: „Hör mir zu, Charlotte! Du musst überleben! Hast du verstanden!"

Das Kind nickte unter Tränen. „Mama!", weinte es. „Liebmama!"

„Ich werde mich ihnen entgegenwerfen und eine Bresche in ihre Reihen schlagen. Du bekommst nur diese eine Chance, Charlotte! Du musst sie nutzen!"

„Mama, lass mich nicht allein!", klagte das Mädchen.

Die Mutter umarmte es heftig und küsste sein Gesicht: „Ich habe dich lieb, mein kleines Lottchen. Mehr als das Leben. Geh jetzt!"

Sie stand auf und rannte auf den hinteren Gartenausgang zu. Das Kind folgte ihr. Es schlotterte vor Furcht und weinte ohne Unterlass.

Die Vermummten passten sich der Bewegung der Flüchtenden an und kreisten sie ein. Sie bewegten sich seltsam ruckelnd, wie Puppen, die an Drähten geführt wurden. Die Nacht war erfüllt von ihrem Knurren und Grunzen.

„Jetzt!", schrie die Mutter und brach nach links aus zur Seitenpforte des Gartens. Sie sprang einen Vermummten an und warf ihn um.

„Lauf, Charlotte! Lauf!", schrie sie.

Das Mädchen sprang über sie hinweg und rannte zur Gartenpforte hinaus. Ihre Mutter rappelte sich hoch und kam hinter ihr her. Die Vermummten kreischten vor Wut. Die Opfer wollten sich davonmachen! Drei der Kreaturen krochen über die brusthohe Gartenmauer.

„Lauf, Lottchen!", schrie die Mutter. „Lauf weg und halte nicht an, bis der Tag kommt! Versteck dich draußen, bis du erwachsen bist! Sie wollen dich ermorden! Du musst dich verstecken. Du darfst niemandem trauen, hörst du?"

„Ja, Mama!", schrie das Mädchen. „Mama, komm mit mir! Bitte, lass mich nicht allein!"

Eine dunkle Gestalt wuchs vor dem Kind auf und wollte es packen.

„Nu, Strigoi!", schrie die Mutter und warf sich auf den Vermummten. „Nu!"

Das Mädchen verschmolz mit der Dunkelheit und rannte auf den nahen Wald zu.

„Lauf weg, Charlotte!", hörte es seine Mutter noch einmal rufen, und dann zerschnitt ihr Todesschrei die Nacht.

Charlotte hatte das Gefühl, als ob ihr Herz entzweigerissen würde.

„Mama!", schrie sie. Tränenblind rannte sie in den Wald. Hinter sich hörte sie die Verfolger kommen.

Das Mädchen rannte, so schnell es konnte. Seine Lunge brannte und sein Herz schlug so heftig wie noch nie zuvor.

Nach einer Ewigkeit blieb es stehen. Keuchend rang es nach Atem. Es verschränkte die Hände vorm Bauch und wippte mit dem Oberkörper vor und zurück. Aus seinem Mund kamen abgehackte Laute: „Aah! Aoh! Aah!" Charlotte weinte haltlos.

„Mama! Papa!", schluchzte sie. „Liebmama!"

Sie brach in die Knie. Das Herz tat ihr so weh, dass sie glaubte, auf der Stelle sterben zu müssen. Die Vermummten hatten ihre Mama totgemacht, ihren liebsten Menschen, ohne den sie nicht leben konnte.

Das Kind weinte lange.

„Mama! Ich will meine Mama wieder haben!", schluchzte Charlotte.

Plötzlich schrak sie zusammen. Ihre scharfen Ohren vernahmen in der Ferne verstohlenes Schleichen und leise Knurrlaute. Die Strigoi kamen.

Charlotte sprang auf und rannte los. Wie hatten die Vermummten sie gefunden? Sie war doch tief in den Wald hineingelaufen! Das Mädchen bemühte sich, möglichst geräuschlos zu laufen. Immer wieder hielt sie an und lauschte. Die Verfolger waren noch immer hinter ihr und sie kamen näher. Charlotte wich nach links aus. Eine Schlucht verlief dort steil aufwärts. Sie war so eng, dass kaum zwei Leute nebeneinander gehen konnten. Lotte rannte in die Schlucht und begann, aufzusteigen. Vielleicht konnte sie die grausigen Gestalten, die ihr folgten, am Berg abhängen. Sie sprang über umgefallene Baumstämme und Felsblöcke, rannte bergauf, so schnell sie konnte.

Wieder vernahm sie Knurrlaute. Sie hielt an. Etwas stimmte nicht. Mit klopfendem Herzen lauschte sie. Sie hörte einen gedämpften Rumms. Jemand war ausgerutscht und hingefallen.

Charlotte sah sich gehetzt um. Erneutes Knurren. Aus Charlottes Kehle kam ein würgender Laut. Das Geräusch kam nicht von unten, wo ihre Verfolger die Schlucht hinaufgestiegen kamen, sondern von schräg oben. Charlotte machte im Augenwinkel eine Bewegung aus. Tatsächlich! Von dort oben kamen weitere Vermummte die Schlucht herunter auf sie zu!

„Nein!", wimmerte das Mädchen. „Sie haben mich eingekreist! Sie kommen von oben und unten!" Sie wollte die Schlucht über einen seitlichen Hang verlassen und erstarrte. Von links kamen ebenfalls Schritte heran. Sie hörte das Rascheln der Schritte im trockenen Herbstlaub vom vorigen Jahr. Lotte kletterte in Windeseile den Hang zur Rechten empor.

Oben angekommen, stürmte sie in den Wald und ihren Verfolgern geradewegs in die Arme. Zwei Vermummte wuchsen vor ihr aus dem Boden und warfen sich brüllend auf sie.

Eisenharte Hände packten Charlottes Schultern und für eine Sekunde blickte sie in zwei blutunterlaufene Augen. Eine Welle fauligen Gestanks schlug ihr ins Gesicht.

Charlotte schrie wie am Spieß. Sie wand sich verzweifelt und trat um sich. Ihre strampelnden Füße trafen eine Kniescheibe. Es knackte. Der Angreifer kreischte laut auf und lockerte seinen Griff. Mit der Kraft, die ihm die Todesangst verlieh, riss das Kind sich los und ließ sich zu Boden fallen. Es rollte sich ab und sprang davon, weg von der Schlucht und weg von den grauenhaften Gestalten im Wald.

Hinter ihr ertönte wütendes Gebrüll.

Charlotte blieb stehen und drehte sich um. Sie zitterte vor Furcht am ganzen Körper. Die Vermummten kamen aus der Schlucht heraus auf sie zu.

Sie werden nie aufgeben!, dachte das Mädchen voller Entsetzen. Sie werden so lange hinter mir herlaufen, bis ich zu müde bin, um vor ihnen wegzurennen. Und dann machen sie mich tot!

Charlotte wusste, dass sie den Vermummten nicht durch Weglaufen entkommen konnte. Die Strigoi waren schneller als sie. Also wählte sie den einzig möglichen Ausweg: Sie ging genau auf die heraneilenden Verfolger zu und verschmolz mit der Nacht.

Charlotte war außer sich vor Angst. Schon waren die Vermummten heran. Das Mädchen schlich um einen Baum herum, drückte sich nahe an den mächtigen Stamm. Sie fühlte die rissige Borke unter ihren Händen und versuchte, mit dem Holz zu verschwimmen. Zwei Vermummte stampften brabbelnd an ihr vorbei.

Weiter!

Charlotte schlich zum nächsten Baumstamm. Sie musste sich Mühe geben, nicht zu rennen. Wenn sie rannte, verlor sie ihre Tarnung. Langsam musste sie sein! Je langsamer sie sich bewegte, desto besser konnte sie mit der Nacht verschwimmen.

Der nächste Baumstamm.

Im Wald um das Mädchen herum knurrte und grunzte es unablässig. Schwere Schritte stapften durchs Laub. Einer der Strigoi kam ganz nahe an Charlotte heran. Sie wandte langsam den Kopf weg. Nur nicht hinsehen! Das Weiße in ihren Augen konnte sie verraten.

Der Vermummte schnüffelte und grunzte. Er kam näher. Lottchen drückte sich an den Baumstamm. Sie versuchte, in der Rinde zu verschwinden.

Zwei weitere Schritte, die den weichen Waldboden zum Beben brachten. Der Strigoi stand genau neben ihr.

Lotte schluckte hart. Wenn er noch näher kam, war es zu spät für eine Flucht.

Renn!, schrie alles in ihr. Lauf weg!

Stattdessen lehnte sie sich gegen den Baumstamm, bewegte sich mit unendlicher Langsamkeit um ihn herum, weg von der fürchterlichen Kreatur. Charlotte roch den Gestank, der von dem Strigoi ausging. Es war der faulige Gestank des

Todes. Krampfhaft unterdrückte sie ein Wimmern. Sie presste die Zähne aufeinander, aus Angst, sie würden anfangen zu klappern.

Von der anderen Seite kam ein weiterer Vermummter auf sie zu. Das Herz blieb Charlotte stehen. Die beiden Strigoi fuchtelten mit den Armen und grunzten sich zu. Die kehligen Gurgellaute klangen gedämpft, als ob die Stimmbänder, die sie erzeugten, halb verwest wären.

Lottchen fühlte den Luftzug, als eine Hand zentimeternah an ihrem Haar vorbeischwang.

Nicht zucken. Das können sie sehen.

Langsam, ganz langsam bewegte sich Charlotte um den Baum herum. Einer der Verfolger gab ein schnarrendes Geräusch von sich und ging davon. Der andere folgte ihm in den Wald. Sie gingen alle fort, liefen von der Schlucht weg und tiefer in den Wald hinein.

Lottchen schlich zur Schlucht. Sie blieb stehen und lauschte. Dort unten war niemand mehr. Vorsichtig kroch sie den Hang hinunter, sorgsam darauf bedacht, nicht das leiseste Geräusch zu verursachen. Auf halber Höhe gaben ihre Beine unter ihr nach. Sie konnte ihre Angst nicht mehr unter Kontrolle halten. Sie fiel auf die Knie und erbrach sich. Tränen schossen ihr in die Augen.

Voller Schrecken lauschte sie in die Dunkelheit. War man auf sie aufmerksam geworden? Hatten die Strigoi gehört? Nein. Der Wald blieb still.

Du musst weitergehen, befahl sie sich selbst. Du darfst nicht hier bleiben, sonst finden sie dich.

Schlotternd vor Angst stieg das Mädchen in die Schlucht hinunter. Unten angekommen, lief sie den Weg, den sie gekommen war, wieder zurück zum Fuß des Berghangs. Die Vermummten würden sie überall suchen, nur nicht hier.

Obwohl sie keine Geräusche mehr hörte, bewegte sich Charlotte weiterhin langsam durch den nächtlichen Wald, immer darauf bedacht, mit der Dunkelheit zu verschmelzen. Ständig war sie auf der Hut. In regelmäßigen Abständen blieb sie stehen und lauschte angestrengt nach Geräuschen der Vermummten.

Die ganze Nacht lief Charlotte durch den Wald. Sie wurde müde, aber sie zwang sich,

weiterzugehen.

Als der Morgen graute, wusste sie, dass sie ihre schrecklichen Verfolger vorläufig abgeschüttelt hatte. Aber die Vermummten würden hinter ihr her sein, solange sie ein Kind war. Charlotte wusste, dass sie von jetzt an ständig auf der Flucht sein würde und niemandem trauen durfte. Sie hatte nur eine Chance: Niemand durfte erfahren, dass sie noch lebte. Vielleicht würden die Strigoi irgendwann annehmen, dass sie tot war.

An einem klaren Waldbach machte Charlotte eine Pause und trank Wasser.

„Mama!", schluchzte sie. „Liebmama! Was soll ich nur tun? Es tut so weh! Ohne dich kann ich doch nicht leben!"

*

„Oh Mann! Was für ein Dreckswetter!" Frank Reuter stöhnte genervt und schaltete die Scheibenwischer auf höchste Geschwindigkeit. Trotzdem erkannte er nicht viel von der Straße. Es war stockfinster und es regnete in Strömen. Reuter hatte das Gefühl, in einem U-Boot zu sitzen statt in einem dunkelblauen Mercedes. Die Straße führte über Land. Wald und Felder wechselten sich ab.

„Ich hätte auf Christina hören und bei ihr übernachten sollen. Aber kein Aas konnte ahnen, dass der Regen dermaßen schlimm werden würde."

Der Regen verstärkte sich. „Manno!", knurrte Reuter und nahm den Fuß vom Gas, bis der Mercedes nur noch sechzig Stundenkilometer lief. Schneller zu fahren war unmöglich, weil Frank die Straße im Licht der Scheinwerfer mehr erahnte als sah. Die Heizung des Wagens lief und bemühte sich in Zusammenarbeit mit dem Gebläse, das Beschlagen der Frontscheibe zu verhindern. „Schwesterherz, bestell nächstes Jahr gefälligst besseres Wetter zu deinem Geburtstag!"

Frank Reuter war bei seiner Schwester zu Besuch gewesen. Im Kreis einiger guter Freunde hatten sie Christinas dreiundzwanzigsten Geburtstag gefeiert. Auch Marius war da gewesen. „Der schöne Marius!", flötete Reuter mit gespitzten Lippen. Der neue Freund seiner Schwester war ihm suspekt. Marius hatte in Franks Augen etwas Schmieriges und Hinterhältiges an sich. Er war auf eine nicht zu beschreibende Art aalglatt. Marius Kaiser war seit fünf Monaten mit Reuters Schwester zusammen und obwohl Christina behauptete, er sei der Richtige für sie, hegte Frank von Anfang an eine unterschwellige Abneigung gegen den Mann. Frank konnte es nicht in Worten ausdrücken. Es war einfach eine Tatsache. Ein Gefühl.

Als er einmal mit Christina darüber sprach, lachte sie ihn aus. „Du bist wohl eifersüchtig, Frankie! Was soll mit Marius sein? Er ist charmant und zuvorkommend. Er besitzt Einfühlungsvermögen und Humor. An seiner Seite kann ich ich selbst sein."

„Ich bin nicht eifersüchtig, Tine. Es ist nur so, dass ich bei diesem Marius ein ganz komisches Gefühl habe. Der kann einem ja nicht mal geradeaus in die Augen sehen!"

„Mir schaut er in die Augen, Frankie. Hör auf mit deinen verrückten Verdächtigungen, bevor du noch etwas damit anrichtest, ja? Ich liebe Marius! Vielleicht werde ich sogar seine Frau."

„Du musst wissen, was du tust, Tine. Du bist erwachsen. Ich hoffe, dass mein mieses Gefühl grundlos ist."

Christina hatte sich an ihn gekuschelt: „Ich weiß, dass du es nur gut meinst, Frankie. Du hast mitgekriegt, wie oft ich in der Vergangenheit Pech hatte. Doch diesmal ist es der Richtige. Glaube mir."

„In Ordnung."

„Und du benimmst dich gegenüber Marius ordentlich?"

Frank lachte. „Klar doch, Tine. Aber küssen werde ich ihn nicht."

Seine Schwester schenkte ihm ein strahlendes Lächeln: „Das sollst du auch nicht. Das ist schließlich mein Part bei der Sache. Du kommst doch zu meiner Geburtstagsfeier?" Selbstverständlich, Küken! Davon halten mich keine zehn Mariuse ab!"

Also war Frank Reuter zu Christinas Geburtstagsfeier gekommen, auch wenn der „schöne Marius" da war. Eigentlich hätte Frank genau an diesem Tag eine sehr wichtige Besprechung mit seinem Verleger gehabt. Es ging um die Filmrechte für Reuters neuen Roman.

„Vergiss es, Selzer!", hatte Frank dem Verleger am Telefon gesagt. „Du hast dir den falschen Tag ausgesucht. Heute hat meine kleine Schwester Geburtstag und ich denke nicht im Traum daran, die Feier zu verpassen, bloß weil dir eingefallen ist, dass etwas Geschäftliches zu besprechen ist. Wir erledigen das morgen oder übermorgen."

Gerhard Selzer wurde ungehalten: „Hör auf, rumzuzicken, Frank! Deiner Schwester kannst du auch morgen noch gratulieren! Die Typen von der UNIVERSAL sind hier und die sind es nicht gewohnt, zu warten. Verdammt, Frank! Es geht dabei um viel Geld! UNIVERSAL bietet hunderttausend Dollar für die Rechte an *Tigerblut*!"

„Wenn mein Roman ihnen als Vorlage für einen Film soviel wert ist, werden sie sicher noch ein, zwei Tage warten können."

„Sei nicht so stur, Frank! Was ist, wenn sie nicht warten?"

„Dann wird eine andere Filmgesellschaft *Tigerblut* kaufen."

„Oder gar keine! Mensch, Frank! Das ist jetzt nicht der richtige Zeitpunkt, um

Starallüren zu entwickeln! Es geht um hunderttausend Dollar! Du wirst kommen! Basta!"

Reuter schwoll der Kamm: „Leck mich kreuzweise, Selzer! Ich habe fünf Millionen Euro auf dem Konto, und es wird tagtäglich mehr! Ich bin auf die Kohle von UNIVERSAL nicht angewiesen! Wenn die Kerle nicht bis morgen warten wollen, sollen sie Leine ziehen. Christina hat Geburtstag und ich fahre hin! Selbst wenn du dich vor Wut auf den Kopf stellst und mit dem Arsch Mücken fängst! Ende Gelände!" Bevor Selzer weiter lamentieren konnte, hatte Frank aufgelegt. Keine fünf Minuten später war er zu seiner Schwester nach Lautenbach gefahren.

Christina war ihm bei der Begrüßung um den Hals gefallen und hatte sich an ihn geklammert, als hätten sie sich seit Monaten nicht mehr gesehen: „Frankie! Da bist du ja endlich!"

„Heh! Nicht so wild, Küken!" Reuter lachte. „Hör auf, mich abzulecken! Du knutschst mir das teure Rasierwasser von den Backen runter!"

Christina schmiegte sich an ihren Bruder: „Schön, dass du gekommen bist, Frankie."

„Ich werde nie wieder deinen Geburtstag verpassen, Tinchen. Das habe ich dir versprochen. Alles Gute zum Geburtstag, kleine Schwester."

Und der schöne Marius hatte ein säuerliches Gesicht dazu gemacht und ständig an seinem gestylten Haar herumgezupft.

Reuter schaltete einen Gang herunter. „Sauwetter, elendes!"

Der Kompressormotor des C 230 summte. Missmutig lauschte Reuter dem leisen Pfeifen des Laders. Er besaß den Mercedes erst seit fünf Wochen. Normalerweise fuhr er BMW, doch als Mercedes den 2,3Liter Vierzylinder mit Rootsgebläse auf den Markt brachte, wurde Reuter seiner Marke untreu. Er war fasziniert von aufgeladenen Maschinen und ganz besonders von Rootskompressoren. Der neue Wagen hielt, was der Prospekt versprach. Er verbrauchte erstaunlich wenig

Benzin und dank des Kompressors verfügte er über ein unglaubliches Drehmoment. Der C 230 trat bei jeder Motordrehzahl an wie ein Büffel.

Zur Zeit nutzte diese Büffelkraft Reuter herzlich wenig. Schleichen war angesagt.

Er dachte an seine Halbschwester Christina. Wie sie sich wieder über die Puppe gefreut hatte! Jedes Jahr brachte er ihr eine neue.

Christina hütete alle Puppen von Frank wie einen kostbaren Schatz; auch Lottchen, das Püppchen, das sie zu ihrem zehnten Geburtstag erhalten hatte.

Voller Schuldgefühle dachte Reuter an jenen Tag vor dreizehn Jahren zurück.

Damals hatte er gerade seinen Wehrdienst bei der Bundeswehr abgeleistet und am Tag von Christinas Geburtstag keinen Urlaub bekommen. Das wäre weiter nicht schlimm gewesen, weil er um 16 Uhr Dienstschluss hatte und nur dreißig Kilometer von zu Hause stationiert war. Doch an jenem Dienstag brummte ihnen ihr Kompaniechef zwei Extrastunden auf. Sie mussten die LKW-Werkstatt, in der Frank seinen Dienst als Mechaniker versah, aufräumen und putzen. Frank traf mit über zwei Stunden Verspätung zu Hause ein und fand das Haus leer vor.

Auf dem Küchentisch lag ein Zettel mit einer Nachricht für ihn: Tina hatte Unfall. Sind in der Notaufnahme der Uniklinik.

Reuter fuhr mit seinem alten klapprigen VW-Golf zur Klinik, wo seine Eltern mit einer traurigen Botschaft auf ihn warteten: Christina hatte den ganzen Nachmittag auf ihn gewartet. Dauernd war sie vors Haus gelaufen und hatte nach ihm Ausschau gehalten. Dann hatte sie auf der anderen Straßenseite ein paar junge Männer in Bundeswehruniformen gesehen. Sie musste wohl einen der Soldaten für ihren Bruder gehalten haben, denn sie rannte, ohne nach links und rechts zu schauen, über die verkehrsreiche Straße. Dabei wurde sie von einem Auto angefahren. Getötet worden war sie zum Glück nicht, aber ihr rechtes Bein war gebrochen und sie hatte etliche Prellungen.

Zwei Tage nach dem Unfall durfte Frank seine Schwester zum ersten Mal im Krankenhaus besuchen. Christina lag klein und bleich in dem viel zu großen

Klinikbett. Ihr weißblondes Haar war wie ein Strahlenkranz auf dem Kopfkissen um ihr Gesicht ausgebreitet. Aus ihren wasserblauen Augen blickte sie Frank schweigend an. Frank fühlte sich sehr unbehaglich.

„Es ... es tut mir so leid, Tinchen", stammelte er. „Ich konnte nichts dafür, dass ich so spät kam. Ich durfte nicht eher weg. Unser Major hat uns Extradienst aufgebrummt."

Christina blickte ihn weiter schweigend an. „Du warst nicht da!", sagten ihre Augen. „Ich habe auf dich gewartet, und du bist nicht gekommen!"

Frank traten Tränen in die Augen.

„Es tut mir so leid, Tine!", flüsterte er und ließ den Kopf sinken.

Christinas kleine Hand strich ihm durch das kurzgeschnittene, struppige Borstenhaar: „Hauptsache, du bist dann doch noch gekommen", sprach sie leise. „Als es immer später wurde, bekam ich schreckliche Angst. Ich dachte, dass du vielleicht einen Unfall hattest."

Frank presste ihre Hand an sein Gesicht: „Oh, Tine!"

„Nicht weinen, Frankie. Es ist ja nichts Schlimmes passiert." Sie schaute ihn liebevoll an: „Hast du denn kein Geburtstagsgeschenk für mich?"

„Doch, Tinchen." Frank holte das schwarzhaarige Porzellanpüppchen hervor: „Alles Gute zum zehnten Geburtstag, Tine. Tut mir leid, dass er im Krankenhaus endete."

Christina betrachtete die kleine Puppe und ein Lächeln huschte über ihr Gesicht: „Das ist doch die Puppe, die wir vor drei Wochen in Zweibrücken bei Malter im Schaufenster gesehen haben! Die, von der du sagtest, sie sei viel zu teuer. Du bist so lieb! Vielen Dank! Ich werde sie Lottchen nennen."

Sie sah ihren zehn Jahre älteren Bruder mit diesem undefinierbaren Ausdruck in den Augen an, den anscheinend nur Kinder beherrschen, einem Blick, der einem durch und durch geht, sodass man sich unglaublich hilflos fühlt. Dieser Blick raubt einem jede Stärke und Vernunft des Erwachsenseins und reduziert einen auf ein Minimum Mensch: eine fühlende Seele. Und gerade das bewirkt bei den meisten Menschen das Gleiche: Liebe. Frank wurde ganz schwummerig, so sehr liebte er seine kleine Schwester in diesem Moment. Er wollte irgendetwas sagen; etwas erwachsen Klingendes, Vernünftiges. Stattdessen fühlte er einen dicken Kloß in seinem Hals aufsteigen. Er beugte sich über das Krankenbett. So behutsam, als hätte er es mit einem rohen Ei zu tun, dessen Schale abhandengekommen war, umarmte er seine Schwester und versteckte sein erhitztes Gesicht in ihrer Halsbeuge.

„Ich habe dich lieb, Tinchen!", flüsterte er. „So lieb! Ich werde nie wieder einen deiner Geburtstage verpassen. Nie wieder! Ich verspreche es dir! Und wenn ich dazu Fahnenflucht begehen müsste!"

Frank hielt sein Versprechen. In den folgenden dreizehn Jahren nahm er an Christinas Geburtstag stets Urlaub, auch wenn es nicht immer einfach war.

Die heutige Geburtstagsfeier hätte Frank allerdings besser gefallen, wenn der schöne Marius durch Abwesenheit geglänzt hätte.

„Ich kann den Typen einfach nicht ausstehen", brummte Frank, während er den Mercedes durch den dichten Regen steuerte. Er hatte gelernt, auf seine Intuition zu hören. Sie ließ ihn nur selten im Stich. Und bei Marius Kaiser sagte ihm seine Intuition, dass der Kerl nicht sauber war. Er führte etwas im Schilde.

„Kein Wunder, dass ich das denke!", überlegte Reuter laut. „Eines steht ja wohl fest: Solange ich nicht heirate, erbt Christina mein gesamtes Vermögen und die Rechte an meinen Büchern. Das macht sie zu einer verflucht guten Partie für jeden Erbschleicher. Vielleicht liebt der schöne Marius sie ja wirklich, aber meine Kohle könnte dabei nachgeholfen haben." Selbst das beschrieb das Problem nicht. Frank fühlte, dass da noch etwas anderes war, etwas, das womöglich gefährlich werden konnte. Seiner Schwester zuliebe hoffte er von ganzem

Herzen, dass ihn sein Gefühl diesmal trog.

Die Straße verlief in einer langgezogenen Rechtskurve am Waldrand entlang. Frank nahm vorsorglich Gas weg.

„Hoffentlich irre ich mich in Bezug auf diesen Marius", sagte er laut. „Tinchen hat genug böse Enttäuschungen erlebt." Seine Stimme klang im Innern des Wagens seltsam dumpf und kraftlos. Das wütende Trommeln des Regens schien die Worte auslöschen zu wollen, sobald sie seine Lippen passierten.

„Verdammt!"

Reuter riss erschrocken die Augen auf. Im vom Regen durchsprühten Scheinwerferlicht stand irgendetwas auf der Straße. Frank erkannte nicht mehr als einen kleinen, verwischten Schemen.

Er stieg hart auf die Bremse und schlug die Lenkung ein. Er spürte das Antiblockiersystem des Wagens im Bremspedal pumpen. Er drehte das Lenkrad nach links. Die Zeit schien plötzlich aus zähem Sirup zu bestehen. Langsam, mit entnervender Behäbigkeit begann der Mercedes dem Lenkbefehl zu gehorchen. Frank hatte das Gefühl, auf einem großen, müden Wal zu reiten oder auf der Kommandobrücke eines großen, schwerfälligen Schiffes zu stehen. Ganz allmählich bewegte sich die Motorhaube des C 230 nach links. Das ABS pumpte im Bremspedal und erzeugte in Franks rechtem Fuß ein scheußliches Gefühl. Wie ein Stromschlag. Reuter wurde hart in die Sicherheitsgurte gepresst. Der über seine Schulter laufende Gurt schnitt ihm in den Hals. Das Hindernis rückte unaufhaltsam näher, im gleichen Zeitlupentempo, in dem sich die Motorhaube des Mercedes nach links bewegte. Es musste ein Reh sein, das gerade aus dem Wald getreten war, um die Straße zu überqueren. Die scheuen Tiere kamen meist in der Dunkelheit hervor, und sie überquerten Straßen nur, wenn sie kein verdächtiges Geräusch hörten. Doch in der sogenannten zivilisierten Welt gehörte das Geräusch eines fahrenden Autos zu den alltäglichen Lauten, und ein Reh konnte nicht abschätzen, wie nahe ein Auto war, wenn es seinen Motor hörte. Wurde so ein Tier von den Scheinwerfern eines heranrasenden Wagens erfasst, blieb es einfach stehen, weil es geblendet war. Selbst lautes Hupen verscheuchte es nicht. Starr vor Schreck glotzte es blöde in das gleißende Licht, das auf es zuschoss, anstatt sich mit einem Sprung in Sicherheit zu bringen.

Einen winzigen Augenblick zu spät bemerkte Frank Reuter, dass das automatische Antiblockiersystem mit der regennassen Fahrbahn nicht fertigwurde. ABS hin, ABS her, das Heck des Mercedes begann auszubrechen. Reuter lenkte blitzschnell gegen. Es war zu spät. Er erkannte, dass er dem Hindernis nicht ausweichen konnte. Der Wagen rutschte quer auf das geblendete Tier zu.

„Blödes Scheißvieh!", brüllte Reuter.

Das Reh verschwand aus dem harten Strahl der Scheinwerfer, als der Mercedes sich um die eigene Achse zu drehen begann. Frank warf einen kurzen Blick nach rechts und sah es hinter der Scheibe neben dem Beifahrersitz auftauchen. Seine Augen nahmen trotz Dunkelheit und Regen erstaunlich viele Einzelheiten wahr und schickten sie prompt ans Gehirn weiter. Sein Verstand weigerte sich, zu glauben, was das Gehirn aus den Informationen der Augen herausinterpretierte. Vor der Seitenscheibe hing ein kleiner, heller Fleck. Es war ein Gesicht. Ein menschliches Gesicht! Frank erkannte weit aufgerissene Augen und Details wie Mund und Nase.

Es gab ein leises Aufprallgeräusch und der helle Fleck verschwand aus Reuters Blickfeld.

Die Zeit lief wieder in normalem Tempo ab. Der C 230 drehte sich einmal um die eigene Achse. Reuter ruderte wild am Lenkrad. Es gelang ihm, den Wagen abzufangen, bevor er im Straßengraben landete. Gut dreißig Meter von der Stelle entfernt, an der er mit dem Hindernis kollidiert war, kam der Mercedes zum Stehen.

Einen Augenblick saß Frank Reuter wie erstarrt. Dann brach sich seine

Anspannung einen Weg ins Freie.

„Scheißrehe!", schrie er. „Diese Viecher sind so dumm wie Hundekacke mit saurer Sahne!" Seine Hände, die das Lenkrad umklammert hielten wie einen Rettungsring, fingen an zu zittern. Er ließ den Kopf nach vorne sinken und stieß ein trockenes Schluchzen aus.

„Oh mein Gott!" Seine Stimme war kaum mehr als ein heiseres Krächzen. Ihm wurde klar, dass ihn der Unfall das Leben hätte kosten können.

Die Scheibenwischer schlurrten weiter eifrig über die Frontscheibe: schlurr-wurr, schlurr-wurr. Allmählich nahm Frank auch das tiefe, samtene Geräusch des laufenden Motors wahr. Er war nicht ausgegangen. Selbst im Schock hatte Reuter die Kupplung getreten. Der Rootskompressor schwieg. Er wurde erst bei 2300 Umdrehungen elektronisch zugeschaltet.

Schlurr-wurr, schlurr-wurr, schlurr-wurr.

„Oh mein Gott!", sagte Frank noch einmal. Seine Stimme zitterte genauso wie seine Hände, die noch immer das Lenkrad umklammert hielten. Er schaute die Hände an. Sie kamen ihm seltsam fremd vor. An der Computertastatur sahen sie anders aus. Sie zitterten nicht. Sie waren ruhig und folgten den Befehlen seines Verstandes flink und unermüdlich, während seine Fantasie die Worte diktierte, die den Bildschirm des Computers füllten und schließlich zu einer Geschichte wurden.

„Aufhören!", sagte Frank zu seinen Händen. Das Zittern ließ nach, als hätten seine Hände den Befehl gehört. Wie dressierte Hunde gehorchten sie ihrem Herrn und Meister wieder. Frank atmete tief ein und wieder aus. Der schwere Landregen trommelte eintönig auf Karosserie und Scheiben. Frank erteilte seiner rechten Hand den Befehl, das Lenkrad loszulassen und den kleinen, orangefarben beleuchteten Schalter auf der Mittelkonsole zu drücken. Die Warnblinkanlage schaltete sich ein. Das monotone „Klick-Klick" mischte sich mit dem ebenso monotonen Prasseln des Regens und dem jaulenden Geräusch der

Scheibenwischer. Frank legte den Leerlauf ein und zog die Handbremse. Seine Knie fühlten sich merkwürdig weich an.

Ein Reh!", flüsterte er. „Es war ein Reh!" Nichts anderes konnte mitten in der Nacht auf einer einsamen Landstraße herumstehen, zu dämlich, um einem heranfahrenden Auto auszuweichen.

„Es war ein Reh!" Reuters Stimme nahm einen zornigen Klang an. „Ein gottverdammtes, blindes, megabeklopptes Scheißreh!!!"

Aber Rehe haben keine kleinen, hellen Gesichter mit aufgerissenen Augen. Gesichter, die gerade mal hoch genug über die Karosserie des Mercedes ragen, um erschrocken ins Innere des Wagens zu blicken, der sie anfährt.

Die Erinnerung an das kleine bleiche Gesicht blieb. Franks Verstand weigerte sich tapfer, die daraus resultierenden Tatsachen zu akzeptieren. Ein kleines bleiches Gesicht mit aufgerissenen Augen in Höhe der Unterkante der rechten Seitenscheibe ließ nur eine einzige Interpretation zu: Ein Kind. Ein kleines Kind.

„Oh, nein!", stöhnte Frank. „Das ist doch vollkommen unmöglich! Kein Mensch auf dieser Welt lässt mitten in der Nacht ein kleines Kind auf der Landstraße herumlaufen! Es ist einfach unmöglich! Alles spricht dagegen!" Bloß das kleine helle Gesicht nicht, das er kurz vorm Aufprall gesehen hatte.

Plötzlich kam Frank Reuter ein Gedanke, der ihn unglaublich erleichterte. Er atmete auf. Ja, natürlich! Wie konnte er nur so dumm sein? Er kannte die Lösung des Rätsels. Es war ein Reh gewesen. Ganz sicher! Er hatte kein Gesicht gesehen. Was er kurz vorm Aufprall wahrgenommen hatte, war der große helle Fleck auf dem Hinterteil eines Rehs gewesen. Alle Rehe hatten einen solchen hellen Fleck. Wenn eine Herde in der Dämmerung vor etwas floh, orientierten sich die Tiere am hellen auf und abhüpfenden Hintern ihres Vordermannes.

Reuter grinste schief Er wusste nur zu gut, dass diese Sache hervorragend funktionierte. Als er zwanzig Jahre alt war, zählte es zum Lieblingssport seiner Clique, nachts heimlich im Freibad von Bexbach schwimmen zu gehen.

Natürlich war das verboten, aber das erhöhte nur den Reiz. Der lächerliche Zaun rund ums Schwimmbad stellte kein Hindernis für die jungen Leute dar. Sie stiegen einfach darüber. Dann zogen sie sich nackt aus - Badesachen hatte nie einer mit - und sprangen ins Wasser. Frank erinnerte sich noch sehr deutlich an eine dieser Nächte. Er war gerade vom Dreimeterbrett gesprungen und tauchte die gesamte Strecke bis zum Beckenrand. Als er auftauchte, hörte er nur noch einen leisen drängenden Ruf: „Die Polente rückt an!" Während er schleunigst aus dem Wasser stieg und seine Kleider zusammenraffte, sah er eine Reihe weißer Schemen in der Dunkelheit davonflitzen. Sie sahen aus wie schmale, weiße Querbalken, die durch die Luft hüpften. Nachdem sie, ohne erwischt worden zu sein, in ihre Stammkneipe zurückgekehrt waren, erheiterte Frank seine Kumpels mit der Schilderung, er habe nichts weiter gesehen als eine Herde schneeweißer Ärsche, die davongaloppiert seien. „Den Rest von euch konnte man im Dunkeln nicht erkennen!", rief er. „Bloß die Hintern, weil die nicht gebräunt waren." Eine brüllende Lachsalve hatte seine Schilderung belohnt.

Frank Reuter stieß ein zittriges Lachen aus. Ein weißer Rehhintern! Er hatte einen Rehhintern für das Gesicht eines Kindes gehalten. Vor Erleichterung wurde ihm ganz flau im Magen. Ob er diese Story auch in seinem Freundeskreis zum Besten geben konnte? „Da steht dieses dämliche Vieh mitten auf der Straße und als ich es platt fahre, glotzt es mich doch glatt mit der Kehrseite an und erschreckt mich." Nein, das klang absolut nicht witzig. Das Reh hatte sich also noch im allerletzten Moment abgewendet und sich mit einem Sprung in Sicherheit bringen wollen. Doch es hatte es nicht geschafft. Das leise Aufprallgeräusch war genug Beweis. Wahrscheinlich war das Tier getötet worden, aber was, wenn nicht? Wenn es schwer verletzt im Straßengraben lag und vielleicht noch Stunden der Qual erleiden musste, bis der Tod es erlöste?

„Also gut!", sprach Reuter laut. „Ich kann es nicht so einfach da liegen lassen. Wenn es tödlich verletzt ist, aber noch lebt, werde ich es erlösen." Während er im Handschuhfach nach einer Taschenlampe suchte, fiel ihm ein, dass er das Reh sowieso finden musste, weil sein Wagen garantiert was abbekommen hatte. Ein Rehkadaver, beim Forstamt gemeldet, erhöhte die Chance, dass seine Versicherung den Schaden regulieren würde. Frank fand die Taschenlampe und probierte sie aus. Sie funktionierte einwandfrei.

Missmutig lauschte er dem Trommeln des Regens. Der Gedanke, bei einem solchen Dreckswetter aus dem gemütlichen, trockenen Auto zu steigen, gefiel ihm überhaupt nicht. Er konnte genauso gut weiterfahren und von der nächsten Telefonzelle aus die Polizei benachrichtigen. Sollten die doch im Regen rumlatschen und sich eine Erkältung einfangen! Außerdem trugen Polizisten Pistolen. Wenn das Reh schwer verletzt war, konnten sie ihm den Gnadenschuss geben.

Frank öffnete die Tür. Sofort fiel der Regen über ihn her. Er würde selbst nach dem Reh sehen. Frank versuchte, sich einzureden, dass er es aus Mitleid und Neugier tat. Aber es war mehr. Es war eine tief hinten im Hirn sitzende Angst. Eine kleine, nagende Angst. Angst, dass der kleine helle Fleck vielleicht doch kein Rehhintern gewesen war. Dass er vielleicht doch ...

Reuter wollte diese nagende, kleine Angst beseitigen.

Er machte erst gar nicht den Versuch, sich gegen den Regen zu wehren. Schultern einziehen nutzte nichts. Schon nach wenigen Sekunden rann das Wasser in kleinen Sturzbächen in den Kragen seiner Lederjacke.

Er ließ den Strahl der Taschenlampe in den Straßengraben wandern.

„Mistwetter! Verfluchtes Dreckwetter!" Frank wiederholte sich. „Warum bin ich eigentlich ausgestiegen? Das Vieh ist sicher in den Wald gehumpelt, sodass ich gar keine Chance habe, es zu finden. Es reicht vollkommen, wenn ich morgen früh beim Forstamt oder bei der Polizei anrufe und den Unfall melde." Aber wo er nun schon mal nass war, konnte er auch nachsehen. Etwas trieb Reuter weiter durch den Regen, ein kleines, bleiches Etwas, das in ihm den dringenden Wunsch weckte, nicht hier auf dieser schrecklich einsamen Landstraße herumzulaufen.

Frank ließ den Strahl der Lampe durch den Straßengraben wandern. Er lief hundert Meter in die Richtung, aus der er mit dem Wagen gekommen war. Er fand nichts.

„Na also. Ich habe das Reh nur leicht gestreift. Es ist nicht schwer verletzt, sonst hätte es nicht weglaufen können. Morgen früh melde ich den Unfall beim Amt und die Sache hat sich!" Frank drehte sich zu seinem parkenden Mercedes um. Die Warnblinklichter erhellten die Nacht mit rhythmisch aufleuchtenden orangefarbenen Blitzen, die sich auf der regennassen Fahrbahn spiegelten.

Plötzlich hörte Frank ein Geräusch. Er hielt erschrocken inne. Nichts. Hatte er sich getäuscht? Der Laut war sehr kurz und sehr leise gewesen. Wie ein Stöhnen hatte es geklungen.

Unsinn!, dachte Reuter. Rehe stöhnen nicht! Es war der Regen. Das Rauschen erzeugt viele seltsame Laute.

Der leise Laut wiederholte sich.

Reuter wurde eisig kalt. Er spürte, wie sich die feinen Haare in seinem Nacken aufstellten.

„Ein Reh! Es war ein Reh!", flüsterte er. „Ich weiß es ganz genau!" Das Herz schlug ihm bis zum Hals. Erneut richtete er die Lampe in den Straßengraben. Ein kleiner Wildbach aus Regenwasser schoss gurgelnd über braune Grasbüschel und altes Herbstlaub. Frank setzte sich in Bewegung; der Strahl der Lampe nahm seine Wanderung im Graben auf.

Ein Reh. Ein Reh! Bitte!

Der Strahl der Taschenlampe schälte zwei kleine Schuhe aus der Dunkelheit. Reuter fühlte, wie eine eisige Hand nach seinem Herzen griff. Er stöhnte auf.

„Nein! Bitte nicht!" Er trat näher. Gnadenlos holte das elektrische Licht das grausige Bild aus der regengurgelnden Finsternis. Im Graben lag ein kleines

Kind mit dem Gesicht nach unten. Ein undefinierbarer Fetzen, der vielleicht einmal ein Kleid gewesen war, umhüllte den kleinen Körper.

„Jesus Christus!", wimmerte Reuter. „Das darf nicht wahr sein! Um diese Zeit lässt doch kein Mensch ein kleines Kind mitten in der Pampa herumlaufen!" Doch der kleine, still daliegende Körper war eine Tatsache. Reuter fing an, lautlos zu weinen.

Ein kurzes schlimmes Wort erschien vor Reuters geistigem Auge: Kindertotfahrer!

Was er getan hatte, konnte niemand von ihm nehmen. Es war endgültig. Frank dachte nicht an Flucht. Er hätte sich davonmachen können. Bisher war kein anderes Fahrzeug vorbeigekommen. Der Regen würde alle Spuren verwischen. Die Delle im Blech des Mercedes? Falls überhaupt eine da war, konnte er den C 230 zwanzig Kilometer weiterfahren und ihn irgendwo um einen Baum wickeln. Kein Polizist der Welt konnte ihm dann noch etwas nachweisen.

Frank konnte es nicht tun. Stattdessen kniete er neben dem reglosen, kleinen Körper im Graben nieder. Er nahm den kalten Regen nicht mehr wahr. Ihm war glühend heiß. Nur sein Herz fühlte sich eisig kalt an. Tränen rannen ihm über die Wangen, vermischten sich mit dem Regen.

„Das wollte ich nicht!", flüsterte er. „Warum bist du auf die Straße gelaufen, Kind?"

Vorsichtig fasste er unter den schmalen Körper und drehte ihn um. Er war federleicht. Das Kind war unglaublich mager. Es wog nicht mal fünfzehn Kilo. Reuter richtete den hellen Strahl der Taschenlampe auf das Gesicht des Kindes. Auf der Stirn klaffte eine kleine Wunde, aus der ein dünnes Blutrinnsal rann. Der Regen färbte das Blut in verwaschenes Rosa. Die Augen waren geschlossen. Es handelte sich um ein Mädchen von fünf oder sechs Jahren. Schwarze Haare umrahmten das bleiche Gesicht.

Frank stieß ein verblüfftes Keuchen aus: „Lottchen!" Er glaubte zu träumen. Er hatte in seinem Leben schon viele Déjà-Vues erlebt, Momente des Wiedererkennens von scheinbar fremden Orten und Menschen, aber dies hier war kaum zu glauben. Er hielt Lottchen im Arm, eine genaue Kopie der Porzellanpuppe, die er seiner Schwester Christina zu ihrem zehnten Geburtstag geschenkt hatte. Alles stimmte: Das kleine, schmale Gesicht mit dem porzellanweißen Teint, die pechschwarzen Haare, die winzige Stupsnase, der kleine Mund, der dem Gesicht einen leicht schmollenden Ausdruck verlieh. Die Ähnlichkeit war frappierend.

Das Mädchen wimmerte leise. Frank machte sich vor Erleichterung beinahe in die Hosen. „Sie lebt! Gott sei Dank, sie lebt!"

Das Mädchen stöhnte und bewegte sich sachte in seinem Arm. Es schlug die Augen auf, große dunkle Laternen in dem kleinen weißen Gesicht, die ängstlich zu ihm hochblickten. Der schmale Kinderkörper versteifte sich vor Schreck.

„Hallo!", sagte Reuter leise. „Geht es dir einigermaßen? Ich habe dich mit dem Auto angefahren. Ich habe dich zu spät gesehen, wie du da mitten auf der Straße gestanden hast."

Das Mädchen starrte ihn aus weit aufgerissenen Augen an.

„Bitte, tu mir nichts!", flehte es.

„Hab keine Angst. Ich tue dir nichts", sprach Frank beruhigend. „Ich will dir helfen. Wie fühlst du dich?"

„Mir tut alles weh, vor allem der Kopf."

Also eine Gehirnerschütterung. Sie musste zu einem Arzt.

Das Kind bewegte sich in Reuters Armen: „Es ist nicht schlimm. Lass mich gehen."

„Bist du verrückt?", fragte Frank verdutzt. „Ich kann dich nicht gehen lassen. Du bist verletzt. Wahrscheinlich hast du eine Gehirnerschütterung. Du brauchst einen Arzt, und zwar schleunigst. Ich fahre dich ins Krankenhaus."

„Nein! Nein! Nicht! Bring mich nicht zu den Ärzten!" Die Stimme des Kindes überschlug sich vor Angst. „Nicht zu den Ärzten!"

„Du fürchtest dich vor Ärzten? Das brauchst du nicht. Ärzte sind gute Leute. Sie werden dir helfen, schnell gesund zu werden."

„Nein! Sie werden mich töten!", wimmerte das Mädchen. „Lass mich gehen! Es ist nicht schlimm, dass du mich mit deinem Auto angefahren hast. Ich gehe ja schon." Sie befreite sich aus Reuters Armen und stand unbeholfen auf.

Frank fing sie vorsichtig wieder ein: „Kind, bist du irre? Du kannst nicht allein davonmarschieren, nachdem, was passiert ist. Du hattest einen Unfall. Du musst zu einem Arzt!"

Das Mädchen begann bitterlich zu weinen: „Bitte, bring mich nicht in ein Hospital! Sie werden schreckliche Dinge mit mir machen. Sie werden mir furchtbar wehtun. Sie werden mich umbringen. Bitte nicht ins Hospital!"

Reuter gab es auf. Die Kleine tat ihm zu sehr leid: „Also gut. Ich bringe dich zu deinen Eltern. Die werden dann entscheiden, ob du ins Krankenhaus sollst oder nicht. Okay? Reg dich ab! Komm wieder runter! Keine Ärzte! Wo wohnst du?"

Sie schaute ihn fragend an.

„Wo du wohnst, habe ich gefragt", drängte Frank sanft. „Wo wohnen deine Eltern?"

Das Mädchen ließ den Kopf hängen: „Ich habe keine Eltern."

„Unsinn! Jeder Mensch hat Eltern!"

„Meine Eltern sind tot. Seit zwei Jahren."

„Das tut mir leid. Dann lebst du wohl bei Verwandten?"

Kopfschütteln: Nein. Ich habe niemanden mehr!"

Reuter ging ein Licht auf. Das Kind war aus einem Heim ausgebüchst. Das erklärte alles: dass sie nachts mutterseelenallein im Wald herumlief. Ihre Angst vorm Krankenhaus. Na klar. Dort würde man sie nach ihrem Namen und ihrer

Adresse fragen und schnell feststellen, dass sie irgendwo abhandengekommen war. Sie wollte nichts ins Kinderheim zurück. Deshalb die ganze Schau.

Der Regen prasselte noch immer auf sie herunter, als wollte er sie vom Angesicht der Erde schwemmen. Frank schrak auf. Da hockte er mit einem verletzten Kind, das zumindest eine Gehirnerschütterung und eine Platzwunde am Kopf hatte, im strömenden Regen und faselte wie ein Waschweib. Er hob das Mädchen hoch: „Wir beide gehen jetzt erst mal zu meinem Auto. Dort drinnen ist es trocken und warm."

Das Mädchen stieß einen schrillen Angstschrei aus und versuchte sich zu befreien. Sie wand sich wie ein Aal in Reuters Armen: „Bitte, lass mich runter! Ich will gehen! Bitte, ich habe dir doch nichts getan!"

Frank hielt sie fest: „Nun komm mal zu dir! Ein Krankenhaus ist doch nichts Schlimmes. Dort wird dir geholfen."

Das Mädchen war außer sich vor Angst: „Nein! Sie werden mich in ein Zimmer mit Fenstern einsperren und wenn es hell wird, muss ich sterben. Ich darf nicht in die Sonne. Ich muss *sterben*, wenn ich in die Sonne komme! Lass mich gehen, bitte! Bitte!"

Reuter war einigermaßen erschüttert von ihrer Furcht. War sie im Heim misshandelt worden? Hatte sie deshalb solche Angst davor, zurückgebracht zu werden? Die Zeitungen standen voll mit Berichten über Heime, in denen Kinder misshandelt wurden. Immer wieder tauchten solche Institutionen in den Schlagzeilen auf. Früher waren es zumeist Berichte über Kinder, die schlimm verprügelt worden waren, über Kinder, die man tagelang ohne Essen in dunkle Zimmer gesperrt hatte. In den letzten Jahren häuften sich die Artikel über sexuellen Missbrauch.

Reuter wurde schlecht, wenn er nur daran dachte. Wie konnte ein Mensch zu einer solch grässlichen Tat fähig sein? Seiner Meinung nach sollten solche vertierten Existenzen auf immer aus der menschlichen Gemeinschaft verbannt werden. Sie sollten den Rest ihres Lebens eingesperrt in der Zelle einer Irrenanstalt zubringen.

„Hör mal", sprach er beruhigend. „Wenn du Angst davor hast, ins Heim zurückgeschickt zu werden, sag es mir. Hat man dir dort wehgetan? Hat jemand versucht, dich zu etwas Schlimmem zu zwingen? Wenn das so ist, fahre ich mit dir zur Polizei und wir melden das. Dann kommst du in ein anderes Kinderheim oder zu netten Pflegeeltern.

Das Mädchen sah ihn an, und in ihren Augen lag so viel Verzweiflung, dass es Frank durch und durch ging: „Ich lebe nicht in einem Kinderheim! Bitte, bring mich nicht zur Polizei, denn die Polizei bringt mich zu den Ärzten und die machen mich tot! Bitte, glaub mir! Ich weiß es! Meine Eltern haben mich ständig vor ihnen gewarnt. Ich bin anders. Sie würden schreckliche Experimente mit mir anstellen und mir wehtun. Sie würden mich in die Sonne bringen und der brennende Mordstern würde mich töten! Lass mich gehen. Bitte!"

„Du darfst nie in die Sonne?", fragte Frank. In Gedanken formulierte er bereits die Antwort. Ihm war eine Idee gekommen.

„Nein. Niemals." Das Mädchen schüttelte weinend den Kopf. Sie war ein Bild völliger Verzweiflung.

Frank umarmte sie tröstend: „Ist ja gut, Kleines. Beruhige dich. Ich bring dich nicht zur Polizei; und zum Krankenhaus fahr ich dich auch nicht." Verdammt noch mal! Frank pfiff auf sämtliche Polizisten und Ärzte. Das Kind war halb wahnsinnig vor Angst und solange sie sich nicht beruhigte, würde sie ihm nirgendwohin folgen; schon gar nicht ins warme, trockene Innere des Mercedes. Er beschloss; das Kind mit zu sich nach Hause zu nehmen. Dann konnte er immer noch weitersehen.

„Nicht zu den Ärzten und nicht zur Polizei?" Ihre Stimme zitterte.

Reuter schüttelte den Kopf. „Nein. Keine Polizei. Keine Ärzte. Du kommst mit mir nach Hause."

Sie blickte ihn misstrauisch an: „Zu dir?"

„Ich werde dich schon nicht auffressen. Keine Angst, ich esse keine kleinen Kinder. Zu wenig Fleisch und schmecken tun sie auch nicht."

Der lahme Versuch, einen Scherz zu machen, beeindruckte das Kind nicht im Mindesten: „Hast du ein Zimmer ganz ohne Fenster? Wo niemals die Sonne hineinkann?"

„Ja, habe ich", antwortete Frank. „Im Keller. Es ist ein kleines, gemütliches Gästezimmer. Dort legst du dich ins Bett und schläfst dich erst mal ordentlich aus. Wenn du aufwachst, lässt du vielleicht einen Doktor an dich ran."

„Nein! Niemals! Keine Ärzte!"

„Okay, okay! Krieg dich wieder ein. Keine Ärzte und keine Polizei!"

„Versprichst du es?"

Reuter holte tief Atem. Er wollte raus aus dem prasselnden Regen. Er wollte in seinen warmen, trockenen Wagen. Er wollte nach Hause, damit er in Ruhe über alles nachdenken konnte: „Ich verspreche es!"

„Und du hast ein Zimmer ohne Fenster, in das nie, aber auch wirklich niemals die Sonne scheint?"

„Das sagte ich doch gerade."

„Und du wirst mich tagsüber nicht aufwecken und zwingen, in die Sonne zu gehen?"

„Nein."

„Du wirst mich nicht heimlich, während ich schlafe, in die Sonne bringen?"

Oh, mein Gott!, dachte Reuter und verdrehte die Augen. Laut sagte er: „Nein. Werd ich nicht."

„Versprichst du es mir?"

„Ich gebe dir mein Wort."

Zu Reuters ungläubigem Entsetzen brach das Kind in Tränen aus: „Bitte, belüg mich nicht! Bitte, bitte nicht!"

„Ich lüge nicht", sagte Frank. Er wusste nicht mehr, was er noch sagen sollte. „Kannst du mir nicht einfach glauben? Ich will raus aus dem Regen und in mein Auto. Dort ist es trocken."

Sie schmiegte sich an ihn: „Gut. Ich komme mit dir."

„Fein." Frank wollte nicht noch mehr sagen. Sonst hätte sie womöglich etwas Neues gefunden, wovor sie sich fürchten konnte. Er trug das Mädchen zu dem parkenden Mercedes und schloss die Tür auf. Er klappte die Rückenlehne des Fahrersitzes nach vorne und bugsierte sie auf den Rücksitz: „Schnall dich an, ja?"

Sie blickte ihn verständnislos an: „Anschnallen?"

Frank lag eine spitze Bemerkung auf der Zunge. So langsam ging sie ihm auf die Nerven. Er beugte sich nach hinten und legte dem Mädchen den Sicherheitsgurt an.

„Warum fesselst du mich?", fragte sie vorwurfsvoll. Jetzt glich sie Christinas Porzellanpüppchen perfekt mit ihrem Schmollmund. „Ich laufe nicht weg!"

„Das ist Vorschrift, und es ist zu deiner eigenen Sicherheit. Falls ein Unfall passiert, verhindert der Gurt, dass du im Auto herumfliegst wie ein alter Putzlappen und dir dabei sämtliche Gräten brichst. Komm also nicht auf die Schnapsidee, den Gurt während der Fahrt abzulegen."

„Du wirst einen Unfall machen?"

Frank verdrehte die Augen und schickte ein Stoßgebet zum Himmel: „Nein, werd ich nicht. So was passiert so gut wie nie."

„Vorhin ist es aber passiert!"

„Das war ein Unfall!"

„Ja, genau! Und jetzt bindest du mich an, weil du noch mal einen Unfall bauen willst!"

„Will ich nicht. Keiner will so was." Reuter rang um Beherrschung. „Es war nichts als ein übler Zufall."

„Und wenn auf dem Weg zu dir nach Hause noch mal ein übler Zufall kommt?"

„Ich passe auf, dass es nicht wieder geschieht!"

„Wirklich?"

Jaaa!", stöhnte Reuter. Er stieg ein und schloss die Tür hinter sich. Er legte den Gurt an und startete den Motor.

Junge! Junge! Auf was bin ich da bloß gestoßen?, fragte er sich und fuhr los.

„Fahr ganz vorsichtig!", piepste es von der Rückbank.

Gleich dreh ich ihr den Hals um!, dachte Reuter. Seine Geduld war arg strapaziert.

„Ich fahre immer vorsichtig", sagte er bestimmt.

„Vorhin aber nicht!"

Frank verspürte das unbezwingbare Verlangen, die Bodenteppiche seines Mercedes aufzuessen oder einfach mal herzhaft ins Lenkrad zu beißen.

Ruhig bleiben, Mann!, befahl er sich. Alle Kinder in dem Alter sind Nervensägen. Das ist normal. Er beschleunigte den Mercedes.

Da habe ich mir ja was eingefangen! Reuter hatte nicht übel Lust, den kleinen Quälgeist auf dem Rücksitz sofort zur nächsten Polizeiwache zu kutschieren. Aber er hatte dem Mädchen sein Wort gegeben, es nicht zu tun.

Ich Trottel! Reuter seufzte abgrundtief.

Keine Ärzte! Keine Sonne! Sonne ist tödlich! Reuter überlegte angestrengt. Wo hatte er das schon mal gehört? Keine Sonne! Verbrennungen ...

XP!, schoss es ihm durch den Kopf. Sie hat XP! Na klar! Das erklärt ihre Angst vor der Sonne!

Er hatte einmal im Fernsehen einen Film über zwei kleine Mädchen gesehen, die an einer sehr seltenen Erbkrankheit litten: XP. XP war die Abkürzung für irgendeine unaussprechliche, lateinische Bezeichnung für eine seltene Krankheit. Diese Kinder durften nie in die Sonne. Andernfalls kam es zu schweren Verbrennungen der Haut, zu Hautkrebs und mit der Zeit sogar zu geistigen Behinderungen. Der Film war nach einem authentischen Fall in den USA gedreht worden.

Das wird es sein, dachte Frank. Na gut. Ich werde sie erst mal im Gästezimmer im Keller unterbringen. Irgendwo auf der Welt wird jemand sie vermissen und das werde ich schnell rausfinden, wenn ich in den nächsten Tagen regelmäßig die Nachrichten verfolge. Wenn sie echt XP hat, wird mir keiner einen Strick daraus drehen, wenn ich sie einige Tage unter Verschluss halte. Spätestens nach zwei oder drei Tagen werde ich was hören.

Als hätte er sich zur Genüge an Frank ausgetobt, ließ der Regen nach. Reuter gab dem C 230 die Sporen. Der Kompressor begann zu summen. Frank drehte die Heizung auf volle Leistung und stellte das Gebläse auf Stufe 3. Es war Anfang März und noch ziemlich kühl. Zu Hause, so nahm er sich vor, würde er die Kleine erst mal in eine Wanne mit heißem Wasser stecken, damit sie sich nicht erkältete. Bei der Gelegenheit konnte er sie auch gleich unauffällig nach Verletzungen untersuchen.

Während der halben Stunde, die sie nach Bexbach unterwegs waren, sprach das Mädchen kein einziges Wort. Frank betrachtete sie im Rückspiegel. Sie saß ganz still da. Das Kind sah zu Tode erschöpft aus. Frank bog in seine Straße ein und betätigte die Fernbedienung für das automatische Garagentor.

„Wir sind da", sagte er.

Das Mädchen schaute sich um: „Ist das dein Haus?" Reuter nickte. „Du hast aber ein großes Haus. Hast du viele Kinder?"

„Ich habe keine Kinder."

„Mag deine Frau keine Kinder?"

„Ich lebe allein."

„Oh." Kurzes Schweigen. Dann: „Genau wie ich."

Frank steuerte den Mercedes in die Garage. Das Tor schloss sich automatisch hinter dem Wagen und das Licht ging an: „Da wären wir. Willkommen in meiner bescheidenen Hütte." Frank half dem Mädchen beim Aussteigen. Dann schloss er die Tür auf, die von der Garage direkt ins Haus führte; und schob das Kind sachte hinein. Neugierig ließ es seine Blicke umherschweifen.

„Gefällt es dir?", fragte Reuter.

„Hm. Kann ich jetzt das Zimmer ohne Fenster sehen?"

„Später. Zuerst stecke ich dich in eine Badewanne mit heißem Wasser."

Sie versteifte sich: „Nein! Zuerst das Zimmer!"

Reuter seufzte ergeben: „Also gut. Wie du willst. Komm mit."

Er führte seinen kleinen Gast in den Keller. Es ging eine breite, geschwungene Treppe hinunter. Unten auf der rechten Seite lag Reuters Trainingsraum mit einem Hometrainer und Hantelmaschinen. Hier hielt er sich fit, wenn ihm das Wetter nicht erlaubte, eine seiner geliebten, ausgedehnten Radtouren zu unternehmen. Schräg gegenüber auf der linken Seite des Kellergangs lag das Gästezimmer. Es war ein gemütlicher kleiner Raum, der mit Kiefernmöbeln eingerichtet war. Außer dem Bett stand noch ein Kleiderschrank darin und es gab einen kleinen Schreibtisch und ein Bücherregal. Das Zimmer war noch nie benutzt worden. Es gab ein ähnliches Zimmer im ersten Stock und bislang hatte Reuter noch nie so viele Leute über Nacht zu Besuch gehabt, dass er beide Gästezimmer benötigt hätte. Im Zimmer oben übernachteten manchmal Kumpels, die sich nach einem feuchtfröhlichen Gelage bei Frank nicht mehr hinters Steuer ihres Wagens setzen wollten. Von dem Zimmer im Keller wusste außer Frank praktisch niemand.

Das Mädchen lief in dem kleinen Raum umher und untersuchte die Wände.

„Da ist nichts", beruhigte Frank. „Kein Fenster. Nicht mal eine winzige Luke. Das Zimmer liegt unter der Erde. Hier kommt garantiert keine Sonne herein. Wie wäre es jetzt mit einem Bad?" Er maß die Fetzen, die das Kind trug, mit einem schiefen Blick: „Deine Kleider stecke ich in die Waschmaschine. Die haben das bitter nötig."

Sie schaute ihn fragend an: „Und was soll ich nach dem Baden anziehen? Hast du Kleider für mich?"

„Nein. Tut mir leid. Aber ich kann dich in eine weiche, flauschige Decke einmummeln, solange dein Zeugs gewaschen und getrocknet wird."

„Das Trocknen dauert doch mindestens eine Nacht. Soll ich solange in eine Decke eingewickelt herumsitzen?"

Reuter schüttelte den Kopf: „Mädchen, hast du noch nie etwas von einem Wäschetrockner gehört?" Sie schüttelte den Kopf. Frank wollte es nicht glauben. Jedes Kind in der westlichen Welt wusste, was ein Wäschetrockner war. Beinahe in jedem Haushalt gab es einen.

Vielleicht hat sie bei dem Unfall doch was am Kopf abgekriegt, dachte er. Wer weiß, die Gehirnerschütterung könnte eine vorübergehende Amnesie ausgelöst haben. Vielleicht hat sie sogar Eltern, aber sie erinnert sich nicht an sie.

Er betrachtete die Fetzen, die das Kind trug. Auch ihre Schuhe verdienten diese Bezeichnung kaum noch. Nein, Frank konnte sich nicht vorstellen, dass ordentliche Eltern ihr Kind so zerlumpt herumlaufen ließen. Sie sah aus wie eines jener Bettelkinder aus den Filmen, die im neunzehnten Jahrhundert spielten.

„Wie heißt du eigentlich?"

Sie blickte ihn treuherzig an: „Ich heiße Charlotte. Wenn du willst, kannst du mich Lottchen nennen. Das haben meine Eltern auch immer getan."

Frank verschlug es die Sprache. Sie sah nicht nur genauso aus wie Christinas

Puppe, sie hieß auch so. Er erinnerte sich an den Tag, an dem er die Porzellanpuppe in Zweibrücken gekauft hatte. MALTER UND SÖHNE war ein renommierter Spielwarenladen und außer den normalen Puppen für Kinder führten sie auch teure Porzellanpuppen. Christinas Geburtstagspuppe saß in einer gläsernen Vitrine zusammen mit anderen Künstlerpuppen. Zwar war sie in einer Fabrik größtenteils maschinell gefertigt worden, aber sie war nach einem Prototyp gemacht, den eine bekannte Puppenmacherin hergestellt hatte. Wie die meisten Puppenkünstlerinnen hatte sie ihrem „Kind" einen Namen gegeben: Charlotte. Frank hatte Tine davon erzählt, nachdem sie ihr Püppchen Lottchen getauft hatte, und sie hatten sich über den seltsamen Zufall gewundert.

„Weißt du, Frankie", hatte Tine gesagt. „Das ist ein gutes Zeichen. Lottchen wird sich bei mir sehr wohl fühlen." Sie behandelte all ihre Puppen wie lebende, fühlende Wesen. Das hing damit zusammen, dass Frank ihr, als sie noch klein war, eine Geschichte erzählt hatte: „Weißt du, Tinchen, die meisten Puppen bleiben für immer Puppen, einfach nur Gebilde aus Stoff, Plastik und Porzellan. Aber wenn eine Puppe zu einem Kind kommt, das sie sehr lieb behandelt, dann bekommt sie manchmal vom obersten aller Puppenmacher ein Herz geschenkt. Es ist nur ein winzig kleines Herz, aber es kann schlagen wie dein eigenes und genauso fühlen wie deins. Eine solche Puppe wird in den vier Nächten rund um den Vollmond lebendig und kann sich bewegen wie ein kleines Kind. Sie kann nachts heimlich aus dem Haus schleichen und draußen im Garten nach einem der vielen Feentore suchen. Wenn sie eins findet, kann sie hindurchgehen. Nur Puppen können das. Jedes Feentor führt in eine fremde Welt voller Schönheit und Abenteuer, wo die Puppe viele andere Puppen und Stofftiere trifft, mit denen sie die ganze Nacht lang spielen kann. Wenn sie dann morgens nach Hause zurückkehrt, ist sie froh und glücklich und ihrer Puppenmutti dankbar dafür, dass sie durch deren Liebe ein eigenes kleines Herz geschenkt bekam."

Tine war von der Geschichte fasziniert gewesen und behandelte ihre Puppen fortan sehr lieb und vorsichtig. Frank empfand einige Gewissensbisse, denn er hatte Tine die Story nur aufgetischt, weil er genau das damit erreichen wollte, nämlich, dass seine Schwester ihre Puppen so vorsichtig behandelte, dass sie nicht kaputtgingen. Als sie älter wurde, kam Christina natürlich hinter die harmlose Flunkerei ihres Halbbruders, aber es machte ihr Spaß, so zu tun, als wäre die Geschichte wahr.

Frank lächelte beim Gedanken an seine Schwester. Wenn die wüsste, dass tatsächlich eine ihrer Puppen lebendig geworden war!

„Lottchen? Das ist ein schöner Name. Gefällt mir", sagte er und nahm das Mädchen an der Hand. „Komm mit ins Bad. Jetzt schrubben wir den Dreck von dir runter. Du wirst sehen, nach einem heißen Bad geht es dir gleich viel besser." Er schaute auf seine Armbanduhr. Es war kurz nach Mitternacht: „Oder bist du schon zu müde, um zu baden?"

Lottchen schaute ihn an: „Ich bin nicht müde. Ich bin nachts immer wach. Ich schlafe am Tag."

Ach ja, XP. Klar. Nachts gab es keine Sonne. Seit ihrer frühesten Kindheit musste ihr Lebensrhythmus darauf eingestellt sein.

Dann passt sie ja gut zu mir. Solange sie hierbleibt, wird sie mich kaum stören. Ich bin ja selbst eine Nachteule.

Frank Reuter pflegte bis tief in die Nacht hinein zu schreiben. Oft wurde es drei Uhr morgens, bis er ins Bett kam. Den Vormittag verschlief er grundsätzlich. Vor elf Uhr kam er nicht aus den Federn. Jedenfalls, seit er sich das als wohlhabender Schriftsteller leisten konnte. Er war noch nie eine Morgenlerche gewesen. Er kam grundsätzlich erst nachmittags auf Touren. Das hielt dann aber bis in die Nacht hinein an.

Er lächelte Lottchen an: „Das passt gut. Ich bin auch ein Nachtmensch. Ich bleibe oft bis in den Morgen wach und verschlafe dafür den halben Tag. So, genug geredet. Jetzt wird gebadet."

Er ließ die Wanne mit warmem Wasser volllaufen und gab reichlich Schaumbad dazu. Es war ein Shampoo mit Fichtennadelaroma.

„Hmmm! Das riecht aber gut!", sagte das Mädchen verzückt, als es sich auszog.

Während Frank ihre Kleidungsstücke in Empfang nahm, begutachtete er unauffällig ihren Körper. Es war ein erschreckend dünner, ausgemergelter Körper. Die Rippen standen vor, und Arme und Beine schienen nur aus Haut und Knochen zu bestehen. Das Kind sah aus wie eine halbverhungerte Ziege.

Viel zu essen hat sie in letzter Zeit wohl nicht gesehen. Wer immer für sie verantwortlich war, er hat sich nicht gut um sie gekümmert. Sie muss gehungert haben. Wer tut einem kleinen Kind so was an?

Frank fühlte Wut in sich aufsteigen, als er zusah, wie Lottchen auf wackligen Beinen in die Wanne stieg. Ihre Haut war leichenblass und fleckig. Gesund sah sie nicht aus.

Könnte natürlich auch von diesem XP kommen. Aber es sieht mir verdammt noch mal wie simple Unterernährung aus! Na ... solange sie hier ist, kann ich sie ja mästen.

Lottchen glitt in die Wanne. „Herrlich warm", seufzte sie.

„Ist bestimmt besser als der eisige Straßengraben." Der Satz war Reuter einfach so herausgerutscht.

„Mir macht Kälte nichts aus", erklärte sie, als sei es das Natürlichste auf der Welt. „Ich friere nicht so leicht. Aber ich habe es viel lieber warm. Der Sommer ist meine liebste Jahreszeit. Auch wenn die Nacht dann furchtbar kurz ist."

„Klar doch. Mir gefällt der Sommer auch." Frank griff nach einem Stück Seife und einem Waschlappen und begann ihr den Rücken zu waschen. Erst blickte sie ihn überrascht an. Dann hielt sie andächtig still, während er über ihren mageren Rücken rieb, aus dem die Wirbelsäule dicke Knubbel drückte. Als er fertig war, wollte er ihr den Waschlappen in die Hand drücken, damit sie den Rest von sich selbst waschen konnte. Schließlich kam sie ja überall sonst mit den eigenen

Händen dran, und sie war alt genug, sich selbst zu waschen. Aber sie hielt ihm ihren linken Arm so auffällig unauffällig entgegen, dass er mit einem Schmunzeln weitermachte. Vorsichtig wusch er sie von oben bis unten ab. Er traute sich nicht, richtig feste zu schrubben, aus Angst, dass sie auseinanderfallen könnte, weil sie so klapperdürr war.

Nachdem er fertig war, holte er sein Nagelset: „So. Vollwaschgang beendet. Jetzt sind die Krallen an der Reihe."

Als das Mädchen die Kneifschere erblickte, zog es seine Hand zurück, als hätte es eine glühende Herdplatte berührt.

„Keine Angst, Lottchen. Die Finger lass ich dran. Ich schneide nur deine Fingernägel. Komm schon. Das tut nicht weh und danach siehst du wie ein feines, kleines Mädchen aus. Du möchtest doch hübsch sein, oder?" Sie blickte ihn ängstlich an. „Mach keinen Aufstand, Lottchen. Beim Haarewaschen habe ich dir deinen Kopf auch nicht abgebissen. Deine Fußnägel müssen wir auch schneiden, sonst zerkratzt du mir damit den Fußboden."

„So scharf sind meine Nägel nicht!", protestierte sie entrüstet.

„Mensch, Kind. Das war bloß ein Scherz. Ich wollte dich doch nur ein wenig frotzeln."

Sie schaute ihn fragend an. Frank versuchte diesen Blick zu deuten. Er kam ihm bekannt vor, ein Blick, gleichzeitig voller Sehnsucht und Trauer, voller Verlassenheit und Leere. So hatten die Kinder auf den alten Fotos geblickt, in dem Buch über Waisenhäuser kurz nach der Jahrhundertwende. Frank hatte einmal einen Roman geschrieben, in dem ein verlassenes Waisenkind im Keller eines jener alten, düsteren Waisenhäuser starb und später als Geist wiederkehrte. Dazu hatte er ausgiebig recherchiert und sich Bücher über Heimerziehung früher und heute besorgt. Reuter legte Wert darauf, dass seine Romane trotz aller Schauergestalten, die es in Wirklichkeit gar nicht gab, realistisch wirkten. In jenen Büchern hatte er mehrere Kapitel über Hospitalismus gefunden. Wenn

Kinder in Massenpflege groß wurden, erhielten sie vom ersten Lebenstag an viel zu wenig Zuwendung durch eine feste Bezugsperson. Das bewirkte, dass schon kleine Babys nach kurzer Zeit in der Massenpflege auf schreckliche Art und Weise abstumpften. Sie verloren das Interesse an ihrer Umwelt, sie lernten kaum gehen, saßen oft stundenlang da und schlugen mit dem Kopf an die Wand, die Augen ausdruckslos in weite Ferne gerichtet. Sie vertierten regelrecht. Bekam ein kleines Kind nicht ständig Zuneigung und Stimulation, und genau daran fehlte es in den alten Waisenhäusern, dann zog es sich in sich selbst zurück. Hospitalismus war der wissenschaftliche Name für diese schrecklichen Symptome.

Sie ist hospitalisiert, dachte Reuter. Nicht bis zur völligen Abstumpfung, aber sie ist seelisch geschädigt. So, wie sie da draußen rumlief, wundert mich das kein bisschen. So ganz allein im Wald ... mein Gott! Was ist, wenn ihre Geschichte wahr ist? Wenn ihre Eltern seit zwei Jahren tot sind? Vielleicht war sie gar nicht im Heim. Hat sie womöglich die ganze Zeit über allein im Wald gelebt wie so eine Art Wolfskind?

Reuters Verstand lief auf vollen Touren, während er Lottchens Fingernägel schnitt. Alles deutete darauf hin: ihre zerlumpte Kleidung, ihre erschreckende Magerkeit, ihr Unwissen, was gewisse Dinge der Zivilisation anging, wie Autosicherheitsgurte und elektrische Wäschetrockner. Konnte so ein kleines Kind zwei Jahre lang allein überleben? Schon möglich. Sie konnte an irgendwelchen verborgenen Orten den Tag verbringen, zum Beispiel in verlassenen Scheunen oder in Höhlen im Wald. Davon gab es in der Gegend reichlich. Nachts konnte sie Nahrungsmittel von den Feldern stehlen oder aus Gärten, vielleicht auch aus Vorratskellern bei den Bauern auf dem Land.

„Sag mal, Lottchen ... warst du wirklich zwei Jahre lang ganz allein, nachdem deine Eltern gestorben sind?" Das Mädchen nickte. Es stimmte tatsächlich! Frank zweifelte nicht länger daran. Was für ein Leben musste das sein, ganz allein im

Wald zu hausen! Er versuchte sich auszumalen, wie Lottchen frierend und hungernd auf einen Bauernhof schlich, um etwas zu essen zu ergattern. Wie sie floh, wenn der Hofhund anschlug. Warum hatte sie sich versteckt? Hatte sie solche Angst davor, in ein Kinderheim zu kommen? Hatte man ihr, als sie jünger war, vielleicht grässliche Schauergeschichten über Heime und Waisenhäuser erzählt?

Es gab genug völlig verblödete Erwachsene, die so etwas taten, um ihre Kinder „zur Räson zu bringen", wie sie das nannten.

Frank erinnerte sich nur allzu gut daran, dass seine Mutter ihm immer mit dem „Erholungsheim" gedroht hatte, wenn er als kleiner Junge nicht genug aß. In düstersten Farben schilderte sie einen Ort, an den Kinder kamen, die zu wenig aßen. In ein Kinderheim, weit weg von zu Hause, zu fremden Menschen. Dort mussten sie viele Wochen lang bleiben, krank vor Heimweh und Sehnsucht nach ein bisschen Zärtlichkeit und Wärme. In dem Heim war man eingesperrt wie in einem Gefängnis und wer nicht spurte, wurde verprügelt und allein im dunklen Keller eingeschlossen. Die Kinder mussten solange bleiben, bis sie richtig aßen. Frank hatte von den Schilderungen seiner Mutter Alpträume bekommen, die ihm den Appetit erst recht verdarben. Schon die Erwähnung des Wortes "Erholungsheim" hatte ihn innerlich vor Angst schlottern lassen. Er hatte seiner Mutter diese widerliche Episode nie verziehen, nicht einmal auf ihrem Totenbett, als sie vor zwei Jahren an Lungenkrebs gestorben war.

Wenn Lottchen nun auf dieselbe böswillige Art und Weise konditioniert worden war, war es da ein Wunder, dass sie eine Heidenangst vor Heimen hatte? Trotzdem war es unglaublich, dass sie in den zwei Jahren nicht entdeckt worden war. In den großen, von der Zivilisation fast unberührten Wäldern der Vereinigten Staaten von Amerika, konnte so etwas vielleicht funktionieren, aber mitten im dicht besiedelten Deutschland? Doch es sah ganz so aus.

Eine Welle von Mitleid für das kleine Mädchen überschwemmte Frank. Das halbverhungerte Kind tat ihm leid: „Du hast sicher Hunger, was, Lottchen?"

„Ja." Nur dieses eine Wort. Sehr leise ausgesprochen.

„Weißt du was? Nachher koche ich dir eine Riesenportion Spaghetti mit einer ganz tollen Hackfleischsoße. Wie findest du das?"

Das Mädchen verzog das Gesicht. „Fleisch!" Sie spuckte das Wort aus wie etwas Giftiges, Verfaultes.

„Magst du kein Fleisch?" Möglicherweise erinnerte sie sich nicht mehr an den Geschmack. In den beiden Jahren, in denen sie allem Anschein nach als Streunerin gelebte hatte, war sie wohl kaum an Fleisch herangekommen.

„Ich esse keine toten Tiere!" Ihre Stimme triefte vor Ekel. „Aas isst man nicht! Davon wird man krank und geht tot!"

Au Backe! Ihre Eltern waren wohl militante Vegetarier gewesen! „Was isst du denn? Brot? Gemüse?"

„Gemüse und Obst. Nüsse. Brot? Ja, wenn es aus reinem Getreide gemacht ist und kein ranziges Aas drin ist, wie in diesen fettigen Bauernbroten!" Sie musste Speckbrot meinen.

Frank lächelte ermutigend: „Mach dir keine Sorgen, Lottchen. Ich habe sowohl Gemüse als auch Obst im Haus und Nudeln werden aus Getreide gemacht. Die kannst du guten Gewissens essen."

„In Nudeln sind Eier!"

Oh, Junge, Junge! Sollte er sie gleich umbringen oder sofort? Erwürgen? Den Schädel eindreschen? Ersäufen?

Frank holte tief Luft und zauberte ein Lächeln in sein Gesicht: „Du bist schlau, das muss man dir lassen. Aber heutzutage gibt es auch Nudeln ohne Eier drin, und wenn du keine Nudeln magst, wie wäre es mit Reis?"

Lottes Augen leuchteten auf wie Christbaumkerzen: „Reis mag ich unheimlich gerne! Ich habe schon lange keinen mehr gegessen." Sie schaute ihn sehnsüchtig an: „Kannst du dazu Tomatensoße kochen?"

„Kann ich", erwiderte Reuter schmunzelnd.

„Aber ohne Speck!"

Ich bringe sie doch lieber sofort um! Ich könnte sie mit meiner Schwarzpulverbüchse erschießen. Oder mit dem Bowiemesser aufschlitzen …

„Ohne Speck!", seufzte Reuter und hob seinen verwöhnten kleinen Gast aus der Badewanne. Er wickelte das Mädchen in ein weiches Frotteehandtuch und rubbelte es vorsichtig trocken. Er betrachtete das kleine, hölzerne Ding, das sie an einem Schnürchen um den Hals trug. Schon als sie in die Badewanne gestiegen war, war ihm der seltsame Schmuck aufgefallen. Es war ein kleiner, kunstvoll geschnitzter Reif aus kleinen Blättern, die ineinander verflochten waren und einen Kreis bildeten. In der Mitte des Kreises gab es eine Haselnuss. Das hölzerne Schmuckstück war äußerst kunstvoll gearbeitet. Er hatte so etwas noch nie gesehen.

Nach dem Abtrocknen drückte er ihr einen Kamm in die Hand: „Mach mal einen Versuch mit der Mistgabel. Ich stopfe deine Sachen in die Waschmaschine und stelle schon mal das Wasser für den Reis auf. Danach komme ich mit einer warmen Decke zurück."

„Das ist keine Mistgabel! Das ist ein Kamm! Du denkst wohl, ich bin dumm?"

Reuter entfleuchte schleunigst.

*

Eine halbe Stunde später saß die Kleine, in eine warme Decke gehüllt, am Küchentisch und verputzte eine unglaubliche Portion Reis mit Tomatensoße. Mit offenem Mund starrte Frank in den leeren Topf. Eigentlich hatte er mitessen wollen, aber sie hatte alles in sich hineingestopft, eine Menge, von der er nicht einmal die Hälfte geschafft hätte, und er war weiß Gott ein guter Esser. Lottchens Teller war leer. Sie hob den Kopf und schaute ihn erwartungsvoll an: „Gibt es noch mehr?"

Reuter fiel die Kinnlade herunter: „Du hast immer noch Hunger?"

Das Mädchen senkte beschämt den Kopf.

„Hey! Hey! Mach nicht gleich wieder dicht, ja?" Frank umarmte sie unbeholfen. Verdammt, was geschah da mit ihm? Dieses kleine, verhungerte und verfilzte Etwas war die größte Nervensäge, die er je getroffen hatte, und trotzdem konnte er nicht umhin, sie zu mögen.

„Ich war unhöflich. Meine Unmäßigkeit tut mir leid!", sagte sie so leise, dass er sie kaum verstand.

Klingt, als hätte sie das auswendig lernen müssen, überlegte Frank. Genau wie man kleinen Kindern beibringt, Danke zu krähen, wenn sie beim Metzger ein Stückchen Wurst kriegen.

„Ich habe es nicht böse gemeint", sprach er beruhigend. „Ich wundere mich bloß, wie viel du essen kannst. Das ist alles. Ich schaffe nicht soviel. Ich würde platzen."

Sie lehnte ihren Kopf mit der Stirn an seine Schulter. Er fühlte sich schwer an: „Ich habe nicht oft satt zu essen. Da muss ich viel essen, wenn genug da ist. Ich schäme mich. Ich wollte mich nicht so unverschämt benehmen. Bitte, sei nicht böse mit mir."

Frank war verwirrt von der Geste. Erst fremdelte sie ihn an, dann benahm sie sich, als wären sie seit Jahren Vertraute.

„Ich bin nicht böse, Dummerchen", sagte Frank mit weicher Stimme. „Hab keine Angst. Du hast nichts Schlimmes getan. Ich kriege dich schon satt. Wie wäre es mit Nüssen? Ich habe eine Riesenschachtel voller Haselnüsse im Vorratsschrank. Die sind sogar schon fertig geschält. Du kannst sie vorm Fernseher futtern."

„Es macht dir wirklich nichts aus?" Auch diese Worte klangen wie eingedrillt.

„Nein, Lottchen. Komm." Er hob sie auf und trug sie ins Wohnzimmer. Dort setzte er sie, in ihre Wolldecke gewickelt, auf der bequemen Couch ab und holte die Nüsse. Es war eine Pfundpackung. Während sie unverzüglich zu knabbern begann, schaltete Reuter den Fernseher ein. Auf Kanal 7 lief ein Western. Als die Pistolen zu knallen begannen, sprang Lottchen erschrocken auf und wollte sich hinter der Couch verstecken. Reuter brauchte eine geschlagene Viertelstunde, um ihr zu erklären, was ein Fernseher war und dass die kleinen Leute in dem Kasten nur Schauspieler waren, die so taten als ob.

„Es passiert nicht in Echt?"

„Doch, aber das war vor vielen Jahren. Die Leute kamen zusammen und spielten eine Geschichte. Männer mit Kameras bannten alles auf einen Film, und den sehen wir uns jetzt an. Wenn es knallt, sind das nur harmlose Platzpatronen und die Getroffenen tun so, als fielen sie tot um. In Wirklichkeit passiert niemand etwas. Es ist Theater. Ein Spiel."

Lottes Augen wurden groß. „Wie ein lebendes Buch!", hauchte sie andächtig. „Anstatt zu lesen, sieht man alles mit eigenen Augen. Wie wunderbar!"

Fernsehen kannte sie also auch nicht. Wer waren ihre Eltern gewesen? Anhänger einer Sekte, die alles Weltliche verbot?

„Ich mache so was manchmal selbst", sagte Frank und zeigte auf den Bildschirm. „Allerdings werde ich nicht gefilmt."

„Bist du ein Cowboy?", fragte sie.

Frank lächelte: „Manchmal ja, aber meistens bin ich entweder ein Trapper oder ein Südstaatensoldat. Trapper bin ich am liebsten. Die Klamotten sind die bequemsten."

„So ein Mann wie der Scout in deinem Fernsehdings? Mit Fransen am Anzug?" Lotte gaffte hingerissen. „So jemand habe ich noch nie im Wald gesehen."

„Nun ja, wir tun nur so, als lebten wir im Wilden Westen. Wir verkleiden uns und treffen uns in Höchen. Dort im Wald haben wir unsere Ranch. Es gibt einen großen Saloon, eine Feuerstelle und drum herum lauter gemütliche kleine Blockhütten, in denen wir nachts pennen. Wir machen vieles von unserer Bekleidung selbst, und zwar nach alten Originalschnittmustern. Es muss alles genau stimmen. Kinder sind dort auch viele."

„Das klingt toll", sagte das Mädchen. Im Film ritt eine Gruppe Cowboys in den morgendlichen Sonnenaufgang. „Was ist das?" Vollkommene Verwunderung.

„Das ist die Sonne, Lottchen."

Sie legte den Kopf schief. „So schön! So wunderschön! Und für mich ist es tödlich! Dieses Fernsehen ist ein Wunder. Ich habe noch nie zuvor in meinem ganzen Leben die Sonne gesehen."

Frank bezweifelte das. Sicher hatte sie die Sonne als kleines Baby gesehen, aber sie konnte sich nicht mehr erinnern. Wenn ihre Krankheit sehr früh ausgebrochen war, musste sie seit frühester Kindheit im Dunkeln gelebt haben. Sah sie denn nicht trotzdem manchmal einen Sonnenaufgang? Zumindest ihre warmen, hellen Strahlen musste sie von Zeit zu Zeit in ihren Höhlenverstecken wahrgenommen haben. Die Angst vor der Sonne war ihr wohl genauso eingebläut worden wie die Angst vor Kinderheimen, nur mit dem Unterschied, dass die Angst vor der Sonne für sie überlebenswichtig war.

Plötzlich kuschelte sich das Kind eng an ihn: „Erzählst du mir bitte, wie es draußen aussieht, wenn die Sonne scheint?"

Frank fühlte sich seltsam, als das Kind sich so an ihn anlehnte und vertrauensvoll zu ihm aufblickte.

„Wie soll es draußen schon aussehen? Hell eben!"

„Bitte!", sagte sie leise.

Na schön! Warum auch nicht? Schließlich war er Schriftsteller, nicht wahr?

Frank entwarf eine Wiese an einem flachen Hang. Morgennebel waberte über das taufeuchte Gras. Dann ließ er die Sonne aufgehen. Der Tau verdunstete, die ersten Bienen und Hummeln erwachten und erfüllten mit ihrem Summen die Luft. Vögel flogen am blauen Himmel und ein Kaninchen hoppelte über die Wiese.

Charlotte klammerte sich an Reuter fest und lauschte in atemloser Spannung. Sie hing an seinen Lippen wie eine Ertrinkende. Frank fühlte einen Stich im Herzen. Das arme Kind! Wie musste sie sich nach einem normalen Leben im Sonnenlicht sehnen! Er ließ seiner schriftstellerischen Gabe freien Lauf und erschuf eine wunderschöne Natur im strahlenden Sonnenschein für Lottchen.

Gott! Wie sie ihn anschaute!

Frank erzählte eine halbe Stunde lang. Dann hörte er auf. Er wollte gerne noch ein wenig an seinem neuen Roman arbeiten.

Er schaute Lotte an: „Bist du noch nicht müde?"

Kopfschütteln: „Es ist doch noch früh!" Ein Blick auf die große Wanduhr: „Da, guck. Es ist erst Viertel vor eins." Aha! Die Uhr kannte sie also.

Frank grinste. Um diese Zeit lagen Kinder in Lottes Alter längst im Bett: „Ah ... jjjaa ... ich vergaß, du bist ja eine Nachteule. Was fange ich jetzt mit dir an?" Er dachte angestrengt nach. Er kannte sich nicht besonders gut mit Kindern aus, aber eines wusste er ganz genau: Sie wollten beschäftigt werden. Sie wollten, dass man mit ihnen spielte. Das ließ sich nun aber ganz und gar nicht mit Schreiben koppeln. Ihm kam eine Idee: „Möchtest du was malen? Ich habe Buntstifte und massenhaft Papier." Stummes Nicken.

„Gut. Komm mit in mein Arbeitszimmer."

Sie stand auf, wickelte sich in ihre Decke und lief hinter ihm her: „Wenn ich dich störe ... ich könnte ja rausgehen ... aber meine Kleider ..."

„Oh! Gut, dass du mich dran erinnerst!" Die Waschmaschine musste längst durchgelaufen sein. Reuter lief in den Keller, um die Kleiderfetzen des Mädchens in den Trockner zu geben. Sie folgte ihm.

Wie ein kleiner Hund, dachte er amüsiert. Wie Tine, als sie klein war. Der Gedanke brachte eine Saite in ihm zum Schwingen, erzeugte ein kleines, zärtliches Gefühl. Er dachte an seine Kindheit zurück. Christina war ihm auch stets hinterhergelaufen, sobald sie gelernt hatte, auf eigenen Beinen zu gehen. Sie wollte ihn sogar in die Schule begleiten.

„Das geht nicht, Tine", sagte er dann. Er nannte Christina niemals Tina wie sein Vater, Bettina und alle anderen Verwandten und Bekannten. Wohl aus Trotz den Erwachsenen gegenüber wandelte er das „a" am Ende ihres Namens in ein „e" um. Tine statt Tina. So nannte er sie fast immer. Wenn er zärtlich zu ihr sein wollte, benutzte er die Koseform Tinchen. Seine Schwester störte sich nicht daran; im Gegenteil. Sagte jemand aus der Verwandtschaft zufällig Tine zu ihr, wurde die betreffende Person mit recht harschen Worten darüber aufgeklärt, dass nur der heißgeliebte Bruder sie so nennen durfte. Der Rest der Welt hatte gefälligst Christina zu sagen, oder die Kurzform Tina zu verwenden.

Frank fiel auf, dass sein kleiner Gast beim Laufen alles mit den Händen abtastete. Wie eine Blinde, dachte er. Die tasten auch so. Aber ihre Augen funktionieren doch einwandfrei. Seltsam.

Die Waschmaschine war durchgelaufen. Reuter nahm die feuchten Kleidungsstücke aus der Trommel und steckte sie in den Trockner. Neugierig schaute Charlotte ihm dabei zu.

„So, jetzt stellen wir die Temperatur ein", erklärte Frank. „Wir wählen 30 Grad, weil ich nicht weiß, ob was von deinen Sachen einläuft, wenn es zu warm wird." Er startete das Trockenprogramm. Die Maschine begann zu summen. „In einer Stunde ist alles fertig."

Das Kind war fasziniert: „Das sieht genauso aus wie die Waschmaschine!"

„Aber statt Wasser benutzt sie warme Luft!" Frank musste wider Willen lächeln.

Hatte er nicht früher seiner kleinen Schwester auf dieselbe Art und Weise die Wunder der Technik erklärt? Er hob Lotte, die immer noch in ihre Decke gewickelt war, hoch und trug sie in sein Arbeitszimmer. An einem der Schreibtische setzte er sie ab. Es gab davon vier Stück. Frank Reuter legte Wert auf reichlich Arbeitsfläche, denn oft beschäftigte er sich mit mehreren Projekten gleichzeitig. Wenn er mal gerade keine Lust hatte, am Schreibcomputer weiterzumachen, rollte er auf seinem Drehstuhl quer durch den großen Raum und machte sich an einem der anderen Schreibtische Notizen für eine neue Geschichte, oder er sah ein Manuskript durch, das vom Lektorat geschickt worden war, um einige Korrekturen vorzunehmen. In einer Zimmerecke stand ein gesonderter Computer mit riesigem Bildschirm. Der Sitz davor besaß Fußpedale und einen Steuerknüppel. Es war Franks Zugang zu www.dieIrren.de, einer Gruppe Gleichgesinnter, die im Internet mit virtuellen Kampfflugzeugen des Zweiten Weltkriegs gegeneinander antraten.

Frank holte Buntstifte und Papier und legte sie vor seinem kleinen Gast aus: „Bitteschön. Du kannst loslegen. Mal was Hübsches."

Er setzte sich vor seinen Computer und schaltete ihn ein. Automatisch suchte das Schreibprogramm die Stelle seines Romans auf, an der er gerade arbeitete. Frank warf einen Blick zur Seite. Das Mädchen hatte einen Bleistift zur Hand genommen und zeichnete konzentriert drauflos.

Sehr gut!, dachte er und griff in die Tastatur. Nach wenigen Minuten war er in der Geschichte, an der er schrieb, aufgegangen und nahm nichts mehr um sich herum wahr.

„Ich bin fertig. Willst du das Bild mal sehen?"

Frank schrak hoch. Er hatte das Kind vollkommen vergessen. Er warf einen kurzen Blick auf seine Armbanduhr. Er hatte mehr als eine Stunde geschrieben und dabei wie üblich alles um sich herum vergessen. Es fiel ihm schwer, in die Wirklichkeit zurückzukehren.

„Äh ... jja ..." Er stand auf und reckte seine Glieder, bevor er einen Blick auf ihr Bild warf.

„Du kannst aber gut zeichnen!" Seine Verblüffung war nicht gespielt. Das Blatt war über und über mit Tieren bedeckt. Es gab Rehe, Kaninchen, Füchse, Wildschweine, Fasane, Eichhörnchen und verschiedene Arten von Vögeln. Für ein Kind ihres Alters zeichnete Lottchen unglaublich gut. Zeichnungen dieser Güte schafften kleine Kinder normalerweise nicht. Erst mit dreizehn oder vierzehn Jahren waren sie soweit und selbst dann gehörte Talent dazu.

„Lauter Waldtiere. Ein wunderschönes Bild", lobte Frank.

„Meine Mama hat oft mit mir gemalt", erklärte das Mädchen. Ihr Blick verschleierte sich.

„Ich vermisse sie so sehr! Ich wollte, sie wäre noch bei mir! Ich bin immer allein!"

Sie tat Reuter leid. Für ein Kind in ihrem Alter musste es furchtbar sein, die Eltern zu verlieren. Frank konnte ihren Schmerz gut nachfühlen. Schließlich hatte er als Kind seine Mutter verloren. Sie war nicht gestorben, gut, aber die Scheidung hatte ihn ungeheuer mitgenommen. Auch wenn er es nach außen hin nicht zeigte, wühlten Trauer und Wut in seiner Seele. Später, als er erwachsen war, las er in einem Magazin einen Bericht, in dem es hieß, dass ein Kind eher den Tod eines Elternteils verwinden konnte, als den Verlust durch Scheidung.

Frank kniete sich neben Lottchen nieder und umarmte sie vorsichtig: „Das mit deinen Eltern tut mir leid. Ich wollte, ich könnte dir helfen."

Wortlos kuschelte sie sich an ihn und vergrub ihr Gesicht in seiner Halsbeuge. Frank hielt sie fest und streichelte ihr sachte über die dunklen Haare.

„Du bist lieb", sagte sie leise. Frank spürte ein warmes Rieseln durch seinen Körper ziehen.

„Wir sollten mal nach deinen Anziehsachen schauen. Die sind jetzt bestimmt trocken." Er hob sie hoch und trug sie, eingemummelt in die Decke, zur

Waschküche im Keller. Wieder wunderte er sich darüber, dass sie so leicht war. Nun ja ... ein bisschen schwerer musste sie wohl geworden sein. Schließlich hatte sie fast eine ganze Pfundpackung Haselnüsse in sich reingestopft; nicht zu vergessen die Riesenportion Reis mit Tomatensoße vorher.

Lottchens Kleider waren trocken und sie zog sich an. Misstrauisch beäugte Frank die Lumpen. Auch in sauberem Zustand verdienten sie die Bezeichnung Kleidung nicht. Er half ihr beim Anziehen. „So kannst du nicht rumlaufen. Wenn die Geschäfte aufmachen, kaufe ich dir neue Kleider."

Sie lächelte ihn an: „Ehrlich?"

„Klar doch."

„Wird das nicht zu teuer?"

Reuter grinste: „Das kann ich mir gerade noch leisten. Gehen wir wieder rauf? Ich will weiterschreiben." Sie streckte ihm die dünnen Arme entgegen. Frank hob sie hoch. Vor der Kellertreppe blieb er stehen. In einem Schränkchen bewahrte er einige Erinnerungen an seine Kindheit auf, unter anderem einen Stoffbeutel mit kleinen Plastiktierchen. Er holte den Beutel aus dem Schrank.

„Was ist das?", fragte Lottchen neugierig.

Frank grinste, verschwörerisch: „Das wirst du gleich sehen, kleine Dame." Oben im Arbeitszimmer schüttete er die Tierchen vor Lottchen auf dem Boden aus: „Mit denen habe ich als kleines Kind gespielt."

Lottchen war begeistert. „Sind die schön!", rief sie. „Darf ich damit spielen?"

„Sicher. Deswegen habe ich sie doch mitgenommen." Frank setzte sich wieder an den Computer. Ab und zu drehte er sich nach dem Kind um. Es saß auf dem Boden und spielte mit den Plastikfigürchen. Es war so in sein Spiel vertieft, dass es ihn nicht im Mindesten störte. Frank schaffte einen ordentlichen Batzen an seinem Roman. Um halb drei erhob er sich gähnend: „Ich glaube, ich bin reif für die Falle. Und du? Noch nicht müde?"

Das Mädchen stand auf: „Nur ein bisschen. Ich könnte noch wach bleiben. Aber mein Kopf tut ein wenig weh. Ist vielleicht besser, wenn ich auch ins Bett gehe." Sie kam zu ihm an den Schreibtisch: „Was machst du da?"

„Ich schreibe eine Geschichte."

„Mit dem Ding da? Warum nicht mit einem Stift?"

„Mit dem Computer geht es viel einfacher und schneller, weil ich zum Schreiben alle zehn Finger benutzen kann."

„Was für eine Geschichte schreibst du da auf?"

„Ich schreibe über einen Mann, einen Wissenschaftler, der ein neues Medikament erfindet. Obwohl er weiß, dass es schlimme Nebenwirkungen hat, probiert er es an sich selbst aus. Davon wird er wahnsinnig und beginnt, Leute umzubringen."

„Das ist ja schrecklich! Warum schreibst du so etwas?"

„Weil die Leute solche Geschichten gerne lesen. Die Menschen lieben Horrorgeschichten mit blutrünstigen Mördern, Verrückten und Ungeheuern. Was ist daran so schrecklich? Denk mal an die bekannten Kindermärchen! Da gibt es einen bösen Wolf, der Großmütter und kleine Mädchen auffrisst, böse Hexen und Stiefmütter, die ihre Kinder vergiften. Ich mache nichts anderes. Ich schreibe moderne Märchen zum Gruseln."

„Und wann gehst du zur Arbeit?"

Reuter lachte hellauf: „Das ist meine Arbeit! Ich verdiene damit mehr Geld, als ich als Handwerker verdienen würde. Ich bin ein ziemlich erfolgreicher Schriftsteller."

„Aha. Deshalb hast du genug Geld, um mir neue Kleider zu kaufen."

Frank musste über ihre kindliche Logik lächeln: „Ja, Lottchen. So ist es." Er strich ihr vorsichtig über die Haare: „Tut dein Kopf sehr weh? Vielleicht willst du doch lieber zu einem Arzt?"

Sie riss die Augen auf. „Nein!", schrie sie entsetzt. „Du hast es versprochen!!!"

„Schon gut", beruhigte er sie. „Kein Arzt, wie versprochen. Soll ich dich ins Bett tragen oder willst du allein laufen?" Sie streckte ihm die Arme entgegen.

Reuter trug das Mädchen ins Gästezimmer im Keller und legte es ins Bett: „Wann soll ich dich heute Abend aufwecken?"

„Ich werde von selbst wach."

„Na dann ... Guten Tag."

Sie streckte ihm die Arme entgegen: „Krieg ich einen Guten-Tag-Kuss?" Frank küsste sie auf die Wange: „Schlaf schön, Kleines."

„Bleibst du solange, bis ich eingeschlafen bin? Bitte!"

Frank nickte: „Mach ich, Lottchen." Er streichelte ihr Haar. Das Mädchen drehte sich auf die Seite. Reuter blieb neben dem Bett sitzen, bis ihre tiefen Atemzüge anzeigten, dass sie schlief. Dann ging er nach oben. Beim Ablegen seiner Kleidung dachte er über die Ereignisse der Nacht nach. Was sollte er mit dem Kind anfangen? Er konnte es ja nicht einfach behalten. Es gehörte irgendwohin. Reuter gähnte herzhaft und schlüpfte ins Bett. Wenn er müde wurde, dann aber richtig.

„Darüber denke ich nach dem Aufstehen weiter nach", brummte er und schlief auf der Stelle ein.

*

Reuter wachte kurz nach elf Uhr auf. Unter der Dusche dachte er über seinen kleinen Gast nach. Was fing er mit Lottchen an? Wie weit sagte sie ihm die Wahrheit über sich? Stand sie wirklich ganz allein in der Welt? Gab es so etwas überhaupt? Was, wenn es so war? Sie konnte ja nicht für immer bei ihm bleiben.

„Und warum nicht?", fragte er laut. Beim Klang seiner eigenen Stimme schrak er zusammen. Was für einen Unsinn faselte er da zusammen! Natürlich konnte das Kind nicht bei ihm bleiben. Das war nicht so ohne Weiteres möglich. Wenn sie tatsächlich keine Angehörigen mehr hatte, war das Jugendamt für sie zuständig. Dann würde man einen Platz in einem Heim für sie finden oder geeignete Pflegeeltern.

Ich könnte ihr Pflegevater werden. Reuter stellte die Dusche ab und griff nach dem Handtuch. Ich wäre sogar perfekt als Pflegevater! Sie ist ein Nachtmensch wegen ihrer Krankheit und ich bin ebenfalls eine Nachteule. Er schüttelte den Kopf. Wie zum Teufel kam er auf diese Schnapsidee? Was sollte er mit einem Kind anfangen, noch dazu einem schwer kranken?

Frank dachte an früher zurück, als Christina noch ein Baby gewesen war. Er hatte sie bemuttert und umsorgt. Anfangs hatte er es aus Berechnung getan, um sich endlich wieder in den Vordergrund zu spielen, was ihm bravourös gelungen war; später aus Liebe. Es hatte ihm nichts ausgemacht, ihr den Hintern abzuwischen und sie zu füttern, egal; wie viel sie dabei versabberte. Als sie älter wurde, hatte er viel zusammen mit ihr unternommen. Seine Freunde hatten ihn oft damit aufgezogen, dass er Mutti spielte, doch er hatte ihren Spott an sich abperlen lassen. Da hatten sie sich daran gewöhnt, dass Franks kleine Schwester manchmal mit von der Partie war.

Wie hatte Tine an ihrem achtzehnten Geburtstag zu ihm gesagt? „Eigentlich warst du es, der mich großgezogen hat, Frankie. Mama und Papa haben sich natürlich viel um mich gekümmert, und sie haben mich geliebt. Aber du warst es, der mir das Laufen beibrachte. Von dir habe ich gelernt, wie man spricht. Du hast nicht Dada und Brummbrumm gesagt, sondern Spazieren gehen und Auto. Du hast mir gezeigt, wie man malt und zeichnet, wie man Rollschuh läuft, Fahrrad fährt, schwimmt und taucht. Du warst immer für mich da."

Das hatte sie in Gegenwart der gesamten Familie und etlicher Bekannter von sich gegeben. Frank hatte sich vor Verlegenheit gewunden wie ein Aal.

„Übertreib nicht so!", hatte er dagegengehalten. „Wir hatten auch oft Zoff, und ich habe dich keineswegs überallhin mitgenommen."

Doch bei genauerem Nachdenken musste er ihr recht geben. Er war tatsächlich eine Art Ersatzmutter für Christina gewesen oder wenigstens eine Zusatzmutter. Und das hatte ihm Freude gemacht. Wo Bettina oder sein Vater die Geduld verloren, hatte Frank mit stoischer Gelassenheit standgehalten. Wenn Tine allem Anschein nach zu dämlich war, die simpelsten Rechtschreibregeln im Gedächtnis zu behalten, hatte er Nachmittag um Nachmittag mit ihr geübt, bis sie endlich Zweier nach Hause brachte, anstatt Vierer und Fünfer. Als sie in der vierten Klasse beinahe an den Bruchrechnungen verzweifelte, hatte er so lange mit ihr gepaukt, bis sie die Rechnungen im Schlaf beherrschte. Zu ihm war sie gekommen, als sie vierzehn Jahre alt gewesen war und ihre erste Liebe in die Brüche ging. Er war auch der Erste, der erfuhr, dass Christina später mal einen sozial engagierten Beruf erlernen wollte. Sechzehn Jahre war sie da gewesen. Kindergärtnerin wollte sie werden oder Krankenschwester. Sie war dann Sozialarbeiterin geworden. Bettina und sein Vater waren gar nicht begeistert davon gewesen. Frank hatte zu Tine gehalten und ihr den Rücken gestärkt.

Reuter rasierte sich. „Na schön. Ich habe gewissermaßen Erfahrung in Kindererziehung, aber reicht das fürs Jugendamt?"

Nach welchen Kriterien wählten die eigentlich Pflegeeltern aus? Geld genug mussten sie haben und eine geräumige Wohnung, soviel stand fest.

„Eins zu null für mich!", brummte Reuter. Was noch? Ja ... was noch? Man musste das Kind lieben. Quatsch! Wie sollte das gehen? Pflegeeltern kannten die Kinder, die sie vom Jugendamt kriegten, vorher gar nicht. Bereitschaft, ein Kind zu lieben. Ah, das klang schon besser. Genug Zeit für ein Kind. Hatte er. Einfühlungsvermögen, Verantwortungsbewusstsein, seelische Stärke ... und so weiter und so fort.

„Hab ich alles!"

Genügte das? Wieso dann dieses bohrende Gefühl in seinem Magen? In Gedanken sah Reuter sich im Büro der Pflegevermittlung sitzen, ihm gegenüber eine junge Sozialarbeiterin Ende zwanzig. Sie sah aus, als könne sie kein Wässerchen trüben, aber sie war ein Drache. Nachdem sie ihn mit allgemeinen Floskeln eingelullt hatte, verschoss sie ihre Giftpfeile: „Herr Reuter! Ich werde das Gefühl nicht los, dass Sie nicht umfassend über die Angelegenheit nachgedacht haben! Sie reden die ganze Zeit von Ihrem Geld, Ihrem großen Haus, von Zuneigung. Das allein reicht aber nicht. Ich glaube, Sie sind sich nicht im Mindesten darüber im Klaren, was mit der Aufnahme eines schwerkranken Kindes auf Sie zukommt. Haben Sie schon einmal darüber nachgedacht, dass Sie mit einem solchen Kind nie in Urlaub fahren können? Sie darf ja nie ins Sonnenlicht. Also vorbei mit Mallorca, Karibikkreuzfahrt, USA-Reise, Kulturtour durch Frankreich!"

PENG! Da hatte sie ihn aber mit heruntergelassenen Hosen erwischt! Tatsächlich hatte er noch nicht daran gedacht. Von den Kreuzfahrtprospekten in seinem Schreibtisch erzählte er ihr besser nichts.

Der Drachen beharkte ihn unbarmherzig weiter: „Was wird, wenn Sie eine Frau kennenlernen? Wird sie das Kind annehmen können? Ein schwerkrankes Kind? Was tun Sie, wenn diese Frau Sie zwingt, zu wählen zwischen sich und dem Kind? Sind Sie sicher, dass Sie einer solchen Situation gewachsen sind? Sind Sie sich eigentlich darüber im Klaren, dass Sie wahrscheinlich ein Leben lang für dieses Kind da sein müssen, weil es niemals für sich selbst sorgen kann?"

„Oh, Mann!" Reuter legte den Rasierapparat ab. „Ich und meine blöde Fantasie!"

War diese Fantasie so weit hergeholt? Reuter wusste, dass dem nicht so war. In der kleinen Spielsequenz hatte die imaginäre Frau vom Jugendamt nur alles das ausgedrückt, was Frank bisher verdrängt hatte. Und bevor er Lottchen behalten durfte, würde das Jugendamt sie gewiss ärztlich untersuchen lassen, und die Kleine fürchtete sich doch so sehr vor Ärzten.

„Rutscht mir doch alle den Buckel runter!", grummelte Reuter. „Ich weiß, was ich mache: nämlich gar nichts! Ich warte erst mal ab! Vielleicht kommt was über Lottchen in den Nachrichten und wenn nicht, bleibt sie halt mal eine Weile bei mir. Nach einer gewissen Zeit wird das so was wie Gewohnheitsrecht. Dann können die vom Jugendamt nichts mehr machen. Außerdem, er dachte an die Sache mit dem Urlaub, muss ich erst mal ganz exakt über die ganze Sache nachdenken. Zuerst will ich wissen, was es mit diesem XP auf sich hat."

Frank zog sich an und ging ins Arbeitszimmer. Er recherchierte im Internet nach XP. Es handelte sich um eine seltene Erbkrankheit. Befallenen Personen fehlte ein bestimmtes Gen, das dafür sorgte, dass von Sonnenstrahlung angegriffene Hautzellen erneuert wurden. Menschen, die an Xeroderma Pigmentosum litten, bekamen Hautkrebs und wurden blind, wenn sie in die Sonne gingen. Sie mussten ein Leben in Dunkelheit führen.

„Das wird es sein", murmelte Frank. „Solange Lottchen nicht in die Sonne geht, kann sie ein normales Leben führen. Sie könnte bei mir bleiben."

„So, so?!", quäkte eine kleine Stimme in seinem Hinterkopf. „Frank Reuter hat also doch noch sein armes kleines Waisenkind gefunden, das er retten kann. Genau wie er es sich und Matze Tintenfess vor über zwanzig Jahren versprach." Die Stimme lachte meckernd.

„Na und?", brummte Reuter. „Was ist so schlimm daran? Sie bleibt vorerst bei mir. Ich höre die Radionachrichten. Wenn sie vermisst wird, erfahre ich es schnell."

Ihm fiel ein, dass das Kind Kleidung brauchte. Auch wenn sie in ein oder zwei Tagen abgeholt wurde, wollte er sie nicht in ihren alten Lumpen gehen lassen. Und er wollte sich in der Bücherei Lektüre über Pflegekinder und Adoptionen ausleihen. Es konnte nicht schaden, sich schlau zu machen.

Er beschloss, in die nahe Kreisstadt Homburg zu fahren, um die Bücher zu besorgen. Er kannte dort auch eine Boutique, die ausschließlich

Kinderbekleidung führte.

„So schlage ich zwei Fliegen mit einer Klappe. Auf nach Homburg!"

Ich könnte auch mal mit Christina reden. Die arbeitet als Sozialarbeiterin in Homburg und hat sicher Kontakte zu Leuten vom Jugendamt.

Ich werde bei Gelegenheit mit ihr über Lottchen sprechen, nahm Frank sich vor. Tine wird mich nicht verpfeifen. Die Idee gefiel ihm. Sicher hatte Tine Beziehungen, die ihm von Nutzen sein konnten.

Frank wunderte sich über sich selbst. Charlotte hatte es in einer einzigen Nacht geschafft, einen Platz in seinem Herzen zu finden. Sie hatte ihn regelrecht bezirzt.

Frank war sich über seine Gefühle gegenüber dem Kind nicht recht im Klaren. Sie rührte etwas in seiner Seele an, soviel stand fest. Aber das war nicht schwer. Die meisten Kinder mochten Frank. Wo immer er auftauchte, schien er die kleinen Nervensägen anzuziehen wie ein Magnet. Wenn sie ihn dann mit ihren großen fragenden Augen ansahen, löste das in Frank etwas aus. Das war wohl der Brutpflegereflex, den jeder Mensch besaß, eine instinktive Reaktion. Kindchenschema nannte man das. Kinder hatten andere Proportionen. Der Kopf war im Vergleich zum restlichen Körper zu groß, die Augen wirkten besonders groß und tief. Dazu die zierlichen Hände und Füße und all das. Erwachsene waren einfach von der Natur darauf programmiert, Kinder zu mögen, weil Kinder darauf angewiesen waren, von Erwachsenen gemocht und beschützt zu werden. Alles simple Biologie.

Ist es das tatsächlich? Immerhin bin ich von der Biologie genauso darauf programmiert, Frauen zu mögen. Ihre Beine und Brüste ziehen mich an, das Haar, der Hintern (und wie!). Aber falle ich deswegen gleich jedes weibliche Menschenwesen im geschlechtsfähigen Alter an?

Frank hatte Kinder immer gemocht. Von klein auf konnte er gut mit ihnen umgehen, sich in sie hineinversetzen. Sie lebten in einer reinen Gefühlswelt voller Fantasien. Mit Verstand hatten sie nichts am Hut. Der wuchs erst allmählich.

Frank fragte sich oft, warum er nicht einmal den Versuch wagen sollte, ein Buch mit Geschichten für Kinder zu schreiben. Ideen hatte er mehr als genug. Das wäre einmal etwas anderes als seine ständigen Monsterstorys, die mit Angst und Schrecken gespickt waren und von Blut nur so troffen. Wie wäre es mit selbsterfundenen Märchen über Zaubertrolle und Elfen, über Kinder, die durch eine geheime Tür im Keller in ein fernes Sommerland gelangten?

Sein Verleger würde einen Anfall kriegen. Der Gedanke gefiel Reuter. Schon allein um Selzer zu ärgern, würde sich die Sache lohnen. Er beschloss, gleich nach seiner Rückkehr einige Ideen zu notieren. Danach konnte er sich in Ruhe aussuchen, was ihm am besten gefiel, und ab und an eine kurze Kindergeschichte schreiben, wenn ihm seine Werwölfe und durchgeknallten Wissenschaftler zum Hals heraushingen. Je länger Reuter darüber nachdachte, desto besser gefiel ihm der Einfall.

Unterwegs hörte er die Nachrichten im Autoradio. Kein Wort von einem vermissten Kind. Vielleicht war noch nicht Anzeige erstattet worden?

In der Homburger Stadtbücherei fand Reuter gleich fünf Bücher zum Thema Pflege und Adoption. Zufrieden brachte er seine Beute zum Auto. Dann suchte er die Boutique für Kinderbekleidung auf.

Ziemlich feiner Laden, fand Frank. Kann mir nur recht sein. Dann werde ich auch gut und fachmännisch bedient.

Er trat ein. Eine elektronische Klingel piepste ein Kinderlied. Reuter verzog das Gesicht. Wenn er hier arbeiten würde, würde die abscheuliche Melodieklingel keine drei Tage überleben.

Eine Verkäuferin kam auf ihn zu, eine attraktive Frau Ende zwanzig mit modisch kurzgeschnittenem Blondhaar: „Kann ich Ihnen helfen?"

„Sie können", antwortete Frank. „Ich möchte Kleider für ein kleines Mädchen kaufen, ungefähr sechs Jahre alt. Ein bisschen klein und dünn geraten." Er lächelte die Verkäuferin an: „Sie ist nicht gerade ein guter Esser." Das war eine glatte Lüge. „In dem Alter sind die Kinder meistens dünn, was? Ist ja auch besser so. Wenn jemand schon als kleines Kind ein Pummel ist, gibt es im späteren Leben leicht Ärger mit den Gelenken oder Plattfüße und solches Zeug."

Die Verkäuferin lächelte pflichtschuldig zurück: „Ja, gewiss. In dem Alter sind die meisten Kinder heikel, wenn es ums Essen geht. Wenn sie dann mit sieben Jahren einen großen Schuss machen, kommt der Hunger von selbst. Meine Schwester hat eine Tochter im gleichen Alter, die muss man auch zum Essen zwingen. Wenn es nach ihrem Willen ginge, würde sie sich ausschließlich von Pommes Frites und Süßigkeiten ernähren und ansonsten Hungerkünstler spielen. Haben Sie an etwas Bestimmtes gedacht?"

„Mmh ... nein. Eigentlich wollte ich ihr eine komplette Montur kaufen. Die Kleine hat sich einen ganzen Haufen Kleider gewünscht. Da dachte ich mir, ich kaufe mal so richtig groß ein. Ich möchte sie damit überraschen."

„Das ist nett. Sind Sie mit dem Kind verwandt? Ihre Nichte vielleicht?"

„Nein, sie ist das Kind von Bekannten."

„Ah so. Dann sind Sie wohl der Patenonkel."

Reuter nickte. Das klang brauchbar: „Ja, ich bin ihr Pate. Bislang bekam sie immer Spielzeug von mir, aber jetzt wünscht sie sich neue Anziehsachen und ich dachte mir: Warum nicht?"

„Wissen Sie, welche Kleidergröße Ihr Patenkind hat?"

„Au Backe! Hab ich vergessen!" Reuter zog eine Grimasse. „Warten Sie mal ..." Er marschierte in den hinteren Teil des geräumigen Ladens. Dort stand eine Mutter mit zwei Kindern, einem Jungen und einem Mädchen. Das Mädchen probierte gerade eine Windjacke an. Frank zeigte auf die Kleine: „Mein Patenkind ist genauso groß wie die junge Lady hier. Sie hat auch dieselbe Statur."

Die Verkäuferin lächelte: „Sehr gut. Darauf können wir aufbauen. Kommen Sie bitte. Ich zeige Ihnen, was wir so alles führen. Wenn Sie Ihr Patenkind von Kopf bis Fuß neu einkleiden wollen, suchen Sie vielleicht etwas preiswertere Ware?"

„Nein, im Gegenteil!", wehrte Reuter ab. „Ich will Qualitätsware haben. Ich bin hier, um Geld auszugeben, nicht, um welches zu sparen."

„Der Mann gefällt mir!", rief die Verkäuferin erfreut. Im Verlauf der nächsten halben Stunde legte sie Reuter alle nur erdenklichen Arten von Kinderbekleidung vor, angefangen mit Schuhen, Sandalen und Gummistiefeln, über Hosen, Blusen, Pullover und Kleidchen bis hin zu teurer Sportbekleidung aus Goretex. Auch Schlafanzüge und Unterwäsche bekam Reuter präsentiert.

Er lachte hellauf, als die Verkäuferin ihm einen himmelblauen Pyjama mit aufgedruckten Dinosauriern zeigte: „Sowas tragen Kinder heutzutage?"

„Aber ja! Meine Nichte hat genau denselben. Wenn sie ihn trägt, sagt sie zu mir: Tante Manuela, heute habe ich meinen Dinosaurierschlafanzug an. Da träume ich heute Nacht davon, ins Dinoland zu reisen. Sie hat eine ziemlich lebhafte Fantasie, müssen Sie wissen."

„Das glaube ich Ihnen aufs Wort", meinte Frank lächelnd. „Ich war in dem Alter nicht anders. In meiner Fantasie erlebte ich die haarsträubendsten Abenteuer mit Dinosauriern, Ungeheuern und wilden Tieren. Ich wanderte durch fremde Länder, konnte Auto fahren und Flugzeuge fliegen. Manchmal flog ich mit einem Raumschiff zu fernen Planeten."

Frank runzelte nachdenklich die Stirn: „Dinoland ... Dinoland. Sagen Sie, wie heißt Ihre Nichte?"

„Franziska. Wieso?"

Reuter lächelte breit: „Franziska. Ein schöner Name. Ich stehe auf diese altmodischen Kindernamen, die jetzt wieder in sind: Franziska, Viktoria, Elisabeth, Katharina, Peter, Hans, Rudolf und so weiter. Diese Sorte Namen hat mir schon als Kind gut gefallen. Hmmm ... Franziska ... Franziska und Charlotte, zwei Freundinnen, gehen gemeinsam ins ferne Dinoland, um eine Zaubermedizin zu holen, denn Charlotte leidet an einer seltenen Krankheit und wenn sie die Zaubermedizin nicht bald erhält, muss sie sterben, weil eine böse Fee einen Fluch über sie gesprochen hat. Meinen Sie, dass eine solche Geschichte Ihrer Nichte gefallen würde?"

Die Verkäuferin lachte: „Und ob! Sie ist verrückt nach solchen Geschichten! Sind Sie vielleicht Hobbyschriftsteller, der Kindergeschichten verfasst?"

„Nein, ich mache das hauptberuflich und normalerweise schreibe ich Horrorromane für Erwachsene, aber ich dachte mir, ich könnte mich mal an ein Buch mit Kindergeschichten wagen."

„Sie sind Schriftsteller?" Sie war plötzlich sehr interessiert. „Darf ich fragen, wie Sie heißen?"

„Frank Reuter."

Die Verkäuferin sperrte den Mund auf: „Frank Reuter? Der Mann, der TIGERBLUT geschrieben hat? Und DER SIEBTE SCHLÜSSEL? Ich kann es nicht glauben! Ich stehe hier einer Berühmtheit gegenüber!"

Frank lächelte sie an. Er war an solche Reaktionen gewöhnt. Es störte ihn nicht mehr sehr. Gleich würde sie ihn um ein Autogramm bitten. „Hat Ihnen TIGERBLUT gefallen?"

„Gefallen? Sie sind gut! Ich habe das Buch nicht gelesen, ich habe es gefressen! Ich habe alle Ihre Bücher gelesen, und eins ist besser als das andere. Sie schreiben fantastisch, Herr Reuter."

„Frank. Nennen Sie mich bitte Frank. Ich mag es nicht gerne förmlich. Gesiezt werde ich nur auf der Bank und beim Finanzamt. Sie heißen Manuela, wenn ich das vorhin richtig mitbekommen habe?"

„Ja, Manuela. Ich ... bitte entschuldigen Sie, dass ich Sie nicht gleich erkannte, aber ..."

„Du, nicht Sie! Ich heiße Frank, ja? Keine Sorge, ich lege absolut keinen Wert auf Starkult und solche Dinge. Ich will, dass die Leute meine Bücher mögen. Meine Person halte ich ganz gerne aus dem ganzen Rummel raus. Deswegen gibt es von mir auch keine Bilder in den Zeitungen. Das war eine Idee von meinem Verleger und mir: Frank Reuter, der große Unbekannte. Alle kennen seine Romane, doch niemand weiß, wie der Mann aussieht, der dahintersteckt. Ich lege größten Wert auf ein ungestörtes Privatleben. Ich würde wahnsinnig werden, wenn andauernd Pressefritzen hinter mir her wären."

Reuter warf einen raschen Blick auf die Hände Manuelas. Sie trug keinen Ehering. Aus seiner Hose ertönte eine fordernde Stimme, die nur er hören konnte: „Kein Fangeisen, Alter! Bagger sie an!"

„Oh ... ist es Ihnen lästig, dass ich so ...", Manuela wirkte verunsichert.

„Nein, ist es nicht, Manuela. Wenn ich nicht gewollt hätte, dass Sie wissen, wer ich bin, hätte ich Ihnen meinen Namen nicht verraten."

„Ich dachte, ich soll duzen", sagte sie lächelnd. „Dann musst du das aber auch tun!"

„Gerne, Manuela."

Mann, bin ich galant!, dachte Reuter grimmig. Ich habe mal wieder den Charme eines brünstigen Nilpferdbullen!

„Egal!", brüllte es aus seiner Hose. „Ich will! Weiterbaggern!"

Sie wandten sich wieder den Kinderkleidern zu. Während sie Frank weitere Stücke vorlegte, erzählte Manuela von ihrer Nichte Franziska. Dass ihre Schwester auch noch einen Sohn von neun Jahren hatte. Sascha hieß der, und er hatte ziemliche Probleme in der Schule.

„Wirst du diese Geschichte wirklich schreiben, Frank? Die mit meiner Nichte im Dinoland?"

„Ich denke, ich fange gleich nachher damit an. Die Idee gefällt mir und wenn ich so einen Einfall habe, ist es am besten, ich mache mich sofort an die Arbeit. Die Idee zu DER SIEBTE SCHLÜSSEL kam mir während einer Fahrradtour und als ich nach Hause kam, setzte ich mich sofort an den Computer. Ich schreibe am besten, wenn ich eine zündende Idee gleich umsetze."

„Das ist ja ein Ding! Frank Reuter schreibt eine Geschichte, in der meine Nichte mitspielt! Franziska wird ausflippen, wenn ich ihr erzähle, dass irgendwann ein Buch erscheint, in dem sie mitspielt. Wie lange brauchst du, um so eine Geschichte zu schreiben?"

Frank zuckte die Achseln: „Keine Ahnung. Ich habe so etwas vorher noch nie gemacht. Allzu lange darf die Story nicht werden. Kinder können sich noch nicht für lange Zeit konzentrieren. Ich denke, ich komme mit etwa zwanzig Normseiten hin. Das dauert höchstens zwei Tage. Ich plane, ungefähr ein Dutzend verschiedener Märchen und Geschichten für Kinder zu schreiben, und alle zusammen in einem Buch zu veröffentlichen. Das heißt, wenn mein Verleger mitspielt."

„Diese Geschichte, in der meine Nichte mitwirkt, würde ich zu gerne lesen. Wann wird das Buch erscheinen?"

„Das kann Monate dauern. Wenn du willst, kannst du das Manuskript vorab lesen. Wie wäre es, wenn wir uns für einen Abend in zwei oder drei Tagen verabreden? Wir könnten zusammen essen gehen oder ins Kino. Ich bringe dir eine Kopie der Story mit."

Manuela lächelte entschuldigend: „Ich fürchte, das wird nicht gehen Frank. Versteh mich bitte nicht falsch. Ich möchte durchaus mit dir ausgehen, aber es gibt da jemanden, dem das nicht gefallen würde. Ich habe einen Freund."

Au Backe! Voll angeschmiert!, dachte Frank enttäuscht. Warum zur Hölle sind die besten Frauen immer besetzt?

„Okay, ich verstehe. Tut mir leid, Manuela. Ich wusste nicht, dass ich einen Konkurrenten habe, der die besseren Karten auf der Hand hat. Vergiss es einfach, ja?"

„Du bist nicht sauer?"

„Wieso? Das ist nicht der erste Korb, den ich kriege. Ich sammele die Dinger!" Reuter lachte.

„Die Kopie von der Dinogeschichte kriegst du trotzdem. Ich bringe sie dir vorbei."

„Das ist wirklich sehr nett von dir", meinte Manuela.

*

Zehn Minuten später verließ Frank die Boutique, beladen wie ein Packesel.

Mist!, fluchte er in Gedanken. Die Lady sah echt top aus, und dann das! Hat schon einen Macker. Tja, ich bin eben ein Pechvogel. Mit der Braut hätte ich gerne ein Techtelmechtel angefangen. Es sollte wohl nicht sein. C'est la vie. Sellerie. Dünnschiss mit Rahmsoße!

Aber Frank ließ sich dadurch nicht die gute Laune verderben. Wenigstens war dabei eine gute Idee für eine Story für ihn abgefallen. Er lud die Kleider in den Kofferraum seines Wagens und fuhr nach Bexbach.

Auf dem Nachhauseweg machte er im Supermarkt Zwischenstation und kaufte Lebensmittel ein. Er besorgte Gemüse, Obst, Nüsse und Brot.

Schokolade geht wohl auch, überlegte er. Da ist kein tierisches Fett drin. Wie sieht es mit Milch aus? Nee, stammt von Tieren! Schade. Cornflakes würden ihr bestimmt schmecken. Moment mal!

Er steuerte das Regal mit Reformkost an und griff nach einem Tetrapack mit Sojamilch. Das Zeug sah aus wie Milch und schmeckte auch angeblich so. Es war bloß fünfmal so teuer. Reuter hatte die Ökofritzen immer ein wenig mitleidig belächelt, die solche Reformprodukte kauften. Jetzt tat er es selbst. Egal, er war reich genug, beinahe drei Euro für einen Liter falsche Milch zu löhnen. Mit vollgepacktem Einkaufswagen fuhr er zur Kasse.

*

Zu Hause angekommen, schaute er als Erstes nach Lottchen. Sie lag schlafend im Bett.

„Murmeltiersyndrom!" Reuter sah auf seine Armbanduhr: „Halb fünf. Bis sie aufwacht, habe ich noch Zeit."

Er ging in die Küche, setzte eine Kanne Kaffee auf und richtete einige Wurstbrote. Mit seinen Vorräten machte er es sich in seinem Arbeitszimmer bequem. Er startete den Computer und öffnete eine neue Datei. Nach einem Schluck Kaffee tippte er den Arbeitstitel in die Tastatur: „Franziska und Charlotte im Dinoland".

Er begann zu schreiben. Ab und zu biss er ein Stück Brot ab und trank einen Schluck starken schwarzen Kaffee. Die Geschichte nahm rasch Formen an. Es ging unglaublich leicht. Bei einem Roman musste man darauf achten, nichts durcheinanderzubringen. Verschiedene Handlungsfäden waren miteinander zu verknüpfen. Die Hauptpersonen brauchten Seele, man musste ihnen Charaktereigenschaften geben.

Bei einer kurzen Kindergeschichte konnte man sich einfach hinsetzen und loslegen: eine simple, fantasievolle Handlung mit einigen spannenden Abenteuern, und das war's schon.

Frank Reuter hatte schon lange nicht mehr so viel Spaß an der Arbeit gehabt. Aber wie sah eigentlich diese Franziska aus? Mehr als ihren Namen und ihr Alter kannte er nicht.

„Kein Problem, das übernimmt die Rechercheabteilung", sprach Reuter zu sich selbst und rollte seinen Stuhl einen Schreibtisch weiter, wo ein Telefon stand. Er rief die Auskunft an und ließ sich die Nummer der Boutique geben, in der er die Kleider für Lottchen gekauft hatte. In Homburg klingelte das Telefon fünfmal, bis jemand abhob.

Eine Frauenstimme meldete sich: „Hennes."

„Guten Tag. Frank Reuter aus Bexbach. Kann ich bitte mit Fräulein Manuela sprechen?"

Leises Lachen am anderen Ende der Leitung: „Das tust du bereits, Frank."

„Oh, tatsächlich? Tut mir leid, Manuela, ich erkenne Stimmen am Telefon nicht gut. Ich störe dich hoffentlich nicht bei der Arbeit?"

„Ist das ein zweiter Versuch?"

„Nein, ich recherchiere bloß. Ich bin mitten in der Dinostory und mir fiel ein, dass ich nichts über deine Nichte weiß außer ihrem Namen und ihrem Alter. Einige zusätzliche Infos würden die Geschichte lebendiger machen und Franziska kann sich beim Lesen besser identifizieren. Wie sieht sie aus? Welche Haarfarbe hat sie? Ist sie ein stilles Kind oder eher ausgelassen?"

„Also, wenn dein Patenkind so aussieht wie das Mädchen, das du mir in unserem Geschäft gezeigt hast, ist Franziska einen halben Kopf größer und ein wenig kräftiger. Sie ist ein richtiger Wildfang, der vor nichts zurückschreckt. Ihre Haare sind feuerrot. Und sie hat zehntausend Sommersprossen im Gesicht."

„Klingt hübsch. Was isst sie am liebsten? Was ist ihre Lieblingsfarbe? Mag sie Tiere?"

Manuela gab ihm bereitwillig Auskunft. „Baust du das alles tatsächlich in die Geschichte mit ein?"

„Kommt drauf an", antwortete Frank. „Einiges werde ich bestimmt verwenden. Zum Beispiel, dass Blau ihre Lieblingsfarbe ist. Sie trägt in der Story nur blaue Sachen: dunkelblaue Hosen und hellblaue Pullover."

„Fängst du heute noch mit der Geschichte an?"

„Ich bin fast fertig."

„Im Ernst? Wie willst du die Infos über meine Nichte noch einbringen?"

„Ich arbeite mit einem Computer. Ich kann mich an jeder beliebigen Stelle in die Geschichte einklicken und neue Absätze hinzufügen oder vorhandene Sätze ändern. Kein Problem."

„Na, dann viel Spaß, Herr Schriftsteller."

„Vielen Dank, Fräulein Verkäuferin. Auf Wiederhören."

Frank legte auf und kehrte zum Computer zurück. Nach einer Stunde war sein Machwerk fertig.

Charlotte und Franziska, zwei gute Freundinnen, fanden eine geheime Karte, die den Weg ins ferne Dinoland wies, wo es eine Medizin gegen Charlottes unheilbare Krankheit gab. Eine böse Hexe hatte das Mädchen verflucht. Es durfte niemals ins volle Sonnenlicht gehen, sonst schlief es nach kurzer Zeit ein und wachte nie wieder auf. Gemeinsam wanderten die Freundinnen ins Dinoland.

Unterwegs schloss sich ihnen ein lustiger Waldtroll an, dem sie geholfen hatten, als er in Not war. Sie mussten gegen bösartige Molchmenschen kämpfen und vor Wassermonstern fliehen. Im Dinoland sahen sie jede Menge lebendiger Dinosaurier. Einige davon waren harmlos, andere wollten sie auffressen.

Nach zahlreichen Abenteuern fanden sie die lebensrettende Medizin für Charlotte in einem verwunschenen Schloss, dessen Bewohner in Stein verwandelt worden waren. Die zwei Kinder und der Waldtroll erlösten die Schlossbewohner und zum Dank schenkte ihnen die kleine Prinzessin ein Fläschchen mit der kostbaren Medizin.

"So ... E N D E! Das war's!" Frank staunte. „Das ging ja wirklich fix." Die Geschichte war einundzwanzig Seiten lang geworden. Frank druckte sie aus.

„Morgen oder übermorgen bring ich das zu Manuela." Der Korb, den die gutaussehende Verkäuferin ihm gegeben hatte, störte ihn nicht. Solche Dinge passierten nun mal. Man konnte nicht immer Glück haben.

„Wer weiß, vielleicht hat sie ihren Kerl bald über. Dann komme ich doch noch zum Zug."

Als er kurz ins Internet ging, lag eine Mail seines Verlegers für ihn auf dem Server. Die UNIVERSAL hatte ihr Angebot um fünfzig Prozent erhöht und fragte an, ob Frank für diesen Preis das Drehbuch selbst schreiben wollte.

Geht klar, schrieb Reuter an seinen Verleger. Englisch ist kein Problem, und für „Der siebte Schlüssel" habe ich das Drehbuch auch geschrieben.

Frank schaute auf die Uhr. Gleich kamen im Radio Nachrichten. Er schaltete den Apparat auf dem Schreibtisch an und hörte konzentriert zu. Wieder kam keine Suchmeldung wegen Lottchen.

„Irre! Kein Aas sucht nach dem Kind." Frank Reuter war mehr und mehr bereit, dem kleinen Mädchen zu glauben, dass es seit zwei Jahren mutterseelenallein im Wald gehaust hatte.

„Ich muss unbedingt mal mit Tine reden. Ich will keinen Ärger mit dem Jugendamt."

Aber dazu war in den folgenden Tagen noch genug Zeit, fand er. „Heute Abend präsentiere ich Lottchen erst mal ihre neuen Sachen. Bin gespannt, ob sie ihr gefallen."

Frank stand auf und ging in die Küche. „Besser, ich bereite schon mal was zum Futtern für sie vor."

*

Kurz vor sieben kam Lottchen zu ihm in die Küche getapst. Frank schnitt gerade

Endiviensalat auf der Küchenanrichte neben der Spüle. Zuerst bemerkte er das Kind gar nicht, weil es keinen Mucks von sich gab. Eine Bewegung im Augenwinkel machte ihn auf sie aufmerksam.

Sie stand an der Tür, in ihre Lumpen gehüllt und barfuß, und musterte ihn schweigend.

„Hallo", sagte Frank freundlich. „Ausgeschlafen?"

Die drehbare Lampe über der Spüle strahlte das Kind an. Für einen kurzen Augenblick leuchteten Lottchens Pupillen hellsilbern auf. Es sah so aus wie bei einer Katze, auf deren Augen in der Dunkelheit ein Lichtstrahl fällt. Bei Katzen leuchten die Pupillen dann hellgrün.

Lottchens Augen schimmerten nicht hellgrün, sondern silbern, richtig metallisch silbern. So etwas hatte Frank noch nie bei einem Menschen beobachtet.

Der kurze Moment war vorüber und Lottchens Augen wirkten wieder völlig normal. Frank fragte sich, ob er sich getäuscht hatte. Womöglich hatte sich das Küchenlicht auf dem Äußeren ihrer Augen gespiegelt. Aber das silberne Funkeln war nur in ihren Pupillen gewesen, ein unglaublich helles Funkeln.

Könnte mit ihrer Krankheit zusammenhängen, überlegte er. In dem Buch stand, dass XP zu Erblindung führen kann. Das Funkeln kann ein Anzeichen dafür sein.

Frank beschloss, nicht weiter darüber nachzudenken. Vielleicht hatten ihn seine eigenen Augen genarrt, hatten ihm simple Lichtreflexe einen Streich gespielt.

Das Mädchen stand weiter schweigend an der Tür. Das Pflaster, das Reuter ihr über die kleine Platzwunde auf der Stirn geklebt hatte, hatte sich an einer Seite gelöst und hing herunter. Sie sah aus wie ein Truthahn, fand Frank. Bei dem Gedanken musste er grinsen. Sie lächelte scheu zurück.

„Tut dir dein Kopf noch weh?", wollte Frank wissen.

„Nein, überhaupt nicht." Sie machte einen zögernden Schritt auf ihn zu und warf einen Blick auf den Salatkopf.

„Ich bereite das Abendessen vor", erklärte Reuter. „Garantiert rein pflanzlich. Keine Tierprodukte. Zufrieden?"

Sie nickte stumm und schaute ihn an. Der Blick ging Reuter durch und durch. Als blicke sie tief in seine Seele hinein. Sie wirkte sehr klein und verloren, wie sie so dastand und ihn schweigend musterte.

Frank legte das Messer beiseite, mit dem er den Salat geschnitten hatte, und ging zu dem Mädchen. Er kniete vor ihr nieder und fasste sie an den Schultern. „Du bist noch ganz verschlafen, was? Hast du schon Hunger? Ich habe bereits gekocht, ich muss es nur aufwärmen. Es gibt Kartoffeln mit Rotkraut und Salat. Den Salat muss ich allerdings noch anmachen. Das geht aber fix."

„Ich habe keinen Hunger. Direkt nach dem Aufstehen bin ich nie hungrig."

„Bis der Salat fertig ist, hast du bestimmt Hunger."

Das Mädchen sah ihn weiter an. Frank konnte nicht anders. Er zog sie sachte in seine Arme. Sie seufzte leise und kuschelte sich fest an ihn. Wie klein und mager sie war.

„Ich habe dir ein paar neue Sachen zum Anziehen gekauft, Lottchen."

Sie bog den Kopf zurück und lächelte ihn an: „Ehrlich?"

„Ja, habe ich. Einen ganzen Berg Klamotten. Weißt du was? Ich mache jetzt den Salat an und du gehst solange ins Bad und putzt dir die Zähne. Ich habe dir eine Kinderzahnbürste besorgt. Während der Salat durchzieht, sehen wir uns gemeinsam deine neuen Kleider an."

„Au ja!" Sie freute sich. Das war deutlich zu sehen. Frank führte sie ins Badezimmer und zeigte ihr die Zahnbürste. „Zähneputzen ist wichtig", erklärte er. „Damit deine Zähne immer schön sauber sind und du keine Karies kriegst. Das weißt du doch, nicht wahr?"

Sie nickte: „Das hat meine Mama auch immer gesagt."

„Als du noch bei ihr gelebt hast, hattest du sicher auch deine eigene

Zahnbürste."

„Nein, ich putze mir die Zähne mit dem Finger. Aber diese Bürste ist echt praktisch." Lottchen drückte ein wenig Zahnpasta auf die Bürste und begann ihre Zähne zu schrubben. „Richtig so?"

Reuter nickte. „Ja, Lottchen." Die Zähne mit dem Zeigefinger putzen. Das sah man manchmal im Fernsehen in Dokumentarfilmen über Indianerstämme im Amazonasgebiet. In der westlichen Zivilisation benutzte man Zahnbürsten. Was für ein Leben hatte dieses Kind bisher geführt? So arm konnte keine Familie in Deutschland sein, dass sie sich nicht einmal Zahnbürsten für ihre Kinder leisten konnte.

Frank beobachtete, wie die Kleine ihre Zähne putzte. Sie war konzentriert bei der Sache.

Ganz schön spitze Eckzähne, dachte er. Wie ein kleiner Vampir. Er verbiss sich ein Lachen. Sie lebte nicht nur wie ein Vampir, sie sah auch wie einer aus. Er wurde wieder ernst. Darüber darf ich ihr gegenüber niemals eine Andeutung machen. Sie leidet wohl auch so schon genug unter ihrer Andersartigkeit.

Er dachte an den Spielfilm, den er gesehen hatte. Den mit den beiden Kindern, die XP hatten. Der Film war nach einem authentischen Fall in den USA gedreht worden. Nachdem die Eltern der beiden Kinder erfahren hatten, woran ihre Kinder litten, hatten sie alle Fenster vernagelt und die Kinder nur noch nachts aus dem Haus gelassen. In der Nachbarschaft kam es zu Gerede, und die Kinder wurden als Vampirkinder beschimpft. Es wurde so schlimm, dass die Familie die Stadt verließ.

Von mir wird Lottchen so ein blödsinniges Gerede nicht zu hören kriegen.

Und seine Freunde und Bekannten? Einmal angenommen, Lottchen blieb länger bei ihm im Haus. Ewig konnte Reuter ihre Existenz nicht geheim halten. Wie würden andere Leute auf ihre Krankheit reagieren? Ganz einfach: Wer dumm labert, fliegt raus! Frank grübelte über die Zukunft nach. Was fing er mit dem

Kind an? Konnte es bei ihm bleiben? Wollte Lottchen das überhaupt? Und wollte er das? Eigentlich schon, fand er. Ich mag sie. Aber würde das auch so bleiben? Kinder waren nicht nur niedlich und nett. Sie waren auch ätzende Nervensägen Er ging in die Küche und kümmerte sich um den Salat.

Als Lottchen vom Zähneputzen kam, holte Reuter die Kleider und Schuhe, die er für sie gekauft hatte. Das kleine Mädchen war hellauf begeistert.

„Das ist alles für mich?", rief sie ungläubig.

Reuter lächelte: „Ja, Prinzessin. Alles für dich. Du sollst nicht länger wie ein armes Bettelkind herumlaufen. Wir machen ein richtig hübsches Mädchen aus dir."

Lottchen zog ihre Lumpen aus und schlüpfte in eine kleine Jeanshose und einen karmesinroten Pullover. Dazu zog sie sich Turnschuhe an die Füße.

„Hübsch siehst du aus", lobte Frank. „Wirklich hübsch."

Sie fiel ihm um den Hals: „Danke! Vielen Dank! Du bist ja so lieb!" Sie küsste ihn leidenschaftlich auf die Wange. „So lieb wie du ist sonst keiner zu mir!"

Reuter schluckte. Er war solche Ausbrüche nicht gewöhnt und wusste nicht recht, wie er damit umgehen sollte. Tine war früher auch manchmal so gewesen. Auch bei ihr war er sich immer ein wenig komisch vorgekommen, wenn sie ihm um den Hals fiel. Was hatte er schon Großartiges getan? Doch nur ein paar Kleider gekauft.

Sie muss völlig ausgehungert nach Zuwendung sein, weil sie solange allein lebte. Kein Wunder, dass sie nach Zärtlichkeiten sucht.

Frank umarmte das Mädchen. „Fein, dass dir die Sachen gefallen. Lass uns jetzt essen. Danach kannst du alles der Reihe nach anprobieren."

Er hob das Mädchen hoch und trug es in die Küche. Wieder aß die Kleine wie ein Scheunendrescher, schaffte aber nicht mehr soviel wie in der Nacht zuvor.

„Wenn du heute Nacht wieder hungrig bist, gibt es Cornflakes;, versprach Frank.

„Du wirst sehen, die schmecken dir. Ich habe extra Sojamilch dafür gekauft. Kuhmilch magst du wohl keine. Das ist ja ein Tierprodukt."

„Was ist Kornfleeks?"

„Das sind Getreideflocken aus Mais. Die sind wunderbar knusprig. Man gießt Milch und Zucker darüber und isst sie mit einem Löffel. Ich habe zusätzlich eine Büchse Erdbeeren gekauft. Damit schmecken sie noch besser."

Lotte musterte Frank intensiv: „Du isst wohl oft Fleisch von toten Tieren?"

„Klar doch. Das ist gesund und außerdem schmeckt es mir gut."

„Nur weil es dir schmeckt, tötest du Tiere?"

„Nein. Das tun andere. Ich esse lediglich das Fleisch."

„Aber deswegen muss ein Tier totgemacht werden. Für jedes, wie nennst du es, Tierprodukt, das du essen willst, stirbt ein Tier."

Die geht aber ran!, dachte Reuter. Er hatte eine Idee: „Weißt du: Ich trinke auch gerne Milch und ich mag Joghurt und Käse. Das wird aus Milch gemacht. Dafür stirbt keine Kuh. Milch wird gemolken. Das tut nicht weh und es bringt keine Kuh um."

„Aber du nimmst den kleinen Kälbchen die Milch weg, die sie zum Leben brauchen."

„Nein, Lottchen. Es gibt Kühe, die geben ganz viel Milch, obwohl sie nie ein Kälbchen haben. Diese Kühe hat man extra dazu gezüchtet, viel Milch zu geben."

„Das klingt ja furchtbar! Alle Kühe wollen Kälbchen haben. Stattdessen sperrt man sie ein und nimmt ihnen ihre Milch weg und zum Schluss werden sie totgemacht. Ich habe mal zugesehen, wie ein Mann ein Schwein umgebracht hat. Er hat es an einem Balken aufgehängt und ihm ein langes Messer in den Hals gestochen. Ich habe noch nie ein Tier so schreien hören. Es war entsetzlich."

Kein Wunder, wenn sie kein Fleisch wollte. Ein solches Erlebnis im zarten Kindesalter konnte einen lebenslang prägen. Frank Reuter hatte sich nie viel

Gedanken darüber gemacht, woher das Fleisch stammte, das er kaufte. Er wollte gar nicht so genau wissen, wie es dem Schlachtvieh erging, bevor man ihm mit einem Bolzenschussgerät ein Loch in den Schädel ballerte.

„Du musst ja kein Fleisch essen, wenn du nicht magst, Lottchen", beruhigte er das Kind.

„Das darf ich auch nicht! Meine Mama hat gesagt, wenn ich von einem toten Tier esse, werde ich krank und muss sterben."

Reuter unterdrückte ein Grinsen: „Und von einem lebenden Tier?"

Sie schaute ihn fragend an, nicht sicher, ob er die Frage im Ernst gestellt hatte oder um sie aufzuziehen. Abermals leuchteten ihre Pupillen im Licht der Küchenlampe hellsilbern auf.

„Ich würde niemals ein Tier töten, um es zu essen! Niemals!"

„Ist ja gut, Lottchen", gab Reuter nach. „Ich werde dafür sorgen, dass in deinem Essen absolut nichts von Tieren drin ist." Er überlegte. Sogar in Soßenpulver war ein wenig Fleischextrakt, aber gab es nicht Pulver, das aus rein pflanzlichen Inhaltsstoffen bestand? Wenn sie es so wichtig nahm, konnte es sein, dass sie bedingt durch ihre Krankheit eine Allergie gegen Tierprodukte hatte.

Nach dem Essen räumte Frank das Geschirr in die Geschirrspülmaschine und nahm Lottchen mit in sein Arbeitszimmer. Er zeigte auf die neuen Kleider.

„Probier alles an", schlug er vor. „Ich setze mich für eine Weile an den Computer."

Frank schaltete den Rechner ein und begann mit dem Drehbuch für TIGERBLUT. Er war zuversichtlich, dass er schon in wenigen Tagen die ersten Szenen in die Vereinigten Staaten schicken konnte.

Lottchen probierte einstweilen sämtliche Kleidungsstücke und Schuhe aus. Es passte alles.

Reuter ließ die Finger über die Tasten fliegen. Dass das Kind ab und zu herbeikam und ihm seine neuen Kleider vorführte, störte ihn nicht in seiner Konzentration. Er war dergleichen gewöhnt. Oft war Christina bei ihm zu Besuch, wenn er gerade mitten im Schreiben war. Hatte er sich an einem Kapitel festgebissen, konnte ihn nichts davon abhalten, es fertig zu schreiben, Tine kochte dann Kaffee und richtete einige Brote. Frank aß, schrieb und unterhielt sich mit seiner Schwester. Tine bewunderte ihn dafür, dass er sich auf mehrere Dinge gleichzeitig konzentrieren konnte.

„Ich kann das nicht", sagte sie einmal zu ihm. „Wenn wir in der Schule einen Aufsatz schreiben mussten, störte es mich schon, wenn jemand hustete. Ich brauche zum Schreiben totale Ruhe. Ich dachte immer, bei Schriftstellern ist das genauso. Sie vergraben sich allein in einem Zimmer und niemand darf sie aufsuchen, während sie ihre Ergüsse zu Papier bringen."

Das entlockte Frank stets ein Lächeln: „Kann ja sein, dass die meisten Leute so sind. Mir macht es jedenfalls nicht viel aus, mich mit dir zu unterhalten, während ich schreibe. Ich bin dann bloß ein bisschen langsamer, das ist alles. Und mir rutschen mehr Tippfehler in den Text, aber das ist kein Problem, dem Computer sei Dank. Ich kann später alle Fehler leicht korrigieren. An einer normalen Schreibmaschine ginge es mir dreckig. Ich mache nämlich unheimlich viele Fehler, weil meine Finger beim Tippen den Befehlen des Gehirns nicht schnell genug nachkommen. Als Chefsekretärin könnte ich mir meine Brötchen nicht verdienen."

Lottchen kam wieder an. Frank prustete los. Sie trug eine Jeanshose, darüber einen Rock, einen Pullover und eine dicke Allwetterjacke. Ihre Füße steckten in grellroten Gummistiefeln.

„Gehst du auf Antarktisexpedition?", fragte Reuter belustigt.

„Wieso?", fragte das Mädchen und zog einen Flunsch. „Ich probiere, was ich anziehen muss, wenn es draußen sehr kalt ist."

„Ich dachte, Kälte macht dir nichts aus?"

„Macht sie auch nicht, aber ich habe es trotzdem lieber warm. Gefällt es dir nicht?"

„Nun, ja ... es ist ein wenig ungewöhnlich, gleichzeitig einen Rock und eine Hose zu tragen."

„Dann lass ich den Rock eben weg!" Schmollend verzog Lottchen sich in die Zimmerecke.

Reuter unterdrückte ein Lachen. „Möchtest du wieder mit den kleinen Plastiktierchen spielen?", fragte er, um sie abzulenken.

Sie war sofort Feuer und Flamme: „Au ja!"

Frank holte ihr die Spielzeugtiere.

*

Um Mitternacht gab es Cornflakes mit Sojamilch, Zucker und Erdbeeren. Es schmeckte Franks kleinem Gast ausnehmend gut. Staunend beobachtete der Mann, wie das Kind drei Teller davon verschlang.

Wenn sie so weiterfrisst, kriegt sie bald Fleisch auf die Rippen, dachte Reuter belustigt.

Nach dem Essen machten sie es sich im Wohnzimmer auf der Couch bequem und sahen sich einen Spielfilm im Fernsehen an. Lottchen setzte sich ganz dicht neben Frank und schmiegte sich an ihn. Ab und zu holte sie sich eine Handvoll Haselnüsse aus der gläsernen Schale auf dem Tisch und aß eine nach der anderen. Dabei knusperte und raspelte sie wie eine kleine Getreidemühle. Frank hatte den rechten Arm um das Mädchen gelegt. Manchmal fragte sie ihn etwas, weil sie die Handlung des Agententhrillers nicht richtig verstand. Frank gab Antwort, so gut er konnte, und nahm sich vor, gleich am nächsten Tag die Regale der Videotheken von Bexbach nach Kinderfilmen abzugrasen. Ein Disney-

Zeichentrickfilm würde ihr sicher gut gefallen. Er lauschte dem leisen Mahlen ihrer Kiefer. Sie schaute konzentriert auf den Bildschirm. Eine neue Nuss verschwand in ihrem kleinen Mund. Sie bemerkte, dass er sie beobachtete, und sah zu ihm hoch. Frank lächelte ihr zu und sie erwiderte das Lächeln.

„Gefällt es dir bei mir?" Das Mädchen nickte stumm. Frank zog sie an sich. „Dann ist es ja gut."

Der Film lief bis kurz vor zwei Uhr in der Frühe.

Frank gähnte herzhaft: „Ich bin müde. Ich denke, es ist Zeit, zu Bett zu gehen."

Würde Lottchen sich jetzt schon ins Bett stecken lassen? Für sie war praktisch immer noch heller Tag.

Eine hässliche kleine Stimme meldete sich ganz hinten in Franks Gehirn: „Wenn sie zickig wird, hast du einen guten Grund, sie loszuwerden. Sag ihr, sie muss schlafen gehen! Sie wird meckern! Sie wird protestieren! Sie wird sich weigern! Sie wird quengeln! Sie wird flennen! Alle kleinen Kinder sind so! Sie sind Nervensägen. Du kannst keine Nervensäge in deinem Haus gebrauchen. Sie wird dir wie ein Klotz am Bein hängen. Sie wird dich voll in Anspruch nehmen. Meinst du im Ernst, sie begnügt sich auf Dauer damit, mit den kleinen Plastiktierchen zu spielen oder ein Bild zu malen? Du könntest schon bald dein blaues Wunder erleben! Du sorgst für sie, du nimmst sie bei dir auf, aber wird sie es dir danken? Nein, mein Herr! Sie wird genauso werden wie alle Kinder dieser Welt: ein quengelndes, unausstehliches Mistbalg!

Noch kannst du sie guten Gewissens loswerden. Kein Mensch wird dir einen Strick daraus drehen, dass du sie für zwei Tage in deinem Haus aufgenommen hast. Du hast es nur gut mit ihr gemeint und im Radio fortlaufend auf die Vermisstenmeldung gewartet. Es hat sich niemand gemeldet. Na und! Vielleicht sind ihre Eltern Ausländer. Sie kamen aus einem fremden Land hierher und haben ihr Kind ausgesetzt, weil ihnen die Kohle ausging. Oder es sind asoziale Proleten, denen das Schicksal ihres Nachwuchses egal ist. Denk mal dran, was die Kleine am Leib trug, als du sie fandest. Oder ihre Eltern sind tatsächlich tot. Eigentlich ist es doch wurscht! Tatsache ist, dass das Jugendamt für das Mädchen zuständig ist. Die werden schon einen Platz für sie finden, einen Ort, an dem man sich prima um sie kümmern wird. Dann bist du aus dem Schneider, Alter! Überleg doch mal, welche Verantwortung du dir mit diesem Kind auflädst! Sie wird es dir nicht danken. Niemals! Kinder sind raffgierige Egoisten, die nur an sich selbst denken. Wie willst du Charlottes Existenz erklären, wenn dich jemand danach fragt? Du kannst nicht ewig geheim halten, dass ein Kind in deinem Haushalt lebt. Bei einem alleinstehenden Mann! Wie sieht das denn aus? Es gibt Leute, die daraus die falschen Schlüsse ziehen könnten! Wenn das Jugendamt davon Wind bekommt, kriegst du gewaltigen Ärger. Auch mit der Polizei. Willst du das? Willst du deine Freiheit, deine Karriere, deinen Reichtum eines zerlumpten Kindes wegen aufs Spiel setzen? Du magst Kinder? Wie schön für dich! Dann heirate eine Frau und krieg soviele, wie du willst! Eigene! Nicht dahergelaufene!"

An diesem Punkt hatte die kleine gehässige Stimme in Franks Gehirn einen Fehler begangen.

Es stimmte: Ganz wohl war ihm nicht dabei, an eine Zukunft zu denken, in der dieses fremde Kind bei ihm leben würde. Es war krank. Es war sonderbar. Es stimmte, dass er Ärger bekommen konnte, wenn jemand herausfand, dass er ohne Erlaubnis des Jugendamtes ein Kind bei sich aufgenommen hatte.

Aber eines stand für Frank Reuter felsenfest: Er wollte auf gar keinen Fall eine Frau heiraten und Kinder von ihr bekommen! Was dann passieren konnte, hatte ihm seine eigene Mutter eindrucksvoll vor Augen geführt. Frauen konnten abhauen. Sie konnten ihren Mann und ihre Kinder verlassen, einfach so. Oder noch schlimmer: Sie konnten die Kinder mitnehmen!

Frank hatte sich in all den Jahren, die seit der Trennung seiner Eltern vergangen waren, standhaft geweigert, intensiver über dieses Thema nachzudenken. Er hatte alles verdrängt. Dass er nur selten eine feste Freundin hatte, fand er nicht ungewöhnlich. So wie er lebten viele Menschen. Sie lebten als Singles genauso zufrieden wie andere Leute in einer Ehe. Nur dass sie nicht unter diesen bohrenden Verlustängsten zu leiden brauchten.

Jene Ängste, so stellte Frank fest, waren in all den Jahren seine stetigen Begleiter gewesen. Er hatte sie verdrängt, aber sie waren ihm gefolgt wie treue Hunde. Und sie hatten sein Verhalten mehr bestimmt, als er sich einzugestehen wagte. War er nicht oft genug aus einer Beziehung ausgestiegen, sobald er merkte, dass etwas Festes daraus zu werden drohte? Wenn er ehrlich war, musste er zugeben, dass er sein ganzes Leben lang davongelaufen war. Die Angst, noch einmal verlassen zu werden, hatte ihn daran gehindert, zu einer Frau eine echte innige Beziehung aufzubauen. Er war schnell drin und schnell wieder draußen. Es hatte Zeiten gegeben, da hatte er kaum eine Nacht alleine verbracht und fast jeden Morgen war er neben einem neuen Gesicht aufgewacht. Als er nach der Verfilmung von DER SIEBTE SCHLÜSSEL plötzlich Geld in Hülle und Fülle besaß, war es nicht schwer gewesen, an Frauen heranzukommen, die genau dasselbe suchten wie er: Ein schnelles, wildes Abenteuer. Nach einigen Monaten fühlte Frank sich ausgebrannt und benutzt. Er hörte auf, hinter jedem Rock herzulaufen, und redete sich ein, jetzt würde er auf die Richtige warten.

Nun wurde ihm klar, dass er das nicht tat. Im Gegenteil, er verhielt sich still, in der geheimen Hoffnung, dass die Richtige an ihm vorbeigehen würde, ohne ihn zu bemerken. Er versteckte sich, aus Angst, eine schreckliche Erfahrung aus seinen Kindertagen noch einmal durchleben zu müssen.

Ich bin ein Feigling!, dachte Reuter verwundert. Ich glaubte stets, dass ich stark bin, dass ich gerne allein lebe, dass ich niemanden brauche. Vielleicht stimmt das sogar, irgendwo bin ich echt ein Eigenbrötler. Aber letzten Endes läuft es darauf hinaus, dass ich jahrelang vor mir selbst davongelaufen bin.

Diese Erkenntnis war ein ziemlicher Schock. Konnte seine verdrehte Einstellung zu seiner Mutter daran schuld sein, dass er sich insgeheim davor fürchtete, Lottchen zu behalten? Hatte er Angst, sie zu verlieren, wenn er sie erst einmal richtig gern hatte? Immerhin war sie krank. Sie konnte sterben. Wollte er sie beim Jugendamt melden, weil die sowieso irgendwann auf das Kind aufmerksam werden mussten und es ihm vielleicht wegnehmen würden?

Er musste mit Tine reden, unbedingt! Christina konnte ihm helfen. Gemeinsam würden sie einen Weg finden, die Sache zu regeln. Frank beschloss, seine Schwester gleich nach dem Aufwachen anzurufen. Oder lieber doch nicht? Sollte er zuerst die Bücher über Pflegekinder lesen? Frank wurde unsicher. Eines stand fest: Er war sich noch nicht ganz klar darüber, was er eigentlich wollte. Er nahm sich vor, noch ein paar Tage zu warten, bevor er mit Christina sprach. Er wollte sich über einige Dinge klar werden, über was genau, das wusste er selbst nicht. Zuerst wollte er sich ausschlafen. Nach einigen Stunden Schlaf würde die Welt gleich ganz anders aussehen.

Er wandte sich an Lottchen: „Du solltest auch schlafen gehen. Kleine Kinder brauchen viel Schlaf."

Sie nickte und folgte ihm ohne Murren ins Gästezimmer im Keller. Frank schlug ihr vor, den neuen Schlafanzug mit den aufgedruckten Dinosauriern anzuziehen: „Dann träumst du vielleicht von einer Reise ins Dinoland, wie die kleine Nichte der Verkäuferin, von der ich deine Kleider habe."

Lottchen wurde neugierig. Sie wollte wissen, was es mit dem Dinoland auf sich hatte. Frank erzählte es ihr in knappen Worten.

„Du hast eine Geschichte über mich geschrieben?", rief sie begeistert. „Oh, bitte, lies sie mir vor!"

„Geht nicht. Ich bin zu müde. Das holen wir heute Abend nach, okay?"

Sofort meldete sich die böse kleine Stimme hinten in seinem Kopf: „Von wegen, mein Herr! Gleich jetzt muss es sein! Du wirst sehen, sie fängt an zu quengeln. Vielleicht tobt sie sogar!"

„Schade!", sagte Lottchen. „Aber heute Abend, ja?"

Frank versprach es ihr.

Siehst du, sie ist zahm geblieben, sagte er zu seiner inneren Stimme.

„Weil sie sich einschleimen will! Schließlich ist sie noch neu", gab die Stimme prompt zurück. Frank achtete nicht weiter darauf. Er gab Lottchen einen Guten-Tag-Kuss auf die blasse Wange und ging zu Bett. Er war hundemüde und schlief sofort ein.

*

Am frühen Morgen wachte er auf. Draußen war es noch dunkel. Frank wunderte sich. Normalerweise schlief er in einem Stück durch und wachte nicht vor zehn oder elf Uhr vormittags auf. Was hatte ihn geweckt? War da nicht ein Geräusch im Keller gewesen? Es hatte sich angehört wie eine zuschlagende Tür.

Aber alle Türen waren versperrt. Keiner konnte ins Haus eindringen. Wozu auch? Frank besaß keine Alarmanlage, denn er brauchte keine. Es gab nichts zu holen bei ihm. Das Wertvollste im Haus waren der Fernseher und der Videorekorder. Die Computer konnte man noch dazurechnen. Dafür würde kein Dieb einbrechen. Aber wussten die Diebe dieser Welt denn, dass er keinen Schmuck im Haus hatte? Keine hohen Geldbeträge? Keine Goldmünzen? Keine wertvollen Gemälde? Reiche Leute besaßen solche Dinge, und Frank Reuter war reich. Doch welcher Dieb war so blöde, in ein Haus einzubrechen, in dem sich jemand aufhielt? Ein gewiefter Einbrecher würde die Lage peilen und dann einsteigen, wenn der Hausbesitzer nicht da war.

Aber Frank hatte etwas gehört. Oder doch nicht? Hatte er das Geräusch geträumt? Er stöhnte genervt. Er war todmüde und wollte auf der Stelle weiterschlafen, aber konnte er das? Was wäre, wenn jemand im Keller war?

Wenn dieser Jemand Lottchen fand und ihr etwas antat?

Es kann auch Lotte gewesen sein. Sie wird aufgewacht sein und ist aufs Klo gegangen. Kleine Kinder wachen manchmal auf und müssen aufs Klo.

Die Toilettenspülung hatte er allerdings nicht gehört. Davon bin ich wahrscheinlich aufgewacht und alles, was ich dann noch hörte, war die Tür zum Gästezimmer, die sie wieder hinter sich zugezogen hat. Sie fürchtet sich vor Tageslicht und hat sich verrammelt.

Frank konnte nicht mehr einschlafen. Es ließ ihm keine Ruhe. Mit einem geflüsterten Fluch auf den Lippen stand er auf und lief auf nackten Sohlen in den Keller hinunter, bemüht, kein Geräusch zu verursachen.

„Siehst du! Du kannst nicht mal in Ruhe schlafen, seit die Kleine da ist!", kicherte die böse kleine Stimme in seinem Hinterkopf. „Du läufst barfuß im Keller rum. Du wirst einen Schnupfen kriegen und alles nur wegen diesem komischen Kind! Hihihiii!"

Halt den Rand!, befahl Reuter der Stimme.

Zuerst schaute er in Lottchens Zimmer nach. Sie lag friedlich in ihrem Bett und schlief. Frank lief durch den ganzen Keller. Die Tür, die am Ende des Ganges ins Freie führte, war abgeschlossen. Der Schlüssel steckte von innen, wie immer. Es war niemand da.

„Ich habe Gespenster gehört", brummte Frank. Auf dem Boden vor der Tür befand sich ein Schmutzfleck. Er war nicht sehr groß und er hatte die Form einer Schuhsohle.

Kann genauso gut alter Dreck sein, überlegte Reuter. Ich habe hier unten schon seit drei Wochen nicht mehr gefegt. Gut möglich, dass ich den Schmutz beim Reinschieben der Mülltonne mitgebracht habe.

Nur dass der Fleck einem Schuhabdruck ähnelte, einem kleinen Schuhabdruck. Solch einen Abdruck würden Lottchens Schuhe hinterlassen. Aber es gab nur diesen einen Fleck im gesamten Kellergang. Nichts deutete darauf hin, dass das Mädchen mitten in der Nacht durch die Kellertür ins Freie geschlüpft war.

Was wäre, wenn doch? Vielleicht konnte sie nicht schlafen und ist spazieren gegangen, dachte Frank launisch. Das bilde ich mir alles nur ein. Der Dreck liegt schon seit Tagen herum und außerdem ist es mir scheißegal. Ich will zurück in die Falle!

Auf dem Rückweg nach oben kam er am Gästezimmer vorbei. Und wenn Lotte doch draußen gewesen war? Der Gedanke beunruhigte ihn. Was tat sie alleine draußen? Was, wenn jemand sah, wie sie mitten in der Nacht aus seinem Keller kam? Sollte er das Gästezimmer noch einmal genauer kontrollieren? Wenn das Mädchen draußen gewesen war, fand er möglicherweise Schmutz an ihren Schuhen.

„Ach was! Sie hat fest geschlafen", brummte Frank. „Und ich gehe auch wieder ins Bett."

Er ging in sein Schlafzimmer zurück und kuschelte sich unter die Decke.

In den nächsten Nächten werde ich die Ohren offen halten, nahm er sich vor. Wenn ich noch mal was höre, sehe ich nach. Über diesem Gedanken schlief er ein.

*

Es war nach zwölf Uhr mittags, als Reuter erwachte. Sein nächtlicher Pirschgang fiel ihm ein. Bei hellem Tageslicht kam ihm das Erlebnis sehr unwirklich vor. Er stand auf und duschte. Später saß er in der Küche, und aß die frischen Brötchen, die er beim Bäcker geholt hatte.

Sein Blick fiel auf die drei Bücher aus der Bibliothek. Er griff sich das oberste aus dem Stapel und begann zu lesen.

Sehr detailliert beschrieb die Autorin, eine ehemalige Jugendamtsmitarbeiterin, die Schwierigkeiten, die mit der Aufnahme eines älteren Pflegekindes auf die Pflegeeltern zukommen konnten. Von anfänglicher Überanpassung war die Rede. Nach einigen friedlichen Wochen brach dann viel aus diesen Kindern heraus. Die meisten hatten Heimaufenthalte hinter sich, waren von ihren leiblichen Eltern vernachlässigt und misshandelt worden. Pflegekinder machten manchmal ins Bett. Sie stahlen und erzählten Lügenmärchen. Sie brauchten lange, bis sie bereit waren, wieder Vertrauen zu Erwachsenen zu fassen. Grundsätzlich musste mit Schwierigkeiten gerechnet werden.

„Das sind ja tolle Aussichten", murmelte Frank und schüttelte den Kopf.

Würde Lottchen genauso reagieren? Noch war sie nett und freundlich. Wie lange hielt das an? Eine Woche? Zwei Wochen? Was dann? Würde sie aufsässig werden? Stehlen? Sachen kaputt machen?

In dem Buch stand, dass Kinder, die in Heimen aufwuchsen, einen sehr großen Nachholbedarf an Zärtlichkeiten hatten, sich gleichzeitig jedoch fürchteten, den neuen Eltern Vertrauen entgegenzubringen. Die Kinder verhielten sich ablehnend und aggressiv. Die Autorin beschrieb dieses Verhalten als eine Art Schutzmechanismus.

Ich werde es ja erleben, dachte Frank.

Das Buch machte ihm nicht gerade Mut. Auch die Prozedur beim Jugendamt stellte sich als schwierig und langwierig dar. Da mussten Fragebögen ausgefüllt werden und in Gesprächen mit den Mitarbeitern des Jugendamtes musste man praktisch sein komplettes Innenleben offen darlegen. Was sollte er auf dem Amt sagen, wenn nach der Adresse von Lottchens Eltern gefragt wurde? Es gab keine! Natürlich würde das Jugendamt Nachforschungen anstellen. Das konnte sich hinziehen. Durfte Lotte solange bei ihm bleiben?

Das ist ein Fall für Tine, überlegte Frank. Die soll mal ihre Beziehungen spielen lassen und sich unter der Hand nach allem erkundigen. Fürs Erste bleibt

Lottchen bei mir, und keiner erfährt es. Basta! Und jetzt fahre ich zu Manuela nach Homburg und gebe ihr die Kopie von der Dinolandstory. Versprochen ist versprochen.

Er räumte den Tisch ab und zog sich an.

Auf dem Weg in die nahe Stadt schaltete er das Autoradio ein und hörte sich die Nachrichten an. Wieder keine Suchmeldung. Frank hatte nichts anderes erwartet.

Lottchen war zwei Jahre lang allein gewesen. Sie hatte wie eine Art Wolfskind gelebt.

Gute Idee für einen neuen Roman!, dachte Reuter fasziniert.

Die Idee war ihm ganz plötzlich gekommen, wie so oft. Schon kauten seine grauen Zellen begeistert auf dem Stoff herum. Eine Horrorgeschichte nahm in Franks Gehirn Gestalt an, von einem Ehepaar mit drei oder vier Kindern, die ein verwahrlostes Kind aus den Wäldern bei sich aufnahmen. Dieses Kind gab an, keine Eltern mehr zu haben, was auch stimmte. Denn das Kind hatte sie getötet! Das fand das Ehepaar aber erst heraus, als ihr Findling bereits all ihre leiblichen Kinder abgemurkst hatte und sie im Keller eingeschlossen waren, während das teuflische Balg, das sie bei sich aufgenommen hatten, über ihnen die Bude anzündete.

Sobald ich nach Hause komme, mache ich mich an das Exposé!, nahm Reuter sich vor. Wenn mir mal sonst nix anderes einfällt, kann ich das schreiben. Selzer sage ich nichts davon. Die elende Geldschnalle würde mir nur dauernd in den Ohren liegen, wann der neue geniale Horrorroman fertig ist. Nix da! Zuerst mache ich das Drehbuch für die UNIVERSAL fertig und meine Kindergeschichten.

Frank grinste: Vielleicht ist Lottchen ja solch ein Kind?

Nein, Lottchen nicht. Sie hatte ihren eigenen Horrorroman erlebt, einen

Horrorroman, den das Leben schrieb, und das Schicksal war in Sachen Horror, Schrecken und Schmerz wesentlich einfallsreicher als ein Romanautor.

In Homburg parkte Reuter den Mercedes vor der Boutique für Kinderbekleidung, in der er Lottchens Kleider gekauft hatte.

Ob sie da ist?, überlegte er. Er musste sich eingestehen, dass ihn Manuela Hennes stark interessierte, egal ob sie nun einen festen Freund hatte oder nicht. Er hatte schon eine geraume Weile nichts mehr mit einer Frau gehabt und Manuela Hennes, fand er, wäre jetzt gerade die Richtige.

Sie weiß, was sie will. Das ist immer ein gutes Zeichen.

Frank stand auf Frauen, die genau wussten, was sie wollten, die sagten, was sie wollten. Er mochte keine Frau, die still und ergeben neben ihm herging und ihn bestimmen ließ, wo es langging. Die Sorte kannte er: Eine Weile nahmen sie alles hin, auch wenn ihnen nicht alles passte. Sie erwarteten, dass der neue Mann in ihrem Leben wusste, was Sache war. Sie erwarteten, dass ein Mann riechen konnte, was sie wollten. Das konnte natürlich kein Mensch. Also sammelten sie allmählich sämtliche Minuspunkte des Mannes wie Trophäen und irgendwann wurde es ihnen zuviel und sie schlugen dem Mann die ellenlange Liste um die Ohren und verpissten sich, egal ob es inzwischen zu einer Heirat gekommen war und vielleicht sogar Kinder da waren. Das war den Tussis dieser Sorte dann absolut scheißegal.

Anstatt früh genug den Rand aufzumachen, ließen sie es seelenruhig zu, dass der Mann das Beziehungsschiff unwissend in den Dreck fuhr, und ließen ihn dann auf dem sinkenden Wrack zurück, wobei sie allen Freunden und Bekannten nachdrücklich klarmachten, was für ein gefühlloses Monster er gewesen war.

Nicht mit mir!, dachte Frank schaudernd und stieg aus.

Er hatte Glück. Manuela bediente in der Boutique.

Sie begrüßte ihn mit einem Lächeln: „Guten Tag, Frank. Na, hat irgendwas nicht gepasst?"

„Gepasst? Wie?" Reuter verstand nicht.

„Von den Kleidern, die du für dein Patenkind gekauft hast."

„Ach so ... doch! Es passt alles prima. Danke."

Frank lächelte Manuela an und überreichte ihr einen grünen DIN A-4 Schnellhefter: „Ich bin gekommen, um dir die Dinogeschichte zu bringen."

Sie stieß einen überraschten Ruf aus, nahm den Schnellhefter entgegen und blätterte ihn durch.

„Das ging aber schnell!", meinte sie. Sie klang beeindruckt. Sie schenkte Frank ein bezauberndes Lächeln. „Danke, Frank."

„Hab ich gern gemacht, Manuela." Reuter grinste. „Auch wenn kein gemeinsamer Ausgang für mich drin ist. Versprochen ist versprochen. Du musst es deinem Freund ja nicht sagen."

Manuelas Gesicht verdüsterte sich.

Frank ergriff ihre Hand: „Manuela? Hab ich was Falsches gesagt?"

Sie schüttelte den Kopf: „Nein, Frank. Ich habe bloß ein bisschen Trouble. Das ist alles." Sie fixierte Frank. „Kann sein, dass ich deine Einladung doch noch annehme. Aber nicht heute. Okay?"

„Wundervoll! Sofort einhaken!", grölte die Stimme aus Franks Jeanshose nach oben.

Frank drückte sachte Manuelas Hand: „Okay, Manuela. Ich will mich nicht aufdrängen."

„Das tust du nicht. Ich finde dich sehr nett. Aber im Moment weiß ich nicht, wo mir der Kopf steht. Das verstehst du doch, oder?"

„Klar!" Reuter lächelte sie ermutigend an. „Wie gesagt: Ich dränge mich nicht auf. Meine Einladung halte ich aufrecht. Wenn dir danach ist ..."

„Dann melde ich mich." Jetzt versprühten ihre Augen magische Blitze. In Reuters Unterleib regte sich etwas, das allzu lange still dagelegen hatte wie ein schlafender Hund. Er holte eine seiner Visitenkarten hervor und reichte sie Manuela: „Ruf an, wenn dir danach ist, Manuela. Ist alles völlig unverbindlich, okay?"

Sie nahm die Karte lächelnd entgegen: „Danke, Frank. Ich werde dran denken."

Reuter betrachtete ihre kleinen geschmeidigen Hände und stellte sich vor, wie es sich anfühlen würde, diese Hände auf seinem ganzen Körper zu spüren. Die Regung in seinem Unterleib verstärkte sich.

„Und ob du es nötig hast, Alter!", quakte es aus seiner Jeans. „Du bist dermaßen notgeil, dass du gleich anfangen wirst zu zittern!"

„Ich muss weiter", fing er an, weil ihm nichts Besseres einfiel. Sein Unterleib begann die Herrschaft über ihn zu übernehmen und schaltete das Gehirn auf halbe Kraft.

„Tschüs, Frank."

Wie sie das sagte! Wie ihr Mund dabei aussah! Warum musste sie auch einen Macker haben!

Frank verließ das Geschäft und stieg in seinen Mercedes. Er ließ den Motor an und fuhr los. Erst auf der Landstraße nach Bexbach löste sich seine Anspannung. Er drohte seinem Hosenschlitz mit dem Zeigefinger: „Mach das nicht noch mal, du Schweinigel! Hast du gehört?" Er brach in befreiendes Lachen aus. „Mein Gott, jetzt rede ich schon mit meinem Fips!", kicherte er. „Wie ein alberner, aufgeblasener Jungspund Anfang zwanzig. Diese Manuela ist aber auch zu scharf." Reuter mochte solche Ausdrücke nicht, aber er fand keinen besseren. Manuela Hennes war scharf. Und wie es aussah, hielt sie nicht mehr allzu viel von ihrem derzeitigen Freund.

„Und dann bin ich an der Reihe! Jawoll, meine Herrn! So ham wir es gern! Und wenn nicht, suche ich mir eine andere!"

Im Autoradio lief ein Song von Bob Marley. Frank drehte die Stereoanlage auf und trat das Gaspedal durch. Er war ausnehmend guter Laune.

Nach der Reggae-Nummer kamen Nachrichten. Das erinnerte Reuter an seinen kleinen Gast zu Hause. Aufmerksam lauschte er dem Nachrichtensprecher. Wieder nichts über ein vermisstes Kind.

„Gut so!", sagte Reuter laut.

Nach dem Wetterbericht kam wieder Musik im Autoradio: eine Technoversion der Lieder aus Disneys Dschungelbuch.

„Ich wollte doch ein Disneyvideo für Lottchen besorgen", dachte Frank. „Warum nicht das Dschungelbuch?"

In Bexbach fuhr er zu seiner Stammvideothek und lieh sich den Film aus. Das würde Lottchen besser gefallen als Agentenfilme, in denen reihenweise Leute gekillt wurden.

Zu Hause angekommen, lief er schnurstracks in sein Arbeitszimmer und setzte sich vor den Computer. Er wollte die Idee mit dem familienmordenden Wolfskind festhalten, solange sie noch frisch war. Bald nahm der Entwurf Formen an. Eine halbe Stunde später speicherte Frank alles unter dem Dateinamen „Wolfskind" ab und lehnte sich zufrieden zurück. Er hatte gerade den Keimling für einen Roman von vierhundert Seiten geschaffen. Auf der Festplatte seines Computers lagen etliche solcher Keimlinge bereit, die er jederzeit in die Erde seines Gehirns pflanzen konnte. Dann wuchsen sie zu Romanen heran und wenn sie groß waren, trugen sie Früchte: Banknoten!

Nicht, dass Frank Reuter nur des Geldes wegen schrieb. Wenn es danach gegangen wäre, hätte er längst mit dem Schreiben aufhören können. Die Millionen auf seinem Konto finanzierten sein Leben problemlos.

Nein, am Schreiben war mehr dran. Schreiben war für Frank eine faszinierende Arbeit und ein entspannendes Hobby zugleich. Er würde nie damit aufhören, auch dann nicht, wenn er einmal kein Geld mehr damit verdienen konnte. Er schrieb für sich selbst.

Am Computer konnte er in fremde Welten eintauchen, die von den unglaublichsten Dingen nur so wimmelten. Er konnte Menschen erschaffen und wieder vernichten. Er konnte jemanden aussehen lassen wie einen wirklich netten Kerl, um ihn gegen Ende einer Geschichte als miesen Drecksack zu entlarven. Er konnte aber auch einen armen, schwächlichen Hanswurst in einen Helden verwandeln.

Gleichzeitig schrieb Reuter sich Frust und Schmerz aus seiner Kindheit von der Seele. Nicht umsonst kamen in seinen Horrorromanen oft Mütter vor, die nicht viel auf ihre Kinder gaben und die zum Schluss häufig ins Gras bissen. Vielleicht war das eine späte Rache Franks an seiner Mutter, der er zeitlebens nicht verziehen hatte, dass sie ihn verlassen hatte.

Seine Mutter hatte bis zu ihrem Tod alle Machwerke ihres Sohnes gelesen. Sie fand sie interessant und als Frank die ersten Erfolge für sich verbuchen konnte, freute sie sich aufrichtig für ihn. Aber sie hatte ständig herumgemäkelt, wieso denn bitteschön in den meisten Geschichten die Mütter so schlecht wegkamen.

Frank blickte sich in seinem Arbeitszimmer um. Der Raum war groß und hatte riesige Fenster, die jede Menge Licht hereinließen. Wurde es ihm im Sommer zu hell, konnte er Lamellenrollos vor den Fenstern herunterziehen. Die Möbel bestanden aus heller Kiefer. Frank wollte Licht in seinem Reich. Es gab etliche Topfpflanzen, darunter viele Kakteen. Kakteen waren leicht zu pflegen. Sie brauchten nicht viel Wasser. Sie gaben sich damit zufrieden, alle zwei Jahre umgetopft zu werden und ansonsten langsam und in Ruhe zu wachsen.

Auf die Kakteen war Frank durch Bettina gekommen. Die zweite Frau seines Vaters hatte ihm gezeigt, wie man aus Samen winzige Pflänzchen ziehen konnte, die im Laufe der Jahre zu stattlichen Kakteen wurden. Mehr als die Hälfte seiner Sammlung hatte Frank selbst gezogen.

Seiner leiblichen Mutter gefiel sein Arbeitszimmer nicht.

„Viel zu groß", hatte sie genörgelt. „Und diese ganzen scheußlichen

Stacheldinger! Was machst du nur, wenn du mal Staub wischen musst? Und die Möbel erst! Viel zu hell für einen Mann! Das sind Möbel, wie sie in ein Kinderzimmer gehören, ins Zimmer eines Mädchens. Warum hast du keine Eiche genommen, oder Mahagoni? Du hast doch weiß Gott genug Geld dafür. Wieso gibst du dich mit solchen Billigsachen aus dem Möbelmarkt ab?" Sie schüttelte den Kopf. „Wenn ich diese ganzen Stachelgewächse sehe ... wie in einer Wüste!"

Da gehörst du hin!, dachte Frank.

Nach diesem Besuch seiner Mutter hatte er noch mehr Kakteen gekauft und in seinem Arbeitszimmer aufgestellt, nur um sie zu ärgern. Er kam sich kindisch dabei vor, wie ein trotziges Kind, aber er tat es mit Wonne. Seine Mutter hatte ihn aus ihrem Leben hinausgeworfen. Was ging es sie an, welche Pflanzen er um sich herum hatte? Sollte sie doch ihrem Jörg vorschreiben, welches Grünzeug er ziehen durfte! Wahrscheinlich war sie eifersüchtig auf Bettina!

Nachdem Bettina seine Stiefmutter geworden war, hatte Frank schnell herausgefunden, dass seine Mutter es nicht besonders mochte, wenn er davon erzählte, wie schön es jetzt sei. Sie hatte ziemlich pikiert reagiert, als ihr Sohn ihr berichtete, dass er bei Bettina sehr viel mehr Freiheiten hatte, als früher bei ihr.

Sobald Frank wusste, dass er seine Mutter damit ärgern konnte, machte er es sich zur Angewohnheit, bei jedem seiner seltenen Wochenendbesuche vom Leben seiner neuen Familie zu erzählen. Es bereitete ihm hämische Freude, zu sehen, dass seine Mutter diese Geschichten nicht mochte.

In der Pubertät wandte Frank eine neue Technik an. Wenn seine Mutter seine Erzählungen nicht mochte und dies auch laut sagte, packte er kurzerhand seinen Rucksack und marschierte schnurstracks nach Hause. Er wusste, dass er ihr damit sehr wehtat, und genau deswegen machte er es. Sollte seine Mutter ruhig am eigenen Leib spüren, wie es war, wenn man verlassen wurde!

Irgendwo tief in seinem Innern hatte er gehofft, diese Lektionen würden seine

Mutter ein wenig weicher machen, sie dazu bringen, ihn mehr zu mögen. Aber sie blieb, wie sie war: auf eine unbeschreibliche Art distanziert und unterkühlt, ja manchmal sogar abweisend. Wann immer das Gespräch auf ihre erste Ehe kam, lud sie die gesamte Schuld am Scheitern derselben auf Franks Vater und wenn Frank ihn verteidigte, wurde sie wütend, nannte ihn undankbar und wollte ihm weismachen, dass er davon nichts verstünde.

Erst im letzten halben Jahr ihres Lebens hatte sie aufgegeben. Sie wusste, dass sie Lungenkrebs hatte und nicht mehr lange leben würde.

Sie änderte sich. Nicht sehr, aber sie versuchte, mit ihrem Sohn ins Reine zu kommen. Endlich schien sie zu spüren, dass er ihr noch immer grollte. Aus dem Krankenhaus hatte sie ihm Briefe geschickt, Briefe, die er ungeöffnet zurückschickte.

Sein Vater hatte mit ihm gesprochen: „Es ist deiner Mutter wirklich sehr wichtig, dass du zu ihr kommst. Sie will sich dringend mit dir aussprechen, Frank!"

„Aber da war es zu spät, meine Gute", flüsterte Frank und betrachtete seine Kakteen. „Da wollte ich nicht mehr. Ich habe dir meine Stachelseite gezeigt, und die war besser als all meine Kakteen zusammen. Du hast mir das Herz ausgerissen, als ich klein und hilfsbedürftig war, und im Gegenzug habe ich deines verhungern lassen, als du Hilfe nötig hattest. Ich denke, ganz zum Schluss hast du es gewusst."

Franks Sicht verschwamm. „Du hast gekriegt, was du verdient hast! Als du gestorben bist, warst du nicht mehr meine Mutter. Die war längst tot, gestorben an einem schrecklichen Tag in dem Jahr, in dem ich acht Jahre alt geworden war. Ich habe auf sie gewartet, auf diese Mutter, aber sie ist nicht mehr zu mir zurückgekommen. Sie hat mich allein gelassen. Allein!"

Frank schrak auf. Das letzte Wort hatte er laut geschrien. Sein Herz schlug sehr schnell. In seinem Innern tobten Wut und Trauer. Mit einem Laut, der mehr einem Grunzen als einem Schluchzen ähnelte, wischte er sich die nassen Augen.

„Wen interessiert das schon?", sagte er leise. „Es ist vorbei! Es ist schon lange, lange vorbei! Vorbei und vergessen!"

Er wandte sich wieder dem Computer zu und klickte sich in den Ordner „Kinderstorys" ein. „Auf ein Neues, Herr Reuter!"

Ohne lange nachzudenken, fing er an zu schreiben: von einem Geschwisterpaar, das nach dem Unfalltod der Eltern zu einer gemeinen, strengen Tante kam, die ihnen das Leben schwer machte. Sie war die ekelhafteste Frau der Welt. Eines Tages entdeckten die Kinder im Keller ein geheimes Tor, das in eine riesige Höhle führte, in der ein magischer Wald wuchs. Elfen lebten dort ...

Bald war Frank Reuter völlig in seiner neuen Geschichte gefangen und nahm nichts mehr um sich herum wahr. Die Gedanken an seine Mutter hatte er längst verdrängt. Frank Reuter war gut im Verdrängen.

Frank war so sehr ins Schreiben vertieft, dass er nicht bemerkte, dass es allmählich dunkel wurde. Erst als er zur Toilette musste, stellte er fest, dass es Nacht wurde. Auf dem Rückweg in sein Arbeitszimmer dachte er über seinen Hausgast nach. Er fand es seltsam, fast erschreckend, wie das kleine Kind es geschafft hatte, ihn sofort für sich einzunehmen.

Das ist jedenfalls nicht normal, überlegte er. Kein Erwachsener reagiert derart, es sei denn, er ist pädophil. Ich verstehe es nicht. Es ist, als hätte sie mich verzaubert. Ja, genau, als hätte sie mich verhext. Er schüttelte den Kopf. Verrückt! Aber ich kann nichts dagegen tun ... im Gegenteil ... es gefällt mir sogar ... verrückt ... einfach verrückt.

Zurück am Computer stellte er am Radio einen regionalen Sender ein und verfolgte die Nachrichten. Wieder nichts über ein vermisstes Kind namens Charlotte. Reuter schaltete das Radio aus.

Tja ... keiner will sie, also bleibt sie erst mal bei mir. Frank streckte sich. Soll ich noch mit dem Drehbuch für die UNIVERSAL anfangen? Oder mache ich das nach dem Essen? Oder lege ich heute einen Faulenzertag ein? Immerhin habe ich eine Kinderstory fertig gekriegt.

„Hallo." Frank fuhr herum.

Lotte stand im Türrahmen: „Habe ich dich erschreckt?"

„Ein bisschen, Prinzessin. Ich war in Gedanken versunken."

Sie kam zu ihm und kuschelte sich in seine Arme.

Ein normales Kind würde das nicht tun, überlegte Reuter. Jedenfalls nicht gleich zu Anfang. Es wäre erst mal misstrauisch und zurückhaltend. Was in diesem Buch über Pflegekinder steht, stimmt. Lotte ist depriviert. Ihr fehlt die Distanzfähigkeit.

Ob sie jedem so um den Hals fallen würde, der halbwegs nett zu ihr war? Frank dachte an seine Kumpane vom Westernverein. Ob Lottchen die auch gleich mögen würde? Der Gedanke gefiel ihm nicht sehr.

Ich bin ja eifersüchtig!, dachte Frank belustigt. „Hast du Hunger?", fragte er seinen kleinen Gast.

Das Kind schüttelte den Kopf: „Nein, direkt nach dem Aufstehen nie."

Reuter erhob sich: „Ich werde trotzdem schon mal alles vorbereiten."

„Ich probiere solange meine neuen Kleider an, ja?"

„Hast du dir schon die Zähne geputzt?"

Sie war ganz Entrüstung: „Natürlich!"

Frank unterdrückte ein Lachen. „Gut, dann probier mal schön. Ich gehe in die Küche."

Als er zurückkam, stand Lottchen in einem knielangen Sommerkleidchen vor ihm.

„Hübsch siehst du aus, Prinzessin." Reuter runzelte die Stirn. „Vielleicht sollten wir deine Kleider in dein Zimmer schaffen, was meinst du? Kleider gehören in Schränke, nicht in die Ecken von Arbeitszimmern."

Er raffte an Kleidungsstücken zusammen, was er tragen konnte, und ging damit runter zu Lottes Zimmer im Keller. Sie folgte ihm mit einen Batzen Klamotten auf den Armen. Zusammen verstauten sie die Sachen im Schrank des Gästezimmers.

„So, jetzt hat alles seine Ordnung", sagte Frank befriedigt.

Charlotte umarmte ihn: „Danke für die Kleider. Das sind meine ersten neuen Sachen seit dem Tod meiner Eltern."

Frank erwiderte die Umarmung des Kindes.

„Erzählst du mir wieder von der Wiese?", piepste die Kleine.

„Hmm ... ich könnte dir Filme zeigen von der Natur", meinte Reuter. Eine gute Idee.

Lottchen schüttelte den Kopf: „Bitte erzählen!" Sie blickte ihn aus ihren großen blauen Augen an. „Bitte!"

„Also gut!" Frank setzte sich mit Charlotte auf dem Schoß auf einen Stuhl.

„Die Wiese", bat das Kind. „Zuerst den kalten Morgennebel!"

Reuter grinste: „Nö. Nix Wiese." Sie blickte ihn fragend an. „Heute ist der Wald dran."

Er begann einen Waldweg zu schildern, der sich durch einen lichten Buchenwald schlängelte. Strahlende Lichtfinger bohrten sich schräg durch das hellgrün flimmernde Laub, malten goldene Kringel auf den dunkelbraunen Waldboden und ließen dicke grüne Moospolster magisch aufglühen.

Wieder hing das Kind atemlos an Franks Lippen. Als er kurz mit Erzählen aussetzte, um zu überlegen, krallte sie sich an ihm fest.

„Noch!", flehte sie mit leiser Stimme. „Bitte!"

Reuter ging ihr Blick durch und durch. Charlotte wirkte wie ein sterbendes Kind, das seinen Vater anfleht, es noch ein letztes Mal zu umarmen. Er musste hart schlucken, bevor er weitererzählen konnte. Er schilderte den Wald eine halbe Stunde lang.

Dann hob er Lottchen hoch: „Hast du jetzt Appetit?"

„Ja. Krieg ich Cornflakes?"

„Klar doch. Mit Erdbeeren und Sojamilch und ganz viel Zucker."

Reuter trug das Mädchen in die geräumige Wohnküche und bereitete ihm eine große Portion Cornflakes zu. Wieder verschlang Lotte eine unglaubliche Menge an Nahrung.

„Es gibt noch verschiedene Müslisorten. Morgen besorge ich welche davon", schlug Frank vor.

„Schmeckt das genauso gut?", fragte Lottchen.

Frank nickte: „Aber ja. Und es ist nichts von Tieren drin." Er lächelte ihr zu und sie erwiderte das Lächeln.

*

Während Charlotte aß, dachte sie über den Mann nach, der sie bei sich aufgenommen hatte. Er ist so lieb zu mir! Ob ich bleiben darf? Ich wäre auch immer brav. Ich würde so gerne bleiben! Im Winter ist es scheußlich draußen und es ist schön, endlich wieder jemanden zu haben, der für mich da ist. Ich will nicht mehr allein sein. Alleinsein tut weh. So schrecklich weh. Aber Mama hat mich gewarnt. Ich bin anders. Was ist, wenn der Mann meine Andersartigkeit bemerkt? Dass ich nie in die Sonne darf? Ach, es ist schwer! Ich darf nichts sagen.

Sie schaute zu Frank hinüber. Er saß ihr gegenüber und aß eine winzige Portion Cornflakes. Wie konnte jemand so groß und stark werden, wenn er so wenig aß?

Weil er Fleisch von toten Tieren aß! Natürlich. Das musste es sein. Charlotte schüttelte sich vor Ekel bei dem Gedanken, Fleisch auch nur anzurühren.

Sie hatte letzte Nacht zugesehen, wie der Mann Brot mit Fleisch aß. Wurst nannte er das. Es wurde aus getöteten Schweinen gemacht. Wie konnte jemand so etwas essen? Aber sie ließ sich ihren Abscheu nicht anmerken. Der Mann tat es nicht, weil er wollte, dass sie sich ekelte. Er tat es, weil sein Körper Fleisch als Nahrung benötigte. Er war anders als sie. So anders! Durfte sie ihm wirklich vertrauen?

Ihre Mutter hatte sie wieder und wieder vor solchen Leuten gewarnt. „Sie sind anders als wir, Charlotte. Sie essen Fleisch und das macht sie aggressiv und wild. Sie tragen stets Wut in sich. Sie sind immer bereit, zu töten. Sie töten sich sogar gegenseitig. Sei auf der Hut vor ihnen! Lass sie nie merken, dass du nicht bist wie sie. Sie fürchten alles, was anders ist, und was sie fürchten, das töten sie."

Charlotte war hin und her gerissen zwischen Furcht vor der Andersartigkeit ihres Gastgebers und dem Verlangen, bei diesem Menschen zu bleiben. Es tat so gut, jemanden für sich zu haben.

Nicht alle Menschen waren so schlimm wie in den Erzählungen ihrer Mutter. Auch ihre Eltern hatten Freunde unter ihnen gehabt, Leute, die ihre Andersartigkeit akzeptierten und sich nicht daran stießen.

Vielleicht ist Frank einer von denen, die Verständnis haben, überlegte Charlotte. Immerhin hat er mir ein Zimmer gegeben, in das keine Sonne scheint, und er bohrt nicht nach, wieso ich nicht in die Sonne darf. Vielleicht kann ich ihm eines Tages mein Geheimnis anvertrauen. Aber ich muss vorsichtig sein. Liebmama hat mich gewarnt.

*

„Hast du noch Hunger?", fragte Frank. Das Kind schüttelte den Kopf.

„Wie wär's mit Fernsehen? Ich habe extra für dich einen Zeichentrickfilm besorgt", schlug er vor.

Sie schaute ihn mit schief gelegtem Kopf an: „Zeichentrickfilm? Was ist das?"

„Die Figuren in dem Film sind nicht echt, sondern gemalt, gezeichnet eben. So wie die Waldtiere, die du gezeichnet hast. Aber im Film bewegen sie sich wie lebende Wesen."

„Gezeichnete Figuren, die sich bewegen können? Das klingt wie Zauberei."

Frank lächelte: „Ist bloß simple Technik, ein technischer Trick. Komm, Prinzessin! Schauen wir uns das Dschungelbuch an."

Sie gingen ins Wohnzimmer. Reuter schaltete das TV-Gerät ein und legte die DVD ins Abspielgerät ein. Dann holte er eine Tafel Schokolade aus dem Naschfach im Wohnzimmerschrank und bot Lottchen davon an: „Hier, kleines Fräulein: Schokolade. Sehr süß. Das schmeckt allen kleinen Kindern." Er brach eine Rippe ab und reichte sie seinem Gast.

Lottchen ergriff die Schokolade und wollte hineinbeißen. Als ihr der Geruch in die Nase stieg, hielt sie inne und verzog angeekelt das Gesicht: „Das ist aus Tiersachen gemacht!"

„Was?" Reuter war verdutzt. „Aber nein. Das ist aus Kakao und Zucker und ..."

„Und Milch!"

„Ach du Schei ... ! Tut mir leid, Lottchen. Daran habe ich nicht gedacht. Ich habe es nicht absichtlich gemacht, glaub mir. Kannst du denn nichts essen, das aus Tierprodukten gemacht wird?"

Charlotte schüttelte energisch den Kopf: „Garnichts! Davon werde ich krank. Sehr krank. Ich kann sogar sterben, wenn ich davon esse! Bitte versuch nicht mehr, mir etwas zum Essen zu geben, das aus toten Tieren gemacht ist."

„Es tut mir leid, Kleines. Ich habe es echt nicht mit Absicht getan. Du hast wohl eine Allergie gegen Tierprodukte?"

Charlotte hatte keine Ahnung, was eine Allergie war, aber sie spürte, dass der Mann aufhören würde, ihr Sachen vorzusetzen, die aus Aas waren, wenn sie Ja sagte. Er schien es wirklich nicht böse gemeint zu haben. Im Gegenteil, er sah erschrocken aus.

Also sagte sie: „Ich habe eine Allergie gegen alles aus toten Tieren. Das hat mir meine Mama gesagt. Nur Honig darf ich essen."

Frank nickte: „Okay, Lottchen. Ich werde streng darauf achten, dass in deinem Essen niemals etwas aus Tieren drin ist. Ich will doch nicht, dass du krank wirst." Er lächelte: „Es gibt auch Schokolade aus Sojamilch. Morgen besorge ich welche für dich."

Lottchen kuschelte sich an ihn. *Er kauft schon wieder was für mich ein. Vielleicht darf ich wirklich bei ihm bleiben.*

Reuter holte eine Tüte Mandeln aus dem Naschfach: „Da sind Nüsse, Lottchen. Ohne was zum Knabbern macht Fernsehen nur halb so viel Spaß."

Er setzte sich neben das Mädchen auf die Couch, griff sich die Fernbedienung und startete den DVD-Player. Auf dem Bildschirm erschien ein Zeichentrickdschungel, die eingängige Anfangsmelodie von Disneys Dschungelbuch erklang

Diesmal blieben die Nüsse von Lottchen unberührt liegen. In atemloser Spannung verfolgte sie die Handlung des Films. Sie bekam vor Aufregung ganz rote Wangen.

Reuter freute sich. Mit dem Disneyfilm hatte er einen Volltreffer gelandet. Auch ihm gefiel er. Es war lange her, dass er Balu singen gehört hatte oder die Elefanten auf Frühpatrouille.

Nach eineinhalb Stunden ging der Film zu Ende. Balu und Baghira tanzten singend in den Dschungel zurück und Mogli blieb bei seiner Menschenfreundin.

„War das schön!", sprach Lottchen voller Inbrunst. Ihre Augen leuchteten wie Sterne. „So etwas Schönes habe ich noch nie gesehen!"

Reuter fühlte sich in seine Kindheit zurückversetzt. So hatte Tine manchmal reagiert, wenn ihr eine Geschichte besonders gut gefallen hatte, die er ihr vorgelesen hatte. Auch bestimmte Filme hatten diese Reaktion herbeigeführt.

„Es gibt noch viele solcher Filme", sagte er. „Die sind extra für Kinder gemacht."

„Alles Filme mit Zeichentricks?", wollte sie wissen.

Reuter nickte: „Ja, die meisten. Es gibt aber auch Realfilme, das sind Filme mit richtigen Menschen. Und es gibt im Computer erzeugte Filme. Wenn du willst, bringe ich dir in Zukunft öfter solche Filme mit."

„Au ja!"

Frank stand auf: „Ich müsste noch was am Computer arbeiten ..."

„Sie wird meckern, wart's nur ab!", rief die gemeine, kleine Stimme in seinem Gehirn. „Denkst du etwa allen Ernstes, dass sie sich ewig damit zufriedengeben wird, an deinem Schreibtisch Bilder zu malen oder mit deinen blöden Plastiktierchen zu spielen? Kinder wollen beschäftigt werden, mein Lieber. Kinder sind Nervensägen!"

Doch Lottchen widerlegte die böse kleine Stimme aufs Neue: „Kann ich wieder was malen? Oder mit den kleinen Tieren spielen? Das mache ich nämlich sehr gerne."

„Aber sicher", antwortete Reuter.

„Siehst du, sie ist handzahm", sagte er in Gedanken zu seiner inneren Stimme.

„Anfängliche Überanpassung!", gab die Stimme unbeeindruckt zurück. „Das hast du doch in diesem schlauen Buch gelesen. Ewig bleibt sie nicht zahm, Alter!"

Ach, leck mich doch! Frank ging mit Lottchen ins Arbeitszimmer. An zwei Tischen standen Computer, denn Monsieur Reuter unterhielt zwei DSL-Internetzugänge über verschiedene Telefonleitungen, seit er mal für drei Tage nicht ins Web gekommen war. Wenn T-Online nicht wollte, nahm er eben den separaten Netzzugang mit Freenet. Lottchen setzte sich an einen leeren Tisch.

Wie gut, dass ich soviel Arbeitsfläche habe, dachte Frank.

Er gab dem Mädchen Papier und Stifte und setzte sich an den Computer. Er rief die Datei auf, in der er mit dem Drehbuch von TIGERBLUT angefangen hatte, und legte los.

„Ich weiß nicht, was ich malen soll", sagte Lottchen am Tisch neben ihm und schaute ihn auffordernd an. „Sag du mir, was ich malen soll."

„Da hast du's, Alter!", grölte Franks kleine, böse Stimme belustigt. „Der Tanz beginnt. Hihihiii! Sie wird dir die ganze Nacht keine Ruhe lassen. Aus und vorbei mit der Konzentration!"

Reuter überlegte kurz. „Wie wäre es mit einem Bild von dir und deinen Eltern?", schlug er vor.

„Soll ich wirklich?"

„Ja. Warum nicht?"

„Ist gut." Lottchen griff zum Bleistift und machte sich an die Arbeit. Reuter widmete sich seinem Drehbuch.

Nach einer halben Stunde zupfte das Mädchen ihn am Ärmel: „Willst du mal gucken?"

Frank unterbrach seine Arbeit und warf einen raschen Blick auf die Zeichnung.

„Wow!" Er riss die Augen auf. Lotte hatte zwei Erwachsene und ein kleines Kind gezeichnet und mit Buntstiften koloriert. Das Kind hatte eine fast fotogenaue Ähnlichkeit mit ihr selbst und die Frau sah aus wie eine Erwachsenenversion des Kindes.

„Du kannst unheimlich gut zeichnen, Lottchen", sprach Reuter voll ehrlicher Bewunderung.

Lotte freute sich sehr über das Lob: „Wenn du willst, mal ich dir noch mehr. Du musst mir nur sagen, was."

Reuters Gedanken begannen zu rasen. Mein Kindergeschichtenbuch! Meine

Storys und solche Zeichnungen dazu! Das wird der absolute Hammer!

Er hob Charlotte auf seinen Schoß: „Ich schreibe nicht bloß Gruselgeschichten. Ich plane auch ein Buch mit Geschichten und Märchen für Kinder. Du könntest die Bilder dazu malen, Lottchen."

„Ehrlich? Das wäre toll!" Sie runzelte die Stirn: „Aber ich kenne deine Geschichten ja nicht. Wie soll ich da wissen, was ich malen soll?"

Reuter lächelte: „Die meisten kenne ich selbst noch nicht richtig. Ich muss sie erst schreiben. Aber zwei habe ich schon fertig: die Dinolandgeschichte und eine Geschichte, in der zwei Waisenkinder zu einer bösen Tante kommen. Die Geschichte von Charlotte und Franziska im Dinoland wollte ich dir morgen früh vorm Einschlafen vorlesen."

„Warum nicht jetzt gleich? Oh bitte, Frank!"

Ja, warum eigentlich nicht? Das war Marktforschung direkt am zukünftigen Kunden.

„Einverstanden, Lottchen. Ich lese dir die Geschichte vor und danach kannst du ein paar Bilder davon malen, während ich an meiner Gruselgeschichte arbeite."

„Fein!" Das Mädchen blickte sich im ganzen Raum um: „Wo ist das Buch, in dem die Dinogeschichte steht?"

Reuter zeigte auf den Computer: „Hier ist es." Er rief die entsprechende Datei auf und lud die Story in den Arbeitsspeicher. Der Bildschirm füllte sich mit Worten.

„Du hast tolle Sachen", meinte Charlotte voll kindlicher Bewunderung. Sie rollte sich auf Reuters Schoß zusammen wie eine Katze: „Fang an!"

Frank las ihr die Geschichte vor. Das Mädchen lauschte konzentriert, ohne ihn ein einziges Mal zu unterbrechen.

„Das war's", sagte Frank, nachdem er Charlotte die Story vorgelesen hatte. „Hat es dir gefallen?"

Das Mädchen nickte: „Ja, sogar sehr. Am schönsten fand ich, wie die beiden Mädchen gegen alle Gefahren zusammenhielten. Wie zwei Schwestern. Und der Waldtroll ist lustig, weil er alles falsch ausspricht und dauernd über Wurzeln und Äste stolpert." Sie stand von Reuters Schoß auf: „Ich male jetzt ein paar Bilder zu dem Märchen. Zuerst Charlotte und Franziska zusammen auf Wanderschaft." Sie setzte sich an den Schreibtisch neben dem von Frank und legte los.

Frank widmete sich wieder seinem Drehbuch. Er kam gut voran. Nach den einführenden Szenen kam er jetzt an die Stelle, in der einer der Vampire ins Haus der Hauptdarstellerin eindrang. Frank bemühte sich, das Düstere und Unheimliche der Szene so darzustellen, dass der Regisseur es später in seinem Film leicht umsetzen konnte.

Neben ihm erklang Lottchens helle Kinderstimme: „Fah-les Mond-licht, ei-ne Hand drückt die Tür-klin-ke her-un-ter ..."

Reuter machte vor Überraschung beinahe einen Luftsprung. Er hatte nicht bemerkt, dass das Kind seinen Platz verlassen hatte und neben ihn getreten war. „Du kannst lesen, Lottchen?"

„Ja, mein Vater hat es mir beigebracht. Er sagte, das sei nützlich für mich. Jeder muss Lesen lernen."

Reuter rechnete in Gedanken nach. Wenn ihre Eltern seit zwei Jahren tot waren, hatte sie sehr früh Lesen gelernt.

„Wie alt bist du genau?", fragte er.

„Sechs Jahre. Am 12. Oktober werde ich sieben. Willst du meine ersten Bilder angucken? Ich habe sie noch nicht bunt gemalt. Das mache ich später." Sie präsentierte Reuter drei Zeichnungen zu seiner Dinolandgeschichte. Auf der ersten liefen die zwei Mädchen nebeneinander auf einem schmalen Weg durch einen dichten Wald, auf der zweiten halfen sie dem Waldtroll, dessen Bein unter einem Stein eingeklemmt war. Das dritte Bild zeigte die drei Abenteurer auf der

Flucht vor einem Dinosaurier. Lotte hatte einen der dicken, lustigen Dinos gezeichnet, wie sie auf ihrem Schlafanzug aufgedruckt waren.

Reuter lächelte: „Die Bilder sind wundervoll. Aber Dinosaurier, besonders die wilden Fleischfresser, sehen nicht so nett aus. Wart mal." Er stand auf und holte einen Bildband über Dinosaurier aus dem Regal. Er schlug die Seite auf, auf der der Tyrannosaurus Rex abgebildet war: „So sieht der T-Rex aus, Lottchen."

Charlotte verzog das Gesicht: „Iiih! Ist der garstig! Davor kriegt man ja Angst."

„Du hast recht, kleine Lady. Wir wäre es, wenn du ihn nicht ganz so erschreckend zeichnest?"

„Hmm, kann ich. Geht nicht schwer."

Das glaube ich dir aufs Wort, dachte Reuter. Bei dem Zeichentalent.

„Kann ich vorher das Buch mit den Sauriern anschauen?"

„Natürlich, Kleines. Guck es dir in aller Ruhe an. Die Nacht dauert noch lange."

So lange die Nacht auch war, für Reuter verging sie schnell. Er kam mit seinem Drehbuch ein gutes Stück voran. Lotte schaute sich das Dinobuch von vorne bis hinten an und fertigte weitere Zeichnungen an und malte sie bunt. Als sie keine Lust mehr zum Zeichnen hatte, spielte sie mit den kleinen Plastiktieren. Um halb drei aßen sie noch einmal Cornflakes. Danach ging Reuter seine Arbeit von vorne bis hinten durch und korrigierte an einigen Stellen.

Um halb vier schaltete er den Computer ab: „So, fertig. Jetzt geht's in die Falle."

Lottchen stand sofort vom Boden auf, wo sie mit den Plastiktieren gespielt hatte: „Liest du mir noch die Geschichte vor von den zwei Geschwistern, die zu der bösen Tante kommen?"

„Einverstanden. Aber du wirst dir zuerst die Zähne putzen und ins Bett hüpfen. Ich komme dann runter. Ich muss die Story erst ausdrucken." Frank startete den Computer wieder und schaltete den Drucker ein.

„Mach ich", rief Lottchen und sauste aus dem Zimmer.

Kurz darauf lag sie im Bett und lauschte Frank, der ihr die Geschichte vorlas. Sie gefiel ihr genauso gut wie die Dinolandstory.

„Die Bilder dazu male ich dir heute Abend", versprach sie und streckte ihm die Arme entgegen.

Frank umarmte sie und gab ihr einen Kuss auf die Wange: „Guten Tag, Lottchen, und schlaf gut."

Sie rollte sich unter der Decke zusammen. „Guten Tag", murmelte sie und schloss die Augen.

Reuter blieb noch eine Weile neben dem Kind auf der Bettkante sitzen, bis sie eingeschlafen war. Dann ging er selbst zu Bett. Eine Weile lauschte er in die Dunkelheit, ob sich das seltsame Geräusch der vorherigen Nacht wiederholen würde. Er hörte nichts und nach ein paar Minuten schlief er tief und fest.

*

Frank schlief bis elf Uhr durch. Nachdem er geduscht und gefrühstückt hatte, fiel ihm der Fußabdruck im Kellergang ein und er ging nachsehen, ob es einen neuen Hinweis dafür gab, dass sein kleiner Gast nachts umherwanderte. Er fand nichts.

„Ich habe mir das bloß eingebildet", murmelte er und holte einen Besen, um den Kellergang auszufegen. Er verhielt sich so leise wie möglich, um Charlotte nicht aufzuwecken.

Später am Tag, nachdem er zwei Stunden lang Rad gefahren war, fuhr er zur Videothek. Er gab das Dschungelbuch zurück und lieh Cinderella und Pinocchio aus.

Es war Samstag. Fürs Wochenende brauchte er zwei Filme.

*

Es war nach fünf Uhr nachmittags, als Frank nach Hause kam. Draußen dämmerte es bereits. Der Himmel war wolkenverhangen. Es sah nach Regen aus.

„Von mir aus kann es Mistgabeln regnen. Ich habe es zu Hause gemütlich."

Der Anrufbeantworter von Reuters Telefon blinkte. Jemand hatte eine Nachricht hinterlassen.

Die Nachricht war von Bernd Lehberg. Der Vorsitzende vom Westernverein Höchen unterrichtete Frank, dass an diesem Abend die Gruppe „Mountain Silver Clouds" im Saloon der Ranch spielen würde. Die Silver Clouds hatten im vergangenen Jahr auf dem großen Sommertreffen der Westernfans in Pirmasens gespielt und alle begeistert. „Ich und die anderen hoffen drauf, dass du kommst, Frank", endete die Nachricht.

Reuter kratzte sich am Kopf. Er wollte nur zu gerne auf die Ranch, erst recht, wenn die Silver Clouds spielten. Dann war nämlich eine Bombenstimmung angesagt. Dass er das Wochenende mit Kaffee und Tee hinter sich bringen wollte, vergaß er schnell. Ranch, Bier und Whiskey waren angesagt. Rasch suchte Frank seine Südstaatleruniform zusammen. Frank schlüpfte in die graue Uniform mit den blauen Biesen.

„Hast du dir neue Kleider gekauft?" Charlotte stand neben ihm. Schon wieder war sie nahezu geräuschlos zu ihm gekommen. Reuter hatte sie nicht bemerkt, bis sie ihn angesprochen hatte.

Ach du Schande! Lottchen! Was fange ich jetzt mit der an?

„Nee, Lottchen. Das sind keine neuen Kleider. Ich bin in einem Verein, in dem die Leute sich verkleiden, als ob sie in einem früheren Jahrhundert lebten", erklärte Frank. „Einer meiner Freunde hat angerufen und gefragt, ob ich komme. Ehm ..."

„Du kannst ruhig hingehen", sagte sie. „Ich habe keine Angst, allein zu bleiben." Sie schien Gedanken lesen zu können.

„Na ja, ich ..."

„Es macht mir nichts aus, wirklich! Zeig mir einfach, wie man dieses TV-Dings bedient. Dann kann ich Fernseh gucken."

Das kam Reuter gerade recht. Trotzdem hatte er ein schlechtes Gewissen. Konnte er ein sechsjähriges Kind allein in seinem Haus lassen? Aber sie auf die Ranch mitzunehmen war keine gute Idee. Er musste da oben erst mal vorfühlen, ob die auch dichthalten würden.

„Mach dir keine Sorgen um mich, Frank", sagte Charlotte. Sie klang verwirrend erwachsen. „Ich komme gut allein klar. Ich bin das doch gewohnt. Ich verspreche dir, nichts anzustellen. Zeig mir, wie das TV-Ding geht und wo das Essen ist. Dann kannst du gehen." Sie lächelte ihn lieb an.

Es war Frank nicht wohl bei der Sache, aber er hatte tierische Lust auf die Ranch. Was soll's!, dachte er. Sie wird schon nicht die Bude abfackeln. Er weihte Lottchen in die Geheimnisse des Fernsehers und des DVD-Players ein und drückte ihr die beiden DVDs aus der Videothek in die Hand: „Da sind tolle Filme drauf. Zeichentrickfilme."

„Oh, schön! Den ersten werde ich mir gleich nachher anschauen. Danke, Frank."

Reuter zog die Stiefel an, die zu seiner Südstaatleruniform gehörten. „Jetzt bin ich komplett." Er streichelte Charlotte über das tiefschwarze Haar: „Ist es wirklich in Ordnung, wenn ich dich allein lasse?"

Sie nickte: „Bestimmt. Mach dir keine Sorgen wegen mir. Ich war so lange allein, da macht mir eine Nacht nichts aus, Frank." Sie schaute vertrauensvoll zu ihm auf: „Ich weiß ja, dass du zurückkommst. Ich werde ganz brav sein."

„Ich habe alle Rollläden heruntergelassen. Wenn es klingelt, mach nicht auf."

„Ganz bestimmt nicht, Frank."

„Ja ... also ... auf Wiedersehen, Kleines." Frank umarmte das Kind.

„Wann kommst du zurück?", wollte sie wissen.

„Ich weiß nicht recht. Ich trinke, da wo ich hinfahre, immer viel Bier und dann ist es nicht gut, Auto zu fahren. Normalerweise schlafe, ich dort in einer kleinen Hütte."

„Dann kommst du erst heim, wenn ich im Bett liege?" Es schien ihr nicht das Mindeste auszumachen.

„Wenn du es solange ohne mich aushältst."

Sie drückte ihm einen Kuss auf die Wange: „Das macht nichts, Frank. Hauptsache, du kommst irgendwann wieder."

*

Was für ein seltsames Kind, dachte Frank Reuter, als er mit dem Wagen nach Höchen hinauf

fuhr. Kein normales Kind würde so reagieren. Sein Gewissen drückte ihn. Ich kann sie doch nicht die ganze Nacht allein lassen. Aber mitnehmen geht nicht, nicht jetzt schon. Ich muss den Jungs und Mädels auf der Ranch erst mal klarmachen, dass sie die Klappe halten sollen. Ich denke, ich kann mich auf alle verlassen. Im Radio ist ja auch noch nichts über Lottchen gesendet worden. Ich vergattere die Ranchbesatzung, und das nächste Mal nehme ich die Kleine mit.

Reuter fühlte sich ein wenig erleichtert. So würde er es machen. Erst mal alle Leute auf der Ranch schwören lassen, dichtzuhalten, und Lottchen beim nächsten Mal mitbringen. Natürlich konnten sie nicht auf der Ranch übernachten. Am folgenden Morgen würde sie auf der Heimfahrt der Sonne ausgesetzt sein. Keine gute Idee, wenn ein Kind XP hatte! Ganz wohl war ihm immer noch nicht in seiner Haut.

„Du siehst allmählich ein, dass die Kleine zu einem ganz schönen Klotz an deinem Bein wird, mein Bester", meldete sich die kleine Stimme in seinem Hinterkopf. „Gib's ruhig zu! Sie stört dich jetzt schon. Es wird in Zukunft nicht einfacher mit ihr werden, sondern schwerer, Alter! Wenn dieses Buch aus der Bibliothek recht behält, steht dir ganz schöner Stress bevor. Denk doch mal offen und ehrlich über die Kleine nach! Was willst du eigentlich mit dem Kind? Willst du es behalten? Wie denn? Adoptieren oder so was? Du? Ein alter Einzelgänger, der nur dann Rücksicht auf seine engsten Mitmenschen nimmt, wenn es unbedingt sein muss?"

Frank musste seiner inneren Stimme rechtgeben. Er hatte tatsächlich keine Ahnung, was er mit Charlotte anfangen sollte. Er hatte auf sie reagiert, wie er als Kind auf seine Schwester Christina reagiert hatte: mit seinem angeborenen Brutpflegereflex oder wie immer die Fachleute das nannten.

Allerdings war da mehr. Er hatte das kleine Mädchen gerne, auch wenn er sie noch nicht lange kannte. Wie die meisten Erwachsenen fand er kleine Kinder niedlich, doch er mochte sie deshalb nicht gleich so gerne, dass er sie bei sich zu Hause aufnehmen wollte.

„Es ist aber so. Ich mag Lottchen und ich kann mir eigentlich recht gut vorstellen, für sie ein Vaterersatz zu werden", sagte Frank laut. Er wollte den Klang seiner Stimme hören, wollte hören, wie diese Worte klangen.

„Das sind nur Schuldgefühle, weil du sie angefahren hast", keckerte die böse, kleine Stimme in seinem Innern. „Du siehst alles durch die rosa Brille. Wart mal ab, wenn die erste schöne Zeit vorbei ist. Dann siehst du die Sache durch eine andere Brille. Durch die Klobrille! Sie kann ja nicht mal zur Schule gehen, weil sie nicht in die Sonne darf! Mach das mal dem Jugendamt klar! Die bestehen hundertprozentig auf einer ärztlichen Untersuchung und dann sollst du das niedliche kleine Lottchen mal hören!"

„Das ist mir im Moment schlicht und ergreifend egal", sagte Reuter laut. „Ich muss ja nicht alles auf einmal bedenken. Das kann kein Mensch. Ich fahre auf die Ranch und amüsiere mich. Morgen ist auch noch ein Tag."

„Typisch Südstaatler!", meinte die kleine Stimme vergnügt.

Und hinter dieser Stimme meldete sich eine andere, eine sehr leise Stimme, die Frank fragte: „Wieso liebst du dieses Kind so sehr? Ist das noch normal, Frank? Was ist mit dir los? Hat sie dich hypnotisiert? Oder hast du ein Problem mit Kindern? Ein schlimmes Problem, Frank? Ein Problem, das dadurch entstand, dass du Probleme mit Frauen hast?"

„Hab ich nicht!", knurrte Reuter wütend. „Die einzige Frau, mit der ich je Probleme hatte, war meine Mutter, und die ist tot! Ich bin nicht pädophil!" Er wartete, aber in seinem Kopf herrschte Stille.

„An all meinen Problemen ist nur meine Mutter schuld!", grummelte Reuter. Er wollte nicht an seine Mutter denken, das wollte er nie, aber die Gedanken an sie verfolgten ihn wie bösartige Bluthunde. Der alte Hass quoll in ihm hoch, der Hass auf seine Mutter.

Er dachte an jenen Tag, an dem er das letzte Wort mit seiner Mutter gewechselt hatte, kurz bevor sie in die Klinik kam, die sie bis zu ihrem Tod nicht mehr verließ. Sie hatte weniger als zehn Minuten gebraucht, um ihn vor Wut explodieren zu lassen. Angeschrien hatte er sie, hatte ihr seine ganze angestaute Wut an den Kopf geworfen und sie hinausgeworfen.

Nicht lange nach dem schlimmen Vorfall war seine Mutter in die Klinik eingeliefert worden. Sie war nie wieder herausgekommen. Mehrere Operationen musste sie über sich ergehen lassen. Doch der Krebs war stärker als sie und brachte sie schließlich um. Frank besuchte sie kein einziges Mal.

„Mist!" Frank stieg in die Eisen. Im letzten Moment konnte er eine Kollision mit seinem Vordermann verhindern, der an einem Zebrastreifen angehalten hatte. „Verdammt! Diese blöden Erinnerungen. Die machen mich nochmal total fertig." Er umklammerte das Lenkrad so fest, dass seine Knöchel weiß hervortraten. „Ich darf nicht an meine Alte denken, wenn ich Auto fahre! Oh, Mann!" Mit äußerster Vorsicht setzte er seinen Weg fort.

*

Zehn Minuten später parkte Reuter seinen Mercedes auf dem versteckt angelegten Waldparkplatz bei der Ranch. Beim Aussteigen hörte er die Band im Saloon spielen.

Frank riss die Saloontür auf: „N'Abend, Leute."

„Ey, Frank", brüllte Matze Tintenfess von der dicht belagerten Theke herüber. Weitere Bekannte begrüßten Frank. Er brauchte beinahe zehn Minuten, bis er eine komplette Runde durch den Saloon gedreht hatte, um jedem die Hand zu schütteln. Es waren über fünfzig Gäste anwesend. Auch eine Menge Kinder. Lehbergs zwei Jungen, die Tochter von Anika und Martin und Kinder, die zu den Vereinsleuten von außerhalb gehörten.

Lottchen würde es hier gefallen, überlegte Reuter. Sie könnte mit Kindern ihres Alters spielen.

Er kämpfte sich zur Theke vor und orderte ein Bier. Matze stand neben ihm und stieß mit ihm an. Matze Tintenfess und Frank Reuter kannten sich, seit sie zusammen die Schule besucht hatten. Sie hatten fest zusammengehalten und waren mit anderen Kindern in die Wildnis vor Bexbach gezogen, um Häuschen zu bauen oder „Cowboy und Indianer" zu spielen. Damals schlossen sie sich aneinander an und wurden Freunde fürs Leben. Nach der Lehre hatten sie gemeinsam in der gleichen Schicht bei KELLER gearbeitet, wo Matze immer noch malochte und die Schichtarbeit verfluchte.

Matze wurde von den meisten Leuten Fässchen genannt, eine Anspielung auf seinen Nachnamen Tintenfess und auf seinen Rettungsreifen, den er um die

Hüften trug. Mit Matze hatte Frank schon zig Campingwochenenden durchgezogen. Sie machten des Öfteren gemeinsame Radtouren und gingen gerne zusammen einen heben. Allen Widrigkeiten zum Trotz waren sie gute Freunde geblieben. Wie Frank war Matze ein eingefleischter Single, der nichts anbrennen ließ. Wenn sich eine Möglichkeit ergab, packte er sie beim Schopfe. Mit Matze konnte Frank über alles sprechen.

Die Mountain Silver Clouds spielten ein selbstkomponiertes Stück mit Namen Blue Ridge Mountains. Der ganze Saloon johlte Beifall.

Reuter bestellte ein neues Bier. Martin Rheimer, der ebenfalls eine Südstaatenuniform trug, stellte sich neben ihn an die Theke und fing ein Gespräch über Schwarzpulverwaffen mit ihm an. Bald trank Reuter sein drittes Bier. Er blickte sich im Saloon um. Die Wände waren mit Holzbrettern vertäfelt. Hier und da hingen Tierfelle oder Poster von Indianern an der Wand. Die Gäste saßen an Tischen und Bänken oder tanzten zur Musik der Silver Clouds auf der Tanzfläche vorm Kamin. Im Kamin brannte kein Feuer. Wegen der vielen Leute war es warm genug im Saloon.

Martin stieß ihm in die Rippen: „Was bist du so still heute Abend? Ist was?"

Sollte Frank ihn einweihen? Jetzt schon? Wenn nicht jetzt, wann dann? „Ich habe ein Kind."

„Wie?" Martin schaute ihn fragend an.

„Ich habe ein Kind", wiederholte Reuter und grinste leicht.

Harry Niederländer in einer Mountainman-Montur aus Hirschleder mit Perlenstickereien stieß zu ihnen: „Du hast was?"

„Ein Kind!"

„Ach? Ehrlich? Wie bist du denn da dran gekommen?"

„Hab's im Wald gefunden."

„Echt? Na klar! Passiert mir auch dauernd!" Sie lachten. Reuter lachte mit. Er orderte eine Runde Bier und Whiskey und trank mit Matze und Harry: „Könnt ihr euer Maul halten, wenn es notwendig ist?"

„Sicher, Frank", antworteten die beiden.

„Dann hört mir jetzt mal genau zu." Frank erzählte die ganze Geschichte. Wie er Charlotte angefahren hatte, wie er sie mit nach Hause genommen hatte und im Radio keine Vermisstenmeldung über sie kam, dass er das Kind vielleicht behalten wollte, aber im Moment keine Scherereien mit dem Jugendamt gebrauchen konnte.

„Das ist ja ein Ding!", rief Harry. „Unser Frank wird Mama."

Matze fixierte Frank: „Du hast ein Ersatzküken gefunden, jetzt, wo Tina ausgeflogen ist, was?"

„Quatsch! So ist es nicht", hielt Reuter dagegen. „Ich habe nicht gesucht. Es war Zufall, dass ich sie getroffen habe."

„Jau! Getroffen! Mit einem 230er Mercedes mitten auf die Blesse", grölte Harry lachend.

Weitere Leute wurden auf die Dreiergruppe aufmerksam und kamen heran. Die Leute aus den verschiedenen Westernvereinen kannten einander gut und es war normal, dass man Anteil am Leben seiner Vereinskameraden nahm. Frank musste seine Geschichte noch einmal erzählen.

„Find ich toll", sagte Harrys Frau Petra. „Warum auch nicht? Frank ist reich, hat den ganzen Tag Zeit und mit Kindern kann er gut. Das sieht man ja wieder an unserer Kleinen." Ihre fünfjährige Tochter Sabrina war Frank auf den Schoß gekrabbelt, während er von Charlotte erzählte.

„Bringst du die Charlotte mal mit auf die Ranch?", wollte das Kind wissen.

Frank lächelte sie an und nickte: „Das möchte ich gerne. Aber niemand darf mich verraten. Weißt du, Sabrina, es ist eigentlich nicht erlaubt, einfach so ein Kind von der Straße aufzulesen und zu sich zu nehmen. Ich müsste es bei der Polizei melden oder beim Jugendamt."

„Aber Lottchen hat doch so eine Angst vor denen!", hielt das Kind treuherzig dagegen. „Ich verrate jedenfalls nichts. Ehrenwort!" Sie hob die Hand zum Schwur.

„Auf mich kannst du auch zählen, Frank", meinte Harry. „Ich verpfeif dich nicht. Du machst ja nix Schlimmes. Es ist doch kein Verbrechen, einem Menschen zu helfen. Und wenn es der Kleinen bei dir gefällt und du sie magst, mach ruhig weiter."

„Wie wunderbar", sagte Matze Tintenfess. „Don Reuter hat uns sein Herz ausgeschüttet und von nun an schweigen wir uns alle in Hüllen oder war's umgekehrt? Okay, Frank, wir werden alle das Maul halten." Nach und nach sagten alle im Saloon ihr Stillschweigen zu.

„Ihr seid gute Freunde", sagte Frank. Er freute sich. „Ich denke, ich bringe Lottchen in den nächsten Wochen irgendwann mal mit."

„Aber sicher, Frank", rief Harrys Frau Petra. „Das ist doch besser, als das arme Wurm ganz allein bei dir zu Hause zu lassen, auch wenn sie daran gewöhnt ist, allein zu sein."

„Also abgemacht. Wenn ich das nächste Mal nach Höchen raufkomme, ist sie dabei", versprach Frank.

Er bemerkte, dass sein Freund Matze ihn sehr nachdenklich ansah: „War was?" Matze schüttelte den Kopf.

Die Band spielte die ersten Takte der Dixie, der Nationalhymne der amerikanischen Südstaaten. Die meisten Leute im Saloon legten den Kopf in den Nacken und stießen den Rebellenschrei aus, Frank ebenfalls.

Das wäre mal geschafft, dachte er befriedigt. Es ist wirklich gut, wenn man Freunde hat, die einem den Rücken freihalten. Nächste Woche spreche ich mit Tine. Die soll für mich beim Jugendamt vorfühlen. Er nahm einen tiefen Zug aus seinem Bierhumpen und kippte einen Whiskey hinterher. Dann schmetterte er lauthals den Text der Dixie mit.

Später hockte Reuter mit Manni zusammen und zog über seine Mutter her. Er konnte es nicht lassen. Wieder kam der Hass in ihm hoch und er wollte ihn herauslassen. Er kaute die Erinnerung durch, die ihn auf dem Weg zur Ranch so zornig gemacht hatte.

„Diese Mistkuh!", keifte er wütend. „Das musst du dir mal vorstellen, Manni. Kommt die einfach zu mir nach Hause und will mir vorschreiben, welche Tusse ich zu bumsen habe!"

Als Frank mal aufs Klo musste, fing Matze Tintenfess ihn ab und schleifte seinen Freund in seine Blockhütte.

„Was ist denn?", fragte Reuter arglos.

„Ich hab die Schnauze voll, Frank!"

Reuter war bass erstaunt: „Wie bitte?"

„Hör endlich auf mit deinen irren Hasstiraden! Sie ist tot, Frank! Sie kann dir nichts mehr anhaben."

„Aber sie tut mir was an!", bellte Reuter. „Sie ist immer noch in mir und quält mich, das Dreckstück!"

„Was willst du machen? Sie immer wieder mit Worten umbringen? Verdammt nochmal, Frank! Sie ist tot! Kapier das endlich! Was willst du eigentlich? Willst du sie ausbuddeln? Willst du das? Sie ausgraben und an eine Scheunentür nageln und mit der Schrotflinte auf sie schießen? Sie mit dem Beil in Stücke hauen für das, was sie dir angetan hat? Sie ersäufen?"

Matze packte Reuter am Kragen: „Es ist vorbei, Frank! Sieh das endlich ein! Sie ist weg und sie kann dir nichts mehr tun! Nur du selbst tust dir das an! Weil du nicht aufhören kannst, zu hassen. Ich bin es satt!" Mit einem harten Ruck warf er Reuter auf einen Stuhl.

„He! Bring mich nicht um, Mann!"

„Ich bin es satt, zuzusehen, wie sich mein bester Freund selbst umbringt mit seinem fruchtlosen Hass!", rief Matze und hockte sich Reuter gegenüber. „Lass endlich los, Frank, sonst gehst du vor die Hunde. Du bist so voller Wut, dass dir noch ein Magenkrebs wächst. Es ist vorbei. Ich weiß, wie schrecklich es für dich war. Ich habe dir ja all die Jahre immer zugehört, aber es ist vorüber. Sie ist tot. Weg. Nicht mehr da. Du kannst nichts ungeschehen machen. Hey, Mann, ich akzeptiere deine Einstellung gegenüber dem Heiraten. Nach der heutigen Rechtslage ist der Mann immer der Dumme, der seine Kinder nicht mehr sehen darf und den Rest seines Lebens bezahlen muss. Ich denke ebenso, Frank, und das ist der Hauptgrund, warum ich Single bin, aber ich zelebriere das nicht wie eine Messe. Du opferst deinem Hass und deiner Angst dein Leben! Es wird Zeit, damit aufzuhören."

Reuter stöhnte.

„Sie ist fort, Frank!"

„Aber ... aber es ist, als ob man mir einen Arm ausgerissen hätte!", rief Reuter.

„Ja, Frank. Das hat sie dir angetan. Aber Hass bringt dir den ausgerissenen Arm nicht zurück. Ob du willst oder nicht, du musst ohne ihn weiterleben. Wenn du nicht aufhörst, zu hassen, gehst du an deiner Wut zugrunde, und das will ich nicht."

„Ich weiß nicht, was ich machen soll", sagte Frank leise. „Es kommt immer wieder in mir hoch. Ich will es eigentlich nicht ... ich ..."

„Vielleicht denkst du mal über eine Therapie nach."

Reuter erschrak: „Zum Kopfklempner?" Was schlug Matze da vor? „Matze, ich bin nicht verrückt!"

„Das behauptet ja keiner, Frank. Aber du machst dich verrückt. Wenn du nicht loslassen kannst, soll es dir jemand zeigen, der Bescheid weiß über die

Zusammenhänge der menschlichen Seele." Matzes Stimme wurde weich: „Sieh mal, Frank. Da war dieser verregnete Urlaub, als ich einundzwanzig war. Es war ein totaler Scheißurlaub, glaub mir. Ich bin in meinem Zelt beinahe ersoffen. Und was hab ich getan? Mich geärgert, und wie! Ich war stocksauer. Ich habe gekocht vor Wut. Das ist nur natürlich. Aber dann war der Urlaub vorbei. Ich denke heutzutage überhaupt nicht mehr dran, und schon gar nicht flippe ich vor Wut aus. Ich habe losgelassen, Frank. Ich kann nicht ein Leben lang eine Scheißwut auf einen kaputtgemachten Urlaub haben. Das würde mich krank machen. Du musst versuchen, deine Mutter zu vergessen. Du hast sie im Krankenhaus nicht besucht, um ihr zu zeigen, wie weh es tut, wenn man verlassen wird. Gut. Das akzeptiere ich. Das war deine Entscheidung, und ich persönlich denke, deine Mutter hat das verdient. Sie hat dich miserabel behandelt. Aber nun ist sie tot. Es wird Zeit, dass du sie endlich begräbst, mein Freund. Sonst reißt sie dich mit in den Tod."

Obwohl Reuter ziemlich angetrunken war, verstand er sehr gut, was Matze ihm mitteilen wollte.

„Du hast recht, Matze", sagte er. „Ich will versuchen, mich zu ändern, okay?"

Matze klopfte ihm auf die Schulter: „Das ist schon mal ein Anfang. Das ist gut, Frank. Das ist wirklich gut." Er zögerte kurz. „Bist du sicher, dass du mit diesem Kind klarkommst, das du in der Nacht aufgelesen hast?"

Reuter nickte: „Ja, ich denke schon."

„Sie hat dich bezirzt, was?", fragte Matze grinsend.

„Äh ... ja ... so könnte man es nennen."

„Das mit dem XP ist eine prima Ausrede. Hast du dir super ausgedacht", sagte Matze und stand auf. „Komm! Gehen wir in den Saloon zurück und besaufen uns. Und morgen fängst du an, deine Mutter loszulassen. Versprochen?"

„Versprochen", antwortete Reuter und folgte Fässchen in den Saloon. Was hat er mit Ausrede gemeint?, überlegte er. Aber nach zehn Minuten hatte er alles vergessen und trank gutgelaunt mit seinen Freunden.

Spät in der Nacht, es war schon nach drei Uhr, begab er sich auf ziemlich unsicheren Beinen zu seiner Blockhütte und legte sich auf die Pritsche, um seinen Rausch auszuschlafen. Vorm Einschlafen dachte er kurz an ein kleines Mädchen, das allein in dem großen Haus in Bexbach war.

*

Anderntags wachte Reuter kurz vor zehn mit einem Kater auf. Stöhnend fasste er sich an den Kopf. „Au weia, meine Birne! Dämlicher Whiskey!"

Er erhob sich ächzend von der Pritsche. In seinem Kopf brummte ein Hornissenschwarm.

„Und ich habe kein Aspirin dabei!", winselte Reuter. „Verflucht! Ich muss nach Hause!"

Er räumte halbherzig in seiner Bude auf und sperrte sie hinter sich mit einem Vorhängeschloss ab. Draußen traf er auf Matze und Fred, die auch nicht besonders gesund aussahen.

„Haust du ab?", wollte Fred wissen.

„Ich muss", antwortete Reuter und zog eine Grimasse. „Ich habe kein Anti-Rummelbrumm dabei. Bis zum nächsten Mal."

Er lief zum Parkplatz und kroch in seinen Mercedes. Der Boden des Parkplatzes war morastig. In der Nacht hatte es geregnet. Wenn mich heute Morgen die Polente anhält, überlegte er, bin ich meinen Lappen los. Ich habe immer noch gewaltig Standgas. Aber er brauchte dringend ein oder zwei Aspirin, sonst würde sein Schädel platzen.

Vorsichtig fuhr er nach Hause. Unterwegs hörte er wieder einmal die Nachrichten im Radio. Natürlich kam keine Suchmeldung wegen Charlotte.

Frank hoffte, dass sie während seiner Abwesenheit nichts angestellt hatte. Stress konnte er an diesem Morgen keinen gebrauchen.

Sein Haus lag friedlich im Licht der Morgensonne. Innen ging es genauso friedlich zu. Fernseher und DVD-Player waren abgeschaltet und die DVDs steckten fein säuberlich in ihren Hüllen.

Frank nahm zwei Aspirin ein und spülte sie mit Sojamilch hinunter.

Ich sollte mal nach ihr sehen, dachte er. Danach lege ich mich noch ein bisschen hin.

Er stieg die Kellertreppe hinab und schaute nach Lottchen. Sie lag friedlich schlafend in ihrem Bett. Im Schlaf sah sie aus wie ein kleiner, schwarzhaariger Engel.

„So ist es brav", flüsterte Reuter und strich ihr übers Haar. Ganz leise schloss er die Zimmertür hinter sich.

Er war schon auf dem Weg zur Treppe, als er sich noch einmal umdrehte. Etwas am hinteren Ende des Kellerganges hatte seine Aufmerksamkeit erregt. Langsam schritt er auf die Tür zu. Vor der Tür entdeckte er mehrere schlammige Fußabdrücke. Sie stammten von kleinen Schuhen, von Schuhen, wie Charlotte sie trug.

Also doch! Sie lief nachts draußen herum! Der Gedanke gefiel Frank nicht. Wenn sie das tat, konnte jemand sie sehen und das konnte unangenehme Konsequenzen für ihn haben. Er schaute sich die Abdrücke auf dem rauen Kellerboden noch einmal genau an. Es schien ihm, als seien es Spuren von schmutzigen Schuhen.

„Sie kann nicht einfach nachts nach draußen gehen", grummelte er. „Ich sollte mal mit ihr darüber reden."

Oben läutete das Telefon. Reuter lief die Treppe hinauf und hob ab: „Reuter."

"Hallo, Frankie."

"Hallo, Tine."

„Hast du heute Mittag was vor, Frankie? Wenn nicht, komm doch zum Kaffeetrinken nach Lautenbach. Mutti und Vati kommen auch."

„Ich weiß nicht so recht", brummte Reuter. „Ich fühle mich nicht so gut im Magen."

„Warst du auf der Ranch?" Christina lachte. „Es ist ja erst heute Nachmittag. Bis dahin bist du bestimmt wieder fit. Bitte komm, ja?"

„Einverstanden. Reicht drei Uhr?"

„Ja, Bruderherz."

„Gut. Ich lege mich noch ein oder zwei Stunden hin. Dann dusche ich und komme zu dir rausgefahren. Bis dann." Frank legte auf. Zu dir rausgefahren hatte er gesagt, nicht zu euch. Auch wenn der schöne Marius bei seiner Schwester wohnte, musste Frank ihn noch lange nicht in Worten in die Familie Reuter mit einbeziehen, diesen aalglatten Schleimer, der einem nicht gerade in die Augen schauen konnte.

Er lief in sein Schlafzimmer, wo er seine Südstaatleruniform achtlos auf den Boden warf und sich ins Bett legte. Er stellte seinen Wecker für den Fall und zog sich die Decke über den Kopf.

*

Kurz nach eins wachte Reuter von alleine auf. Seine Kopfschmerzen waren vergangen, aber er fühlte sich noch immer ein wenig komisch. Auf den Besuch bei seiner Schwester freute er sich kein bisschen, aber er hatte versprochen, zu kommen, also würde er nach Lautenbach fahren. Nach einer Tasse Kaffee und zwei Stück Kuchen würde ihm besser werden, hoffte er.

Er duschte, rasierte sich und putzte die Zähne. Danach fühlte er sich gleich besser. Als er in frischen Klamotten durch die Wohnung lief, sah er die Schlammspuren.

„Oh Scheiße! Den Dreck habe ich heute Morgen eingeschleppt." Er lief ins Schlafzimmer. Die Südstaatleruniform lag auf dem Boden. Die Stiefel lagen daneben. Ihre Sohlen waren voller Schlamm und auf dem hellgrauen Teppichboden zeigte eine Reihe schmutziger Abdrücke, wo er am Morgen langgelaufen war.

Missmutig machte Reuter sich daran, den Dreck zu entfernen. Die Abdrücke im Kellergang fielen ihm ein und er ging zur Kellertreppe, um den Schaden zu begutachten. Die Treppe war total versaut und im Kellergang gab es eine ganze Reihe schlammiger Abdrücke bis hinten zur Tür. Einige davon sahen kleiner aus, aber er war sich nicht ganz sicher. Sie konnten von Lottes Füßen stammen. Ebenso konnte er selbst am Morgen den Dreck eingeschleppt haben.

„Ich bin echt ein Ferkel", murmelte Reuter und holte einen Eimer Wasser und einen Wischlappen. Auch in Charlottes Zimmer befand sich Schmutz. So leise wie möglich putzte Frank den Boden. Das Mädchen erwachte nicht.

„Jetzt weiß ich nicht mehr, ob ich den Dreck allein ins Haus getragen habe oder ob Lotte nachts draußen war. So ein Mist!" Reuter war nicht gut drauf. Die ständige Bückerei beim Putzen hatte seine Kopfschmerzen zurückgebracht. Am liebsten wäre er zu Hause geblieben, doch er gab sich einen Ruck und fuhr nach Lautenbach.

Unterwegs kam ihm eine Idee. Er konnte eine kleine Überwachungskamera im Kellergang installieren und sie mit einem Bewegungsmelder ausrüsten. Wenn jemand die Tür öffnete, würde die Kamera sich automatisch einschalten und filmen. Dann konnte er feststellen, ob sein Verdacht stimmte. Er nahm sich vor, sich gleich am nächsten Tag darum zu kümmern.

*

In Lautenbach warteten sie bereits auf ihn.

„Du hast dich verspätet", sagte Bettina lächelnd. „Zu tief ins Glas geschaut?"

„Mmhrmpf", antwortete Frank und gab ihr die Hand. Danach begrüßte er seinen Vater mit Handschlag. Christina umarmte er. Schließlich musste er auch dem schönen Marius die Hand reichen. Marius grüßte freundlich zurück und fragte ihn, ob er eine Kopfschmerztablette wolle.

„Nee danke, es geht schon", wehrte Reuter ab und zeigte auf den Käsekuchen, den Christina gebacken hatte: „Wenn ich erst mal feste Nahrung im Körper habe, komme ich wieder auf Touren."

„Brauchst dich nicht zurückzuhalten. Es ist genug da. Einen Marmorkuchen habe ich auch noch gebacken", sagte Christina fröhlich. Es war ihr anzusehen, dass sie sich freute, ihre Familie um sich zu haben.

Frank beobachtete seinen Vater und Bettina. Die beiden schienen von Marius Kaiser sehr angetan zu sein. Es sind seine geschliffenen Manieren, dachte er. Er benimmt sich nicht so proletenhaft wie zum Beispiel dieser Andreas, mit dem Tine mal ein halbes Jahr zusammen war. Sie lassen sich von Äußerlichkeiten blenden. Er ist wie dieser Julius Michener, der Typ, der später mal Chirurg werden wollte. Arztsohn aus gutem Haus. Geld und gute Manieren. Auf sowas fahren die ab. Mich legt Marius nicht aufs Kreuz.

Frank hätte gerne mit seiner Schwester über Charlotte gesprochen, aber er wollte es nicht im Beisein ihrer Eltern tun und schon gar nicht, wenn Marius dabei war. Er nahm sich vor, Christina später anzurufen.

Als er sich gegen sechs Uhr abends verabschiedete, begleitete Christina ihn zu seinem Wagen.

„Frankie, du hast doch was?" Das war keine Frage, es war eine Feststellung. „Möchtest du drüber reden?"

„Ja, Tine. Möchte ich. Aber nicht hier und jetzt. Kannst du nächste Woche mal bei mir vorbeikommen? Aber bitte ohne Marius. Er braucht nicht Bescheid zu wissen."

„Du traust ihm nicht."

„Nein, und ich denke, das wird sich auch in Zukunft nicht ändern, Tine. Tut mir leid. Versteh mich nicht falsch. Ich will dir deinen Freund nicht vermiesen. Ich traue ihm einfach nicht. Es tut mir leid."

Christina legte ihm die Hand auf den Arm: „Für seine Gefühle kann man nichts, Frankie. Du wirst dich an ihn gewöhnen."

„Ja, werde ich vielleicht", meinte Reuter. „Ich glaube aber nicht dran, Tinchen."

„Ich komme morgen Mittag bei dir vorbei, Frankie. Dann können wir ungestört reden. Okay?"

„Einverstanden."

„Frankie, du hast doch nichts Schlimmes angestellt, ich meine ..."

„Nein, Tine. Mach dir keine Sorgen. Aber ich muss mit dir reden. Ich glaube, du kannst mir helfen."

Sie umarmte ihn: „Wenn ich dir helfen kann, werde ich es gerne tun, Frankie. Ehrlich."

Reuter erwiderte die Umarmung: „Ich weiß, Tinchen. Danke. Bis morgen."

Er ließ sie los und stieg in den Mercedes. Dabei bemerkte er, dass Marius Kaiser hinter der Wohnzimmergardine stand. Er hatte sie beobachtet. Frank unterdrückte den Impuls, dem Mann die Zunge herauszustrecken wie ein kleiner Rotzjunge. Er schlug die Tür hinter sich zu, startete den Motor des C 230 und fuhr los. Zum Abschied winkte er seiner Schwester.

Auf dem Nachhauseweg hörte er im Autoradio die Nachrichten. Nichts über ein vermisstes Kind. Die Nachrichten gefielen ihm von Tag zu Tag besser.

Auf dem Rückweg nach Bexbach dachte Frank an die Worte von Matze Tintenfess. Er ärgerte sich über den Rüffel, den sein Freund ihm verpasst hatte. So kannte er Matze nicht. Matze hatte doch immer zu ihm gehalten!

Doch Frank fühlte, dass Matze recht hatte. Er musste damit aufhören, sich krank zu hassen. Es brachte ihm nichts, außer Hass und vielleicht ein paar saftigen Magengeschwüren.

„Loslassen ...", dachte er. „Nicht vergessen ... nur loslassen ... lockerlassen ... nicht mehr so verbissen ... mich nicht mehr in die Angelegenheit verbeißen wie ein wütender Terrier ..."

Das Gefühl war ihm fremd und unbequem wie ein neues Paar Stiefel, das erst eingelaufen werden musste, aber Frank spürte, dass er dabei war, den richtigen Weg einzuschlagen.

„Ich muss sie endgültig begraben. Und dann lass ich sie in Ruhe. Ich bleibe weg von dem Grab, das ich ihr in meiner Seele schaufle, bis ich runtergekühlt bin ... das muss jetzt endlich mal verheilen ..." Wider Willen musste er lächeln: „Matze, du Stinktier! Was hast du mit mir gemacht? Das Schlimme ist nicht, dass du vollkommen recht hast, das Schlimme ist, dass ich nicht von selbst draufkam." Wie gut, wenn man einen Freund hatte, der mitdachte!

*

Die Straßenlaternen brannten bereits, als Frank in Bexbach ankam. Sein Haus lag im Dunkeln.

Die Kleine war wohl noch nicht aufgewacht. Frank schloss die Haustür auf. Aus dem Wohnzimmer drang leise Musik. „Nanu!"

Frank schaute nach. Lottchen saß auf der Couch und schaute sich Cinderella auf DVD an. Die Rollläden waren heruntergelassen.

„Hallo, Frank", begrüßte sie ihn. Sie sprang auf und umarmte ihn: „Der Film mit dem armen Aschenputtel war so schön, ich musste ihn mir einfach noch einmal ansehen."

Frank lächelte: „Ist in Ordnung, Lottchen. Dafür habe ich die Filme mitgebracht. Morgen hole ich neue."

„Fein. Musst du gleich wieder an deinen Computer?"

„Erst kriegst du mal was zu essen, Fräulein."

„Ist nicht nötig. Ich habe mir Cornflakes gemacht." Sie registrierte seinen erstaunten Gesichtsausdruck. „Keine Angst, Frank. Ich habe kein Durcheinander gemacht. Alles ist wieder an seinem Platz. Den Teller und den Löffel habe ich abgespült."

„Für dein Alter bist du ganz schön selbstständig, Prinzessin."

„Das hat mir meine liebe Mama beigebracht. Sie sagte, ich müsste von klein auf alles lernen, damit ich es kann, falls ihr etwas ... passiert."

Reuter nahm das Kind in den Arm: „Du vermisst deine Eltern sehr, nicht wahr?"

Sie verbarg ihr Gesicht in seiner Halsbeuge: „Ja, vor allem meine Mama. Sie war immer so lieb zu mir und hat mir alles gezeigt. Sie hat mich nachts oft auf weite Spaziergänge mitgenommen, damit ich die Welt kennenlerne."

Vielleicht ist sie deshalb letzte Nacht ausgebüchst, überlegte Reuter. Falls sie überhaupt weg war und ich nicht meine eigenen Dreckspuren im Keller gesehen habe. Es ist nur natürlich, dass ein Kind nach draußen will. Ewig kann ich Lotte nicht im Haus halten. Was liegt näher, als einen Spaziergang mit ihr zu unternehmen? Die frische Luft wird uns beiden guttun.

„Wie wäre es mit einem Spaziergang?", schlug Frank vor.

„Jaaa!" Sie war begeistert. „Den Film können wir nachher fertig gucken." Sie griff zur Fernbedienung und schaltete den DVD-Rekorder ab. „Wo gehen wir hin?"

Reuter dachte kurz nach: „Auf die Bergehalde. Das ist ein kleiner Berg, der am Ortsrand von Bexbach liegt. Früher haben die Menschen in dieser Gegend Kohle aus der Erde ausgegraben. Den Abfall aus den Gruben haben sie an einer Stelle zusammengetragen. Im Laufe der Jahre ist ein doppelter Berg daraus geworden. Von ganz oben hat man eine wunderschöne Aussicht auf Bexbach. Ich war schon mal im Dunkeln dort oben. Es sieht toll aus, all die vielen Lichter in der Nacht. Möchtest du?"

„Gerne, Frank. Ich zieh mich schnell an. Bin gleich wieder da." Sie sauste zur Kellertreppe und sprang hinunter, immer zwei Stufen auf einmal nehmend.

*

Zehn Minuten später waren sie unterwegs. Charlotte ging an Reuters Hand und plapperte unentwegt. Sie las ihm sämtliche Straßenschilder und Werbeplakate vor, an denen sie

vorbeikamen. Sie trug einen Anorak und Gummistiefel. Es wurde abends rasch kühl.

„Wieso hast du die Gummistiefel angezogen?", fragte Reuter.

„Wegen dem Matsch. Da, wo wir hingehen, sind doch keine Straßen, oder?"

Aha! Sie war also letzte Nacht doch draußen! Wie könnte sie sonst wissen, dass es matschig ist.

„Woher willst du wissen, dass es draußen matschig ist?"

Sie blickte zu ihm auf: „Weil es letzte Nacht geregnet hat. Ich habe es gehört, als ich allein in deinem Haus war."

So kommst du ihr nicht bei, Junge. Sie ist gerissen. Reuter nahm sich vor, in den nächsten Tagen die Videoüberwachung im Keller anzubringen. Er wollte es genau wissen.

Noch eine Straßenkreuzung und sie standen vor der Schlackenhalde, einem schwarzen Koloss in der Dunkelheit. Ein breiter Fußweg führte nach oben. Reuter verfluchte sich in Gedanken, dass er seine Taschenlampe zu Hause gelassen hatte.

So dunkel ist es ja nicht. Der Mond scheint. Es wird auch ohne gehen.

Sie begannen mit dem Aufstieg. Reuter bewegte sich langsam und stetig den steilen Weg hinauf. Seine kleine Begleiterin gab seine Hand frei und rannte leichtfüßig voraus. Sie war flink wie eine Katze.

„Fang mich doch!", forderte sie Frank auf.

„Geht nicht. Ich muss achtzig Kilo den Berg rauftragen, Prinzessin."

Sie kam den Hang heruntergehüpft: „Du bist zu dick und zu faul, das ist alles! Du sitzt zuviel vor deinem Computerdingsbums. Mein Vater hat mir erzählt, dass Menschen kraftlos werden, wenn sie immer zu Hause herumsitzen."

„Ach ja? Na warte!" Reuter legte einen Spurt hin und versuchte, sie zu ergreifen. Mit einem hellen Kichern wich sie aus, verließ den festgetretenen Weg und schoss seitwärts den Berg hoch.

„Zu langsam", rief es zehn Meter über ihm. „So kriegst du mich nie."

„Pass auf, dass du nicht fällst, Lottchen", rief Reuter. „Es ist dunkel. Du könntest dich verletzen."

Es raschelte in den Büschen oberhalb seines Standortes. „Du traust dich nicht, mir nachzukommen", rief es aus der Dunkelheit.

„Der Hang ist zu lose. Wenn ich da hochsteige, rutscht die Erde durch mein Gewicht unter mir weg", keuchte Frank und bemühte sich, auf dem Weg mit Charlotte Schritt zu halten. Er war froh, dass er von seinen Fahrradtouren eine gute Kondition mitgebracht hatte. Trotzdem hängte das Mädchen ihn spielend ab. Sie ließ ihn nahe an sich herankommen oder sprang sogar aus den Büschen direkt vor ihn, aber jedes Mal, wenn er sie grabschen wollte, schoss sie davon, flink wie ein flüchtendes Reh.

Reuter wunderte sich über ihre Ausdauer. Er hätte nicht gedacht, dass ein kleines Kind, das noch dazu so mager und ausgehungert wie Lottchen war, eine Anstrengung so lange aushalten konnte. Bestimmt würde sie bald müde werden.

„Dann kommt sie angejammert und du musst sie tragen", kicherte die kleine Stimme in seinem Gehirn.

Charlotte hustete der Stimme etwas. Bis zum Gipfel behielt sie ihren Vorsprung. Sie kam lange vor Frank oben an. Er keuchte und rang nach Atem. „Uff! So schnell bin ich noch nie hier heraufgekommen."

Lottchen hopste fröhlich um ihn herum. Ihr war keine Müdigkeit anzumerken. Sie kam Reuter eher wie ein umhertollender Hund vor, als wie ein sechsjähriges Mädchen. Er kannte sich nicht gut genug mit kleinen Kindern aus, doch er hielt es für ungewöhnlich, dass Lottchen nach dem schnellen Aufstieg noch so fit war.

Allmählich beruhigte sich sein Atem. Er führte Charlotte zum Rand des Gipfelplateaus und zeigte ihr Bexbach bei Nacht. Tausende Lichter glitzerten in der Dunkelheit, auf den Straßen krochen die Autos umher wie Käfer mit leuchtenden Augen. Alles wirkte aus der Höhe klein und putzig. Charlotte stand still neben ihm, hielt seine Hand und saugte das Panorama in sich auf. Ständig stellte sie neugierige Fragen. Reuter erläuterte ihr, wo sein Haus stand, dass das riesige Ding im Norden mit den roten Lichtern an seinem oberen Rand das Kraftwerk von Bexbach sei, und er machte sie auf markante Punkte in der Kleinstadt aufmerksam.

Er zeigte nach Nordosten, wo das Land sanft anstieg: „Die Lichter dort oben gehören zu Höchen. Dort liegt die Ranch im Wald, wo ich letzte Nacht war."

„Wie sieht die Ranch aus?" Frank erzählte ihr von den kleinen Blockhütten aus Holz und dem bretterverkleideten Saloon.

„Ich sehe keine Holzhäuschen", sagte Charlotte. „Bloß große Häuser aus Stein."

„Die Ranch liegt hinter einem Hügel. Von hier aus kann man sie nicht sehen. Außerdem könntest du sie in der Dunkelheit sowieso nicht erkennen. Es sind zehn Kilometer bis dahin. Vielleicht nehme ich dich mal mit, wenn ich wieder hinfahre. Dort sind auch Kinder. Dann hättest du Spielkameraden."

„Ich darf doch nicht in die Sonne!"

„Wir fahren im Dunkeln hin und kehren zurück, bevor die Nacht zu Ende ist."

„Das möchte ich sehr gerne, aber ..." Sie zögerte. „Da sind doch andere Leute, Frank."

Er verstand sofort, was sie meinte: „Es sind meine Freunde. Von denen wird dich niemand zu irgendwelchen Ärzten schleifen, Lottchen. Auch nicht zur Polizei. Ich habe ihnen letzte Nacht von dir erzählt."

Schweigend stand sie neben ihm. Es schien sie zu beunruhigen, dass noch andere Menschen von ihrer Existenz wussten. Sie zeigte nach Norden: „Was ist das da für ein Haus? Das große mit dem Turm und dem spitzen Dach und den blauen Fensterrahmen?"

Reuter folgte mit den Augen ihrem ausgestreckten Finger. Sie zeigte in die Schwärze zwischen vielen Lichtpunkten in Höchen. Er wusste trotzdem, was sie meinte. Auf seinen Fahrradtouren war er oft dort vorbeigekommen: „Das ist die katholische Kirche von Höchen."

„Dort stehen blühende Büsche drum herum." Lottchen drückte sich an Frank: „Erzähl mir, wie es bei Tag aussieht. Bitte!"

Frank hob sie hoch und setzte sich mit ihr auf eine der Holzbänke auf dem Gipfelplateau. „Die Kirche ist weiß", begann er. „Es ist ein ganz helles Weiß, so weiß, dass es in den Kirchengarten strahlt. Dort stehen Blumen in allen Farben ..." Er entwarf ein buntes Bild des Tages für Lottchen. Atemlos hing das Kind an seinen Lippen, während Reuter sprach.

Irgendwann zog Frank die Schultern hoch. Es war empfindlich kühl geworden:

„Gehen wir wieder nach Hause?"

„Ja, wenn du willst." Hand in Hand machten sie sich an den Abstieg.

Unterwegs dachte Reuter nach. Wie hatte sie auf zehn Kilometer Entfernung ein dunkles Gebäude erkennen können? Bei Gott, sie hatte sogar die Farbe der Fensterrahmen genannt! Reuter kannte die kleine Dorfkirche und wusste, dass Lottchens Beschreibung stimmte. Aber ihr Finger hatte auf einen dunklen Fleck in der Nacht gezeigt. Reuter hatte nichts erkennen können. Die Lichter der Häuser in Höchen hatte er gesehen, aber in der Kirche hatte kein Licht gebrannt. Konnte ein kleines Kind so scharfe Augen haben? Reuter glaubte es nicht.

Sie könnte die Kirche früher einmal gesehen haben. Sie ist wohl in der ganzen Gegend rumgestromert. Diese Erklärung stellte ihn nicht recht zufrieden.

Plötzlich zog Charlotte an seiner Hand: „Frank, pass auf! Eine Wurzel!"

Bevor sie ausgeredet hatte, lag Reuter schon längelang am Boden.

„Verflixt!" Er rappelte sich auf und starrte auf den Boden zu seinen Füßen. Er sah nichts als Schwärze. Vorsichtig tastete er mit dem rechten Fuß über den Weg. Tatsächlich, da war eine knorrige Baumwurzel. Er versuchte, sie mit seinen Augen wahrzunehmen, aber er sah nichts.

„Du hast aber gute Augen", meinte er lahm. Eine unbeleuchtete Kirche in zehn Kilometer Entfernung. Eine Baumwurzel in völliger Dunkelheit auf einem Weg aus schwarzem Schiefergrus.

„Ich kann bei Nacht gut sehen", erklärte das Kind leichthin. „Schließlich lebe ich im Dunkeln." Sie gingen weiter.

Bald kamen sie am Fuß der Schlackenhalde an. Vor ihnen lagen die von Laternen beleuchteten Straßen Bexbachs. Charlotte ließ Reuters Hand los und flitzte davon.

„Nicht so weit, sonst verirrst du dich, Lottchen!", rief er hinter ihr her.

„Ich kenne den Weg zu deinem Haus. Den habe ich mir genau gemerkt."

Reuter schaute ihr angestrengt nach. In den dunklen Schatten zwischen den einzelnen Straßenlampen war das Kind kaum zu erkennen. Es hielt sich dicht an den Hauswänden und schien mit ihnen zu verschmelzen wie ein Chamäleon.

Plötzlich blieb Lottchen stehen: „Eine Jai!"

„Was?", fragte Reuter und ging zu dem Kind.

Charlotte kniete am Boden und streichelte eine Siamkatze. Die Katze umrundete sie mit steil aufgestelltem Schwanz. Sie miaute auffordernd. Sie wollte gestreichelt werden.

„Jaiiii!", machte Lottchen. Es klang wie leises Miauen. Sie senkte den Kopf und die Katze rieb ihren Kopf schnurrend an Charlottes Gesicht.

„Jaiii", sagte Lotte und dann imitierte sie das Schnurren der Katze. Es klang verblüffend echt.

„Die mag dich", meinte Frank belustigt. Er bückte sich und streichelte die zutrauliche Katze ebenfalls. Die Katze ließ sich das gerne gefallen. Sobald aber Lottchen ein leises „Jaiii" von sich gab, wandte das Tier ihr den Kopf zu.

„Jaiii." Die Katze lief zu Lottchen und rieb ihren Kopf an der Stirn des knienden Kindes. Schließlich trollte sie sich.

„Tschüs, Jai", rief Charlotte hinter ihr her. Dann stand sie auf und flitzte wieder los.

Sie erreichte eine Straßenkreuzung mit Ampeln.

„Nicht rüberlaufen", rief Reuter. „Die Fußgängerampel steht auf Rot." Er beeilte sich, sie einzuholen. Das Mädchen blieb stehen und wartete auf ihn.

„Hier ist alles so bunt und laut", rief sie und zeigte auf die Ampeln und das beleuchtete Schaufenster einer Apotheke. „Im Wald ist es nicht so hell." Die Scheinwerfer eines vorbeifahrenden Autos strahlten sie an. Ihre Augen leuchteten hellsilbern auf. Diesmal erkannte Frank es ganz deutlich. Das waren keine zufälligen Lichtreflexe. Ihre Augen sahen aus wie kleine Laternen.

Sie zeigte auf die Fußgängerampel: „Das Licht mit dem kleinen Männchen ist grün geworden. Dürfen wir jetzt über die Straße laufen?"

Reuter nickte. Sofort sauste sie los. Er folgte ihr. Sie wirkte auf Frank wie ein kleiner Flummi, der ohne Unterlass umherhopste.

„Frank? Ey, Frank!" Reuter drehte sich zu der Stimme um. Manfred Ruffing kam winkend auf ihn zu. Sein Gang war ein wenig unsicher. Reuter kannte Manfred seit mehreren Jahren. Er verkehrte in den gleichen Kneipen. Sie hatten schon oft zusammen einen gehoben.

„N'Abend, Manni. Machst du eine Kneipenrunde?"

„Logisch, Frank. Ich komme gerade von Uschi und will noch ins Posthorn."

Reuter schaute sich um. Wo war Lottchen? Er entdeckte sie keine zwei Meter entfernt gegen eine Häuserwand gelehnt. Sie beobachtete ihn und Manfred Ruffing, und ihre Augen blitzten kurz auf. Dann verschmolz sie mit der Hauswand und wurde fast unsichtbar. Frank hielt vor Verblüffung den Atem an. So etwas hatte er noch nie zuvor gesehen. Es war nicht nur die dunkle Kleidung Lottchens, die sie so gut tarnte. Sie bewegte sich auf eine unbeschreibliche Art, schien mit ihrer nachtdunklen Umgebung zu verschmelzen.

Manfred zog ihn am Ärmel. Warmer Bieratem blies in Franks Gesicht: „Eh, was ist, Frank? Suchst du jemanden?" Manfred zeigte mit ausgestrecktem Finger in die Dunkelheit, wo Charlotte stand: „Da iss keiner, Mann! Kommst du nun mit ins Posthorn? Ich gebe einen aus."

Frank konnte dem Mann keine Antwort geben. Er war sprachlos. Während Manfred in Lottchens Richtung gezeigt hatte, war sie mit fließenden Bewegungen bis auf einen Meter näher gekommen. Manfred Ruffing hatte sie nicht gesehen!

„Na komm schon, Alter! Iss kalt hier draußn. Ich frier mir'n Aasch ab. Gehen wir!"

„Ich komme nicht mit, Manni. Ich gehe nach Hause. Ich habe letzte Nacht auf der Ranch tierisch einen abgepumpt. Ich bin immer noch groggy. Ich bin rumspaziert, um ein bisschen Sauerstoff in die Lunge zu kriegen. Vielleicht ein anderes Mal."

Manfred klopfte ihm auf die Schulter: „Okay, Frankenstein. Wir sehen uns. Tschüs." Er drehte sich um und lief keinen halben Meter an Charlotte vorbei. Er sah das Mädchen nicht. Selbst Frank hatte Mühe, sie zu erkennen.

Wenn sie nicht ab und zu von Autoscheinwerfern angestrahlt würde, wäre sie praktisch unsichtbar, dachte er verblüfft. Draußen im Wald würde ich sie sofort aus den Augen verlieren, wenn sie sich so bewegen würde. Er erinnere sich, wie leicht sie ihm auf der Bergehalde entwischt war. Sie war nicht nur flink, sie war auch perfekt getarnt. Wie ein Nachtlebewesen. Nicht wie ein Mensch, der einer seltenen Krankheit wegen in der Dunkelheit leben musste, sondern wie ein an die Nacht angepasster Organismus. Zum ersten Mal, seit er Charlotte bei sich aufgenommen hatte, beschlich Frank Reuter das Gefühl, dass ein Geheimnis über diesem Kind lag. Ihm war ein wenig mulmig zumute. Irgendwo tief in seinen Gedanken lag eine Antwort für seine Fragen parat, aber immer, wenn er danach greifen wollte, entschwand sie genauso schnell, wie Lottchen in der Dunkelheit verschwinden konnte. An diesem Kind war etwas Besonderes, das nichts mit irgendwelchen genetisch bedingten Krankheiten zu tun hatte. Frank spürte, dass da etwas anderes war, etwas, das er im Moment nicht erfassen konnte.

Charlotte riss ihn aus seinen Gedanken: „Wer war der Mann? Ein Freund von dir?" Frank nickte.

„Ich wusste nicht, ob es in Ordnung ist, wenn er mich sieht. Darum habe ich mich vor ihm versteckt."

Und ob du dich versteckt hast, kleine Lady! So perfekt versteckt, dass nicht einmal ich dich richtig sah!

Laut sagte er: „Es war besser, dass er dich nicht gesehen hat, Lottchen. So gut bin ich nämlich nicht mit ihm befreundet. Wenn er dich gesehen hätte, hätte er womöglich in der Kneipe über dich geredet."

Das Mädchen machte ein ängstliches Gesicht: „Hätte er mich an die Polizei verraten? Hätten die Polizisten mich zu den Ärzten ins Hospital gebracht? Oh, bitte! Das darf nicht geschehen!" Sie klammerte sich an Reuter fest: „Bitte, lass nicht zu, dass das passiert."

Frank streichelte ihr beruhigend durch das pechschwarze Haar: „Mach dir keine Sorgen, Lottchen. Ich sorge dafür, dass niemand dich verrät. Komm jetzt. Gehen wir nach Hause, bevor noch jemand aufkreuzt, der mich kennt."

„Ja, Frank. Lass uns gehen. Ich fürchte mich. Hier ist es so hell." Den ganzen Weg zu seinem Haus zitterte ihre kleine Hand in seiner und sie schaute immer wieder fragend zu ihm hoch.

*

Zu Hause kochte Frank Kartoffeln mit Rotkohl für sie beide. Er wollte sich eine Wurst dazu braten, ließ es aber sein. Er erinnerte sich an den Ekel im Gesicht seines kleinen Gastes, als Charlotte ihn beim Verzehr eines Wurstbrötchens beobachtet hatte.

Nach dem Essen verzog er sich an seinen Computer. Charlotte holte ihre Buntstifte und malte. Nach einer Weile präsentierte sie ihm das fertige Bild. Es zeigte ihn und Manfred Ruffing im grellen Licht einer Straßenlaterne. Lotte stand an einer Häuserwand im Schatten und verschwamm mit dem Grau der Nacht.

Reuter zog das Mädchen auf seinen Schoß und schloss es in die Arme. Sie kuschelte sich an ihn. Schweigend streichelte er ihren Kopf. In seinem Verstand sausten Gedanken wie Blitze umher, schnell und ruhelos, ohne festes Ziel. Er mochte dieses seltsame Kind, mochte es mehr, als er sich einzugestehen wagte.

Sie hatte sein Herz berührt. Er wollte sie beschützen vor den Dingen, die sie fürchtete, wollte ihr ein dauerhaftes Zuhause schenken.

Frank dachte daran, Charlotte zu fragen, ob sie Lust hätte, für immer bei ihm zu bleiben. Er unterließ es. Tief drinnen in den Windungen seines Gehirns steckte eine wichtige Information für ihn, an die er nicht herankam. So sehr Frank sich bemühte, den Gedanken

beiseitezuschieben, es gelang ihm nicht. Diese Information beinhaltete eine Warnung. Das spürte er, und er hatte gelernt, auf seine Intuition zu hören.

*

Montagsmorgens wachte Frank Reuter früher auf als sonst. Er und Charlotte waren gegen drei Uhr in der Frühe zu Bett gegangen. Nach nur fünf Stunden Schlaf erwachte Frank und konnte nicht mehr einschlafen. Er nahm sich noch einmal die Bücher über Pflegekinder vor, die auf seinem Nachttisch lagen, und las eine Stunde darin. Er fand nichts Neues. Wie es schien, befand sich Charlotte zur Zeit in einer Phase sogenannter Überanpassung, der die Testphase folgen würde, in der sie ihr nettes, gehorsames Wesen aufgeben würde, um Frank auf die Probe zu stellen. Würde er auch zu ihr halten, wenn sie unausstehlich wurde? Darauf folgte die langsame Integration in die Ersatzfamilie. Das Ganze konnte sich über ein Jahr hinziehen.

„Was fange ich mit ihr an, wenn sie nicht mehr auf mich hört?"

Würde Lottchen den Schritt in die Testphase überhaupt wagen? Sie hatte eine solche Angst vor den meisten Menschen. Wenn sie ungehorsam wurde, endete das unweigerlich in Entdeckung. Dann konnten die gefürchteten Ärzte und Polizisten an sie heran. Bei der Angst, die das Mädchen empfand, würde sie eher weglaufen, anstatt um ihr neues Zuhause zu kämpfen. Wollte sie überhaupt bei Frank bleiben? Sah sie sein Haus womöglich nur als bequeme Notunterkunft an, bis sie etwas Besseres gefunden hatte? War sie schon so sehr an ein Leben allein draußen gewöhnt, dass sie nur solange bei ihm blieb, bis ihr Freiheitsdrang überwog?

Reuter stand auf. Er würde die Bücher nach Homburg bringen und danach wollte er verschiedene Müslisorten für Lottchen besorgen und neue Sojamilch.

*

Unterwegs nach Homburg hörte Reuter aus Gewohnheit nochmals die Radionachrichten. Nichts über Charlotte. Sonniges Wetter wurde gemeldet.

„Wer sagt's denn!", freute sich Frank. „Der Winter geht endgültig. Wurde auch Zeit!" Nach der Nachrichtensendung stellte der Radiomoderator eine Countryband aus den USA vor mit dem unmöglichen Namen BR5-49: „Hier sind BR5-49 mit dem CHEROKEE BOOGIE." Ein flottes Hillbillystück mit Steelguitar und Gitarrenunterlegung begann.

„Geiler Song!" Reuter drehte das Radio lauter. In Gedanken machte er sich eine Notiz darüber. Er würde, gleich nachdem er die Bücher in der Bibliothek abgegeben hatte, zu Musik Kohl gehen und die CD kaufen. Der schnelle, rhythmische Song passte ausgezeichnet zu seiner guten Frühlingslaune. Er beschloss, gleich zwei CDs zu kaufen, eine für sich und eine für die Stereoanlage auf der Ranch.

Nachdem er die Bücher zurückgegeben hatte, machte Frank sich auf den Weg zu Musik Kohl. Der kleine Laden, in dem Musikinstrumente und CDs verkauft wurden, lag in der Nähe des Bahnhofs. Reuter war dort Stammkunde. Wann immer er eine seltene CD suchte, ging er zu Kohl, weil es hieß, dass die Leute in dem Laden einfach alles besorgen konnten, und sei es chinesischer Punkrock oder ein Schwarzmitschnitt einer Party, auf der die Königin von England live die britische Nationalhymne sang.

An der Ampel in der Stadtmitte, die über die Talstraße führte, zupfte ihn jemand am Ärmel: „Hallo, Frank." Es war Manuela Hennes.

„Hey, Manuela. Schön, dich zu sehen. Wie geht es dir?"

„Gut, danke. Deine Dinolandgeschichte war übrigens ein voller Erfolg. Meine Nichte war total begeistert. Nochmals danke dafür."

„Habe ich gerne getan, Manuela", sagte Frank. „Was machst du so?"

Sie wedelte lächelnd mit einem leeren Lederbeutel im DIN A-5 Format: „Ich muss zur Sparkasse, ein paar Rollen Kleingeld für unsere Ladenkasse holen."

„Ach so, ich dachte, du hast Pause."

„Leider nicht. Ich muss sofort wieder zurück zur Arbeit."

„Schade. Ich hätte dich gerne auf einen Kaffee eingeladen."

„Vielleicht ein anderes Mal, Frank." Sie lächelte immer noch. Das Lächeln wirkte einladend.

„Tja ..." Frank wusste nicht recht, was er sagen sollte. Flirten war nicht seine Stärke. „Wie läuft's mit deinem Freund?" Du Idiot!, schalt er sich in Gedanken. Was Intelligenteres ist dir wohl nicht eingefallen? Gleich wird sie dir vor Begeisterung in die Eier treten!

Manuela verzog das Gesicht: „Ich weiß nicht recht. Ich glaube, das geht nicht mehr lange gut. War wohl doch nicht der Richtige."

„Na los, klink dich ein!", befahl die kleine Stimme aus Reuters Kopf. „Lad sie ein, egal wohin! Sag endlich was, du Rindvieh!" Frank überlegte fieberhaft. Wie sollte er es anstellen? „Also ... mein Angebot gilt immer noch, Manuela. Ich würde gerne mit dir ausgehen."

Ihr Lächeln wurde breiter: „Ja? Ich glaube, ich wäre einverstanden, Frank."

Volltreffer! Bleib am Ball!

Reuter präsentierte sein bestes Lächeln: „Wie wäre es mit morgen Abend? Hast du schon was vor?"

„Ich wollte ins Kino. Der neue Film mit Sylvester Stallone läuft im Gala Kino."

Sylvester Stallone! Die Tussi steht auf Rambo Filme! Pfui Deibel!

Egal, Alter! Du willst dich ja nicht mit ihr über Filme unterhalten. Du willst sie rumkriegen, um mit ihr ins Bett zu gehen. Mach hin! Sag zu!

„Wir könnten gemeinsam ins Kino gehen", schlug Frank vor. „Danach gehen wir essen und machen einen Zug durch Homburg."

Sie lächelte ihn an: „Klingt gut. Ich bin dabei. Holst du mich um sieben ab?" Sie beschrieb ihm den Weg zu ihrer Wohnung.

„Geht klar, Manuela. Ich werde pünktlich sein. Bis morgen."

„Bis morgen, Frank. Ich freue mich. Tschüs."

Sie trennten sich. Frank lief pfeifend weiter. Läuft bestens, dachte er gut gelaunt. So eine wie Manuela wollte ich schon lange mal haben.

Er kam bei Musik Kohl an. Immer noch pfeifend betrat er den Laden. Die gewünschte CD war nicht vorrätig. Man würde sie bestellen. Franks Blick fiel auf eine reiche Auswahl an Mundharmonikas in einer Glasvitrine. Einer Eingebung folgend, erstand er mehrere Instrumente und einige Lehrhefte. Frank entschied sich für einen Anfängerkurs und zwei Hefte, in denen gezeigt wurde, wie man Country und Westernmusik spielte, sowie eine Anleitung zum Spielen von Blues.

„Das ist eine teure CD geworden", sagte er lachend, als er bezahlte.

Der Man hinter der Ladentheke lachte mit: „Aber Ihnen macht das doch nichts aus, Herr Reuter."

Reuter schüttelte den Kopf: „Nö. Heutzutage nicht mehr. Früher war es mal anders. Wenn ich eine neue CD haben wollte, musste ich erst mal Kassensturz machen. Ich bin froh, dass diese Zeiten vorbei sind."

*

Auf dem Nachhauseweg stellte Frank sich in Gedanken vor, wie er zusammen mit Lottchen Mundharmonika lernen würde. Er hatte das Radio abgestellt und summte den Cherokee Boogie von BR5-49 vor sich hin. Er freute sich schon im Voraus auf die neue CD.

„Da sagen die Leute immer, ein reicher Mann hat nichts mehr, auf das er sich freuen kann!"

Frank freute sich auf die CD. Er freute sich auf Lottchen. Und am meisten freute er sich auf den nächsten Tag, wenn er mit Manuela Hennes ausgehen würde.

In Bexbach fiel ihm ein, dass er noch kein Müsli für Lotte gekauft hatte. Er steuerte den Mercedes auf den Parkplatz des Supermarktes. Der Markt führte an die zwanzig Sorten von Müslis, Cornflakes und anderen sogenannten Frühstückscerealien. Reuter griff herzhaft zu, achtete aber darauf, keine der Sorten zu erwischen, die Schokolade enthielten. Er schob sein Einkaufswägelchen weiter zum Regal mit Reformkost. Dort holte er weitere Furage ein. Neben Sojamilch fand er noch andere Sachen, die ohne Fleisch hergestellt waren. Es gab Bolognese-Soße, die angeblich genauso gut schmeckte wie mit Hackfleisch gemacht, Sojabratlinge, die wie Frikadellen aussahen, und süße Naschriegel, garantiert ohne tierisches Fett.

Erika Spätauf an der Kasse betrachtete das Reformsortiment, das Frank auf das Laufband legte: „Bist du auf dem Ökotrip?" Sie kannten sich seit ihrer Schulzeit.

Frank grinste: „Will mal was Neues ausprobieren, Eri."

„Hoffentlich schlägt dir das gesunde Zeugs nicht aufs Hirn. Es wäre eine Schande, wenn du plötzlich keine Horrorbücher mehr schreiben würdest, sondern so einen meditativen Mist wie ein Anhänger von einem verrückten indischen Guru." Erika Spätauf war ein treuer Fan von Reuters Büchern. Sie hatte seine Romane schon gelesen, als er noch nicht berühmt gewesen war, und seine Manuskripte in einem kleinen Copyshop in Saarbrücken zu kleinen

Taschenbüchern hatte binden lassen, die er dann zum reinen Produktionspreis an seine Freunde und Bekannten verscherbelt hatte.

„Keine Angst, Eri. Das wird nicht passieren. Ich schreibe gerade an einem Roman mit einem durchgeknallten Wissenschaftler, der ein gefährliches Medikament an sich selbst ausprobiert und sich dadurch ziemlich verändert. Das wird mucho Horror. Versprochen."

„Klingt gut. Wann kommt das Buch raus?"

„Weiß ich noch nicht. Ich muss es ja erst mal fertig schreiben. Nebenbei schreibe ich noch ein Filmdrehbuch. Die UNIVERSAL bringt Tigerblut als Kinofilm."

Erikas Augen leuchteten auf: „Fantastisch, Frank! Auf den Film warte ich seit Jahren." Sie präsentierte ihm den Kassenbon: „Macht sechsundfünfzig-neunzig. Ziemlich dicke Rechnung. Wenn ich so an früher denke. Da musstest du jeden Pfennig umdrehen."

Frank zog eine Grimasse. „Daran denke ich dauernd, Eri, ob du es glaubst oder nicht. Jeden Tag, wenn ich aufwache, schicke ich ein Dankgebet zum Himmel. Du kannst dir nicht vorstellen, was für ein Gefühl es ist, soviel Kohle zu haben, dass du dir nie wieder die Frage danach zu stellen brauchst. Ich bin völlig frei und unabhängig. Es ist ein wunderbares Gefühl."

„Fehlt bloß noch eine Frau, die das mit dir teilt."

Reuters Gesicht verdüsterte sich: „Du meinst wohl, die es mir wegnimmt und mich mit kaputter Seele zurücklässt."

„Mach nicht so ein Gesicht, Frank!" Erika Spätauf wusste von Franks Heiratsphobie. „Nicht alle Frauen sind so wie deine Mutter. Irgendwann triffst du eine Frau und wirst schon im ersten Moment wissen, dass sie die Richtige ist. Glaub mir."

„Schön wär's, Eri. Nur kann ich leider nicht dran glauben." Er reichte Erika einen Hunderter.

„Das kommt noch. Wart's nur ab." Sie gab ihm das Wechselgeld heraus. „Jetzt geht's wohl nach Hause an den Computer? Oder schreibst du deine Horrorgeschichten erst nach Einbruch der Nacht?"

„Ich schreibe, wie es mir gerade gefällt: morgens, mittags, abends oder nachts."

Erika lachte. „Hauptsache, du schreibst. Tschüs, Frank."

„Tschüs, Eri." Frank schob seinen Einkaufswagen zur Drehtür, die auf den Autoparkplatz hinter dem Supermarkt führte.

Zu Hause fiel Reuter mit Staubsauger und Wischlappen über seine Wohnung her. Er hasste Hausarbeit, aber sie musste nun mal gemacht werden. Ich sollte mir eine Putzfrau leisten, die einmal die Woche klar Schiff bei mir macht. Geld habe ich genug dafür. Blöde Putzerei! Die Idee gefiel ihm. Er würde sich mal umhören, ob jemand eine Stelle suchte, wo man nebenher ein bisschen Kohle machen konnte. Ich werde Tine fragen, wenn sie nachher kommt. Die kennt vielleicht jemanden.

Nachdem er mit Staubsaugen fertig war, setzte Frank Kaffee auf. In der Bäckerei hatte er einen Käsekuchen gekauft, weil seine Schwester den gerne aß.

„Selbstgebacken würde er besser schmecken", sagte er zu sich selbst. „Aber was soll ich für mich allein die ganze Arbeit und Sauerei auf mich nehmen?" Lottchen zuliebe, fiel ihm ein. Kinder liebten es, ihren Eltern in der Küche zu helfen. Einen Kuchen zu backen war für sie ein Erlebnis. Reuter beschloss, am nächsten Tag ein Buch übers Backen zu kaufen. Er lächelte still vor sich hin. Sein kleiner Gast veränderte zusehends sein Leben. Es waren gute Veränderungen.

Die Türglocke erklang. Frank ging zur Haustür und öffnete. Es war seine Schwester. „Hallo, Tine."

"Hallo, Frankie."

Sie umarmten sich kurz. Frank nahm ihr die Jacke ab und hängte sie an die

Garderobe. „Ich habe Kaffee gekocht und einen Käsekuchen besorgt. Gehen wir in die Küche? Oder willst du ins Wohnzimmer?"

Christina lächelte ihn an: „Deine Küche ist gemütlicher, Frankie."

Sie setzten sich an den Küchentisch in der großen Wohnküche. Frank trug Kaffee und Kuchen auf. „Der Kuchen ist gekauft. Schmeckt nicht so gut wie dein selbstgebackener, sorry. Aber morgen kaufe ich mir ein Backbuch und probiere es mal. Du wirst staunen, Tine."

Christina sah ihn an: „Du willst backen lernen? Du bist doch zum Kochen zu faul und gehst die halbe Zeit ins Restaurant zum Essen. Was ist los mit dir, Frankie?"

„Nichts. Ich dachte, es wäre eine gute Idee, Kuchenbacken zu lernen."

Seine Schwester fasste ihn scharf ins Auge: „Frank Reuter! Mit dir stimmt eindeutig etwas nicht! Schon gestern warst du so komisch." Sie legte den Kopf schief: „Eine neue Frau in deinem Leben? Die Richtige diesmal?"

Reuter schüttelte den Kopf: „Nein, Tine. Ich bin zwar gerade am Anbaggern, aber es ist das Übliche: nichts Ernstes."

„Aber irgendetwas hast du, Frankie!" Christina klang besorgt. „Du lernst Kuchen backen."

„Kann nie schaden, so was zu lernen. Wer weiß, ob ich's mal gebrauchen kann."

Sie blickte ihn fragend an: „Frankie, bist du pleite gegangen? Hast du dein Geld in irgendwelche Projekte gesteckt, die nicht funktionierten? Brauchst du Hilfe?"

Reuter unterdrückte den Impuls, laut zu lachen. Es war schön, dass seine Schwester sich um ihn sorgte. „Ich bin nicht pleite, Tinchen, im Gegenteil. Ich komme mit dem Geldausgeben nicht mehr hinterher. Es kommt zuviel Geld rein. Mach dir keine Sorgen." Er holte tief Luft: „Aber deine Hilfe könnte ich wirklich gebrauchen."

Christina kam um den Tisch herum und setzte sich auf den Stuhl neben ihm: „Frankie, was hast du? Mensch, mach den Mund auf!"

Reuter wusste nicht, wie er anfangen sollte: „Versprich mir, dass du dichthältst, Tine!" Sie versprach es. „Jjjja . . . wo fange ich am besten an?"

„Ganz am Anfang!", antwortete sie resolut. „Und lass nichts aus. Nicht das kleinste bisschen, Frankie!"

„Okay, Tine. Es fing in der Nacht deiner Geburtstagsparty an." Frank erzählte seiner Schwester alles über Charlotte, angefangen mit dem Unfall auf der nächtlichen Landstraße. Von ihrem seltsamen Leben in der Dunkelheit.

„Wie ein Vampir", warf Christina ein. Sie konnte sich ein Grinsen nicht verkneifen. „Frank Reuter, der Horrorschriftsteller, hält sich einen kleinen Vampir im Haus."

„Komm bloß nicht auf die Idee, so zu reden, wenn Lottchen dabei ist!", murrte Frank.

„Werde ich nicht, Frank. Es war bloß Spaß. So gut müsstest du mich doch kennen. Schließlich hast du mich praktisch großgezogen."

Frank war beruhigt. Er erzählte seiner Schwester alles Weitere bis zu seinem Spaziergang mit dem Kind, auf dem es seine hervorragenden Fähigkeiten der Tarnung gezeigt hatte: dass sie sich praktisch unsichtbar machen konnte, mit der Umgebung verschmolz wie ein Chamäleon. Er erzählte seiner Schwester auch von der verblüffenden Ähnlichkeit zwischen Lottchen und Christinas Puppe: „Die beiden tragen sogar den gleichen Namen."

Christina schwieg einen Moment, nachdem er geendet hatte. Es war ihr anzusehen, dass sie angestrengt nachdachte. „Du bist sicher, dass dieses Kind nicht vermisst wird?", fragte sie schließlich.

„Weder im Radio noch im Fernsehen kam was über sie. Ich glaube ihr. Sie hat zwei Jahre lang allein gelebt. Mensch, Tine! Du hättest die Fetzen sehen sollen, die sie am Leib trug. Die verdienten die Bezeichnung Kleidung nicht! Das Kind ist allein auf der Welt."

„Hast du die französischen Nachrichten abgehört, Frankie? Die Grenze liegt nur vierzig Kilometer südlich. Sie könnte aus Frankreich stammen. Eine Menge Leute in Lothringen und im Elsass sprechen Deutsch."

Reuter war verblüfft. Auf diese Idee war er noch nicht gekommen. Er schüttelte den Kopf: „Die französischen Nachrichten habe ich mir nicht angehört, Tine. Aber mal ehrlich: Wenn in Lothringen ein kleines Kind verschwinden würde, käme das auch in unserem Radio."

„Das stimmt", musste sie zugeben. „Trotzdem finde ich nicht gut, was du da machst. Du kannst in Teufels Küche kommen, Frankie."

„Ist mir vollkommen klar, Tine. Deswegen möchte ich ja, dass du beim Jugendamt für mich vorfühlst. Du kennst doch welche vom Amt. Ein paar sind sogar deine Freunde. Bitte, mach das für mich. Lottchen hat solche Angst vor Ärzten und Amtspersonen. Ich kann nicht einfach zum Jugendamt spazieren und sagen, dass ich sie in Pflege nehmen will." Er machte eine kleine Pause: „Oder adoptieren."

Christina lächelte übers ganze Gesicht: „Du bist ja in das Kind verliebt!"

„Quatsch! Ich möchte ihr nur helfen."

„Du liebst sie!", erklärte Christina in einem Ton, der keinen Widerspruch duldete. Sie seufzte. „Oh, Frankie! Hast du dir schon mal Ged ..." Sie schüttelte unwillig den Kopf: „Jetzt könnte ich anfangen mit: Hast du dir schon mal Gedanken gemacht, was dann wird? Wie willst du mit der Krankheit des Mädchens umgehen? Und lauter solchen Mist. Aber ich kenne dich, Frank Reuter. Schließlich bin ich deine Schwester. Du hast sehr intensiv über alles nachgedacht, stimmt's?" Er nickte. „Hast du bei allem guten Willen auch Nachteile entdeckt?"

„Massenhaft, Tine!"

„Und du willst es trotzdem tun?"

„Ja!"

„Es ist nicht nur ein Strohfeuer?"

„Nein."

„Ganz sicher, Frankie?"

Reuter reagierte aufgeregt: „Tine! Ich habe schon einmal bewiesen, dass ich Kinder aufziehen kann. Das weißt du. Du hast mich vor der versammelten Verwandtschaft dafür gelobt. Ich werde dir jetzt was sagen, das mir gerade erst kürzlich eingefallen ist. Ich sage das nicht so einfach daher. Es ist mir bitterernst damit: Ich besitze viel Fantasie. Die benütze ich zum Bücherschreiben. Und ich besitze Einfühlungsvermögen, was kleine Kinder angeht. Du weißt, dass sämtliches Kleinvieh auf mich fliegt. Ja, und was noch? Ich werde es dir sagen, Christina Reuter. Sonst nichts! Ich habe meine Fantasie und die Fähigkeit, mit Kindern umzugehen. Sonst habe ich nichts! Sonst kann ich nichts!"

Christina umarmte ihn: „Frankie! Ist ja gut. Ich will nur nicht, dass du in Schwierigkeiten kommst wegen dem Kind."

„Ich will sie behalten!", sagte Reuter trotzig.

„Für wen, Frankie? Für dich? Weil du einsam bist? Ist es deswegen? Füllt dieses hilfsbedürftige Kind einen leeren Fleck in deiner Seele aus?"

„Jetzt redest du wie eine Tussi vom Jugendamt."

„Ich mein's nur gut. Das weißt du."

„Ja. Weiß ich." Er überließ sich unbeholfen der Umarmung seiner Schwester. Es war ein sonderbares Gefühl. Sonst war er immer derjenige, der umarmte, tröstete, beschützte, für alles eine Lösung parat hatte, derjenige, der bestimmte, wie es weitergehen sollte. „Ich bin nicht einsam, Tine. Du weißt, dass ich mit Begeisterung den Eigenbrötler spiele. Verdammt, ich habe mir am meisten Sorgen darüber gemacht, dass Lottchen diesem Eigenbrötlerdasein ein Ende setzen wird. Ich will sie behalten, weil es gut für das Kind ist. Und für mich auch, Tine. Ich habe noch nicht genau über alles nachgedacht, aber das ist eine Sache, an die man nicht nur mit dem Verstand rangeht. Hier kommt es vor allem aufs Gefühl an und damit stimmt alles. Ich verlange ja nicht, dass du sofort eine Adoption für mich anleierst. Das wäre verfrüht. Ich möchte nur, dass du mal unauffällig recherchierst, damit ich am Ende nicht dastehe wie der Ochse vorm Berg. Das ist alles. Wirst du mir helfen?"

Christina nickte: „Ja, Frankie. Mach ich."

„Danke, Tine." Frank löste sich aus Christinas Umarmung. „Es ist mir wirklich ernst mit Lottchen."

„Ich glaube dir, Frankie."

„Wirst du den Mund halten?" Sie nickte. „Gut." Reuter fühlte sich erleichtert.

Da feuerte seine Schwester eine Breitseite auf ihn ab, die sie sich bis zum Schluss aufgespart hatte: „Du weißt, dass du das Kind behalten willst, Frankie. Aber hast du Charlotte überhaupt schon mal gefragt, ob sie bei dir bleiben will?"

„Ehm ..." Frank war bestürzt. „Ich ... also ... nicht direkt ... ich meine, ich will damit sagen ... also: nein."

Christina schüttelte ungläubig den Kopf: „Du hast sie nicht gefragt? Mensch, Frank!"

„Ich bin mir sicher, dass es ihr bei mir gefällt", sagte er. „Und ich werde sie demnächst fragen, ob sie bei mir bleiben will. Tine, das ist nicht so leicht, wie du denkst. Stell dir mal vor, sie ist begeistert und sagt Ja und dann darf ich sie nicht behalten! Was meinst du, was dann in ihrer Seele vorgeht?"

„Was meinst du, was zurzeit in ihrer Seele vorgeht, du Trottel? Für das Kind ist alles unsicher. Du musst mit ihr reden, Frankie!"

„Werde ich", versprach Reuter. „Ich werde ..."

„Wer ist das?", fragte es von der Küchentür her.

Frank und Christina fuhren herum. Charlotte stand in der Tür. Sie trug einen blassrosa Pyjama mit einem aufgestickten Teddybären auf der Brust und war barfuß.

„Du solltest nicht ohne Hausschuhe rumlaufen, Lottchen. Du könntest dich erkälten", sprach Reuter mechanisch. Plötzlich musste er mit aller Gewalt gegen ein wildes Gelächter ankämpfen.

Verdammt! Ich fange schon an zu reden wie Bettina. Ich entwickle mich zu einer Glucke!

Christina schaute das Kind verblüfft an: „Mein Gott! Sie ist Lottchen tatsächlich wie aus dem Gesicht geschnitten."

„Wer ist Lottchen? Und wer ist die Frau?", fragte Charlotte misstrauisch. Sie lief zu Frank, wobei sie sorgfältig darauf achtete, Christina nicht zu nahe zu kommen, und schmiegte sich in seine Arme.

„Guten Abend, Lottchen", sagte Frank, hob das Mädchen hoch und gab ihm einen Kuss auf die Wange. „Das ist meine Schwester Christina. Du brauchst keine Angst vor ihr zu haben."

Christina stand auf und kam langsam näher: „Guten Abend, Charlotte. Ich bin Tine. Hat Frank dir schon von mir erzählt?"

Das Kind schüttelte den Kopf. Es fixierte sie ängstlich.

„Du brauchst dich nicht vor mir zu fürchten, Lottchen", sprach Christina beruhigend. „Ich tue dir nichts, ehrlich."

Charlotte klammerte sich an Reuter fest und versteckte ihr Gesicht in seiner Halsbeuge.

„Wird sie mir nichts tun?", fragte sie leise.

„Nein, Lottchen", sagte Frank und streichelte dem Kind beruhigend über die Haare. „Ich habe ihr von dir erzählt. Sie weiß Bescheid. Sie wird dich nicht verraten."

Charlotte hob den Kopf und hielt Christina eine Hand hin. „Hallo, Christina", sagte sie schüchtern.

Christinas Gesicht explodierte in einem Lächeln: „Guten Abend, Lottchen. Sag ruhig Tine zu mir. Frank tut das auch." Sie zeigte auf Lottchens bloße Füße: „Möchtest du dir nicht etwas anziehen?"

„Meine Sachen sind unten in meinem Zimmer."

„Soll ich mitkommen und dir beim Anziehen helfen?", fragte Christina.

Lottchen warf Frank einen fragenden Blick zu.

„Geh nur, Schatz", sagte er.

Charlotte ergriff Christinas Hand und führte sie in den Keller.

Reuter schaute den beiden nach. Ein angenehmes, warmes Gefühl machte sich in seinem Bauch breit. Christina hatte Lotte erlaubt, Tine zu ihr zu sagen. Das hatte es vorher noch nie gegeben. Das bedeutet, dass sie Lottchen mag. Das ist gut. Sie wird mir helfen.

Lotte und Christina blieben ziemlich lange weg. Ab und zu hörte er sie im Keller kichern. Als sie endlich wieder in der geräumigen Wohnküche auftauchten, hatte eine unglaubliche Verwandlung mit Lotte stattgefunden. Sie trug ein wunderhübsches hellblaues Kleidchen, weiße Söckchen zu schwarzen Lackschuhen, und ihre Haare waren zu Zöpfen geflochten.

Reuter stieß einen überraschten Pfiff aus: „Wow! Du siehst toll aus, Prinzessin."

Das Kind drehte sich im Kreis: „Gefällt es dir? Tine hat mir beim Aussuchen der Kleider geholfen und mir Zöpfe gemacht."

„Ja, es gefällt mir gut", sagte Reuter. Alles an Charlotte wirkte richtig, die Farben des Kleidchens passten zu den Sandalen und die neue Frisur stand ihr außerordentlich gut. Christina hatte dem Kind blassblaue Schleifen in die Zöpfe geflochten. Zum ersten Mal fiel Frank Reuter auf, dass Lottes Augen eine ebensolche Farbe hatten: ein helles verwaschenes Blau. Tja, Alter. So sieht ein Kind aus, wenn eine Frau sich um es kümmert! Du hast noch eine Menge zu lernen. Er freute sich, zu sehen, dass Lottchen ihre anfängliche Scheu Christina gegenüber schnell aufgegeben hatte.

„Willst du was essen, Lottchen?"

Sie schüttelte den Kopf: „Ich muss erst mal richtig wach werden." Sie schaute Tine sehnsüchtig, an. „Spielst du was mit mir?"

Tine nickte: „Ja, gerne. Wie wäre es mit einem Spiel, an dem wir alle drei teilnehmen können?" Lotte nickte eifrig. Christina nahm Frank aufs Korn: „Hol die Spielesammlung! Wir spielen 'Mensch ärgere dich nicht'."

Reuter verzog das Gesicht: „Ich weiß nicht, wo die ist."

„Dann such sie, du fauler Sack! Auf, auf, Herr Reuter!"

„Ich bin hier wohl der Lakai?!", maulte Frank und streckte seiner Schwester die Zunge heraus.

Blitzschnell griff Christina nach einem Brotmesser, das auf dem Küchentisch lag: „Ha! Die freche Zunge schneid ich dir ab!" Sie ging auf Reuter los. Der spielte den Ängstlichen und ergriff kreischend die Flucht rund um den Tisch.

Zuerst stand Charlotte stocksteif vor Schreck, bis sie begriff, dass es sich lediglich um ein Spiel handelte. Sie stellte sich Christina in den Weg: „Hände weg von meinem Frank! Leg das Messer weg! Damit schneidest du ihm nicht die Zunge ab!"

„Oho! Zwei gegen eine!", rief Tine lachend. „Das habe ich nun davon, dass ich dir die schönen Zöpfe geflochten habe! Du wendest dich gegen mich und verteidigst diesen Büffel!" Sie zeigte mit dem Messer auf ihren Bruder.

Charlotte entwand ihr mit einer geschmeidigen Bewegung das Brotmesser und warf es auf den Tisch: „Weg mit dem Messer!"

„Ätsch! Ich habe eine kleine Leibwächterin!", lästerte Frank und streckte seiner Schwester erneut die Zunge heraus: „Bääh!"

Lotte holte eine kleine Bastelschere aus der Schublade des Küchenschranks. Mit grimmigem Gesicht schoss sie auf Reuter zu: „Zungen schneidet man mit einer Schere ab!"

Frank kreischte auf und stürmte aus der Küche hinaus. Er rannte ins Wohnzimmer.

„Hilfe! Zwei Killerweiber sind hinter mir her!", jaulte er und sprang mit einem Satz über das breite Sofa, um sich dahinter zu verstecken.

Die „Killerweiber" umzingelten ihn. Es gab kein Entkommen.

„So!", drohte Christina. „Siehst du die Schere, die Lottchen in der Hand hält? Entweder du suchst die Spielesammlung oder sie schnippelt dir die Zunge ab!"

„Genau!", rief Charlotte und drohte mit der Schere.

„Okay, ich gebe auf!", prustete Frank und stand auf. Lachend ging er zum Schrank und kramte solange, bis er die Spielesammlung fand.

Lottchens Wangen glühten vor Freude. Die wilde Jagd hatte ihr Spaß gemacht. Christina schaute ihrem Bruder tief in die Augen. „So was braucht ein Kind", schienen ihm ihre Augen mitzuteilen. „Nicht nur langweiliges Rumhocken am Computer."

„Ich werde es mir merken", sagte Frank laut. Er war so gut gelaunt wie schon lange nicht mehr. Christina schenkte ihm ein dankbares Lächeln und nahm die Pappschachtel in Empfang.

Sie erklärte Charlotte, wie „Mensch ärgere dich nicht" funktionierte. Das Mädchen kapierte schnell, worum es ging. Sie war von dem Spiel begeistert. Auch als sie einmal verlor, bremste das nicht ihre gute Laune.

„Das möchte ich öfter machen", sagte sie. „Das ist schön."

„Du brauchst es meinem Bruder, dem Büffel, bloß zu sagen, Lottchen", feixte Tine. „Der soll nicht die ganze Nacht vorm Computer rumfaulen."

Reuter verstand den Wink mit dem Zaunpfahl. Christina hatte versprochen, ihm zu helfen, sie war schon dabei. Mit einem Mal erfasste er viel deutlicher, welche

Veränderungen die Aufnahme Lottchens in sein Leben bringen würde. Das Erstaunliche war, dass nichts davon ihn abschreckte. Die Balgerei hatte ihm Spaß gemacht, ebenso das „Mensch ärgere dich nicht" Spiel.

Früher hatte er oft mit Christina solche Spiele gemacht. Er hätte nicht gedacht, dass er auch als Erwachsener daran Freude haben würde. Innerlich war er froh darüber.

Jetzt hatte er etwas, mit dem er seinem kleinen Gast und auch sich selbst die Zeit vertreiben konnte. Immer nur zu malen und mit den Plastiktierchen zu spielen würde Lottchen auf die Dauer nicht zufriedenstellen. Das war etwas, das man allein tat. Brettspiele schafften Gemeinsamkeit. Gemeinsamkeit muss ich schaffen, wenn ich Lottchen behalten will. Und bei Gott, ich will sie behalten!

Christina sah auf ihre Armbanduhr: „Es ist gleich neun Uhr. Ich muss nach Hause." Sie stand auf.

Charlotte hängte sich an sie: „Ooch! Bleib doch noch ein bisschen, Tine!"

„Geht nicht, Lottchen. Ich bin verabredet. Ich muss los."

Charlotte machte ein enttäuschtes Gesicht. „Kommst du mal wieder?"

„Gerne."

„Und wann?"

„Vielleicht noch diese Woche, Kleines. Ich rufe Frank vorher an."

„Spielen wir dann wieder 'Mensch ärgere dich nicht'?"

Christina umarmte Charlotte: „Machen wir, Lotti. Versprochen. Wir können auch die anderen Spiele aus Franks Sammlung ausprobieren."

„Gibt es denn noch mehr solche schöne Spiele?"

Frank mischte sich ein: „Und ob, Lottchen. Wir können nachher etwas davon machen. Aber zuerst gibt es Futter. Ich habe verschiedene Müslisorten gekauft. Du wirst staunen. Von heute an können wir jede Nacht etwas anderes probieren." Zusammen mit Charlotte brachte er seine Schwester zur Tür.

„Komm ruhig wieder vorbei", sagte er beim Abschied. „Aber bitte ohne Mister Obercool."

Christina lachte: „Du kannst dich anstellen, wie du willst, Frankie. Du wirst dich an Marius gewöhnen müssen."

Frank seufzte. „Das wird sich wohl nicht vermeiden lassen." Er umarmte seine Schwester und schaute zu, wie sie in ihren Wagen stieg und davonfuhr.

„Wer ist Mister Obercool?", wollte Lottchen wissen. Sie saßen am Küchentisch und mampften Haselnussmüsli mit Ananasstückchen, mit Sojamilch zubereitet.

„Marius, der Freund von Tine. Ich kann ihn nicht ausstehen."

„Ist der Mann böse?"

„Kann ich nicht sagen, Lottchen." Frank überlegte, wie er sich ausdrücken sollte, damit das Kind ihn verstand. „Er benimmt sich höflich und ist zu allen freundlich. Aber ich glaube, das ist nur Fassade. Der macht nur so, als sei er nett. Hast du schon mal jemanden kennengelernt, bei dem du ein ganz komisches Gefühl im Bauch hattest?"

Charlotte nickte: „Ich nicht, aber mein Papa. Er hat mir gesagt, dass man sich bei Menschen ruhig auf sein Gefühl verlassen soll. Wenn man jemanden nicht mag, hat das immer einen Grund."

„Genau", bestätigte Frank. „Bei diesem Marius habe ich ein ganz, ganz mieses Gefühl. Leider sieht Tine das anders. Dabei hatte sie in der Vergangenheit schon oft Probleme mit sogenannten Freunden, die sich dann als Mistkerle entpuppten."

„Hoffentlich tut dieser Marius Obercool Tine nichts an." Lotte klang besorgt. „Ich mag Tine. Frank, du wirst doch nicht zulassen, dass jemand Tine was Böses tut?"

Reuter schüttelte den Kopf. „Nein, werde ich nicht, Lottchen. Ich passe gut auf Tine auf. Das Dumme ist nur, sie ist erwachsen. Ich kann ihr nicht vorschreiben, mit wem sie zusammen ist. Das möchte ich auch nicht. Sie muss ihr eigenes Leben führen. Aber ich helfe ihr, wenn sie in Schwierigkeiten gerät."

„Das ist lieb", sagte Charlotte und stand auf. Sie hatte ihren Teller leer gegessen: „Spielen wir noch eine Runde 'Mensch ärgere dich nicht'?"

„Ich hatte eigentlich was anderes vor", antwortete Frank. „Ich habe dir nämlich etwas mitgebracht."

Lottes Augen leuchteten auf: „Etwas mitgebracht? Was denn? Zeig es mir!"

Reuter sammelte das benutzte Geschirr ein. „Erst ist Geschirrwaschen angesagt." Gemeinsam wuschen sie Teller und Besteck, auch die Sachen, die Frank und Christina benutzt hatten.

Wozu habe ich eigentlich eine Spülmaschine?, fragte sich Reuter. Die kleine Stimme in seinem Kopf gab ihm die Antwort. Ausnahmsweise enthielt sie sich jeglicher Häme: „Geschirr von Hand zu waschen vermittelt der Kleinen Gemeinschaftsgefühl, und sie fühlt sich gebraucht."

„Fertig", meldete Lotte und hängte das Geschirrtuch an seinen Haken: „Zeigst du mir jetzt, was du mir mitgebracht hast?"

„Oh, ich weiß nicht so recht. Vielleicht gefällt es dir ja überhaupt nicht", sprach Reuter. Er wollte sie erst ein wenig zappeln lassen.

„Bitte, zeig es mir!", bettelte sie.

Frank zog die Sache genüsslich in die Länge: „Soll ich wirklich? Oder lieber doch nicht?"

„Doch! Doch!", forderte das Mädchen.

„Magst du Musik, Lottchen?"

„Na klar! Mit meiner Mutter habe ich oft zusammen gesungen und die Musik in den Zeichentrickfilmen hat mir auch sehr gut gefallen."

Reuter stand auf und holte die Mundharmonikas. „Weißt du, was das ist, Lottchen?"

Sie holte eine der beiden Marine Band Soloist aus dem Etui und betrachtete sie eingehend: „Das ist ein Musikinstrument!" Sie führte die Mundharmonika an die Lippen und blies hinein. Ein schräger Ton erklang. „Schön!"

Reuter grinste und packte die zweite Marine Band aus, setzte sie an den Mund und spielte die Dixie. Charlotte hörte hingerissen zu.

„Das will ich auch lernen!", verlangte sie mit leuchtenden Augen, nachdem Frank sein Spiel beendet hatte.

Er präsentierte ihr die Lehrhefte: „Hier drin steht, wie man es ganz leicht lernen kann. Am Anfang kann man noch keine Lieder spielen. Man muss zuerst die einzelnen Töne üben, aber nach einer Weile geht es wie von selbst. Soll ich es dir beibringen?"

"Ja! Ja!", bat das Kind.

Frank freute sich. Er hatte einen Volltreffer gelandet. Die folgende Stunde verbrachten sie mit den Mundharmonikas. Wie beim Zeichnen stellte Charlotte sich sehr geschickt an. Bald konnte sie einfache Stücke spielen wie „Hänschen klein" und „Alle meine Entchen".

Schließlich brach Frank die Lektion ab: „Ich muss jetzt an den Computer. Ich habe zu arbeiten. Das Drehbuch, an dem ich schreibe, soll zu einem bestimmten Termin fertig sein."

Charlotte nickte. „Ist gut, Frank. Stört es dich, wenn ich im selben Zimmer auf meiner Mundharmonika übe?"

„Nicht im Geringsten. Ich habe oft das Radio an, wenn ich schreibe, oder ich lasse eine CD laufen."

„Was ist eine CD?"

Frank führte Lotte ins Arbeitszimmer und holte eine CD aus dem Ständer. Er erklärte dem staunenden Kind, dass sich Musik auf der silbernen Scheibe befand. Er legte eine CD in den Spieler und ließ „Beds are burning" von Midnight Oil laufen. Lottchen bestaunte die Technik und Frank wunderte sich einmal mehr darüber, dass das Kind nicht mit moderner Elektronik vertraut war. Selbst wenn sie tatsächlich zwei Jahre allein als eine Art Wolfskind gelebt hatte, sollte sie von früher solche Sachen kennen. Aber die Waschmaschine und der elektrische Trockner waren ihr ja auch fremd gewesen.

Vielleicht waren ihre Eltern echt Anhänger von so einer Naturfreak Sekte, die jegliche Technik verteufelte. Verrückt, so was!

Frank schaltete die HiFi Anlage aus und setzte sich an den Computer. Er nahm sich das Drehbuch von Tigerblut vor und ließ seine Finger über die Tastatur fliegen. Charlotte saß am Tisch nebenan und übte auf ihrer Mundharmonika. Zuerst probierte sie einzelne Töne aus und verband sie miteinander. Allmählich wurde daraus eine Melodie.

Reuter lauschte fasziniert. So etwas hatte er noch nie zuvor in seinem Leben gehört. Das Mädchen spielte eine seltsame, bittersüße Melodie, die Franks Innerstes berührte. Das Lied klang auf unbeschreibliche Weise fröhlich und traurig zugleich.

„Hast du das Lied selbst erfunden?", fragte er, als das Mädchen eine Spielpause einlegte.

Charlotte schüttelte den Kopf. „Das hat mir meine liebe Mama beigebracht. Es hat keine Worte. Man singt bloß so Falalalaa dazu." Sie führte die Mundharmonika an die Lippen und wiederholte die Melodie. Diesmal blies sie kräftiger, die Töne waren laut und getragen. Frank bekam eine Gänsehaut, so anrührend war Lottchens Spiel.

Reuter schrieb zwei Stunden lang am Computer. In der Zeit probte Lottchen weitere Stücke auf ihrem Instrument. Jedes dieser Lieder klang auf die gleiche Weise traurig und verzaubernd.

Kurz vor Mitternacht beendete Frank seine Arbeit am Drehbuch von Tigerblut und bereitete für sich und Charlotte Essen zu.

Danach machten sie einen kleinen Nachtspaziergang. Frank vermied belebte Hauptstraßen. Als sie um eine Ecke bogen, entdeckte er eine getigerte Katze, die auf einem Mauervorsprung hockte.

„Guck mal, Lottchen. Eine Jai."

Charlotte schaute hin: „Nein. Das ist eine Katze."

Reuter stutzte: „Hmmm … letztens war das aber eine Jai."

Das Kind schüttelte den Kopf: „Das hier ist eine Katze, das andere war eine Jai."

Reuter dachte nach. „Oh, ich verstehe. Nur eine Siamkatze ist eine Jai!"

„Genau."

Reuter musste kichern: „Und du streichelst nur Jais?"

„Nein, auch Katzen." Das Mädchen lockte den Tiger: „Komm, Katzi-Katz!" Aber anscheinend war die dicke Getigerte nicht in Stimmung. Jedenfalls warf sie Frank und Charlotte nur einen missmutigen Blick zu und hockte weiter wie ausgestopft auf der Mauer.

„Die will nicht", meinte Reuter. „Selbst schuld, doofe Mieze!"

„Eine Jai wäre sofort gekommen", sagte Charlotte.

„Da wäre ich mir nicht so sicher", hielt Reuter dagegen. „Katzen sind eigenwillig, auch eine Siamkatzen. Wenn die keine Lust haben, pfeifen sie dir was. Es sind kleine, Pelz tragende, Hoheiten."

„Unsere Jai kamen immer, wenn ich sie rief", sagte Lottchen leise. „Wir hatten zwei." Die Erinnerung an früher schien ihr wehzutun. Sie schwieg den Rest des Weges und ließ sich von Reuter nicht aus der Reserve locken.

Zu Hause musste Reuter wieder „die Wiese machen". Er konnte einfach nicht Nein sagen, wenn ihn das Kind so flehend anschaute. Er war mittlerweile daran gewöhnt, ihr eine Sequenz aus einem schönen Sommertag vorzusprechen. Keine Fotos, kein Video konnte seine Schilderungen ersetzen. Lotte wollte es von ihm selbst hören. Das Erzählen an sich schien ihr dabei das Wichtigste zu sein. Dann saß sie auf seinem Schoß oder auf der Couch neben ihm und lauschte in atemloser Spannung seinen Worten.

Diesmal entwarf Frank ein Szenario am Ufer eines Teiches im Wald. Er füllte die Welt mit Farben und Gerüchen, ließ Wasserkäfer, Molche und Kaulquappen im Wasser spielen und Waldtiere unter den schattigen Bäumen hervortreten, um aus dem klaren Teich zu trinken. Wie immer musste er mindestens eine halbe Stunde lang erzählen, bis Charlotte zufrieden war.

Danach spielten sie „Mensch ärgere dich nicht". Lotte gewann die ersten beiden Runden.

„Morgen Abend habe ich eine Verabredung außer Haus", sagte Reuter, während er den Würfel warf. „Macht es dir etwas aus, wenn du allein bleiben musst, Lottchen?"

„Nein, Frank. Geh ruhig aus. Bleibst du wieder die ganze Nacht weg?"

Reuter überlegte: Wenn ich Manu gleich am ersten Abend rumkriege ... "Ich weiß nicht, Lottchen. Könnte passieren. Hast du Angst allein?"

Sie griff nach dem Würfel. „Nein." Es fiel eine Vier und sie warf Franks Männchen vom Spielfeld. „Ätsch! Du bist raus! Gleich gewinne ich wieder."

Drei Würfe später hatte sie das Spiel gewonnen. „Noch eins?"

Frank war einverstanden, „Warum nicht? Diesmal gewinne ich. Du wirst sehen."

Es machte ihm großen Spaß, mit Lottchen zu spielen. Er schaute sie an: „Macht es dir wirklich nichts, allein zu bleiben?"

Sie kam um den Tisch herum, krabbelte auf seinen Schoß und kuschelte sich in seine Arme. „Du kannst ruhig weggehen, Frank", sagte sie mit großem Ernst und schaute ihm in die Augen. „Ich fürchte mich nicht. Ich weiß ja, dass du zu mir zurückkommst."

Frank drückte sie an sich. „Ja, ich komme zurück, Lottchen. Mach dir darum keine Sorgen. Ich komme immer zurück."

Soll ich sie fragen, ob sie für immer bei mir bleiben will? So langsam wäre es an der Zeit.

Doch als er es tun wollte, befiel ihn eine seltsame Befangenheit. Sein Mund war buchstäblich verschlossen. So gehemmt war er seit seinen Teenagertagen nicht mehr gewesen. Er bekam sogar Herzklopfen. Endlich gab er sich einen innerlichen Stoß und setzte zum Sprechen an.

Da hopste Charlotte von seinem Schoß herunter und lief auf die andere Seite des Tisches. Sie reichte ihm den Würfel: „Der Verlierer fängt an." Den Spruch hatte sie von Tine gelernt.

„Ehm ... ja." Frank nahm den Würfel in Empfang. Der Mut hatte ihn verlassen. Ach, pfeif drauf! Auf einen Tag kommt es nicht an! Ich frage sie morgen oder übermorgen.

„Morgen besorge ich einen neuen Disneyfilm für dich", versprach er.

„Au ja", freute sich Charlotte. „Und wenn ich den Film geguckt habe, spiele ich ein bisschen auf der Mundharmonika oder ich male was." Sie würfelte eine Fünf und schmiss Reuters erstes Männchen raus. „Du verlierst schon wieder, Frank!" Sie lachte verschmitzt.

*

Am Dienstagabend war Frank schon ausgehfertig, als Charlotte erwachte. Er trug Bluejeans und ein hellgraues Cordhemd. Diese Hemden waren gerade wieder in Mode. Sie waren so bequem wie Jeans- und Flanellhemden. Reuter hatte sich gleich einen ganzen Stapel davon in verschiedenen Farben gekauft.

„Guten Abend, Frank", sagte Lotte und kam zu ihm.

Er hob sie hoch und gab ihr einen Kuss auf die Wange: „Guten Abend, Lottchen.

Ausgeschlafen?"

„Mhm. Du siehst schick aus."

„Meinst du?" Frank blickte sie an und grinste. „Bist du hungrig, Kleines?"

Sie schüttelte den Kopf: „Nein. Du weißt doch, dass ich direkt nach dem Aufstehen keinen Hunger habe. Das kommt erst später."

Wie ruhig sie das sagt, überlegte Reuter. Ein anderes Kind wäre bestimmt maulig geworden.

Sie legte den Kopf auf seine Schulter: „Hast du mir einen DVD-Film geholt?"

„Ja, habe ich. Toy Story. Das ist ein 3-D-Film, der im Computer hergestellt wurde. Du wirst staunen. Dein Essen habe ich vorbereitet. Wenn du hungrig wirst, brauchst du bloß noch Sojamilch drüberzugießen und ich habe dir eine frische Packung Haselnüsse gekauft."

„Du bist lieb", sagte das Mädchen leise und umarmte Frank.

„Du auch", erwiderte er. Ich sollte sie jetzt fragen, ob sie bei mir bleiben will.

Doch wieder brachte er vor Befangenheit kein Wort heraus. Er trug Lotte ins Wohnzimmer und zeigte ihr die DVD: „Du weißt ja inzwischen, wie der DVD-Rekorder funktioniert."

„Ja, weiß ich. Mach dir keine Sorgen, Frank. Ich kriege es allein hin."

„Ja, dann bis ... ich weiß nicht. Vielleicht komme ich heute Nacht zurück. Wenn nicht ..."

„Ist schon gut. Ich warte, bis ich müde bin. Wenn du nicht kommst, gehe ich allein zu Bett und mache vorher überall das Licht aus. Frank?"

„Ja, Lotti?"

„Darf ich auch mit deinen CDs spielen? Ich bin neugierig auf die viele Musik."

„Aber ja doch. Mach die HiFi-Anlage aber nicht so laut. Das könnte die Nachbarn misstrauisch machen. Vielleicht benutzt du den Kopfhörer." Frank zeigte seinem kleinen Hausgast, wie man die Stereoanlage bediente und wie der drahtlose Kopfhörer funktionierte. „Viel Spaß beim Musikhören."

Sie drückte ihm einen Kuss auf die Wange. „Tschüs, Frank."

„Tschüs, Lottchen."

Sie begleitete ihn zu der Tür, die vom Haus direkt in die Garage führte, und schaute zu, wie er davonfuhr. Sie winkte zum Abschied. Reuter winkte zurück.

*

Pünktlich um 19 Uhr hielt Frank vor dem Haus in Homburg, in dem Manuela Hennes wohnte. Auf sein Klingeln öffnete sie ihm und bat ihn herein.

„Ich muss noch Lidschatten auftragen", sprach sie fröhlich. „Bin gleich soweit. Setz dich solange ins Wohnzimmer."

Frank tat, wie ihm geheißen, und ließ sich auf das beigefarbene Sofa fallen. Neugierig ließ er seine Augen im Raum umherwandern. Manuela hatte ihre Wohnung mit viel Geschmack eingerichtet. Die Möbel waren nicht billig gewesen, das sah man ihnen an. Sie schien gut zu verdienen.

Oder sie hat einen Riesenkredit aufgenommen, um sich so fein einzurichten, weil sie auf gutes Mobiliar steht.

Manuela kam aus dem Badezimmer: „Ich bin fertig. Wir können los." Sie trug ein taubengraues Kostüm, dem man seinen Preis ansah. Daneben wirkte Frank wie ein armer Hilfsarbeiter, der sich für den Ausgang in seine besten Sachen geworfen hatte.

Mir egal! Jeans und Cordhemd sind nun mal am bequemsten. Ich putze mich doch nicht raus wie ein Pfau! Frank konnte Schickimicki Klamotten nicht ausstehen. Bei dem Gedanken an Seidenhemden, Anzüge und Krawatten bekam er lange Zähne.

Manuela schien sich nicht im Geringsten an seinem Outfit zu stören. Während sie im Kino saßen, fragte sie ihn, wie es mit seinem Kinderbuch vorangehe. Sie war erstaunt zu hören, dass Reuter an drei Projekten gleichzeitig arbeitete. Dass „Tigerblut" in Hollywood verfilmt werden würde, fand sie fantastisch. Am meisten beeindruckt war sie von der Tatsache, dass Frank das Drehbuch für den Film schrieb.

„Da lebt jahrelang eine Berühmtheit eine Stadt weiter und ich weiß nichts davon", sagte sie lachend.

„Ich lege keinen Wert auf Bekanntheit", erwiderte Frank. „Ich meine, es ist natürlich toll, dass meine Bücher den Leuten gefallen und ich damit viel Geld verdiene, aber ich lege absolut keinen Wert auf den Medienrummel. Als Schriftsteller kann ich mich Gott sei Dank gut aus allem heraushalten. Ab und zu ein Interview für eine Zeitschrift, das war es schon. Ich bin froh, dass ich kein Filmstar bin. Die haben doch kein richtiges Leben mehr, wenn sie erst mal berühmt sind. Dauernd hängt ihnen die Presse am Hintern. Wenn ich mir vorstelle, ich könnte nicht einmal in eine Kneipe in Bexbach gehen, um mit Kumpels ein paar Bier zu trinken, ohne dass gleich einer mit einer Kamera dabei ist, kommt mir das Essen hoch."

„Ist das so schlimm?"

Frank lachte. „Schlimm genug, Manuela. Ich könnte das nicht haben. Ich lebe gerne zurückgezogen und begnüge mich mit dem Geld, das mir meine Schreiberei einbringt."

„Wie geht es deinem Patenkind?", wollte sie wissen.

Es kam Frank so vor, als wolle sie von dem heiklen Thema ablenken. „Die ist froh mit den neuen Sachen", antwortete er wahrheitsgemäß.

Manuela lächelte. „Du magst wohl Kinder?"

„Kann man sagen. Und Kinder mögen mich. Ich kann gut mit Kleinvieh."

„Aber du bist nicht verheiratet und hast keine eigenen Kinder."

„Ich habe nicht vor zu heiraten."

„Das klingt paradox."

„Wieso? Wenn ich eine Frau liebe, brauche ich kein Stück Papier, auf dem draufsteht, dass wir zusammengehören." Frank legte eine Kunstpause ein. „Außerdem ist dieser Fetzen heutzutage nichts mehr wert. Keiner hält sich an das Versprechen, das er vor dem Altar und vorm Standesbeamten gibt. Wozu also das Ganze? Es geht auch ohne." Den finanziellen Aspekt verschwieg er wohlweislich.

Manuela legte ihre Hand auf seinen Arm: „Bist du mal verletzt worden, Frank?" Sie klang ehrlich interessiert.

„Ja", antwortete er. „Ist schon lange her, aber es sitzt tief."

„Glaubst du, dass alle Frauen so sind, oder gibst du uns noch eine Chance?" Manuela war ganz ernst.

„Nein, Manuela. Nicht alle. Man kann Menschen nicht über einen Kamm scheren. Dazu sind sie zu verschieden. Aber ich passe auf, dass ich nicht blind in den Sumpf latsche, ich meine ... ach, mir fehlen die richtigen Worte dafür."

Sie drückte seinen Arm: „Ist in Ordnung, Frank. Ich verstehe das."

Sie scheint es ernst zu meinen, überlegte er und entspannte sich.

„Ihr Männer seid nicht die Einzigen, denen wehgetan wird", fuhr sie fort. „Ihr habt das Unglück und den Schmerz nicht gepachtet, weißt du." Sie senkte den Kopf.

Reuter ergriff ihre Hand und drückte sie: „Dein Freund?"

„Ex-Freund!" Enttäuschung, Wut und Schmerz schwangen in ihrer Stimme mit.

„Wir beide scheinen zu denen zu gehören, die immer wieder eins auf die Schnauze kriegen", sagte Frank.

„Das kannst du laut sagen!" Ihre Stimme war nur mehr ein Flüstern.

Frank nickte verständnisvoll: „Ich kann mir vorstellen, wie es um dich steht." Er drückte ihre Hand fester.

Sie lächelte ihn an. Ihre Augen schimmerten feucht. „Du bist ein netter Mensch, Frank. Das spürte ich gleich, als ich dich kennenlernte. Aber ich bin im Moment noch nicht bereit, mich auf eine feste Beziehung einzulassen. Das verstehst du doch?"

„Klar, Manuela." Innerlich atmete er auf. Er wollte ja auch keine feste Beziehung, ganz im Gegenteil. „Lass uns einfach Freunde sein, okay?"

Sie lehnte sich an seine Schulter. „Okay, Frank. Zu mehr habe ich zurzeit keine Kraft."

Der Film begann. Silvester Stallone marschierte muskelbepackt und schwer bewaffnet durch die Filmkulisse und spielte den einsamen Rächer. Reuter musste sich auf die Handlung konzentrieren, um den Faden nicht zu verlieren. Er mochte Actionfilme nicht besonders mit ihrem Getöse, den bellenden Waffen und prügelnden Helden. Er war ein Fan von Komödien.

Manuela Hennes hingegen war von dem Actionkracher gefangen. Gebannt starrte sie auf die Leinwand.

Nachdem der Film zu Ende war, gingen sie essen. Manuela hatte ein kleines italienisches Lokal vorgeschlagen. Beim Essen schwärmte sie von dem Film. Reuter hörte höflich zu und warf ab und zu Kommentare dazwischen. Ihm hatte das Machwerk nicht halb so gut gefallen, aber Manuelas Begeisterung wirkte ansteckend.

Um halb elf verließen sie das Lokal. Reuter schlug vor, noch irgendwo einzukehren.

Manuela war einverstanden: „Es darf aber nicht zu spät werden. Ich muss morgen arbeiten."

Sie lotste Reuter in ein Lokal mit dem Namen „Weißer Butler". „Ich bin oft dort", erklärte sie.

Der „Weiße Butler" war das, was Frank Reuter eine Schickimicki-Kneipe nannte. Die meisten Gäste waren teuer angezogen. Mit seinen Jeans und dem Cordhemd wirkte er ein wenig deplatziert, aber er nahm es locker. Als der Mann hinter der Theke bemerkte, dass Reuter eine teure Omega am linken Handgelenk trug, wurde er plötzlich sehr servil. Er war Frank sofort unsympathisch, eine jener Kreaturen, die einen Menschen nur nach seinem Bankkonto bewerteten.

Er hatte sich die Omega gekauft, nachdem er zu Geld gekommen war. Seit mehr als zehn Jahren faszinierten ihn diese Hochleistungschronometer. Er war verrückt nach Uhren, die absolut genau gingen. Als er die Omega gekauft hatte, gab es längst Uhren, die noch genauer gingen. Zu der Zeit fielen die Preise für elektronische Funkarmbanduhren immer weiter. Doch die Omega war nun mal Reuters Traum gewesen, also hatte er sie sich gegönnt.

Was soll's! Wenn meine teure Ticktack den Dödel hinter der Theke dazu bringt, Manuela und mich besser zu bedienen, soll es mir recht sein!

Manuela kannte den Mann hinterm Tresen gut. Sie nannte ihn Jean. Sie war mit den meisten Leuten im „Weißen Butler" per Du und stellte Frank jedem vor: „Das ist Frank Reuter, der Schriftsteller." Sie genoss sichtlich das Interesse, das diese Information hervorrief.

Eine ihrer Freundinnen, die sie als Daniela Körner vorstellte, war baff: „Wow! Frank Reuter! Sie haben „Die Nacht des Grauens" geschrieben, stimmt's? Und all diese anderen Horrorromane. Ich freue mich, Sie kennenzulernen."

Frank fühlte sich wie auf dem Präsentierteller, aber er machte gute Miene zu dem Spiel. Er war es gewohnt, dass die Frauen, mit denen er was hatte, ihn zum Angeben benutzten. Sie sonnten sich in seinem Ruhm. Er hatte es aufgegeben, sich darüber zu ärgern, dass er wie ein exotisches Tier vorgezeigt wurde. Später im Bett war das alles unwichtig und genau dahin wollte er Manuela Hennes kriegen. Da nahm er gerne ein paar Unannehmlichkeiten in Kauf.

Daniela Körner zupfte Manuela am Ärmel und flüsterte ihr zu: „Sag mal, bist du nicht mit ..."

„Nein! Das ist vorbei! Und ich will nie wieder seinen Namen hören!", zischte Manuela wütend. „Lass mich mit dem bloß zufrieden!"

Daniela zuckte die Achseln: „Du musst es ja wissen, Manu." Sie warf Frank einen Blick zu.

„Verschlechtert hast du dich jedenfalls nicht. Im Gegenteil."

Frank nahm einen Schluck von seinem Longdrink, den Jean gemixt hatte, und tat so, als hätte er die kleine Unterhaltung nicht gehört.

Um halb zwölf wollte Manuela nach Hause. Frank fuhr sie in seinem Mercedes.

„Ein schöner Wagen", sagte sie. „Aber der größte Mercedes ist das nicht, oder?"

„Nein", erwiderte er. „Der ist bloß untere Mittelklasse."

„Warum kaufst du dir keinen größeren Wagen? Du hast doch bestimmt genug Geld dazu."

„Mit dem hier bin ich vollauf zufrieden und mit den ganz großen Schüsseln findest du nirgends eine passende Parklücke."

„Dann schaff dir doch einen Großen als Zweitwagen an."

Frank gefiel nicht, wohin die Unterhaltung steuerte. Manuela Hennes schien großen Wert auf teure Sachen zu legen, mit denen man repräsentieren konnte. Das war etwas, was Frank Reuter auf den Tod nicht ausstehen konnte. Wenn Manuela eine von denen war, die nur Wert auf Äußerlichkeiten legten, war sie bei ihm an der falschen Adresse.

Ach, reg dich ab, Mann! Die Tussi will bloß mit dir quatschen, das ist alles. Und weil sie nichts von dir weiß, sabbelt sie über deine Kohle. Dass du viel davon hast, ist ja bekannt. Was störst du dich an ihren Interessen. Alles, was du willst, ist, mit ihr zu schlafen!

Frank Reuter musste der kleinen Stimme in seinem Gehirn recht geben.

Trotzdem wurmte es ihn, dass er Manuela Hennes anscheinend falsch eingeschätzt hatte. Dabei bildete er sich viel auf seine Menschenkenntnis ein.

Diesmal hast du dich eben geirrt, Junge.

Er bog in die Straße ein, in der Manuela wohnte, und hielt vor ihrem Haus.

„Danke für den schönen Abend", sagte sie.

„Ich habe zu danken, Manuela. Sehen wir uns demnächst wieder?"

„Gerne." Sie zögerte. „Willst du noch auf einen Kaffee mit raufkommen zu mir?"

Kaffee, Junge! Kaffee! Die Lady hat nicht vor, viel zu schlafen in dieser Nacht. Jedenfalls nicht allein! Häng dich rein!

Frank nickte und stellte den Motor ab: „Das ist eine gute Idee. Ein Kaffee wäre jetzt ganz fantastisch."

„Ich habe auch noch eine Flasche Rotwein."

Jau! Die Nacht ist gerettet! Frank unterdrückte ein Grinsen. Er hatte den ganzen Abend an nichts anderes gedacht, als mit Manuela Hennes ins Bett zu gehen. Jetzt war er am Ziel.

Den Rotwein bekam er jedenfalls nicht so schnell zu Gesicht. Nach einer Tasse Kaffee ging es sofort zur Sache. Manuela war so, wie er es sich in den letzten Tagen vorgestellt hatte. Der Sex mit ihr war fantastisch. Sie schliefen mehrmals miteinander in dieser Nacht. Manuela sagte kein Wort mehr davon, dass sie am folgenden Tag ausgeschlafen sein musste. Frank war das sowieso egal. Er konnte schlafen, wann er wollte. Er fühlte ein leichtes Misstrauen darüber, dass er Manuela so schnell rumgekriegt hatte. Wenn sie ihren Exfreund wirklich so sehr geliebt hat, dann hat sie ihn schnell vergessen, überlegte er. Aber er wollte sich amüsieren und schob die Bedenken beiseite. Erst um drei Uhr schlief Manuela in seinen Armen ein.

Am nächsten Morgen frühstückten sie gemeinsam. Danach fuhr er Manuela zur Arbeit. Sie besaß einen Kleinwagen, ging aber zu Fuß zu der Boutique, in der sie als Verkäuferin angestellt war. Ihr Arbeitsplatz lag nur fünf Gehminuten von ihrer Wohnung entfernt. Zum Abschied küssten sie sich.

„Es war schön mit dir", sagte sie und kuschelte sich in seine Arme.

„Sehen wir uns wieder?", wollte er wissen.

Sie nickte: „Ja, gerne, Frank. Wie wäre es mit Freitagabend?"

„Einverstanden. Ich hole dich ab. Wieder abends um sieben?"

„Ja." Sie öffnete die Beifahrertür und stieg aus. Sie beugte sich noch einmal herunter und schaute zu ihm ins Auto: „Ich freue mich schon darauf. Tschüs, Frank."

*

Reuter startete den Mercedes und fuhr nach Hause. Auf dem Heimweg dachte er über die vergangene Nacht nach. Es war alles ein bisschen schnell gegangen, fand er.

Nun ja, letztendlich kann es mir egal sein. Ich will ja keine feste Beziehung. Wenn wir uns gegenseitig als netten Zeitvertreib sehen, ist das ganz in Ordnung. Er grinste. Vor allem, solange es im Bett so gut klappt. Manuela Hennes war wirklich eine Wucht gewesen. Frank hatte schon lange nicht mehr eine solche Freude am Sex gehabt. Es musste ja nicht die große Liebe sein, auf die wartete er eh nicht. Wenn die Sache mit Manuela Hennes anfing, ihn anzuöden, konnte er jederzeit das tun, was er über kurz oder lang sowieso tat: aussteigen.

In Bexbach hielt er am Supermarkt und kaufte Lebensmittel ein.

Er erinnerte sich an seinen Plan, einen Kuchen zu backen, und sah sich nach Backbüchern um. Wenn er Charlotte von dem Kuchen geben wollte, konnte er keins der üblichen Backbücher kaufen. Dort wurden jede Menge Zutaten tierischer Herkunft verwendet wie Milch, Butter und Eier. Er fand einen Band mit der Aufschrift „Fleischlos glücklich und gesund". In dem Buch standen auch Backrezepte.

„Na also", brummte Frank zufrieden und machte sich gleich daran, die Zutaten für einen Marmorkuchen zu besorgen. Wenn Lottchen Lust hatte, würden sie heute Abend zusammen einen Kuchen backen.

Zu Hause schaute er als Erstes nach der Kleinen. Sie lag friedlich schlummernd in seinem Bett. Oben in der Wohnung hatte Charlotte alles aufgeräumt.

Was für ein Kind!, dachte er. Es ist ungewöhnlich, dass ein Kind in dem Alter eine solche Ordnungsliebe besitzt. Muss wohl an ihrer Erziehung liegen.

Frank dachte an Lottes Fähigkeit, sich im Dunkeln fast unsichtbar zu machen. Wieder beschlich ihn das Gefühl, dass ein Geheimnis das Kind umgab. Er wusste nicht, wie er es in Worte fassen sollte, aber da war etwas.

*

Frank Reuter verschlief den ganzen Tag. Um halb zehn ging er todmüde zu Bett und blieb bis nach sechs Uhr abends liegen. Eine sanfte Berührung weckte ihn auf.

Lottchen stand neben dem Bett und schaute ihn erstaunt an: „Du hast noch geschlafen."

Frank lachte. „Letzte Nacht habe ich nicht viel Schlaf gekriegt."

Lotte lachte mit. „Darf ich zu dir ins Bett?"

„Warum nicht?" Frank machte eine einladende Handbewegung und sie kroch unter die Decke und kuschelte sich an ihn. Frank umfing sie mit den Armen. Sie war immer noch sehr mager, aber sie schien allmählich Fleisch anzusetzen. Das war kein Wunder bei den Portionen, die sie verdrückte.

Irgendwo tief hinten in seinem Gehirn vernahm er erneut die leise Warnung vor etwas, das außerhalb seiner Wahrnehmung lag, eine Antwort auf seine Fragen über Lottchens Andersartigkeit. Reuter war nicht sicher, ob er die Antwort wirklich wissen wollte.

„Ich habe ein Backbuch gekauft", sagte er. „Wenn du willst, können wir nachher probieren, einen Kuchen zu backen."

Sie hob den Kopf und schaute ihn an: „Braucht man für Kuchen nicht Milch und Eier?"

„Es geht auch ohne, Lottchen. Ich habe ein spezielles Kochbuch besorgt für Menschen, die ganz ohne Tierprodukte leben wollen. Es gibt für fast alles einen pflanzlichen Ersatzstoff. Ich habe keine Ahnung, wie der fertige Kuchen schmecken wird, aber es ist einen Versuch wert. Oder bist du bloß zu faul zum Aufstehen?" Er kitzelte sie an den Rippen.

Sie quietschte und zappelte sich aus seiner Umarmung frei: „Nicht! Ich bin kitzelig!"

„Ach ja?" Frank schnappte sie und kitzelte weiter. Eilig ließ er seine Fingerkuppen über ihre Rippen sausen: „Hier kommt das schreckliche Rippenklavier! Gulle, gulle, gulle!"

Lachend und quietschend versuchte sie, zu entkommen. Nach einer Minute schaffte sie es, aus dem Bett zu schlüpfen: „Jetzt bin ich wach! Und wie!" Ihr Gesicht glühte vor Freude.

„Dann ist es Zeit für ein Bad, Prinzessin." Reuter stand auf.

Beim Baden ließ sie es zu, dass er ihr den Rücken wusch, und als er aufhören wollte, hielt sie ihm wieder den Arm hin, eine stumme Aufforderung, weiterzumachen. Reuter wusch sie von Kopf bis Fuß. Er stellte fest, dass sie wirklich zugenommen hatte. Ihre Haut hatte auch nicht mehr das fleckige, leichenartige Aussehen, das ihm am ersten Abend aufgefallen war. Das reichliche Essen tat dem Kind gut.

In der Küche zählte Frank die Zutaten für den Kuchen auf: „Kakaopulver, Zucker, Mehl, Eiersatz ..."

„Was für einen Kuchen backen wir?", fragte Charlotte und las die Überschrift des Rezeptes: „Marmorkuchen." Sie stutzte: „Du willst einen Kuchen aus Stein backen?"

Frank lachte auf. „Nein, Lottchen. Der Kuchen wird so genannt, weil er aussieht wie Marmor. Keine Angst. Du wirst dir nicht die Zähne daran ausbeißen." Er kratzte sich am Kopf: „Hmmm ... jedenfalls nicht, wenn alles klappt. Das ist nämlich mein erster Kuchen, musst du wissen."

„Hoffentlich kannst du so gut backen wie schreiben", stichelte sie.

„Natürlich!", fuhr er lachend auf. „Ich bin der allerbeste Oberbackmeister der ganzen Welt!" Er versuchte, die Mehltüte zu öffnen: „Verflixt! Wie geht das?"

Ratsch!, war die Packung offen und das Mehl über den ganzen Küchentisch verstreut. „Ups!"

Charlotte lachte hellauf: „Der allerbeste Oberbackmeister der ganzen Welt ist auch der allerbeste Mehlverstreuer der Welt!"

Reuter stimmte in das Lachen mit ein. Gemeinsam verarbeiteten sie die Zutaten. Sobald die Kuchenform im vorgeheizten Backofen stand, holten sie die Spielesammlung hervor und spielten am Küchentisch „Malefiz". Charlotte stellte sich bei dem Spiel genauso geschickt an wie beim „Mensch ärgere dich nicht".

Fünfundvierzig Minuten später holte Reuter den fertigen Kuchen aus dem Backofen: „Mann, riecht das gut. Scheint geklappt zu haben." Er lächelte Charlotte zu: „Aber nur, weil du mir geholfen hast, Prinzessin."

Ihr Gesicht explodierte in einem bezaubernden Lächeln und sie warf sich in seine Arme.

„Wie hat dir eigentlich Toy Story gefallen, Lottchen?"

„Unheimlich gut. Ich würde mir den Film gerne noch einmal ansehen."

„Fein. Ich auch. Weißt du, was wir machen? Wir nehmen den Kuchen mit ins Wohnzimmer und essen ihn, während wir den Film anschauen. Danach bringen wir ihn gemeinsam zur Videothek zurück. Das wird ein schöner Nachtspaziergang."

„Au ja!", rief sie erfreut. Sie befreite sich aus seiner Umarmung, flitzte zum Küchenschrank, holte Teller und Gabeln und trug sie ins Wohnzimmer. Frank folgte mit dem Kuchen.

Ich Rindvieh! Ich hätte sie fragen können! Was ist bloß mit mir?

Frank verstand nicht, warum er eine solche Scheu davor verspürte, das Kind zu fragen, ob es bei ihm bleiben wollte. Es war doch offensichtlich, dass es ihr bei ihm gefiel.

Im Wohnzimmer hatte Lottchen schon Fernseher und DVD-Rekorder vorbereitet. Nachdem Frank den Kuchen in Stücke geschnitten hatte, startete sie den Film. Der Kuchen schmeckte erstaunlich gut.

„Wenn Tine nächstes Mal zu Besuch kommt, könnten wir ihr auch einen backen", schlug Charlotte vor.

„Eine prima Idee", nuschelte Frank mit vollem Mund.

Zufrieden mampfend schauten sie den Abenteuern von Buzz Lightyear, seinem Cowboyfreund und den anderen Spielsachen zu. Lotte war von dem Gedanken fasziniert, dass Spielzeug lebendig werden konnte.

Und sie selbst hat keins!, dachte Reuter betroffen. Tine hat recht. Ich bin ein Büffel. Ich muss Lotte mal was mitbringen. Eine Puppe oder ein Stofftier und vielleicht einen Baukasten. Es ist sowieso verrückt, wie anspruchslos sie ist. Fast schon unheimlich.

Der Film ging zu Ende. „Bringen wir ihn zurück", schlug Frank vor.

Sie zogen sich an und zogen los. Auch diesmal bewegte das Kind sich nahezu unsichtbar durch die nächtlichen Straßen Bexbachs. Es ging auf elf Uhr zu. Sie erreichten die Videothek, kurz bevor sie schloss.

Kann ich Lottchen mit reinnehmen?, fragte sich Frank. Was ist, wenn jemand blöde Fragen stellt?

Aber wer sollte Fragen stellen? Der Bedienung der Videothek war sicher egal, ob Frank ein Kind dabeihatte. Wirklich? Es war schon spät. Um diese Zeit lagen kleine Kinder längst im Bett und wenn die Polizei nachfragte, würde die junge Frau hinter der Theke sich daran erinnern, dass Frank Reuter, der Horrorschriftsteller, ein sechsjähriges Kind nach zehn Uhr abends dabeihatte.

Scheiße! Was mache ich jetzt? Er war unsicher.

Charlotte nahm ihm die Entscheidung ab: „Ich warte lieber draußen. Ich will nicht, dass mich jemand Fremdes sieht, Frank."

Das war Frank nun auch wieder nicht recht, aber er hatte keine andere Wahl: „Ist gut, Lottchen. Ich bin gleich wieder da." Ein Auto fuhr vorbei. Im Scheinwerferlicht leuchteten Charlottes Pupillen hellsilbern auf.

Fünf Minuten später liefen sie nach Hause zurück. Reuter dachte über Charlottes silberne Augen nach und über ihre verblüffende Fähigkeit, sich im Dunkeln unsichtbar zu machen. Aufs Neue vernahm er das warnende Flüstern in seinem Hinterkopf. Er übersah irgendetwas Wichtiges, was dieses Kind betraf. Der Gedanke gefiel ihm nicht. Er schob ihn rasch beiseite.

Zu Hause angekommen, holte er die Lehrhefte hervor und übte mit Charlotte auf der Mundharmonika. Es machte ihm wahnsinnig Spaß, dem kleinen Mädchen zu erklären, wie man die Lippen spitzen musste, um den richtigen Ton zu treffen, wie man Noten las, wie man die Anleitung benutzte, um schnell Fortschritte zu machen. Hätte er allein für sich die Mundharmonikahefte durcharbeiten müssen, hätte er nach fünf Seiten aufgegeben. So aber hatte er seine helle Freude daran, den Musiklehrer für Charlotte zu spielen.

Als er danach am Computer eine neue Kindergeschichte verfasste, spielte sie die Weisen nach, die sie geprobt hatten. Es ging noch recht holprig, doch es war

Lottes Spiel anzuhören, dass sie ein musikalisches Gespür hatte und bald besser werden würde.

Die Kinderstory war nach einer Stunde fertig. Reuter machte sich ans Drehbuch von „Tigerblut". Lotte beschäftigte sich mit den Plastiktierchen und spielte ihnen auf der Mundharmonika Liedchen vor.

Um halb vier brachte Reuter Charlotte zu Bett. Er hatte die neue Geschichte ausdrucken lassen und las sie ihr vor.

„Morgen male ich dir Bilder zu der Geschichte", versprach Lotte und gab ihm einen Kuss.

Frank deckte sie zu und blieb bei ihr, bis sie eingeschlafen war. Dann ging er selbst zu Bett. Das leise Warngefühl hatte er vergessen.

*

Reuter stand nach zwölf Uhr auf und duschte ausgiebig. Es war Freitag. Heute konnte er seine CD in Homburg abholen. Da er keinen Appetit verspürte, fuhr er sofort los. In Homburg, so nahm er sich vor, würde er sich eine Bratwurst an einem Imbissstand kaufen.

Sein Magen knurrte, als er in Homburg ankam, und er steuerte den Imbissstand auf dem Marktplatz an.

Auf dem Nachhauseweg legte er die CD in den Player seines Autoradios ein und ließ die Musik in voller Lautstärke laufen. Die Radionachrichten interessierten ihn nicht mehr. Es kam eh keine Suchmeldung wegen Charlotte. Das Einzige, was Frank Reuter im Moment interessierte, war das Bild von Manuela Hennes, das er vor seinem inneren Auge sah. Auf diesem Bild trug sie keine schicken Klamotten, sie trug überhaupt nichts und so, fand Frank, sah sie am allerbesten aus.

*

Als Charlotte erwachte, dröhnte Musik durchs Haus. Sie rieb sich den Schlaf aus den Augen und stand auf. Vorsichtig öffnete sie die Tür ihres Zimmers und lugte hinaus. Sie musste sicher sein, dass es auch tatsächlich dunkel war. Nicht dass ihr Instinkt sie je im Stich gelassen hätte. Sie war noch nie vor Sonnenuntergang aufgewacht. Doch ihre Mutter hatte ihr eingeschärft, sich gewisse Vorsichtsregeln anzugewöhnen.

„Man kann nie wissen, ob man sie einmal braucht, Lottchen", pflegte sie zu sagen. „Du könntest krank werden und dein Gespür für die Nacht könnte darunter leiden. Denk immer daran: Du darfst nie ins Licht des brennenden Mordsterns. Schon der kleinste Kontakt mit den Strahlen ist schmerzhaft. Bist du zu lange im Sonnenschein, musst du sterben."

Charlotte ging ins Bad, um sich zu waschen und ihre Zähne zu putzen. Als sie danach zu Frank ins Wohnzimmer kam, war sie fertig angezogen. Sie hatte sich die Bemerkung des Mannes gemerkt, dass sie mit bloßen Füßen eine Erkältung bekommen konnte. Charlotte wusste genau, dass sie sich nicht erkältet hätte, selbst wenn sie bei Minustemperaturen barfuß gegangen wäre, aber Frank konnte das nicht wissen. Er durfte es auch nicht wissen. Es war besser, wenn sie manche Dinge, die sie betrafen, für sich behielt. Dass sie Frank anschwindeln musste, tat Charlotte im Herzen weh. Doch sie wagte nicht, ihn in ihr Geheimnis einzuweihen. Zu unglaublich war die Wahrheit und sie wusste nicht, wie Frank reagieren würde. Charlotte liebte ihn, und wollte bei ihm bleiben. Zum ersten Mal seit Jahren fühlte sie sich angenommen und geborgen. Es war schön, mit anzusehen, wie Frank sich sorgte, wenn er sie allein ließ. Seine Sorge war grundlos. Charlotte war äußerst selbstständig. Es machte ihr nichts aus, gelegentlich allein zu sein. Sie konnte sogar ihre gesamte Kindheit allein verbringen, wenn es sein musste. Aber das Alleinsein auf Dauer tat weh. Einsamkeit war ein schrecklicher Fluch. Eine einzige Nacht alle paar Tage machte ihr jedoch nichts aus. Vor allem, wenn sie wusste, dass Liebfrank wieder zu ihr zurückkommen würde.

Liebfrank. So nannte sie ihn seit zwei Tagen. Genau wie sie früher Liebmama zu ihrer Mutter gesagt hatte. Aber ob das möglich sein würde? Ging das denn? Charlotte war hin und hergerissen. Liebfrank ...

Frank stand im Wohnzimmer und knöpfte sein Hemd zu. Er tänzelte zum Klang der lauten Musik hin und her. Dabei wackelte er mit den Hüften und stampfte mit den Füßen, die in komischen spitzen Stiefeln steckten. Er sah gut gelaunt aus.

Charlotte näherte sich ihm und stupste ihn sanft an: „Guten Abend, Frank."

„Hoppla, Lottchen!", rief er und lächelte breit. Er zog sie in die Arme und hob sie in die Höhe: „Hör mal! Das sind BR5-49. Eine ganz neue Gruppe aus den USA." Er schwang sie im Kreis herum und johlte dazu: „Juaachaa!"

Charlotte klammerte sich lachend an ihm fest. Franks gute Laune war ansteckend.

„Bist du immer so fröhlich, wenn du weggehst?", fragte sie. „Zu Hause bist du stiller." Charlotte wusste, dass er zu einer Frau gehen würde. Er hatte ihr in der letzten Nacht von Manuela. erzählt. Charlotte fand es seltsam, dass ein Mann mit einer Frau ging, ohne sie zu heiraten. Von ihren Leuten kannte sie das nicht.

„Hey, was soll das heißen: Zu Hause bin ich stiller?", rief Frank und schwang sie herum. „Bin ich jetzt vielleicht still, Prinzessin?"

Sie liebte es, wenn er sie so nannte. „An deinem Computer machst du keine solchen Faxen."

Er brüllte vor Lachen. „Das wäre ja ein schönes Bild: ich hüpfend und johlend vor der Tastatur! Und du? Stell dir mal vor, dass du beim Malen deiner tollen Bilder laut singend um den Tisch herumhüpfen würdest."

Bei dem Gedanken musste Charlotte lachen. Es ist so schön hier bei Liebfrank, dachte sie und schmiegte ihr Gesicht in die Halsbeuge des Mannes. Ich will nie wieder weg.

„Du alte Knutschliesel", sprach er leise und hielt in seiner schnellen Drehbewegung inne. Die Musik dröhnte noch immer in voller Lautstärke. Charlotte spürte Franks Hand über ihr Haar streicheln. Dann gab er ihr einen Kuss. Er wollte ihr irgendetwas sagen, das konnte sie fühlen, aber er schwieg.

Frag mich doch! Oh bitte, frag mich doch, ob ich bei dir bleiben will! Du hast mich doch gerne. Dass du so lieb zu mir bist, ist doch keine Verstellung! Bitte, bitte, frag mich, Liebfrank!

Frank schwieg und fuhr fort, ihr übers Haar zu streicheln. Charlotte wünschte sich, er würde nie damit aufhören. Sie schmiegte sich noch fester in seine Arme. Frag doch! Oh, frag doch!

Frank stellte sie auf die Füße. „Ich glaub, die Musik ist ein bisschen zu laut", meinte er und ging zu dem Heifieh-Dings, um es leiser zu machen. Der Augenblick der Vertrautheit war vorüber. Charlotte seufzte ergeben. Vielleicht würde er sie morgen Abend fragen, oder übermorgen, oder nächste Woche. Sie ließ den Kopf hängen.

Frank kam zu ihr und schob ihr die Hand unters Kinn: „Lottchen, hast du irgendwas?"

„Nein, Frank." (Liebfrank!)

„Wirklich nicht?" Er wirkte besorgt. Seine Besorgnis tat ihr gut.

Ich darf dich nicht fragen! Du musst mich fragen! Du musst mich einladen!

Ach, das Leben war schwer! Doch es gab nun einmal Regeln.

„Es ist nichts", sagte sie und bemühte sich, ihrer Stimme einen unbekümmerten Klang zu verleihen. „Mir war nur ein wenig schwindlig vom Tanzen."

„Vielleicht, weil du noch nichts im Magen hast", sagte er.

„Ich habe noch keinen Hunger. Ich esse später."

„Ich habe dir eine Ananas mitgebracht. Sie liegt fertig geschält im Kühlschrank in einer Frischhaltedose. Ich wette, die schmeckt dir."

Sie umarmte ihn abermals: „Du bist so lieb, Frank."

Wieder überkam sie das Gefühl, dass der Mann ihr etwas sagen wollte, doch er blieb stumm.

*

Eine Viertelstunde später sah sie zu, wie Liebfrank in seinem Auto aus der Garage fuhr. Das Tor schloss sich automatisch hinter ihm. Seufzend ging Charlotte in die Küche, um zu essen. Die Ananasscheiben schmeckten hervorragend. Sie nahm sich vor, Liebfrank zu bitten, noch mehr davon zu kaufen. Er hatte gesagt, dass er so reich sei, dass ihn nicht interessiere, wie viel er für das Essen bezahlen musste.

Nach dem Essen spielte Charlotte auf ihrer Mundharmonika. Sie übte die Stücke in den Heften, die Liebfrank mitgebracht hatte. Vor allem die Westernmusik schien dem Mann gut zu gefallen, weil er in diesem Club war, wo alle so taten, als seien sie Cowboys oder Trapper. Charlotte war sehr neugierig auf die Ranch. Sie sehnte sich danach, mit Liebfrank dorthin zu gehen. Gleichzeitig fürchtete sie jedoch die vielen fremden Menschen dort. Frank hatte ihr versprochen, dass ihr niemand etwas tun würde, aber was konnte er tun, wenn mehrere Männer gleichzeitig gegen sie antraten. Wenn diese Leute ihr Geheimnis herausfanden, da war Lotte sicher, würden sie sich gegen sie wenden und Liebfrank war allein nicht in der Lage, sie zu beschützen.

Würde er sie überhaupt noch beschützen wollen, wenn er erfuhr, was sie war?

Die Stimme ihrer Mutter geisterte durch Charlottes Gedanken: „Lottchen, denk stets daran, dass wir anders sind. Zeige nie vorschnelles Vertrauen zu fremden Tagmenschen. Tagmenschen sind aggressiv und brutal. Sie töten und sie tun es gerne. Hüte dich vor ihnen! Wir haben nur wenige Freunde unter ihnen, denn sie haben ein falsches Bild von uns Clanleuten und deswegen fürchten sie uns. Und was sie fürchten, töten sie. Zumindest lehnen sie es ab. Sei auf der Hut, mein Kind! Sei stets auf der Hut!"

Charlotte seufzte abgrundtief. Warum war das Leben nur so schwer? Warum durfte sie Liebfrank nicht die Wahrheit sagen? Wie gut würde es tun, ohne all die scheußlichen Lügen bei ihm zu leben! Aber er hatte sie ja nicht einmal gefragt! Er hatte sie nicht eingeladen!

„Oh, Frank!", sagte sie mit einem langen Seufzer.

Sie ging von Zimmer zu Zimmer und kontrollierte die Fensterläden. Frank hatte sie bereits heruntergelassen. Durch einen Spalt in einem Laden spähte sie nach draußen. Es war dunkel genug und auf der Straße waren keine Leute unterwegs. Charlotte war froh, dass Frank am Ortsrand wohnte. In seiner Straße war nie viel los und die freie Natur lag keine drei Fußminuten entfernt, wenn man langsam spazierte. Charlotte hatte nicht vor, langsam zu gehen, nicht, wenn Liebfrank nicht bei ihr war, um sie zu beschützen.

Sie lief in den Keller hinunter. Sie hätte lieber gewartet, bis die Nacht weiter vorangeschritten war. Die beste Zeit für einen Ausflug war von zwei bis vier Uhr. Sie hatte aber keine Ahnung, ob Frank die ganze Nacht wegblieb, oder ob er irgendwann zurückkehren würde. Sie durfte kein Risiko eingehen. Wenn er herausfand, dass sie ein, bis zweimal die Woche für zwei Stunden nach draußen ging, würde ihn das misstrauisch machen. Er würde Fragen stellen, auf die sie keine befriedigenden Antworten hatte. Vielleicht würde er hinter ihr Geheimnis kommen. Was dann? Würde er sie auch noch mögen, wenn er wusste? Mochte er sie überhaupt? Vielleicht hatte er bloß Schuldgefühle, weil er sie mit seinem Auto angefahren hatte. Sie ging auf die Tür im Ende des Kellergangs zu.

„Ich wäre so froh, wenn ich nicht länger lügen müsste", flüsterte sie unglücklich und schloss die Tür auf. Mit schlechtem Gewissen schritt Charlotte ins Freie hinaus und verschwamm augenblicklich mit der Dunkelheit.

Sie blieb beinahe zwei Stunden weg und sie wäre gerne noch länger draußen geblieben, wenn sie es gewagt hätte. Aber sie wusste nicht, wann Frank zurückkommen würde.

*

Sie hätte sich keine Sorgen zu machen brauchen. Frank Reuter war in dieser Nacht vollauf beschäftigt. Er kam erst nach Hause, als der neue Tag schon erwacht war und die Sonne vom Himmel schien. Beim Aufsperren der Haustür pfiff er laut vor sich hin. Es war eine Melodie von der CD von BR5-49. Er schaute kurz nach seinem kleinen Gast und ging zu Bett. Er bemerkte keine Fußtapfen im Kellergang. Es war draußen trocken gewesen in der vergangenen Nacht.

*

Christina Reuter war unterwegs nach Bexbach. Am Abend zuvor hatten ihr Bruder und Charlotte sie angerufen und eingeladen.

„Wir werden einen Marmorkuchen für dich backen, Tine", hatte Lottchen mit ihrer süßen, hellen Kinderstimme ins Telefon gerufen. „Bitte, komm!"

Bei der Erinnerung an das kurze Gespräch mit dem Mädchen fühlte Christina einen Stich im Herzen. Sie hatte sich immer Kinder gewünscht. Bis heute war ihr Wunsch unerfüllt geblieben. Sie hatte mit Marius darüber geredet. Sonst stimmte er ihr in allen Dingen zu. Diesmal nicht.

„Wir sollten damit noch warten, Christina", hatte er geantwortet. „Ein Kind bedeutet eine große Verantwortung und ein Baby ist eine ziemliche Belastung. Sieh mal, wir arbeiten beide. Wie soll das denn gehen?"

„Ich könnte meinen Beruf an den Nagel hängen, Marius."

Er hatte gegrinst: „Ach, ehrlich? Christina, du weißt selbst am besten, wie viel dir deine Arbeit bedeutet. Lass uns noch warten, okay?" Das war keine Absage, aber es war auch keine Zusage. Es kam Christina so vor, als würde Marius sich drücken. Was, wenn er keine Kinder wollte? Konnte sie sich ein Leben ohne Kinder vorstellen? Der Gedanke gefiel ihr nicht. Zum ersten Mal hatte sie eine Seite von Marius Kaiser kennengelernt, die ihr nicht gefiel. Sollte sie mit Frank darüber sprechen?

„Auf gar keinen Fall!", sagte sie laut zu sich selbst. Ihr Bruder konnte Marius ohnehin nicht ausstehen. Wenn er erfuhr, dass Marius möglicherweise gegen Kinder war, bekam er zusätzlichen Wind in seine Segel. Christina konnte durchaus verstehen, dass Frankie sich Sorgen um sie machte. Sie hatte zu oft Pech mit Männern gehabt. Frank wollte nicht, dass ihr jemand wehtat, schließlich hatte er sie praktisch großgezogen, und er liebte sie. Er war so etwas wie ein Ersatzvater für sie. In letzter Zeit artete seine Sorge um sie allerdings fast in Herrschsucht aus. Er musste endlich kapieren, dass sie erwachsen war und allein für ihr Leben verantwortlich.

„Wenn er nicht aufhört, mich zu bemuttern, muss ich mal ein ernstes Wort mit Frankie reden", sagte sie vor sich hin. „Ach was, bemuttern! Er versucht, mich zu gängeln! Er soll einsehen, dass ich nicht mehr das kleine Mädchen bin, auf das er aufpassen muss. Und diese überhebliche Sprache, die er neuerdings an den Tag legt! Wie Fässchen!"

Matze Tintenfess war nicht unbedingt Christinas Freund gewesen. Jedenfalls nicht, solange sie minderjährig war. Matze war derjenige, der Frank den Rücken stärkte, wenn es darum ging, Tina auszubooten. Matze war derjenige, der sich immer beschwerte, dass Tina mitkommen wollte. Matze hatte immer wieder betont, dass weder er noch sein Freund Frank Kindermädchen seien. Tina hatte es mit dem entsprechenden Gequengel trotzdem oft geschafft, dabei zu sein, und wenn sie mal dabei war, ließ Matze sie in Ruhe. Es war nicht seine Art, Schwächere zu triezen. Aber er konnte unglaublich kaltschnäuzig sein und Christina lernte, seinen Sarkasmus zu fürchten.

Nur zu gut erinnerte sie sich an jenen Sommertag kurz nach ihrem dreizehnten Geburtstag. Christina wollte mit ihren Freundinnen ins Freibad. Ihre Mutter bat sie, die siebenjährige Tochter der Nachbarn mitzunehmen.

„Aber Mutti! Ich bin doch kein kostenloser Babysitter!", lamentierte Christina lautstark, damit auch wirklich alle mitbekamen, welch eine Zumutung die Aufforderung ihrer Mutter darstellte. Ihre Großeltern saßen mit am Kaffeetisch der Eltern und Frank und Matze auch. Tinas Oma hielt große Stücke auf den dreiundzwanzigjährigen Freund ihres Enkels mit den guten Manieren, der so nett mit ihr plaudern konnte.

„Stell dich nicht so an, Christina", mahnte ihre Mutter. „Es ist doch nicht zu viel verlangt, Natalie mit ins Freibad zu nehmen."

„Oh, Mutti! Ich und meine Freundinnen wollen unter uns sein. So ein Baby stört da nur! Natalie ist ein richtiger Klotz am Bein!" Tina verdrehte die Augen. Sie war wild entschlossen, den bitteren Kelch an sich vorübergehen zu lassen. Leider hatte sie die Rechnung ohne Matze Tintenfess gemacht. Der stand urplötzlich neben ihr und legte eine Show hin, wie sie es noch nie erlebt hatte.

„Muttiiiiie!", greinte er lautstark, wobei er eine Kleinmädchenstimme täuschend echt imitierte. „Muttiiiie! Frank will mich nicht mitnehmeeeeen! Ich will aber mit ins Freibaaad, Muttiiiiie! Muttiiee! Sag Frank, dass er mich mitnehmen muss!"

Alle am Kaffeetisch brüllten vor Lachen. Ihr Großvater musste so sehr lachen, dass sein Gesicht violett anlief, weil er keine Luft mehr bekam.

„Da siehst du mal, wie das ist, liebe Tina", prustete er. „Du warst früher noch viel schlimmer. Hast deinen Bruder und seine Freunde nicht eine Stunde in Ruhe gelassen. Nimm die Natalie ruhig mit. Das wird dir helfen, Verantwortung zu übernehmen."

Christina stand da wie mit Blut übergossen. Ihre Wangen brannten vor Scham und Wut. In diesem Moment hasste sie Matze Tintenfess wie nie zuvor. Aber alle lachten sie aus und gaben dem Mistkerl recht!

Alles Betteln half nichts. Sie musste Natalie mitnehmen und den Unmut ihrer Freundinnen in Kauf nehmen. Die waren stinksauer, dass ein Baby mit von der Partie war, und redeten den ganzen Nachmittag kein Wort mit Christina. Tina wünschte Matze Tintenfess zur Hölle.

Der Kerl hatte es schon immer draufgehabt, sie zur Weißglut zu treiben. Wenn sie mit ihm und Frank mitkommen wollte, meinte er, sie habe wohl Angst, was zu verpassen, oder sie könne es nicht ertragen, dass ihr Bruder auch andere Menschen mochte, nicht nur seine verwöhnte kleine Schwester.

„Bist du eiferneidisch, Christina Frankschwester?", fragte er dann und Tina wusste nicht, was sie mehr in Rage versetzte: dass er eiferneidisch statt eifersüchtig sagte oder dass er diesen blöden Ausdruck verwendete: Frankschwester! Als sei sie ein Anhängsel von Frank. Ihre ganze Kindheit und Jugend über hatte Matze es immer wieder geschafft, sie in Wut zu versetzen mit seiner kühlen, glatten Art, der sie nichts entgegenzusetzen hatte außer Wutausbrüche oder verbissenes Schweigen. Dabei war er keineswegs feindlich ihr gegenüber, im Gegenteil. Er stand ihr sogar bei. Als sie sieben Jahre alt war, hatten drei Größere sie dazu ausgeguckt, durch den Wolf gedreht zu werden. Die Typen trieben sich damals immer beim Sportplatz rum, und plötzlich hatten sie Christina in der Zange.

Matze Tintenfess kam auf seinem Fahrrad vorbei, sah das Ganze und erledigte die Angelegenheit auf die schnelle Art: mit einer ausgewachsenen Schlägerei. Die drei Jungs waren zwischen zwölf und vierzehn Jahre alt und bestimmt keine dünnen Würstchen, aber Matze, der einen ganzen Kopf kleiner war als Frank, hatte kurzen Prozess mit ihnen gemacht. Dem einen stieß er einen Finger ins Auge, dem nächsten trat er in die Hoden und dem dritten Kerl schlug er in den Solarplexus. Dann verteilte er einige gutgezielte Fausthiebe. Als die drei keuchend und gurgelnd am Boden lagen, trat Matze noch ein bisschen auf sie ein und machte ihnen in ziemlich rüden Worten klar, was mit ihnen passieren würde, wenn sie die Schwester seines Freundes noch einmal anrühren würden. Nach fünf Minuten befahl er den Typen, auf allen Vieren davonzukriechen. Und sie taten es. Sie krochen auf allen Vieren.

„Wenn die Ärsche noch mal Stunk machen, sag es mir, Christina Frankschwester", sprach Matze danach zu ihr. Seine Stimme war ganz ruhig und gelassen. Bis er merkte, dass sein Messer bei der Prügelei kaputtgegangen war.

„Mein Messer!" Matzes Augen wurden kugelrund. Sein Messer, ein billiges Fahrtenmesser, das er fast ständig mit sich herumschleppte, war am Handgriff abgebrochen.

„Das war doch nur ein altes Ding", rutschte es Tina heraus. Als sie die Traurigkeit in Matzes Augen sah, bedauerte sie ihre Worte zutiefst.

„Das Messer ist von meinem Opa", flüsterte Matze. „Er hat es als Junge von seinem Vater gekriegt und es mir geschenkt, als ich zwölf wurde. Ich hab sonst nichts von meinem Opa. Überhaupt nichts."

Noch nie hatte Tina Fässchen so unglücklich gesehen. Er drehte sich um und ging wortlos weg. Dabei humpelte er leicht. Anscheinend hatte sein rechtes Bein bei der Keilerei etwas abbekommen. In den folgenden Tagen ging Christina diese Szene nicht mehr aus dem Kopf: Matze, der mit gesenktem Kopf davonhumpelte ...

Zwei Wochen später war Matzes siebzehnter Geburtstag. Tina fasste sich ein Herz und sprach mit Frankie über den Vorfall. Sie wollte Matze von ihrem Taschengeld ein neues Messer kaufen, ein richtig gutes. Frankie fand die Idee gut, legte noch ein bisschen Geld drauf und ging mit seiner Schwester in ein

Geschäft, wo sie ein Fahrtenmesser für Matze kauften.

Zu Hause gab es deswegen Stress. Sein Vater machte Frankie Vorhaltungen, weil er zugelassen hatte, dass Christina ein Messer erwarb, und ihre Mutter tat wacker mit.

„Das ist ja so was von verantwortungslos, einem siebenjährigen Mädchen zu erlauben, solch ein scharfes Messer zu kaufen", schimpfte der Vater.

„Mensch, reg dich ab! Das ist doch bloß ein Geschenk für Matze. Sie behält das Schnitti ja nicht für sich selbst, du Plärrkopp!"

Vater und Mutter schimpften weiter und schließlich wurde Frank ungehalten und nannte die beiden verknöcherte Deppen mit Scheuklappen auf den Augen und einer Riesenportion Kacke im Gehirnkasten.

„Sag mal, wie redest du denn mit uns!?", entrüstete sich Bettina.

„Wie man mit Deppen eben redet", gab Frank zurück.

„Siehst du denn nicht ein, dass wir uns Sorgen wegen Christina machen?", motzte der Vater. „Sie könnte sich weiß Gott was mit dem Messer antun!"

Franks Gesicht machte eine überraschende Veränderung durch. Plötzlich lächelte er auf eine unangenehme Art, die Christina Angst machte.

„Ach, ihr lieben Eltern", flötete der Siebzehnjährige süffisant. „Nur keine Sorge. Tinchen braucht kein Messer, um sich was anzutun. Für solche Fälle gibt's ja Rattengift!"

„Frank!" Mutter und Vater schrien es gemeinsam. Und gemeinsam wurden sie kreidebleich und still.

Danach fiel nie wieder ein Wort über die Angelegenheit.

Matze Tintenfess kriegte sein neues Messer, über das er sich ehrlich freute. Er wurde im Laufe der folgenden Jahre umgänglicher und als Christina volljährig wurde, fand eine bemerkenswerte Veränderung in Fässchens Verhalten statt: Er hörte auf, Tina zu frotzeln und sie wie eine verzogene Göre zu behandeln.

Plötzlich behandelte er sie freundlich und wie eine Gleichberechtigte und er war nett zu ihr und brachte ihr sogar manchmal kleine Geschenke. Allerdings wahrte er dabei immer eine kühle Distanz.

Tina hatte das nie verstanden, und sie hatte ein gespaltenes Verhältnis zum besten Freund ihres Bruders. Auch wenn Matze sie kaum noch aufzog, duckte Tina sich manchmal innerlich, wenn sie in Fässchens Nähe war, so, als müsste sie immer noch befürchten, dass er auf ihr herumhacken würde.

Eines stand jedenfalls felsenfest: Matze würde hundertprozentig zu Frank halten. Anstatt ihm Charlotte auszureden, würde er Frank noch ermuntern, sie zu behalten. Christina seufzte.

Sie schaute zum Himmel. Die Sonne stand noch weit über dem Horizont. Bis zur Dämmerung würde es eine Zeitlang dauern. Christina war absichtlich so früh aufgebrochen. Sie wollte mit Frank reden, bevor Charlotte aufwachte. Sie hatte bei ihren Kolleginnen im Jugendamt vorsichtig nachgefragt, wie ein Pflegeverhältnis zustande kam und hatte Frank einiges zu sagen. Sie wollte nicht, dass Charlotte dabei zuhörte und Angst bekam.

Also war sie schon um vier Uhr nachmittags losgefahren. Marius war es nicht recht gewesen. Er fand, dass sie zuviel Zeit mit ihrem Bruder verbrachte.

„Frank kann nicht loslassen", meinte er. „Er denkt immer noch, dass er auf dich aufpassen und dir alles vorsagen muss, Christina."

„Wem sagst du das! Weißt du was, Marius? Ich werde mit ihm darüber reden."

„Vielleicht solltest du ihn einfach mal eine Weile links liegen lassen. Dann kommt er von allein zur Vernunft."

Doch damit war Christina nicht einverstanden. Frank war ihr Bruder und sie liebte ihn über alles. Sie würde ihm wehtun, wenn es notwendig war, aber sie würde ihn nicht verstoßen.

„Mach du mir erst mal ein Baby!", sprach sie zu einem Marius, der gar nicht da war, und bog in die Landstraße nach Bexbach ein. „Dann sehen wir weiter."

Mit einem Anflug von Neid dachte sie an ihren Bruder. Sie hatte sich immer sehnlichst Kinder gewünscht, aber sie hatte keine. Ausgerechnet Frank, dieser Eigenbrötler, hatte ein Kind bekommen, es war ihm praktisch in den Schoß gefallen. Dabei hatte er nie ein Wort darüber verloren, dass er sich Kinder wünschte. Allerdings sprach er nicht viel über sich selbst und über seine Sehnsüchte. Er gab nicht gerne seine innersten Geheimnisse preis. Beim letzten Treffen hatte er gesagt: „Ich habe meine Fantasie und die Fähigkeit, mit Kindern umzugehen. Sonst habe ich nichts." So schonungslos offen über sich selbst redete er fast nie. Frank sehnte sich wohl auch nach Liebe und Geborgenheit, nach einer eigenen Familie. Dem stand jedoch seine fast abergläubische Furcht vor einer festen Bindung an eine Frau entgegen. Christina wusste, dass seine Mutter schuld daran war. Sie nahm sich vor, ihren Bruder einmal so richtig auszuquetschen.

Frank war erstaunt, seine Schwester zu sehen. „Grüß dich, Tine. Du bist früh dran. Mit dir habe ich noch gar nicht gerechnet." Sie umarmten sich kurz.

„Störe ich etwa?", fragte Christina belustigt. „Bist du nicht allein?"

„Hä?" Frank brauchte einen Moment, bis er kapierte. „Nee, ich bin allein. Lottchen pennt noch."

„Hätte ja sein können", hakte Christina nach. „Du bist in letzter Zeit nämlich ein wenig aufgedreht. Ich kenne dich. Du baggerst mal wieder eine Neue an." Sie folgte ihrem Bruder in die Wohnküche.

Frank präsentierte ihr die Zutaten für den Kuchen, den Charlotte und er backen würden. „Alles rein pflanzlich, Tine. Du glaubst nicht, was man so alles aus Grünzeug machen kann. Fast für alles, was mit Fleisch und anderen Tierprodukten zu tun hat, gibt es einen pflanzlichen Ersatz. Guck dir mal dieses Koch- und Backbuch an. Früher hätte ich sowas nicht mal mit der Beißzange angefasst. Das ist was für ganz strenge Ökofritzen, die absolut kein Fleisch essen wollen." Er grinste übers ganze Gesicht. „Auf alle Fälle ist das Zeugs, das sie beschreiben, echt gesund. Du brauchst keine Angst zu haben, dass sich Mangelerscheinungen einstellen. Da ist alles drin, was der Körper benötigt: Vitamine, Eiweiß, Spurenelemente, Kohlenhydrate ..."

„Welche Haarfarbe hat sie?"

„Ballaststoffe, ungesättigte Fettsäuren ..."

„Die Haarfarbe!"

„Wie?"

„Lenk nicht ab, Frankie!"

„Also gut, ja. Ich habe ein Eisen im Feuer." Er fuchtelte mit den Armen herum. „Blond. Zufrieden?"

„Bist du es, Frank?"

„Was für eine Frage, Tine! Warum sollte ich nicht zufrieden sein. Sie ist in Ordnung. Echt."

Christina schüttelte den Kopf. „Du bist ein bisschen verknallt, weiter nichts. Es ist mal wieder eins von deinen typischen Abenteuern: schnell rein und schnell wieder raus."

„Na und?"

„Na und? Mensch, Frankie! Glaubst du nicht, dass du allmählich zu alt für dieses pubertäre Umhergegaukel bist? Warum hast du solche Angst vor einer festen Beziehung?"

„Angst? Ich habe keine Angst!" Frank spießte sie mit den Augen auf. „Hast du etwa Angst vor einem glühendheißen Ofen? Natürlich nicht! Wozu auch. Man kann sich prima daran wärmen. Aber wehe, du umarmst das Ding oder setzt dich drauf! Dann verbrennst du dich. Und wie! Ich habe keine Angst. Ich bin nur nicht blöd. Ich lasse mich nicht auf etwas ein, von dem ich weiß, dass es mich verletzen wird. Das ist alles. Das hat nichts mit Angst zu tun, sondern mit

Verstand. Meinst du etwa, ich will irgendeine Tussi heiraten, bloß weil sie mir vormacht, mich zu lieben? Dass Kinder kommen? Und die Tussi dann mit dem erstbesten Hurenbock durchgeht?"

„Hast du solche Angst vorm Verlassenwerden, Frank?"

Er packte sie an den Schultern: „Tine, ich glaube, du kapierst nicht! Ich habe keine Angst um mich! Es ist wegen der Kinder! Weil diese Kuh dann nämlich einen Dreck nach den Kindern fragen wird! Weil es ihr scheißegal sein wird, wie entsetzlich sie die Kinder verletzen wird! Kinder gehen an so was kaputt, Tine! Das ist eine unumstößliche Tatsache! Das ist sogar wissenschaftlich bewiesen. Ein Kind kann eher den Tod eines Elternteils verwinden, als den Verlust durch Scheidung. Wenn eine Frau abhaut und ihre Kinder zwingt, mit zu ihrem neuen Kerl zu gehen, tut sie etwas, das noch schlimmer ist, als den Vater der Kinder zu ermorden, verdammt noch mal!"

„Frank, du tust mir weh!"

„Entschuldige." Er ließ ihre Schultern los und begann, ruhelos in der Küche auf und ab zu gehen. „Ich werde auf keinen Fall heiraten, komme, was wolle! Ich nicht! Es ist mein Leben. Das lasse ich mir nicht dadurch kaputt machen, indem ich zusehen muss, wie die Seelen meiner Kinder mutwillig vernichtet werden und ich auch noch dafür bezahlen muss. Denn das ist der ganz spezielle Witz dabei: wenn die Frau abhaut und einem die Kinder raubt, wird man von Papa Staat dann auch noch zum rechtlosen Zahlesel gemacht! Man verliert alles!"

Eine Welle von Mitleid überflutete Christina. „Es muss damals sehr schlimm für dich gewesen sein."

„Schlimm?", schnaubte Frank. „Schlimm? Du hast ja keine Ahnung, Tine! Für das, was mir passiert ist, gibt es kein Wort! Dagegen ist schlimm so was wie eine zärtliche Streicheleinheit. Was meinst du, was das für ein Gefühl ist, wenn deine Mutter dich verlässt, wenn du noch so klein bist, dass du ohne sie praktisch nicht leben kannst? Mitschleppen wollte sie mich zu ihrem neuen Kerl! Ha! Nie im

Leben! Denn ich hing noch viel stärker an meinem Vater als an ihr.

Meine Mutter war ein Putzteufel. Sie hat zu Hause die Märtyrerin gespielt, so lange, bis sie fast daran eingegangen ist. Dann lief sie fort. Weißt du, was sie einmal zu ihrer Freundin sagte, als ich nach der Scheidung dort zu Besuch war? Die zwei redeten über Fensterputzen und so ein Zeug. Die Freundin sagte, dass Mutter nicht mehr so wild aufs Saubermachen ist. Daraufhin antwortete meine Mutter, das sei ja jetzt anders. Seit sie mit Jörg zusammen sei, mache sie sich nicht mehr so verrückt. Sie sei viel ruhiger geworden.

Für ihren neuen Hurenbock konnte sie das! Für mich und Vater, für ihre Familie, konnte sie es nicht! Oder besser ausgedrückt: Sie wollte nicht! Hast du eine Ahnung, wie ich mich fühlte, wenn ich daneben saß und sie ihren Freundinnen vorschwärmte, dass sie ein völlig neuer Mensch geworden sei? Dass es ihr jetzt ja sooo gut ginge! Oh Gott!"

Frank schluchzte auf. „Es hat ihr nicht gereicht, mir das Herz aus dem Leib zu reißen und auf den Mist zu werfen! Sie hat auch noch ständig draufrumgetrampelt!" Seine Stimme wurde lauter: „Es hat sie einen Dreck interessiert, wie es mir ging! Scheiße, wenn man ein Kind hat, trägt man dafür die Verantwortung! Dann kann man nicht einfach weglaufen, wenn es einem nicht passt! Aber die redete nur von Selbstverwirklichung!"

„Frank, Frank! Bitte beruhige dich!"

„Beruhigen? Warum denn? Es ist nur die Wahrheit, die ich dir sage, Tine."

„Meinst du nicht, dass deine Mutter es bei Vater schwer hatte? Sieh doch mal alles von ihrem Standpunkt aus."

„Oh! Na sicher doch!" Franks Stimme troff vor Hohn. „Ich werde dir erzählen, wie es lief, Tine. Schließlich saß ich oft genug daneben, wenn sie mit ihren Freundinnen schwadronierte. Sie hat Vater kennengelernt und schon vier Monate später geheiratet. Das war ja auch viel zu schnell!, salbaderte sie darüber, und zwar in einem Ton, dass es sich anhörte, als hätte Vater sie mit einer Pistole vor den Traualtar gezwungen. Kinder wollte sie eigentlich so schnell auch noch keine, aber sie hat die Pille nicht vertragen. Also ließ sie sich eine Spirale einsetzen. Eines schönen Tages hat sie die auf dem Lokus ausgepisst und weißt du, was sie tat? Nichts! Garnichts! Anstatt zum Arzt zu gehen und alles kontrollieren zu lassen, tat sie nichts! Sie hat nämlich nicht genau gewusst, ob das Ding ihre Spirale war. Haha! Das ich nicht lache! Was sonst hätte noch da unten rauskommen können? Na? Was? Habt ihr Frauen etwa eine Dose Büroklammern da unten drin? Natürlich nicht! Es konnte nur die Spirale sein. Aber sie scherte sich nicht darum und dann wurde sie schwanger.

Von Vater weiß ich, dass sie in den folgenden Monaten wie eine Furie war. Und wem gab sie die Schuld an der ungewollten Schwangerschaft? Natürlich Vater!

Immer hat sie anderen die Schuld gegeben, wenn etwas in ihrem Leben schiefging.

Und zu deiner Bemerkung eben: schön! Gehen wir doch mal davon aus, dass ihr Leben mit Vater nicht toll war oder sogar ganz übel. Was ist, wenn jemand bei Rot über die Straße rennt und angefahren wird? Der landet eventuell im Rollstuhl, Tine. So ist das nun mal. Man muss im Leben alles auslöffeln, was man sich eingebrockt hat. Für jede Entscheidung, die man trifft, trägt man die Verantwortung. Man kann nicht sagen: Ich halte dieses Leben im Rollstuhl nicht länger aus. Ich gehe weg. Das kann keiner!

Es gibt nur eine einzige perverse Ausnahme: die Ehe! Meine Mutter hat beschlossen, den Rollstuhl aufzugeben, und hat stattdessen mir das Kreuz durchgebrochen und mich hineingesetzt. Sie hat gewissermaßen gesagt: Ich werde die Leiden, die ich selbst zu verantworten habe, jetzt einfach auf andere abwälzen. So ist das. Und nicht anders. Sie hat sich alles Gute rausgepickt und mir den Schmerz und die Qualen gelassen. Es hat sie nicht im Mindesten gejuckt, dass ich daran beinahe seelisch krepiert wäre. Sie hat mich aus Verantwortungslosigkeit in diese Welt gezwungen und mich dann weggeworfen, als sie keinen Bock mehr hatte. Dabei hat sie dann immer noch behauptet, ich sei ihr Ein und Alles. Wäre ich das gewesen, hätte sie mir das nicht angetan. Sie trug die Verantwortung für mich, aber das kümmerte sie nicht. Jedes Haustier in unserem Land wird besser behandelt und von den Scheißgesetzen dieses Landes besser beschützt! Wenn einer seinem Hund in den Hintern tritt, weil er ins Wohnzimmer gepinkelt hat, wird er sofort angezeigt, vor Gericht geschleppt und bestraft. Aber die Mütter, die ihre Familien kaputtmachen, die werden nicht bestraft, sondern belohnt. Die allein gelassenen Väter müssen den Mistkühen auch noch Unterhalt zahlen! Oh, ich habe genau zugehört, wenn meine tolle Mutter mit ihren Freundinnen darüber sprach! Besonders ihre Busenfreundin Tanja hat sie immer wieder aufgehetzt, das Sorgerecht für mich vor Gericht zu erstreiten. Dann hast du noch mehr Geld, sagte die saubere Tanja, und kannst Jörgs und dein Haus besser abbezahlen. Und Mutter hat es tatsächlich versucht. Ich danke Gott auf Knien, dass sie es nicht schaffte! Sie wollte mich als Pfand besitzen, um Vater auszunehmen wie eine Weihnachtsgans und ihrem neuen Macker die Raten auf sein Haus zu finanzieren. Sie und Tanja planten schon wild drauflos. Da flogen Beträge von mehreren hundert Euro im Monat nur so hin und her."

Frank sank auf einen Stuhl und ließ den Kopf sinken: „Du weißt ja nicht mal die Hälfte von all der Scheiße, die sich damals abgespielt hat! Sie wollte nur noch Geld von Vater. Notfalls setzte sie es gewaltsam vor Gericht durch. Und die halfen ihr! Vater war rechtlos. Wie alle Scheidungsväter in diesem verfluchten Land."

„Oh Gott, Frankie. Es tut mir ja so leid." Unbeholfen umarmte Christina ihren Bruder. „Ich wusste nicht, dass es so schrecklich für dich war." Sie konnte den Schmerz ihres Bruders fast körperlich spüren.

Frank hob den Kopf: „Und trotzdem betete ich in all den Monaten danach tagtäglich zu Gott, dass sie wieder zurückkommen sollte. Dass wir wieder eine

Familie werden sollten. Dass dieser Jörg sie rausschmeißen sollte. Stattdessen brachte Vater Bettina ins Haus. Da war dann alles vorbei. Gar keine Hoffnung mehr!"

Christina krümmte sich innerlich. Gott! Hasst er Mutter genauso wie seine eigene? Dafür, dass sie es unmöglich machte, dass er seine ursprüngliche Familie wieder bekam? Hasst er mich? Bitte nicht! Das könnte ich nicht ertragen! Ich liebe ihn doch! Er ist mein Bruder!

Frank nahm ihr Gesicht zwischen seine Hände.

„Keine Angst, Küken. Ich bin nicht böse, dass es dich gibt. Ich liebe dich. Und ich mag Bettina, ja, das tue ich. Sie war mir weiß Gott eine bessere Mutter als die gefühllose Frau, die mich zur Welt brachte."

Christina konnte sich vorstellen, was diese Sätze ihn gekostet hatten.

Frank holte tief Atem. „Man sollte annehmen, dass man sich mit den Jahren daran gewöhnt, was?" Er schüttelte energisch den Kopf: „Aber so läuft es nicht. Es wird nie weggehen. Dieser Schmerz bleibt für immer. Ein ausgerissener Arm wächst nicht nach."

„Du hast gesagt, Jörg, der Freund deiner Mutter, sei immer nett zu dir gewesen."

„Jörg? Oh, der nette, freundliche Jörg! Natürlich war er nett zu mir. Sogar mehr als das! Nach einer Weile trompetete er allen vor, dass er mich liebe wie ein eigenes Kind, dieser Komiker!"

„Stimmte das denn nicht?"

„Wie denn? Dieser Kerl lief umher und sah eine Frau, die ihm gefiel. Dass sie verheiratet war, störte ihn nicht im Mindesten. Dass ein Kind diese Frau als Mutter brauchte, und zwar in seiner eigenen, intakten Familie, juckte ihn nicht. Er wollte die Frau und nahm sie sich! Einfach so! Ist das vielleicht Liebe? Etwas zu machen, das ein Kind beinahe umbringt? Liebe? Pah! Er hat wohl Zuneigung zu mir empfunden. So ähnlich wie für ein niedliches, kleines Meerschweinchen.

Hätte er mich wirklich geliebt, hätte er meine Mutter nach Hause geschickt, wo sie hingehörte. Aber ich habe es ihm gesagt, dem Kerl! Jawohl! Und wie ich es ihm gesagt habe!"

„Ich war sechzehn", erzählte Frank. „Damals war ich kein kleiner, dürrer Hanswurst mehr. Ich trainierte im Sportverein und hatte ganz schön Muskeln angesetzt. Wieder einmal tutete Jörg den Leuten vor, dass er mich liebe wie ein eigenes Kind und alles für mich tun würde. Jahrelang musste ich mir das anhören. Es hat mir gereicht, Tine. Als der Besuch weg war, habe ich ihn mir gekrallt."

Die Erinnerung trieb Adrenalin in Reuters Kreislauf. Im Wohnzimmer war es gewesen, wo er Jörg gepackt hatte. Er hatte ihn an seinem Hemd gepackt und vor sein Gesicht gezerrt.

„Hör mir zu, du Komiker!", zischte Frank. „Sag nie wieder, dass du mich liebst wie ein eigenes Kind und alles für mich tun würdest! Nie wieder, hast du verstanden? Wie kannst du behaupten, mich zu lieben? Du hast mir alles weggenommen, bis auf das nackte Leben! Wenn mein Vater nicht Bettina geheiratet hätte, müsste ich heute auf Sozialhilfeniveau leben, weil Mutter Vater abgezockt hat! Wie kann man nur! Lässt sich von einem anderen ficken und will bei dem, den sie hat hängen lassen, Geld kassieren! Ist ja toll! Wenn einer seine Arbeitsstelle kündigt, um in einer anderen Firma zu arbeiten, was meinst du, würde die alte Firma ihm weiterhin Lohn zahlen? Natürlich nicht! Aber in Scheißdeutschland geht das, wenn es sich um eine Ehe handelt! Da muss der verlassene Mann auch noch für das mutwillige Vernichten seine Familie bezahlen und auf Sozialhilfeniveau leben!

Und du! Wie kannst du von Liebe faseln? Du hast eine verheiratete Frau aus einer Familie herausgevögelt! Weil du geil auf die Alte warst! Laufen nicht genug Singleweiber herum? Hat es dich interessiert, dass du mir damit das Herz aus dem Leib herausreißt? Hat es dich gejuckt, dass ich innerlich in der

Trennung meiner Eltern krepiert bin? Dass ich das nie verwinden werde? Du hast mich weinen sehen, mehr als einmal! Du hast mitbekommen, wie ich meine Mutter auf Knien anflehte, bitte wieder heimzukommen. Wenn du mich geliebt hättest, hättest du ihr gesagt, dass sie nach Hause gehen soll! Wenn du Pissbock wirklich alles für mich tun würdest, wie du immer behauptest, dann hättest du damals das einzig Richtige getan: meine Mutter zurück in ihre Familie geschickt!

Du magst mich vielleicht so, wie man ein niedliches kleines Haustier mag, aber Liebe ist das nicht! Liebe bedeutet nämlich Verantwortung. Dir ging es aber nur darum, meine Mutter zu haben! Was du mir damit antatest, war dir scheißegal! Also komm mir nicht damit, dass du mich liebst! Sag nie wieder vor anderen Leuten, dass du mich liebst wie ein eigenes Kind, sonst prügele ich dich krankenhausreif, du Mistschwein! Hast du verstanden?"

Jörg war kreidebleich geworden und er zitterte am ganzen Leib. Im Gegensatz zu Frank, der mächtig Muskulatur angesetzt hatte, war Jörg ein dünner Spaghetti-Tarzan.

„D-Das habe ich n-nicht gewusst", flüsterte er entgeistert.

„Nicht gewusst? Nicht gewusst! Du wagst es, mir das mitten ins Gesicht zu sagen, du Arschloch! Meinst du etwa, ich habe aus Freude geweint? Du hast genau kapiert, wie entsetzlich das alles für mich war."

Frank brachte sein Gesicht ganz nah an das von Jörg: „Sag es nie wieder! Verstanden! Nie wieder!"

„J-Ja. Ich habe verstanden", antwortete der Mann leise.

„Wenn er nicht fünf Minuten vorher auf dem Klo gewesen wäre, hätte er sich vor Angst in die Hosen gemacht", erklärte Frank seiner entsetzt lauschenden Schwester. „Er hat es nie wieder gesagt. Von da an war er sehr, sehr zurückhaltend mir gegenüber. Er hat gegrüßt und mich ab und zu was gefragt, aber er hat sich nie mehr getraut, so zu tun, als sei er eine Art Ersatzvater für mich."

Frank senkte den Kopf. Er wirkte mit einem Mal um Jahre gealtert. Sein Gesicht war schmerzverzerrt. Christina zerriss es fast das Herz bei seinem Anblick. Er musste entsetzlich gelitten haben und er war bis zum heutigen Tag nicht damit fertiggeworden.

Sie streichelte sanft seine Wange. „Frank. Frank! Sieh mich an. Bitte!" Er hob den Kopf.

„Nicht alle Frauen sind so wie deine Mutter."

„Da hast du völlig recht, Tine", sprach er leise. „Das Blöde ist nur: Man kann die Schlimmen nicht erkennen. Das merkt man erst, wenn es schon viel zu spät ist. Nein, Tine! Ich werde mit keiner Frau Kinder haben. Die Gefahr ist viel zu groß, dass sie das Gleiche erleiden müssen wie ich. Ich bin kein Frauenhasser, Tine. Bestimmt nicht. Ich will bloß nicht heiraten. Schuld an der Misere mit den Scheidungen sind nur die Gesetze, die dieser verdammte Staat erlassen hat. Früher gab es das nicht. Ich bin kein Ewiggestriger, aber glaub mir, ich wünsche mir die alten Gesetze zurück." Seine Tränen versiegten. „Dieses Scheißland mit seinen Scheißgesetzen! So was von ungerecht! Sieh mal, was macht ein Pädophiler, der sich an einem Kind vergreift? Er macht die Seele des Kindes kaputt und dafür wird er hart bestraft. Und was macht eine Mutter, die sich scheiden lässt? Sie tut das Gleiche! Sie macht dem Kind die Seele kaputt. Wird sie bestraft? Nein, im Gegenteil! Sie wird von diesem Scheißstaat auch noch belohnt! Bestraft wird der Mann! Dem wird sein ganzes Geld gestohlen, um die geschiedene Frau reich zu machen!"

„Gott, Frankie, das kann man doch nicht vergleichen! Pädophile und Mütter!"

„Wieso nicht?", fragte Frank. „Sie tun das Gleiche: Sie zerstören Kinderseelen, um ihre eigenen Bedürfnisse zu befriedigen, und sie fragen dabei nicht danach, was sie den Kindern antun. Das ist ihnen egal. Sie sagen eiskalt: Ich muss ja auch mal an mich denken und mein eigenes Leben führen. Genau das tun sie. Mord ist Mord, Tine! Es ist völlig egal, ob man jemanden erschießt, erwürgt, ertränkt oder mit dem Messer absticht. Es bleibt immer Mord."

„Um Gotteswillen!", wisperte Christina.

„Was für eine Scheißwelt!", seufzte Frank. Er klang unendlich müde. Christina hatte noch nie erlebt, das ihr Bruder das Sch-Wort so inflationär benutzte. So kannte sie ihn nicht.

„Sie hat auch ihre schönen Seiten, Frankie."

„Klar, Tine."

Er umarmte sie. „Ich habe mich abgeregt, okay? Keine wilden Ausbrüche mehr. Das hebe ich mir für meine Schreiberei auf. Matze hat auch gesagt, ich soll aufhören."

Christina fasste sich ein Herz. Jetzt, wo Frankie so ruhig und gelöst war, würde er ihr vielleicht die Frage beantworten, die ihr schon so lange auf der Zunge brannte. „Sag mal, Frankie, wie war das damals mit Matzes Messer?"

„Was soll da gewesen sein?", gab Frank zurück. „Die Alten haben sich aufgeführt wie Blödiane und ich habe es ihnen gesagt."

„Was war mit dem Rattengift, Frank? Als du das Wort Rattengift benutzt hast, sah es aus, als hättest du Mutti und Vater geschlagen."

„Ach, das ..." Frank setzte sich auf einen Stuhl. Sein Blick ging ins Leere. „Das war wegen Angelika."

„Angelika? Kenne ich keine."

„Sie war mit Matze und mir in derselben Klasse." Frank zögerte.

„Und?", bohrte Tina vorsichtig weiter.

„Ein Scheidungskind", sagte Frank leise. „Willst du wohl nicht hören ..."

„Doch, Frankie! Bitte, sag es mir", bat Christina.

„Wir waren damals zwölf, fast dreizehn", erzählte Frank. „Angelikas Mutter ließ sich scheiden und nahm Geli mit zu ihrem neuen Mann. Aber Geli wollte unbedingt bei ihrem Vater bleiben. Sie durfte nicht. Nicht genug damit: Ihre Mutter erstritt vor Gericht das alleinige Sorgerecht und ließ Geli nicht mehr zu ihrem Vater.

Zu Weihnachten riss sie aus und ging zu ihrem Papa. Am Tag nach Weihnachten kamen die Bullen. Ich, Matze und Gernot waren dort in der Straße, als das Polizeiauto angefahren kam. Die Bullen holten Angelika mit roher Gewalt aus dem Haus. Freiwillig ging sie nicht mit. Sie hat gekämpft wie eine Löwin, ein kleines, dünnes Mädchen von zwölf Jahren, das noch nicht einmal einen Brustansatz hatte. Sie biss dem einen Polypen so fest in die Hand, dass er zu bluten begann. Schließlich holten die Bullen Verstärkung und dann nahmen sie Geli und ihren Vater mit auf die Wache. In Handschellen! Gelis Vater bekam eine drauf, weil er seine Ex nicht sofort verständigt hatte, dass Angelika bei ihm sei, und Geli musste zu ihrer Mutter zurück. Als die Weihnachtsferien rum waren, hat Angelika es dann getan. In der Deutschstunde."

„Was getan?", fragte Christina.

„Rattengift geschluckt", antwortete Frank. Er sah elend aus. „Das Vormundschaftsgericht hatte bestimmt, dass ihrem Vater das Besuchsrecht entzogen wurde, wegen Verantwortungslosigkeit oder so. Sie wurde feuerrot."

„Wie?" Tina kam nicht ganz mit.

„Angelika", fuhr Frank fort. „Ihr Gesicht wurde puterrot und ihre Augen bluteten, sie begann zu zittern und zu zucken, und dann schrie sie. So habe ich noch nie einen Menschen schreien hören. Sie ist dort im Klassenzimmer vor unseren Augen verreckt wie eine Ratte. Es dauerte keine fünf Minuten. Und die Lehrertusse stand dumm da und wusste nicht, was tun."

Frank blickte Tina an: „Geli hat einen Brief hinterlassen, in dem drin stand, dass sie sich umbringen würde. Der neue Mann ihrer Mutter hat ihr vom ersten Tag an keine Ruhe gelassen. Hat sie immer angefasst und im Laufe der Zeit wurde er immer zudringlicher. Angelika versuchte alles, dort wegzukommen. Sie wollte zu ihrem Vater. Ihre Mutter ließ es nicht zu. Als Geli ihr beichtete, was ihr neuer Mann ihr antat, bezichtigte die Mutter sie der Lüge und schlug sie. Der Brief wurde veröffentlicht und der Typ bekam zwei Jahre auf Bewährung. Irgendwie konnten sie es ihm nachweisen, keine Ahnung, wie. Ich glaube, sie haben eins seiner Schamhaare an Geli gefunden. Aber Angelika wurde davon nicht wieder lebendig."

Christina fröstelte. Kein Wunder, wenn ihr Bruder sich so seltsam benahm. Wenn es um Scheidungen ging, hatte er echt nur das Allerschlimmste mitgekriegt. Mit einem Mal verstand sie. Frank fühlte sich schuldig. Er hatte sich als Kind schuldig an der Scheidung seiner Eltern gefühlt wie alle Scheidungskinder, und er war dieses Schuldgefühl nie losgeworden. Es quälte ihn ohne Unterlass und in seiner Not hatte er versucht, die Schuld daran auf jemand anderes zu schieben, auf seine Mutter und ihren neuen Mann. Nur so hatte er es halbwegs ertragen können. Aber es machte ihn fertig. Von selbst kam er nicht davon los.

„Frankie, das tut mir leid", sprach sie leise. Sie ging zu ihm und legte ihm die Arme von hinten um die Schultern. „Ich will dir nichts vorschreiben, Frankie, aber hast du schon mal dran gedacht, eine Therapie zu machen? Du bist innerlich so verwundet, wenn das nicht hingebogen wird, bringt es dich irgendwann um."

„Hat Matze auch gesagt."

Matze! Na klar! Aber jetzt bloß nicht zickig reagieren! „Er hat recht, Frankie. Du solltest auf deinen besten Freund hören."

Frank nickte: „Ja, werde ich. Ich erkundige mich mal nach einer Therapie. Mein Hausarzt müsste mich weitervermitteln können. Ich bin es echt leid, ewig an der alten Kacke herumzunagen. Immer wenn das hochkommt, werde ich vor Hass halb wahnsinnig. Ich bin es satt! So satt!" Er seufzte tief und zwang sich ein Lächeln ab: „Hast du dich mal umgehört? Wegen Lottchen, meine ich."

„Ja, Frankie." Gut, dass er das Thema wechselte. Sie holte ihre Umhängetasche und brachte ein Kuvert im Format DIN A4 zum Vorschein: „Da drin sind die Fragebögen, die man ausfüllen muss, wenn man ein Kind in Pflege nehmen oder adoptieren will. Übrigens liegst du richtig mit deinem Gewohnheitsrecht: Lebt ein Kind erst mal lange genug bei jemandem, ist es für das Jugendamt kaum noch möglich, es von dort wegzuholen. Die überprüfen dann bloß alles und wenn es in Ordnung ist, läuft die Chose."

Frank lächelte erfreut: „Gut. Das ist sehr gut. Dann warte ich noch ein paar Wochen oder sogar Monate. Dann kann das Jugendamt nix mehr machen."

„Hast du Charlotte inzwischen gefragt?"

„Wie?"

„Ob sie bei dir bleiben will, du Dussel."

„Ehm ... nein. Ich wollte, ich will ... sie soll sich erst noch ein bisschen an mich gewöhnen."

„Mensch, Frank! Das geht nicht! Du musst sie fragen!"

„Werde ich ja!", grummelte Reuter.

„Und wann?"

„Bald."

„Wie bald?"

„Sehr bald!"

*

In Lautenbach saß Marius Kaiser im Wohnzimmer von Christina Reuters Haus und sah fern. Im Sportkanal lief ein Boxkampf. Es war eine Live-Übertragung aus den USA. Marius war ein Sportfan. Boxen interessierte ihn besonders. Der

Kampf war spannend, doch Marius konnte sich nicht auf das Geschehen auf dem Bildschirm konzentrieren. Ständig musste er an Tina denken, die zu ihrem Bruder gefahren war.

„Zu ihrem heißgeliebten, großen Bruder!", knurrte Marius. Er war wütend, sehr wütend. Wie es schien, zog es Tina mehr zu ihrem Bruder hin als zu ihm. Und nicht nur Tina, auch Manu!

Marius hatte es erst vor Kurzem erfahren: Manuela Hennes ging neuerdings mit Frank Reuter aus, mit dem Reuterschwein!

Marius und Manuela waren ein Herz und eine Seele seit der gemeinsamen Schulzeit. Sie hingen fast immer zusammen. Ab und zu hatte Manu einen anderen Freund und Marius eine andere Freundin, aber sie fanden stets wieder zueinander. Nach einem Streit konnte es passieren, dass sie wochenlang nicht miteinander sprachen. Dann taten sie sich wieder zusammen. So war es immer gewesen. Irgendwann, so planten sie, würden sie heiraten. Wenn nur erst genug Geld da war. Daran mangelte es leider. Zwar verdiente Marius nicht schlecht in seinem Job im Ingenieurbüro, aber für ihn stand fest, dass er sich eines Tages selbstständig machen würde. Erst dann konnte er Manu alles bieten, was sie sich wünschte.

Und jetzt ging sie mit dem Reuterschwein!

Manuela und er hatten in den letzten Wochen oft Zoff gehabt. Es ging um Christina Reuter, mit der Marius eine Beziehung eingegangen war. Er beteuerte Manu gegenüber ständig, dass er sich nur mit Christina abgab, weil er an ihr Geld wollte. Anfangs hatte sie ihm geglaubt, aber mit der Zeit wuchs ihre Eifersucht. Sie stritten immer öfter und schließlich verpasste Manu ihm einen Tritt in den Hintern und sagte ihm, dass er sie mal kreuzweise könne. Marius sagte ihr, dass er ihr die Freiheit zurückgebe. Er wollte, dass es so wirkte, als sei er derjenige, der Schluss gemacht hatte.

„Wenn ich dir alles sagen könnte, würdest du zu mir zurückkommen, Manu", flüsterte er ins leere Wohnzimmer. Nun ... vielleicht nicht wirklich alles. Dass Christina im Bett eine Wucht war, würde Marius auf alle Zeit für sich behalten. Aber die anderen Sachen ...

„Dabei stand ich schon kurz vorm Erfolg", brummte Marius. Erfolg bedeutete für ihn, Christina Reuter zu heiraten und damit zu ihrem Alleinerben zu werden. Christina war reich. Sie besaß das Haus in Lautenbach und hatte dank ihres blödsinnigen Schreiberbruders ein dickes Bankkonto, und sie hatte diese Lebensversicherung, die sie mit achtzehn abgeschlossen hatte und in die sie viel Geld investiert hatte.

„Das wird meine Altersversorgung, Marius", hatte sie ihm eines Tages erklärt. „Das meiste Geld, das Frankie mir zusteckt, stopfe ich in diese Lebensversicherung. Die Versicherungssumme steigt dadurch immer höher an. Falls mir etwas passiert, kriegt Frank eine Million. Bis jetzt! In einem Jahr ist es schon wieder mehr. Es macht mir Freude, das Geld auf diese Weise anzulegen."

„Ich glaube, dein Bruder braucht dieses Geld nicht, falls dir je was geschieht, was ich nicht hoffen will", hatte Marius dagegengehalten.

„Jemand anderen habe ich nicht!", hatte Tinas Antwort gelautet. „Eigentlich ist das Geld für meine Kinder gedacht. Sobald ich ein Kind habe, setze ich seinen Namen in die Versicherung ein."

„Kinder! Kinder machen eine Menge Arbeit", hatte Marius gesagt und es im selben Moment bereut, als er Tinas Gesichtsausdruck sah.

„Magst du keine Kinder?" Ihr Gesichtsausdruck hatte nichts Gutes verhießen.

Jetzt konnte er nicht plötzlich umschwenken und von Kindern schwärmen. Das wäre ihr aufgefallen. Also flüchtete er sich in Floskeln über die hohe Verantwortung und dass Tina noch so jung sei und erst einmal ihr eigenes Leben genießen solle. Zum Schluss ließ er durchblicken, dass er keineswegs gegen Kinder sei.

Er bat sich lediglich etwas Zeit aus: „Ich möchte erst beruflich Erfolg haben,

Tina."

So ganz zufrieden war sie nicht damit, das spürte er deutlich. Auf dem Bildschirm drosch John Foggarty, ein Schwarzer, auf seinen Gegner ein.

„Voll drauf, Junge!", rief Marius laut. „Gib es ihm! Genauso möchte ich es mit dem Reuterschwein machen!" Das durfte er aber nicht. Nein! Auf keinen Fall! Im Fall Reuter musste man es intelligenter anstellen. Zwar gefiel Marius Kaiser der Gedanke, das Reuterschwein windelweich zu prügeln, aber er wollte mehr: Er wollte das Reuterschwein richtig fertigmachen. Er wollte es vernichten. Und Christina Reuter würde ihm dabei helfen. Ohne es zu wissen, hatte sie Marius etwas in die Hand gegeben, womit er es dem Reuterschwein zeigen konnte.

Frank Reuter liebte seine kleine Schwester abgöttisch. Schon nach kurzer Zeit mit Tina zusammen hatte Marius das herausgefunden. Wenn Christina etwas zustieß, würde Frank Reuter seelisch daran zugrunde gehen. Der Schmerz würde ihn umbringen; sein Leben in eine trostlose Wüste verwandeln. Und genauso würde es kommen.

Marius Kaiser hatte bereits Pläne gemacht. Er würde Christina mit dem Versprechen vor den Traualtar locken, dass er sich Kinder mit ihr wünschte, einen ganzen Stall voll. Sobald sie verheiratet waren und er als Alleinerbe von Tinas Vermögen eingesetzt war, würde Tina einen bedauerlichen Unfall haben. Marius würde es so deichseln, dass kein Verdacht auf ihn fiel. So konnte er gleich zwei Fliegen mit einer Klappe schlagen: Er kam an Christinas Geld und er machte das Reuterschwein fertig. Das Geld brauchte er für sich und Manu, und Reuter wollte er aus Rache fertigmachen.

„Ja, Reuterschwein, ich werde meine Rache haben. Bald schon! So viele Jahre musste ich darauf warten. Ich habe gelernt, was es heißt, unmenschliche Geduld aufzubringen. Ich habe es nicht eilig. So kurz vor dem Ziel werde ich äußerst behutsam vorgehen."

Frank Reuter mochte ihn nicht besonders, das war Marius aufgefallen. Aber

Reuter konnte nicht einmal ahnen, wie sehr Marius Kaiser ihn hasste. Wahrscheinlich war das blöde Reuterschwein nur eifersüchtig, dass sein kleines Schwesterlein einen Mann gefunden hatte. Der Kerl führte sich auf, als sei er ihr Vater. Er konnte nicht ahnen, dass er keinen Grund zur Eifersucht hatte. Marius wollte nichts von Christina Reuter. Es machte Spaß, mit ihr ins Bett zu gehen, aber das war nur eine schöne Dreingabe bei der Durchführung seines Plans zur Vernichtung des Reuterschweins.

Marius hatte Christina an einer Supermarktkasse kennengelernt. Mehr aus Gewohnheit als aus echtem Interesse, hatte er mit ihr geflirtet. Dabei fand er heraus, dass sie Frank Reuters Schwester war.

Von da an hatte er alles darangesetzt, Tina zu kriegen. Sie war sein Schlüssel zu Frank Reuters Seele, über die er herfallen wollte wie ein tollwütiges Raubtier. Der Kerl hatte es verdient! Hundertfach verdient! Marius würde ihn kaputtmachen.

„Dann kann ich endlich ruhig schlafen", grollte er. Sein Gesicht verzerrte sich zu einer Grimasse eisiger Wut. Wenn das Reuterschwein vernichtet am Boden lag, würde es ihm wieder gut gehen. Dann war alles gesühnt.

„Und du wirst am Boden liegen, Reuterschwein!", zischte Marius. „Du wirst dich ringeln vor Schmerzen, seelischen Schmerzen. Die sind viel besser als körperliche, glaub mir! Ich weiß, wovon ich rede! Und ob ich das weiß, Reuterschwein! Dafür ertrage ich sogar die bis an die Schmerzgrenze gehende Unselbstständigkeit deiner kleinen Schwester."

Marius schnaubte. „Prinzessin auf der Erbse! Schlimmer als ein kleines Kind!"

Christina Reuter sah gut aus und sie war erstaunlicherweise eine Wucht im Bett, aber sie war ansonsten so garnicht der Typ von Marius. Sie war ein richtiges Mamakind, eine, die Entscheidungen immer von anderen fällen ließ. Sie war entsetzlich unselbstständig.

„Die kann doch nicht mal alleine ein Auto kaufen gehen", brummte Marius.

„Egal. Es ist ja nicht für immer." Er würde nur solange mit Christina zusammensein, bis er seine Rache hatte.

Marius Kaiser erinnerte sich an jenen warmen Junitag vor fast zweiundzwanzig Jahren, als sei es erst gestern gewesen. Die Sonne hatte vom strahlendblauen Himmel gelacht, als Marius, damals sieben Jahre alt, in die Stadt ging. Sein Vater hatte ihn zur Lottoannahmestelle in der Bahnhofstraße geschickt. Marius trug stolz den ausgefüllten Lottoschein in der Hand. Wie immer hatte sein Vater die gleichen Zahlen angekreuzt: 5/15/25/35/45/46.

Sein Vater kreuzte stets diese Zahlen an und er spielte nur eine einzige Reihe auf dem Lottoschein. Die Kaisers waren arm. Sein Vater arbeitete als Hilfsarbeiter auf dem Bau. Mehr als eine Reihe auf dem Schein konnte er sich nicht leisten.

„Aber du wirst sehen, Marius. Eines Tages haben wir einen Sechser im Lotto. Dann brauchen wir nicht mehr jeden Pfennig umzudrehen", sagte sein Vater manchmal zu seinem kleinen Sohn. „Dann kaufen wir uns ein schönes Haus und du kriegst das Fünfgangrad, das du dir wünschst."

Marius glaubte seinem Vater, dass sie eines Tages reich werden würden. Es war nur eine Frage der Zeit. Daher lief er eilig durch Bexbach, um den wertvollen Lottoschein abzugeben. Vielleicht war es ja gerade dieser Schein, den er in der Hand hielt, mit dem sie eine Million gewinnen würden.

An der Kreuzung in der Stadtmitte blieb er stehen, bis die Fußgängerampel auf Grün umsprang. Dann lief er über die Straße. Als er sich genau auf der Mitte der Straße befand, hörte er das Auto. Es war ein fahrendes Auto, das merkte er gleich. Autos, die an den Ampeln hielten, klangen ganz anders. Marius wandte seinen Kopf nach links und erstarrte. Ein dunkelroter VW Golf fuhr auf ihn zu. Das Auto war schnell, viel zu schnell!

Aber die Ampel für die Autos ist doch rot!, dachte Marius entgeistert. Es muss anhalten! Ich habe Grün!

Der VW fuhr weiter auf ihn zu. Eine Frau saß hinterm Lenkrad.

Viel erkannte Marius nicht, denn die Frau hatte sich nach hinten gebeugt, wo ein Junge auf dem Rücksitz saß. Die Frau sagte etwas und gestikulierte wild mit der rechten Hand. Der Junge auf dem Rücksitz gab eine patzige Antwort. Deutlich erkannte Marius den trotzigen Ausdruck im Gesicht des Jungen. Er war zehn oder elf Jahre alt.

„Die fährt mich tot! Lieber Gott, die fährt mich tot!", dachte Marius entsetzt. Er wusste, er sollte schnell zur Seite springen, um sich vor dem heransausenden Auto in Sicherheit zu bringen, aber seine Beine fühlten sich an, als seien sie mit Blei gefüllt. Er konnte sich nicht rühren. Heiße Angst schoss ihm in die Eingeweide.

Er hatte sich oft vorgestellt, dass er ganz schnell wegspringen würde, wenn ihm so etwas eines Tages passieren würde. Nun musste er feststellen, dass sein Körper starr vor Entsetzen war. Das Auto kam immer näher.

Endlich drehte sich die Frau nach vorne und schaute auf die Straße. Marius sah ihr Erschrecken. Dann kreischten die Reifen des Wagens. Keinen Meter vor Marius kam er zum Stehen. Seine Eingeweide zogen sich zusammen. Dann fühlte er, wie sich eine heiße Nässe zwischen seinen Beinen ausbreitete.

Die Frau kurbelte das Fenster der Fahrertür herunter. „Kannst du nicht aufpassen, du kleiner Döskopp?", rief sie wütend. „Ich hätte dich beinahe überfahren."

Marius' Beine funktionierten wieder. Er rannte über die Straße und lief in eine kleine Seitengasse. Aus dem Augenwinkel sah er noch, wie ihm der Junge auf dem Rücksitz des dunkelroten VW Golf einen Vogel zeigte.

Marius rannte vier Straßen weiter, bevor er stehen blieb. Er keuchte und sein Herz hämmerte wie verrückt. Tränen strömten aus seinen Augen. Er zitterte am ganzen Leib. Nur langsam beruhigte er sich. Die Frau war wohl verrückt! Wie konnte die so etwas Gemeines sagen? Er hatte doch Grün gehabt und sie Rot! Sie war es, die nicht aufgepasst hatte!

Marius schaute an sich herunter. Ein dunkler Fleck hatte sich auf seiner Hose gebildet. Er hatte sich vor Schreck in die Hosen gemacht.

„Oh nein!", flüsterte er. Mit dem nassen Fleck konnte er unmöglich weiter durch die Stadt laufen und schon gar nicht konnte er in die Lottoannahmestelle gehen. Die Leute würden ihn anstarren. Sie würden ihn auslachen! Ein siebenjähriger Junge, der noch in die Hosen machte!

Den ganzen Nachmittag versteckte Marius sich in der großen Hecke hinter der Post von Bexbach. Er wagte nicht, nach Hause zu gehen. Nicht, solange seine Hose nass war.

Erst gegen Abend lief er nach Hause. Da war seine Hose getrocknet.

Den Lottoschein hatte er vergessen. Der fiel ihm erst am nächsten Tag wieder ein. Da war es zu spät, ihn abzugeben. Marius dachte nicht viel darüber nach. Sein Vater würde eh nichts gewinnen, sagte er sich. Dazu tippte er viel zu komische Zahlen. Viel mehr beschäftigte Marius das gemeine Verhalten der Frau in dem dunkelroten VW Golf, die ihn beinahe überfahren hatte. Wie konnte diese Kuh es wagen, ihn zu beschimpfen, wo sie doch schuld war? Und der Junge hatte ihm einen Vogel gezeigt! Marius hätte den Jungen dafür gerne verhauen, aber er war viel zu klein und schwach.

„Aber wenn ich größer bin, tu ich es", nahm er sich vor. „Dir zahl ich es heim! Von wegen Vogel zeigen! Wart's nur ab!"

Doch es kam noch viel schlimmer. Am folgenden Samstag schauten sich seine Eltern die Ziehung der Lottozahlen im Fernsehen an. Wie immer schrieb sein Vater die Zahlen mit. Als Marius die Frau im TV die Zahlen aufsagen hörte, überlief es ihn siedend heiß. Er dachte, er hätte sich verhört, aber die Frau wiederholte ihre Ansage noch einmal: „Die Gewinnzahlen lauten: 5/15/25/29/45/46. Die Zusatzzahl lautet: 45."

Die Zahlen seines Vaters! Oder zumindest einige davon! Und Marius hatte den

Lottoschein nicht abgegeben, weil er sich mit der nassen Hose nicht in die Annahmestelle getraut hatte!

Sein Vater starrte eine Weile schweigend auf die Zahlen, die er notiert hatte. Dann fingen seine Augen an zu glänzen.

Mensch, Helga, wir haben einen Fünfer mit Zusatzzahl!", sagte er zu seiner Frau.

„Das ist nicht dein Ernst!", sagte die Mutter von Marius.

Doch!", bestätigte sein Vater. „Wir haben gewonnen, Helga." Er sprang vom Sofa auf und schrie: „Gewonnen!"

Marius rutschte das Herz in die Hose. Gleich würde sein Vater ihn nach dem Tippschein fragen und dann kam alles ans Tageslicht. Er bekam furchtbare Angst. Sein Vater war sehr streng und mit Prügeln schnell bei der Hand. Marius betete zu Gott, ihn zu retten, zu machen, dass der Lottoschein abgegeben war, aber wusste, dass das nicht möglich war.

„Wo ist unser Tippschein?", fragte sein Vater und nahm Marius ins Visier. „Marius, du hast den Schein abgegeben. Wo ist der B-Schein?"

Marius lief rot an und machte sich ganz klein auf der Couch.

„Der B-Schein?", fragte sein Vater. „Du hast im Lottogeschäft einen Schein gekriegt, Marius. Wo hast du ihn?"

Marius brachte kein Wort hervor. Das Herz schlug ihm bis zum Hals. Oh, warum waren ausgerechnet heute die Zahlen seines Vaters gezogen worden? Warum nur?

Die Augen seines Vaters verengten sich. „Marius! Was ist?", fragte er misstrauisch.

Marius schwieg. Sein Hals war wie zugeschnürt.

„Marius, gib Antwort!", verlangte sein Vater.

„Ich ... ich konnte nicht ...", stotterte Marius. „Ich ... ich habe den Schein nicht abgeben können."

„Was?" Die Hand seines Vaters schoss vor und packte ihn am Kragen. „Was hast du gesagt?"

„D-Da war eine Frau in einem roten Auto an der Ampel", wimmerte Marius voller Furcht. „Die hat mich beinahe totgefahren, und da bin ich so erschrocken, dass ich den Lottoschein vergessen habe, Papa." Die Episode von der nassgemachten Hose wollte er nicht erzählen.

Das Gesicht seines Vaters verfärbte sich vor Wut. „Du hast den Tippschein nicht abgegeben? Was hast du mit dem Geld gemacht?" Er schüttelte Marius wie eine nasse Ratte.

„Aber Papa! Die Frau in dem roten Auto war schuld ...", begann Marius verzweifelt.

Sein Vater schlug ihm ins Gesicht. „Lüg mich nicht an!", brüllte er. „Meinst du vielleicht, ich falle auf dein Lügenmärchen herein?! Du hast das Tippgeld gestohlen, um dir was dafür zu kaufen! Gib's zu!"

„Nein, Papa! Das Geld habe ich noch. Es ist in meinem Zimmer im Schreibtisch."

Sein Vater schleifte ihn in die Küche. „Dir werde ich helfen, mich zu bestehlen, du elender Rotzkäfer! Na warte! Jetzt wirst du was erleben!"

Marius versuchte sich zu befreien, aber sein Vater hielt ihn mit eiserner Faust fest. Er holte den hölzernen Handfeger unter der Spüle hervor.

„Papa, bitte nicht!", brüllte Marius. Es nutzte nichts. Sein Vater verprügelte ihn so furchtbar, wie er ihn noch nie zuvor geschlagen hatte.

„Du dummes Arschloch!", brüllte er, als Marius schluchzend am Boden lag. „Einmal im Leben hätten wir Glück gehabt. Für einen Fünfer mit Zusatzzahl gibt es mindestens fünfzigtausend Mark, manchmal sogar das Doppelte. Davon hätten wir uns ein Häuschen kaufen können. Aber du Vollidiot hast das Tippgeld gestohlen! Wahrscheinlich, um dir irgendwelche Scheiß-Süßigkeiten zu kaufen. Hau ab! Aus meinen Augen! Ich will dich nicht mehr sehen! Du bist nicht mehr mein Sohn!"

Schluchzend rannte Marius in sein Zimmer.

Montagnachmittag hatte sein Vater im Fernsehen die Durchgabe der Gewinnquoten verfolgt. Für einen Fünfer mit Zusatzzahl hätten die Kaisers sechsundneunzigtausend Euro bekommen. Als er das hörte, verprügelte er Marius gleich noch mal.

Von da an verwandelte sich das Leben des kleinen Marius in eine Hölle. Seine Eltern schnitten ihn. Sie sprachen kaum noch mit ihm und wenn, dann schrien sie ihn an. Besonders sein Vater ließ seine Wut an ihm aus. Bei jeder passenden Gelegenheit hielt er seinem Sohn seinen Fehler vor. Prügel waren an der Tagesordnung, vor allem, wenn sein Vater getrunken hatte, und er trank nach dieser Geschichte oft. Immer wieder schimpfte er über das Unglück, das ihm einen solchen beschissenen Sohn beschert hatte. Seine abwertenden Worte waren ätzende Säure, die sich in Marius' empfindliche Kinderseele fraß und sie kaputt machte.

Marius versuchte, die schlimme Sache auszugleichen und die Liebe seiner Eltern zurückzugewinnen. Er strengte sich in der Schule mächtig an und wurde bald zum Klassenbesten. Doch seine Eltern lobten ihn niemals für die Einser, die er am laufenden Band nach Hause brachte. Entweder sie zeigten ihm die kalte Schulter oder sie schrien ihn an. Seine Mutter hätte ihm gerne verziehen, das spürte Marius, aber sie wagte es nicht, sich gegen ihren Mann zu stellen, weil der so gewalttätig war.

Im Laufe der Jahre schlug die Verzweiflung von Marius in blanken Hass um, Hass auf die Frau im dunkelroten VW Golf und Hass auf den Jungen, den sie bei sich gehabt hatte. Wenn diese dumme Kuh nach vorne auf die Straße geschaut hätte, anstatt sich nach hinten zu drehen, wäre nichts passiert. Die Frau und der Junge waren schuld an Marius' Misere.

Er begann, in ganz Bexbach herumzustreifen, sobald er seine Schulaufgaben erledigt hatte. Monatelang graste er die Wohnviertel ab, und dann, eines Tages im Winter, kurz bevor er neun Jahre alt wurde, hatte Marius Erfolg mit seiner Suche. Er fand den dunkelroten VW Golf. Das Auto stand vor einem kleinen Einfamilienhaus in einer Straße in der Nähe des Kraftwerks von Bexbach.

Marius begann das Haus zu belauern und bald fand er heraus, wer die Frau und der Junge waren. Die Frau hieß Reuter und der Junge war ihr Sohn Frank.

Marius begann, düstere Rachepläne gegen die beiden Schuldigen zu schmieden.

Er wollte das Haus anzünden, wenn sie nachts schliefen, aber der Junge kam nur manchmal am Wochenende und Marius war zu ängstlich, um ein Feuer zu legen. Er traute sich nicht, so was zu machen. Im Grunde seines Herzens war Marius ein großer Feigling. Er beschloss, abzuwarten, bis seine Zeit kam. Eines Tages, das schwor er sich, würde er einen Weg finden, die Frau und den Jungen für das zu bestrafen, was sie ihm angetan hatten.

„Und jetzt ist es soweit!", zischte Marius. Er stand auf und holte sich ein Bier aus dem Kühlschrank.

„In Kürze ist das Reuterschwein reif! Seine Alte hat ihre gerechte Strafe ja schon gekriegt! Sie ist an Lungenkrebs verreckt. Ein schöner, langsamer Tod voller Schmerzen. Schade, dass ich ihr nie sagen konnte, dass ich ihr einen solchen Tod wünschte, seit sie mein Leben kaputtgemacht hat. Wirklich schade." Ein Besuch im Krankenhaus hatte ihm vorgeschwebt, bei dem er der todkranken Frau alles ins Gesicht schleudern wollte, was sie ihm angetan hatte. Aber das war zu auffällig. Sie hätte mit dem Reuterschwein reden können, dann wäre das Reuterschwein gewarnt gewesen. Das durfte nicht passieren. Denn das Reuterschwein war der Hauptschuldige in der Sache. Wenn er sich während der Fahrt nicht mit seiner Scheißmutter gestritten hätte, hätte sie sich nicht nach hinten gelehnt. So sah es aus. Das war Sache.

Frank Reuter war der Hauptschuldige. Und Frank Reuter würde bezahlen. Für alles!

Dass der Dreckskerl sich an Manu herangemacht hatte, versetzte Marius in zusätzliche Wut. Nun, er würde dafür sorgen, dass sie zu ihm zurückkam, wenn er erst mal Christina Reuters Vermögen sein Eigen nannte. Dann würde er sich an Reuters Seelenqualen delektieren. Gut möglich, dass er den Scheißkerl nach einer Weile umbringen würde. Das Reuterschwein hatte es, weiß Gott, verdient!

*

Frank Reuter wusste nichts von den finsteren Plänen seines Feindes. Er, Tine und Lottchen backten einen Marmorkuchen aus rein pflanzlichen Zutaten. Sie hatten einen Heidenspaß dabei. Wieder einmal demonstrierte Frank, dass er nicht besonders geschickt war, wenn es darum ging, eine Mehltüte zu öffnen.

„Guck dir die Schweinerei an, die Frank angerichtet hat!", rief Tine lachend und zeigte auf den mehlüberpuderten Küchentisch. „Man kann ihm nichts in die Hände geben. Alles macht er kaputt, dieser Büffel!"

„Diese blöden Mehltüten taugen nichts!", beschwerte sich Reuter.

„Von wegen! Du bist ein Grobian mit Schlachterhänden! Keinerlei Gefühl in den Hufen! Du Büffel!"

Charlotte lachte lauthals. „Frank ist ein Büffel!", rief sie fröhlich.

„Ach ja?" Frank grinste hinterlistig. „Stimmt, ich bin ein Büffel! Ich nehme dich auf die Hörner." Er senkte den Kopf und ging auf Lotte los. Schnaubend verfolgte er sie rund um den Tisch. Das Kind lief lachend vor ihm davon.

Christina schaute mit einem wehmütigen Ziehen im Herzen zu. Wie wünschte sie sich, solche kleinen Familienszenen mit ihren eigenen Kindern erleben zu dürfen.

Nachdem fast ein Pfund Mehl in der gesamten Küche verteilt war, schafften die drei Kuchenbäcker es endlich, den Teig anzurühren und in die Kuchenform zu füllen.

Tine stellte die Form in den vorgeheizten Backofen: „So, das war's! Jetzt räumen wir die Küche auf, und dann spielen wir 'Mensch ärgere dich nicht'."

„Jaaa!", rief Charlotte begeistert und warf sich in Christinas Arme.

Tine strich ihr zärtlich übers Haar. „Du und Frank könntet mich mal besuchen kommen", schlug sie vor. „Ich wohne nicht weit weg. Ich zeige dir meine Puppensammlung, Lottchen. Seit ich ein kleines Baby war, hat Frank mir zu jedem Geburtstag eine Puppe geschenkt. Eine von den Puppen sieht dir sogar ein bisschen ähnlich."

Charlotte wurde neugierig: „Wie viele Puppen hast du denn, Tine?"

„Insgesamt einundvierzig. Alle von Frank. Dreiundzwanzig Geburtstagspuppen und die restlichen hat er mir einfach so geschenkt."

„Darf ich mit deinen Puppen spielen, wenn ich zu Besuch komme?"

„Gerne, Lottchen. Magst du Puppen?"

Das Kind nickte: „Früher hatte ich mal zwei Puppen. Ich habe sie verloren, als meine Eltern starben."

Ich sollte ihr schnellstens Spielzeug kaufen, dachte Reuter. Tine hat recht, ich bin echt ein Büffel. Dabei ist das doch so naheliegend. Kinder brauchen Spielsachen. Am Geld liegt es ja nun wirklich nicht. Ich werde Lottchen einige Puppen kaufen und andere Sachen.

Gemeinsam putzten sie die Küche. Anschließend spielten sie im Wohnzimmer „Mensch ärgere dich nicht". Kurz bevor der Kuchen fertig gebacken war, ging Charlotte zur Toilette.

„Ich halte es für keine gute Idee, mit Lottchen zu dir nach Lautenbach zu kommen", sagte Reuter leise zu seiner Schwester.

„Und wieso nicht?"

„Wegen Marius."

Christina stöhnte genervt: „Oh, Frankie! Gib es auf! Wie lange willst du Marius noch mit deinem Misstrauen verfolgen? Er wird dich nicht verraten! Weil er mich nämlich liebt."

„Ich trau ihm nicht über den Weg, Tine."

Ehe sie etwas erwidern konnte, tauchte Charlotte wieder auf. „Ich glaube, der Kuchen ist fertig", meinte sie und leckte sich die Lippen.

„Du kleines Fressmaschinchen", stichelte Frank.

„Frank!" Christina tat entsetzt.

„Ist doch wahr", meinte Frank grinsend. „Sie frisst dreimal soviel wie ich."

Vor zwei Wochen hätten seine Worte Charlotte noch verunsichert. Mittlerweile wusste sie, dass Frank sie bloß frotzeln wollte. „Ich bin ja auch noch klein und muss wachsen. Da muss ich eben viel essen. Wenigstens werde ich vom Essen größer, nicht breiter." Sie zeigte auf Reuters Mitte, wo sich ein kleiner Rettungsreifen um den Bauch rollte.

„Wie? Was?"; keuchte er verblüfft.

Christina lachte laut auf. „So ist es recht, Lottchen! Gib es ihm, dem fetten Büffel!"

„Fett?" Frank rollte mit den Augen. „Ich bin nicht fett! Ich fahre regelmäßig Rad und trainiere im Keller mit den Hanteln." Er rubbelte sich mit der rechten Hand über den Bauchansatz. „Von wegen fett! Ein bisschen gut beieinander vielleicht, aber nicht fett."

„Frankie ist ein fetter Büffel", sang Christina.

Charlotte stimmte in den Singsang ein: „Frankie ist ein fetter Büffel. Frankie ist ein fetter Büffel."

Frank bemühte sich, möglichst böse dreinzuschauen: „Ihr gönnt mir meinen

Anteil am Marmorkuchen nicht, das ist alles! Ihr wollt mir alles wegfressen, bscheuliches, gefräßiges Weibsvolk!"

Christina sprang auf: „Das war zuviel, Frank Reuter. Lottchen! Hilf mir! Pack ihn! Wir verdreschen ihn!"

Reuter machte einen Satz und versuchte, aus dem Wohnzimmer zu entkommen. Kurz vor der Tür stellte Lottchen ihm ein Bein. Schon war Tine über ihm und setzte sich auf seinen Rücken: „Lottchen, ein Kissen! Jetzt kriegt er Dresche!"

Lotte warf ihr ein Sofakissen zu und nahm sich selbst eins. Zu zweit verkloppten sie Frank mit den Kissen.

„Aufhören! Ich ergebe mich", rief er prustend.

Doch Lottchen und Tine kannten keine Gnade. Sie trieben ihn rund um den Wohnzimmertisch und hinter die Couch in eine Ecke, aus der er nicht entkommen konnte.

„So, jetzt hast du genug Kalorien abtrainiert, du dicker Büffel!", rief Christina triumphierend und schwang ihr Kissen. „Nun kannst du Kuchen essen, soviel du willst."

Zwei Minuten später saßen sie mit erhitzten Gesichtern am Tisch und futterten Kuchen.

„Schmeckt wirklich ausgezeichnet", lobte Christina. „Ich glaube, ich sollte öfter zu Besuch kommen."

„Oh ja! Bitte, Tine!", rief Lottchen.

„Und mir die Speisekammer leer fressen!", grummelte Frank mit vollem Mund.

„Hey, hüte deine Zunge!", sagte Christina.

„Nicht. Lass ihn. Er hat genug abgekriegt", sagte Charlotte und stellte sich schützend vor Frank.

„Du beschützt diesen fetten Büffel?", rief Christina mit gespieltem Erstaunen.

Charlotte schmiegte sich in Franks Arme: „Ja. Weil er ein lieber Büffel ist."

Reuter streckte seiner Schwester die Zunge heraus.

*

Mehrere Tage vergingen. Frank Reuter schickte via Internet die ersten Szenen des Drehbuchs an die UNIVERSAL. Schon nach kurzer Zeit kam eine begeisterte Rückantwort. Die Jungs in Amerika waren mit Franks Arbeit mehr als zufrieden.

Zweimal ging Frank mit Manuela Hennes aus. Sie machte jedes Mal Anspielungen auf sein Geld, aber Frank pfiff drauf. Ihn interessierte hauptsächlich, was sich nach dem Ausgang in Manuelas Bett abspielte.

Inzwischen besaß Charlotte einige Spielsachen. Reuter hatte groß eingekauft: drei Puppen mit Kleidern zum Wechseln, ein großer Legobaukasten, ein halbes Dutzend Bilderbücher mit großer Schrift für Leseanfänger.

Charlotte war begeistert. Besonders die Legobausteine hatten es ihr angetan. Sie verbrachte halbe Nächte damit, Häuser, Türme und andere Dinge damit zu bauen.

Außerdem hatte er seinen kleinen Gast in das Computerspiel „Black & White" eingeweiht. Man spielte einen unsichtbaren Gott auf einer Inselwelt und bekam eine Kreatur. Charlotte wählte sich eine Kuh aus. Es galt, den Völkern der Insel beizustehen, ihnen Nahrung und gutes Wetter für die Ernte zu schicken. Aufgaben mussten gelöst werden. Gleichzeitig war man Lehrmeister seiner Kreatur. Man konnte sie böse oder nett erziehen. Je mehr man sich mit der Kreatur beschäftigte, desto schneller wuchs sie zu einem Riesen heran. Lottchens Kuh war bald fünfmal so hoch wie die Hütten der Menschen und half ihnen bei ihren täglichen Problemen. Reuter wunderte sich einmal mehr, wie schnell Charlotte lernte. Sie saugte neues Wissen auf wie ein Schwamm.

Jeden Abend machte Frank mit dem Mädchen einen kleinen Nachtspaziergang.

Danach saß er meist an seinem Computer. Entweder er schrieb eine neue Kindergeschichte oder er arbeitete an seinem Drehbuch. Manchmal stellte sich Lottchen neben ihn und las leise mit, was er schrieb.

So auch in dieser Nacht. Es störte Frank nicht, im Gegenteil: er mochte es, wenn das Mädchen neben ihm stand und seine Sätze mitlas. Andere Schreiber wären darüber verrückt geworden, doch ihm machte es nicht das Geringste aus.

Frank schrieb die Szene, in welcher der Vampir ruhelos durch die Nacht strich, auf der Suche nach einem Opfer.

„Der Vampir schleicht durch die Schatten der Bäume", las Lottchen halblaut. „Szenenwechsel: Die Hauptdarstellerin bemerkt, dass sie verfolgt wird. Sie zeigt ängstliche Nervosität und schaut sich ständig um. Schnitt: Der Vampir sieht sie von hinten an und bleckt die spitzen Eckzähne. Er macht sich bereit zum Angriff."

Charlotte zupfte Frank am Ärmel: „Was schreibst du denn da? Denkst du etwa, Vampire sind böse und greifen Menschen an?"

Frank zog eine grimmige Fratze und zeigte die Zähne: „Jaaa!"

Das Mädchen starrte ihn erschrocken an: „Nicht, Frank! Du machst mir Angst!"

Frank lächelte beruhigend: „Keine Angst, Lottchen. Es ist ja bloß eine erfundene Geschichte. Sie soll die Leute dazu bringen, sich zu gruseln."

„Erfunden?"

„Ja, erfunden." Reuter streichelte ihr übers Haar. „Das mit dem Knoblauch und den Kruzifixen ist Quatsch, ein alter Aberglaube. Damit vertreibt man keinen Vampir, aber die Leute, die solche Bücher lesen und die Filme angucken, sind dran gewöhnt. Also schreibe ich es."

„Wie würdest du einen Vampir vertreiben?"

Frank machte ein geheimnisvolles Gesicht: „Mit Silber, Lottchen!"

„Mit Silber?"

„Ja. Daran verbrennen sie sich und dann gehen sie stiften."

Frank musterte Charlotte eingehend. Täuschte er sich, oder war sie erschrocken, als er das mit den Verbrennungen losgelassen hatte?

„Woher weißt du das?", wollte das Kind wissen. „Steht das in deinen Büchern?"

„Nein, Lottchen, das habe ich von Matze Tintenfess, meinem besten Freund. Der ist verrückt nach Vampiren und sammelt alle Informationen über sie im Internet und in Bibliotheken. Matze kann tausend Jahre alte Kodizes lesen. Stell dir das mal vor! So uralte Pergamente mit komischer Schnörkelschrift. An den Buchstaben liest man sich einen Wolf!"

„Und was hat Matze dir gesagt?", fragte Lottchen und schaute Frank tief in die Augen.

Wieder wunderte Reuter sich darüber, wie dieses kleine Wesen es schaffte, so unglaublich tiefe Gefühle in ihm zu wecken. Sanft streichelte er das kleine Gesicht: „Soll ich dir was darüber vorlesen?"

Lotte nickte: „Ja, Frank."

Manchmal ging es Frank durch und durch, wenn Charlotte ihn so ernst anschaute. Allmählich fragte er sich, ob die alten Geschichten vom Liebestrank der Hexen nicht doch wahr sein konnten. Hatte Lottchen ihm welchen eingeflößt?

„Warte mal." Reuter beugte sich vor und klickte sich durch die Dateien auf seinem Computer. „Ah, da ist es. Voilà! Ein J.PEG von so einer Buchseite. Hat Fässchen im Internet aufgetrieben."

„Fässchen?", fragte Charlotte verdutzt.

„Ja, weil er mit Nachnamen Tintenfess heißt. Daraus haben wir in der Schule Fässchen gemacht, auch weil er ein wenig rund gebaut ist. Der Spitzname passt jedenfalls." Er zeigte mit dem Finger auf den Text: „Siehst du das abscheuliche Gekrakel? Warte, ich scrolle runter. Dort steht der Text in normalen Buchstaben."

Während er die Zeilen mit dem Zeigefinger nachfuhr, deklamierte er in geschraubter althochdeutscher Sprache: „Der Vampyr ist eyn Lebewesen der Nacht, ein finsterer Gesell der Dunkelheit, auf immer verbannet aus dem Lichte des helllichten Tages. Er kommet, zu nippen von des Blutes Rot, also er dieses brauchet, um zu leben. Entziehet man dem Vampyr die Tropfen roten Blutes, so verfallet er dem Wahnsinne und gehet zugrunde. Heller Glanz von Silber vertreibet ihn, alsda der Vampyr des Silbers Berührung nicht ertraget. Streifet ihn das Silber, so verbrennet es ihn und jaget ihn von dannen."

Frank lachte. „Das ist die ganze Wahrheit über Vampire, Lottchen. Kein Wort von Knoblauch oder Kruzifixen. Kein Pfahl durch die Brust." Er wurde ernst: „Das Einzige, was ihnen schadet, ist Silber und die Sonne. Aber man kann sie sich vom Leib halten. Man darf sie nämlich nicht in sein Haus einladen. Dann können sie nicht rein, sagt man. Warum, weiß ich auch nicht."

„Das klingt nicht, als wären Vampire böse", meinte Lottchen.

„Nö", antwortete Reuter. „Außerdem gibt es keine Vampire. Das ist ein alter Aberglaube."

„Und wenn es kein Aberglaube wäre?"

„Ist es aber, Lottchen."

„Ja, aber wenn es nun doch Vampire gäbe", bohrte Charlotte. „Würdest du sie dann töten?" Sie blickte Frank ernst an.

Er nahm sie in die Arme. „Ich würde sie nicht töten, Lottchen. Man tötet doch niemanden, bloß weil er anders ist. Natürlich bloß, solange mich keiner aussaugen will." Er grinste über das ganze Gesicht.

Charlotte schaute ihm eindringlich in die Augen. „Und wenn Vampire keine Menschen aussaugen? Würdest du sie dann töten, Frank?"

Frank gab ihr einen Kuss auf die Wange. „Nein, Lottchen. Ich bin doch kein Killer. Warum sollte ich jemanden töten, der mir nichts tut? Dass ich sowas in meinen Geschichten schreibe, heißt doch nicht, dass ich es in Wirklichkeit tun möchte. Meine Geschichten sind erfunden. Damit unterhalte ich die Menschen."

„Dann ist es ja gut." Sie lehnte sich an ihn. Mit einem Mal wirkte sie entspannt.

Reuter hielt sie in den Armen und streichelte ihren Rücken. Ich sollte ihr nicht solch einen Stuss erzählen. Nachher kriegt sie noch Alpträume oder traut sich nachts nicht mehr vor die Tür. Sie lebt ja selber wie ein Vampir. Er musste lächeln: Und sie saugt mich aus! Oder besser: meinen Geldbeutel! Bei den Mengen, die sie verputzt!

„Kennt dein Freund Vampire?", fragte Lotte unvermittelt.

„Ähm ... nicht, dass ich wüsste", meinte Reuter feixend. „Aber Matze steht kurz davor, neue Texte über das Thema auszugraben. Es sei schwer, hat er gesagt, aber er wird kriegen, was er will. Ich kenne Matze. Der ist stur. Wenn er sich was in den Kopf gesetzt hat, zieht er es durch. Ich bin gespannt, was er diesmal herausfindet."

„Ist Matze dein Freund, weil er lieb ist?"

Frank musste lange überlegen, bevor er antwortete: „Matze ist mein Freund, weil er ehrlich ist." Er küsste Charlotte auf ihr dichtes, pechschwarzes Haar.

„Mmm!", seufzte sie und hielt still.

„Weißt du was?", flüsterte Reuter. „Ich kenne mich mit Vampiren aus. In echt heißen die Reuterpire. Ich bin nämlich einer und ich mache jetzt das, was alle Reuterpire tun." Er ließ seine Lippen über Lottchens Haar nach unten streifen. Das Mädchen hielt mucksmäuschenstill. Frank schlupfte mit dem Mund unter Lottes Haar und legte die Lippen probeweise auf ihren schmalen Nacken. „Das machen Reuterpire", flüsterte Frank. „Sie pupsen kleinen Lotten auf den Hals!" Er presste seine Lippen auf Lottchens Genick und blies Luft aus. Mit einem furzenden Geräusch entwich die Luft aus seinem Mund. Seine Lippen und Lottes Haut vibrierten.

„Iiiih! Das kitzelt!", quietschte Charlotte. Sie wand sich.

Reuter ließ nicht locker. Stattdessen kitzelte er Lotte auch noch an den Rippen. Lottchen quiekte. Sie wand sich wie ein Aal. Endlich schaffte sie es, sich zu befreien.

Sie drehte sich sofort wieder um und schlüpfte flink in Reuters Arme, schoss an seinem Brustkorb hoch und gab ihm einen Schmatz auf die Wange. Dann kuschelte sie sich fest an ihn.

„Ich habe dich lieb", sagte sie.

„Ich dich auch, Lottchen", sagte Frank.

„Liebfrank", sagte Charlotte leise. „Liebfrank!"

Frank Reuter verspürte ein Ziehen im Herzen. So hatte ihn Charlotte noch nie genannt. Und er verstand immer noch nicht, wieso er so vernarrt in dieses seltsame Kind war.

*

Marius Kaiser war auf dem Weg zu Christina Reuters Haus. Zur Kokelstätte. Er grinste in sich hinein. Zum Palast der Prinzessin auf der Erbse. Tags zuvor hatte Christinas Gartenhäuschen gebrannt. Niemand wusste, was geschehen war, aber plötzlich fing das Holzhäuschen im Garten an zu brennen. Christina war allein zu Hause und hatte ein Paradestück über verzogene, unselbstständige Mädchen gegeben. Statt die Feuerwehr anzurufen, hatte sie wieder und wieder versucht, ihren dämlichen Bruder zu erreichen. Anscheinend war der Reuteridiot gerade in einem Funkloch. Jedenfalls kam Christina nicht zu ihm durch. Sie wählte ein ums andere Mal Franks Nummer und schließlich hatte sie ihm sogar auf die Mobilbox gesprochen und ihm eine SMS gesandt, dass ihr Gartenhäuschen in Flammen stand.

Marius schnaubte, während er den Wagen über die kurvenreiche Landstraße lenkte.

„Ist das zu glauben?", knurrte er. „Ruft die dumme Kuh ein ums andere Mal bei ihrem Bruderherz an, um ihm mitzuteilen, dass ihr Gartenhaus brennt. Ist zu unselbstständig, aus eigenem Antrieb zu handeln. Nein, das liebe Brüderlein soll ihr vorsagen, was sie machen soll." Er schüttelte den Kopf. „Wie kann man nur so dämlich sein? Steht da und schaut zu, wie ihr Gartenhaus abfackelt, und heult ins Telefon nach ihrem blöden Bruder! Ich glaube es einfach nicht!"

Marius war von der Arbeit gekommen und hatte eine total aufgelöste Christina vorgefunden, die mit dem Mobiltelefon in der Hand vorm Haus herumgeflattert war wie ein aufgeregtes Huhn. Es waren keine Nachbarn zu sehen. Sonst hätte vielleicht jemand eingreifen können. So aber war Christina jammernd und gackernd vorm Haus herumgetanzt und hatte versucht, ihren Bruder zu erreichen.

„D-D-Das Gartenhaus brennt!", hatte sie Marius zugerufen. Sie war bleich und zittrig.

„Hast du die Feuerwehr gerufen?", hatte Marius gefragt?

Sie hatte ihn blöde angeglotzt: „Die Feuerwehr?"

„Ja, die Feuerwehr!" Marius war ums Haus herumgerannt und hatte sich die Bescherung angesehen. Das kleine Holzhaus stand in Flammen. Da war nichts mehr zu retten. Trotzdem alarmierte er die Feuerwehr, damit das Feuer gelöscht wurde. Darüber war auch Frank Reuter eingetroffen, der dann doch noch eine Nachricht seiner Schwester empfangen hatte. Zusammen mit Marius war er hinterm Haus gestanden und hatte zugesehen, wie die Feuerwehr die brennenden Überreste von Christinas Gartenhäuschen löschte.

„Mensch, Tine!", hatte er gesagt. „Warum hast du ständig versucht, mich zu erreichen? Du hättest die Feuerwehr rufen müssen!"

Marius nahm eine Kurve mit hoher Geschwindigkeit. Die Reifen kreischten.

„Genau das!", sprach er vor sich hin. „Aber dazu war sie zu dämlich! Gott, wie ich dermaßen unselbstständige Weiber hasse! Alles muss man ihnen vorsagen! Immer muss jemand für sie da sein, der ihnen die Entscheidungen abnimmt. Was wäre gewesen, wenn das Wohnhaus gebrannt hätte? Dann wäre die dumme Kuh gackernd darum herumgehüpft und hätte stundenlang versucht, ihren tollen Frank anzurufen, damit der ihr sagen kann, sie soll die Feuerwehr alarmieren. Für so viel Blödheit sollte man ins Gefängnis kommen!"

Marius fuhr weiter Richtung Lautenbach. Er hatte einen anstrengenden Tag hinter sich. Sein Chef hielt große Stücke auf ihn und machte kein Hehl daraus, dass Marius in nicht allzu ferner Zukunft zu seinem Stellvertreter aufsteigen konnte. Dafür musste Marius allerdings viel leisten. Marius wollte kein Stellvertreter werden, sondern sich selbstständig machen. Aber er fand, dass er als Stellvertreter seines Chefs wertvolle Erfahrungen sammeln konnte, die ihm später von Nutzen sein würden. Deshalb arbeitete er hart. Er tat es gerne. Er war es gewohnt, hart und konzentriert zu arbeiten. Hätte er diese Fähigkeit nicht gehabt, wäre er jetzt ein Hilfsarbeiter wie sein blöder Vater. Der hatte seinem Sohn nicht geholfen, als er mit hervorragenden Noten sein Abitur bestanden hatte und sich bei verschiedenen Universitäten beworben hatte. Seit der Sache mit dem Lottoschein behandelte er Marius wie Dreck. Das hatte Marius hart gemacht. Er lenkte seinen ganzen Hass auf das Reuterschwein und dessen Mutter in Arbeitswut um. Die brauchte er auch. Er musste sein Studium allein finanzieren, indem er nebenher als Taxifahrer jobbte oder in Copyshops aushalf. Eine Zeitlang war er Kellner in einem Café.

Marius hielt eisern durch. Er wollte einen gutbezahlten Beruf. Er wollte Geld, viel Geld, um seine ärmliche, traurige Kindheit zu vergessen, und er sagte sich, dass er vielleicht eines Tages eine Menge Kohle brauchen würde, wenn er sich eine illegale Schusswaffe besorgen wollte, um den Reuters damit das Hirn aus den Köpfen zu blasen.

Eine Schusswaffe brauchte er nicht mehr zu kaufen. Er hatte sich ein Jahr zuvor auf dem Schwarzmarkt eine Pistole besorgt und hundert Schuss Munition dazu. Man konnte nie wissen, wozu so eine Knarre noch taugen würde.

In den letzten Tagen hatte Marius sich eingehend mit Tina unterhalten. Ganz langsam und vorsichtig ließ er sich von ihr zu einem Baby überreden. Er ließ es so aussehen, als hätte er sich schon lange Kinder gewünscht, sich aber nicht recht getraut, damit herauszurücken. Christina war überglücklich. Sie setzte sofort die Pille ab.

„Mach dir keine Sorgen wegen der finanziellen Seite, Marius", sagte sie. „Ich habe genug Geld für uns beide. Du musst dich deswegen nicht schämen. Ich liebe dich."

„Wir sollten aber auch heiraten", sagte Marius. „Ich möchte, dass unser Kind richtige Eltern hat, wenn es geboren wird. Entschuldige, Tina. Das ist ein ziemlich stoffeliger Antrag, aber ich meine es ernst. Willst du meine Frau werden?"

Christina fiel ihm um den Hals und bedeckte sein Gesicht mit Küssen: „Schatz! Darauf warte ich schon lange. Natürlich will ich deine Frau werden und deine Kinder bekommen."

„Ich möchte am liebsten zwei Kinder", meinte Marius. „Einen Jungen und ein Mädchen." Er tat so, als zögere er. „Na ja, eigentlich wären mir drei Kinder am liebsten oder vielleicht sogar vier."

So sehr wie in dieser Nacht hatte Christina ihn noch nie verwöhnt. Zwei Tage später setzte sie ihn als Begünstigten in ihre Lebensversicherung ein und machte ihn testamentarisch zum Alleinerben. Marius Kaiser war am Ziel.

*

Eine Woche verging. Frank Reuter lebte sein verändertes Leben genauso zufrieden, wie er früher gelebt hatte. Charlottes Anwesenheit stellte mehr und mehr eine Bereicherung dieses Lebens dar. Der tägliche Nachtspaziergang war zu einem festen Ritual für ihn und seinen kleinen Gast geworden, ebenso wie die gemeinsame Zubereitung des Essens. Frank aß zunehmend weniger Fleisch. Er redete sich ein, er täte das, um Charlotte nicht vor den Kopf zu stoßen, aber er war angenehm überrascht, als er feststellte, dass er drei Kilo abgenommen hatte und sich rundum wohlfühlte.

Er traf sich nur einmal mit Manuela Hennes. Sie gingen ins Kino und danach nahm er sie mit auf die Ranch nach Höchen. Sie bemühte sich, die seltsame Gemeinschaft im Wald gut zu finden, doch auf dem Nachhauseweg vertraute sie ihm an, dass sie das Getue mit den Verkleidungen für ziemlich kindisch hielt. Und sie fand, dass Frank in bessere Gesellschaft gehörte. Warum trieb er sich bei Leuten herum, die ihr kleines Gehalt für solch ein seltsames Hobby ausgaben? Schließlich war Frank wohlhabend. Ja, wenn es ein Countryclub nach amerikanischem Vorbild gewesen wäre ...

Frank gingen Manuelas dauernde Anspielungen auf sein Geld immer stärker auf die Nerven. Und nun begann sie auch noch damit, seine Freunde schlecht zu machen. Bald würde sie versuchen, ihm die Kneipentouren zu vermiesen.

Es ist bald Zeit, auszusteigen, dachte er bei sich. Ich habe mich in Manu geirrt. Sie ist absolut nicht mein Typ. Zu oberflächlich und nur auf Geld aus. Sie kapiert nicht, dass es die Kameradschaft ist, die mich auf die Ranch zieht Mir ist es egal, ob da oben Hilfsarbeiter oder Arbeitslose rumhängen. Mir kommt es auf die Menschen an, nicht auf ihre Bankkonten. Lange läuft es nicht mehr weiter mit Manuela und mir. Er war sauer. Immer geriet er an die falschen Frauen. Es war, als wäre er verflucht.

*

An diesem Abend kam Christina zu Besuch. Frank freute sich, dass seine Schwester in letzter Zeit so oft vorbeikam. Seit sie mit Marius Kaiser zusammen war, hatten sie sich selten gesehen.

Tine traf ein, bevor Charlotte aufwachte. Frank wusste, das hatte etwas zu bedeuten. Tine wollte sich mit ihm ungestört unter vier Augen unterhalten. Er hatte während der letzten Tage ein seltsam ungutes Gefühl bezüglich Tine gehabt. Trotzdem traf ihn ihre Ankündigung, Marius Kaiser zu heiraten, wie ein Schock.

„Das ist nicht dein Ernst, Tine!", rief er.

„Doch, Frankie", antwortete sie bestimmt. „Marius und ich haben lange Gespräche darüber geführt. Wir werden in zwei oder drei Monaten heiraten. Marius wünscht sich Kinder, genau wie ich. Warum sollten wir noch länger warten? Wir lieben uns. Alles spricht für eine Heirat." Sie nahm ihren Bruder ins Visier: „Versuch nicht, mir das auszureden, Frankie! Wir haben über dieses Thema gesprochen. Ich bin kein kleines Kind mehr, auf das du aufpassen musst. Ich möchte mein eigenes Leben leben."

Frank war wie vor den Kopf geschlagen. Das konnte doch nicht wahr sein! Hatte Tine denn gar nichts aus den Reinfällen in der Vergangenheit gelernt? Aber er beherrschte sich und schwieg. Tine hatte recht. Es war ihr Leben und er durfte ihr nicht ständig hineinreden. Es fiel ihm schwer. Er war es gewohnt, ihr Ratschläge zu erteilen. Doch wenn er sich jetzt gegen sie stellte, würde sie womöglich den Kontakt zu ihm abbrechen. Er durfte sie nicht zwingen, zwischen ihm und Marius Kaiser zu wählen.

„Ich wünsche dir alles Gute, Tine", sagte er. „Ich wünsche es tatsächlich. Es wäre schön, wenn ich mich in Sachen Marius irre. Du hast vollkommen recht, Küken. Es ist dein Leben. Du wirst schon das Richtige tun." Er umarmte sie.

„Danke, Frankie. Deine Zustimmung war mir sehr wichtig", sprach sie leise und kuschelte sich an ihn. „Wie geht's Lottchen?"

„Die ist mittlerweile eingewöhnt", antwortete Frank. Er erzählte seiner Schwester, dass er Charlotte Puppen, Stofftiere und einen großen Legobaukasten gekauft hatte. Er erzählte von den Nachtspaziergängen, von der Anhänglichkeit des Kindes. Von Charlottes riesiger Götterkuh im Computerspiel „Black & White". Von dem unheimlichen kleinen Gefühl in seinem Hinterkopf, jener leisen Warnstimme, sagte er nichts. Das fehlte noch, dass Tine ihn damit aufzog.

Mitten in ihrer Unterhaltung kam Lottchen in die Küche. Sie war fertig angezogen.

„Tine!", rief sie begeistert und fiel Christina um den Hals. „Spielen wir 'Mensch ärgere dich nicht?'"

„Gerne, Lottchen", antwortete Christina. „Wie geht es dir, Kleines?"

„Gut, danke." Charlotte machte sich aus Christinas Umarmung frei: „Willst du meine Bilder sehen? Zu jeder Kindergeschichte von Frank male ich Bilder. Die kommen später in das fertige Buch."

Ohne eine Antwort abzuwarten, sauste sie in Franks Arbeitszimmer und kam mit einem Stapel DIN-A4 Blätter zurück. „Schau, Tine. Das sind die Dinosaurier für die Geschichte mit Franziska und Charlotte im Dinoland. Und die hier gehören zu der Geschichte, wo zwei Kinder zu einer furchtbar strengen Tante kommen, die wo sie total garstig behandeln tut."

Christina betrachtete die mit Holzbuntstiften kolorierten Zeichnungen.

„Du kannst fantastisch zeichnen, Lottchen!", sprach sie. Ehrfurcht und Unglauben schwangen in ihrer Stimme mit.

Charlotte sonnte sich in dem Lob. Sie zeigte auf ein anderes Bild: „Das bin ich mit meiner Mama und meinem Papa. Erkennst du mich?"

Christina war verblüfft: „Aber ja, Lottchen. Du hast dich selbst haargenau getroffen. Du hast Talent, wirklich."

Sie betrachtete das Bild. Sie war sprachlos. Es war einfach unglaublich, dass ein so kleines Kind derart gute Zeichnungen anfertigen konnte. Andere Kinder in dem Alter brachten bloß Gekritzel zustande. Das Bild zeigte eine Charlotte im Alter von vier oder fünf Jahren. Die Ähnlichkeit mit ihrer Porzellanpuppe Lottchen, die sie von Frank zum Geburtstag bekommen hatte, war überwältigend.

Christina holte ihre Umhängetasche: „Ich habe dir jemanden mitgebracht, Lottchen."

Charlotte wurde neugierig: „Ja? Wen denn?"

Christina setzte ein geheimnisvolles Gesicht auf: „Jemand, der dir sehr ähnlich sieht, Kleines. Sie ist hier drin, in meiner Tasche. Ich weiß aber nicht recht, ob ich sie dir zeigen soll." Tina tat geheimnisvoll.

„Oh, bitte, zeig mir, was du da hast!", bettelte Charlotte und hängte sich an Christina.

Tina holte Lottchen hervor, die Porzellanpuppe, die Frank ihr zum zehnten Geburtstag geschenkt hatte: „Sieh nur, Lottchen. Dich gibt es als Puppe. Ist das nicht erstaunlich? Vor allem, weil diese Puppe gemacht wurde, lange bevor du auf die Welt kamst."

Charlotte nahm die kleine Puppe in Empfang. „Ist die schön!", hauchte sie und streichelte über das schwarze Haar der Puppe.

„Sie trägt sogar den gleichen Namen wie du", sagte Christina. „Sie heißt Charlotte. Unglaublich, was? Wie konnte jemand eine Puppe machen, die genauso aussieht wie du und ihr sogar deinen Namen geben, obwohl er dich noch nicht kannte?"

„Vielleicht ist diese Puppe schon sehr alt", begann Charlotte. „Vielleicht wurde sie nicht nach mir gemacht, sondern nach meiner Mutter. Die hieß nämlich auch Charlotte und sie sah mir sehr ähnlich, als sie noch ein Kind war. Sie hat es mir einmal erzählt. Diese Puppe muss von der alten Puppenmacherin in

Zweibrücken stammen. Die ist nämlich eine ..." Das Kind verstummte jäh und biss sich auf die Lippen.

Jetzt habe ich mich verraten!, dachte sie entsetzt. Wie konnte ich mich nur so verplappern?!

Sie schaute Tine an. Hatte Christina die Puppe absichtlich mitgebracht, um Charlotte dazu zu bringen, mehr über sich zu erzählen? Ahnte sie, wer Charlotte war?

Charlotte senkte den Kopf. Jetzt bloß nicht rot werden!

„Du kennst die Frau?" Das war Franks Stimme. „Warum hast du nichts davon erzählt, dass es jemanden gibt, der dich kennt, Lottchen?"

Was soll ich denn jetzt sagen?, fragte sich Charlotte verzweifelt. In ihrem Kopf summte ein zorniger Bienenschwarm und hinderte sie am schnellen Nachdenken.

Christina nahm sie in die Arme: „Lottchen, was hast du?"

„Nichts", antwortete Charlotte.

„Kennst du die Frau aus Zweibrücken, Kind?"

„Nein", log Charlotte. „Meine Mutter hat mir von ihr erzählt, als ich noch klein war. Die Frau macht Puppen. Die meisten Puppen denkt sie sich selber aus, aber manchmal machte sie Puppen nach Menschen, die sie kennt. Deine Puppe ist wahrscheinlich nach meiner Mama gemacht." Würde Tine sich damit zufriedengeben? Und Frank? Liebfrank? Lotte schaute zu ihm hinüber. Er sah sie aufmerksam an und schien auf eine ausführlichere Erklärung zu warten. Lotte wurde ganz flau im Magen. Was sollte sie ihm sagen? Wenn er jetzt von ihr verlangte, ihm alles über sie zu erzählen, war es aus. Da war sich Lotte sicher. Sie begann zu zittern.

Tine streichelte sie beruhigend: „Es ist ja gut, Lottchen. Beruhige dich. Keiner tut dir was. Frank und ich sind doch bloß neugierig, weil dir dieses Püppchen so sehr gleicht. Es ist doch nichts Schlimmes dabei."

„Wenn du nicht drüber sprechen willst, brauchst du es auch nicht", sagte Frank.

Charlotte schaute ihn an. Frank sah sehr neugierig aus. Er wollte wissen, was es mit der Puppe auf sich hatte, das spürte sie

„Ich weiß wirklich nicht, warum mir die Puppe so ähnlich sieht", sagte Lottchen lahm.

„Das ist in Ordnung, Lottchen", sprach Tine tröstend. „Du brauchst doch deswegen keine Angst zu haben. Es ist doch nichts Schlimmes, einer Puppe ähnlich zu sehen, Dummerchen."

„Ich will nicht ... ", begann Lottchen.

„Was?", fragte Tine.

Charlotte schaute sie bittend an. Ich will nicht, dass Liebfrank mich wegschickt!, dachte sie verzweifelt. Jetzt, wo alles so schön ist! Ich will nicht wieder allein sein! Sie wagte nicht, die Worte laut auszusprechen. Das durfte sie nicht. Sie durfte nicht fragen. Es gab Regeln, die sie befolgen musste.

Christinas Augen verengten sich. Sie warf ihrem Bruder einen scharfen Blick zu: „Sag mal, hast du sie immer noch nicht gefragt?"

Frank wurde nervös und druckste herum: „Ich ... also ... ehm ... noch nicht."

„Du gefühlloser Mistbock!", raunzte Christina und drückte Lotte fest an sich. „Dann wird es aber Zeit, Herr Reuter! Meinst du nicht auch?"

„Äääh ... jjjaa ..." Frank klang nervös.

Was kommt jetzt?, fragte sich Charlotte erschrocken. Was soll Frank mich fragen? Woher ich komme? Was ich bin? Oh, bitte, nicht! Wenn er die Wahrheit erfährt, wird er mich wegjagen!

Frank Reuter holte tief Luft: „Lottchen, kommst du mal bitte zu mir?"

Charlotte löste sich aus Christinas Armen und schlich zu dem Mann hinüber: „Ja, Frank?" Ihr war sterbenselend vor Angst. Nun kam alles heraus!

Frank fasste sie zärtlich an den Händen und räusperte sich zweimal.

„Wird's bald!", forderte Tine energisch.

„Ja doch!", murrte Frank.

„Also, es ist so, Lottchen", begann er. Seine Stimme klang rau und verlegen. „Ich wollte ... ich meine ... du bist jetzt schon eine ganze Weile bei mir, Kind. Gefällt es dir eigentlich bei mir?"

Ihr gefallen? Spürte er denn nicht, dass sie ihn abgöttisch liebte? Lotte bekam vor Aufregung kein Wort heraus. Ihr Hals war wie zugeschnürt. Endlich schaffte sie es, zu nicken.

„Das ist fein", sprach Frank weiter. „Weil ... weil ... weißt du, mir gefällt es auch, dass du bei mir bist."

Lotte schaute ihm fragend in die Augen. Ihr Herz begann wild zu klopfen. Was hatte Liebfrank da gerade gesagt? War es wirklich wahr?

Sag es! Bitte, sag es!, flehte sie in Gedanken.

Frank drückte ihre Hände. Sie meinte, er wollte sie zerquetschen. „Lottchen, ich möchte dich etwas fragen. Ich mag dich sehr, ich ... also, ich habe dich sehr lieb und wenn es dir bei mir gefällt, ich ... also ... ehm ... möchtest du für immer bei mir bleiben? Als meine Tochter?"

Ein wimmernder Laut kam aus Lottes Kehle hervor. Er hatte sie gefragt! Er hatte es getan! Er hatte sie lieb!

Sie konnte nicht sprechen. Alles, was sie zustandebrachte, war ein kurzes Nicken.

Frank lächelte sie an: „Das ist fein, Lottchen." Er fasste sie bei den Schultern und zog sie zu sich. Er küsste sie auf die Stirn. Dann gab er ihr einen leichten Kuss auf die Lippen und dann küsste er sie sanft auf die Augenlider.

Charlottes Mund öffnete und schloss sich, ohne einen Ton hervorzubringen. Das Herz schlug ihr bis zum Hals und eine herrliche Wärme breitete sich in ihrem

Bauch aus und kroch ihr den Rücken hinauf. Plötzlich füllten sich ihre Augen mit Tränen. Sie konnte nichts dagegen tun.

Sie warf sich in Franks Arme.

„J-Ja, Liebfrank!", schluchzte sie und klammerte sich an ihm fest. „Ja, ich w-würde gerne für immer bei dir b-bleiben!"

Der Mann umarmte sie ganz fest. „Ist ja gut, Lottchen. Nicht weinen, Kleines!", sprach er mit beruhigender Grummelstimme. Sie fühlte seine Lippen auf ihrem Haar. „Ganz ruhig, Lottchen."

Sie vergrub ihr Gesicht in seiner Halsbeuge. „Darf ich wirklich bei dir bleiben?", fragte sie. Sie konnte es immer noch nicht fassen.

„Ja, Lottchen", antwortete Frank und streichelte sie.

Charlotte war trunken vor Glück. Er hat mich gefragt! Mich gefragt! Er hat mich eingeladen! Und er hat mich geküsst. Liebfrank! Liebfrank! Liebfrank!

Jetzt war alles gut. Ruhe und Wärme breiteten sich in Charlottes Herz aus. Sie meinte, vor Glück und Freude platzen zu müssen. Sie bog den Kopf zurück und küsste Frank auf die Wange.

„Liebfrank!", sagte sie voller Inbrunst. „Liebfrank!"

„Dann wird es mal Zeit, dass du mich besuchst", hörte sie Tine sagen. „Ich zeige dir meine Puppen. Sie werden dir gefallen."

Charlotte fühlte Franks Herzschlag. Er war schneller als normal. Seine starken Arme hielten sie immer noch umfangen.

Lass mich nie mehr los!, bat sie in Gedanken. Nie mehr, Liebfrank!

*

Die HOOTERS sangen "Twenty Five Hours a Day". Der Kompressormotor des

Mercedes summte dazu. Der Fahrtwind rauschte. Frank Reuter fuhr über die Autobahn nach Zweibrücken. Es war dreizehn Uhr mittags. Eine halbe Stunde zuvor war er noch in die Fragebogen des Jugendamtes vergraben gewesen. Die pingeligen Fragen, die einander in endloser Schlange folgten, hatten ihm zu schaffen gemacht. Was die alles wissen wollten!

Und dann hatte auch noch Manuela Hennes angerufen. Ob er morgen Abend mit ihr ausgehen wollte. Frank sagte ab. Er war mit Charlotte bei Christina in Lautenbach eingeladen. „Tut mir leid, Manu. Morgen muss ich zu meiner Schwester. Ich kann die Verabredung nicht mehr rückgängig machen."

„Ist nicht schlimm, Frank", rief sie fröhlich ins Telefon. „Dann vielleicht übermorgen?"

Frank stellte ohne Erstaunen fest, dass ihm Manuelas Fröhlichkeit auf den Geist ging. Es war mal wieder soweit. Er war bereit, sich auszuklinken. Die Sache machte keinen Spaß mehr. Es widerstrebte ihm allerdings, die Beziehung mit Manuela am Telefon abzubrechen. Er würde ihr bei einem der nächsten Treffen klarmachen, dass sie ihm entschieden zu dicht auf die Pelle rückte. Oder vielleicht doch lieber am Telefon?

Ich wollte, ich hätte das schon hinter mir, dachte er genervt. Auf der anderen Seite wollte er gerne noch eine Weile mit Manu gehen. Sie war spitze im Bett. Leider war das ihr einziger Pluspunkt, gestand er sich ein.

„Ich ruf dich an, Manu", versprach er ohne große Begeisterung.

Sie schien nichts zu merken. „Ist gut, Frank. Ich warte auf deinen Anruf." Und dann kam der Hammer: „Warst du eigentlich schon mal in der Oper?"

Frank rollten sich vor Abscheu die Zehennägel hoch. Er hasste die Oper wie die Pest. Wozu sollte er in eine Aufführung gehen, bei der er die Texte der Lieder aus einem Begleitheft ablesen musste, weil die Leute auf der Bühne so undeutlich kreischten und jodelten?

„Nee, Manu. In der Oper war ich noch nie. Ist nicht gerade meine Sache, weißt du."

„Ach komm, Frank. Vielleicht sollten wir mal hin. Es wird dir sicher gefallen. Schließlich bist du Schriftsteller und damit ein Künstler. Du könntest eine Menge interessanter Leute treffen."

Oh Gott!, dachte Frank angewidert. Gleich fängt sie wieder mit meiner Kohle an.

„Weißt du eigentlich, dass der Vizepräsident der Saarbank regelmäßig mit seiner Frau in die Saarbrücker Oper geht? Du solltest dir mal die richtigen Kontakte verschaffen, Frank", meinte Manuela. Anstatt auf der Ranch in Höchen bei den Prolos rumzuhängen und zu saufen, beendete Frank ihren Satz in Gedanken. Er war froh, dass Manuela sich nach einigen weiteren Sätzen von ihm verabschiedete: „Tschüs dann, bis übermorgen. Ruf mich an, Frank!"

Er setzte den Blinker und wechselte auf die Überholspur, um einen Reisebus zu überholen.

„Am liebsten würde ich überhaupt nicht mehr anrufen", brummte er. „Ich bin nicht besser als Tine. Ich lande auch ständig bei den Falschen. Kacke!"

Das Lied der Hooters war zu Ende. Ein Technolied folgte. Reuter konnte Technomusik nicht ausstehen. Er schob die CD von BR5-49 in den Player. Sie sangen ein fetziges Hillbillystück von der kleinen Ramona, die schwer auf Country stand.

„Schon besser", sagte Frank und gab Gas. Die Tachonadel überkletterte die hundertfünfziger Marke.

Am frühen Morgen hatte Frank Reuter seine Mutter begraben.

Er hatte auf dem Computer eine neue Datei geschaffen und in allen Einzelheiten das Begräbnis seiner Mutter geschildert. Ein sehr seltsames Gefühl hatte sich beim Schreiben in ihm breitgemacht. Es dauerte eine Weile, bis Frank erfasste, was dieses Gefühl bedeutete: Frieden.

„Ich bin sie nicht los, aber ich habe sie verbuddelt", sprach er zu sich selbst, als er das Wort ENDE tippte. Sie ist begraben. Aus und vorbei. Sie kann mir nichts mehr anhaben.

Das Gefühl von Frieden schwang noch immer in ihm nach.

Er war unterwegs zu dem Geschäft, in dem er vor dreizehn Jahren Tines Puppe Lottchen gekauft hatte. Im Laufe der Jahre hatte er weitere Puppen bei Malter in Zweibrücken gekauft. Man kannte ihn in dem Geschäft. Und Frank kannte auch die alte Puppenmacherin, eine Frau in den Fünfzigern mit kurzgeschnittenen, grauen Haaren. Er wollte sie fragen, was sie über Charlotte und ihre Eltern wusste. Die Informationen konnten ihm behilflich sein, wenn er sich beim Jugendamt um die Pflegschaft für Lottchen bewarb.

Eigentlich wollte er Charlotte nicht als Pflegekind. Frank wollte sie adoptieren. Eine Adoption war wesentlich schwieriger, aber wenn er das Mädchen erst einmal eine Weile in Pflege hatte, dachte er sich, würde es ihm schon gelingen.

Die böse kleine Stimme in seinem Hinterkopf hatte schon lange nicht mehr über Charlotte gelästert. Sie hatte sich an das Kind gewöhnt, genau wie Frank Reuter. Er hätte nie gedacht, dass es ein so gutes Gefühl sein könnte, von einem Kind geliebt zu werden. Das hatte er seit seiner eigenen Kindheit nicht mehr erlebt, als er für Tine den Ersatzvater spielte.

Frank fand problemlos einen Parkplatz und marschierte schnurstracks zu Malter. In einer Tragetasche aus Baumwolle trug er Tines Puppe Lottchen mit sich. Die Puppenmacherin wohnte im Stockwerk über dem Geschäft. Kunz stand an ihrer Klingel. Sie öffnete, bevor Frank den Klingelknopf berührt hatte.

„Herr Reuter. Schön, Sie zu sehen. Möchten Sie sich meine neuesten Puppen anschauen? Es sind wieder einmal einige sehr schöne dabei, die Ihrer Schwester gefallen werden."

„Gerne, Frau Kunz", antwortete Frank und folgte ihr in die geräumige Wohnung, in der sich auch die Puppenwerkstatt befand. Geduldig besah er sich die Puppen, die Frau Kunz ihm vorlegte, wobei er von Zeit zu Zeit anerkennende Bemerkungen machte.

„Haben Sie sich schon für ein bestimmtes Puppenkind entschieden?", wollte Frau Kunz wissen.

Frank zeigte auf eine sehr lebensechte Porzellanpuppe mit langen, filzigen, rotblonden Haaren. Sie trug ein Lumpenkleid und war barfuß: „Die da gefällt mir am besten."

Frau Kunz lächelte breit: „Das ist mein neuestes Stück. Das kleine Lumpenmariechen. Ich dachte mir: Steck deine Puppenkinder nicht immer in die allerfeinsten Kleider. Auch ärmliche Kinder haben ihren Charme. Sie haben eine gute Wahl getroffen. Billig wird es aber nicht; das sage ich Ihnen gleich, Herr Reuter. Das Lumpenmariechen ist auf zehn Stück limitiert. Sieben davon sind bereits vorbestellt."

Frank lächelte zurück: „Gut. Dann nehme ich die Nummer acht. Das Lumpenmariechen wird meiner Schwester gut gefallen. Ich kenne ihren Geschmack."

Frau Kunz überreichte ihm die Puppe: „Bitteschön, Herr Reuter. Sie müssen eintausendzweihundert Euro für sie dalassen."

„Kein Problem", meinte Frank leichthin. „Nehmen Sie einen Scheck oder soll ich rasch in die Stadt gehen zum nächsten Bankomaten?"

„Nein, nein. Ich bitte Sie. Von Ihnen nehme ich selbstverständlich einen Scheck an", beeilte sich Frau Kunz zu sagen. „Wollten Sie sonst noch etwas, Herr Reuter?"

„Ja, eigentlich schon." Frank holte die Lottchenpuppe aus der Tragetasche und legte sie vor die Puppenmacherin auf den Tisch. „Nach wem haben Sie diese Puppe gemacht, Frau Kunz?"

Die Frau nahm Lottchen hoch und betrachtete sie eingehend.

„Das ist Charlotte. Davon wurden vor vierzehn Jahren fünfhundert Stück in einer Fabrik in Mannheim produziert. Das Original ist allerdings viel älter. Das habe ich in meiner Jugend gemacht. Es war eine meiner ersten selbstgefertigten Puppen." Sie fasste Reuter scharf ins Auge: „Warum fragen Sie danach?"

„Ich benötige dringend alle Informationen zu der Person, nach der Sie diese Puppe gemacht haben, Frau Kunz. Es ist äußerst wichtig. Bitte glauben Sie mir."

Die Puppenmacherin nahm Lottchen in die Arme wie ein kleines Kind und lehnte sich in ihren Sessel zurück: „Das erklären Sie mir mal bitte genauer, junger Mann!"

Frank überlegte fieberhaft.

„Können Sie schweigen?", fragte er schließlich.

„Das kann ich, Herr Reuter", antwortete die Puppenmacherin.

Frank räusperte sich: „Also … bei mir zu Hause lebt ein kleines Mädchen, ein Mädchen, das genauso aussieht wie die Puppe, die Sie gerade im Arm halten. Sie heißt Charlotte."

Frau Kunz wechselte die Farbe. „Charlottes Tochter!", flüsterte sie. Sie blickte Frank eindringlich, beinahe flehend an. „Lottchen lebt?"

„Ja, und wie!" Frank lächelte. „Sie kennen das Kind?"

Die Kunz nickte.

„Kennen Sie Angehörige? Stimmt es, dass Charlottes Eltern tot sind?"

Wieder ein Nicken. „Sie sind beide tot. Seit zwei Jahren." Frau Kunz stöhnte. „Ich wusste nicht, dass das Kind überlebt hat. Jesus Christus!"

„Was ist mit dem Kind?", fragte Frank. Himmel! Warum musste man der Tante alles aus der Nase ziehen?

„Wie geht es der kleinen Charlotte?", fragte Frau Kunz.

„Der geht es gut."

„Wie kam sie zu Ihnen, Herr Reuter?"

„Ich habe sie nachts auf der Straße aufgelesen", antwortete Reuter. Er zögerte.

„Na ja ... eigentlich ... ich habe sie im strömenden Regen angefahren. Ich konnte nichts dafür", verteidigte er sich. „Sie stand hinter einer scharfen Kurve mitten auf der Straße. Also ... sie war zwar nicht verletzt, aber ich wollte sie ins Krankenhaus bringen, damit man sie untersuchte. Aber sie hatte eine Heidenangst davor. Auch vor der Polente. Ich wollte sie nicht mitten in der Pampa im Regen stehen lassen. Ich nahm sie mit zu mir." Frank berichtete von dem Unfall und Lottchens ersten Tagen in seinem Haus.

Die Puppenmacherin lächelte ihn freundlich an: „Das haben Sie sehr gut gemacht, Herr Reuter. Dieses Kind ist ein ganz besonderes Kind. Hüten Sie es wie Ihren Augapfel. Der Tag wird kommen, an dem Sie sich zu verantworten haben."

„Vor wem?", fragte Frank. „Vorm Jugendamt? Da machen Sie sich mal keine Sorgen. Das schaukele ich schon."

„Ich meine nicht irgendwelche staatlichen Organisationen. Ich meine die Leute des Kindes."

„Ich dachte, sie hat keine Angehörigen mehr." Reuter wurde misstrauisch. Hatte Lottchen ihn belogen?

„Es stimmt. Angehörige gibt es keine mehr. Aber es gibt noch Leute wie sie."

„Was sind das für Leute?", bohrte Frank nach. „Ist das irgendeine Sekte? Wieso essen die kein Fleisch? Und wieso fürchtet Charlotte sich vor der Sonne? Hat sie XP?"

Die Puppenmacherin runzelte fragend die Stirn: „XP?"

„Xeroderma Pigmentosum." Frank erklärte, was es mit der seltenen Erbkrankheit auf sich hatte.

Frau Kunz lächelte amüsiert. „So, so. Es gibt also einen Namen und eine Erklärung für alles. Wie schön."

„Ja, und weiter? Was ist jetzt mit Lottchens Leuten? Was meinten Sie damit, als Sie sagten, dass ich mich vor denen verantworten muss? Soll das heißen, dass das Kind gesucht wird?"

Frau Kunz schüttelte den Kopf. „Man nahm an, dass Charlottes und Bernwards Tochter tot sei. Geben Sie gut acht auf das Kind, Herr Reuter. Lottchen ist etwas ganz Besonderes."

„Das habe ich schon bemerkt", meinte Frank lächelnd. „Sie passt gut zu mir. Ich bin auch ein Nachtmensch. Ich lebe mehr nachts als am Tage. Bloß bin ich nicht so verrückt nach Siamkatzen. Sie fällt über jede „Jai" her, die sie nachts trifft. Es ist wirklich lustig, wie zahm die Viecher werden, wenn sie leise „Jaiii" ruft."

„Ja, Siamkatzen haben für Charlottes Leute eine Bedeutung. Ist das Kind gerne bei Ihnen?"

„Klar doch", antwortete Frank. „Als ich sie fragte, ob sie für immer bei mir bleiben möchte, hat sie sich wahnsinnig gefreut, und sie nennt mich Liebfrank."

Das Gesicht der Puppenmacherin veränderte sich auf seltsame Weise. Einerseits wirkte sie erschrocken und traurig, andererseits schien sie sich sehr zu freuen. Sie legte die Porzellanpuppe auf den Tisch und fasste Franks Hände: „Herr Reuter, schützen Sie dieses Kind! Seien Sie stets gut zu ihm. Es ist ein besonderes Kind. Es ist nicht wie andere Kinder. Schützen Sie es vor schlechten Menschen. Ich glaube, dass Sie ein guter Mensch sind, aber Sie tragen wie wir alle das gewalttätige Erbe in sich. Seien Sie gut zu der kleinen Charlotte."

„Das bin ich, Frau Kunz", versprach Frank mit belegter Stimme. Die Aufregung der Puppenmacherin ging ihm nahe. „Ich möchte sie adoptieren. Wenn sie keine Angehörigen mehr hat ..."

„Behalten Sie das Kind und seien Sie gut zu ihm. Mehr kann ich Ihnen nicht sagen. Und halten Sie fremde Menschen von ihm fern. Bringen Sie es auf keinen Fall zu einem Arzt!"

„Und wenn sie mal ernstlich krank wird? Eine Blinddarmentzündung zum

Beispiel."

Die Puppenmacherin lächelte schmerzlich: „Darüber machen Sie sich mal keine Sorgen, Herr Reuter. So etwas macht Lottchen nichts aus."

„Was?", fragte Frank verblüfft. „Daran kann man sterben, Frau Kunz."

Sie schüttelte den Kopf. „Lottchen nicht! Hören Sie auf, solche Fragen zu stellen! Schützen Sie einfach das Kind. Mehr können Sie nicht tun."

Damit wollte Frank sich nicht zufriedengeben. „Was sind das denn nun für Leute, zu denen Charlotte gehört? Ist das so eine fanatische Sekte, die kein Fleisch isst?"

Die Puppenmacherin schaute ihn kopfschüttelnd an: „So könnte man sagen. Ich kann Ihnen nicht mehr Informationen preisgeben, Herr Reuter. Es tut mir leid. Ich habe es versprochen, und ich bin es gewohnt, meine Versprechen zu halten. Machen Sie sich keine Sorgen. So wie es jetzt ist, ist alles in Ordnung. Schützen Sie das Kind und seien sie gut zu ihm."

Zehn Minuten später saß Frank in seinem Mercedes und brauste über die Autobahn nach Bexbach zurück. Er schüttelte den Kopf. Was für eine verrückte Unterredung! Er wusste genauso wenig wie zuvor. Nur dass die warnende Stimme in seinem Unterbewusstsein lauter wurde. Sehr viel lauter. Die Unterredung mit Frau Kunz hatte Franks Verdacht bestätigt, dass irgendetwas mit Lottchen war. Wie hatte sie noch einmal gesagt? Dieses Kind ist etwas ganz Besonderes.

*

Frank stoppte den Mercedes vor Christinas Haus in Lautenbach. Mittlerweile war es stockfinster. Als sie in Bexbach losgefahren waren, war die Dämmerung gerade hereingebrochen. Lottchen hatte Frank gesagt, dass sie dann nach draußen gehen konnte. Nur solange die Sonne sichtbar war, bestand Gefahr für sie.

Frank hielt Charlotte die Tür auf: „Alles aussteigen, bitte."

Er führte das Mädchen an der Hand zur Haustür. Bevor er klingeln konnte, öffnete sich die Tür und Christina erschien.

„Tine!" Lotte sprang in Christinas Arme.

Christina hob sie hoch und drückte ihr einen Kuss auf die Wange: „Hallo, Lottchen. Schön, dass du da bist. Guten Abend, Frankie. Kommt rein." Sie führte ihre Gäste ins Wohnzimmer.

Marius Kaiser saß auf dem Sofa. Er stand auf: „Guten Abend, Frank. Wie geht's?" Die beiden Männer schüttelten sich die Hände.

Marius wandte sich Charlotte zu: „Du musst Charlotte sein. Guten Abend, kleines Fräulein." Er reichte Lotte die Hand.

Das Kind ergriff sie zögernd: „Guten Abend, Herr Kaiser."

Marius lächelte: „Du kannst mich ruhig Marius nennen, okay? Tina hat mir von dir erzählt. Stimmt es, dass du Frank vors Auto gelaufen bist? Das war sehr unvorsichtig von dir. Es ist gefährlich, nachts auf der Straße herumzulaufen. Das Auto von Frank ist sehr schnell. Wenn er nun nicht mehr rechtzeitig hätte bremsen können?"

Lotte entzog ihm ihre Hand und lief zu Frank. Sie kuschelte sich an seine Seite. Frank Reuter unterdrückte ein Grinsen. Lotte mochte den schönen Marius anscheinend nicht besonders.

Christina forderte sie auf, sich zu setzen. Sie holte in der Küche ein Tablett mit belegten Brotstücken. „Greif ruhig zu, Lottchen", sagte sie. „Es ist alles pflanzlich: Margarine, Marmelade, Sojabrotaufstrich und so ein Zeugs. Ich habe auch Fruchtsalat gemacht. Mit ganz viel Ananas, weil du die doch so gern magst."

„Danke, Tine." Lotte lächelte sie an und holte sich ein Stück mit Sojapaste und einer Olive darauf. Das Stückchen war auf eine kleine Plastikgabel gespießt.

„Mmm. Schmeckt gut."

Christina zeigte in eine Ecke des Wohnzimmers: „Schau mal da hinten, Lottchen." In der Ecke stand ein Regal aus dunklem Holz. Es war voller Puppen.

Augenblicklich vergaß Charlotte das Essen. Sie sprang auf und lief zu dem Regal, um die Puppen zu betrachten.

Christina begleitete sie. „Gefallen sie dir, Lottchen?"

Charlotte nickte begeistert. Christina umarmte sie. Sie erzählte dem Kind die Geschichte jeder einzelnen Puppe. Die meisten hatte sie von ihrem Bruder zum Geburtstag geschenkt bekommen. Auch die Porzellanpuppe Lottchen saß im Regal.

„Die hier ist ganz neu", erklärte Christina und zeigte auf eine große blonde Puppe in einem schneeweißen Brautkleid. „Die habe ich gestern von Marius bekommen. Ist sie nicht wunderschön?" Sie sah nicht, wie Frank ein spöttisches Gesicht machte. Marius Kaiser aber bemerkte es.

Lotte nickte. „Sie sind alle schön, Tine. Darf ich sie anfassen?"

„Aber natürlich, Schätzchen. Spiel ruhig mit ihnen. Sie mögen es, wenn man mit ihnen spielt. Puppen haben nämlich ein kleines Herz, weißt du? Deshalb soll man sich oft mit ihnen beschäftigten. Sie wollen geliebt werden wie Kinder. Und man muss vorsichtig mit ihnen umgehen, genau wie mit kleinen Kindern."

Charlotte schaute sie ungläubig an: „Deine Puppen können fühlen wie Menschen?"

„Klar doch, Lottchen!"

„Ehrlich?" Lotte war hingerissen.

„Frank hat es mir gesagt, als ich noch so klein war wie du", antwortete Christina. Sie kehrte zu den beiden Männern am Wohnzimmertisch zurück.

„Sie ist ein nettes Kind", sagte Marius zu Frank. „Du willst sie wirklich adoptieren?"

„Ja, das habe ich vor", antwortete Frank.

Christina setzte sich auf die Couchlehne neben Frank und legte ihm einen Arm um die Schultern: „Und ich werde ihm dabei helfen."

„Fein", sprach Marius.

Er hätte genauso gut Scheiße sagen können, dachte Frank. Er musterte Marius Kaiser prüfend. Es gefiel ihm nicht, wie der Kerl Lottchen anschaute. Sein Blick wirkte irgendwie lauernd, als plane er nichts Gutes.

Es war ein Fehler, den Typen einzuweihen, dachte Frank. Er hatte kein gutes Gefühl. Missmutig hörte er zu, wie Marius über Kinder redete.

„Wir wollen auch Kinder", sagte er und lächelte Christina zu. „Nicht wahr, Tina? Wir werden demnächst heiraten und Kinder haben. Zwei oder sogar drei." Er grinste. „Wir werden sie allerdings auf natürlichem Wege bekommen und nicht wie Frank nachts auf der Straße umfahren." Er lachte meckernd.

Frank Reuter konnte über den armseligen Witz nicht lachen. Sein ungutes Gefühl verstärkte sich im Laufe des Abends noch.

Es war keine gute Idee, Lottchen mit herzubringen, dachte er missmutig. Ich traue diesem Marius nicht über den Weg. Er beobachtete mürrisch, wie Marius und Lotte mit den Puppen spielten. Das Kind hatte sein anfängliches Misstrauen überwunden und spielte arglos mit dem Mann.

*

Marius lächelte. Das fiel ihm nicht weiter schwer, obwohl er Kinder nicht ausstehen konnte. Er hielt sie allesamt für verzogene Nervensägen. Aber er lächelte. Das musste er, denn wenn er nicht ununterbrochen gelächelt hätte, wäre er in triumphierendes Gelächter ausgebrochen.

Jetzt habe ich dich am Sack, Reuterschwein!, dachte er triumphierend und sah lächelnd zu, wie Reuter das Kind umarmte und abknutschte. Das Reuterschwein war ganz offensichtlich total in die kleine Göre vernarrt, und die Rotznase hing wie eine Klette an ihm. Marius Kaiser freute das. Je mehr das Reuterschwein das Kind liebte, umso mehr würde es ihm wehtun, es zu verlieren.

Ich werde in Kürze dem Jugendamt einen kleinen Tipp geben, nahm sich Marius vor. Und zwar, wenn El Reuterarschlocho zum Saufen loszieht und ein kleines, hilfloses, sechsjähriges Kind ganz allein in seinem Haus zurücklässt!

Er hatte den ganzen Abend mit offenen Ohren und wachem Verstand den Gesprächen von Tina und Frank zugehört. Tina rechnete sich für ihren Bruder gute Chancen aus, wenn das Kind erst einmal lange genug bei ihm lebte. Nun, Marius würde dafür sorgen, dass es nicht allzu lange wurde. Er würde dafür sorgen, dass das Jugendamt einen Hausbesuch machte, wenn der tolle Frankie ganz bestimmt nicht als der tolle Ersatzpapi dastand: nämlich, wenn er nachts ausging und das Kind mutterseelenallein zurückließ.

Ich muss nur den richtigen Abend abwarten!, dachte Marius voller Vorfreude. Wenn das Reuterschwein zum Saufen und Rumhuren loszieht, benachrichtige ich das Jugendamt, dass ein sechsjähriges Kind ganz allein in einem Haus sitzt und sein Vater sich in der Kneipe volllaufen lässt. Dann ist Reuter die Kleine los. Das wird ihm ganz schön wehtun, so wie er das Kind liebt.

Marius Kaiser gab sich alle Mühe, das Lächeln in seinem Gesicht nicht zu einem triumphierenden Grinsen werden zu lassen. Er würde es dem Reuterschwein schon zeigen! Zuerst das Kind. Dann die Heirat mit seiner Schwester, damit Marius an deren Kohle rankam. Und dann würde Tina einen kleinen Unfall haben. Marius würde reich sein und das Reuterschwein am Boden zerstört.

Genau wie ich als kleiner Junge!, dachte Marius. Dann wirst du mal am eigenen Leib erfahren, wie das ist, wenn es einem so richtig dreckig geht, Reuterschwein!

Deine beschissene Alte kann in meiner kleinen Inszenierung leider nicht mitmachen. Sie ist ja schon an Krebs krepiert. Ein schöner Tod, finde ich. So hübsch langsam und schmerzhaft. Genau das, was sie verdient hat! Für dich wird es noch schlimmer werden, Reutersau! Für dich gibt es keine Erlösung im Tod. Oder vielleicht doch? Vielleicht klappst du ja nach einer Weile im heulenden Elend zusammen und bringst dich um? Keine schlechte Idee, finde ich. Wirklich!

*

Um halb elf verabschiedeten sich Frank und Charlotte und fuhren nach Bexbach zurück.

„Kommt mal wieder vorbei", bat Tine.

„Ja, kommt mal wieder her", unterstützte Marius sie und lächelte. „Wir könnten 'Mensch ärgere dich nicht' spielen oder Monopoly, oder mal im Dunkeln spazieren gehen. Das wäre doch mal was anderes. Eine Nachtwanderung im Lautenbacher Wald. Mit Taschenlampen." Tina hängte sich bei ihm ein und küsste ihn. Sie winkten beide dem davonfahrenden Wagen nach.

„Hat es dir gefallen?", fragte Frank Lottchen unterwegs.

„Ja", lautete die einsilbige Antwort.

„Klingt aber nicht gerade begeistert. War irgendwas?" Charlotte druckste herum. „Na komm schon, Lottchen. Du kannst es ruhig sagen."

„Es ist wegen dem Mann. Der war so komisch."

Frank unterdrückte ein Grinsen. Lottchen mochte den schönen Marius also auch nicht. „Komisch? Inwiefern?"

„Ich habe das Gefühl, dass der Mann nicht so nett ist, wie er tut. Ich habe mich sogar ein bisschen vor ihm gefürchtet."

„Ich mag ihn auch nicht besonders", sagte Frank. „Ehrlich gesagt: Ich kann ihn nicht ausstehen. Es ist, wie du sagst, Lottchen. Er wirkt zwar nett und freundlich, aber es kommt einem so vor, als würde er Theater spielen und es nicht ernst meinen."

„Ja. Genauso", bestätigte Charlotte.

Damit sind wir schon zwei!, dachte Reuter. Er seufzte. Warum zur Hölle war Tine so blind gegenüber Marius? Seit der Kerl von Heiraten und Kinderkriegen angefangen hatte, war es endgültig aus mit ihrem gesunden Menschenverstand. Sie schwebte auf Wolke sieben und sah alles durch die rosarote Brille. Sogar die Hochzeit hatte sie vorverlegt. Sie hatte es plötzlich furchtbar eilig, als hätte sie Angst, dass Marius es sich im letzten Moment noch anders überlegen könnte.

*

Am folgenden Tag schlief Reuter nicht lange. Schon um halb zehn wachte er auf.

„Was fange ich mit meiner Zeit an?", fragte er sich. Die Antwort war einfach: arbeiten.

Frank machte sich ein paar belegte Brote und eine große Kanne Kaffee und setzte sich im Arbeitszimmer an den Computer. Er hatte keine Lust, am Drehbuch von TIGERBLUT zu schreiben. Stattdessen begann er eine neue Kindergeschichte. Zwischendurch biss er in ein Brot und trank von dem starken Kaffee. Nach einer Stunde legte Frank eine Pause ein. Er schaute sich im Arbeitszimmer um.

„Die Kakteen könnten mal wieder einen Schluck Wasser vertragen." Er füllte die kleine Messingkanne im Badezimmer mit Wasser und goss seine stacheligen Zimmergenossen.

„Das Gute an Kakteen ist, dass sie kaum Pflege brauchen. Man muss sich nicht übermäßig um sie kümmern." Frank seufzte. Von Frauen konnte man das nicht gerade behaupten. Wann hatte er das letzte Mal bei Manuela Hennes angerufen? Es war schon eine Weile her.

Ich kann nicht immer nur zu Manu gehen, um zu bumsen. Ich sollte sie mal zu mir nach Hause einladen.

Aber wie sollte er die Existenz Lottchens erklären? Vielleicht mit der Patenkindstory, die er Manu aufgetischt hatte, als er zum ersten Mal in ihrem Laden gewesen war? Warum nicht? Er konnte eine gute Flasche Wein besorgen und Essen kochen. Nach dem Essen konnten sie alle drei etwas zusammen spielen.

Frank beschloss, sofort bei Manuela anzurufen. Er griff nach dem Telefon, das neben dem Schreibtisch stand, und wählte die Nummer von Manuelas Geschäft.

Sie ging selbst an den Apparat: „Hennes."

„Tag, Manu. Ich bin es."

„Frank. Schön, dass du anrufst. Du hast eine Weile nichts von dir hören lassen. Ich dachte schon, du bist krank. Warst du sehr beschäftigt?"

„Das bin ich immer. Deswegen komme ich kaum aus dem Haus. Ich wollte dich für heute Abend einladen, zu mir zu kommen."

„Das wäre wundervoll, Frank."

„Mein Patenkind Charlotte ist für eine Woche zu Besuch bei mir. Wir könnten es uns bei mir zu Hause gemütlich machen, eine Flasche Wein trinken und vielleicht zusammen Spiele machen. Charlotte ist ganz wild auf 'Mensch ärgere dich nicht' und solche Sachen."

Manuela zögerte. „Oh", sagte sie dann. „Mir fällt gerade ein, dass ich diese Woche praktisch ausgebucht bin, Frank. Ich muss meine Mutter besuchen und morgen bin ich mit einer Freundin fürs Kino verabredet. Übermorgen geht es auch schlecht. Es tut mir leid, Frank. Könnten wir die Sache verschieben?"

So ist das also, dachte Reuter. Sie mag wohl keine Kinder.

Laut sagte er: „Ist nicht tragisch, Manu. Dann unternehmen wir halt nächste Woche was zusammen."

„Bist du dann wieder frei?", fragte sie.

„Ehm ... ja, ich denke doch. Ruf mich einfach an, okay?"

„Ist gut, Frank. Ich rufe an. Tschüs." Sie legte auf.

Reuter starrte den Telefonhörer an. Sie wirkte ziemlich unterkühlt, als sie erfuhr, dass ich mich um ein Kind kümmere. Tja, das ist ein dicker, fetter Minuspunkt für dich, Manuela Hennes. Du hast in letzter Zeit ganz schön viele davon gesammelt, Lady.

Frank hatte keine rechte Lust mehr, sich mit Manuela abzugeben. Sie war ziemlich oberflächlich und nur auf kostspielige Vergnügungen aus. Wahrscheinlich war sie genau die Sorte Frau, die nach einer reichen Heirat das Geld ihres Angetrauten mit vollen Händen zum Fenster rauswerfen würde, eine, die auf Luxusautos, teure Kleider, Schmuck und Privatjachten stand.

„Es ist Zeit, auszusteigen", sprach Reuter zu seinen Kakteen. Die Kakteen hörten ihm schweigend zu.

*

Zwei Wochen vergingen. Der Frühling hielt Einzug. Überall sah man frisches Grün sprießen. Frank lebte zufrieden vor sich hin. Fast jeden Abend unternahm er mit Charlotte einen Nachtspaziergang.

Mit Manuela Hennes traf er sich ein einziges Mal. Sie gingen fein essen. Wieder machte sie Anspielungen auf Franks Reichtum. Sie konnte es nicht fassen, dass er so viel Geld hatte und praktisch nichts davon ausgab. Frank beschloss, die Beziehung abzubrechen.

Zweimal entdeckte er tagsüber Spuren im Kellergang. Lottchen schien tatsächlich nachts nach draußen zu gehen.

Frank installierte eine kleine Überwachungskamera. Er wollte wissen, ob sein Verdacht stimmte. Jeden Abend schaltete er die Anlage scharf. Sie hatte einen Bewegungssensor. Sobald sich im Kellergang etwas bewegte, das größer war als eine Maus, wurde die Nachtsichtkamera eingeschaltet.

*

Mitte Mai rief Reuter bei Manuela zu Hause an und machte Schluss. Er hasste Anrufe dieser Art, konnte sich aber nicht davor drücken. Doch es war ganz einfach. Es war so, als hätte Manuela schon darauf gewartet. Sie schien erleichtert.

„Vielleicht war es zu früh", sagte Frank lahm. „Du hängst wohl immer noch an deinem ehemaligen Freund. Ihr wart lange zusammen."

„Stimmt", gab Manuela zurück. „Ich war nicht richtig bei der Sache, als es um uns beide ging. Tut mir leid, Frank. Ich bin dir nicht böse."

Nach einigen Minuten beendeten sie das Gespräch.

Oh Herr, es ist vollbracht! Frank blies erleichtert Luft ab. Sie war wohl enttäuscht, dass ich nicht mit Kohle um mich warf. Egal! Jetzt habe ich meine Freiheit zurück.

Er rief Matze Tintenfess an und verabredete sich mit ihm zu einer ausgiebigen Kneipentour. Matze hatte Mittagschicht. Kurz nach zehn Uhr abends würden sie sich treffen.

*

Reuter hatte sein erstes Glas Pils schon getrunken, als Matze eintraf. Er ließ sich auf den Barhocker neben Frank fallen: „Gott! Meine Füße! Diese verfluchten Sicherheitsschuhe bringen mich nochmal um!"

Frank wusste, was Matze meinte, schließlich hatten sie mehrere Jahre zusammen bei Keller gearbeitet. Als die Bedienung ohne Aufforderung ein Pils vor Matze auf die Theke stellte, hob Frank sein Glas: „Trink mit mir. Karlsberg Urpils ist die beste Medizin. Die heilt, was dich quält."

Sie stießen an und tranken in langen Zügen.

„Was macht dein Nachtkind?", fragte Fässchen.

„Der geht's gut!", antwortete Reuter lächelnd. „Sie beschwert sich nie, wenn ich mal alleine losziehen möchte."

„Fein!"

Pause. Zwei neue Pils.

„Ich hab sie begraben."

Matze schaute hoch: „Häh?"

„Meine Mutter. Ich habe sie zu Grabe getragen. Am Computer." Frank seufzte leise. „Ich habe es geschrieben, so als ob ich eine Kurzgeschichte schreiben würde. Ich stand dort am Grab und sah zu, wie sie den Sarg runterließen und dann alles zuschütteten. Das hat mir echt geholfen."

„Fein", sagte Fässchen.

Frank wartete eine Weile, aber Matze sagte nichts mehr. Er trank nur sein Pils.

„Ich habe es wirklich getan!", hakte Frank nach. „Ich habe sie eingebuddelt. Sie ist weg!"

„Gut", meinte Matze trocken. Mehr nicht.

Es ging Reuter auf den Sack: „Sag schon! Darf ich jetzt überhaupt nicht mehr an ihr Grab?"

Matze verdrehte die Augen: „Mensch, Frank, du Blödmann! Ich habe gesagt, du sollst sie loslassen. Von vergessen habe ich nichts gesagt. Vergessen kann man so etwas nicht."

Reuter fühlte freudige Erregung in sich aufsteigen: „Das heißt also, dass ich manchmal an ihr Grab gehen kann? An das richtige auf dem Friedhof? Und dann ..."

Matzes Hand patschte mit Wucht auf Franks Handgelenk und drückte mit mörderischer Gewalt zu: „Man geht nicht an ein Grab, um sich zu ärgern und Gift und Galle zu verspritzen! Man geht an ein Grab, um sich an das Gute zu erinnern! Um mit der gestorbenen Person eins zu werden ... zu reden ... nicht, um zu toben!"

Das hatte gesessen!

Frank seufzte tief: „Ich habe noch einen weiten Weg vor mir!"

„Ja", antwortete Matze schlicht und ließ ihn los. Er bestellte zwei neue Pils.

„Ich habe mit Manu Schluss gemacht", sagte Frank. „Du weißt doch, die, von der ich dir erzählt habe."

„Ihr Name ist anders, aber es ist immer dieselbe Frau", sagte Fässchen.

Frank war erstaunt: „Wie?"

Matze Tintenfess verzog das Gesicht: „Frank! Wir kennen uns seit der Schulzeit und du bist immer mit derselben Frau gegangen. Mit einer Tusse, die nur auf Äußerliches aus war und auf Knete! Du suchst dir diese Sorte Frau aus, damit du nach ein paar Wochen davonlaufen kannst, genau wie du vor deiner Mutter davongelaufen bist. In die Nacht."

„Wa?" Frank war baff.

„Wa?", imitierte Matze ihn. „Es ist wahr! Du bist kein Nachtmensch, Frank. Du bist vor deiner Mutter in die Nacht geflüchtet, weil du deine Ruhe vor ihr haben wolltest. Und du suchst dir mit einer Akribie, die fast schon widerlich ist, immer die falschen Frauen aus, damit du nachher sagen kannst: Sie war nicht die

Richtige."

Frank hörte das Bedauern aus der Stimme seines besten Freundes heraus. Das tat weh. Hatte Matze etwa recht? Matze war immer ehrlich zu ihm. Matze dachte nicht im Traum dran, zu lügen, nur um jemanden zu schonen. Davon konnte Tine ein Lied singen. Reuter grinste.

„Was grinst'n so blöd?", fragte Fässchen prompt.

„Hab grade dran gedacht, wie du Tine immer mit deiner Ehrlichkeit vor den Kopf gestoßen hast."

„Sie hat sich selber gestoßen", gab Matze zurück. „Und ich denke, inzwischen ist sie alt genug, das zu erkennen."

„Sie hat dich manchmal echt gehasst, weißt du das?"

„Sie war eine aufdringliche Nervensäge."

„Stimmt. Aber ich hatte sie trotzdem gern."

„Klar."

„Sie gerät auch immer an den Falschen."

„Sie hat's von dir gelernt, Blödmann."

„Häh?", Reuter schreckte auf.

„Natürlich!", sagte Matze. „Du hast sie großgezogen und sie hat dir alles nachgemacht." Er lachte. „Sie hat mit acht sogar versucht, im Stehen zu pissen. Mann, das war göttlich! Ich bin beinahe erstickt vor Lachen."

Sie schwiegen eine Weile.

Frank dachte angestrengt nach. War er schuld daran, dass seine Schwester stets an die falschen Kerle geriet? Er stellte die Frage laut.

„Nee, nur'n bisschen", gab Matze zurück. „In erster Linie ist sie bloß ein verwöhntes Gör, das sich mit Gewalt weigert, erwachsen zu werden. Eine richtige Prinzessin auf der Erbse. Du musst einsehen, dass du nicht ein Leben lang für sie verantwortlich bist, Blödmann. Du hast es allen gezeigt, auch dir selber, dass du eine bessere Mami bist als deine Alte! Aber deine Alte ist tot, dein Ersatzkind ist erwachsen und du solltest langsam mal an dich selber denken, sonst verpasst du das Leben."

Junge, Junge! Matze hatte es in sich an diesem Abend!

„Ich ...", begann Reuter.

„Du, was?", bohrte Fässchen nach.

„Ich ... würde schon gerne mit einer Frau zusammen sein. Ich mein's ehrlich, Matze! Aber ich bin irgendwie nicht mit Frauen kompatibel ..."

„Bist du schwul?"

„Was? Nein!"

„Dann redest du Stuss!"

„Tu ich nicht!", verteidigte sich Reuter. „Es klappt nicht mit mir und den Frauen. Sie haben immer was an mir auszusetzen und wollen mich verändern und dann gibt es Krach und die Sache geht zu Ende. Dann kann ich noch so nett sein, es wird nix mehr draus."

„Schon mal von der Fünf-zu-eins-Regel gehört?" Frank schüttelte den Kopf. Matze fuhr fort: „Es ist erwiesen, dass man fünfmal lieb und nett sein muss, um einmal Ekligsein wieder auszugleichen. Solange man diese Balance hält, ist eine Beziehung okay."

„Das klingt aber verdammt anstrengend."

„Da gebe ich dir recht", meinte Matze grinsend. „Deshalb bin ich meistens solo." Er grinste noch breiter.

„Dann versteh ich nicht, wieso du mich ausschimpfst", maulte Reuter grinsend. „Wer im Glashaus sitzt, sollte nicht mit Steinen werfen."

Sie lachten und bestellten neue Urpilse. Eine Weile hockten sie schweigend an der Bar und lauschten der Musikbox. Canned Heat sangen „Rollin and

Tumblin". Matze sang mit heiserer Stimme mit.

Am anderen Ende der Theke orderte jemand ein Cola light: „Bitte ohne Zucker. Den Zucker habe ich selbst. Ich bin Diabetiker."

Frank und Matze schauten sich an. „Zucker-Michaela", sagten sie gleichzeitig. Sie mussten grinsen.

„Ja, die Zucker-Michaela", sagte Matze. „Ein absolutes Paradebeispiel für die Unselbstständigkeit deines kleinen Schwesterleins. Oh Mann!" Er rollte die Augen und nahm einen tiefen Zug aus dem Pilsglas.

Frank wusste genau, was Matze meinte. Mit dreizehn Jahren hatte Tine eine Freundin gehabt, Michaela Bauer. Michaela war Diabetikerin. An sich nichts Schlimmes. Wenn man auf seinen Blutzucker achtete. Man musste den messen und wenn man Kohlenhydrate zu sich nahm, entsprechend Insulin spritzen.

Eines schönen Tages im Sommer war ein kleiner Unfall passiert. Tine und Michaela hatten bei Michaela zu Hause einen Kuchen gebacken und wollten den futtern. Vorsorglich spritzte Michaela genügend Insulin, um drei oder sogar vier Stücke zu essen. Aber bevor sie dazu kamen, den Kuchen zu essen, rief eine Freundin an und sie quatschten ewig lange am Telefon. Danach vergaßen Tine und Michaela den Kuchen, weil die Anruferin ihnen eine Sendung im Fernsehen empfohlen hatte. Die sahen sie sich an.

Das Insulin, das Michaela gespritzt hatte, zeigte Wirkung. Es senkte den Blutzuckerspiegel des Mädchens immer mehr. Da Michaela ihren Kuchen nicht gegessen hatte, fiel ihr Blutzucker schließlich so weit ab, dass das Mädchen ohnmächtig wurde. Akute Hypoglykämie.

Und was tat Christina? Sie stürzte zum Telefon und rief die Nummer an, die Michaelas Eltern vorsorglich auf den Notizblock geschrieben hatten. Sie waren bei Bekannten zum Grillen. Dumm war nur, dass es die Nummer des Festnetztelefons war und niemand das Telefon im Haus klingeln hörte, weil alle in bester Feierlaune draußen um den Grill herum saßen und ein Radio laute

Musik spielte.

Christina bekam allmählich Panik und sie versuchte, ihre Mutter zu erreichen, aber Bettina war gerade bei einer Nachbarin zu Besuch. Eine Weile rief Tine abwechselnd beide Telefonnummern an. Schließlich musste sie einsehen, dass sie niemanden erreichen konnte, den sie um Hilfe bitten konnte. Sie rannte zum Haus hinaus, sprang auf ihr Rad und sauste, so schnell sie konnte, zum Freibad, denn sie wusste, dass ihr Bruder mit Matze im Schwimmbad war. Im Freibad ließ sie Frank ausrufen und als er zum Bademeisterbüro kam, berichtete sie aufgeregt, was sich zugetragen hatte.

Frank erinnerte sich noch genau, wie er seine Schwester fassungslos angeschaut hatte: „Warum hast du den Notruf nicht angerufen? Die Notrufnummer?"

„Ich-Ich ...", hatte Tine gestottert. „Ich habe ja angerufen, aber keiner ging ans Telefon!"

„Mensch, die Notrufnummer!"

Matze hatte sich an den Kopf gefasst und die Augen verdreht. Es endete damit, dass sie zu dritt auf ihren Rädern zu Michaelas Elternhaus rasten. Sie fanden die Haustür sperrangelweit offen und drinnen Michaela im Wohnzimmer auf dem Teppich liegend vor.

„Oh Mann! Hoffentlich ist die nicht hin!", hatte Frank ausgerufen. „Ich rufe den Notarzt!" Im Weglaufen hörte er Matzes Stimme. Er klang wie ein Feldwebel auf dem Kasernenhof: „Wo ist das Insulinbesteck?" Tine stotterte eine Antwort. Als Frank von seinem Anruf zurückkehrte, sah er eben noch, wie Matze eine Spritze aus einem kleinen Beutel nahm und Michaela damit eine Injektion in den Oberschenkel, direkt unterhalb des Randes ihrer Shorts verpasste. „Glukagon", sagte er. „Das treibt den Blutzucker schnell wieder hoch."

Er schaute Tine streng an: „Sei froh, dass es bloß Unterzucker ist. Bei einer Überhöhung des Zuckers über 800 hätte sie in ein hyperglykämisches Koma fallen können."

Als der Notarzt mit Tatütata eintraf, tat die Glukagonspritze bereits ihre Wirkung. Michaela war zu sich gekommen und ansprechbar. Der Arzt hatte Christina getadelt, weil sie nicht selbst die Spritze gesetzt hatte.

„Aber ich wusste doch nicht …! Ich … Ich habe angerufen und " Alles, was Tine hervorbrachte, war hilfloses Gestammel. Matze hatte dabeigestanden und immerzu den Kopf geschüttelt.

„Ja", sagte Frank. „Manchmal ist sie wirklich unselbstständig. Wie letztens, als ihr Gartenhäuschen abbrannte."

„Sie ist immer noch wie ein Kind", meinte Matze. „Wird Zeit, dass sie erwachsen wird."

Frank dachte an die Fünf-zu-eins-Regel. Er war fasziniert. Plötzlich fiel ihm etwas ein: „Sag mal. Dieses Fünf-zu-eins. Trifft das auch auf Kinder zu?"

„Kinder?" Matze verschluckte sich beinahe an seinem Urpils. Er zog eine Grimasse: „Nee, du! Kinder sind egoistische kleine Biester. Ihr Job ist es, einem den letzten Nerv zu töten und immer das Gegenteil von dem zu tun, was man ihnen sagt. Wo ein Haufen Scheiße rumliegt, springen sie rein. Nein, mein Guter, auf Kinder kannst du diese Regel nicht anwenden. Im Gegenteil! Hier ist alles umgedreht: Wenn so ein kleines Scheusal ein einziges Mal lieb ist, vergibt man ihm sofort fünfmal Bösesein.

Ist so programmiert von Mutti Natur. Ekelhaft, aber wahr. Müsstest du doch wissen. Das Kleinvieh ist ja wild auf dich. Du ziehst die Rotznasen an wie ein frischer Kackehaufen die Fliegen."

„Aber wenn es so wäre!", beharrte Frank. „Stell dir vor, ein Kind wäre für einmal Bääh zum Ausgleich fünfmal lieb und nett."

„Das wäre eine mörderische Kuckucksrasse!", sagte Matze ernst. „Wenn es solche Kinder gäbe, die würden uns unterhöhlen und ausrotten. Mensch, Frank! Stell dir das doch mal vor: das absolute Superkind! Immer megalieb und hyperbrav. Man könnte nicht anders, man *müsste* es lieben. Da hätten unsere eigenen Bälger nix dagegenzusetzen! Ein kleines Kind, lieb, goldig, selbstständig, das immer gehorcht und dazu auch noch unendlich dankbar ist ... igitt! Das wäre geradezu widernatürlich. Aber die Menschen würden drauf anspringen. Das wäre unser Ende. Nur wenn die Kuckucksrasse sich extrem langsam vermehren würde, hätten wir eine Chance."

„Kuckucksrasse?!" In Reuters Hirn rasten die Gedanken hin und her.

„Na, weil ein Menschenkind niemals so sein könnte. Das wäre wider die Natur. So was gibt's nur in abscheulichen Schmalzfilmen aus den fünfziger Jahren. Also müsste es eine fremde Rasse sein. Eine Art menschlicher Kuckuck, der seine Küken bei uns einschleust, und wir ziehen das wunderliebe Biest auf und lassen unsere eigenen Kinder links liegen. Brrr! Eine gruselige Vorstellung!" Fässchen begann zu lachen: „Hey, das ist eine Idee für einen Roman! Schreib dir das auf!"

„Eine ähnliche Geschichte habe ich in Vorbereitung", sagte Reuter lahm. Er musste immer wieder an das vertrackte Wort denken: Kuckucksrasse. War Lottchen nicht schrecklich lieb? War sie nicht immer zufrieden? Dankbar? Freundlich? Sie war eigentlich nie zickig. Sie maulte fast nie. Tine war anders gewesen. Die hatte gemotzt und gequengelt.

Aber das ist doch Blödsinn!, dachte Frank. Charlotte ist so freundlich, weil sie neu ist. Sie ist noch in der Anfangsphase. Das steht in den Büchern! Und sobald sie sich sicher genug bei mir fühlt, beginnt die Testphase. Dann wird sie mich provozieren und was anstellen und nicht mehr so gehorsam sein.

Doch auf dem gesamten Heimweg ließ ihn die Sache nicht mehr los. „Kuckucksrasse", raunte es in seinem Kopf. „Kuckucksrasse!" Die leise Warnstimme in seinem Hinterkopf war zu einem deutlich vernehmbaren Rufen geworden, doch Frank Reuter verstand die Sprache nicht, in der die Stimme rief.

*

Marius Kaiser stand an der Ladenkasse des Interspar in Homburg. Er dachte an Christina Reuter. Genau an dieser Kasse hatten sie sich vor etlichen Monaten kennengelernt. Es war ein Glückstag für Marius. An jenem Tag stellte das Schicksal die Weichen für ihn. Endlich hatte er die Möglichkeit, sich an Frank Reuter zu rächen.

Du wirst bezahlen für meine zerstörte Kindheit, Reutersau!, dachte Marius. Ich werde nicht ruhen, bis du am Boden zerstört bist.

An der Kasse nebenan wurde es laut. Ein Vater schimpfte mit seinem Sohn. Der Junge war vielleicht zwölf oder dreizehn Jahre alt. Er wirkte verschüchtert. Wie es schien, versuchte er seinem Vater verzweifelt etwas klarzumachen. „Red doch keinen solchen Schwachsinn!", schimpfte der Mann so laut, dass alle Umstehenden es hören konnten. „Wie kann der Lehrer schuld daran sein, wenn du in Mathematik schon wieder eine Fünf hast. Du bist zu faul! Das ist alles. Würdest du mal lernen, anstatt den ganzen Nachmittag mit deinen Freunden Fußball zu spielen, brächtest du bessere Noten nach Hause! Du kannst, wenn du willst. Das Problem ist: Du willst nicht!"

Was für ein Arschloch von einem Vater, das vor allen Leuten im Supermarkt hinauszuposaunen!

Marius dachte an jenen Tag zurück, an dem er als Dreizehnjähriger eine Eins in Mathe mit nach Hause gebracht hatte. Er hatte den einzigen Einser in der ganzen Klasse gehabt und es gab noch drei Zweier. Alle anderen Schüler hatten Dreien und Vieren geschrieben und Fünfer waren auch welche dabei. Zum ersten Mal seit Langem hatte sein Vater ihn gelobt und ihm gesagt, er sei stolz auf seinen klugen Sohn. Marius hätte weinen können vor Glück. Den Rest des Tages ging er wie auf Wolken. Vielleicht wurde jetzt alles gut. Vielleicht würden ihm seine Eltern endlich verzeihen.

Abends sprach er seinen Vater auf die Lottogeschichte an, die nun schon Jahre zurücklag. Er erzählte ihm die ganze Wahrheit. Sein Vater hörte ihm schweigend zu, als er berichtete, dass er vor Schreck in die Hose gemacht hatte, als ihn die Mutter von Frank Reuter beinahe überfahren hatte und er sich deswegen nicht ins Lottogeschäft getraut hatte. Sein Vater nickte.

Er glaubt mir!, dachte Marius erleichtert. Endlich glaubt er mir. Jetzt wird alles gut.

Nichts wurde gut.

Nachdem Marius mit Erzählen fertig war, schlug ihm sein Vater unvermittelt die Faust mitten ins Gesicht, mit solcher Wucht, dass Marius quer durchs Wohnzimmer flog.

„Du verlogenes Aas!", brüllte sein Vater mit zornrotem Gesicht. „Es reicht dir wohl nicht, dass du mich und deine Mutter um ein Haus gebracht hast mit deiner gedankenlosen Bummelei. Jetzt kommst du auch noch mit Lügengeschichten daher, um deine Schuld auf andere zu schieben! Na warte, Bürschchen! Das treibe ich dir aus!" Sein Vater schlug Marius brutal zusammen.

„Ich will nie wieder eine solche Lügengeschichte von dir hören, du elender Nichtsnutz!", schrie sein Vater zum Schluss und ließ seinen schluchzenden Sohn in einer Ecke des Wohnzimmers liegen wie ein Stück Abfall.

Marius hatte nie wieder mit ihm über die Angelegenheit geredet. Doch die Wut wuchs in ihm und wurde von Jahr zu Jahr größer. Er wollte Rache für das, was man ihm angetan hatte.

*

Frank Reuter war nach Neunkirchen gefahren, um ein bisschen in den Geschäften zu bummeln. Ein fetter Scheck vom Verlag war angekommen. Einhundertachtzigtausend Euro. Frank hatte ihn eingelöst und sich eine Handvoll Hunderter abgegriffen, um sie auf den Kopf zu hauen. Bis jetzt hatte er nicht viel ausgegeben. Eine neue Jeans für sechzig Euro und zwei Polohemden zu je neunundzwanzigneunzig.

So werde ich das Geld nie los, dachte er vergnügt. Er befand sich im Passagekaufhaus. Das Einzige, was ich noch ausgeben werde, sind circa zwölf Mücken, um im Saarparkcenter im Fischrestaurant was zu futtern.

Es war ihm gleichgültig. Er fühlte sich großartig. Er kam gut mit dem Drehbuch von TIGERBLUT voran und das Kinderbuch war praktisch zur Hälfte geschrieben.

Manuela Hennes hätte gewiss keinerlei Schwierigkeiten damit gehabt, das Geld in Franks Geldbeutel unter die Leute zu bringen.

Wenn sie im Geldausgeben genauso gut ist wie im Bett, kann ich den Kerl, der sie mal kriegt, nur bedauern. Ich bin froh, dass Schluss ist. Fürs Erste habe ich, glaube ich, genug von den Frauen.

Frank schlenderte durchs Erdgeschoss des Kaufhauses.

Als er an der Abteilung für Kinderspielzeug vorbeikam, fiel sein Blick in eine Krabbelkiste voller kleiner Stoffhasen. Es gab sie in allen möglichen Farben. Frank fand die Viecher putzig. Er kaufte einen kleinen rosa Hasen, der eine Stoffkarotte in den Vorderpfoten hielt.

Das Häschen wird Lottchen gefallen. Sie freut sich immer über neues Spielzeug.

Frank verließ das Passagekaufhaus.

Mittlerweile besaß Charlotte so viel Spielsachen, dass es für zwei Kinder gereicht hätte. Frank ließ sich nicht lumpen. Für das Kind war ihm kein Euro zu schade. Auch wenn er manchmal unter seiner eigenen Freigiebigkeit zu „leiden" hatte.

Lottchen begnügte sich nämlich nicht damit, mit ihren neuen Sachen zu spielen. Oft genug quengelte sie solange und dabei doch so lieb, bis Frank mitspielte. Dann kroch er auf dem Boden herum wie ein Neunjähriger, ließ Stofftiere und Puppen laufen und sprechen und erfand mit Charlotte zusammen kleine

Handlungen, in denen die Stofftiere die Hauptrollen spielten. Er fühlte sich jedes Mal an seine Kindheit erinnert, als er dasselbe mit Christina gemacht hatte.

Aber bei Tine war ich selber noch jung und hatte den dazugehörenden Spieltrieb, überlegte Reuter. Und mit Tine war es ganz anders.

Mit Tine hatte er nicht so oft geschmust. Lottchen lag dauernd in seinen Armen und wollte kuscheln. Sie schien regelrecht süchtig nach Zärtlichkeiten zu sein. Und immer musste er für sie „den Tag weben", musste er ihr erzählen, wie es draußen bei Sonnenschein aussah. Sie gab sich nicht mit Videofilmen oder Fotos zufrieden. Sie bestand darauf, dass Frank sie im Arm hielt und mit ihr über den Tag sprach. Atemlos hing sie dann an seinen Lippen und lauschte seinen Worten. Sie gab keinen Mucks von sich, bis er fertig erzählt hatte.

„Liebfrank!", flüsterte sie dann oder sie sagte es laut mir ihrer süßen Stimme: „Oh, Frank! Ich habe dich ja sooo lieb!" Dann bedeckte sie sein Gesicht mit Küssen und Frank hatte dem nichts entgegenzusetzen.

„Ich habe dich auch lieb." Mehr konnte er nicht sagen. Es stimmte natürlich. Er liebte dieses seltsame kleine Kind, auch wenn er sich nicht erklären konnte, wie sie es geschafft hatte, sein Herz im Sturm zu erobern.

In letzter Zeit war die warnende Stimme in seinem Kopf immer lauter geworden. Ständig dachte er über Matzes Worte nach.

„Kuckucksrasse ... eine Rasse, die uns Menschen ihre Kinder unterschiebt ... und wir lassen unsere eigenen Bälger links liegen und kümmern uns nur noch um den kleinen Kuckuck ... Kuckucksrasse ...", raunte es in Reuters Hirn. Konnte etwas dran sein? Da war Lottes seltsames Leben. Sie lebte nachts. Sie wollte nie in die Sonne, fürchtete sie sogar. Sie hatte Angst vor Ärzten. Weil die herausfinden würden, dass sie zu einer fremden Rasse gehörte? Lottchen, eine Außerirdische?

Käse!, dachte Frank.

Aber was war mit dem silbernen Aufleuchten von Charlottes Pupillen? Ihrer genialen Nachtsicht? Was war mit ihrer unheimlichen Fähigkeit, sich im Dunkel nahezu unsichtbar zu bewegen? Warum verließ sie nachts heimlich Reuters Haus? Was tat sie draußen?

„Sie holt sich etwas, das sie bei dir nicht kriegt", flüsterte die leise Warnstimme, die gar nicht mehr so leise war.

Was holt sie sich?, fragte Reuter. Aber er erhielt keine Antwort und das ungute Gefühl in seinem Innern verstärkte sich mit jedem Tag, genauso wie sich seine Liebe zu Lottchen täglich verstärkte.

„Fünf zu eins", hörte er Matze Tintenfess sagen.

Für einmal zickig sein, fünfmal superlieb benehmen, dachte Reuter. Konnte das stimmen?

Und noch immer verstand er die Sprache der Warnstimme nicht.

„Mist!" Reuter kickte einen kleinen Stein quer über die Straße.

Reuter steuerte den Westernshop an. Er wollte nachschauen, ob sie neue Flanellhemden reingekriegt hatten, welche von den dicken für den Winter.

Sie hatten.

Frank erstand ein grünschwarzkariertes Hemd. An der Registrierkasse stieß er mit einer rothaarigen Frau zusammen, die genau das gleiche Hemd in der Hand hielt wie er.

„Entschuldigung", murmelte Reuter.

„Wir haben zwar die gleichen Hemden, aber gleichzeitig bezahlen können wir nicht", antwortete die Frau und lächelte ihn an.

Reuter lächelte verwirrt zurück. Sie kam ihm bekannt vor. Er wusste aber nicht, wo er sie hinstecken sollte. Irgendwas war mit ihren Augen. Sie schien ihn nicht genau anzusehen. Es dauerte einige Sekunden, bis Frank erkannte, dass sie einen Silberblick hatte. Sie schielte ganz leicht. Man sah es fast nicht.

„Tut mir leid, dass ich Sie angerempelt habe", sagte Reuter. „Ich laufe heute

Mittag blind durch die Gegend, wissen Sie."

„Das sehe ich, Frank."

Frank stutzte. Sie kannte ihn also. „Äh ...", er fuhr sich durch das kurzgeschnittene Blondhaar. „Ich weiß im Moment nicht ... tut mir leid. Ich kenne Sie, aber ich weiß nicht, woher."

Sie lächelte ihn an. „Und so einer hat mir versprochen, mich zu heiraten, wenn wir groß sind."

Frank zuckte zusammen und starrte die Frau ungläubig an: „Conny? Conny Ecker? Bist du es wirklich?"

Die Frau nickte lächelnd: „Wurde aber auch Zeit, Herr Reuter! Seit du berühmt geworden bist, kennst du wohl nicht mehr jeden?"

„Mein Gott, Conny!" Reuter konnte es nicht fassen. „Wie lange haben wir zwei uns nicht mehr gesehen? Das muss zwanzig Jahre her sein oder noch länger. Damals habe ich meine erste Mundharmonika verloren." Er ergriff Connys Hände: „Mensch, Conny! Schön, dich zu sehen. Du siehst noch genauso hübsch aus wie damals. Nee, warte! Hübscher!" Er griff nach ihrem schulterlangen rotgoldenen Haar und ließ es durch die Finger gleiten. „So was! Dass ich dich ausgerechnet hier in Neunkirchen treffe, nach all den Jahren. Was machst du hier?"

Sie lachte ihn an und präsentierte dabei reizende Grübchen: „Dasselbe wie du: ein Flanellhemd kaufen."

„Bist du in einem Westernverein?"

Sie nickte: „Bei den Green Valley Rangers in Lautenbach."

„Bei den Rangers? Im Ernst? Wieso habe ich dich dann nie auf irgendwelchen Westerntreffen gesehen? Ich bin bei den Leuten in Höchen."

„Ich bin noch nicht lange im Hobby. Habe praktisch erst vor einem Monat angefangen, als ich nach Lautenbach zog. Vorher wohnte ich in Saarbrücken. Ich habe in Lautenbach das Häuschen von meiner Großtante geerbt und weil ich sowieso seit acht Jahren in Neunkirchen arbeite, zog ich um. Die Wohnung in Saarbrücken war klein und teuer. Außerdem wohne ich lieber auf dem Land. Wie früher in Niederbexbach."

Frank lächelte versonnen: „Ja. Niederbexbach." Dort hatten sie sich kennengelernt.

Als Frank sieben Jahre alt war und in die zweite Klasse ging, brannte es in seiner Schule. Für die mehrmonatige Dauer der Reparaturarbeiten wurden alle Kinder auf andere Schulen verteilt. Manche hatten Glück und kamen auf Bexbacher Schulen. Frank gehörte zu einer Gruppe von Zweit- und Drittklässlern, die jeden Morgen mit einem Sonderbus zur Grundschule in Niederbexbach gekarrt wurden. Die Schule in Niederbexbach war gerade vergrößert worden. Daher bereitete es keine Probleme, die „Waisenschüler" aus Bexbach für eine Weile aufzunehmen.

Frank Reuter war in Conny Eckers Klasse gekommen. Gleich am ersten Tag hatte er sich in das niedliche rothaarige Mädchen mit den vielen Sommersprossen verknallt. Conny trug eine seltsame Brille, bei der ihr rechtes Auge zugedeckt war. Zuerst dachte Frank, dass sie vielleicht am Auge verletzt sei. In der Pause hatte er Conny darauf angesprochen. Die hatte gelacht, die Brille abgenommen und ihn angeschielt.

„Ich muss diese Brille tragen, damit mein Schielen besser wird", erklärte sie ihm. „Mein gutes Auge wird zugedeckt, damit das schielende Auge lernt, geradeaus zu schauen. Es dauert zwei Jahre, hat der Doktor gesagt. Solange muss ich rumlaufen wie ein Seeräuber mit Augenklappe."

„Ich finde deine Augen schön", hatte Frank gesagt und war feuerrot geworden.

In den folgenden Monaten waren Frank und Conny unzertrennliche Freunde geworden. Sie verbrachten jede Pause miteinander und sie trafen sich nachmittags zum gemeinsamen Spielen und Umherstreifen.

Dann kam der Tag des Abschieds. Franks Schule war wieder hergerichtet und er würde wieder in Bexbach zur Schule gehen. Da standen sie voreinander und wussten nicht recht, was sie sagen sollten.

„Du gehst weg, Frank!", sagte Conny traurig. Sie sah aus, als würde sie gleich anfangen zu weinen. Auch Frank fühlte einen dicken Kloß im Hals.

„Wir können uns ja manchmal besuchen", versuchte er das Mädchen zu trösten. Ihm war sterbenselend zumute. Das Herz tat ihm schrecklich weh. Er hatte nicht gewusst, dass einem das Herz wehtun konnte.

„Du wirst eine andere Freundin finden und mich vergessen", sprach Conny und schaute ihn mit traurigen Augen an.

„Niemals!", schwor Frank.

„Ehrlich nicht?"

Frank schüttelte energisch den Kopf: „Ich werde immer an dich denken, Conny, und wenn wir groß sind, werde ich dich heiraten."

„Das kann jeder sagen!", meinte sie und sah ihn frech an.

„Du wirst es ja sehen!", erwiderte er trotzig.

„Beweis es!"

„Wie denn? Wir sind doch erst sieben! Bis wir groß sind, vergehen noch viele Jahre."

„Küss mich! So wie die Liebespaare im Fernsehen." Sie drängte sich an ihn. „Mach schon! Sonst glaube ich dir nicht!"

Frank legte seine Arme um Conny und küsste sie vorsichtig. Er bemühte sich, es so zu machen wie die Erwachsenen in den Liebesfilmen im Fernsehen. Ganz sachte legten sie ihre Lippen aufeinander. Connys Lippen waren warm und unglaublich weich. Es war ein irres Gefühl. Franks Herz schlug und in seinem Kopf verbreitete sich eine angenehme Leere. Dann war es vorüber.

Conny sah ihm tief in die Augen: „Vergiss mich nicht, Frank."

„Werde ich nicht, Conny. Versprochen."

„Ich werde auf dich warten."

„Hey, bist du noch da, Frank?" Conny zupfte ihn am Ärmel. „Du musst bezahlen."

Frank schrak hoch. „Tschuldigung. Ich war in Gedanken." Er bezahlte sein Hemd und das von Conny. Zusammen verließen sie den Westernshop.

Frank räusperte sich: „Ich wollte was essen gehen. Kommst du mit? Ich gebe einen aus."

„Wohin?", fragte sie und schaute ihn mit schräggelegtem Kopf an. Sie hatte noch immer diesen unglaublichen Blick drauf, eine Mischung aus frech und ernst. Der Blick ging Frank durch und durch. Das hatte er noch nie bei einer Frau erlebt.

„Ins Fischrestaurant im Saarparkcenter. Ich esse oft dort, wenn ich in Neunkirchen bin."

„Was für ein Zufall. Ich auch!" Sie lachte. „Ist es nicht komisch, dass wir uns bis jetzt noch nie dort getroffen haben?"

„So oft bin ich nicht in Neunkirchen. Ich wohne in Bexbach und wenn ich Klamotten kaufen gehe, tue ich das meistens in Homburg."

Er fasste nach Connys Hand: „Mensch, Conny! Dass ich dich nach so vielen Jahren wieder treffe!" Ihm war ganz warm ums Herz.

Gemeinsam betraten sie das Fischrestaurant. Eigentlich war es kein richtiges Restaurant, sondern ein Schnellrestaurant. Man holte sich an einer langen Theke, was man wollte, bezahlte an der Kasse und setzte sich an einen der Tische, um zu essen.

Frank bestellte Alaska-Seelachs mit Remouladensoße, Bratkartoffeln und einen Multivitaminsaft. Conny lachte leise.

„Was ist?", fragte er.

„Das ist komisch. Ich nehme fast immer das Gleiche, Frank." Sie lächelte ihn an.

„Früher haben wir auch gerne das Gleiche gegessen. Weißt du noch? Kinderschokolade und Himbeerdrops."

Reuter lachte mit ihr: „Und Brote mit gekochten Eiern in Scheiben bei deiner Mutter daheim."

„Mit Maggi drauf. Nie mit Salz." Sie setzten sich und aßen.

„Du bist nicht mehr gekommen, Frank", sagte Conny.

„Nein. Bin ich nicht", erwiderte Frank. Er seufzte.

„Also hast du mich doch vergessen." Sie meinte es nicht böse. Sie lächelte.

„So war es nicht, Conny." Reuter holte tief Luft. „Ich wollte dich besuchen, ehrlich! Ich habe dich wirklich sehr gern gehabt, damals. Aber dann passierte das mit meiner Mutter. Kurz nachdem ich wieder in Bexbach auf die Grundschule ging. Sie ist zu einem anderen Mann gezogen und hat sich scheiden lassen. Sie wollte mich mitnehmen, aber ich weigerte mich und blieb bei meinem Vater. Es war schrecklich für mich. Du glaubst nicht, wie weh so was tun kann. Ein Jahr lang war alles in mir wie tot. Ich fühlte mich innerlich in Stücke gerissen. Wenn ich heute daran zurückdenke, ist in meiner Erinnerung nur ein großer weißer Fleck und drum herum Schmerzen. Ich war wie taub.

Als ich langsam wieder ins Leben zurückkehrte, dachte ich manchmal an dich, aber ich ... ich habe mich nicht getraut, dich zu besuchen. Ich nahm an, dass du nichts mehr von mir wissen wolltest oder mich vergessen hattest, wo es doch schon über ein Jahr her war. Ich war damals furchtbar schüchtern. Ich wollte zu dir, aber ich konnte es nicht. Dann hat mein Vater wieder geheiratet und Bettina, meine neue Mutter, bekam ein Baby. In mir herrschte ein großes Durcheinander. Es tut mir leid, Conny."

„Ich habe dich nie vergessen, Frank", sprach sie ernst. „Ich habe in den ersten Wochen verzweifelt auf ein Lebenszeichen von dir gewartet." Sie lächelte wehmütig. „Weil das halt so ist, wenn Kinder verknallt sind. Und ich konnte dich nicht besuchen. Ich wusste ja nicht, wo genau du wohnst. Du bist immer zu mir nach Niederbexbach gekommen. Mit dem Fahrrad. Ich hatte keine Ahnung, wo du wohntest. Ich wusste nicht, was ich tun soll."

Frank legte sein Besteck nieder und fasste nach ihren Händen: „Conny, es tut mir leid. Wirklich. In meinem Schmerz habe ich nicht daran gedacht, dass ich dir wehtun könnte. Das wollte ich nicht."

Sie schüttelte den Kopf: „Hören wir lieber damit auf, sonst fangen wir noch an zu heulen." Sie lächelte ihn an. „Reden wir von etwas anderem. Wie ist es dir ergangen?"

Reuter zuckte die Achseln: „Wie schon? Nix Besonderes. Ich habe die Schule fertig gemacht, mit ziemlich guten Noten sogar. Dann eine Ausbildung als Industrieschlosser. Danach Wehrdienst bei der Bundeswehr. Tja, und dann gab es keine Arbeit. Ich musste nehmen, was ich kriegte. Habe jahrelang als einfacher Arbeiter im Schichtdienst malocht. Und da sagten sie uns als Kinder immerzu, dass wir fleißig lernen und gute Noten schreiben müssten, damit wir später nicht als Hilfsarbeiter enden! Dass ich mit meiner Schreiberei Erfolg habe, ist purer Zufall. Jahrelang schickte ich meine Manuskripte an die Verlage und handelte mir bloß Absagen ein. Dann hatte ich Glück und TRAKIS brachte einen meiner Romane raus. Weil der gut lief, wurde er gleich ins Englische übersetzt und da lief er noch besser." Frank grinste. „Tadaa! Seitdem bin ich reich und unabhängig. Purer Zufall. Wenn nicht, würde ich immer noch als Hilfsarbeiter im Schichtdienst klotzen."

„Bist du verheiratet?"

„Ich?" Frank zuckte zusammen wie von der Natter gebissen. „Nein! Ganz bestimmt nicht!" Er spürte die alte Wut auf seine Mutter in sich aufsteigen. Im letzten Moment drängte er sie zurück.

„Nee, Conny", sagte er. „Ich habe gesehen, wie leicht eine Ehe kaputtgehen kann und die Leidtragenden sind immer die Kinder. Habe ich ja am eigenen Leib erfahren. Das wollte ich nicht verantworten." Er zuckte die Schultern. „Na, vielleicht war ich auch einfach zu feige. Sowieso bin ich immer nur an die Falschen geraten. Da hatte ich echt Talent für. Aber ich dachte auch, ich brauch doch keine Heiratsurkunde, um mit einer Frau zusammen zu sein."

„Bist du mit einer zusammen?"

Frank dachte angewidert an Manuela Hennes und schüttelte den Kopf: „Nein, Conny. Und du?"

„Ich bin auch solo. Geschieden. Seit fünf Jahren. Keine Kinder. Gott sei Dank."

„Was machst du beruflich?"

Sie lächelte ihn spitzbübisch an: „Erinnerst du dich noch daran, dass ich mal Zoologin werden wollte? Nun ja, das bin ich irgendwie geworden. Ich arbeite in einem Zoogeschäft. Es ist nicht das geworden, was ich mir als Kind erträumte, aber ich verdiene genug und wenn mein Chef sich in einigen Jahren zur Ruhe setzt, kann ich das Geschäft übernehmen. Für ihn und seine Frau bin ich so was wie eine Tochter. Sie haben keine eigenen Kinder. Kalter Fisch schmeckt ätzend."

„Was?" Frank schaute sie verständnislos an.

„Dein Seelachs wird kalt", sagte sie lachend. „Du hast vor lauter Erzählen und Zuhören vergessen, zu essen. Genau wie früher."

„Oh … ach ja." Frank spürte, wie er rot wurde. Schnell wandte er sich seinem Teller zu. Er überlegte fieberhaft. Wie konnte er es schaffen, mit Conny auszugehen? Normalerweise war er nicht besonders schüchtern, aber in ihrer Gegenwart fühlte er sich seltsam gehemmt.

„Könnten wir uns mal treffen?", fragte er schließlich. „So zum Ausgehen."

Sie lächelte ihn an: „Warum nicht? Klingt gut."

Frank war erleichtert. „Fein. Wie wäre es dieses Wochenende?"

„Tut mir leid, Frank. Ich fliege morgen für zehn Tage nach Mallorca in Urlaub. Aber danach gehen wir zusammen aus. Wir haben uns sicher eine Menge zu erzählen."

Zum ersten Mal seit einer Ewigkeit meldete sich die kleine gehässige Stimme in Franks Gehirn zu Wort: „Da hast du den Salat, Alter! Du hängst mit Geld voll und könntest ihr einfach hinterherfliegen. Aber das geht ja nicht, nicht wahr? Weil zu Hause ein krankes Kind auf dich wartet! Tja, da siehst du, was es dir bringt, sich um fremder Leute Bälger zu kümmern!"

„Schreibst du mir eine Karte?", wollte Frank wissen.

„Gerne. Gib mir deine Adresse." Frank reichte ihr eine Visitenkarte. „Ui! Du bist wohl unter die feinen Leute gegangen."

„Bin ich nicht", antwortete Frank lachend. „Aber ich brauche die Dinger, sonst schreibe ich mir die Finger wund, weil dauernd jemand meine Adresse oder Telefonnummer haben will. Warte mal!" Er holte die Visitenkarte zurück und schrieb mit einem Kugelschreiber eine Nummernreihe auf die Rückseite. „Das ist meine Geheimnummer. Die haben bloß mein Verleger und meine Schwester und einige sehr gute Freunde. Damit kannst du mich überall erreichen. Es ist die Nummer meines Mobiltelefons. Wenn du zurück bist aus Mallorca, ruf mich an. Dann machen wir was aus."

„Ist gut, Frank", sagte Conny lächelnd und stand auf. „Ich muss ins Geschäft zurück."

Frank erhob sich mit ihr. „Rufst du auch wirklich an? Weil ... äh ... ich freu mich echt auf dich."

„Darauf kannst du Gift nehmen, Frank Reuter! Ich werde anrufen. Noch mal warte ich nicht auf dich, bis ich schwarz werde." Sie schenkte ihm ein bezauberndes Lächeln und ging.

Frank sah ihr lange nach.

Komisch, dachte er verwirrt. Als kleines Mädchen hatte sie nicht diesen aufreizenden Gang. Die kleine Stimme in seinem Hirn bekam einen Lachanfall.

Auf dem Rückweg nach Bexbach lief „Mysterious Girl" von Peter Andre im

Autoradio. Reuter drehte die Lautstärke voll auf. Jede einzelne Zelle in seinem Körper vibrierte im Rhythmus der Reggae-Musik. Vor seinem inneren Auge schwebte das Gesicht von Conny Ecker. Was für ein Mist, dass sie die nächsten zehn Tage weg war. Frank glaubte jetzt schon, dass es die längsten zehn Tage seines Lebens werden würden.

*

Die folgende Woche verging wider Erwarten rasch. Frank hatte viel zu tun mit dem Drehbuch von TIGERBLUT. Auch mit den Kindergeschichten kam er gut voran. Solange er schrieb, spielte Lottchen mit ihren Spielsachen oder malte Bilder zu seinen Kinderstorys. Neuerdings hockte sie allerdings am liebsten vor einem der übrigen Computer und spielte „Black & White". Die Götterkuh in dem Fantasyspiel war bereits so groß wie ein fünfstöckiges Haus und so was von lieb und gut, dass sich Reuter vor Abscheu fast die Zehennägel hochrollten.

Als er selbst das Spiel angefangen hatte, in dem man einen Gott spielen musste, der sich um ein Inselreich kümmerte, hatte er ebenfalls die Kuh als göttliche Kreatur ausgewählt und sich bemüht, dem Vieh alles beizubringen, um ein guter Gott zu sein. Aber seine Kuh kackte nicht in die Felder und düngte sie damit. Sie schiss mit Behagen mitten ins Dorf. Die Leute im Wasser hatte das blöde Vieh ersaufen lassen und sie fraß immer wieder mal ein Schwein oder ein Pferd. Zu Reuters Leidwesen hatte sie auch sehr fix gelernt, wie man mit Felsbrocken die Häuser der Inselbewohner zerdepperte. Dabei hatte Reuter nur ein einziges Mal den bösen Gott heraushängen lassen. Sonst versuchte er, der Gute zu sein. Doch das klappte nicht so recht.

So beobachtete er mit leisem Neid, wie Lottchen mühelos durch das Spiel navigierte. Sie hatte sogar den Angriff eines feindlichen Gottes abgewehrt. Bei dieser Gelegenheit hatte sie ihrer Kuh das Halsband der Aggression angelegt, was der Kuh das Aussehen eines BSE-kranken Stiers verlieh, und dann hatte die Kreatur des fremden Gottes, ein Leopard mit langen, messerscharfen Klauen, mächtig Dresche bezogen.

Noch immer war Charlotte unglaublich anspruchslos. Alles, was sie wollte, waren Nähe und Zuneigung. Und ihren Hasen. Das kleine rosa Stoffhäschen hatte sie immer dabei. Sie ließ es nicht mehr aus der Hand. Frank wunderte sich, dass ausgerechnet so ein unscheinbares, billiges Ding zum Favoriten des Mädchens geworden war. Eines Abends fragte er Lottchen danach.

Sie lächelte ihn an und sagte: „Das ist mein liebstes Spieltier, weil du so froh und glücklich ausgesehen hast, als du es mir gebracht hast."

„Habe ich das?", fragte Frank verwundert.

Das Kind nickte. „So wie an dem Abend haben deine Augen noch nie geleuchtet. Und seitdem bist du immer so gut gelaunt. Das warst du auch schon vorher, aber irgendetwas ist jetzt anders. In deinem Herzen wächst etwas Schönes. Das kann ich fühlen."

Das kannst du laut sagen, Mädchen, dachte Reuter vergnügt. Meine Hormone schlagen Salto wegen Conny Ecker. So etwas habe ich noch nie erlebt.

Dann verlangte Charlotte, dass er von draußen erzählte. Sie konnte nicht genug bekommen von seinen ausführlichen Schilderungen der Welt bei Tageslicht. Wenn sie wie eine Ertrinkende an seinen Lippen hing, um nur ja kein einziges Wort zu verpassen, tat sie ihm sehr leid. Was musste das für ein Leben für ein kleines Kind sein: immer in die Dunkelheit verbannt! Wenn er für Lottchen den hellen Tag erscheinen ließ, fühlte er sich ihr so nahe wie nie. Er erfand einen Sommernachmittag in den Bergen für seinen kleinen Hausgast.

„War das schön!", seufzte Charlotte, als er fertig war.

Ja, es war schön, dachte Reuter. Auch für mich, Prinzessin.

Laut sagte er: „Fein, Lottchen. Aber mal was anderes: Ich würde gerne ausgehen heute Abend. Macht es dir etwas aus, allein zu bleiben?"

Charlotte kuschelte sich ganz fest an ihn: „Nein Frank. Du weißt doch, dass ich allein keine Angst habe. Geh nur weg. Ich weiß ja, dass du wiederkommst. Fährst du wieder zu einer Frau?" Sie lächelte ihn an.

„Nee, Lotte. Ich will bloß mal einen Zug durch die Gemeinde machen."

Charlotte schaute ihn an und lächelte hilflos: „Einen was?"

Frank lachte. „So sagt man, wenn man eine Kneipentour plant. Ich will in ein paar Kneipen gehen und mit Freunden Bier trinken, Lottchen."

„Ach so." Sie kuschelte sich an ihn. „Fahr ruhig mit einem Zug durch die Gemeinde, Frank. Du brauchst dich nicht um mich zu sorgen. Ich stelle nichts an."

Frank küsste sie auf die Wange. „Du bist ein Goldstück, Prinzessin."

Sie lächelte ihn an: „Du willst dich vollbesaufen lassen, gell?"

Reuter lachte laut auf.

Lotte zog einen Flunsch: „Du verlachst mich!"

„Ich wollte dich nicht ärgern, Mini", sprach Frank tröstend und küsste Lottchen auf die Wange. „Es ist nur, weil du so komisch gesprochen hast. Es heißt, ich will mich volllaufen lassen oder ich will mich vollsaufen. Aber soviel trinke ich nicht, keine Angst."

„Wie lange bleibst du weg?"

„Schwer zu sagen. Wahrscheinlich bis Zapfenstreich. Das bedeutet, wenn die Kneipen schließen. So gegen eins in der Nacht. Gegen halb zwei bin ich zurück. Macht es dir wirklich nichts aus, allein zu bleiben?"

„Nn-nn."

„Dann ist es ja gut. Ich habe dir heute Morgen im Fernsehen einen Zeichentrickfilm aufgenommen. Den kannst du dir anschauen, wenn du magst."

*

Um acht Uhr verabschiedete sich Frank von seinem kleinen Hausgast und zog los. Auf dem Weg in die City von Bexbach dachte er an die Videoüberwachungsanlage. Er hatte sie wie jeden Tag scharfgeschaltet, bevor Lotte aufgewacht war.

Wenn sie heimlich rausgeht, dann nur, wenn ich nicht da bin oder schon in der Falle liege. Mal sehen, ob sie heute Nacht ausbüchst.

Bald dachte er nicht mehr daran. Im Ratskeller traf er Manfred vom Westernverein und zwei weitere Bekannte. Sie spielten gemeinsam Darts und tranken einige Pils dazu.

Es wurde nach zwei, bis Reuter nach Hause kam. Zum Schluss waren Manni und er noch mit zwei Frauen, die sie gut kannten, in die Disco gegangen, um dort den Abschluss zu machen. Den Heimweg trat Frank auf ziemlich wackligen Beinen an. An der Haustür hatte er Schwierigkeiten mit dem Türschloss. Er brauchte einige Versuche, bis es ihm gelang, die Tür aufzusperren.

„Was für ein Abend!", murmelte er mit schwerer Zunge. „Ich werde alt. Ich vertrage nicht mehr so viel wie in meinen wilden Zwanzigern." Erst jetzt bemerkte er, dass im gesamten Haus kein Licht brannte.

Lotte ist weg!, dachte er. Oh Mann! Es stimmt also tatsächlich, dass sie nachts draußen rumschleicht. Das ist gefährlich. Ich muss mit ihr reden.

Er schüttelte seinen benommenen Kopf. Aber nicht jetzt. Das hat Zeit bis morgen.

Die Tür vom Arbeitszimmer flog auf und heller Lampenschein ergoss sich in den dunklen Flur: „Liebfrank!" Lottchen sprang ihm in die Arme.

„Huja! Sachte, Prinzessin! Ich stehe nicht mehr besonders fest auf meinen

Beinen."

Sie musterte ihn eingehend: „Bist du krank?"

„Nee, bloß besoffen. Hab zuviel Bier getrunken. „Uff!" Frank ließ sich auf einen Stuhl fallen. „Ich glaube, ich muss ins Bett."

Sie schaute ihn fragend an: „Warum trinkst du so viel Bier, wenn dir davon komisch wird?"

„Weil die Erwachsenen allesamt bekloppt sind." Reuter griente und erhob sich. „Ich muss echt in die Falle, Lottchen. Kommst du alleine klar?"

Sie kam mit ihm und sah zu, wie er unter erheblichen Schwierigkeiten seine Klamotten bis auf den Slip auszog. Dann fiel er ins Bett und schnarchte fast in derselben Sekunde los.

Er bekam nicht mehr mit, wie Charlotte ihn fürsorglich zudeckte und ihn zärtlich auf die Wange küsste. Eine Weile wachte das Mädchen neben Reuters Bett. Dann verließ sie das Zimmer und löschte das Licht.

„Weißt du was?", sprach sie leise zu ihrem kleinen rosa Stoffhäschen. „Wenn ich groß bin, trinke ich nicht soviel Bier. Das ist nämlich doof!"

*

Tags darauf erwachte Reuter mit einem Kater. Er dachte nur an Aspirin und eingelegte Heringe. Die Videoanlage im Keller juckte ihn nicht.

Erst drei Tage später dachte er daran, die Kamera zu kontrollieren. Charlotte war in der Nacht nach draußen gegangen, als er auf Kneipentour war.

Noch am selben Abend erklärte er Charlotte, dass er ausgehen würde, und wie immer hatte sie nichts dagegen einzuwenden. Um neun Uhr verließ Frank das Haus. Aber er ging nicht in eine Kneipe, wie er Lotte erzählt hatte.

Stattdessen postierte er sich an einer Straßenecke im Schatten und beobachtete die Kellertür seines Hauses. Er brauchte nicht lange zu warten. Eine halbe Stunde, nachdem er weggegangen war, ging die Kellertür auf und Lottchen erschien.

Was zur Hölle macht sie allein draußen?, überlegte Reuter mit einem unguten Gefühl im Magen. Wenn jemand sie sieht, wenn sie das Haus verlässt oder reingeht, gibt es Probleme. Reichen ihr denn unsere gemeinsamen, Nachtspaziergänge nicht? Und wo geht sie hin? Na, ich werde es ja sehen.

Er sah es aber nicht. Sobald Lottchen auf der Straße war, verschwamm sie wieder auf fast perfekte Weise mit der dunklen Umgebung. Frank erkannte sie kaum. Sie war nicht mehr als ein kleiner Schatten, der sich mit unglaublicher Geschwindigkeit bewegte. Er schaffte es, das Mädchen drei Straßen weit zu verfolgen, ohne dass sie auf ihn aufmerksam wurde.

Dann kam der Ortsrand. Charlotte bog in einen stockdunklen Feldweg ein und war von einer Sekunde auf die nächste verschwunden.

„Verdammt!" Frank blieb kopfschüttelnd stehen. „Das gibt es doch nicht! Wie stellt sie das an?"

Das Mädchen war in Richtung Waldrand gelaufen. Ob sie die Freiheit vermisste, die ihr zwei Jahre lang gehört hatte? Sehnte sie sich nach dem Wald? Reuter konnte es nicht glauben. Kleine Kinder fürchteten sich nachts im Wald. Gut, Charlotte war in der Dunkelheit aufgewachsen.

Trotzdem ist es nicht normal! Irgendwas stimmt nicht mit diesem Kind! Wieder beschlich Reuter das kleine warnende Gefühl.

„Ich werde mit ihr reden müssen." Er seufzte. „Sie kann nicht einfach nachts rumstromern."

Kopfschüttelnd machte er kehrt. Er ging zu Ellens Pilsstube. Er hatte zu Lotte gesagt, dass er in eine Kneipe gehen würde. Es würde seltsam aussehen, wenn er sie zu Hause erwarten würde.

Wieso seltsam?, fragte er sich. Wenn ich sie dabei stelle, wie sie zur Kellertür reinschleicht, wäre das die beste Gelegenheit, sie zu fragen, was sie da macht.

Aber Reuter ignorierte diesen Gedanken beharrlich, während er in Ellens Pilsstube ein Pils nach dem anderen trank. Er wollte gar nicht so genau wissen, was mit Charlotte los war. Eine leise nagende Angst hatte ihn beschlichen und ließ ihn nicht mehr los.

„Kuckucksrasse!", raunte es in seinem Kopf. „Eine fremde Rasse, die die Menschheit unterwandert. Du hast einen Kuckuck im Haus ..."

*

Der folgende Tag war ein Samstag. Frank hatte Matze Tintenfess in der Stadt getroffen und der hatte ihn auf die Ranch bestellt. Einer ihrer Freunde feierte seinen vierunddreißigsten Geburtstag. Da wollte Frank natürlich nicht fehlen. Er beschloss, in der Kleidung eines frankokanadischen Voyageurs zur Ranch nach Höchen zu fahren.

Als Lottchen aufwachte, fand sie Frank in der Küche. Er trug hirschlederne Trapperhosen, weiche Indianermokassins an den Füßen und ein blutrotes Kalico-Hemd mit winzigen blauen Blümchen. Auf seinem Kopf saß eine handgestrickte flache Mütze aus roter und brauner Wolle, in der eine lange Adlerfeder steckte.

„Hallo, Lottchen", rief Frank gutgelaunt und legte einen breiten Ledergürtel an, den er mit einem silbernen Buckle verschloss. Die schwere Gürtelschnalle war in der Form eines Bisonkopfes gearbeitet.

„Du siehst komisch aus", rief Lotte lachend.

„Komisch? So liefen vor hundertfünfzig Jahren französische Trapper durch die Wälder Amerikas. Das ist meine Verkleidung für die Ranch heute Abend."

„Oh!" Charlotte sah ihn bittend an. „Darf ich mit?"

Frank überlegte kurz. Warum nicht? Die Kumpels vom Verein wissen Bescheid und haben versprochen, mich nicht zu verpfeifen. Wir könnten mit dem Mercedes rauffahren und spätester mit einem Taxi nach Hause fahren. Ich nehme mein Mobiltelefon mit, um das Taxi zu bestellen. Den Wagen kann ich morgen Mittag abholen.

„Was ist, Frank?", fiepte Lottchen und schaute ihn bittend an. „Darf ich mit? Du hast mir schon so viel von der Ranch erzählt. Ich möchte so gerne mal mit dir hingehen."

Reuter öffnete die Arme: „Klar, Prinzessin. Komm mit!"

Lachend sprang sie in seine Arme: „Juchuu!"

Frank hob sie hoch und wirbelte sie im Kreis herum. Mann, bin ich glücklich mit diesem Kind!

Plötzlich schrie Charlotte wie am Spieß und wand sich aus seiner Umarmung. Schreiend wälzte sie sich am Boden.

Reuter war zu Tode erschrocken.

Um Gottes willen! Ich habe sie verletzt! Vielleicht hat sie sich an meinem Bowiemesser geschnitten oder gestochen!

Er beugte sich über das schreiende Kind: „Lottchen! Um Himmels willen, was ist mit dir? Habe ich dir wehgetan? Das wollte ich nicht! Lottchen! Sag doch was!" Er war außer sich vor Sorge. Der unangenehme Geruch verbrannten Fleisches stieg ihm in die Nase. „Lottchen! Sag, was los ist!"

Franks Blick fiel auf Charlottes linken Arm. Der Ärmel ihres Pyjamas war hochgerutscht und gab den Blick auf einen großen Flecken verbrannter Haut frei.

„Jesus Christus!", flüsterte Frank entsetzt. „Du hast dich verbrannt! Ja, wo denn, Kind? Ich ... ich habe doch ..." Seine Augen weiteten sich. Die Verbrennung auf Lottes linkem Arm sah aus wie ein Bisonkopf. Reuter fasste nach der Schnalle seines Gürtels. Der Bisonkopf! „Die Brandwunde sieht genauso aus wie meine

Gürtelschnalle! Aber wie ...?"

Die Erkenntnis traf ihn wie ein Schlag ins Gesicht. Die Gürtelschnalle bestand aus reinem Sterlingsilber!

„Silber!" Reuters Stimme war nur mehr ein heiseres Krächzen.

Charlotte wälzte sich schmerzverkrümmt vor ihm auf dem Boden. Reuter machte einen Schritt rückwärts. Die kleine warnende Stimme in seinem Hinterkopf, die er schon seit Wochen hörte, steigerte sich urplötzlich zu lautem Kreischen: „Pass auf! GEFAHR!!!"

Wie Schuppen fiel es ihm von den Augen.

Charlottes seltsames Benehmen. Ihre Nachtaktivität. Die Angst vor Ärzten. Die Angst vor der Sonne. Ihre hervorragende Nachtsicht. Die silbern leuchtenden Pupillen. Ihre unglaubliche Fähigkeit, mit der Dunkelheit zu verschmelzen. Die heimlichen nächtlichen Ausflüge.

Reuters Herz schlug wie rasend. Er hatte eine Scheißangst. Er machte einen weiteren Schritt rückwärts. Seine Stimme troff vor Abscheu: „Du ... du bist ein Vampir!"

Charlotte lag als zusammengekrümmtes Häufchen am Boden.

„Was ist so schlimm daran?", keuchte sie unter Tränen.

„Schlimm?" Franks Stimme steigerte sich zum Brüllen. „Schlimm? Oh, mein Gott! Wie konnte ich nur so blind sein? Du bist eine Missgeburt aus der Hölle!"

„Nein!", schluchzte Charlotte und kroch auf ihn zu.

„Bleib mir vom Leib, du Ungeheuer!", kreischte Reuter mit sich überschlagender Stimme. „Du hast mir nichts getan, weil ich dir Unterschlupf gewährte! Aber du gehst jede Woche auf die Jagd! Ich weiß es! Ich habe dich beobachtet! Sag, wie viele Menschenleben hast du schon auf dem Gewissen?"

Charlotte richtete sich halb auf. Den verbrannten Arm hielt sie fest umklammert.

„Jesus Christus!", wimmerte Reuter. „All die Wochen habe ich dieses Ungeheuer im Hause gehabt und nichts gemerkt!"

Der Junge von Benders fiel ihm ein. Der hatte ganz plötzlich aus heiterem Himmel Leukämie bekommen. Gab es noch andere Fälle? Fälle von unerklärlicher Blutarmut? Er hatte schon lange nicht mehr die Radionachrichten angehört. War Bexbach eine Stadt der Leukämiekranken geworden? Wie viel Blut brauchte ein Vampir zum Leben? Wie viele Menschen starben langsam dahin in Franks Heimatstadt? Wer war als Nächster an der Reihe? Reuter zitterte vor Furcht.

Charlotte erhob sich schwankend. Ihre Pupillen blitzten hellsilbern auf. Reuter erkannte ihre spitzen Eckzähne. Oh ja! Und ob die spitz waren! Nicht so lang wie die Zähne der Filmvampire, aber Frank war sicher, dass sie Charlotte gute Dienste leisten würden. Und diese Zähne waren all die Wochen seinem schutzlosen Hals nahe gewesen, wenn er Charlotte im Arm hielt.

„Eine Kuckucksrasse", hörte er Matze sagen. „Eine fremde Rasse, die uns unterhöhlt und ausrottet." Ausrotten! Oh ja! Aber nicht durch Liebsein! Nein! Durch Aussaugen! Das Liebsein war nichts als eine perfekte Tarnung! Reuter überlegte fieberhaft.

Was mach ich nur? Was soll ich tun, wenn sie mich anfällt, jetzt, wo ihr Geheimnis aufgedeckt ist? Sie war nur so umgänglich, solange sie mein Haus als sicheres Versteck benutzen konnte, als Basis für ihre nächtlichen Jagdzüge. Oh, mein Gott! Ich habe sie EINGELADEN!!!

Sein Herz schlug wie ein Dampfhammer. Noch nie in seinem ganzen Leben hatte er eine solche Angst gehabt.

„Höllenmissgeburt!", schrie Frank. „Bleib mir vom Leib!"

„Blödmann!", krähte die Warnstimme in Reuters Hirn meckernd. „Du Depp! Du blinder Uhu! Hast es nicht bemerkt! Blödmann! Blödmann! Blöööööödmann!"

Charlotte kam auf die Beine. Tränen stürzten ihr aus den Augen: „Nein! Liebfrank! Bitte hör doch! Ich ..." Sie streckte bittend die Hände nach ihm aus.

Frank riss den Gürtel mit der silbernen Schnalle hoch und hielt ihn dem Mädchen wie einen übergroßen Schlagring entgegen: „Geh weg von mir, du Blutsauger!" Er fuchtelte mit der Schnalle.

Charlotte schrie entsetzt auf und wich zurück, bis sie in einer Ecke der Küche festsaß. Sie duckte sich ganz klein zusammen und starrte ihn aus großen Augen an. Sturzbäche von Tränen liefen über ihre Wangen.

„Bitte, lass mich bleiben, Frank!", schluchzte sie. „Ich habe dich so lieb! Ich habe doch niemanden außer dir! Es ging doch immer gut mit uns. Ich war immer brav. Du hast gesagt, du hast nichts gegen Vampire, weißt du noch? Bitte, lass mich bleiben! Wir haben uns doch gern."

Reuter spuckte aus. „Ja, bis du mal zuviel Appetit hast und nachts keinen anderen findest!"

Gott! Nacht für Nacht hatte er mit diesem Ungeheuer im gleichen Haus geschlafen, völlig ahnungslos, in welch entsetzlicher Gefahr er sich befand. Beim Gedanken daran wurde ihm übel. Wie hatte er so blind sein können? Er hatte die Zeichen gesehen. Himmel, er verdiente sein Brot damit, Romane darüber zu schreiben!

„Bitte, lass mich bei dir bleiben, Frank!", flehte das Mädchen. Ihre Stimme war schrill vor Kummer.

„Hau ab!", schrie Reuter und schwenkte die Silberschnalle in ihre Richtung. „Aus meinem Haus, du Höllenkreatur!"

Lotte brach weinend zusammen.

Nach einer Weile hob sie den Kopf und schaute ihn mit tränennassen Augen an. Das Licht der Küchenlampe ließ ihre Pupillen silbern aufleuchten.

„Ich muss also weg?" Ihre Stimme war kaum mehr als ein Flüstern. Sie schniefte und stand schwankend auf, sich den verbrannten Arm haltend. Mit gesenktem Kopf ging sie auf die Tür zu.

Frank hielt noch immer die große Silberschnalle wie einen Schutzschild vor sich.

„Es ist nicht so, wie du in deinen Büchern schreibst, Frank", sagte sie leise. „Vampire sind keine Höllengeschöpfe. Das ist nichts als ein dummer alter Aberglaube. Wir sind verflucht. Wir wurden schon immer verfolgt. Im Mittelalter haben die Kirchenleute uns zu Tausenden abgeschlachtet. Deshalb leben wir versteckt in den Wäldern. Wir sind keine blutsaugenden Menschenmörder. Wir können überhaupt kein Wesen töten. Wir leben von Früchten, Nüssen und Pflanzen."

„Und Blut!", schrie Reuter.

Das Mädchen sah ihn weinend an: „Ja, Frank. Wir trinken Blut. Ein oder zweimal in der Woche benötigen wir eine winzige Portion Blut. Es sind nur ein paar Tropfen. Wir trinken nur Blut von Pflanzenfressern. Menschenblut rühren wir nicht an. Du isst Fleisch, Frank. Isst du vielleicht Menschenfleisch? Wir Nachtleute tun das nicht. Wir tun den Tieren auch nicht weh. Wenn wir zu einem Reh oder einer Kuh gehen, sind wir sanft und leise. Das Tier spürt überhaupt nichts. Blut ist für uns wie für euch Tagmenschen Salz oder Vitamine. Ohne wird man krank und stirbt. Wir sind reine Pflanzenesser. Wir töten nie. Wir sind gar nicht dazu fähig, im Gegensatz zu euch Tagmenschen." Lautlos weinend schlich Charlotte in den Keller. Sie sah elend aus.

Reuter folgte ihr. Den Gürtel mit der Silberschnalle hielt er vor sich wie eine Schusswaffe.

Sein Herz schlug in irrsinnigem Takt. Die Worte des Kindes drangen kaum zu ihm durch. Sein Körper vibrierte vor Anspannung, war bereit zu töten, wenn es notwendig wurde, war willens zu töten, wollte töten.

In ihrem Zimmer hob Charlotte den kleinen rosa Stoffhasen vom Bett hoch. Sie drückte das Spieltier an sich und brach erneut in lautes Schluchzen aus.

Reuter schaute ihr zu. Tief in seinem Herzen fühlte er Wehmut und Verunsicherung. Aber in seinen Adern tobte das Adrenalin.

„Eure ganzen Schauergeschichten sind allesamt erfunden und erlogen", schluchzte Lotte und schaute Frank traurig an. „Aber es hat wohl keinen Zweck mehr. Du willst mich nicht mehr. Dabei war es so schön mit dir. Ich dachte, ich hätte endlich jemanden gefunden, der mich haben will. Ich war doch so allein!" Sie weinte herzzerreißend.

Mühsam bekam Frank Reuter seinen Atem unter Kontrolle. Seine Lunge klang wie eine auf vollen Touren laufende Dampfmaschine. Salzige Schweißtropfen rannen ihm in die Augen. Er zitterte am ganzen Körper. Allmählich konnte er wieder klar denken. Seine Gedanken rasten, überschlugen sich. Plötzlich öffneten sich die Schleusen seiner Erinnerung.

Sein Gehirn rekapitulierte die Ereignisse der vergangenen Wochen in Höchstgeschwindigkeit. Wie ein viel zu schnell laufender Spielfilm sausten die Bilder vor seinem inneren Auge vorbei.

All die schönen Momente mit Charlotte. Ihre Anhänglichkeit. Den Spaß, den sie gemeinsam gehabt hatten. Die nächtlichen Ausflüge. Die Nähe, die er ihr gegenüber empfand, wenn er für sie den hellen Tag entstehen ließ und sie ihm jedes Wort von den Lippen trank. Die tiefe Zuneigung, die er nach einer Weile für sie empfunden hatte. Die tiefe Zuneigung, die sie ihm entgegengebracht hatte. Wenn sie gewollt hätte, hätte sie ihn Hunderte Male anfallen können.

Sollte sie die Wahrheit sagen? Waren die alten Geschichten über Vampire nichts als Schauermärchen? Hatten die Menschen früher nicht ähnliche Lügengeschichten über die Wölfe verbreitet? Solange, bis sie ausgerottet waren?

Matze Tintenfess hatte ihm die Vampire anders beschrieben, als einsame Gesellen, die versteckt in der Nacht lebten und sich von den Menschen fernhielten.

Reuter dachte darüber nach, wie abfällig er über Menschen sprach, die in Vorurteilen gefangen waren.

„Du bist kein bisschen besser, Frank Reuter!", johlte die böse kleine Stimme in seinem Verstand und lachte meckernd. „Du bist das oberste aller sprechenden Arschlöcher!"

Weitere Stimmen gesellten sich dazu. „Vorurteil!", riefen sie im Chor. „Voooorurteiiiil!"

Charlotte hob den Stoffhasen hoch. „Darf ich das Häschen mitnehmen?", bat sie. „Als Erinnerung an die schöne Zeit mit dir."

„Der Hase bleibt hier", sagte Reuter.

Das Mädchen schluchzte. Ihre Stimme wurde zu einem jämmerlichen Flehen: „Bitte, Frank! Lass mich doch wenigstens das Häschen mitnehmen! Ich habe doch sonst nichts mehr! Bitte, bitte!"

„Der Hase bleibt hier!", beharrte Reuter.

Weinend legte Charlotte das Stofftier aufs Bett zurück und wandte sich zum Gehen.

„Du auch!", sagte Reuter.

Lotte hob den Kopf. Sie schaute ihn verunsichert an.

„Du bleibst hier!", sprach Frank. Mit einem wütenden Ruck riss er die silberne Schnalle vom Gürtel ab und warf sie in eine Zimmerecke. „Ich möchte, dass du hierbleibst, Charlotte!"

Sie ist ein Vampir, sagte er sich. Na und? Sie hat mir nie was getan. Wahrscheinlich stimmt ihre Geschichte und wenn ich die Wahrheit nicht erfahren hätte, hätte ich sie sogar adoptiert. Scheiße! Es ist mir egal, was sie ist! Ich liebe dieses Kind!

„Und du hast ihm gerade ungeheuer wehgetan, El Arschlocho Grande!", quäkte die böse kleine Stimme in seinem Gehirn. Dann stimmte sie einen lustigen Singsang an: „Frankie ist ein Scheißkerl! Frankie ist ein Scheißkerl! Ein Scheiiiiiiißkerl!" Frank fühlte sich entsetzlich hilflos. Sein Herz hämmerte noch immer in wildem Takt, beruhigte sich nur langsam.

„Es tut mir sehr leid, dass ich so reagiert habe, Lottchen", sagte er leise. „Ich war furchtbar erschrocken. Ich war gemein zu dir. Bitte, bleib bei mir. Ich werde nie wieder so scheußlich zu dir sein."

Sie blickte ihn unsicher an: „Meinst du das ehrlich?" Ihre Unterlippe bebte.

Frank kniete auf den Boden und öffnete die Arme: „Komm!"

Sie flog ihm in die Arme und presste sich schluchzend an ihn. Reuter streichelte sie beruhigend und entschuldigte sich in einem fort.

„Es tut mir leid! Es tut mir so leid!", stammelte er immer wieder.

Lotte drückte ihr tränennasses Gesicht in seine Halsbeuge.

Jetzt könnte sie beißen!, dachte Reuter. Er schob den Gedanken beiseite. Er spürte, dass keine Gefahr von dem kleinen Kind in seinen Armen ausging.

„Ist gut, Lottchen. Bitte hör auf zu weinen."

Sie hob ihm ihr Gesicht entgegen. Es war vom Weinen ganz verquollen: „D-Darf ich wirklich bei dir bleiben, F-Frank?" Ihre Stimme war nur ein leises Mäusefiepen.

„Ja, Lottchen."

„Du bist nicht böse, weil ich ein Nachtmensch bin?"

Reuter schüttelte den Kopf und küsste sie auf die Wange: „Nein, Lottchen. Ich war dumm. Bitte verzeih mir. Ich habe mich dir gegenüber ganz gemein benommen. Ich möchte, dass du bei mir bleibst. Ich habe dich lieb." Er hatte das Gefühl, als würde etwas Großes und Scharfkantiges aus seinem Herz herausgerissen. Es hinterließ eine Wunde, aber gleichzeitig hatte er das Gefühl, dass etwas, das ihn ein Leben lang vergiftet hatte, plötzlich weg war. Die Wunde würde verheilen. Schon bald.

Sie ließ den Kopf gegen seine Schulter sinken: „Ich habe dich auch lieb, Frank. Und wie!"

Eine Weile verharrten sie in stummer Umarmung.

Schließlich hob Frank sie hoch: „Wenn wir auf die Ranch wollen, wird es Zeit, dass du dich anziehst und was futterst, Lottchen."

„Ich muss mir zuerst die Zähne putzen", sprach sie leise. „Du hast mir gesagt, man muss sich zuerst die Zähne putzen, wenn man aufgestanden ist."

Reuter drückte das Kind an sich. Tränen traten ihm in die Augen.

„Ja, Prinzessin", sagte er mit heiserer Stimme. „Es ist wichtig, seine Zähne zu pflegen. Aber zuerst sollten wir Salbe auf deinen Arm tun. Es tut bestimmt furchtbar weh."

„Ja", sagte Lottchen. „Aber bis morgen Abend ist es verheilt. Das geht schnell bei uns Nachtleuten."

„Dann stimmt zumindest etwas von dem, was man sich über Vampire erzählt", murmelte Reuter.

„Wir sind keine Ungeheuer, Frank."

„Ich glaube dir. Komm mit in die Küche. Ich tu Salbe auf deinen Arm und mache dir einen Verband."

„Nein, bitte nicht", bat Lotte schüchtern. „Es heilt schneller, wenn Luft daran kommt. Ich ziehe mir was Langärmeliges drüber, damit es niemand sieht." Das kleine Mädchen schaute ängstlich zu Reuter auf: „Verrätst du deinen Freunden auf der Ranch mein Geheimnis?"

„Ich glaube, das wäre keine gute Idee", murmelte Frank. „Ich denke, XP ist besser. Jedenfalls für den Anfang." Er erzählte Lottchen, was es mit der Krankheit auf sich hatte.

Charlotte putzte derweil ihre Zähne. Reuter war ihr ins Bad gefolgt. Zurück in der Küche machte er ihr eine Riesenportion Müsli zurecht.

Lottchen aß schweigend. Immer wieder blickte sie verschüchtert zu ihm auf.

Ich habe ihr schrecklich wehgetan!, dachte Reuter. Er fühlte sich hundsmiserabel.

„Ich habe ein Indianerkleidchen für dich besorgt", sagte er.

„Ehrlich?"

„Ja, weil ich wollte, dass du schön verkleidet bist, wenn wir auf die Ranch fahren."

Als Reuter die zarte Freude sah, die sich in Charlottes Gesichtchen ausbreitete, fühlte er sich noch miserabler.

Auch später im Auto änderte sich nichts an seiner Gemütslage.

„Warum hat mir die Puppentrulla auch nicht gesagt, was du bist? Redet die ganze Zeit so geschwollen um den heißen Brei herum!" Die beiden Sätze hatte er laut ausgesprochen, ohne es zu merken. Der Mercedes sauste durch Frankenholz den Höcherberg hinauf.

Lotte, die auf dem Rücksitz saß, schaute ihn im Rückspiegel erschrocken an: „Die Puppenfrau aus Zweibrücken?"

Reuter nickte.

„Hast du ihr von mir erzählt?"

Reuter nickte abermals.

Charlotte duckte sich ganz klein zusammen. „Hoffentlich verrät sie mich nicht!", wisperte sie unglücklich. „Sonst kommen sie mich holen."

Frank brauchte eine Weile, bis er kapierte.

„Du willst nicht zu deinen eigenen Leuten zurück?", fragte er verblüfft.

„Nein", sagte Lotte so leise, dass er sie kaum verstand.

„Warum nicht?", fragte Reuter ungläubig.

„Weil ich bei dir bleiben will, Liebfrank!"

„Nach dem, was ich vor einer halben Stunde abgezogen habe?!?" Reuter konnte es nicht fassen. In seinem Hals wuchs ein dicker Kloß heran.

„Du bist doch bloß erschrocken. Ich habe dich so lieb! So lieb hatte ich vorher nur meine Mama. Ich will bei dir bleiben, Frank."

Ein jammernder Ton quoll aus Franks Kehle. Tränen brannten in seinen Augen. Schnell lenkte er den Mercedes an den Straßenrand und zog die Handbremse an. Er konnte nicht weiterfahren.

„Ich ... ich ...", setzte er an. Dann brach es aus ihm heraus. „Es tut mir so leid, Lottchen! Oh Gott! Was habe ich dir angetan!" Er barg das Gesicht in den Händen und schluchzte.

Plötzlich spürte er eine kleine kühle Hand in seinem Nacken. Die kleinen Finger kraulten sachte.

„Wein nicht, Liebfrank! Es ist doch wieder gut. Du hast nur einen Schreck gekriegt. Meine Mama hat mir davon erzählt. Die Menschen erschrecken vor uns und die meisten ekeln sich. Aber du nicht, Liebfrank. Du bist lieb zu mir."

Frank griff nach hinten und zog das Kind zu sich auf den Fahrersitz.

„Mensch, Lottchen, dass du nicht böse mit mir bist!", sagte er leise und umarmte das Mädchen ganz fest. Sie kuschelte sich an ihn, als hätte es die widerliche Szene in der Küche nie gegeben.

„Warum hast du mir nicht gesagt, was du bist?", flüsterte Reuter.

„Das ist verboten", sagte Charlotte leise. „Genausowenig durfte ich dich fragen, ob ich bei dir bleiben darf. Du musstest mich einladen. So lauten die Regeln." Sie streichelte Reuters Gesicht und küsste ihn auf die geschlossenen Augen. „Aber du hast mich gefragt und du bist nicht mehr böse, weil ich ein Nachtkind bin."

„Nachtkind ..." Reuter überlegte angestrengt. Wo hatte er das schon einmal gehört?

„Wir nennen uns nicht Vampire", sagte Lottchen.

Reuter blickte ihr in die Augen.

„Vampir ist ein ganz böses, gemeines Wort", fuhr das Mädchen fort. „Das ist so, als ob man einen Schwarzen Nigger nennen tut, oder zu einer Indianerfrau Squaw sagt. Meine Mama hat mir erzählt, Squaw ist ein ekliges Wort für

Geschlechtsorgan."

Reuter schluckte: „Äääh ... jjja ... das stimmt. Es bedeutet Fo ... ich meine ... Geschlechtsorgan."

Sanft streichelte er über Lottchens pechschwarzes Haar. „Nachtkind", sagte er. „Mein kleines Nachtkind Lotti."

Wortlos kuschelte das Kind sich in seine Arme.

Es ist mir egal, was sie ist!, dachte Frank. Er beruhigte sich allmählich.

Ist mir total wurscht! Im Gegenteil. Jetzt spar ich mir die ganze Prozedur mit dem dämlichen Jugendamt. Ein Nachtkind ist sie. Na schön! Ist doch okay. Solange ich sie schützen kann.

Und weiter hinten in seinem Gehirn hockte sich ein kleiner Schreiber im Schneidersitz hin und legte sein Notizbuch zurecht. Wenn die Biologie der Vampire tatsächlich so ganz und gar anders war, das würde doch prima Stoff für einen Roman abgeben.

„Frank Reuter, du dreimal verfluchter Dreckbock!", plärrte die kleine Stimme in seinem Gehirn. „Dass du dich nicht schämst!"

Ich schäme mich ja!, gab Reuter zurück. Aber schreiben kann ich trotzdem.

„Saukopp!", keifte die Stimme.

Reuter parkte den Mercedes auf dem kleinen Waldparkplatz unterhalb der Ranch. Von oben hörte man laute Musik. Er half Charlotte beim Aussteigen: „Pass auf, dass du mit deinen Hirschledermokassins nicht in den Matsch trittst. Hier ist es oft feucht."

„Ich kann alles gut sehen", piepste Lotte freundlich.

An seiner Hand ging sie den steilen Waldweg hinauf zur Ranch.

„Ich muss dir noch was sagen, Lottchen. Im Saloon tragen viele Leute Silberschmuck. Nimm dich davor in Acht!"

„Ich passe auf", versprach Lotte. Ihre Stimme klang fröhlich und aufgeweckt. Keine Spur mehr von Angst und Trauer.

„Fünf zu eins", raunte Matzes Stimme in Reuters Kopf. Zum ersten Mal verstand er wirklich, was damit gemeint war. Er vermochte es kaum zu glauben, aber das kleine Mädchen an seiner Hand war ihm nicht mehr böse.

Unvermittelt hielt er an und bückte sich zu Charlotte hinunter. Sie kuschelte sich sofort vertrauensvoll in seine Arme. Frank drückte sie zärtlich.

„Pass bloß auf, dass du dich nicht verplapperst!", schärfte er ihr ein. „Rede möglichst wenig über dich, ja?"

Lotte nickte ernst.

„Wenn du dich nicht vorsiehst und dir rausrutscht, dass du ein Vam ... ein Nachtkind bist, könnte das schlimme Folgen haben." Frank seufzte. „Ich meine ... eigentlich sind die Leute auf der Ranch alle Freunde von mir. Ich kann mir nicht vorstellen, dass dich jemand verpfeift, aber ...", Reuter zögerte: „Du hast ja miterlebt, wie *ich* mich aufgeführt habe, und das war echt ekelhaft von mir. Menschen sind komisch, Lottchen. Wenn sie sich vor etwas fürchten, hassen sie es und wollen es kaltmachen. Es ist wie mit den Spinnen! Alle wollen Spinnen killen, obwohl sie in Wirklichkeit sehr nützlich sind. Aber weil sich die meisten Menschen vor Spinnen fürchten, trachten sie ihnen nach dem Leben."

Charlotte gab sich ganz Liebfranks Umarmung hin. Sie musste ein Lachen unterdrücken. Wie lieb Frank war! Sie hatte ihr ganzes Leben lang aufpassen müssen, sich nicht zu verplappern. Ihr würde nichts herausrutschen. Aber es war herrlich, dass Frank sich solche Sorgen um sie machte. Das tat so gut.

Und ... hatte sie sich nicht damals um ein Haar verplappert, als Frank und Tine von der Puppenmacherin aus Zweibrücken sprachen? Beim Gedanken an die Puppenfrau zog sich Charlottes Herz schmerzhaft zusammen. Würde Frau Kunz schweigen? Oder hatte sie längst die Clanleute benachrichtigt?

Ich will nicht von Liebfrank weg! Ich habe ihn lieb!, dachte Lottchen inbrünstig.

Ich will bei ihm bleiben. Noch nie hat mich jemand so lieb gehabt. Bloß meine Mama.

Sie kuschelte sich ganz fest an Liebfrank. Tief drinnen in ihrem kleinen Herzen hatte sie immer noch Angst, dass er sie nicht mehr richtig lieb hatte, jetzt, wo er wusste, dass sie ein Nachtmensch war. Und sie hatte Angst vor Frau Kunz.

Die Puppenmacherin wusste, dass Charlotte etwas Besonderes für die Clanleute war. Frank Reuter nannte Lottchen Prinzessin. Er tat es, um nett zu ihr zu sein. Die Clanleute taten es, um sie zu ehren!

Charlotte von Revelin-Lorraine war eine Prinzessin, eine der seltenen Genträgerinnen der Nachtleute. Seit sieben Generationen waren in ihrer Familie nur Mädchen geboren worden. Charlotte stand am Ende der langen Siebenerreihe. Sie war eine der zukünftigen Königinnen, eine von denen, die den absterbenden Genpool wieder erneuern konnten. Sie konnte den uralten Fluch beugen, der ihre Rasse auf immer in die Dunkelheit verbannt hatte. Charlottes Kinder würden Nachtkinder sein wie sie selbst, doch von unglaublicher Fruchtbarkeit.

Nachtleute bekamen oft nur ein Kind, selten zwei, und es gab sehr viele Paare, die nie Kinder bekamen. Ohne die alle paar Generationen auftretenden Königinnen wären die Clanleute längst ausgestorben. Sowieso wurden sie immer weniger. Aber die Kinder einer Königin brachten in ihrem Leben fünf, bis achtmal Kinder zur Welt und immer waren es Mehrlingsgeburten. Zwillinge, Drillinge sogar Vierlinge oder Fünflinge waren nicht ungewöhnlich und dieser Fruchtbarkeitsschub hielt drei, manchmal sogar vier Generationen lang an.

Doch es gab Fehden unter den Clans, in denen Königinnen heranwuchsen. Soviel wusste Charlotte, obwohl sie noch sehr jung war. Ihre Mutter hatte ihr davon erzählt. Und mit der extrem früh erwachenden Intelligenz ihrer Rasse hatte Charlotte alles in sich aufgenommen. Sie erinnerte sich, wie ihre Mutter oft zu ihr gesagt hatte: „Sei auf der Hut, Charlotte. Man trachtet dir nach dem

Leben. Hüte dich vorm Clan. Nicht jeder ist dir wohlgesonnen." Ihre Mutter hatte sie umarmt und an sich gedrückt: „Ach, mein liebes, kleines Nüsschen! Ich muss gut auf dich aufpassen, mein Augenstern."

Nüsschen, so hatte ihre Liebmama sie manchmal genannt, und manchmal, glaubte Charlotte sich zu erinnern, hatte sie Eichkätzchen zu ihr gesagt. Aber das war früher, als sie noch sehr klein gewesen war.

Nüsschen war der Kosename, den ihre Mama ihr gegeben hatte. Sie hatte Lottchen immer Nüsschen genannt. Eichkätzchen hingegen nur früher. Manchmal wunderte sich Charlotte deswegen. Doch ihre frühe Kindheit lag im Dunkel. Sie erinnerte sich nur schemenhaft.

Sie hatte nicht verstanden, warum man sie töten wollte. Sie gehörte doch zum Clan. Sie war ein Nachtkind. Warum trachteten Menschen ihr nach dem Leben? Ihre Mama und ihr Papa hatten ihr erklärt, dass sie mit Lottchen ganz allein im Wald wohnten, damit keine bösen Clanmenschen Charlotte Schaden zufügen konnten. Lottchen hatte ein Leben lang versteckt gelebt, abgeschottet von den anderen Nachtmenschen. Es war zu ihrem Schutz. Doch die Mörder hatten das Versteck gefunden und sie waren gekommen, um zu töten.

Charlotte erinnerte sich an die Vermummten, die ihre Familie überfallen hatten, und an die drängenden Worte ihrer Mutter: „Charlotte, lauf! Lauf weit weg! Und versteck dich, bis du groß bist! Sie wollen dich töten! Hüte dich vor Leuten, die allzu freundlich zu dir sind."

Und Charlotte, das kleine vierjährige Mädchen war gelaufen, gerannt, bis der Tag anbrach und sie sich zum ersten Mal in ihrem Leben allein im Wald befand. Mit ihrem sicheren Instinkt hatte sie eine Höhle gefunden, in der sie den Tag verbrachte. Aber sie blieb nicht lange dort, aus Angst, dass andere Clanleute die Höhle kannten.

Clanleute, die dem Revelin-Lorraine-Clan feindlich gegenüberstanden!

Sie war weit gelaufen, bis sie eines Tages eine kleine Höhle fand. Sie lag versteckt am Hang eines Hochtals und Lottchen blieb lange Zeit dort. Sie ernährte sich von Dingen, die sie im Wald fand, und sie holte sich heimlich Essen aus den Gärten der Tagmenschen. Aber jemand hatte ihr Versteck entdeckt und Lottchen war geflohen. Sie hatte keine Ahnung, wer der Entdecker war, ein Tagmensch oder jemand vom Clan, doch sie hatte sich entschlossen, weiterzuziehen. Sie war jede Nacht ein Stück weit gelaufen, immer nach Norden. Und sie war allein gewesen, so schrecklich allein. So allein, dass das Alleinsein anfing, wehzutun. Der Schmerz war immer schlimmer geworden. Charlotte war durch die Nacht gewandert und ihr kleines Herz hatte geblutet, weil sie keinen Menschen hatte. Sie war ganz allein auf der Welt. Sie hatte gespürt, wie die Lebenskraft sie verließ. Und dann war Liebfrank gekommen und hatte sie bei sich aufgenommen. Er war jetzt der wichtigste Mensch in ihrem Leben.

Frank Reuter bekam nichts von Charlottes tiefgründigen Gedanken mit. Er dachte über Lottchens Andersartigkeit nach. Würde er sie dauerhaft schützen können?

Ob Matze ahnt, wer oder was Lottchen ist?, fragte sich Frank. Doch Matze hatte von einer Kuckucksrasse gesprochen, nicht von Vampiren.

Auf halber Hanghöhe maunzte es.

„Eine Jai!", rief Charlotte begeistert und lockte die Siamkatze: „Jaiiiii…"

Das Tier kam zu ihr und ließ sich streicheln.

„Wir halten mehrere Katzen auf der Ranch", sagte Frank. „Wegen der Mäuse, die aus dem Wald kommen. Die gehen uns sonst an die Vorräte. Wir haben Kaffee und Tee in den Küchenschränken und Kartoffelchips und Salzstangen und anderes Knabberzeugs."

„Ihr habt eine Jai!" Charlotte freute sich sichtlich.

„Haben alle Nachtleute eine Jai?", fragte Reuter.

Charlotte nickte: „Ja. In jedem Haushalt von Clanmenschen lebt eine Jai. Oft haben wir sogar mehrere von ihnen."

„Warum, Lottchen?"

„Sie sind heilig", erklärte das Kind. „Eine Jai beschützt uns Nachtleute vor den Dunklen."

„Den Dunklen?"

„Man nennt sie auch die Fürchterlichen. Sie sind gefährlich. Sie töten Nachtmenschen. Die Jai sind unser Schutz." Sie ließ die Katze laufen und lief an Franks Hand den Weg hoch.

Sie kamen oben an. Vor ihnen lag ein freier Platz mit einer riesigen Feuerstelle in der Mitte. Rings um den Platz waren hölzerne Blockhütten verteilt. Das größte Gebäude war der Saloon. Aus seinen hohen, mehrfach unterteilten Fenstern schien warmes gelbes Licht auf den Vorplatz. Laute Westernmusik dröhnte in die Nacht.

Frank hielt Lotte die Saloontür auf: „Stürzen wir uns ins Vergnügen, Prinzessin!"

Als eintraten, verstummte das Stimmengewirr. Nur die Musik dröhnte weiter. Jonny Cash sang von Casey Johnes, dem tapferen Lokführer.

„Ey, das ist Frank mit seinem neuen Kind!", schrie jemand. Augenblicklich ging das Stimmengewirr wieder los. Sofort kamen einige Frauen angestürzt und beglückten Charlotte.

„Nein, so ein hübsches kleines Ding!", rief Harrys Frau Petra und ging vor Lotte in die Knie. „Lass dich mal anschauen, Puppchen." Annika Rheimer und Angela Lehberg gesellten sich dazu.

„Was für ein reizendes kleines Mädchen", flötete Angela begeistert.

Lotte stand schüchtern da und blickte die Glucken misstrauisch an.

„Fresst sie nicht auf!", rief Frank lachend und hob Lottchen hoch. „Komm, Prinzessin, gehen wir zur Theke und sagen allen Guten Abend."

Der Reihe nach stellte Reuter seinen kleinen Hausgast vor, auch den Kindern.

Lotte sagte jedes Mal brav „Guten Abend" und gab jedem die Hand. Sie blieb aber äußerst schüchtern. Nur bei Matze Tintenfess war sie anders.

Matze, der gerade im Gespräch mit Harry war, brach mitten im Satz ab und stellte seinen Bierkrug ab.

„Hallo", sagte er. Er gab Lottchen nicht die Hand. Stattdessen nahm er ihre ausgestreckte Rechte zwischen seine Hände und Lotte legte ihre linke Hand obenauf. Matze schaute dem kleinen Mädchen tief in die Augen. Er gab einen leisen Laut von sich.

Lottchen schaute ernst zurück und sagte: „Hallo!" Sie imitierte den kleinen Laut, den Matze produziert hatte.

Dann kamen alle Kinder angelaufen und wollten Lotte kennenlernen. Frank nannte Charlotte alle Namen und die Kinder begrüßten den Neuzugang freundlich.

„Stimmt es wirklich, dass du nie in die Sonne darfst?", fragte die kleine Sabrina treuherzig.

Charlotte nickte.

„Charlotte ist nämlich ganz schlimm krank", verkündete Sabrina den anderen Kindern. „Sie hat eine Krankheit, die wo man nicht sieht und die wo auch gar nicht richtig krank macht. Aber wenn Charlotte in die Sonne geht, wird sie verbrannt und geht tot."

Reuter grinste sich einen. Besser und umfassender hätte er es selbst nicht erklären können.

„Kommst du mit raus?", fragte Sabrina. „Wir spielen Trapper und Indianer. Wir dürfen bloß nicht so weit weggehen, sonst verirren wir uns im Wald. Keine Angst! Jetzt ist draußen überhaupt keine Sonne. Es kann dir nichts passieren."

Charlotte schaute zu Frank hoch.

„Geh ruhig mit, Schatz", sagte Reuter lächelnd. Er beugte sich hinunter und gab ihr einen Kuss: „Wenn du keine Lust mehr zum Spielen hast, kannst du zu mir kommen. Ich bin immer hier im Saloon."

„Jo!", grölte Harry lachend. „Und falls du ihn nicht siehst, steht er auf'm Lokus und entwässert sich!" Alle lachten.

Charlotte lachte freundlich zurück. Dann ging sie mit den Kindern nach draußen.

Die Frauen waren hingerissen.

„Gott, ist die süß!", sagte Petra. „Habt ihr gesehen, wie sie geguckt hat? Sie hat sich geniert. Sie ist ein kleines Schüchterchen."

„Und wie goldig sie lacht", fand Anika.

„Ein richtiger kleiner Wonneproppen", meldete sich Angela. „Man muss sie einfach gern haben!"

Reuter unterdrückte ein Lachen. Schön, wenn alle auf Lottchen flogen.

Im Laufe des Abends legte Charlotte ihre anfängliche Schüchternheit ab und benahm sich wie ein ganz normales Kind. Sie sauste draußen mit ihren neuen Spielkameraden herum und machte genauso viel Spektakel wie die anderen. Zwischendurch kam sie immer wieder zu Frank und wollte gedrückt werden.

Am meisten mochte sie es, wenn er sie auf die Theke vor sich setzte und sie ein bisschen „größer" war als Frank. Dann umarmte sie seinen Kopf und kraulte ihm das Genick, während er sie abwechselnd streichelte und kitzelte, bis sie quietschte.

„Hier ist es schön!", sagte Lottchen ihm ins Ohr. „Können wir öfter zur Ranch kommen?"

„Jedes Wochenende, Prinzessin", antwortete Frank gutgelaunt.

„Au ja! Bitte!", rief Lotte begeistert.

„Geht klar, Lottchen."

„Ich hab dich lieb!" Sie drückte ihm einen Schmatz auf die Backe und verlangte, auf den Boden gelassen zu werden. Schon war sie unterwegs, flitzte mit Sabrina, Sascha, Michael und Rebecca, ihren neuen Spielkameraden, nach draußen.

Doch manchmal stand sie allein da und wirkte verloren. Dann sah sie verschüchtert zu Frank Reuter hin, als habe sie Angst, er habe sie nicht mehr lieb. Immer wenn Frank das sah, ging er zu dem Kind und nahm es in die Arme.

„Ich habe dich lieb", versicherte er Charlotte und gab ihr einen Kuss. Das schien sie zu beruhigen und sie schloss sich wieder ihren kleinen Freunden an.

Fred kam zu Reuter: „Hab ich dir schon meine neue Wumme gezeigt?"

„Nö. Was denn für eine?"

„Komm mit! Ich zeig sie dir. Hab sie unten im Auto. Ich will sie erst beim nächsten Reenactment offiziell vorführen."

Frank folgte Fred nach draußen. Harry schloss sich ihnen an. Sie tappten den steilen Weg runter zum Parkplatz. Fred sperrte den Kofferraum seines Autos auf und holte eine lange Percussionsbüchse hervor.

„`Ne 1861er Springfield!", rief Harry anerkennend.

„Nicht nur das! Guck mal genauer!", forderte Fred. Er präsentierte das Gewehr im Licht der Kofferraumbeleuchtung.

„Die hat ein anderes Schloss", sagte Harry verdutzt. „So einen hohen Schlossbuckel hab ich noch nie gesehen." Er kratzte sich am Kopf.

„Das ist die CSA-Version der Springfield", sagte Reuter andächtig. Er nahm das Gewehr in die Hand. „Die Richmond-Variante! Wow! Geil!"

„Eine extra Südstaatenversion? Davon weiß ich ja gar nichts", meinte Harry.

„Die Knarre sollte ursprünglich Maynard-Zünder kriegen", erklärte Fred stolz. „Keine Zündhütchen, die man einzeln drauffriemeln muss; sondern Zündbänder, ähnlich wie sie heute von Kindern zu Fasching benützt werden. Aber das klappte nicht. Es war nicht zuverlässig genug. Also kehrte man zu den altbekannten Zündhütchen zurück, behielt aber den hohen Schlossbuckel bei."

Die Dreibandmuskete wechselte von Hand zu Hand und wurde ausgiebig bestaunt. Schließlich kehrten die drei Männer zum Saloon zurück.

„Ich muss mal in den Wald", verkündete Reuter und bog nach rechts ab, wo er einer unschuldigen Fichte eine massive Nitratvergiftung der flüssigen Art verpasste.

Leergepinkelt wollte er zum Saloon zurückkehren, als er Zeuge einer seltsamen kleinen Szene wurde.

Matze Tintenfess stand mit Lottchen in der Mitte des Hangs an der Quelle der Ranch, wo die Westerner ihr Trink- und Kochwasser holten. Reuter duckte sich hinter eine dickstämmige Buche. Was zur Hölle machten die beiden da?

Matze nahm seinen Ohrhänger ab, eine fünf Zentimeter lange Federimitation aus Metall mit Türkisintarsien. Auch seinen Indianerring zog er vom Finger.

„Silber", sprach er und zog seinen Medizinbeutel aus der ledernen Trappermontur. Er verstaute die beiden silbernen Schmuckstücke in dem kleinen Lederbeutel und stopfte ihn unter sein Hemd zurück. Dann schlug er mit der flachen Hand auf seine große Gürtelschnalle.

„Edelstahl mit Chrom", sagte er lächelnd und kniete vor Lottchen nieder, sodass seine Augen mit den ihren fast auf gleicher Höhe waren. Dann streckte er die Hände mit den offenen Handflächen nach vorne. Lottchen tat es ihm gleich. Sie legten die Handflächen gegeneinander. Matze gab einen Laut von sich, der sich anhörte wie eine Mischung aus Grunzen und einem kurzen Jodler. Genau wie vorher schon im Saloon. Lottchen antwortete auf dieselbe Art.

Frank Reuter beobachtete das seltsame Ritual fasziniert.

„Welcher Clan?", fragte Fässchen.

„Revelin-Lorraine", antwortete Lottchen.

„Ah!", machte Matze. Er rasselte eine Kette von Namen herunter und Lottchen nickte jedes Mal.

Reuter stand der Mund offen.

Matze! Was weißt du?, dachte er.

Wusste Fässchen, dass Lottchen ein Vampir war? Und wenn ja, warum hatte er Frank nichts gesagt?

„Ich kannte mal jemanden von Revelin-Lorraine", sagte Fässchen so leise, dass Frank ihn fast nicht verstand, obwohl er kaum fünf Meter weit weg stand.

„Ja?" Lottchens Augen wurden groß. „Wen?"

Fässchen nannte einen Namen, den Frank nicht verstand, aber Lotte musste wissen, wer gemeint war, denn ihr Gesicht spiegelte plötzlich großes Mitleid wider. Sie beugte sich vor, umarmte Matze und küsste ihn auf die Stirn: „Du Armer! Ich habe davon gehört. Meine Mama hat es mir erzählt. Seitdem wagt niemand vom Clan mehr, dazwischenzugehen, wenn es wieder passiert. Der entsetzliche Schmerz ist immer noch mitten in unseren Herzen. Genau so hat es mir meine Mutter gesagt."

Sie seufzte abgrundtief: „Ich hoffe es jedenfalls! Wenn nicht ..."

Matze war alarmiert: „Hat Frank mit jemandem über dich geredet?"

„Mit der Puppenmacherin in Zweibrücken."

„Kenn ich nicht."

„Sie ist eine von euch, aber sie ist unsere Freundin."

„Trotzdem hätte Frank ihr nichts sagen dürfen!", murrte Matze. „Dieser Hammel! Hast du ihn nicht gewarnt?"

„Er hat es ja nicht gewusst", antwortete Lottchen treuherzig. „Er weiß ja erst seit heute Abend, was ich bin."

„Waaas?" Fässchen war der pure Unglauben. „Das ist nicht dein Ernst!"

„Doch!", sagte Charlotte, und dann erzählte sie Fässchen alles, angefangen von dem Unfall und wie Frank Reuter sie bei sich aufgenommen hatte.

„So eine Pfeife!", sagte Matze zwischendurch. „So ein blinder Uhu! Das darf ja wohl nicht wahr sein!"

Frank wand sich hinter seiner Buche wie ein Aal.

Lotte erzählte weiter und Matze gab immer wieder seine Meinung über Frank bekannt: „Dieser Hammel! So ein Knetheinz! Was für ein Salzneger!"

Charlotte erzählte von der Szene in der Küche, als sie sich an Franks silberner Gürtelschnalle verbrannt hatte.

„Das darf doch nicht wahr sein!", polterte Fässchen. „So ein Rindvieh! Muuuh!" Er imitierte das Muhen täuschend echt. Lottchen lachte hellauf.

„Da gibt's nix zu lachen!", maulte Matze. Er war echt sauer. „Dieser Volltrottel! Ich kann's nicht glauben! So ein Salatheini!"

Er berührte vorsichtig Lottchens verbrannten Arm: „Tut es sehr weh?"

Das Mädchen schüttelte den Kopf: „Nn-nn. Es verheilt schon. Ist nicht mehr schlimm."

„Trotzdem!", motzte Fässchen. „Wie kann er nur so blöd sein. Dieses Megarindvieh! Muuuh!"

Frank machte sich hinter seiner Buche sehr, sehr klein. Er schluckte.

„Sei doch nicht böse auf Liebfrank", sagte Lottchen leise. „Er ist nur erschrocken. Dafür kann er nichts. Meine Mama hat mir davon erzählt. So sind die Menschen nun mal. Ich bin nicht böse mit Frank. Dazu habe ich ihn viel zu lieb."

„Er ist trotzdem ein Rindvieh!", sagte Matze, aber er musste selbst lachen. „Dieser Hornochse! Seine dämliche Visage hätte ich zu gerne gesehen, als er es endlich kapierte. Muuuh!"

Er umarmte Lotte linkisch: „Ich dachte, er weiß es, und habe nicht mit ihm darüber gesprochen. Tut mir leid. Es ist auch ein bisschen meine Schuld."

„Nicht schlimm", sagte Charlotte und lächelte. „Du hast die Regeln eingehalten.

Du hast nicht geredet. Es ist schön, dass ich dich kenne. Jetzt kenne ich schon zwei gute Menschen. Frank und dich." Sie zögerte. „Liebfranks Schwester Christina ist auch nett."

„Die weiß auch von dir?" Matze sah nicht glücklich aus.

Lottchen nickte: „Sie weiß nicht, was ich bin. Aber wir müssen es ihr sagen wegen dem Jugendamt."

„Ja", grummelte Fässchen. „Oh Mann! El Reutero Maximo Stupido hat ja echt was aufgewirbelt. Meinst du, diese Puppenfrau aus Zweibrücken hält die Waffel?"

„Ich weiß nicht", piepste Charlotte unglücklich. Sie klang, als würde sie jeden Moment in Tränen ausbrechen. Reuters Herz zog sich schmerzlich zusammen. „Ich will bei Liebfrank bleiben. Ich will nicht, dass sie mich holen kommen! Ich fürchte mich."

„Du willst nicht zum Clan zurück?"

Lottchen schüttelte den Kopf: „Nein! Dazu habe ich Frank viel zu lieb. Er hat mich eingeladen. Und die Clanleute ... es ... ich bin weggelaufen. Ich ... ich darf nicht darüber sprechen!"

„Kein Problem, Lottchen. Brauchst mir nix zu erzählen", beeilte sich Matze zu sagen. Er schaute Charlotte ernst an: „Liebfrank?" Das Mädchen nickte. Matze gab ein leises Schnaufen von sich: „Liebfrank! Oh Mann!"

„Ich will nicht weg!", rief Lottchen und brach in Tränen aus. „Ich will bei Liebfrank bleiben! Sie sollen mich nicht holen kommen!"

Matze streichelte sie tröstend. „Wenn alle Stricke reißen, kannst du immer noch sterben", sprach er ernst. Reuter dachte, er hätte sich verhört.

Lotte sah fragend zu Matze auf.

„Doch, das wirkt!", bestätigte Matze. Sein Gesicht sah plötzlich kalt und steinern aus.

Charlotte wischte ihre Tränen weg: „Sag, tut Sterben sehr weh?"

„Ja", antwortete Matze ernst. Dann grinste er teuflisch: „Vor allem denen, die hilflos dabei zusehen müssen!"

„Oh!" Lottchen kuschelte sich in Matzes Arme und schmiegte ihre Wange an Matzes. „Dann ist es ja gut."

Frank fühlte einen heißen Stich von Eifersucht in seinem Herzen. Über was zur Hölle redeten die beiden da? Und wieso taten sie so vertraut?

Er wollte weiter lauschen, da verspürte er ein quecksilbriges Gefühl unterhalb seines Bauches.

Mist! Ich muss schon wieder pissen! Verdammtes Bier!

So sehr Frank auch versuchte, es zu unterdrücken, es half nichts. Er musste in den Wald hinein, um sich zu entwässern. Beim Abmarsch hörte er noch mal, wie Matze ihn ein Rindvieh nannte und laut muhte.

Du hättest mir ruhig was sagen können!, dachte grummelig. Wozu hat man denn beste Freunde? Stattdessen maulst du hinter meinem Rücken über mich! Muuuh! Plötzlich musste er so lachen, dass er sich über die linke Hand pieselte.

Verflixt! Nassgebrunzt!

Als er entleert zu seinem Spähplatz zurückkehrte, war von Matze Tintenfess und Charlotte nichts mehr zu sehen. Reuter wusch sich die Hände unter dem Wasserstrahl der Quelle am Hang und kehrte in den Saloon zurück. Er schaute sich rasch um. Lottchen spielte mit ihren neuen Freunden in einer Ecke und Matze stand mit Harry und Petra an der Theke und kübelte Bier. Als er Reuter sah, prostete er ihm freundlich zu.

*

Die folgenden zwei Tage dachte Frank Reuter fast nur an Conny Ecker.

Ich hätte nicht gedacht, dass zehn Tage so lang sein können!, murrte er in Gedanken. Und ich hätte nicht gedacht, dass ich mich so Knall auf Fall verlieben könnte! Ausgerechnet ich!

Doch es stimmte. Sobald er an Conny dachte, schlug sein Herz Purzelbäume.

Neben Conny Ecker beschäftigte ihn Lottchen. Das kleine Mädchen benahm sich so, als hätte es die hässliche Szene am Samstagabend nie gegeben. Sie war freundlich und anschmiegsam wie eh und je und hing Reuter am Rockzipfel, jedoch ohne dabei lästig zu werden. Frank dachte immer wieder an Matzes Worte von der Kuckucksrasse, einer menschenähnlichen Rasse, deren Kinder darauf programmiert waren, auf Menschen ungemein anziehend zu wirken, um so die bestmögliche Pflege und Aufmerksamkeit zu erhalten.

Was wusste Matze Tintenfess? Frank war am Samstag auf der Ranch nicht dazu gekommen, mit seinem Freund zu reden, aber es nagte an ihm. Er wollte wissen, was es mit der seltsamen Begegnung von Matze und Lottchen am Hang unterhalb des Saloons auf sich hatte.

Frank schaute auf die Uhr: 17 Uhr 45. Er griff zum Telefon und wählte Matzes Nummer.

„Tintenfess!"

„Hi, Matze, ich bin's. Hör mal ... ähm ... ich habe am Samstagabend zufällig gesehen, wie du und Lottchen miteinander geredet habt. Ich war im Wald pinkeln und als ich zurückkam ... hey, ich habe nicht absichtlich gelauscht! Ich ..."

„Nicht am Telefon!"

„Was? Ich wollte doch nur ..."

„Nicht am Telefon!"

„Äh ... ja ... und wie dann?"

„Wie wäre es mit einem Abendspaziergang? Wir haben gutes Wetter heute und ich habe Zeit. Ich habe meine freien Tage. Ich muss erst am Mittwoch wieder auf die Frühschicht. Wann haben wir beide eigentlich die letzte Nachtwanderung gemacht?

Lass es uns abziehen wie früher! Wir nehmen was zu essen und zu trinken mit. In unseren Rucksäcken. Dazu die Mundharmonikas und Tin Whistles. Wir ziehen durch die Nacht und machen Musik. Wär das nix?"

Frank fühlte ein wehmütiges Ziehen im Herzen: „Das klingt verdammt gut, Matze. Ist wirklich lange her."

„Zwei Jahre, glaub ich. Ich komm um acht Uhr bei dir vorbei, okay?"

„Okay, Matze. Bis dann." Frank legte auf.

Warum nicht am Telefon über die Sache sprechen?, überlegte er kopfschüttelnd. Er machte sich daran, einige Sachen zu richten. Charlotte würde sich freuen. Sie liebte gemeinsame Nachtspaziergänge und wie es aussah, mochte sie Fässchen.

Als es klingelte, wetzten Lottchen und Frank um die Wette zur Tür, um ihn hereinzulassen. Frank gewann das Rennen und riss die Tür auf: „N' Abend, Fässchen."

„Guten Abend", sagte Matze.

Lottchen stand an der Garderobe. Sie schaute Matze Tintenfess unter ihrem dichten schwarzen Stirnpony an.

„Mat-Se!", rief sie und lächelte den Mann an.

„Lott-Se!", rief Matze und lächelte zurück.

Lottchen lachte und kam angehopst. Fässchen kniete vor ihr auf dem Boden und das Ritual mit den Handflächen aufeinanderlegen und dem leisen Jodler wiederholte sich. Frank schaute neugierig und fragend.

Matze deutete grinsend auf Reuter: „Schau! Der Unwissende! Imbecil!"

„Nu!", rief Lottchen entrüstet. „Nu! Schelet!"

Matze starrte sie fassungslos an: „Schelet? Eu?"

Charlotte schob das Kinn vor: „Schelet!"

Matze fasste mit beiden Händen seinen wohlgerundeten Bauch. Dann brach er in lautes Gelächter aus.

„Was ist denn?", fragte Reuter verwundert.

„Er hat dich einen Trottel genannt!", sagte Lottchen. Ihre Augen blitzten vor Entrüstung. Fässchen rollte auf dem Boden herum und lief vor Lachen lila an.

„Und was hast du zu ihm gesagt?"

„Gerippe!", kreischte Matze vom Boden. „Sie hat mich ein Gerippe genannt!"

Reuter prustete los.

Lottchen stemmte die kleinen Fäuste in die Hüften und streckte die Nase in die Luft: „Männer!"

Reuter und Fässchen fielen sich wiehernd in die Arme. Es dauerte fast drei Minuten, bis sie fertiggelacht hatten, und als sie Lottchens Flunsch sahen, fingen sie das ganze Lachen wieder von vorne an und lachten es bis hinten fertig.

„Huhu ... das war geil!", prustete Fässchen.

„Jo du, echt!", giggelte Reuter. Er stand auf und schnappte sich Lottchen. Obwohl sie sich wehrte, umarmte er sie und drückte ihr einen Kuss auf die Backe: „Nun schmoll doch nicht, Prinzessin!"

„Ihr verlacht mich!", grummelte Lotte. „Ihr seid garstig!"

„Gar ... hahahaaaa!" Fässchen musste schon wieder loslachen, was ihm einen weiteren Giftblick Lottchens eintrug. Endlich beruhigte er sich. „Du bist schon 'ne Nummer!", sagte er zu Charlotte.

Dann zogen sie los. Matze und Frank hatten kleine Rucksäcke an, in denen sie Essen und Getränke mitnahmen und ihre Musikinstrumente. Anfangs ging Lotte brav an Franks Hand. Sie sahen aus, wie ganz normale Leute. Kaum hatten sie die Häuser Bexbachs hinter sich, riss sich Charlotte los und flitzte in die

Dunkelheit. Fasziniert beobachtete Frank, wie sie mit der Nacht verschwamm.

Immer wieder kam das Mädchen zurückgerannt und hopste quietschfidel um die beiden Männer herum wie ein kleiner Gummiball. Als sie an einer Weggabelung nach links abbogen, wollte sie wissen, wohin die Nachtwanderung führte.

„Zum Flugplatz rauf und durch den Bauernwald nach Niederbexbach", schlug Fässchen vor. „Dann oben im Wald durch die Niederbexbacher Obstwiesen und am Ortsweilerhof zurück, und dann oberhalb der alten Sandgrube entlang wieder zum Flugplatz und zum Schluss auf die Bergehalde."

„Au ja! Auf die Bergehalde!", freute sich Lottchen. „Da bin ich schon mal mit Liebfrank gewesen."

„Wir machen Musik, wenn wir oben sind", versprach Frank.

„Ja! Ja!", rief Lottchen begeistert und hüpfte auf und ab.

Frank und Matze nahmen sie in die Mitte und spielten „Flieg, Engelchen, flieg". Jedes Mal, wenn sie an den Händen hochgeworfen wurde, jauchzte Charlotte vor Freude.

„Uff! Ich bin müde", sagte Reuter und ließ Lotte los. „Du bist ganz schön schwer geworden, seit du bei mir lebst."

„Ich kriege ja auch gutes Essen von dir", sagte Lottchen. Dann wieselte sie davon. Die beiden Männer hörten es in den Büschen knacken, die beidseits des sandigen Weges standen.

Frank wandte sich an seinen Freund: „Sag mal, Matze, was war eben am Telefon? Wieso hast du mich abgeblockt?"

„Weil sie vielleicht deine Leitung abhören. Benutz das nächste Mal dein Handy, wenn du mich anrufst. Ich selbst habe ja nur ein Mobiltelefon. Verbindungen zwischen zwei solchen Dingern sind nicht so leicht abzuhören."

Reuter glaubte, sich verhört zu haben: „Das ist nicht dein Ernst, Fässchen!"

„Wenn die Puppenmacherin aus Zweibrücken gesungen hat, wirst du überwacht. Da beißt die Maus keinen Faden ab."

Reuter blickte sich unbehaglich um: „Willst du damit sagen, Lottchens Leute sind da draußen um uns rum? Ich habe nie etwas bemerkt und ich bin fast jede Nacht mit Lotte spazieren gegangen."

„Du hast gesehen, wie Charlotte mit der Dunkelheit verschmilzt. Glaubst du im Ernst, du könntest merken, wenn dir Clanleute folgen?"

Der Weg führte bergab auf den Bahndamm zu.

„Matze! Was weißt du?", fragte Frank seinen Freund.

„Ich weiß viel", antwortete Fässchen. „Aber erst seit Neuestem. Früher wusste ich nicht so viel."

„Deine Forschungen, was?"

„Ja. Ich habe mir vor einigen Monaten zwei alte Kodizes besorgt. Aus der geheimen Bibliothek der katholischen Kirche in Trier."

„Einfach so besorgt?"

Matze lachte leise: „Ja. Mit einem Brecheisen."

„Wa ...?" Reuter blieb die Luft weg. Mit großen Augen starrte er Matze Tintenfess an. „Mein Freund ist ein Einbrecher! Ich fasse es nicht!"

Matze grinste: „Eigentlich ein Zweibrecher. Ich habe ja zwei Bücher mitgehen lassen. Ich musste es tun! Alles, was ich besaß, war ein Fragment eines Textes von Clodevig von Clairvaux, geschrieben in einem irrsinnigen Code, den ich ewig nicht knacken konnte. Erst vor zwei Jahren schaffte ich es. Der liebe Clodevig nimmt ständig Bezug auf eine andere Schreibe, die er 'Die gesammelten Werke über Vampyre' nennt. Es dauerte ein Weilchen, bis ich rausfand, wo die beiden gesuchten Bücher sind. Ich bin nach Trier gefahren und nachts in die geschlossene Bibliothek eingestiegen. Die zwei Bände, die ich suchte, waren ganz oben in einer gut versteckten Dachkammer eingeschlossen."

„Und du hast sie einfach so gefunden?", stichelte Reuter. „Matze Tintenfess! Das machst du mir nicht weis!"

„Internetrecherche", antwortete Fässchen knapp. „Habe einen Kontakt aufgebaut. Mein Kontakt wusste ziemlich viel und war recht gesprächig."

„Und?", bohrte Frank nach.

„Hab mit ihm telefoniert", fuhr Matze fort. „Und ihm von meinen Radtouren erzählt. Davon, wie es draußen aussieht, wenn die Sonne scheint. Damit konnte ich Stück für Stück die Infos aus ihm rauskitzeln, die ich wollte. Erzählungen aus erster Hand sind wie Dope für die Clanleute. Darauf sind sie total scharf."

Frank musste dran denken, wie Lottchen ihn immer wieder löcherte. Wie sie ständig hören wollte, wie es tagsüber draußen aussah. Fotos und Filme genügten ihr nicht. Es musste erzählt werden.

„Du hast einen Vampir im Internet kennengelernt?"

„Andere Leute lernen im Internet die Liebe ihres Lebens oder ihren Mörder kennen."

„Lenk nicht ab, Matze! Du hast einen von den ... wie nennst du sie? ... Clanleuten im Internet kontaktiert?"

„Ja", gab Fässchen zu. „Das habe ich. Wenn man weiß, wie man genau auf die richtige Art um den heißen Brei herumreden muss, kann man solch einen Kontakt aufbauen. Oh, sie lehnen offiziell alle neue Technik ab, die Nachtleute! Du wirst bei ihnen keine Waschmaschine finden oder gar einen Fernseher. Sie sind bis zum Abwinken altmodisch. Aber es bröckelt an allen Ecken und Enden. Junge Nachtmenschen schaffen sich Radios an oder Computer. Manche suchen Kontakt zu uns, ergreifen Jobs, die sie nachts machen können, um ein wenig von unserer Welt kennenzulernen.

Und wenn es darum geht, sich zu schützen, verwenden sie auch Telefone und so einen Krimskrams. Es ist wirklich möglich, dass du abgehört wirst.

Ja, und ich habe da diesen Nachtmann im Internet kennengelernt und mich langsam mit ihm angefreundet.

Jedenfalls bekam ich die Informationen, die ich brauchte, um nachts in Tier in die Bibliothek einzusteigen. Ich holte mir die beiden alten Folianten, und zu Hause verbrachte ich rund zwei Wochen damit, Seite für Seite in meinen Computer zu scannen und Sicherheitskopien auf DVDs zu brennen. Nachdem ich fertig war, schickte ich die Bücher anonym zurück. Soll keiner sagen, Matze Tintenfess ist ein Dieb. Ich hab mir die Bücher nur ausgeliehen. Gewissermaßen ..."

„Warum hast du mir nichts davon gesagt, Matze?", fragte Frank.

„Ich dachte, du weißt, was Lottchen ist", gab Fässchen zurück. „Du hast so geredet, als ob du Bescheid weißt, und diese XP-Geschichte war wirklich gut. Eine bessere Tarnung kann man sich kaum vorstellen."

„Ich wusste nichts", sagte Reuter mit gesenktem Kopf. „Gott, hatte ich eine Angst, als ich es endlich kapierte." Er verzog schmerzlich das Gesicht: „Ich habe Lottchen schrecklich wehgetan mit meiner Reaktion. Du glaubst nicht, wie leid mir das tut. Ich wollte, ich könnte das wieder gutmachen."

„Ist nicht schlimm, Liebfrank", piepste es aus der Dunkelheit neben dem Sandweg. „Hauptsache, du hast mich lieb." Charlotte kam zu Frank und kuschelte sich in seine Arme: „Heb mich hoch." Reuter nahm das kleine Mädchen auf den Arm.

Oben auf dem Bahndamm fuhr ein Zug von Bexbach kommend nach Neunkirchen. Die Fenster waren gelbliche Lichtvierecke, die durch die Dunkelheit schwebten.

Lottchen schaute dem Zug neugierig nach: „Ich bin noch nie in so einem Zug gefahren."

Frank lächelte sie freundlich an: „Wie wäre es mit morgen Abend, Prinzessin?"

„Ehrlich?"

„Ja, Lottchen. Wir wandern im Dunkeln nach Wellesweiler und fahren mit dem Zug nach Bexbach zurück."

„Das wäre superschön!" Lottchen bedeckte sein Gesicht mit Küssen.

Frank wandte sich Matze zu: „Was ist jetzt mit diesen alten Büchern?"

Fässchen holte tief Luft: „Kennst du die Legende von Kain und Abel?"

Frank nickte: „Wer kennt sie nicht? Das haben wir in der Grundschule in Reli als Erstes nach der Story vom Paradies gelernt."

„Nun ... sie ist echt", sagte Matze. „Es ist die Geschichte von zwei Brüdern, die einander Schaden zufügten. Eigentlich von zwei Bruderrassen, die einst gemeinsam die Erde bevölkerten. Einer der Brüder lehnte sich gegen den anderen auf, und Gott schied sie auf immer voneinander in Tagkinder und Nachtkinder. Die Kinder der Nacht sollten in alle Ewigkeit in die Dunkelheit verbannt sein und nie wieder das Licht der Sonne erblicken dürfen. Die Sonne wurde für sie zur tödlichen Gefahr."

Frank war verblüfft: „Dann sterben sie tatsächlich in der Sonne?"

„Darauf kannst du Gift nehmen! Es endet immer tödlich, wenn ein Nachtkind mit der Sonne in Kontakt trifft. Es genügen wenige Minuten."

Lotte, die sich wie ein kleines Äffchen an Frank klammerte, hörte still zu. Mit großen Augen schaute sie Matze Tintenfess an.

„Die Legenden von Vampiren und Werwölfen scheinen eins zu sein", erklärte Fässchen. „Jedenfalls zum Teil, denn es gibt zwei Auslegungen über das Werwolftum. Einmal sind da die Geschichten über Menschen, die behaupteten, sie seien Wölfe, und die andere Menschen anfielen. Man nimmt heute an, dass diese armen Tröpfe sich mit Tollwut infiziert hatten und durch die Krankheit durchdrehten. Die Verhaltensweisen deuten darauf hin.

Aber es gibt noch andere Werwolfberichte. Ich weiß nicht mehr, wo ich es gelesen habe, aber da wurde aus dem Mittelalter überliefert, ein Werwolf sei ein kranker Mensch, seltsam bleich und trocken. Weißt du, was das heißt?"

Frank schüttelte den Kopf. In der hereinbrechenden Dunkelheit erkannte er seinen Freund nur noch als Schemen.

„Das sind die Symptome, die ein Nachtmensch zeigt, wenn er mit Sonnenlicht in Kontakt kommt: Die Haut schuppt und wird von einer Art trockenem Brand befallen. Dann stirbt er. In demselben Bericht steht auch, dass Werwölfe Silber fürchten. Genau wie bei Clodevig von Clairvaux."

„Wie kann so etwas passieren?", fragte Reuter. „So schnell stirbt doch keiner."

„Es ist nicht biologisch zu erklären", meinte Matze. Er fuchtelte mit den Armen: „Es ... es ist eher so was wie ein Fluch, Zauberei, wie ein Wunder in der Bibel."

Frank lief ein Schauder über den Rücken. Er umarmte Lottchen ganz fest: „Von *Gott* verflucht?"

„So geht die Legende von Kain und Abel."

„Und du meinst, die Vampi ... äh ... die Nachtmenschen sind Kain? Die Bösen?"

„Wer will das so genau wissen, Freund?", sagte Matze. „Es steht nicht exakt in Clodevig von Clairvaux´ Berichten. Vielleicht sind *wir* ja die Bösewichte?!"

„Du sagtest, die Vampire seien in die Nacht verbannt."

„Das steht in den Gesammelten Werken über Vampyre, und das ist die erzkatholische Fassung der Geschichte. Vielleicht erhielten sie die Nacht als Geschenk, um vor uns geschützt leben zu können."

Sie kamen unten am Bahndamm an. Ein aus Sandsteinen gemauerter Tunnel mit Rundbogen führte unter der Bahnlinie hindurch.

„Huh!", schrie Reuter laut. Sofort kam ein Echo.

„Uhhh!", rief Fässchen.

Charlotte wollte auf den Boden gelassen werden. Sie rief ebenfalls laut und freute sich am Echo.

Matze warf den Kopf in den Nacken und heulte los: „Hraauuuuu!"

„Uh! Wie ein Werwolf!", sagte Frank.

Sie ließen den Tunnel hinter sich und marschierten durchs Bexbachtal auf die Rothmühle zu, eine kleine Siedlung außerhalb Bexbachs. Die Wolkendecke riss auf und ein fast voller Mond beleuchtete die Wiesen. Die drei Nachtwanderer wandten sich nach links, als sie die Rothmühle erreichten. Sie folgten der Straße nach Bexbach und bogen dann nach rechts in den Kastler Pfad ab, der hinauf zum Sportflugplatz von Bexbach führte. Sie überquerten den Flugplatz und drangen in den Bauernwald ein, der zwischen Bexbach und Niederbexbach lag.

„Ich gehe mal ein bisschen in den Wald", sagte Charlotte zu Frank.

Frank blieb stehen. Er kniete vor Lotte nieder und umarmte sie. Sofort kuschelte sie sich an ihn: „Gehst du zu einem Reh, Lottchen?"

„Ja", antwortete das Kind. „Findest du das eklig?"

Frank schüttelte den Kopf: „Nein, Lottchen." Er gab ihr einen Kuss. „Geh nur, Schatz."

Lotte küsste ihn und schoss davon. Schon war sie in der Dunkelheit des Waldes verschwunden.

Matze und Frank folgten dem breiten Hauptweg nach Niederbexbach. Zur Orientierung blickten sie nach oben zu den Baumkronen. Dazwischen gab es einen hellen Streifen Himmel, der ihnen zeigte, dass sie auf dem rechten Weg waren. Sie wollten nur zur absoluten Not ihre Taschenlampen einschalten und wenn, dann nur mit vorgeschalteten roten Gläsern. So hatten sie es schon früher getan, hatten, wenn überhaupt, die Nacht mit rotem Licht soweit erhellt, dass sie sahen, wohin sie stolperten.

Reuter klopfte auf die grüne Bundeswehrtaschenlampe, die er in der Jackentasche trug: „Ich musste erst neue Batterien besorgen. Wir haben das ewig nicht mehr gemacht."

„Ja", gab Fässchen zu. „Wir werden alt. Alt und bequem. Bald werden wir alt und blöd. Dann hocken wir nur noch zu Hause rum und versauern. Wir sind genau die Sorte Arschlöcher geworden, die wir nie werden wollten, als wir noch jung waren."

„Wir sollten etwas dagegen tun", schlug Reuter vor. „Wir müssen wie früher mehr miteinander unternehmen, uns nicht so abkapseln."

„Klingt gescheit", meinte Fässchen. „Sollten wir wirklich machen."

„Die Clanleute sind also Kains Nachfahren", sagte Frank unvermittelt.

„So scheint es", gab Matze zurück.

„Ich verstehe es nicht recht", sagte Frank zweifelnd. „Lottchen ist so wahnsinnig lieb. So anhänglich. Ich kann mir nicht vorstellen, dass jemand Böses so nett ist."

„Vielleicht haben sie diese Liebstrategie erst entwickelt, nachdem sie in die Nacht verbannt wurden", gab Matze zu bedenken. „Es könnte eine biologische Anpassung sein, um nicht unterzugehen. Es ist jedenfalls unglaublich, wie lieb und goldig Nachtkinder sind. Sie bezirzen einen. Du hast es ja bei Charlotte erlebt."

„Es ist, wie du gesagt hast, als du diese Fünf zu eins Regel erwähntest. Wenn sie tatsächlich einmal nervt, ist sie danach fünfmal supermegalieb. Es ist unglaublich."

„Es ist Gott sei Dank kein Schmarotzertum", meinte Fässchen. „Diese Kinder brauchen Liebe und Anlehnung. Sie wollen lieben und geliebt werden wie alle Kinder der Welt, nur dass Kinder der Nacht alle Liebe, die sie empfangen, doppelt und dreifach zurückspiegeln."

„Wieso ist darüber nichts bekannt?", wollte Reuter wissen.

„Weil es verboten war, über Vampire zu schreiben", antwortete Matze. „Deshalb hat dieser Clodevig von Clairvaux auch seine Texte in einer codierten Schrift verfasst. Wäre man ihm auf die Schliche gekommen, hätte man ihn als Ketzer verbrannt." Er zögerte: „Nun ... man ist ihm wohl auf die Schliche gekommen. Wie sonst könnte sich sein Buch im Besitz der katholischen Kirche befinden?"

„Oder er hat es in die Bibliothek geschmuggelt in der Hoffnung, dass es von intelligenten Menschen gelesen und verstanden wird", warf Frank ein.

Fässchen war überrascht: „Von dem Standpunkt aus habe ich es noch gar nicht betrachtet." Er kratzte sich am Kopf: „Es ist auch so, dass die Clanleute selbst mit aller Macht versuchen, Tatsachenberichte über ihre Rasse zu unterdrücken. Sie sorgen dafür, dass kein Wissen nach außen dringt."

„Was stand alles in diesem Buch?", wollte Frank wissen.

„Es ist eine Mischung aus Berichtsheft und Biologiebuch", antwortete Matze. „Dieser Clodevig war den Vampiren jedenfalls wohlgesonnen. Das merkt man. Er bezeichnete sie als arme Verbannte und nicht als das Böse. Vampire können nur nachts leben. Die Sonne ist für sie tödlich. Ebenso tödlich war die katholische Kirche für sie. Im Mittelalter wurden Tausende Nachtleute von der Kirche getötet. Daher leben sie extrem zurückgezogen."

„Hat denn keiner bemerkt, dass Vampire gar keine bösartigen Blutsauger sind?" Frank konnte es kaum fassen.

„Die Kirche war damals mächtig und die Mächtigen sehen nur, was sie sehen wollen", erklärte Matze. „Und irgendwo basiert die Legende vom bösen Blutsauger ja auch auf Wahrheit."

„Wie?" Jetzt war Reuter konfus.

„Clairvaux beschreibt es ziemlich genau. Normalerweise ernähren sich Nachtleute nur von Pflanzenkost und ab und zu benötigen sie ein winziges bisschen Blut, das von Pflanzenfressern stammen muss. Kein Nachtmensch würde freiwillig das Blut eines Fleischfressers zu sich nehmen. Immer nur ein oder zwei Tröpfchen Blut von Rehen, Kühen oder Pferden, von Herbivoren jedenfalls. Sie nehmen nie Menschenblut. Davon werden sie wahnsinnig."

„Wahnsinnig?" Frank war ganz Ohr.

„Clodevig von Clairvaux beschreibt den Ablauf von grausamen Versuchen im Mittelalter. Durchgeführt wurden sie in geheimen Verliesen, von denen nur wenige Eingeweihte etwas wussten. Natürlich war die Kirche dafür verantwortlich.

Wenn man einen Vampir lange genug gefangen hält, dreht er allmählich durch. Er *muss* Blut trinken, um zu überleben. Er braucht Blut so nötig wie unsereins die Atemluft. Wie lange kannst du die Luft anhalten? Lange? Egal, irgendwann musst du Luft holen.

Ähnlich ergeht es einem Clanmenschen, wenn er kein Blut kriegt. Schließlich geht er auch an Menschenblut. Dies führte man den gefangenen Vampiren zu, indem man ihnen Gefangene aus irgendwelchen Verliesen anbot. Und dann hat's geknallt.

Normalerweise trinken Nachtmenschen nur wenig. Ihre Eckzähne sind nicht innen hohl wie in den dämlichen Filmen und deinen komischen Romanen. Es befindet sich eine dünne, feine Rinne an der Rückseite der Zähne, durch die winzige Mengen Blut gesaugt werden können. Der Vampir schleckt das Blut mit der Zunge am Gaumen entlang und es wird von der Gaumenschleimhaut absorbiert.

Aber wenn ein Vampir Menschenblut trinkt, dreht er durch. Dann kann er nicht mehr aufhören, zu trinken und von dem Blut wird er wahnsinnig. Er bohrt seine Zähne tief ein und er saugt wie irre. Das Blut schluckt er hinunter. Es wandert durch die Speiseröhre in den Magen. Er fällt alle Menschen an, derer er habhaft werden kann, und trinkt ihr Blut. Das unverträgliche Menschenblut tötet ihn letztendlich. Aber vorher richtet er ein unglaubliches Blutbad an. Kein Wunder, dass sich die Tagmenschen vor den Clanleuten fürchten."

Plötzlich stand Lottchen vor ihnen. Sie blickte zu Frank auf: „Denkst du jetzt, ich bin böse?" Sie sah elend aus. Frank fühlte unsagbares Mitleid in sich aufsteigen.

Schnell kniete er nieder und umarmte das Kind.

„Nein, Lottchen, ich weiß, dass du ein lieber Mensch bist", sprach er ernst. „Ich glaube nicht länger den Unsinn, den man über Vampire verbreitet." Er schaute zu Matze hoch: „Zeig mir, wie man das mit den Händen macht! Diese Begrüßung!"

Matze lächelte: „Komm mit da rüber auf die Lichtung. Im Mondlicht sieht man mehr."

Auf der Lichtung erklärte Fässchen, was es mit der Handflächenberührung auf sich hatte: „Es ist ein Willkommen, ein Zeichen des Vertrauens. Man legt die Handflächen aufeinander und erzeugt dieses Geräusch. Niemand, der wütend ist oder hinterhältige Gedanken hat, kann es von sich geben." Er machte den Laut vor und Reuter imitierte ihn. „Mit dieser Geste signalisierst du, dass dein Gegenüber dir trauen kann", fuhr Matze fort. „Versuch es!"

Frank kniete vor Lottchen nieder. Das Mondlicht verwandelte das Haar des Mädchens in fließendes Silber. Langsam schob er die offenen Handflächen nach vorne. Ohne zu zögern, legte Charlotte ihre kleinen Hände auf seine. Sie blickte ihn ernst an. Reuter ging der Blick durch und durch. Er gab den Laut von sich. Es klang ganz anders, als er erwartet hatte, weil er einen dicken Kloß in seinem Hals aufsteigen spürte. Lottes Antwort war hell und leise. Sie blickte ihn weiter unverwandt an. Plötzlich konnte Frank nicht anders. Er riss sie in seine Arme und hielt sie fest: „Lottchen! Ich hab dich lieb!"

„Ich dich auch", sagte sie mit ihrer glockenhellen Stimme und legte ihr Köpfchen auf seine Schulter. „Mein Liebfrank!"

Matze gab ein schnarchendes Geräusch von sich.

„Sei froh, dass sie nicht erwachsen ist", gluckste er. „Sie würde dich um den Finger wickeln und du würdest ihr rettungslos verfallen!"

„Steht das in deinen schlauen Büchern?", fragte Frank. Er stand auf, wobei er Lotte im Arm behielt.

Fässchen grinste wehmütig: „Unter anderem. Clairvaux ist schwer zu lesen. Erst muss man sich durch die codierte Schrift durcharbeiten und dann bleibt er in vielen Dingen seltsam vage.

Doch er versucht immer, die Clanleute als Verbannte zu beschreiben, nie als etwas Böses.

Ganz anders diese Gesammelten Werke über Vampyre!

Dort werden die Nachtmenschen als das absolut Böse dargestellt, das mit allen Kräften zu bekämpfen ist. Jener Text geht davon aus, dass Vampire immer Menschenblut saugen und aufs Töten programmiert sind. Der Verfasser kennt den Text von Clodevig von Clairvaux nicht.

So kam es, dass die katholische Kirche im Mittelalter Tausende unschuldiger Vegetarier ausrottete, weil sie zu dämlich war, die Wahrheit zu erkennen."

„Aber sie haben es nicht geschafft, die Nachtleute ganz auszurotten", hielt Frank dagegen.

„Trotzdem ist es eine zum Aussterben verurteilte Rasse", antwortete Fässchen leise. „Es gibt kaum noch welche von ihnen und sie werden ständig weniger. In unserer modernen Welt ist kein Platz mehr für sie. Dazu kommt noch ihre Biologie. Sie vermehren sich extrem langsam." Er schritt von der Lichtung herunter auf den Weg zurück.

Nach wenigen Minuten erreichten sie den Waldrand. In einigen Hundert Metern Entfernung schimmerten die Lichter Niederbexbachs in der Dunkelheit. Die kleine Gruppe von Wanderern wandte sich nach rechts und lief am Waldrand entlang.

Lottchen lief zwischen Liebfrank und Matze Tintenfess. Sie spürte, dass Frank viele Fragen hatte, sich aber nicht recht traute, etwas zu sagen. Hin und wieder schaute er Matze an.

„Ich geh noch mal ein bisschen weg", verkündete sie, denn sie spürte instinktiv, dass Frank sich nicht zu fragen traute, solange sie dabei war. Er hatte bestimmt wieder Angst, dass er was sagen könnte, das ihr wehmachte. Lottes kleines Herz zog sich schmerzhaft zusammen, so sehr liebte sie Frank in diesem Moment. Sie drehte um und warf sich in seine Arme.

Er umarmte sie und drückte sie ganz fest.

„Lotti!", sagte er mit seiner schönen Brummstimme. „Mein kleines Lottchen!"

Sie spürte die Vibrationen auf ihrem Kopf, den sie an sein Kinn gedrückt hielt, und gab sich ganz der Umarmung hin.

Ich will nie wieder weg von Frank!, dachte sie inbrünstig. Nie wieder! Es ist mir egal, ob er vom Clan ist oder nicht. Er hat mich lieb und ist gut zu mir.

Noch einmal kuschelte sie sich ganz eng an den Mann, dann machte sie sich los und stob davon in die Dunkelheit. Ihr Herz sang vor Freude. Sie fegte quer über eine schmale Wiese, deren Ausläufer in den Wald hineinreichte. Das Gras funkelte gleißend hell im Mondlicht. Armer Frank! Der konnte kaum etwas davon sehen.

Dafür sieht er diese Wiese bei Sonnenlicht, wisperte eine kleine Stimme in Charlottes Kopf.

Nein! Nein! Nein! Daran will ich jetzt nicht denken!

Als Lotte in der Dunkelheit abgetaucht war, wandte sich Frank an Fässchen: „Wie war das noch mal mit der Biologie der Clanleute?"

„Langsam ist sie", antwortete Matze, „und nicht sehr effektiv."

„Steht das in den Büchern?"

„Nur bei Clairvaux und Monsieur drückt sich wieder mal ziemlich vage aus. Scheint ein Steckenpferd von dem Typen gewesen zu sein, ständig um den heißen Brei herumzureden." Fässchen lachte leise: „Vielleicht war er eine Frau?!"

„Aber es stand alles in dem Buch! Erzähl mir mehr!"

„So viel stand gar nicht in dem Buch", sagte Matze leise.

Frank wurde aufmerksam: „Woher hast du es denn sonst?"

„Sie werden erst mit dreißig Jahren geschlechtsreif", erklärte Matze, ohne auf Franks Frage einzugehen. „Ihre Kindheit dauert mehr als doppelt so lange wie bei uns."

„Im Ernst?"

„Sieh dir Charlotte an. Sie ist sechs. In vier oder fünf Jahren wird sie noch immer so aussehen. Clanmenschen wachsen extrem langsam. Unsere Kinder fangen mit dreizehn oder vierzehn an, mit dem anderen Geschlecht anzubandeln und mit durchschnittlich achtzehn Jahren sind sie ausgewachsen. Mit vierzehn wird Lotte daherkommen wie eine Achtjährige. Das Aussehen eines jungen Teenagers wird sie mit etwa zwanzig bis dreiundzwanzig haben.

Wirklich geschlechtsreif wird sie erst mit etwa dreißig Jahren und dann hält die fruchtbare Phase nur kurz an, vielleicht vier bis sieben Jahre. Dann ist Schluss, auch wenn Nachtmenschen genauso alt werden wie wir Tagmenschen. Es ist sehr selten, dass die Fruchtbarkeitszeit länger andauert. Es kommt vor, aber das ist eine Ausnahme. Das Überleben der Clanleute wird vor allem durch ihren kaum bestehenden Aggressionsdrang gesichert. Nachtmenschen sind extrem friedlich. Sie greifen niemanden an und Töten käme für sie nie in Frage. Wenn sie sich gegenseitig zerfleischen würden, wie unsere Rasse in ihren endlosen Kriegen, gäbe es keine Nachtleute mehr. Das langsame Wachstum ihrer Kinder ist ihr größtes Handicap."

„Das ist ja ein Ding!", sagte Reuter. „Und dabei ist sie so was von intelligent! Sie konnte schon mit vier Jahren lesen, hat sie mir erzählt."

„Wenn es um Intelligenz geht, um Lernfähigkeit, sind die Nachtkinder unserer Rasse überlegen", sagte Matze. „Ist wohl eine Anpassung. Mit ihrem rasiermesserscharfen Verstand merkt Lotte schnell, wenn sie lästig wird, und wird sich daher nie so aufdringlich und nervtötend benehmen wie eins unserer kleinen Kinder. Lotte kann ihre Niedlichkeit voll ausspielen. Das muss sie, um zu überleben. Ihre Rasse produziert extrem wenig Nachwuchs. Ein Paar von Nachtleuten hat im Durchschnitt gerade mal nullkommavier Kinder. Das habe ich mal ausgerechnet. Bisschen knapp, um die Population zu halten, was?"

„In der Tat", meinte Reuter. Er musste an Orang Utans denken, die wegen ihrer biologischen Langsamkeit bei der Vermehrung ausstarben. „Aber einige Clanpaare müssen auch mal drei oder vier Kinder haben, sonst wären sie längst nicht mehr da."

„Im Gegenteil!", sagte Fässchen. „Die meisten Paare haben nur ein Kind und sehr viele haben gar keins."

„Das kann nicht sein! Dann wären sie tatsächlich schon ausgestorben."

„Die Natur hat ihnen eine Hilfe geschenkt: Alle paar Generationen wächst eine Art Königin heran. Es fängt damit an, dass in einer Familie über sieben Generationen nur Mädchen geboren werden. Nach der siebten Generation gibt's eine Königin, eine Frau von unvorstellbarer Fruchtbarkeit. Diese Königin bringt während ihrer fruchtbaren Phase fünf- bis achtmal Kinder zur Welt, und immer sind es Mehrlingsgeburten, Zwillinge oder Drillinge. Manchmal sind sogar Vierlinge oder Fünflinge dabei."

„Wie eine Ameisenkönigin", witzelte Reuter. „Die muss ja tierisch dick werden mit soviel Brut im Leib."

„Man sieht von außen absolut nichts", sagte Fässchen. „Ist wohl auch eine biologische Tarnung. Man sieht Clanfrauen eine Schwangerschaft nicht an."

„Wie bitte?" Frank glaubte, sich verhört zu haben. „Du willst mir weismachen, dass man nicht sieht, wenn eine Frau Fünflinge im Bauch hat?!"

„Clanbabys werden dreizehn Monate lang ausgetragen, aber sie kommen als Winzlinge zur Welt, viel kleiner als unsere Säuglinge. Bei der Geburt sind sie gerade mal so groß wie Ratten."

„Dreizehn Monate ...", sprach Frank. „Sieben Generationen ... hmm ..."

„Du merkst es, nicht wahr?", fragte Fässchen.

Franks Kopf ruckte herum: „Der Hexenglauben! Die siebte Tochter einer siebten Tochter ist eine Hexe und ihre Zahl ist die Dreizehn!"

„Ja, so ähnlich", bestätigte Matze. „Wie du siehst, steckt in den alten Legenden immer ein bisschen Wahrheit."

„Oh Mann! Fässchen, weißt du überhaupt, was du gerade tust? Du erzählst mir von Vampiren, Werwölfen und Hexen, als wäre es das Normalste der Welt! Dabei ist wissenschaftlich nicht das Geringste davon bekannt!"

„Muss denn alles wissenschaftlich begründet werden?", hielt Matze dagegen. „Die Wissenschaft ist arrogant und hohlköpfig! Wenn sie was nicht erklären kann, erklärt sie es einfach für unmöglich. So auch die Existenz von Vampiren. Diese Idioten! Die Wissenschaft ist schuld, dass täglich Millionen von Menschen entsetzliche Halluzinationen haben!"

„Was?"

„Ja, Mann!" Matze Tintenfess lachte hellauf, als er Franks Verwirrung spürte.

„Das erklär mir mal näher", verlangte Reuter.

„Also, da gibt es ein Tier, ein Tier mit Flügeln", erzählte Matze. „Doch dieses Tier kann nicht fliegen. Das hat die Wissenschaft herausgefunden. Die Wissenschaftler behaupten, dass die Flügelspannweite um dreißig Prozent zu klein ist oder andersrum, das Tier ist um dreißig Prozent zu schwer. Deshalb ist es flugunfähig, trotz seiner Flügel. Kannst du mir folgen?"

Frank merkte, dass Fässchen einen Heidenspaß an seiner Erzählung hatte: „Ja, das kapier ich. Das Viech ist zu groß für seine Flügel. Was ist es denn? Ein Vogel?" Er überlegte fieberhaft. „Das muss ja ein dicker Gockel sein, dass er nicht abheben kann."

„Du hast recht. Dieses Tier ist tatsächlich ziemlich dick", fuhr Matze fort. „Deshalb kann es nicht fliegen." Matze zog die Sache genüsslich in die Länge.

„Und jetzt kommt's: Jeden Tag haben Millionen von Menschen ungeheuerliche Halluzinationen, denn dieses Tier *fliegt*! Und wie!"

„Im Ernst? Was ist es denn für ein Tier? Nun sag schon, du Stinktier!"

„Man nennt dieses seltsame Fabelwesen Hummel, und die Wissenschaft behauptet steif und fest, dass keine Hummel fliegen kann."

„Sie tun's aber", sagte Frank lahm.

„Genau! Und ebenso existieren die Nachtmenschen, auch wenn die erhabene Wissenschaft das Gegenteil behauptet, was hauptsächlich darauf beruht, dass sich die Forscher auf die Kirchenlüge vom grausigen Blutsauger stützen."

„Und warum tut keiner was dagegen?"

„Weil die Clanmenschen nicht ins Licht der Öffentlichkeit wollen. Solange der blödsinnige Vampirglaube existiert, schützt er sie quasi. Die wollen ganz sicher nicht, dass ein Heer von informationsgeilen Forschern über sie herfällt, um all ihre Lebensgewohnheiten zu sezieren."

„Verständlich", brummte Frank. „Und deshalb glaubst du, dass mich die Clanleute überwachen." Er blickte sich um. Im fahlen Mondlicht konnte er kaum Einzelheiten erkennen.

Mittlerweile waren sie bei der Sandgrube angekommen und stiegen einen steinigen Pfad hoch zum Flugplatz.

„Meinst du, die sind gerade jetzt da draußen?", fragte Reuter unbehaglich.

„Könnte gut sein", gab Matze zurück.

„Es ist niemand da", piepste es neben Frank.

Er zuckte zusammen: „Lottchen! Du hast mir einen Schrecken eingejagt."

Charlotte griff nach seiner Hand: „Es sind keine Clanleute da. Ich würde das spüren und wenn sie nah genug sind, würde ich es sehen. Es waren noch nie welche in der Nähe, seit ich bei dir bin. Ich glaube, Frau Kunz hat nichts verraten. Ich habe Hunger."

„Oh, ich glaube, ich habe da was für dich", sagte Reuter und holte den Rucksack vom Rücken. „Was ganz Neues."

„Was denn?", fragte Lotte neugierig. „Zeig es mir!"

Frank präsentierte eine kleine Tüte: „Trockenobst. Was ganz Feines. Das habe ich früher gerne gegessen."

„Heute nicht mehr?", fragte das Mädchen.

Frank runzelte die Stirn: „Doch … eigentlich schon. Ich hatte es irgendwie vergessen, glaube ich, und du hast mich wieder drauf gebracht."

Lotte schaute ihn fragend an: „Ehrlich? Ich war das?"

„Ja, Prinzessin. Du hast mir so vieles zurückgebracht, das ich verloren hatte." Franks Stimme war rau vor Verlegenheit. „Du hast die Freude an ganz einfachen Dingen in mein Leben zurückgebracht, Lottchen." Er streichelte unbeholfen über Lottes Köpfchen.

Sie legte den Kopf schief und schaute ihn mit großen Augen an. Ein kleiner sanfter Laut kam aus ihrer Kehle.

Frank riss die Packung auf und reichte dem Kind das getrocknete Obst. Seine Bewegungen waren fahrig.

Lottchen mampfte voller Genuss: „Das schmeckt fein! Vor allem die getrockneten Ananasstücke."

„Das rechte Essen für eine Prinzessin", sagte Frank lächelnd.

„Ja", meldete sich Matze zu Wort. „Und für eine zukünftige Königin!"

Frank schaute zu ihm auf. Sein Blick war ein einziges Fragezeichen.

„Sie ist eine", sagte Fässchen. „Ich weiß es. Die Puppentrulla aus Zweibrücken wusste es auch. Dummerweise wissen noch mehr davon."

„Das ist nicht dein Ernst!" Frank mochte es nicht glauben.

„Doch, Mann! Charlotte von Revelin-Lorraine ist eine zukünftige Königin der

Nachtleute, und das bringt sie in Gefahr. Die Nachtleute sind nämlich gar nicht so lieb und freundlich, wie sie immer tun."

Frank hob Lottchen hoch: „Stimmt das? Bist du eine Königin der Clanleute?"

„Ja", antwortete das Kind schlicht und legte ihm einen Arm ums Genick. „Darum muss ich mich verstecken, bis ich groß bin. Das hat mir meine Mama gesagt, bevor sie starb." Lottchen sah schrecklich traurig aus.

„Wenn sie wüssten, wo Charlotte steckt, würden sie sie kaltmachen", sagte Matze.

„Sie töten?!" Frank musste schlucken. „Wer?"

„Ihre eigenen Leute!"

Frank fühlte einen eisigen Schauer seinen Rücken hinunterkriechen: „Das ist nicht dein Ernst, Matze!"

„Und ob, Alter! Die ach so lieben und aggressionsfreien Nachtmenschen können ganz schön mörderisch werden, wenn es um die Königinnen geht. Dann herrscht ein erbitterter Konkurrenzkampf zwischen den einzelnen Clans."

Frank schaute Lottchen an: „Du hast mir erzählt, dass deine Leute nicht imstande sind, einen Mord zu begehen."

Lotte sah aus wie ein geprügelter Hund: „Das können sie auch nicht, Liebfrank. Aber ... aber manchmal ... werden einige der Clanleute seltsam ... Sie entmenschen sich und werden zu Mördern. Die Vermummten haben meine Mama und meinen Papa totgemacht und wollten auch mich ermorden." Sie barg ihr Gesicht an Franks Hals.

„Es ist so eine Art Ritual", sagte Fässchen. „Ähnlich wie bei den Berserkern, diesen durchgeknallten Kampfkerlen der Wikinger. Die nahmen eine Pflanzendroge und wurden zu kampfwütigen Killermaschinen. Genauso ist es mit den Vermummten der Clanleute. Sie treffen sich heimlich in der Wildnis und legen ihr Menschsein auf immer ab. Sie verlieren ihre Namen, ihre

Menschlichkeit, ihre Identität. Sie kennen von da an nur noch ein Ziel: die zukünftige Königin des fremden Clans zu töten. Vorher geben sie keine Ruhe. Haben sie ihr Ziel erreicht, begehen sie Selbstmord."

„Das ist pervers!", keuchte Frank.

„Nicht weniger pervers als die Kamikazeflieger der Japaner im Zweiten Weltkrieg", hielt Matze dagegen. „Der Witz ist: Zwar spricht niemand über die Leute, die sich selbst aus den Clans ausgestoßen haben, aber zugleich ist es für einen Clan eine Art Ehre, solche Leute hervorgebracht zu haben, und die Vermummten empfinden es ebenfalls als Auszeichnung. Sie sehen sich als eine Art Orden."

„Was geschieht, wenn die bedrohte Königin überlebt und aufwächst?"

„Dann ist sie die Königin."

„Und ihre Konkurrentin?"

„Es gibt immer nur eine."

Frank fühlte, wie sich sein Magen zu einem kalten kleinen Ball zusammenzog: „Das ist krank! Das ist abartig!"

„Vielleicht ist das der Grund, warum sie in die Nacht verbannt wurden", meinte Fässchen. „Kain war böse ..."

Frank fiel etwas ein: „Die Sprache, die du und Lottchen vorhin zu Hause benutzt habt ...?"

„Rumänisch."

„Dann ist also was dran an der Dracula-Legende?"

Matze lachte leise: „Vlad Tepes war ein Bekloppter, aber er war einer von unserer Rasse. Rumänisch ist so eine Art Weltsprache der Nachtleute, wie bei uns das Englische. Als die Clanmenschen damals verbannt wurden, zogen sie sich in ferne Länder zurück und sie bevorzugten die Gebirge, in deren abgelegenen Tälern sie sich gut verstecken konnten. Die rumänischen Karpaten waren optimal zum Überleben. Hier bei uns dagegen wurde es bald eng. Die Tagmenschen vermehrten sich wie die Karnickel und überrannten sämtliche Schlupfwinkel des Clans. Es geht sogar die Sage, dass Clanmenschen ins tiefste Herz Afrikas zogen und dort im Geheimen lebten. Man hat aber nie wieder von diesem geheimnisvollen Clan gehört."

„Vielleicht hatten sie keine Jai dabei und die Dunklen kamen über sie", witzelte Frank. „Denn wer keine Jai hat, kann den Fürchterlichen zum Opfer fallen. Buuh!"

„Darüber würde ich an deiner Stelle keine Witze machen", meinte Matze. „Du siehst ja, dass in all den alten Legenden ein Körnchen Wahrheit steckt. Ich weiß nicht, wer mit den „Dunklen" gemeint ist. Vielleicht war es eine kriegerische Unterart der Nachtmenschen, wer weiß. Daniel hat mir erzählt, dass alle Nachtmenschen Siamkatzen halten. Diese Tiere gelten beim Clan als heilig. Irgendeine Bewandtnis wird es schon haben. Es könnte natürlich auch eine uralte Sage sein, die längst nichts mehr zu bedeuten hat."

„Die Dunklen sind seit zig hundert Jahren verschwunden, stimmt's?", fragte Frank.

„Stimmt", gab Matze zu. „Es blieben nur die Karpatenleute. Das Gros der Nachtmenschen lebte in den rumänischen Bergen. Aber dann passierte was Seltsames. Vor etwa zweihundert Jahren begann sich der Spieß umzudrehen. Die Karpatenclans wurden kleiner und bei uns inmitten der Industriekultur begannen die Clans aufzublühen.

Die Vermummten, die versucht haben, Lotte zu töten, stammen wahrscheinlich von einem Clan, der aus Rumänien zugewandert ist. Wenn die Vermummten Charlotte in die Finger kriegen, dann gute Nacht."

Frank bedeckte Lottchens Gesicht mit Küssen.

„Ich werde dich beschützen", versprach er. „Niemand darf an dich ran."

„Woran erkennt man die Mörder?", fragte er zu Matze gewandt.

„Sie sind vermummt. Sie laufen rum wie Mumien."

„Und wenn sich einer verstellt? Wenn einer ganz normal daherkommt und er ist einer, der zu den Vermummten gehört?"

Matze schnaubte. „Sie verstellen sich nicht! Wenn dir ein Clanmann gegenübersteht, der nicht vermummt ist, wird er Charlotte nichts tun."

„Und mir?"

„Dir auch nicht. Sie töten nicht. Sie können es gar nicht."

Frank dachte angestrengt nach: „Aber was tun sie, wenn die Vermummten kommen?"

„Sie ziehen den Schwanz ein."

„Was?! Sie beschützen ihre zukünftige Königin nicht?"

„Sie sind anders als wir, Frank! Sie werden all ihre Tarnmöglichkeiten ausschöpfen und sich versteckt halten. So können die Vermummten sie nicht finden, und wenn doch ... ja ... dann stellen sie sich ihnen vielleicht entgegen, aber töten werden sie nicht. Es sind diese dämlichen Regeln, die sie haben. Das Regelwerk war mal erschaffen worden, um ihr Leben zu erleichtern, aber mittlerweile hat es sich festgefressen und ist verknöchert. Doch die Clanleute sind zu stolz oder besser gesagt zu stur, etwas an der verfahrenen Situation zu ändern. So sehen sie in uns das abgrundtief Böse. Wir sind für sie was Schlimmes, Bedrohliches, mit dem man auf keinen Fall Kontakt haben darf. Es gibt nur einige wenige Auserwählte unter den Unseren, mit denen die Nachtleute sich abgeben. Wenn du mich fragst, sind die Nachttypen aufgeblasene Snobs."

Frank schaute seinen Freund an: „Und das steht alles in dem Buch von Clairvaux? Ich dachte, der stellte die Vampire so nett und lieb dar."

„Tat er auch. Von den geheimen Fehden schrieb er kein Wort."

„Dann steht das in dem katholischen Buch?"

„Nee."

Frank war perplex: „Woher weißt du es dann?"

Matze holte zweimal tief Luft: „Von Daniel!"

„Daniel? Wer ist Daniel?"

Matze Tintenfess blieb stehen. Er schaute Frank fest an: „Frank, wir sind Freunde. Du bist mein bester Freund! Aber da gab es noch einen anderen: Daniel. Daniel Hardenbrunn von Kestrel-Lorraine. Ich habe nie über ihn gesprochen, weil er mich darum bat, Stillschweigen zu wahren." Matze sah aus, als ob man ihm eine riesige Last auf die Schultern gelegt hätte. „Er war mein Freund. Wir gehörten zusammen."

„Er war ein Nachtkind?"

Matze nickte: „Ich war zehn und er siebzehn. Was keinen Unterschied machte. Rein körperlich sah er aus wie ein Zehnjähriger und er besaß denselben Spieltrieb, bloß, dass er intelligenter war als ich. Er wusste viel mehr." Matze lächelte in sich hinein: „Nur von der Welt bei Tageslicht wusste er nichts ..."

„Was ist aus ihm geworden?" wollte Reuter wissen.

„Er ist tot", antwortete Matze.

Sie waren fast an der Bergehalde. Lotte zappelte sich frei und rutschte zu Boden. Sie ergriff Matzes Hand und zog ihn zu einer hölzernen Sitzbank am Fuß der Schlackenhalde.

„Komm, setz dich hin, Matze!", sprach sie sanft. Lottchen hielt Matzes Pranke in ihren winzigen Händchen. Sie blickte voller Mitgefühl zu ihm hoch und streichelte seinen Handrücken.

„War es ein Unfall?", fragte Frank.

Matze schüttelte den Kopf. Dann gab er ein hässliches, kleines Lachen von sich. „Es war kein Unfall, eher ein normaler Fall", sprach er. „Seine eigenen Leute sind schuld daran! Diese miese, verbohrte Bande von arroganten, eingebildeten

Idioten!"

Reuter setzte sich auf die andere Seite der Bank neben seinen Freund: „Erzähl, Matze!"

Matze Tintenfess seufzte tief. Dann begann er, seine Geschichte zu erzählen:

„Es war in jenem Sommer, in dem ich zehn Jahre alt wurde, als ich Daniel kennenlernte. Eines Abends, als die Sonne untergegangen war, es aber noch nicht dunkel war, trafen wir uns. Ich war mit dem Rad zum Bauernwald gefahren und plötzlich stand er mitten auf dem Weg. Ich dachte zuerst, der will Krach mit mir anfangen, aber er war total nett und fragte mich, ob wir nicht zusammen spielen könnten.

Tja ... so wurden wir Freunde. Anfangs wusste ich nicht, was er ist. Er hat es mir einige Tage später gesagt. Von ihm habe ich fast alles über die sogenannten Vampire gelernt. Ich war fasziniert davon, dass sie keine blutsaugenden Monster sind, sondern Leute wie du und ich. Daniel war so wahnsinnig nett. Er war der beste Freund, den man sich vorstellen kann. Ich fand es furchtbar, dass er nie in die Sonne gehen durfte, weil er sich gerade das von ganzem Herzen wünschte. Er war verrückt nach meinen Erzählungen von der Natur bei Tageslicht."

Matze seufzte abgrundtief. Lottchen blickte weiter tröstend zu ihm auf und streichelte seine Hand.

„Wir trafen uns fast jeden Abend", fuhr Fässchen fort. „Leider hatte ich nicht so viel Zeit. Aber dann gewöhnte ich mir an, nachts heimlich auszubüxen. Unser liebster Platz war der Bexbacher Blumengarten. Daniel war verrückt nach Blumen. Ständig wollte er von mir hören, wie sie aussehen, wenn ihre Blüten geöffnet sind. Von den umhersummenden Bienen und Hummeln wollte er hören und er wünschte sich nichts sehnlicher, als einmal weiße Wolken über einen knallblauen Himmel segeln zu sehen."

„Hast du ihm keine Bilder gezeigt?", fragte Frank.

„Doch, habe ich. Aber diese zweidimensionalen Fotos aus Zeitschriften sagten ihm nicht viel. Ich glaube, es ging ihm nicht um das Aussehen der Natur, sondern um die Gefühle, die sie in uns auslöst. Sag selber: Was gefällt dir besser? Das Hochglanzfoto einer Blumenwiese oder selbst dort zu stehen, den leisen Wind zu spüren, die Vögel singen zu hören, all die farbigen Blüten, das saftig grüne Gras ... Frühling eben!"

Wieder seufzte Matze.

„Wir waren Freunde, Daniel und ich, und es störte uns nicht im Mindesten, dass wir von zwei verschiedenen Rassen abstammten. Daniel erzählte mir von der Abneigung seiner Leute gegenüber uns Tagmenschen, aber er pfiff auf ihre Konventionen.

Wir waren Freunde. Wir waren wie Old Shatterhand und Winnetou. Daniel war Winnetou, das Mitglied einer aussterbenden Rasse, und wie Winnetou für Old Shatterhand ist er für unsere Freundschaft gestorben."

Matze schluckte hart. Der Abend, als es passierte, stand vor seinem inneren Auge, als wäre es erst gestern gewesen. Das sah man ihm deutlich an.

„Ich kam zum Blumengarten", erzählte er. „Aber Daniel war nicht da. Stattdessen warteten seine Leute auf mich. Sie waren in Bataillonsstärke aufmarschiert, mindestens fünfzig Männer und Frauen. Der Obermufti von den Typen hat mich gleich angemacht und mir den weiteren Umgang mit Daniel verboten.

„Wir dulden es nicht, dass einer der Unseren mit jemandem wie dir Kontakt hat", sagte er. Seinen Tonfall hättest du hören sollen, Frank! Als wäre ich der letzte Dreck!

Zuerst war ich sprachlos und wusste nicht, was ich erwidern sollte. Sie kamen alle auf mich zu und motzten mich an. Da platzte mir der Kragen und ich hab's ihnen gesagt! Hab ihnen verklickert, dass Daniel und ich Freunde sind und sie sich ihre Aufgeblasenheit an den Hut stecken könnten. Ich weiß heute nicht mehr, wo ich als zehnjähriger Rotzlöffel die Chuzpe hernahm, ihnen die Stirn zu bieten. Denen blieb die Luft weg, sag ich dir.

Schließlich fing der Obermufti an zu plärren, dass es mit unserer Freundschaft ein für allemal vorbei sei und dass sie Mittel und Wege hätten, Daniel von meinem verderblichen Einfluss fernzuhalten.

Da kam Daniels Stimme von weit oben: „Die habt ihr nicht! Nichts wird Matze und mich jemals trennen!"

Er stand oben auf dem Hindenburgturm. Damals gab es die Glaskanzel noch nicht. Wenn man es drauf anlegte, konnte man über die Brüstung klettern und sich außen auf den Regenablauf stellen. Genau dort befand sich Daniel. Als die Vampire das sahen, jaulten sie wie geprügelte Hunde.

„Daniel! Nein! Warte!", kreischte Mister Obermufti. Ich glaube, der hat sich vor Schreck in die Hosen gemacht.

„Matze!", schrie Daniel. „Siehst du, dass ich dein Freund bin! Siehst du, dass mir unsere Freundschaft tausendmal mehr wert ist als meine eigenen Leute! Siehst du, dass ich an das Gute in deiner Rasse glaube, trotz aller Warnungen! Matze, du bist mein Freund! Siehst du, dass mir unsere Freundschaft mehr wert ist, als der Clan, der mich zwingen will, gegen mein Herz zu handeln! Niemals!"

Dann sprang er, zweiunddreißig Meter tief. Er schlug vorm Portal des Turms mit dem Kopf voran auf den Boden. Das Geräusch werde ich nie vergessen, solange ich lebe.

Die Clanleute heulten und schrien vor Schmerz. Sie sahen aus, als ob sie innerlich krepierten. Manche brachen in die Knie, andere drehten sich orientierungslos im Kreis und alle heulten wie Hunde.

Mich beachtete niemand mehr. Es wurde zu viel für mich und ich ging stiften. Ich war ja erst zehn.

Als ich am folgenden Tag zum Turm kam, waren alle Spuren beseitigt. Man sah nicht das kleinste Blutströpfchen."

Matze ließ den Kopf sinken: „Ich habe lange um Daniel getrauert. Zuerst wollte ich es seinen Leuten heimzahlen. Ich plante, sie fertigzumachen, wenn ich groß bin." Er lachte unfroh: „Das habe ich natürlich nicht getan. Es hätte ihn nicht wieder lebendig gemacht."

Er schaute Frank an: „Ich konnte es jahrelang nicht begreifen, dass er sich umgebracht hatte. Erst als ich älter wurde, verstand ich, dass er lieber tot sein wollte, als nachzugeben. Ich werde ihn nie vergessen. Manchmal, wenn ich mit dem Rad durch die blühenden Wiesen im Bliestal fahre, ertappe ich mich dabei, wie ich leise mit mir selbst rede und all die schönen Dinge aufsage, die ich sehe: die Pferde auf der Koppel, die Blumen, die Bienen, das Sonnenlicht, das das Gras aufglühen lässt, und all die Dinge, die wir tagtäglich sehen, aber nicht wirklich wahrnehmen."

Frank war betroffen: „Mein Gott, Fässchen! Das tut mir leid! Es muss schlimm für dich gewesen sein. Jetzt verstehe ich, wieso du davon besessen warst, alles über Vampire herauszufinden."

Lottchen schaute zu Matze auf: „Sie würden es nicht wieder tun, Matze. Meine Mama hat mir davon erzählt. Sie würden es nie wieder wagen, dazwischenzugehen."

„Dann hatte Daniels Freitod einen Sinn", flüsterte Matze. „Wenigstens das."

„Aber ich habe Angst, dass sie mich von Frank wegnehmen, wenn sie davon erfahren", jammerte Lotte. „Ich bin ja noch so klein und muss ihnen gehorchen."

„Werden sie mir Charlotte wegnehmen?", fragte Reuter alarmiert.

„Ich fürchte, ja", antwortete Matze. „Pass gut auf. Solange nichts durchrieselt, könnte es klappen. Die Puppenmacherin hält vielleicht die Waffel. Das solltest du mal checken."

„Werde ich", versprach Frank. „Gleich morgen fahre ich hin."

„Willst du Lottchen überhaupt behalten?", fragte Matze. „Jetzt, wo du Bescheid weißt?"

Frank umarmte Charlotte: „Ich liebe dieses Kind und möchte, dass es immer bei mir bleibt."

„Okay, Frank. Akzeptiert."

„Du bist ein guter Freund", sagte Frank schlicht.

„Halte Lottes Existenz möglichst geheim", schlug Matze vor. „Die Ranch ist okay, die denken, sie hat XP. Aber vertraue sonst niemandem."

„Tine muss ich es erzählen", meinte Frank. „Und Conny auch."

„Conny? Wer ist denn das?"

Frank spürte, wie er bis in die Haarwurzeln errötete. Er war froh, dass man es in der Dunkelheit nicht sah. Allerdings griff Lottchen sogleich nach seiner Hand und drückte sie zärtlich.

Kann sie das sehen?, überlegte Reuter. Oh Mann!

Er dachte darüber nach, ob er Matze von Conny erzählen sollte. Schließlich gab er sich einen Ruck und sagte seinem Freund alles.

Als Frank fertig mit Erzählen war, schwieg Matze einen Moment.

„Wow!", sagte er dann. „El Reutero Antiweibero ist verliebt! Richtig verliebt! Du denkst an eine feste Bindung? Wow!" Er grinste. „Das hätte ich nicht gedacht, dass du nochmal die Kurve kriegst, Alter." Er visierte Charlotte an: „Wozu doch so ein nettes kleines Nachtkind gut sein kann!"

Lotte lächelte ihn freundlich an. Dann zupfte sie Frank am Ärmel: „Gehen wir jetzt auf die Bergehalde?"

Frank machte ein nachdenkliches Gesicht: „Hmm … also Matze und ich gehen rauf, aber Lotte nicht. Die wird nämlich am Fuß der Schlackenhalde aufgefressen! Uaarg!" Damit stürzte er sich auf Lottchen.

Quietschend wich das Mädchen aus: „Hilfe, Matze! Frank will mich fressen!"

„Das soll er sich mal bloß nicht wagen!", knurrte Matze und sprang auf. „Ich habe viel mehr Hunger. *Ich* werde dich fressen!" Woraufhin er sich an der Jagd beteiligte.

Lotte sauste davon, den steilen Weg die Bergehalde hinauf. Sie kreischte freudig. Matze und Frank nahmen die Verfolgung auf.

„Ihr kriegt mich nicht!", rief Charlotte von weiter oben spöttisch. „Ihr seid zu dick! Zwei dicke Büffel! Grunz! Grunz!"

„Na warte!", rief Frank mit schauerlich verstellter Stimme. „Wir werden dich kriegen!" Er schlug Matze auf die Schulter: „Los! Wir teilen uns!" Damit polterte er den Pfad hoch, wobei er mächtig Rabatz machte, damit Lotte Matze nicht hörte, der den Weg verließ und zwischen Kiefern und Birken den Hang hinaufrannte.

Oben auf dem Plateau stand Charlotte und winkte: „Wo bleibt ihr denn, ihr lahmen Büffel?"

Frank beschleunigte. Juchzend wich Lottchen ihm aus: „Ätsch! Ihr kriegt mich nicht! Ätsch!"

Noch zweimal witschte sie im allerletzten Moment davon, dann ging sie Matze und Frank in die Falle und fand sich urplötzlich in eine Ecke gedrängt und beide Ausgänge waren von „grausigen Monstern" besetzt, die grunzend und sabbernd auf sie zuwankten.

„Uuuarrrg! Huuunger!", grollte Matze und fuchtelte mit den Händen.

„Fressi-Fressi!", geiferte Reuter.

"Oh nein! Bitte fresst mich nicht, ihr lieben Monster!", flehte Lotte und tat recht ängstlich.

„Keiiine Gnade!", gurgelte Matze und warf sich auf Lottchen.

Quiekend wich sie aus und rannte geradewegs in Franks Arme. Sofort fielen die beiden „Monster" über sie her und kitzelten sie ganz fürchterlich, weil nämlich frisch gekitzeltes Fleisch noch viel besser schmeckt. Anschließend knabberten die „Monster" an Lottes Armen herum.

„Ääh-Bäääh!", fauchte Matze. „Viel zu dürr! Da iss ja nix viel genug Fleisch nicht dran!"

Lottchen lachte hellauf.

„Issa bloß Haut unn Knochens!", fluchte Frank und zog eine enttäuschte Fratze.

„Ach ja! Sone Monster haddet abba auch echt schwer!" Die „Monster" ließen von Charlotte ab.

„Das war schön!", kicherte sie. „Spielen wir das noch mal?"

Matze röchelte demonstrativ. „Nie im Leben! Wenn ich wieder so rennen muss, kriege ich einen Herzinfarkt! Es reicht, dass ich noch den ganzen Weg auf diesen riesigen Berg hinaufsteigen muss. Uff! Der ist doch mindestens saumäßig hoch. Wenn nicht sogar *noch* höher!"

„Na gut, dann laufe ich eben allein voraus und bin als Erste auf dem Gipfel", rief Lottchen gutgelaunt. Sie schoss davon und verschwamm augenblicklich mit der Dunkelheit.

„Wir hätten sie kriegen können", sagte Frank nachdenklich. „Selbst mit ihrer Tarnung hätten wir sie zu fassen gekriegt. Sie ist doch nicht so perfekt geschützt, wie ich dachte."

„Es gibt keinen vollkommenen Schutz", sagte Matze.

„Das macht mir Sorgen", sagte Frank.

„Sorgen kannst du dir machen, wenn es soweit ist", brummte Fässchen. „Reg dich nicht auf. Das hilft nichts."

„Ich mag Lottchen eben sehr."

„Das merkt man."

„Ich habe so etwas noch nie erlebt, dass sich ein Kind so eng an einen Erwachsenen anschließt."

„Es liegt in der Natur der Nachtkinder", sagte Matze. „Familie, wie wir sie kennen, existiert für sie nicht wirklich. Erstens zählt bei den Clanleuten ausschließlich die mütterliche Linie und zweitens ist der gesamte Clan die Familie eines Kindes. Aber jedes Kind schließt sich sehr eng an einen bestimmten Menschen an. Liebmensch wird der genannt. Das kann die Mutter sein oder der Vater, aber genauso gut auch eine Tante, ein älteres Geschwister oder jemand, der nicht mit dem Kind verwandt ist."

„Sie nennt mich manchmal Liebfrank."

„Daniel nannte mich Liebmatze."

Eine Weile stiegen sie schweigend den Hang hoch.

„Das mit Daniel tut mir sehr leid", sagte Frank schließlich.

„Danke."

„Es muss schlimm für dich gewesen sein."

„Darauf kannst du Gift nehmen."

„Wolltest du wirklich die Vampire bekämpfen?"

„Ja, Mann. Ich kochte vor Zorn und Mordlust. Aber ich habe mich abgeregt. Hass ist ein schlechter Weggefährte. Er ist wie ein tollwütiger Hund an der Leine. Er wendet sich irgendwann gegen einen selbst, fällt einen an und zerstört einen. Ich glaube, Hass ist eine Art Präsenz des Teufels oder so."

„Deswegen hast du mich letztens auf der Ranch so angeschnauzt, als ich über meine Mutter maulte."

„Ja", bestätigte Matze. „Irgendwann wird der Hass übermächtig und zieht einen runter in die Dunkelheit. Dort geht man ein. Ich wollte dich nicht verlieren. Du bist mein bester Freund."

„Wo bleibt ihr denn?", rief eine helle Stimme von oben.

„'N alter Mann ist kein D-Zug!", antwortete Frank lachend.

„Dein Nachtkind mischt uns ganz schön auf", meinte Matze. Im silbernen

Mondlicht sah Frank ihn lächeln. „Sag mal, wann haben wir beide das letzte Mal zusammen irische Musik gemacht? Vor zwei Jahren?"

Frank schüttelte den Kopf: „Nein. Ist schon drei Jahre her."

„So lange?" Fässchen schüttelte den Kopf. „Wir wollten eine Band aufmachen und einmal im Monat im DUBLINER in Bruchhof auftreten. Jeder von uns spielt Mundharmonika und Tin Whistle und du kannst ein bisschen auf der Fiddle rumkratzen und ich kann ein paar Gitarrenakkorde." Matze lachte wehmütig. „Wir suchten immer nach weiteren Mitgliedern für unsere irische Band, aber wir fanden niemanden. Nur deine kleine Schwester wollte mitmischen, aber sie hatte eine abscheuliche Stimme und konnte keinen Ton halten und sie war zu faul, ein Instrument zu lernen."

„Sie spielt Banjo und Gitarre."

Matze riss die Augen auf: „Ist nicht wahr!"

„Doch. Sie hat all die Jahre heimlich geübt. Ich weiß es auch erst seit Januar. Ihr Stimme ist ebenfalls besser geworden."

„Das ist ja ein Ding!", sagte Matze. „Dann wären wir schon drei. Das könnte hinhauen."

„Lottchen spielt super auf der Mundharmonika", erzählte Frank. „Nachher wird sie dir eine Kostprobe liefern."

„Hey! Cool! Damit wären wir ein Viertett!", rief Matze gutgelaunt. „Wir nennen uns „The Charlottes" und jeder kann mehrere Instrumente spielen und singen kann sowieso jeder. Bis auf Tina. Die musste es erst lernen."

„Wir könnten auch in anderen irischen Kneipen im Saarland und der Pfalz auftreten", meinte Frank.

„Wir machen den original Dubliners Konkurrenz."

„Wir werden berühmt."

Lachend brachten sie das letzte Stückchen Weg hinter sich.

„Das war unser alter Traum früher", sagte Matze. „Wir sollten wieder mehr miteinander unternehmen, Frank."

„Ja, Mann. Du hast recht. Das sollten wir. Wir haben uns ein bisschen aus den Augen verloren."

Lotte kam angesaust und warf sich in Franks Arme.

Frank fühlte sich unglaublich wohl. Mensch, geht's mir gut!, dachte er. So gut wie seit Langem nicht mehr. Matze hat recht. Ich habe mich verkrochen. Wird Zeit, aus meinem Schneckenhaus rauszukommen!

Und da war ja auch noch Conny Ecker, auf die er sich freute.

Oben angekommen, stellten sie sich zu dritt an den Rand des Gipfelplateaus und schauten auf das nächtliche Bexbach hinunter.

Charlotte zeigte mit der Hand: „Da unten ist unser Haus."

Frank Reuter wurde es ganz warm ums Herz, als er das Wort „unser" aus dem Mund des Kindes hörte.

„Mampfen wir erst mal was", schlug Fässchen vor.

Sie setzten sich zu dritt nebeneinander auf eine der groben Holzbänke und holten all die mitgebrachten Köstlichkeiten aus ihren Rucksäcken hervor. Es gab Trockenobst, Ananas in Dosen, abgepackte Nüsse und Sojariegel. Dazu tranken sie Limonade und Malzbier. Lottchen hockte zufrieden zwischen den beiden Erwachsenen und futterte mehr als die beiden zusammen.

„Ich wundere mich, dass Lottchen nicht kugelrund wird, bei den Mengen, die sie verputzt", sagte Frank grinsend. „Sie muss einen unglaublich schnellen Stoffwechsel haben."

„Witzigerweise können sie und ihresgleichen auch lange Hungerstrecken gut wegstecken", antwortete Matze kauend. „Aber bei unserer Spezies ist es auch nicht anders. Hmm ..." Er tätschelte seinen Bauch: „Bloß, dass uns ein Wasserball wächst."

Charlotte lachte hellauf. Dann trank sie ihr Malzbier leer. „Machen wir jetzt Musik?"

Fässchen riss eine Dose Karlsberg Urpils auf und nahm einen langen Zug. „Keine schlechte Idee", meinte er und rülpste wie ein Walross.

„Das war die Basstuba", verkündete Reuter todernst.

Fässchen zog eine dünne irische Blechflöte aus dem Rucksack und setzte sie an die Lippen.

„The musical priest", sagte er und begann einen schnellen Jig zu spielen. Beim zweiten Satz fiel Frank mit seiner Mundharmonika ein. Es klang schräge und ungeübt, aber es war ohne Zweifel Musik und sie wurde mit viel Enthusiasmus dargeboten.

Charlotte lauschte hingerissen.

„Das war klasse! Diese Musik kenne ich noch nicht", sagte sie, als Matze und Frank aufhörten, zu spielen. „So eine Musik habe ich noch nie gehört."

„Irische Musik", erklärte Frank. Er setzte die Mundharmonika an und spielte ein langsames Intro. Fässchen fiel mit lauter Brummstimme ein:

„There was an old woman and she lived in the woods,

Weile weile waile

There was an old woman and she lived in the woods

Down by the river Saile."

So ging es Strophe um Strophe. Lottchen verstand schnell und sang den Refrain laut mit: „Wäila wäila wohije!" Singend kuschelte sie sich an Frank.

Kaum war das Stück zu Ende, sang Frank:

„Her eyes they shone like diamonds.

You´d think she was queen of the land."

Und Matze fiel mit ein: „With her hair thrown over her shoulders, tied up with a black velvet band."

Abwechselnd sangen die Männer, während derjenige, der gerade nicht sang, das Lied mit Mundharmonika oder Tin Whistle begleitete. Lottchen zappelte vor Vergnügen. Ihre Augen glänzten.

Nach einer Viertelstunde gab es eine Pause und nun wollte Lotte erfahren, wie man diese tolle Musik spielte. Es dauerte nicht lange und sie konnte „Spancil Hill" auf der Harp begleiten.

„Ich besorge Lehrhefte mit Noten und ich kauf dir ein paar Blechflöten", versprach Frank. Wieder einmal war er verblüfft von Charlottes ungeheuerlicher Lernfähigkeit. Ein Menschenkind hätte Stunden oder gar Tage gebraucht, um die Lektionen zu erlernen, die Lottchen in Minuten abspeicherte.

„Sie ist wie ein kleiner Rekorder", meinte Reuter und trank von seinem Bier.

„Die extrem gute Lernfähigkeit ist ihnen angeboren", erzählte Matze.

„Wieder so eine biologische Anpassung?"

Matze nickte: „Sogar auf zweierlei Art: Erstens sichert es das Überleben von verwaisten Kindern, die sich alleine durchschlagen müssen, und zweitens erhöht es den Charme eines Nachtkindes. So sichert es sich die Liebe seiner menschlichen Zieheltern, wenn es welche bekommt."

Frank grabschte Lottchen und drückte sie: „Du bist ein perfekt angepasstes Kuckucksküken!"

„Kuckuck!", piepste Lottchen und krallte sich an ihm fest wie ein kleines Äffchen. Dann setzte sie ihre Harmonika an den Mund und spielte die fremde Melodie, die Frank so anrührend fand. Als er sich nach Ende des Stücks Matze zuwandte, bemerkte er, dass seinem Freund Tränen in den Augen standen. „Du kennst das Lied?"

Matze nickte: „Von Daniel."

„Es ist echt ekelhaft, was damals passiert ist", versuchte Frank zu trösten. „All diese Regeln, die die Clanleute aufgestellt haben ... das ist doch Quatsch! Ich meine, okay, es hatte mal einen Sinn. Vielleicht bis zum Ende des Mittelalters, als die Kirche noch eine wirkliche Bedrohung für sie war. Aber heute?"

„Die sind total verknöchert!", sagte Fässchen. „Leben in einer ewiggestrigen Welt. Wie gesagt, es gibt keine reale Bedrohung mehr, aber die halten stur am Alten fest!"

Frank kratzte sich am Kopf: „Was mir die ganze Zeit nicht aus dem Kopf geht: Wenn die Clanleute so wenige sind und ihre Fruchtbarkeit so eingeschränkt ist, wieso dann dieses widerliche Königinnenschlachten? Können sich die Nachtleute solche Kriege untereinander eigentlich leisten? Es ist doch ein Unding, wenn ein Clan den anderen bekämpft!"

Matze lachte unfroh: „Hat Logik je dazu geführt, dass Menschen sich intelligent und logisch verhalten?" Seine Stimme triefte vor Sarkasmus. „Sieh dir die nordamerikanischen Indianer an! Man schätzt, dass bei der Ankunft des weißen Mannes in ganz Nordamerika gerade mal achthundertfünfzigtausend Leute lebten, und was taten diese paar Menekens? Sie zerfleischten sich in irrsinnigen Stammesfehden! Es gibt eine Studie, dass sie sich gegenseitig ausgerottet hätten, wenn der „böse weiße Mann" nicht gekommen wäre. Heute leben übrigens fast vier Millionen reinrassige Indianer allein in den USA, Kanada nicht mitgerechnet."

Frank schüttelte den Kopf: „Ich verstehe es trotzdem nicht. Da tun die Clanleute so, als seien sie die friedlichsten Menschen der Welt, und verbieten einem ihrer Kinder den Umgang mit einem 'bösen Tagkind', und dann so was! Das macht keinen Sinn!"

„Hat nicht die Kirche stets behauptet, nur das Beste für ihre Schäflein zu wollen? Und dabei ist sie wie ein Raubtier über sie hergefallen! Die Menschen ändern sich nicht. Aber es ist nicht ganz so extrem, wie du vielleicht denkst. Erstens sind die Clans sehr groß. Revelin-Lorraine ist zum Beispiel der Name eines großen überregionalen Clans. Im Ganzen gibt es im Europa vielleicht dreißig oder vierzig große Clans, und die sind sich keineswegs alle spinnefeind. Und was das Königinnenschlachten angeht, wie du es so treffend genannt hast: Es passiert nur alle paar Jahrhunderte, dass mehrere Königinnen zugleich aufwachsen und nur dann kann es zu Ausschreitungen kommen, muss es aber nicht. Die Vermummten sind was Seltenes."

„Hat es schon mal zwei Königinnen nebeneinander gegeben?", wollte Frank wissen.

„Davon ist mir nichts bekannt", erwiderte Matze.

„Weißt du was, Lottchen?" fragte Frank.

Das kleine Mädchen blickte ihn ernst an: „Meine Mama hat mir erzählt, dass es so etwas noch nie gab, aber wir haben eine Legende, die sagt, wenn es passiert, wird die Welt wieder gut für uns sein und alle Menschen werden sich vertragen."

„Und das Himmelreich wird über uns kommen", brummte Fässchen. „Fromme Legenden! Nichts weiter! Ich glaube, es geht letzten Endes nur um Weibergezänk. Weil bei den Clans die weibliche Linie zählt, und zwar ausschließlich. Auch biologisch. Erinnerst du dich an die Lottchenpuppe, die du deiner Schwester vor vielen Jahren geschenkt hast? Die Puppentrulla hat sie nach Charlottes Mutter gefertigt, als die noch ein Kind war. Die Ähnlichkeit ist verblüffend. Mutter und Tochter sind einander zum Verwechseln ähnlich.

Ja, und da geraten wohl einige hochwohlgeborene Weiber in Rage, wenn eine von ihnen eine kleine Königin in die Welt setzt, und schon fangen sie einen verdammten Krieg an!"

Lottchen krabbelte auf Fässchens Schoß: „Es sind doch nicht die Frauen und Mütter, die kämpfen. Es sind immer nur Männer, die zu Vermummten werden."

„Soldatenameisen!", sagte Fässchen. „Siafukrieger! Aber die Königin der Ameisen ist ein Weibchen!"

Charlotte schaute ihn aus riesigen Augen an: „Aber wir sind doch keine Ameisen, Matze!"

Matze sah ihre Augen silbern aufblitzen. Er gab Lotte einen Kuss auf die Stirn: „Lasst uns von was anderem reden, sonst verdirbt es uns die Stimmung."

„Bringt mir noch irische Lieder bei!", bettelte Lottchen sofort. „Bitte, bitte!"

Supermegabrav, überlegte Reuter. Kaum kriegt sie ihr Stichwort, stiftet sie auf ihre Art Frieden. Wie liebte er dieses kleine Kind. Man musste es einfach lieben.

Laut sagte er: „Die Königinnen, haben die irgendwelche Macht?"

„Ja und nein", antwortete Fässchen. „Sie sind in erster Linie etwas, das verehrt wird, aber sie haben schon Einfluss auf ihre Leute. Klar, Mann."

„Wenn ich Königin werde, sorge ich dafür, dass die Clanmenschen und die Tagmenschen sich vertragen", versprach Lottchen ernst. „Jedenfalls darf es keinem Nachtkind mehr verboten werden, mit einem Tagkind befreundet zu sein."

„Aber die Geheimhaltung", hielt Frank dagegen. „Stell dir mal vor, die Ärzte erfahren von den Clanmenschen. Die würden euch untersuchen wollen."

Lotte verzog gequält das Gesicht. „Daran habe ich nicht gedacht", sagte sie unglücklich.

Matze sprang auf: „Los! Auf! Marschieren wir weiter. Musizieren können wir auch unterwegs!"

Sie packten ihre Picknickutensilien zusammen und liefen einen breiten Pfad zur Rothmühle hinab. Lotte sang eins der neuerlernten irischen Lieder mit ihrem drolligen Akzent und Fässchen und Reuter begleiteten sie auf ihren Instrumenten.

Unten veranstalteten die drei Nachtwanderer wieder eine Verfolgungsjagd auf einer mondbeschienenen Wiese. Diesmal gelang es Matze und Frank nicht, Lotte zu erwischen.

„Sie hat dazugelernt", schnaufte Fässchen. „Uff! Ich kann nicht mehr."

„Soviel in Sachen Wehrlosigkeit", keuchte Frank. Fasziniert beobachtete er das Kind, das sich fast unsichtbar durch die Nacht bewegte. „Gehen wir noch zu mir?", fragte er Fässchen.

„Au ja!", riefs aus der Dunkelheit. „Wir könnten zu dritt 'Mensch ärgere dich nicht' spielen."

„Warum nicht?", meinte Fässchen. „Hab ich lange nicht mehr gemacht.

Eine Stunde später hockten sie bei Reuter zu Hause und waren ganz in das Spiel vertieft.

„Ich muss mal." Lotte sprang auf und rannte ins Bad. „Ihr dürft nichts verändern", rief sie noch.

Kurz darauf kam sie im Laufschritt zurück. Am Türrahmen rutschte sie auf dem Parkettboden aus und schlug hart hin. Augenblicklich brach sie in lautes Weinen aus.

Fässchen und Frank sprangen gleichzeitig auf und liefen zu ihr. Matze war als Erster da, aber als Lottchen sich weinend aufrappelte, lief sie an ihm vorbei zu Frank und warf sich in seine Arme: „Fraaank!"

„Ach herrjeh! Bist du hingefallen?" Frank nahm das Kind in die Arme und klopfte ihm tröstend auf den Rücken. Lottchen klammerte sich schluchzend an ihn. Franks Herz schlug einen Takt schneller. Sie ist zu mir gekommen, nicht zu Matze, dachte er. Zu mir!

„Du solltest nicht auf Socken im Haus rumrennen", meinte Frank, wobei er versuchte, nicht zu altklug und oberlehrerhaft zu klingen. „Da rutscht man leicht aus. Geh entweder barfuß oder zieh dir Hausschuhe an. Dann hast du auf dem Boden genug Halt, ja?"

„J-Jaaa", weinte Lotte lauthals. Kleine Sturzbäche aus Tränen strömten ihr über die Wangen.

„Ach komm, Lottchen! So schlimm ist es doch nicht!", brummte Frank beruhigend.

„D-Doch!", schluchzte Lottchen. „Ich bin auf mein Knie gefallen. Es tut sooo weh!"

„Zeig mal!" Frank zog Lottes Kleidchen ein Stück hoch und schaute das Knie genau an. „Das geht schnell wieder weg, Lotte." Er blies auf das geschundene Knie. „So! Jetzt ist es aber gut, ja?"

Lotte schluckte. „Ja, Frank." Sie beruhigte sich, wollte aber weiter umarmt werden.

„Na, dann ist's ja gut." Reuter hob das Mädchen hoch und trug es zum Spieltisch.

Woher hab ich nur diesen seltsamen Tonfall? rätselte er in Gedanken. Er hatte seine Stimme gleichzeitig resolut und tröstend klingen lassen und damit genau den richtigen Ton getroffen, um Lottchen zu beruhigen.

Plötzlich kam die Erinnerung mit Macht über Frank Reuter: von Mutter! Das habe ich von Mama!

Die Stimme seiner Mutter, als er mit dem Tretroller hingeflogen war: „So, jetzt ist es aber wieder gut, Frank, ja?" Und es war gut gewesen.

Frank spürte einen Stich im Herzen. Zum ersten Mal seit vielen Jahren erinnerte er sich an seine Mutter nicht voller Zorn und Groll, sondern mit mildem Wehmut.

Mama!, dachte er und sein Herz fühlte sich mit einem Mal schrecklich wund an.

In der folgenden Stunde konnte er sich nicht mehr vernünftig auf das Brettspiel konzentrieren. Auch Fässchen war nicht bei der Sache. Um eins verabschiedete er sich.

„Bitte, Matze, machen wir das bald wieder?", bat Lottchen beim Abschied. Sie stand vor ihm, hielt sich an seinen Händen fest und guckte zu ihm hoch: „Es war so schön heute Abend."

Matze strich ihr über den Kopf: „Warum nicht. Frank, du und ich müssen sowieso kräftig üben, wenn wir irgendwann mal öffentlich auftreten wollen. Nächstes Mal bring ich meinen Eierschneider mit und Frank kann auf den Katzendärmen sägen."

„Eierschneider?" Lotte war ganz Verwunderung.

Reuter musste kichern: „Er meint seine Gitarre." Er gab Matze zum Abschied die Hand: „Servus, Fässchen. Lass von dir hören." Und nach einer Pause: „Es war schön heute Abend, Freund. Wir haben das viel zu lange nicht mehr gemacht."

„Vergiss morgen die Puppentrulla nicht", erinnerte ihn Matze. Dann lief er nach Hause.

„Werd ich nicht", rief Reuter ihm nach.

Auf dem Heimweg dachte Matze Tintenfess über Charlotte und seinen Freund Frank nach. Es sah so aus, als ob das Kind ihm verdammt guttat. Und er hatte aufgehört, zu toben wie ein Stier, wenn es um seine Mutter ging, und da war noch die Sache mit dieser Conny Ecker. Matze fand es anrührend, dass die zwei, die sich schon als Kinder geliebt hatten, sich nach so vielen Jahren gefunden hatten.

Und dann tat Matze das, was Männer nur dann tun, wenn sie allein sind: Er weinte noch ein wenig um einen guten Freund, den er einst gehabt hatte, um Daniel.

*

„Mach schon auf!" Ungeduldig drückte Reuter auf den Klingelknopf. Jedes Mal schrillte eine altmodische Klingel auf.

Gott! Wenn ich dieses Rrrriiing! jeden Tag zu hören bekäme, würde ich nach einer Woche durchdrehen! Man kann's auch übertreiben mit dem Retrolook!

„Frau Kunz ist nicht da."

Reuter fuhr erschrocken herum. Eine beleibte Frau Ende Fünfzig stand in der Tür auf der anderen Seite des Ganges.

„Bitte?"

„Sie ist nicht da, die Frau Kunz. Zu der wollen Sie doch?"

Frank nickte: „Ja. Ich wollte eine Puppe für meine Schwester bestellen."

Die Dicke kam auf ihn zugewalzt: „Frau Kunz ist auf die Puppenmesse gefahren."

„Oh!", sagte Reuter laut. Innerlich schrie er: „Scheiße!"

„Ja", bestätigte die Frau eifrig. „Sie stellt dort ihre Puppen aus. Frau Kunz macht wirklich tolle Puppen, finden Sie nicht auch? So süß und lebensecht."

„Ja, das tut sie", bestätigte Reuter. „Diese Puppenmesse, wissen Sie, wo die stattfindet?"

„In Hannover."

Mist!, dachte Frank. „Wissen Sie, ob Frau Kunz ein Mobiltelefon dabeihat?"

Die Dicke zog die Augenbrauen hoch. Sie sah aus, als hätte Frank sie gefragt, ob Elefanten vier Rüssel hätten: „Ein Handy?! Frau Kunz!?" Die Gute musste erst nach Luft schnappen, bevor sie weiterreden konnte: „Frau Kunz liebt die Gegenstände von früher. Elektronischer Schnickschnack wie Handys oder Computer kämen ihr nie ins Haus."

„Kann man sie anderweitig erreichen? In Hannover, meine ich."

Die Dicke schüttelte resolut den Kopf: „Nein! Frau Kunz will auf der Messe ungestört sein und sich ganz auf ihre Kunden konzentrieren."

Das hat mir noch gefehlt!, dachte Reuter missmutig.

„Wissen Sie, wann Frau Kunz zurückkommt?"

„Nächste Woche. Die Puppenmesse dauert sieben Tage. Sie ist erst heute Morgen in den Zug gestiegen."

„Schade, dass sie keinen Dampfzug benutzen konnte", grummelte Reuter.

„Ja, schade. Das würde ihr gefallen!" Die Dicke geriet ins Schwärmen: „All ihre Puppenkinder hat Frau Kunz in der guten alten Zeit gesehen. Sie sieht sie, müssen Sie wissen! Sie sieht sie im Traum und fertigt danach die Puppen an."

„Wie schön", gab Frank lächelnd zurück. Es hatte keinen Sinn, die Nachbarin der Puppenfrau anzumaulen. „Ich muss los. Ich komme nächste Woche wieder. Danke für die Auskunft."

„Bitteschön. Habe ich doch gern gemacht."

Auf der Landstraße gab Reuter dem Kompressormercedes die Sporen. Er war stinkig. Musste das ausgerechnet ihm passieren? Hätte die Kunz nicht noch einen Tag warten können?

Hat keinen Zweck, sich einen Kopp zu machen, dachte er. Ich muss jetzt erst mal zu Tine und sie einweihen.

Er wählte die Nummer seiner Schwester. Kurze Zeit später hörte er Tines Stimme über die Freisprecheinrichtung: „Reuter?"

„Tach, Tine. Frank. Hast du eine Stunde Zeit?"

Christina lachte spöttisch: „Wieso fragst du? Für dich habe ich immer Zeit, Frankie."

„Ist der schöne Marius bei dir?" Er hörte ein Seufzen.

„Frank, wenn du mit mir über Marius reden willst, um ihn mir madig zu machen, kannst du gleich zu Hause bleiben!", sagte Tine resolut.

„Keine Spur, Tine", beeilte sich Frank zu sagen. „Es geht um Lottchen."

„Oh!"

„Aber ich möchte nicht, dass Marius es erfährt. Wenn ich es dir erklärt habe, wirst du verstehen, was ich meine."

„Das klingt ja so geheimnisvoll!"

„Ist es auch! Ist Marius da oder nicht?"

„Nein."

„Kommt er noch?"

„Heute nicht mehr. Er hat heute seinen Skatabend. Männer brauchen ihren Freiraum."

Reuter musste ein Grinsen unterdrücken. So altklug hatte er Christina noch nie gehört. Hatte sie das aus einem Buch?

„Aber sonst ist Marius ja so lieb zu mir!" Tine geriet ins Schwärmen. „Stell dir vor: Er wird meinen Rasenmäher reparieren! Er hat versprochen, die Ersatzteile zu besorgen und ihn wieder herzurichten."

Reuter unterdrückte ein Stöhnen: „Tine, wie oft habe ich dir gesagt, schmeiß das alte Dreckding weg und kauf dir einen neuen? Ich bezahl's doch."

„Ich will den alten behalten", beharrte Christina störrisch. „Ich hänge irgendwie an dem Ding."

„Das ist kein Rasenmäher, das ist eine Hubschrauberturbine! Jedes Mal, wenn du ihn anwirfst, fallen im Umkreis von dreihundert Metern vor Schreck die Vögel von den Bäumen und alle Fensterscheiben zerplatzen!"

„Marius hat versprochen, das zu richten. Er ist so geschickt mit seinen Händen."

Reuter gab es auf: „Ist gut. Ich bin unterwegs zu dir. Soll ich was mitbringen?"

„Wie wär's mit einem Kuchen?"

„Geht klar."

Eine halbe Stunde später saß er mit seiner Schwester im Wohnzimmer ihres Hauses in Lautenbach. Er hatte einen Käsekuchen mit Mandarinen mitgebracht. Tine hatte Sahne geschlagen und Kaffee gekocht. Gemeinsam fielen sie über die Köstlichkeit her.

„Was ist nun mit Lottchen?", fragte Christina unvermittelt. „Du hast am Telefon so geheimnisvoll geklungen."

„Es muss auch ein Geheimnis bleiben, Tine!", antwortete Reuter. Er fasste seine Schwester ins Auge: „Du darfst mit niemandem darüber reden! Auch nicht mit Marius! Versprichst du mir das?"

Christina schüttelte den Kopf: „Du übertreibst mal wieder, Frankie! Ich habe dir doch gesagt, ich halte dicht, und ich sehe zu, dass du Charlotte als Pflegekind bekommst."

„Die Sachlage ist völlig anders", sprach Frank. „Das Jugendamt darf unter keinen Umständen erfahren, dass Lottchen überhaupt existiert! Niemand darf es erfahren!"

Christina war bass erstaunt: „Frankie! Jetzt machst du mich aber neugierig!"

„Dann hör mal gut zu und unterbrich mich nicht." Im Verlauf einer halben Stunde erzählte Frank seiner Schwester alles, was er wusste. Danach hockte Christina da wie erschlagen.

„Das ist nicht dein Ernst!", sagte sie schließlich.

„Doch, ist es!", antwortete Reuter.

„Lottchen ist ein Vampir!?"

„Nenn sie nicht so! Das ist, als ob du eine Indianerfrau Squaw nennen würdest."

„Und was ist dabei? So heißen die doch."

„Nein. Die Weißen haben sie so genannt. Squaw bedeutet Fotze."

Christina schluckte. „Äh, und Vampir? Etwa auch ...?"

Frank schüttelte den Kopf: „Eher so wie Nigger anstelle von Neger. Es ist ein beleidigendes Wort."

„Schön, ich werde es mir merken." Christina fuhr auf: „Jetzt rede ich schon ganz normal darüber! Das ist doch verrückt! Ich meine, sowas gibt es in Büchern! Das kann einfach nicht wahr sein."

„Ist es aber, Tine, und Matze hat es seit Jahren erforscht."

„Matze hat dir das alles gesagt", sprach Tine. „Ausgerechnet Matze!"

„Er weiß eine Menge über die Clanleute. In Europa gibt es dreißig bis vierzig Clans."

„So viele? Wieso sieht man dann nie jemanden von den ... den Nachtmenschen?"

„Jeder dieser Oberclans hat Unterclans, viele sogar, aber ein normaler Clan, das sind vielleicht zwanzig bis vierzig Leutchen. Die Nachtmenschen verlieren sich unter uns. Im wahrsten Sinne des Wortes."

„Dass ausgerechnet Fässchen sich mit so was beschäftigt", meinte Tine. „Das hätte ich dem garnicht zugetraut."

„Er hat allen Grund!" Frank erzählte Christina von Matzes Freundschaft mit Daniel, dem Nachtkind.

Beim Zuhören bekam Christinas Gesicht einen seltsamen Ausdruck. So hatte Frank Reuter seine Schwester noch nie gesehen. Zum Schluss standen ihr Tränen in den Augen: „Gott! Frankie!"

„Ja", sagte Frank schlicht. „So ist Matze Tintenfess wirklich. Ich habe es auch nicht gewusst. Er hat es all die Jahre geheimgehalten." Er bedeckte sein Gesicht mit den Händen: „Ich habe so vieles nicht gewusst von Matze. Er hat mir letztens den Kopf gewaschen, als ich wieder über meine Mutter herzog. Das habe ich echt gebraucht. Seitdem denke ich plötzlich ganz anders über sie. Es ist kaum zu glauben."

„Matze!", sagte Tine leise und wischte sich die Augen.

„Wir haben gestern eine Nachtwanderung gemacht", berichtete Frank. „Fässchen, Lottchen und ich. Wie früher. Wir haben Fressi-Fressi und Gluck-Gluck mitgenommen und unsere Harps und Flöten. Oben auf der Bergehalde haben wir irische Musik gemacht. Wir haben gegrölt, dass man es bestimmt bis zum Messeplatz gehört hat."

Christina verzog schmerzlich das Gesicht: „Ich wollte früher immer mitkommen. Ich hätte alles gegeben, um nur einmal dabei zu sein. Aber Fässchen hat es nicht zugelassen. Sag, Frankie, war ich wirklich so eine Nervensäge? War ich wirklich so ätzend?"

„Das kann man so oder so sehen", wich Reuter aus. „Mir hat es nichts ausgemacht, dich dabei zu haben, aber Matze ging es auf die Nerven. Er fand dich aufdringlich. Als ich ihm erzählte, dass du inzwischen Banjo spielst und singen kannst, war er übrigens bass erstaunt."

„Ach ja?" Christina schaute ihren Bruder eindringlich an. „Sagst du auch die Wahrheit?"

Reuter nickte.

„Warum kommst du das nächste Mal nicht mit?", schlug er vor.

Tine blickte ihn sehr seltsam an. Frank Reuter wurde es ganz komisch unter dem Blick seiner Schwester. So ähnlich hatte sie ihn damals angesehen, als sie nach dem Unfall im Krankenhausbett gelegen hatte.

„Denkst du, dass Matze das möchte?", fragte sie schließlich. Ihre Stimme war so leise, dass Frank sie fast nicht verstand.

„Du stellst vielleicht Fragen, Tine! Er hat es doch selbst vorgeschlagen. Wir könnten zusammen üben, auch bei mir zu Hause, und wenn wir fit sind, treten wir auf. Auf der Ranch oder im DUBLINER in Bruchhof. Auf der Ranch könnten wir Countrysongs spielen. Wir müssten natürlich eine Weile feste proben. Aber es wäre die Sache wert. Es würde wahnsinnig Spaß machen."

„Ja, das würde es", sagte Christina leise. Ihr Gesicht hatte noch immer diesen seltsamen Ausdruck und ihre Stimme klang ebenfalls komisch.

Reuter wurde nicht schlau aus ihr.

„Ja dann, ich ruf dich an, wenn wir wieder losziehen, okay? Vielleicht schon diese Woche."

„Das wäre fein", sagte Christina. „Das wäre wirklich fein."

Reuter war verwirrt.

Wo habe ich den Spruch schon mal gehört?, rätselte er und stand auf. Auch Tine erhob sich. Zum Abschied umarmte sie ihn so fest, dass er dachte, sie wolle ihm die Luft abschnüren.

„Ruf mich aber auch wirklich an, Frankie! Ja?"

„Natürlich, Küken", sagte erstaunt.

„Und du bist sicher, dass Matze nichts dagegen hat, wenn ich mitmache?"

„Nein!", rief Frank aus. „Natürlich nicht! Hast du mir nicht zugehört? Er hat es selbst vorgeschlagen." Christina kuschelte sich eng an ihn. „Sag aber Marius nichts davon", verlangte er. „Erzähl ihm wegen mir, dass wir zusammen proben, aber sag nichts von Lottchen und von ihrem Geheimnis. Und bring ihn um Himmels Willen bloß nicht mit!"

„Ganz bestimmt nicht, Frankie", versprach Tine mit dieser seltsamen Stimme. Frank konnte ihr Gesicht nicht sehen, weil sie ihren Kopf an seine Schulter lehnte.

„Dann ist ja alles in Butter, Küken." Frank küsste Tine auf die Haare. „Ich muss los. Lottchen wacht bald auf."

Christina begleitete ihn zur Tür und winkte ihm zum Abschied.

Den ganzen Weg von Lautenbach nach Bexbach musste Frank Reuter an den seltsamen Gesichtsausdruck seiner Schwester denken. Wie weich und verletzlich sie ausgesehen hatte! So hatte er sie noch nie gesehen. Es war ihm durch und durch gegangen. Da war so viel Schmerz und Ängstlichkeit in Tines Augen gewesen. Und noch etwas: Freude.

Konnte es sein ...?

Frank erinnerte sich an ein Gespräch zwischen Bettina und seinem Vater, das er vor vielen Jahren heimlich belauscht hatte, als er Anfang Zwanzig war. Er hatte im Garten die Brombeerhecke geschnitten und seine Stiefmutter und sein Vater waren an ihm vorbeigegangen, ohne ihn zu sehen. Die Brombeerhecke war so dicht, dass man nicht hindurchsehen konnte. Bettina hatte damals gesagt, dass Christina in Matze Tintenfess verliebt sei.

Noch deutlich hörte Frank die skeptische Stimme seines Vaters: „Das ist nicht dein Ernst, Betti! Ausgerechnet in Fässchen, dieses Raubein? Wo der immer so ruppig zu ihr ist? Nie im Leben."

Und die Stimme Bettinas, fast unhörbar und mit leisem Bedauern: „Und doch ist es so! Vielleicht weiß sie es selbst nicht. Aber sie liebt Matze. Und das bricht ihr das Herz."

Sollte das wahr sein?, grübelte Frank, während er den Mercedes den Höcherberg hinauflenkte. Tine liebt Fässchen?

Frank musste schlucken. Und wenn es so wäre? Wäre Matze nicht tausendmal besser als dieser beschissene Schleimer? Marius war ein Arsch, das stand für Frank Reuter felsenfest.

„Das Problem ist nur, dass Matze Tines Gefühle ganz sicher nicht teilt", sagte Frank laut vor sich hin.

Im Lautenbach räumte Christina Reuter den übriggebliebenen Kuchen und die leeren Kaffeetassen weg. Der seltsame Ausdruck lag noch immer auf ihrem Gesicht.

Marius Kaiser verstand ihn ebenfalls nicht. Marius stand am Kellereingang, verborgen hinter dem Vorhang, hinter dem Besen, Wischmopp und Staubsauger aufgehängt waren.

Er war im Kaiserlautern gewesen, um einen neuen Auspuff und weitere Ersatzteile für Christinas bescheuerten, uralten Scheiß-Rasenmäher zu besorgen. Er konnte das blöde Krachding nicht leiden, aber sie hing daran. Also wollte er ihr helfen, es wieder in Gang zu bringen, und damit Pluspunkte sammeln. Er musste Christina bei Laune halten, damit die Hochzeit nicht noch im allerletzten Moment platzte.

Als er mit den Ersatzteilen zu Tinas Haus im Lautenbach kam, erkannte er gleich den Mercedes ihres Bruders. Marius parkte seinen Wagen in einer Seitenstraße und betrat Christinas Haus durch den Keller. Wie gut, dass sie ihm die Schlüssel anvertraut hatte!

Von seinem geheimen Lauschposten aus hatte er dann alles gehört, was das Reuterschwein seiner kleinen Schwester gebeichtet hatte.

Marius hatte es die Sprache verschlagen. Zuerst glaubte er, dass Frank Reuter schlichtweg verrückt geworden war. Aber dann begriff er, dass der Wichser es ernst meinte.

Und nun stand Marius hinterm Vorhang und musste sich Mühe geben, seinen Atem unter Kontrolle zu halten.

Das war ja noch besser als die Sache mit dem Jugendamt!

Als Christina in der Küche verschwand, schlich Marius in den Keller, wo er die Ersatzteile für den Rasenmäher abgelegt hatte.

„Jetzt habe ich dich, Reuterschwein!", flüsterte er. „Jetzt bist du reif! Deinen kleinen Teufelsbraten bring ich in die Sonne! Und ich sorge dafür, dass du das verbrannte Balg später am Tag findest! Ich werde meine Rache bekommen, Reuter! Oh ja!"

Er erinnerte sich an das, was Frank Reuter über die Ernährung gesagt hatte. Das Gör durfte nur Hasenfutter fressen.

„Wie wäre es, wenn ich dir eine schöne fettige Bratwurst aufzwinge, kleines Reuterbalg?", flüsterte Marius. Seine Stimme war heiser vor Erregung. Seine Beine begannen zu zucken und er presste immer wieder rhythmisch seine Hinterbacken zusammen. „Ich halte dir eine Knarre an den Kopf und dann musst du sie fressen. Vielleicht auch zwei? Eine weiße und eine rote? Das wäre ein toller Spaß, kleines Teufelsküken! Ich sage dir, was du machen musst, und du tust es. Dann schaue ich dir zu, wie du alles wieder auskotzt!"

Die Atmung von Marius wurde heftiger.

„Sterben wirst du, und Frank Reuter wird seelisch dran eingehen. Ich werde mich an seinem Schmerz weiden. Vorher aber weide ich mich an dir! Ich werde dir schon zeigen, wo es langgeht, du verzogener kleiner Rotzlöffel! Oh ja! Das werde ich! Du wirst nach meiner Pfeife tanzen! Und zum Schluss hänge ich dich mit Handschellen irgendwo dran, mitten in der freien Plene! Dann sehe ich zu, wie die Sonne kommt!"

Marius Kaiser bekam eine Erektion.

Wie früher, wenn er kleinere, schwächere Kinder gequält hatte.

*

Frank und Charlotte kamen zu Hause an. Sie waren mit dem Zug nach Homburg gefahren und Frank hatte seinem kleinen Hausgast gezeigt, wie man am Automaten Fahrkarten kauft.

„Zugfahren macht Spaß", sagte Lottchen. Sie schloss die Haustür.

Franks Mobiltelefon piepste. Er nahm das Gespräch an: „Reuter? Hallo, Bernd! Was? Ja? Geil! Na klar, Alter! Bin dabei! Ja, ja, mir dauern vierzehn Tage auch immer zu lange und die letzten beiden Male war ich verhindert. Jau, Mann! Ich bin dabei! Sieh dich vor! Ich werde dich umbringen! Heute ist dein Todestag!"

Frank zog die Jacke aus und lief ins Computerzimmer. Er setzte sich vor einen Computer, der bisher unbenutzt in einer Ecke des Raumes gestanden hatte. Der Rechner hatte einen riesigen Bildschirm. Vor dem Stuhl befanden sich zwei Fußpedale und auf einem Tischchen zwischen Franks Beinen ragte ein Joystick hoch.

Reuter fuhr den Computer hoch, ging ins Internet und wählte die Adresse www.dieIrrcn.de an. Er merkte nicht, dass Lottchen ganz starr geworden war.

„Oh, wow! Zehn Mann online! Das wird ein Fest!" brummte Reuter genüsslich. Er loggte sich mit seinem persönlichen Code ein.

„Willkommen, REUTER", flimmerte in giftgrüner Leuchtschrift über ein schwarzes Feld. Ein stilisiertes Flugzeug in ebensolcher Farbe erschien auf dem Bildschirm. Frank betätigte die Fußpedale und wackelte am Joystick. Das Leitwerk und die Flügeltrimmflächen des Flugzeugs auf dem Bildschirm führten dazu synchrone Steuerbewegungen aus.

„Systemcheck fertig. Flugzeug auswählen!", flimmerte über den oberen Bildschirmrand.

Frank tippte REUTER 1 ein. Auf dem Bildschirm erschien eine elegante Jagdmaschine mit Propellerantrieb in Wüstentarn gestrichen, Franks Lieblingsvogel. Obwohl er ihn längst auswendig kannte, las er den Text unter dem Flugzeug aus dem Zweiten Weltkrieg:

Fabrikat: MESSERSCHMITT

Muster: BF 109 Emil

Bewaffnung:

2 Maschinengewehre Mauser 13mm, motorsynchronisiert mit je 300 Schuss

1 Motorkanone 20mm mit 150 Schuss, durch die Propellernabe feuernd

Motorleistung: 1475 PS (1800PS mit Methanol-Wasser-Aufladung)

STATUS: vollgetankt und voll aufmunitioniert

„Dann wollen wir mal!", sagte Reuter und betätigte eine Taste auf dem Keyboard. Aus den Lautsprechern rechts und links des Monitors erklangen seltsam jaulende Töne. Dann knallte es und plötzlich erfüllte lautes Motorengeräusch das Zimmer. Gleichzeitig änderte sich die Bildschirmanzeige. Man sah jetzt ein enges Flugzeugcockpit und davor den wirbelnden Kreis des Propellers. Frank griff nach einem neben der Tastatur montierten Hebel und drehte daran. Der virtuelle Motor der ME 109 brüllte auf, die Bildschirmanzeige kippte nach oben und man sah eine langgezogene Wiese auf den Betrachter zurasen. Reuter zog am Joystick und das Flugzeug hob ab.

„Das Abschlachten kann beginnen!", sprach Frank.

Lottchen stand ganz starr. Ihre Augen waren riesengroß. Ihre Lippen bebten.

Reuter sah es nicht. Er war ganz in sein Computerspiel vertieft. Er lenkte die ME 109 in die Wolken.

„Wo seid ihr denn, meine Opfer?", lockte er. „Kooomm! Putt-putt-putt!"

*

„Hast du es schon mal auf einem Wasserbett getrieben?" Manuela Hennes schüttelte den Kopf.

„Es ist Christina Reuters Wasserbett", betonte Marius.

Manuela schaute ihn schief an: „Hier vögelst du die Kuh also?!"

Marius Kaiser grinste: „Nicht nur hier, Manu. Auch in der Küche, im Keller, im

Bad, im Wohnzimmer und draußen im Wald." Er lachte meckernd. „Oh, Manu, du glaubst gar nicht, wie verklemmt die Tusse war, als ich sie aufbohrte! Beim ersten Mal wollte sie sogar das Licht ausmachen. Sie genierte sich!"

Manuela bekam Kugelaugen: „Das ist nicht dein Ernst!"

Marius umarmte sie und ließ sich mit ihr zusammen auf das riesige Bett fallen: „Bitterernst, Babe! Christina war ein echtes Pflänzchen Rühr-mich-nicht-an. Ich hatte meine liebe Mühe mit ihr." Wieder lachte er: „Aber als ich sie erst mal angelernt und gut eingeritten hatte, konnte sie nicht genug davon kriegen."

„Scheißkerl!" Manuela biss ihm so fest in die Hand, dass er leise aufschrie. Sie rollte sich über ihn und nagelte seine Arme mit ihren Knien fest. „Marius Kaiser, du bist ein widerlicher Scheißtyp!"

„Ja!", sprach Marius.

Sie verpasste ihm eine Ohrfeige: „Dreckskerl!"

„Das bin ich!"

Sie knallte ihm noch eine: „Hund! Du hast es mit dieser Schlampe getrieben!"

Er begann ihr, die Kleider vom Leib zu zerren: „Ich habe es für uns getan, Babe. Du glaubst nicht, wie anstrengend das war. Die hat sich angestellt wie eine Jungfrau." Gemeinsam schälten sie sich aus ihren Klamotten, bis sie nackt nebeneinander lagen.

„So hast du dich nicht mal bei unserem ersten Mal angestellt", flüsterte Marius und bedeckte Manuelas nackten Körper mit Küssen. Manuela biss ihm in den Oberarm. Marius stöhnte vor Lust.

„Sie war so trocken und langweilig", brummte er. „Ich musste beim Sex mit ihr immerzu an dich denken, Schatz. Sonst wäre zwischen meinen Beinen nichts passiert. Ehrlich!"

„Aber du hast sie gebumst, du Schuft!" Manuela warf ihn auf den Bauch: „Das bedeutet Strafe!" Sie fischte seine Jeanshose vom Boden und zog den breiten

Ledergürtel heraus. Beim Klang des zischenden Geräuschs überliefen Schauer den Körper von Marius.

„Nicht!", bettelte er.

„Doch!", beharrte Manuela. „Dafür gibt's Hiebe!"

„Ich werde geschlagen", wimmerte Marius. „Mit meinem *eignen* Gürtel!" Seine Stimme war heiser vor Erregung. „Das kannst du nicht machen! Nicht!"

„Und ob ich das kann!" Manuela ließ den Gürtel auf die Pobacken von Marius klatschen.

„Au!", schrie er. Es tat weh, aber nicht so weh, dass es ihn abgetörnt hätte. Im Gegenteil. Er und Manuela kannten einander so lange und so gut, dass jeder wusste, wie er den anderen ordentlich in Fahrt bringen konnte.

„Nicht verhauen! Bitte!", flehte er leise.

„Du un-treu-er Mist-kerl!", rief Manuela und unterstrich jede Silbe mit einem festen Schlag. „Du bist fremd-ge-gang-en!" Weitere Hiebe.

Plötzlich warf sich Marius herum und sprang Manuela an. Er legte sich auf sie, drückte sie mit seinem Gewicht aufs Bett und presste ihre Arme überm Kopf an den Bettrand: „Hör auf, Manu, sonst stech ich mit meinem Ständer ein Loch in Christina Reuters teures Wasserbett." Er lachte lauthals.

Manuela bewegte sich unter ihm wie ein Aal mit Muskeln aus Drahtseilen. Sie kämpfte mit aller Kraft gegen seine Stärke, erregte sich daran. Er musste all seine Kraft aufwenden, um sie zu bändigen. Ja! Das war Sex, wie er ihn liebte!

Manuela hielt kurz inne, ließ ihren sportlich trainierten Körper erschlaffen: „Und sie kommt wirklich erst heute Nacht zurück?"

„Sie ist zu einer alten Schulfreundin gefahren. Das habe ich dir doch gesagt. Die beiden werden aus dem Quatschen nicht rauskommen. Vor elf Uhr kommt die nicht. Entspann dich, Babe!"

Sie biss ihm in die Brust, so fest, dass er aufschrie, und nahm den Kampf wieder auf.

„Ich ergebe mich nicht, du Schwein!", keuchte sie. „Du stinkender, besoffener Piratenkapitän!"

„Du kannst zappeln, soviel du willst, Edelfräulein", lachte Marius, sofort die altbekannte Rolle übernehmend. „Aber Captain Blackeye wird dich haben, Lady!" Er warf sich auf sie, bezwang sie mit purer animalischer Rohheit. Als er in sie eindrang, schrie sie wie eine Raubkatze.

*

„Heiiijjja! Ich krieg dich!" Reuters Stimme überschlug sich. Er lenkte das Flugzeug mit brüllendem Motor hinter einer englischen Hurricane her. Der Brite versuchte einige Ausweichmanöver, aber Frank lenkte geistesgegenwärtig dagegen. Als das feindliche Flugzeug seine Frontscheibe fast ausfüllte, entriegelte er die Motorkanone der Messerschmitt und betätigte den Abzug. Das Zimmer wurde vom Kanonendonner erfüllt.

„GRAGG, GRAGG, GRAGG!"

Die Anzeige auf dem Bildschirm vibrierte und tanzte. Die Illusion eines durch den Rückstoß seiner Bordkanone bockenden Jagdflugzeuges war perfekt. Frank sah die Leuchtspurgeschosse an seinem Gegner vorbeizischen. Er gab mehr Gas: „Jetzt hab ich dich! Du bist totes Fleisch!"

„Neiiiin!"

Frank erschrak. Lottchen hing an seinem rechten Arm, die Augen weit aufgerissen, mit einer solchen Angst im Gesicht, dass er dachte, jemand wolle sie ermorden.

„Lottchen! Hey, was soll das? Lott ..."

Sie riss an seinem Arm, das Gesicht vor Entsetzen verzerrt: „Nicht umbringen,

Liebfrank! Nicht totmachen!" Ihre Stimme überschlug sich vor Aufregung.

„Aber ...", Reuter war wie vor den Kopf geschlagen. „Lotte, das ist ein Spiel! Es ist nur ..."

Das Kind hatte sich so in sein Entsetzen hineingesteigert, dass er nicht weitermachen konnte. Er schob den Joystick nach vorne und hämmerte auf eine große rote Taste, die neben der Tastatur auf dem Computertisch stand.

Riesige rote Lettern erschienen auf dem Bildschirm:

NOTAUS! REUTER geht in NOTAUS-Modus! Spielabbruch durch REUTER.

Frank grabschte Charlotte und riss sie in seine Arme: „Lottchen! Um Himmels willen, komm zu dir! Es ist nur ein Spiel! Ein simples Spiel!"

Schluchzend klammerte sie sich an ihm fest. „Nicht totmachen! Du darfst niemanden totmachen!", stammelte sie in einem fort.

„Beruhige dich, Lottchen", sagte Reuter mit fester Stimme. „Es ist nur ein Spiel! Wie Mensch ärgere Dich nicht! Ein Spiel!" Er brauchte geschlagene fünf Minuten, um Lottchen zu beruhigen.

„Ist das wahr?", fragte sie mit Piepsstimme. Sie schaute aus nassgeweinten Augen zu ihm auf.

„Ja, Prinzessin. Es ist nur ein Spiel. Es funktioniert ähnlich wie das Fernsehen, nur dass wir alle in dem Film mitspielen können. Jeder hockt zu Hause vor seinem Computer und steuert ein Flugzeug und in der von uns geschaffenen virtuellen Welt knallen wir uns gegenseitig ab. Im echten Leben sind wir aber gute Freunde. Matze macht auch mit."

„Matze!" Lottchen wurde ruhiger, aber ihr Herz schlug noch immer wild. Frank konnte es deutlich spüren. Mit einem Seufzer kuschelte sie sich an ihn.

„Ich hatte so Angst!", jammerte sie leise. „Ich dachte, du willst in echt jemanden totmachen. Du hast so wild ausgesehen und du hast dich angespannt wie ein Raubtier."

Frank lachte: „Das ist Sinn und Zweck des Spiels! Wir toben uns aus. Beim Luftkampf können wir unsere Aggressionen ausleben, ohne jemandem zu schaden. Natürlich wird nicht wirklich einer getötet. Wenn ein Flugzeug abgeschossen wird, kann der Pilot sofort mit einem neuen starten. Er verliert allerdings mächtig viele Punkte. Nach dem Spiel vergleichen wir unsere Punkte und sehen, wer gewonnen hat. Wir tun uns nichts, Lottchen. Keine Angst." Sie schaute ihn so zerknirscht an, dass er in Lachen ausbrach: „Nun schau nicht so, Prinzessin. Es ist ja nix passiert."

„Kriegst du jetzt wegen mir Punkte abgezieht?", fragte sie.

„Abgezogen. Nein, ich bin über NOTAUS raus. Das macht man, wenn's an der Tür klingelt, oder die Suppe auf dem Herd überkocht oder sonst was."

Reuter musste ein Grinsen unterdrücken. Er hielt Lottchen im Arm und wiegte sie sanft: „Jetzt ist es wieder gut, ja?"

„Hm", sagte Lotte.

„Dann kann ich wieder loslegen."

Lottchen drehte sich auf seinem Schoß herum und hielt sich an seiner rechten Hand fest. Frank betrachtete die Hand des Mädchens, die in seiner lag.

Wie winzig sie ist!, dachte er. Der Anblick der kleinen Hand, die so vertrauensvoll in seiner Riesentatze lag, hatte etwas Anrührendes. Frank musste schlucken.

Gott! Ich fang gleich an zu heulen!, dachte er alarmiert. Genau in diesem Moment schaute Lottchen zu ihm hoch, blickte ihn stumm an mit diesen schrecklich großen, fragenden Augen.

Was machst du mit mir?, fragte Frank in Gedanken. Wie stellst du das mit mir an? Du bist doch nur ein kleines Kind!

„Kuckucksrasse!", raunte Fässchens Stimme in seinem Hinterkopf. „Sie ist regelrecht drauf programmiert, dich um den Finger zu wickeln. Ihr Leben hängt davon ab, dich für sich einzunehmen."

Die Sprechfehler fielen Reuter ein. Gelegentlich sagte Lottchen Sachen wie „gegeht" statt „gegangen" und er verbesserte sie dann freundlich. Tat sie das mit Absicht? Es vermittelte ihm jedenfalls das Gefühl, sie beschützen und bemuttern zu müssen, und er wollte sie lehren.

Lottchen schaute weiter stumm zu ihm hoch, blickte ihn unverwandt an. Reuter fühlte einen Kloß in seinem Hals aufsteigen. Langsam ließ er seine Finger auf dem dünnen Arm des Mädchens hoch streichen über die Schulter, die so schmal war, dass er sie mit einem festen Handgriff hätte brechen können, und dann streichelte er sanft Lottchens dickes schwarzes Haar, das wie ein dunkler Wasserfall ihr Gesicht umgab. Noch immer sah ihn das Kind ruhig an, ohne ein Wort zu sprechen.

Das ist auch nicht normal!, dachte Reuter. Weiber quasseln den lieben langen Tag, auch ganz kleine. Er musste lächeln.

Da explodierte Lottchens Gesicht in einem freudigen kleinen Lachen. Sie krabbelte gedankenschnell an seinem Brustkorb hoch und drückte ihm einen dicken Schmatz auf die Backe: „Liebfrank!"

Dann rutschte sie von seinen Knien herunter und stellte sich neben ihn: „Tust du jetzt wieder morden, ohne wirklich jemanden totzumachen?"

„Ja", antwortete Frank. Er atmete tief durch: „Auf in den Kampf!"

Lottchen stand still neben Liebfrank, als er seinen Namen in den Computer schrieb. Augenblicklich füllte sich der Bildschirm mit Namen, hinter denen freche Bemerkungen standen.

Ein KILLER wollte wissen, ob REUTER festgestellt hatte, dass er einen Igel im Hintern hatte. KGB versprach, er würde sowieso herausfinden, dass REUTER gerade an einer Atombombe bastele, er solle es also lieber gleich zugeben.

„Was'n los, Dicker?", fragte KUNZI.

Frank griff in die Tasten.

„Ich habe lieben kleinen Besuch, der sich nicht mit unserem Spiel auskennt und sich erschrocken hat. Ich bin wieder bereit."

„Alles Lüge!", schrieb TORRO. „Du hast bloß wieder zuviel Chili gefressen und musstest eine Notlandung im gekachelten Bahnhof machen, um einen braunen D-Zug abfahren zu lassen!"

Nun schrieben die anderen so komische Sachen wie „lol", „megalol", „rofl", „ggg" und „Jo du! Geilo!"

Lottchen war verunsichert. Sie überlegte, ob die Menschen, die zusammen mit Frank über Computer verbunden waren, vielleicht garstig waren. Doch Frank lachte lauthals, als er die Bemerkungen las, und gab genauso freche Antworten. Schließlich machte er das, was er „einloggen" nannte.

Lottchen stand still neben Liebfrank. Sie musste sich große Mühe geben, nicht wenigstens nach seinem Bein zu fassen oder gar sich feste anzukuscheln. Ihr Bedürfnis, Frank ganz nah zu sein, war so groß wie noch nie. Wie er sie angesehen hatte! Sie glaubte, ihr kleines Herz müsse vor Liebe platzen. Doch sie durfte ihn jetzt nicht berühren, das fühlte sie genau. Er konzentrierte sich auf sein Flugzeug, das in Wirklichkeit gar nicht existierte. Und doch flog es!

Wie meine liebe Riesenkuh in „Bläck änt Weit", dachte sie. Sie liebte das Spiel, weil man viele gute Dinge erschaffen und den winzigen Menschen in der Computerwelt helfen konnte, ein sicheres und angenehmes Leben zu haben. Es machte Spaß, sie zu beschützen und ihnen beim Ernten, Holzhacken und Häuserbauen zu helfen und sie mit Wundern zu beeindrucken. Erst jetzt verstand sie, dass Franks Flugzeug genauso ein Ding war wie die Computerkuh.

Frank begann zu fliegen. Aus den Lautsprechern tönte Motorengebrüll. Wolken segelten auf dem Bildschirm auf sie zu. Charlotte hatte ihre Angst längst vergessen. Liebfrank hatte niemandem etwas getan. Es war nur ein Spiel, eine

Möglichkeit, seine Aggressionen abzureagieren, ähnlich den rituellen Kampfspielen der Clanleute, wenn die Männer sich zu Ringkämpfen und Schautänzen trafen.

Plötzlich spannte sich Liebfrank an.

„Hab ich dich, du Stinktier!", grollte er mit einem freudigen Grinsen im Gesicht. Er beschleunigte sein Flugzeug.

„Na warte!", keuchte Frank. „Dich krieg ich!" Er flog eine halbe Rolle und drehte nach links ab. Da! Dreihundert Meter tiefer schoss die Spitfire dahin. Reuter ging in den Sturzflug. Er entsicherte die Maschinengewehre und machte sich bereit: „Drei-zwei-eins-null!" Bei null begann er zu feuern. Die Bildschirmanzeige zitterte und imitierte das Bocken des Kampfflugzeuges eindrucksvoll. Der Rückstoß der Maschinenwaffen der Weltkriegsmaschinen war enorm gewesen, und das Spiel war auf realen Aufnahmen aus dem Zweiten Weltkrieg aufgebaut. Rhythmisches Knallen erfüllte den Raum. Leuchtspurgeschosse fegten an der Spitfire vorbei.

Der andere Pilot drehte nach rechts ab und begann zu steigen.

„Mächtig großer Fehler!", rief Frank. Durch seinen Sturzflug hatte er mehr Fahrt drauf und konnte seinem Opfer leicht in den Steigflug folgen. Der Motor seiner ME 109 orgelte wütend. Wieder bekam Frank seinen Gegner ins Visier, aber zu weit weg. Er feuerte zwei Maschinengewehrgarben auf ihn ab, schoss aber nur Löcher in den Himmel. Die Spitfire begann, Schleifen zu fliegen. Reuter gab sich Mühe, dranzubleiben. Der Brite tauchte in eine Wolke. Reuter folgte. Als er auf der anderen Seite herauskam, war die Spitfire verschwunden.

„Was? Kacke! Der ist mir entwischt!" Reuter flog eine Rechtsrolle und stieg auf. Hektisch schaute er sich um. Nichts!

„Das gibt's doch nicht! Der kann sich doch nicht in Luft aufgelöst haben! KILLER! Du Stinkbock! Wo steckst du?" Er legte einen Immelmann-Turn hin.

Nichts. Reuter kreiste zweimal. Schließlich legte er die ME 109 auf den Rücken und suchte den Luftraum unter dem Flugzeug ab, aber er konnte keine Spitfire entdecken.

„Au weia! Das sieht gar nicht gut aus!", knurrte er und lächelte Lottchen zu, um sie zu beruhigen.

„Bringt er dich jetzt um?", fragte das Kind.

Frank lenkte seine Maschine noch einmal im Kreis: „Ja. Der ist noch da!" Reuter spürte ein Kribbeln im Nacken. „Verdammt! Es gibt nur eine Position, wo dieser Scheißkerl sein kann! Der ist auf sechs Uhr! Verflucht noch mal! Der ist auf sechs Uhr!"

„Sechs Uhr?" Lottchen schaute erstaunt.

„Wie eine Uhr", erklärte Frank und zeigte nach vorne. „Vorne ist zwölf Uhr, links ist neun Uhr, rechts drei Uhr und sechs Uhr ist exakt hinter mir. Scheiße! Der Kerl hängt mir am Arsch wie eine Windel, und gleich hat er mich."

Wie auf Kommando jaulten Leuchtspurgeschosse rechts und links am Cockpit vorbei.

„Aaah!" Frank hämmerte den Joystick nach vorne, flog einen irrsinnigen Dreher nach rechts, eine Rolle und versuchte wieder zu steigen. Wenn KILLER ihn beim Stürzen erwischte, war er geliefert. Für eine Sekunde war überm Heulen des Messerschmittmotors das dumpfe, kernige Grollen des kompressorgeladenen Merlin-Zwölfzylinders der Spitfire zu hören. Dann fetzte der Engländer direkt über Franks Cockpit hinweg und verschwand nach links oben. Frank versuchte verzweifelt, ihm zu folgen, verlor ihn aber aus den Augen. KILLER war einer der besten Piloten bei den Irren.

„Wo ist er? KILLER! Wo bist du mit deiner dämlichen britischen Schwuchtelschaukel?"

Lottchen schaute mit klopfendem Herzen zu, wie Liebfrank sich verzweifelt abmühte. Als er ihr die Sache mit der Uhr erklärt hatte, hatte sie sofort verstanden. Frank feuerte die Maschinengewehre ab. Lottes Herz hämmerte fast so schnell wie die gruseligen Waffen der fliegenden Mordmaschine. Liebfrank flog gut und schnell, er beherrschte sein Flugzeug perfekt.

Aber er flog so blind! Konnte er denn nicht vordenken? Konnte er nicht vorhersehen, wo das gegnerische Flugzeug auftauchen würde?

„Du musst mehr nach links und tiefer runter!", rief sie aufgeregt.

Frank hörte Lottes Stimme fast nicht. In seinen Ohren rauschte das Blut und in seinem Schädel tobte das Adrenalin. Er kapierte nur „links" und „runter" und folgte der Anweisung automatisch, ohne groß nachzudenken. Im gleichen Moment bereute er es. Wenn er stürzte, bot er seinem Gegner eine riesige Zielscheibe dar.

Schon wollte Reuter Lottchen bitten, still zu sein, da schrie sie: „Weiter links! Schneller!"

Kaum war Frank ihrem Befehl nachgekommen, sah er am unteren Bildschirmrand die verdammte Spitfire.

„Ich fass es nicht!", rief Reuter und wollte auf KILLER losstürzen.

„Nein!", rief Lotte. „Links und wieder hoch! Noch höher! Jetzt rechts umkippen!"

Reuter flog eine Rechtsrolle. Wieder tauchte Killers Vogel am Bildschirmrand auf.

Das gibt's nicht!, dachte Frank ungläubig.

„Rechts runter!", verlangte Lottchen. „Noch mehr rechts. Jetzt gerade! Und ganz feste hoch!"

Frank gehorchte.

„Links rum und halb runter! Drei-zwei-eins..."

Bei eins betätigte Reuter den Abzug der Motorkanone. Die 20mm-Mauser begann zu bellen, die ME 109 bockte wie ein Rodeopferd. Bei „null" kam KILLERS Spitfire von links und füllte für einen Moment den gesamten Bildschirm aus. Frank flog eine Linksrolle und feuerte weiter. Donnernd bohrten sich Leuchtspurgeschosse in die fremde Maschine. Im allerletzten Moment riss Reuter seine Messerschmitt hoch und legte sie auf den Rücken.

„Motortreffer!", brüllte er. „Ich habe ihn! Oh, Mann! Ich habe KILLER! Der raucht ab!"

Die Spitfire stürzte in einer langgezogenen Spirale zur Erde, eine fettige schwarze Ölfahne hinter sich herziehend. Auf dem Boden gab es eine Explosion.

„Aufschlagbrand!", rief Frank . „Juchu! Ich habe KILLER gefetzt!"

Auf Reuters Punktekonto unten in der schmalen Bedienleiste rasten die Punkte nach oben.

„Da kommen noch zwei!", schrie Lottchen mit sich überschlagender Stimme. „Hoch und rechts! Leg dich auf den Rücken!" Reuter folgte gedankenschnell.

„Mehr rechts und jetzt wieder rumlegen und ein bisschen runter, dann auf drei Uhr kurven!"

Die Silhouette einer Hurricane füllte Reuters Frontscheibe voll aus. Ohne nachzudenken, feuerte Frank die Motorkanone ab. Feuerlanzen schossen aus seiner Propellernabe auf den fremden Flieger zu: GRAGG, GRAGG, GRAGG! Das Leitwerk der Hurricane wurde zerfetzt, dann explodierte der Treibstofftank hinter der Pilotenkanzel.

„Uahh!", Reuter drehte rasend schnell ab.

„Nicht runter! Hoch!", rief Lotte laut. „Und mehr links!" Mit schnellen, knappen Befehlen lenkte sie Frank zu seinem zweiten Gegner, einer weiteren Hurricane. „Da ist das Flugzeug."

Frank hängte sich an den zweiten Briten. Der hatte ihn bemerkt und begann mit geschickten Ausweichmanövern. Ein irrsinniger Kurvenkampf begann.

„Das ist TORRO!", rief Reuter und versuchte, hinter die Hurricane zu kommen. Doch immer, wenn er in Schussposition war, witschte TORRO weg. „Verdammt!" Reuter zog höher, ließ TORRO ziehen. Im Steigflug legte Frank eine Rolle hin und sah sich um. Tatsächlich! TORRO versuchte, in einer engen Kurve hinter ihn zu kommen, um ihn abzuschießen. Reuter drehte seinem Motor die Drosseln zu. Das laute Brüllen des DaimlerDB605 wurde zu missmutigem Grunzen. Plötzlich schien der Bildschirm einzufrieren, dann kippte die ME 109 über die Schnauze nach vorne ab und schoss abwärts. Reuter drehte voll auf und versuchte, die trudelnde Maschine abzufangen. Am rechten oberen Bildschirmrand erblickte er TORROS Hurricane, die auf ihn zuschoss. Endlich stabilisierte sich die ME 109, Reuter entriegelte die Methanol-Wasser-Einspritzung und verpasste seinem Zwölfzylinder eine Ladung „Dope De Luxe". Die Leistung seines Motors erhöhte sich von knapp 1500 auf volle 1800PS. Reuter stürzte abwärts, genau auf TORRO zu. Er feuerte mit den Maschinengewehren. Die Hurricane beantwortete sein Feuer mit Dauersalven aus ihren sechs Flügelmaschinengewehren. Knallend schlugen die Geschosse in Reuters Vogel ein, aber es waren nur einige wenige harmlose Flügeltreffer. Damit konnte er immer noch sicher nach Hause fliegen. Dann, als er so nahe war, dass ein Zusammenstoß in der Luft unvermeidlich schien, feuerte Reuter die letzten zehn Schuss aus der Motorkanone durch seine Propellernabe. Er sah mehrere schwere Einschläge in der Motorabdeckung seines Gegners, bevor er abdrehte.

Als er seine Messerschmitt auf den Rücken legte, um sich umzusehen, trudelte die Hurricane brennend zur Erde. Ein weiteres „AUFSCHLAGBRAND" zierte Reuters Punktekonto unten in der Leiste.

„Wird Zeit, zum Horst zurückzukehren", meinte Frank. Er wischte sich die schweißnasse Stirn und schaute auf die Uhr: „Eine Stunde. Das ist genug." Er gab KAMPF-ENDE ein und machte sich auf den Heimweg.

„Bye, bye, putzige Lady."

„Träum was Schönes, Süßer!"

„Mörder! Du hast mich umgebracht! Ich hasse dich!"

„Hey! Der dicke Göring sitzt auf deinem Höhenleitwerk. Deswegen ist deine ME 109 so schwanzlastig!"

So schrieben sie ihm hinterher.

Frank lachte gutgelaunt und flog sein Flugzeug zum heimatlichen Fliegerhorst, wo man ihm kräftig Punkte abzog, um die im Luftkampf erlittenen Schäden zu reparieren. Schließlich schaltete er den Computer aus. „Das war's! Gehen wir raus?"

Lottchen flog ihm in die Arme: „Au ja! Auf die Bergehalde?"

„Mir recht", meinte Frank und knuddelte Lottchen.

„Nehmen wir die Mundharmonikas und die Tinn Wissels mit?"

„Klar, Prinzessin. Was wäre eine Nachtwanderung auf die Bergehalde ohne Musik."

*

Marius Kaiser und Manuela Hennes waren noch immer auf Christina Reuters Wasserbett zugange.

„Ich finde es trotzdem beschissen, dass du mit der Tussi angefangen hast", maulte Manuela gerade.

„Ach nee! Und wer hat was mit ihrem Bruder?"

„Hatte!!", betonte Manuela. „Außerdem hatte ich erst was mit dem, nachdem du schon in seiner Schwester zugange warst."

Marius lachte laut. „So ist das Leben, Babe. Aber mal ehrlich: Du bist genauso scharf auf Christina Reuters Knete wie ich. Das Haus, ihr Vermögen und nicht zu vergessen die fette, wohlgemästete Lebensversicherung, gehören in Kürze mir. Und dann hat Christina leider einen tragischen Unfall. So was kommt vor."

Manuela küsste ihn: „Wie traurig! Mir kommen gleich die Tränen."

„Mir auch. Vor Lachen!"

Sie kicherte. Dann biss sie ihn sanft in die Schulter: „Weißt du, was ich mir als Erstes kaufen werde? Einen dicken Mercedes! Dieser Frank hat nur einen kleinen Benz. Das fand ich von Anfang an bescheuert. Wo der doch wirklich genug Kohle hat!"

„An dem ist noch mehr bescheuert, Manu", brummte Marius und zog sie an sich. „Aber das kann uns beiden egal sein, wenn wir erst mal das Geld haben. Du und ich, Manuela, wir sind ein Team. Das waren wir immer schon, seit wir uns als Kinder kennenlernten. Nichts kann uns wirklich trennen. Schon gar keine langweilige Reuterblase. Das weißt du."

Er bedeckte ihren Körper mit zärtlichen Küssen.

Manuela schloss die Augen und gab sich ganz der Liebkosung hin. Sie kannten einander in und auswendig, wussten genau, was dem andern guttat. Nie hatte sie mehr Vertrautheit gefühlt.

„Ja, das weiß ich", flüsterte sie und vergrub ihre Finger im dichten Haar von Marius.

*

Auf dem linken Gipfel der Bexbacher Bergehalde saßen Frank Reuter und Charlotte auf einer Bank und spielten auf ihren Mundharmonikas. Reuter wollte Lottchen „Shennandoah" beibringen, eine schöne Westernmelodie, aber er brachte den Song selbst nicht zustande.

„Ich habe lange nicht mehr geübt", grummelte er und setzte neu an. „Mist! Ich krieg das Bending nicht hin."

Lotte schaute ihn mit schiefgelegtem Kopf an: „Bending? Was ist Bending?"

„Es bedeutet auf Deutsch: biegen. Damit ist gemeint, dass man der Mundharmonika Töne entlockt, die eigentlich nicht drauf sind. Man biegt die normalen Töne herunter. So." Er setzte die gespitzten Lippen auf die dritte Kanzelle und zog. Dann senkte er den Unterkiefer und zog seine Zunge ein Stück nach hinten. Der vormals klare Ton verrutschte zu einem tieferen Ton, der schräg und irgendwie dreckig klang. „Diese Technik braucht man, um Blues zu spielen."

Lottchen versuchte ihr Glück. Sie suckelte feste an der Mundharmonika und machte ein spitzes Mausegesicht dazu. Frank musste sich ein Lachen verkneifen.

„Geht nicht!", meldete sie beleidigt.

Nun musste Reuter doch lachen. Er zog Lottchen in die Arme: „Hey! Gibt es tatsächlich etwas auf der Welt, das Prinzessin Charlotte von Revelin-Lorraine nicht kann?"

Sie zog einen Flunsch und boxte ihn wütend auf die Rippen: „Sei still! Du bist garstig!"

Reuter lachte noch lauter.

„Lotty ist beleidigt! Lotty ist beleidigt!", säuselte mit leisem Singsang und ließ sich mit dem Kind im Arm nach hinten sinken, bis er mit dem Rücken auf der Bank lag. Lotte lag auf seinem Bauch, bohrte ihm nagelspitze Ellbogen in die Rippen und starrte ihn böse an.

„Hör auf, mich auszulachen!", maulte sie.

„Matze kann Bending."

„In echt?"

„Du solltest ihn mal hören, wenn er loslegt. Dann heult seine Harp wie ein Wolf."

„Macht Matze auch bei eurem Irrenspiel mit?"

„Hä?"

„Na eben, da, wo ihr euch mit den Flugzeugen umgebracht habt."

„Oh, na klar. Hab ich dir doch gesagt. Matze hat das Ganze organisiert."

„Orga ... siniert?"

„Organi-siert. Er hat sich um alles gekümmert. Matze ist der geborene Manager. Er hatte die Idee, dann hat er Leute aufgetrieben, die das Spiel programmieren konnten, und Leute, die das Geld dafür hatten. Wir mussten erst mal Platz auf einem mächtig dicken Server finden und einiges an Programmierarbeit haben wir nach Indien ausgelagert. Matze hat kein Geld und er kann kein bisschen programmieren, aber er hat uns alle zusammengeschweißt und die Sache auf die Beine gestellt."

Frank wunderte sich einmal mehr über die Fähigkeiten des kleinen Mädchens, Klippen im sozialen Zusammenleben perfekt zu umschiffen.

Gerade noch war sie sauer, weil ich sie ausgelacht habe, und schon lenkt sie mich vom Thema ab auf unverfängliches Terrain, wo sie wieder das liebe Kind spielen kann. Es war ein wenig unheimlich, wie lieb Charlotte war. Würde ihre Rasse es darauf anlegen, die Tagmenschen zu unterlaufen, sie würde es schaffen. Wenn alle Nachtkinder so anhänglich und brav waren, waren sie wirklich Kuckuckskinder, die normale Menschenkinder ausstechen konnten. Kaum hatte Frank Lottchen einmal wütend erlebt, war sie schon wieder das ausgeglichene, fröhlich-freundliche Kind, das man einfach gernhaben musste.

„Matze Tintenfess ist dein allerbester Freund, gell?"

„Ja", antwortete Reuter. „Das ist er."

„Und die anderen Mörder freuen sich auch, Matze zum Freund zu haben."

Reuter musste kichern: „Ja, das tun sie. Aber sie sind keine Mörder. Nur wenn wir in unsere virtuellen Vögel steigen, werden wir zu Killern."

Charlotte legte ihre Wange auf Franks Brustkasten: „Bei den Clanleuten gibt es auch Kampfspiele. Die Männer tun tanzen und schlagen und treten sich. Aber nicht richtig fest und Frauen machen auch manchmal mit dabei."

Wie schön, dass die Nachtleute so normal sind, dachte Frank und legte den Arm um Lottchen: „Eben beim Computerspiel, wie hast du das gemacht, Lottchen? Wie hast du es fertiggebracht, mich punktgenau auf KILLERS Flugzeug zu lotsen?"

„Mit Vordenken", antwortete das Kind unbefangen. „Man muss zweimal vordenken: für sich selber und für den, an den man sich anschleicht. Es ist so ähnlich, wie wenn ich im Dunkeln unsichtbar laufe, bloß irgendwie ... so ... anders ... irgendwie falsch rum. Bei „Bläck änt Weit" tu ich auch vordenken, wenn ein fremder Gott meine Kuh angreift."

Irre!, dachte Frank Reuter. Ein kleines sechsjähriges Kind ist in der Lage, hochkomplizierte, dreidimensionale geometrische Muster zu denken. Es muss mit ihrer Fähigkeit zusammenhängen, sich im Dunkeln fast unsichtbar zu machen. Junge, Junge! Man stelle sich mal vor, Männer ihrer Rasse hätten im Zweiten Weltkrieg als Piloten die Nachtjagd besorgt. Die hätten die britischen Bomber reihenweise vom Himmel geholt.

Lotte lag auf Liebfranks Brust und ließ sich im Rhythmus seines Atems auf und nieder wiegen. Sie hörte sein Herz schlagen.

„Ich will nie wieder von dir weg, Liebfrank!", sagte sie leise.

Frank strich ihr über den Kopf: „Das brauchst du auch nicht, Lottchen. Du kannst immer bei mir bleiben."

*

Christina Reuter schaltete das Fernlicht ein. Sie hasste es, bei Nacht durch den Wald fahren zu müssen. Sie sah nicht gut im Dunkeln und wenn sie durch Wald fuhr, meinte sie ständig, irgendwelche Tiere zwischen den Bäumen zu erkennen, die vor ihr auf die Fahrbahn springen wollten.

Tina befand sich wesentlich früher auf dem Heimweg als geplant. Der kleine Sohn von Iris hatte eine Mittelohrentzündung und Iris hatte sich ständig um das weinende Kind kümmern müssen. Christina hatte sich schließlich vorzeitig verabschiedet.

„Aber nächste Woche kommst du wieder vorbei", hatte Iris beim Abschied verlangt. Sie trug Jens auf dem Arm. Das eineinhalb Jahre alte Kleinkind schaute Christina aus verweinten Augen an.

„Ich komme ganz bestimmt", versprach Christina. „Wir haben einander noch so viel zu erzählen."

„Ich will alles über deinen Marius erfahren", rief Iris ihr nach. „Der muss ja ein absoluter Traummann sein, wenn man dich so reden hört."

Tina lächelte ihrer Freundin vom Auto aus zu: „Das ist er, Iris. Das kannst du mir glauben. Diesmal habe ich den Richtigen erwischt."

Regentropfen fielen auf die Frontscheibe.

„Auch das noch!", stöhnte Christina und schaltete den Scheibenwischer ein. Sie erinnerte sich, dass in den Nachrichten starke Regenfälle gemeldet worden waren. In Norddeutschland regnete es bereits seit dem Vortag und dort waren einige Flüsse über die Ufer getreten.

„Schade, dass das mit Iris nicht geklappt hat, aber der Kleine war halt krank." Bei dem Gedanken an den süßen Wonneproppen zog sich Christinas Herz zusammen. Nichts wünschte sie sich mehr, als selbst solch ein wundervolles Kind zu haben. Eins? Ach was! Drei wollte sie, oder sogar vier.

Endlich war sie aus dem Wald heraus. Tina lenkte den Wagen über die Hügelkuppe hinterm Bambergerhof. Unten im Tal funkelten die Lichter von Breitenbach. Dahinter lag ihr Wohnort Lautenbach.

Wie schön, dass Marius sich auch Kinder wünschte. Dass er anfangs gemauert hatte, war sicher nur seiner Unsicherheit zuzuschreiben. Die Verantwortung hatte ihn wohl abgeschreckt. Doch seit Tagen redete er unaufhörlich von ihren zukünftigen gemeinsamen Kindern.

„Wir werden eine richtige Familie sein", freute sich Christina. Bei dem Gedanken rieselte ein warmes, gutes Gefühl durch ihr Herz.

Das Auto von Marius stand vorm Haus. Christina dachte sich nichts dabei. Vielleicht war er gekommen, um den Rasenmäher zu reparieren.

„Ich habe wirklich einen fantastischen Freund gefunden", murmelte sie beim Aufschließen der Haustür. „Ob er im Keller werkelt?"

Nun, Marius Kaiser werkelte, aber nicht im Keller. Als Christina die Haustür hinter sich schloss, vernahm sie eindeutige Geräusche aus dem Schlafzimmer. Tina erkannte die Töne, doch ihr Verstand weigerte sich, sie richtig zu interpretieren. Lautlos schlich sie zum Schlafzimmer. Als sie sah, was sich dort abspielte, traf sie fast der Schlag.

Marius vögelte mit einer Frau, die sie noch nie gesehen hatte, auf dem Bett, auf ihrem Bett! Christinas Magen zog sich zu einem kleinen kalten Ball zusammen. Ungläubig starrte sie auf den auf und abwippenden Hintern ihres zukünftigen Ehemanns.

Das kann nicht sein!, schrie sie in Gedanken. Ich erlebe das nicht wirklich!

Aber der Hintern hüpfte weiter auf und ab. Sie hörte Marius stöhnen, hörte die rhythmischen Lustlaute der Frau, die unter ihm lag und ihn mit Armen und Beinen umfing.

Ein leiser, jammernder Ton brach aus Christinas Kehle.

Die Frau öffnete die Augen: „Oh, Shit! Marius! Wir haben Besuch!"

„Was ...?" Marius fuhr herum. Sein erigiertes Glied flutschte aus der Frau und streckte sich blödsinnig in die Höhe, wie ein neugieriges kleines Vieh. Die Frau zog sich hastig die Bettdecke über.

Marius wurde blass: „Tina! Wo kommst du denn her? Du wolltest doch den Abend mit deiner Schulfreundin Iris verbringen."

„Ich bin früher zurückgekommen", sprach Christina. Sie bemühte sich, ihre Stimme ruhig klingen zu lassen. „Zu früh, wie ich gerade feststellen durfte! Ich kann einfach nicht glauben, was ich hier sehe!"

Marius erhob sich halb: „Tina, lass mich bitte erklären. Es ist nicht so, wie du denkst. Manuela ist eine gute Freundin aus Kinder- und Jugendtagen. Sie hatte ein Problem und ich wollte ihr helfen ..."

„Oh, und wie du ihr geholfen hast!" Christinas Stimme troff vor Sarkasmus.

„Ach, komm schon, Tina. So schlimm ist es nicht. Ich will ..."

„Ich will, dass du auf der Stelle mein Haus verlässt!", sagte Christina eisig.

„Jetzt stell dich nicht so an, Tina", hielt Marius dagegen. „Was ist schon passiert? Ich werde dir ..."

„Schaff dich raus, du Schwein! Und nimm dein Flittchen gleich mit!" Es war vorbei mit Christinas Beherrschung. „Du mieser Dreckskerl! Wie konntest du mir das antun?! Ich habe dich geliebt, habe dir vertraut! Ich wollte dich heiraten!"

Marius sah ein, dass er im Moment nicht weiterkam. Er stand auf und zog sich an. Seine Bettgespielin tat es ihm gleich. Sie hatte ein spöttisches Grinsen im Gesicht, das Christina schier in den Wahnsinn trieb.

„Du Schuft!", schrie sie Marius an. „Und so einen wie dich habe ich in mein Testament eingesetzt! Eins sag ich dir, sobald Dr. Gleiwitz aus dem Krankenhaus raus ist, ändere ich das Testament. Wäre ja noch schöner, wenn ich irgendwann einen Verkehrsunfall hätte und du mein Geld und das Haus erben würdest! Ja, du brauchst nicht so zu glotzen! In einer Woche ist mein Notar zurück und dann wirst du ausradiert!"

Christinas Blick fiel auf den Schlüsselbund von Marius. Mit zwei schnellen Schritten war sie bei dem Nachttischchen. Sie öffnete den Bund und nahm zwei Schlüssel ab, den Haustürschlüssel und den Schlüssel zu ihrem Keller. „Einem wie dir habe ich sogar die Schlüssel zu meinem eigenen Haus gegeben! Du Dreckskerl! Wie oft hast du es schon in meiner Abwesenheit mit anderen Frauen getrieben?"

Marius und die Frau waren fertig angezogen.

„Schafft euch raus!", schrie Christina. Sie warf Marius ihre Handtasche an den Kopf. „Du Schwein!"

Marius Kaiser sah ein, dass es nichts mehr zu erklären gab. Er verstand, dass er Christina auch zu einem späteren Zeitpunkt nicht mehr rumkriegen würde. Wut überkam ihn.

„Was kommst du auch so früh nach Hause?", blaffte er. „Typisch für dich, du blöde Kuh! Kannst dich nicht mal an Verabredungen halten!"

„Was?!" Tina glaubte, sich verhört zu haben.

Manuela grinste breit: „Irgendwann musste sie es ja rausfinden." Sie kam zu Christina: „Ich war schon Dutzende Male hier, Fräuleinchen. Und wir haben uns ständig getroffen, Marius und ich. Du glaubst doch nicht, dass ein langweiliges Weißbrot wie du einen Mann wie Marius zufriedenstellen kann! Du bist nichts weiter als eine Schnarchnummer! Er hat dich doch bloß gepimpert, weil er auf deine Kohle scharf war."

„Raus!", fauchte Christina.

„Sie hat recht", sagte Marius. „Ich habe noch nie eine so langweilige Kuh im Bett gehabt wie dich. Wenn ich dich bumste, musste ich mir auf die Lippen beißen, um nicht vor Langeweile einzuschlafen." Er umfasste Manuela und zog sie in Richtung Haustür.

„Im Bett bist du echt das Allerletzte!", rief er Christina zu. „Und auch sonst warst du eine Nervensäge. Steck dir dein Geld doch sonst wohin! Ich brauche es nicht wirklich! Und hör bitte auf, mit Männern zu schlafen. Die könnten dabei vor Langeweile sterben." Mit einem Rums knallte er die Haustür hinter sich zu.

Christina stand bewegungslos. Sie hörte, wie Marius seinen Wagen startete und mit aufbrüllendem Motor davonfuhr. Sie starrte auf das zerwühlte Bett, das Bett, das sie so oft mit Marius Kaiser geteilt hatte.

„Dutzende Male!", schallte die Stimme der fremden Frau durch Tinas Gehirn. „Dutzende Male! Du bist nichts weiter als eine Schnarchnummer! Steck dir dein Geld doch sonst wohin!"

„Nein!", wisperte Christina. „Nicht! Nein!" Ihre Lippen begannen zu beben. „Marius! Ich habe dich geliebt! Dir vertraut! Ich ..." Frankie hat recht behalten mit seinem Verdacht gegen Marius. Er hat ihn von Anfang an nicht ausstehen können, ihn einen schmierigen Schleimer genannt. War ich wirklich so blind und taub? Wieso habe ich nichts bemerkt?

Christinas Herz krampfte sich zusammen. „Nicht! Nein! Nicht schon wieder! Warum immer ich? Warum?" Sie brach in Tränen aus. „Warum gerate ich immer an den Falschen?" Sie wollte sich auf das Bett werfen, schreckte im letzten Moment zurück. Nein! Bloß nicht auf dieses Bett legen! Das würde sie zuerst mit Desinfektionsmittel reinigen.

Christina konnte nicht mehr. Ihre Beine gaben nach und sie sank schluchzend auf dem Teppichboden zusammen. Sie weinte hemmungslos, weinte wie noch nie zuvor in ihrem Leben. Der Schmerz brachte sie fast um. Bilder wirbelten in wilder Folge durch ihren Kopf: Marius an der Registrierkasse, an der sie sich kennengelernt hatten. Der erste gemeinsame Abend, Spaziergänge in der Natur, seine tiefe, ruhige Stimme, die breite Brust, an die sie sich so gerne angelehnt hatte, Bilder von Babys und Kleinkindern ...

War er tatsächlich die ganze Zeit über mit dieser Schlampe zusammen gewesen? Und ich habe nichts bemerkt!

Das Schluchzen schüttelte Christina durch.

Schließlich erhob sie sich wankend. Tränen stürzten noch immer aus ihrem Augen: „Ich muss mit jemandem reden, sonst werde ich verrückt!"

Sie ging zum Telefon, wählte die Nummer ihres Bruders. Es tutete endlos im Hörer. Frank war nicht zu Hause. Sie wählte seine Handynummer. Es war abgeschaltet.

Wütend warf Tina den Hörer aufs Telefon. Dann überlegte sie es sich anders und wählte neu.

Iris meldete sich nach dem ersten Klingeln.

„Ich bin's, Christina."

„Hallo, Chrissy. Du, das ist ja ein Ding. Jens ist direkt nach deiner Abfahrt eingeschlafen. Die Tropfen vom Doktor haben doch noch gewirkt. Du hättest bleiben können."

„Ja. Vielleicht wäre das besser gewesen, vielleicht war es aber doch gut so. Ich ..."

„Chrissy?" Die Stimme von Iris klang alarmiert. „Chrissy, was ist mit dir? Du klingst so seltsam."

„Du wolltest doch alles über Marius Kaiser wissen."

„Ja."

„Das ist mit einem einzigen Satz erklärt: Marius ist ein Scheißkerl!"

„Ist nicht dein Ernst, Chrissy! Erzähl! Oder willst du vorbeikommen? Komm ruhig. Dann reden wir über alles."

„Ich weiß nicht, ob ich in der Lage bin, Auto zu fahren, Iris. Ich habe Marius eben mit einer fremden Frau in meinem eigenen Schlafzimmer erwischt."

„Was? So ein Mistkerl! Erzähl mir alles!"

Christina begann zu erzählen. Sie spürte, wie die nervliche Anspannung beim Reden Stück für Stück von ihr abfiel.

*

Frank Reuter hätte seiner Schwester schlecht zuhören können. Er tat mit Conny Ecker dasselbe, was Marius Kaiser mit Manuela Hennes getan hatte.

Conny war zu Franks freudiger Überraschung einen Tag früher zurückgekommen. Er hatte sich im Datum verzählt. Sie hatte ihn angerufen und sie waren zusammen essen gegangen und danach durch Neunkirchen spaziert. Sie hatten den ganzen Abend gequatscht, sich ihr bisheriges Leben in groben Zügen erzählt, und schließlich hatte Frank Conny nach Hause gefahren.

„Ich würde dich ja gerne zu einem Kaffee einladen", hatte sie zum Abschied gesagt. „Aber sobald ich dich in meiner Wohnung habe, fürchte ich, kann ich keinen Kaffee mehr kochen. Kommst du trotzdem mit?" Ihr Blick hatte ihm Schauer über den Rücken gejagt.

„Conny, es geht mir nicht nur darum", hatte er noch geschafft, zu sagen.

„Ich weiß, Frank", hatte sie geantwortet und ihn hinter sich hergezerrt.

Und dann war alles sehr schnell gegangen.

Hinterher lagen sie eine Weile schweigend aneinandergekuschelt. Frank Reuter war perplex. Sogar ihm war das Ganze ein wenig zu schnell gegangen.

Conny bemerkte seine Unruhe: „Was hast du?"

„Ich weiß nicht so recht", setzte Frank an. „Conny, ob du es mir glaubst oder nicht: Ich bin normalerweise nicht der Typ, der direkt mit einer Frau ins Bett hüpft und ..."

Sie lachte ihn aus.

„Hör auf zu labern", verlangte sie gutgelaunt und boxte ihn in die Rippen. „Denkst du, Bexbach liegt am anderen Ende der Welt? Im Urlaub machte ich die Bekanntschaft einer jungen Dame aus Oberbexbach, die mir ziemlich ausführlich erzählte, dass du sehr wohl der Typ bist, der direkt mit jeder Frau ins Bett hüpft. Und nicht nur mit einer! Es waren viele. Ihr Name ist Legion." Conny musste erneut lachen, als sie seinen verdatterten Gesichtsausdruck sah. Sie küsste Frank und klammerte sich an ihn: „Mensch, Frank, hör auf, den Moralapostel zu spielen! Wir hatten Sex zusammen! Fantastischen Sex! Das ist etwas vollkommen Normales. Warum lügt ihr Kerle immerzu, dass ihr es nicht sofort wollt? Ihr balzt doch ausschließlich zu dem Zweck."

Connys Gesichtszüge wurden weich: „Ich musste so lange auf dich warten Frank, ich habe es nicht länger ausgehalten, glaub mir. Und was du vorher mit anderen Frauen hattest, ist mir egal. Das geht mich nichts an, genauso wenig, wie es dich was angeht, was ich vorher mit anderen Männern hatte. Das Einzige, was zählt, sind wir beide.

Ich liebe dich, Frank, habe dich immer geliebt. Das hat nie aufgehört. Und ich denke nicht dran, auch nur eine einzige Minute damit zu vergeuden, um den heißen Brei herumzureden. Ich will mit dir zusammen sein. Dafür werde ich alles tun. Auch wenn es nicht hinhaut mit uns, auch wenn ich einen Preis zahlen muss. Das ist es mir wert. Und wenn wir nur für eine Woche ein Paar sind. Frank, ich werde dir alles geben, was du von mir verlangst, alles! Noch einmal will ich dich nicht verlieren, höchstens, dass du selbst die Sache abbrichst. Mit dem Risiko muss ich leben. Es ist mir egal, ob du mir das Herz brichst. Von mir aus kannst du es mir ausreißen und drauf herumtreten. Aber vorher werden wir zusammengehören. Für wie lange, weiß ich nicht und es ist mir wurscht!"

Ihre Augen füllten sich mit Tränen: „Du kannst mich kaputt machen, wenn dir danach ist. Das nehme ich in Kauf. Aber zuvor wirst du mir gehören mit Haut und Haaren, genauso wie ich dir gehöre, Frank!"

Frank war wie erschlagen. Er fühlte einen Kloß in seinem Hals aufsteigen. Genauso hatte er sich damals gefühlt, vor vielen Jahren, als Conny noch ein dünnes kleines Schulmädchen mit einer komischen Brille gewesen war. Damals hatte sie auch mit dieser seltsamen Verzweiflung gesprochen und ihn damit mitten ins Herz getroffen.

Er umarmte sie: „Conny, ich … ich glaube … ich …" Er presste seine erhitzte Stirn an ihre: „Ich glaube, ich liebe dich."

Sie bog den Kopf zurück und schaute ihn ernst an: „Meinst du das ernst?"

„Ja, Conny. Zum ersten Mal in meinem Leben meine ich es ernst. Ich habe noch nie eine solche Vertrautheit gespürt, wenn ich mit einer Frau zusammen war. Ich meine nicht den Sex. Ich meine unsere Seelen. Glaubst du mir das?"

Sie sah ihn lange an, so lange, dass Frank schon meinte, sie würde verneinen.

„Ja, Frank", sagte Conny leise. „Ich glaube dir. Weil ich genau das Gleiche empfinde."

„Verrückt!", murmelte Frank. Sein Herz schlug ihm bis zum Hals. Er fühlte sich hilflos und verlegen wie ein verliebter Teenager. Er küsste Conny zärtlich. „Ich liebe dich, Conny." Diesmal kamen ihm die Worte ohne Schwierigkeiten über die Lippen.

*

Marius Kaiser und Manuela Hennes lagen auf dem breiten Bett in der Wohnung von Marius.

„So eine verdammte Schifferscheiße!", fluchte Marius. „Musste die dumme Kuh ausgerechnet heute früher zurückkommen!"

„Es ist nicht zu ändern", versuchte Manuela ihn zu beruhigen.

„Ich hatte sie an der Angel!", knurrte Marius. „Verdammt noch mal! In einigen

Wochen hätten wir geheiratet und ihr Geld hätte mir gehört!"

Manuela küsste ihn: „Es gehört dir immer noch. Du hast Christina doch gehört: Der liebe Dr. Gleiwitz kommt erst in einer Woche aus dem Krankenhaus. Erst dann kann sie ihr Testament ändern lassen."

Marius beruhigte sich: „Du hast recht, Babe. Noch habe ich eine Chance. Wenn Christina Reuter in der folgenden Woche einen Unfall hat und ums Leben kommt, werde ich sie beerben." Ein böses kleines Lächeln huschte über sein Gesicht. „Vielleicht wird in ihr Haus eingebrochen. Tina hat keine Alarmanlage. Sie findet, sie bräuchte keine. Und das, obwohl sie teure Teppiche besitzt, Stereoanlage, Super-TV-Gerät, DVD-Player und ihre Klunker. Im Gegensatz zu ihrem älteren Bruder hat sich die kleine Schwester jede Menge schöne Sachen angeschafft. Es ist ein bodenloser Leichtsinn, in einem solchen Haus keine Alarmanlage zu haben." Das boshafte Lächeln von Marius verbreitete sich: „Wenn sie nun von einer rumänischen Einbrecherbande überfallen und sie nach dem Überfall getötet wird?! Die Rumänen sind ganz harte Burschen."

Manuela wand sich lachend in seinen Armen: „Das kannst du laut sagen! Die sperren Leute in den Heizungskeller und zünden die Bude an, nachdem sie die wertvollen Sachen rausgeschleppt haben."

Marius lachte meckernd: „Ich sehe, du verstehst mich."

„Und ob ich dich verstehe. Ich habe dir doch erklärt, wie ihr toller Bruder mich abserviert hat. Mit dem habe ich noch ein Hühnchen zu rupfen. Ich will, dass er leidet."

„Ja, ein Hühnchen habe ich auch mit dem zu rupfen, mit dem Reuterschwein. Du kennst die Sache mit dem Lottoschein. Auch ich will ihn leiden sehen. Und wenn seine Schwester über den Jordan geht, das wird ihn zum Leiden bringen, erst recht, wenn er erfährt, dass sie bei lebendigem Leibe gegrillt wurde."

Marius´ Augen glühten: „Und danach finde ich Mittel und Wege, seinen kleinen Teufelsbraten in die Sonne zu bringen! Das wird ihm den Rest geben!"

„Hast du schon einen Plan?", fragte Manuela.

Marius nickte: „Wir nehmen uns nächste Woche frei und fahren in den Hunsrück. In einem Hotel werden wir die reine Natur des Hochwaldes genießen. Über kurz oder lang, wird mir, dem begeisterten Naturfotografen, jemand vorschlagen, es frühmorgens zu versuchen. Dann wallen die Frühnebel, die Hirschelchen und Rehlein springen umher und ich könnte so manche schöne Aufnahme machen."

Manuela tat überrascht: „Ach ja?"

„Jawohl, meine Liebe. Du wirst allen am Frühstückstisch erzählen, dass ich früh aufgestanden bin, um schöne Bilder zu schießen. Kein Problem mit meiner neuen Digitalkamera. Die Bilder werde ich überall vorzeigen und mich damit brüsten. Keiner wird merken, dass ich diese Bilder schon früher aufgenommen habe. Keiner wird wissen, dass ich mitten in der Nacht aufgestanden bin, zu meinem Auto lief, das in einem anderen Ortsteil parkte, und zu Christina Reuters Haus fuhr. Dass in Lautenbach eine junge Frau lebendig in ihrem ausgeraubten Haus verbrannte, wird kein Mensch mit meinem Fotoausflug in Verbindung bringen."

„Denkst du, sie wartet wirklich mit ihrem Testament, bis ihr Notar aus dem Krankenhaus entlassen wurde?", fragte Manuela.

„Ja, da bin ich mir ziemlich sicher. Mademoiselle ist faul und gewohnt, dass man sie bedient. Sie wird nicht auf die Idee kommen, dass ein simples, handgeschriebenes Testament das alte beim Notar entwertet. Dazu ist sie viel zu simpel gestrickt."

Manuela war skeptisch: „Und wenn sie sich bei ihrem Bruder ausheult?"

„Na und? Selbst wenn sie ein neues Testament schreiben sollte, so ist es aus Papier, und Papier brennt sehr gut."

Marius langte nach seinem Schlüsselbund auf dem Nachttisch. Er ließ die Schlüssel leise klirren und lächelte dazu: „Wie gut, dass ich mir heimlich Nachschlüssel zu Christinas Schlössern machen ließ. Sie hat keine Ahnung, dass ich jederzeit in ihr Haus eindringen kann."

*

Als Frank Reuter anderntags gegen drei Uhr mittags bei sich zu Hause aufwachte, schrillte das Telefon. Es war Tine: „Frankie, du hattest vollkommen recht mit Marius! Er ist ein schmieriger Dreckskerl!"

„Was?" Mit wachsendem Unglauben lauschte Frank dem Bericht seiner Schwester. Tine musste immer wieder unterbrechen, weil sie so sehr weinte.

„So ein Mistbock!", sagte Frank. Klar, er hatte diesen Pisskopf von Anfang an nicht ausstehen können, aber was Tine da erzählte, war echt der Hammer. Dass sie aber auch immer solch ein Pech haben musste! Er hätte ihr von Herzen gegönnt, endlich mal den Richtigen gefunden zu haben. Und dazu noch Manuela Hennes! Das setzte dem Ganzen die Krone auf!

„Was soll ich jetzt machen, Frankie?", fragte Christina zum Schluss.

Sieh an! Jetzt bin ich wieder gut genug, um für dich Entscheidungen zu treffen, dachte Reuter mit lindem Missmut. Zum ersten Mal verstand er Matze Tintenfess. Doch er schob seinen Ärger zur Seite. Tine war seine kleine Schwester und das Letzte, was sie zurzeit brauchte, war ein altklug nörgelnder Bruder, der ihr an den Kopf warf, dass er es ja von Anfang an gewusst hatte.

„Mensch, Tine, das tut mir ja so leid für dich", sagte er. „Du musst dich furchtbar fühlen."

„J-Ja", schluchzte es aus dem Telefonhörer.

„Sollen wir uns treffen? Willst du drüber reden?"

Pause.

„Eigentlich nicht, Frankie." Christina klang schon ruhiger. „Ich habe schon mit

Iris geredet und dir eben alles gesagt. Es ist nur so ... wie soll ich sagen ... ich glaube, mir täte ein bisschen Ablenkung gut. Könnte ich zu Besuch kommen? Oder ihr kommt zu mir. Ich würde Lottchen gerne wiedersehen."

„Der Anlass ist zwar traurig, aber ansonsten passt es", sagte Reuter. „Ich wollte sowieso bei dir anrufen, ob wir uns mal treffen können. Morgen Abend wäre perfekt. Dann hat Fässchen frei."

„Matze?" Tines Stimme klang misstrauisch.

„Ja, Matze Tintenfess. Den kennst du doch. So ein Mann mit zwei Beinen und einer Nase mitten im Gesicht."

„Frankie, hör auf! Mir ist im Moment nicht nach Sarkasmus!"

„Tut mir leid", murmelte Reuter, musste aber ein Grinsen unterdrücken. „Matze, Lottchen und ich waren letztens auf Nachtwanderung. Wir hatten unsere Instrumente mit. Wie früher."

„Als ich nie mitdurfte!", piepste es aus dem Hörer.

„Nun ... heute sieht das anders aus. Weißt du noch, wie Fässchen und ich immer planten, eine irische Band aufzumachen? Wir wollen es tun, Tine! Was meinst du, wie Matze geglotzt hat, als ich ihm sagte, dass du Banjo spielen kannst und inzwischen eine gute Singstimme hast? Die Kinnlade ist ihm runtergefallen. Es würde jedenfalls gut passen. Lottchen spielt Mundharmonika und lernt gerade Tin Whistle, Matze und ich spielen die gleichen Instrumente. Dazu kann ich noch ein bisschen fiedeln und Fässchen beherrscht einige Gitarrenakkorde." Frank lachte. „Der wird ein Auge kriegen, wenn du ihm deine Künste auf dem Banjo vorführst!"

„Lottchen durfte mit!"

„Was?" Frank war verwirrt. Er musste erst nachdenken, bis er verstand, was seine Schwester meinte.

„Och, Tine! Jetzt aber mal halblang. Das kann man doch nicht vergleichen."

„Ich durfte nie mit auf Nachtwanderung!"

„Du bist ja auch kein Vamp ... kein Nachtkind. Wir haben die Nachtwanderung doch extra wegen Lottchen organisiert." Frank musste grinsen: „Bist du etwa eifeneidisch?"

„FRANKIE!"

Reuter grinste noch breiter. Wenn es seiner kleinen Schwester nicht gut ging, half es, wenn man ein wenig gemein zu ihr war, oder, wie sagte Lottchen so gerne: garstig. Das richtete sie schnell wieder auf. „Du klingst jedenfalls so, Tine."

„Bin ich aber nicht!"

„Na gut. Kommst du morgen Abend?"

„Ich weiß nicht recht, Frankie." Christina klang verunsichert. „Hat Matze auch sicher nichts dagegen?"

Reuter verdrehte die Augen: „Nein! Der hatte doch die Idee."

„Mich mitmachen zu lassen?" Totaler Unglaube.

„Ja", log Frank. Denn eigentlich war es seine eigene Idee gewesen, aber was machte das schon. Wichtig war nur, dass Tine auf andere Gedanken kam. „Wenn du morgen mit mir reden willst, können wir auch einen kleinen Spaziergang machen - ohne Matze."

„Und heute Abend?"

„Bin ich bereits vergeben. Tut mir leid, Tine."

Kurze Pause.

„Du hast wieder eine Neue." Das war keine Frage. Es war eine Feststellung.

„Nein, Christina", sprach Frank weich. „Das ist eher eine Alte. Eine alte Freundin. Von ganz früher. Und diesmal ist alles anders." Dann erzählte er seiner Schwester ausführlich über Conny Ecker. Er konnte förmlich fühlen, wie Tine am anderen Ende der Leitung schluckte. Sie hatte mal wieder Pech gehabt und für ihn lief es gut.

„Das freut mich für dich, Frankie", sagte Christina. „Ich mein's ehrlich. Du hast dich so sehr abgekapselt. Etwas Besseres als diese Conny konnte dir nicht passieren. Ich wünsche dir alles Glück der Erde." Ihre Stimme wurde mit jedem Wort leiser.

Es tat Reuter im Herzen weh: „Magst du überhaupt morgen kommen, wenn so viele Leute zusammen sind, Tine?"

„Ja. Ich hab doch gesagt, ich könnte Ablenkung gebrauchen. Wird deine Conny auch da sein?"

„Ich frage sie heute Abend."

„Und Matze hat tatsächlich vorgeschlagen, dass ich in eurer Band mitmachen soll?"

„Ja, Tine", antwortete Frank.

„Matze ..." Lange Pause.

Verdammt! Bettina hatte recht, dachte Reuter. Tine steht echt auf Fässchen. Er verkniff sich eine entsprechende Bemerkung. Matze Tintenfess war nicht unbedingt der Typ, der sich fest an Frauen band. Er liebte es, herumzutändeln, und war am glücklichsten mit sich alleine.

„Was brauch ich mir eine Kuh anzuschaffen, wenn ich bloß ab und zu ein Glas Milch trinken will?", war sein Lieblingsspruch. „Kühe machen nur Arbeit und Ärger."

Tinchen, lass das, dachte er. Matze ist der Letzte, der von dir was will. Verlieb dich nicht gleich wieder in einen, der nicht zu dir passt!

„Also gut, ich komme morgen Abend", sagte Christina schließlich.

„Vergiss dein Banjo nicht, und bring deine Noten- und Texthefte mit. Die können wir zum Proben gebrauchen."

„Glaubst du wirklich, dass wir es schaffen, zusammen Musik zu machen?"

Frank lachte fröhlich: „Und ob ich das glaube! Man muss an etwas glauben, dann erfüllt es sich auch."

„Frankie, so kenne ich dich gar nicht." Christinas Stimme schwankte zwischen Unglauben und Freude.

„Ich mich auch nicht, Tine", antwortete Frank. „Du glaubst nicht, wie gut es mir geht. Es tut mir so leid, dass du ausgerechnet so viel Pech hast."

„Macht nichts, Frankie. Ich komme darüber weg. Weiß deine Conny von Lottchen?"

„Ich sage es ihr nachher. Wir treffen uns um halb sechs. Sie hat heute früher Schluss."

„Wird sie dichthalten?"

„Ganz bestimmt. Ich muss es Conny sagen, Tine. Ich glaube, es ist diesmal wirklich was Ernstes und ich möchte sie nicht belügen."

„Ist gut, Frankie. Tschüs bis morgen Abend."

„Tschüs, Tine."

Erst als Frank Reuter schon unterwegs zu Conny Ecker war, fiel ihm ein, dass er Lottchen hätte zu Tine bringen können. So wäre das kleine Mädchen nicht allein gewesen und Tine hätte Gesellschaft gehabt.

Ich bin echt ein Blödian, schalt er sich in Gedanken. Das nächste Mal denke ich dran.

*

Lottchen lief durch die Nacht. Sie war im Wald gewesen und hatte ein Reh besucht. Danach hatte ihre Neugier sie in die Innenstadt von Bexbach getrieben. Noch nie hatte sie sich allein mitten in eine Stadt gewagt. Nun ja, Bexbach war eine Kleinstadt, aber eine Stadt.

Niemand kann mich sehen, dachte das Mädchen. Ich muss nur aufpassen und immer genau vordenken.

Die Tagleute waren so blind. Manchmal juckte es Charlotte in den Fingern, um einen nächtlichen Spaziergänger herumzuschleichen und ihn zu erschrecken. Doch die Warnungen ihrer Mutter waren noch immer in ihrem Köpfchen präsent: keine bösen Scherze! Wenn sich einer von den „anderen" fürchtete, wurde er wild. Furcht erzeugte Hass und Hass bedeutete, dass der „andere" sie vielleicht töten wollte.

Also hielt Lottchen sich zurück und lief getarnt durch die Straßen der kleinen Stadt.

Liebfrank hatte ihr einen Schlüssel für die Kellertür gegeben. Jetzt konnte sie nachts raus und hinter sich zusperren. Lotte seufzte wohlig. Es tat so gut, wenn man nicht mehr lügen musste. Keine Heimlichkeiten mehr. Ihr kleines Herz pochte vor Liebe, wenn sie an Frank dachte. Noch nie hatte sie einen Menschen so lieb gehabt, außer ihrer Mutter.

Plötzlich hörte sie vor sich einen seltsamen leisen Singsang: „Fertihig steht das Statiiiiv und die Kamera oben-auhuhuf. Fideldidi-del-didie."

Charlotte legte den Kopf schief. Sie kannte die Stimme.

„Und nu-hun Blende zwei-und-zwan-zihig. Fideldidi-del-didie. Oder neh-me ich lie-ber sech-zehn? Fideldidi-del-didie."

Neugierig schlich Lottchen näher.

An der Straßenecke bei der Volksbank stand ein Mann in gebückter Haltung vor einem Dreifuß und hantierte an einer Kamera herum, die auf dem Dreifuß montiert war. Das Objektiv der Kamera zeigte auf die Hauptkreuzung in Bexbachs Stadtmitte.

„Jehehetzt gib-es ei-ne schöhöhöne Lang-zeit-auf-nahame. Fideldidi-del-didie", sang die Stimme. Es war Matze Tintenfess, Liebfranks bester Freund.

Vorsichtig pirschte sich Lotte noch näher an den Mann.

„Und nuhun ma-chen wir Klick!", summte Matze und betätigte einen Drahtauslöser. Dann sang er ein neues Liedchen: „Eins und zwei und drei und vier, Dun-kel-bil-der kommt zu mir."

Er betätigte die Filmtransportkurbel und bereitete mit jeder Menge Fideldidi eine neue Aufnahme vor.

Lottchen dachte so angestrengt vor wie noch nie und schlich noch näher.

„Das nä-hä-hä-chste Bild be-lich-ten wir lä-hä-hä-nger", singsangte Fässchen und griff zum Drah-hat-aus-löhö-ser.

Lächelnd näherte sich Lottchen noch ein Stückchen.

„SCHNAPP!"

Eisenharte Arme packten Lotte. Vor Schreck schrie sie laut auf.

Matzes Gesicht grinste sie an: „Du warst unvorsichtig, Prinzessin. Ich habe dich im Schaufenster der Volksbank gesehen. Du hast nicht gut genug vorgedacht. Daniel habe ich auf die Tour auch immer gekriegt."

„Hallo, Matze", sagte Lottchen.

„Hallo, Lot-se."

Lottchen lächelte ihn an: „Tust du knipsen? Im Dunkeln geht das doch gar nicht richtig. Du hast ja keinen Blitz."

„Ich mache Langzeitaufnahmen", sprach Matze und schwang sie im Kreis herum. „Ich lasse das Objektiv eine Minute oder länger offen. So kommt genug Licht auf den Film. Das ist nämlich eine Kamera, in die man noch einen Film einlegen muss. Ein chinesischer Nachbau einer alten Rolleikamera für das 6x6-Filmformat. Eine zweiäugige Spiegelreflexkamera. Schön altmodisch. Macht Laune."

Charlotte kannte sich mit Fotografieren nicht aus, aber sie hatte vor Kurzem etwas im Fernsehen aufgeschnappt: „Wird das Bild dann nicht verwackelt?"

„Deshalb steht die Kamera ja fest auf einem stabilen Stativ."

„Aber die Autos", meinte Lotte. „Die halten nur solange still, wie die Ampeln rot sind. Bei Grün fahren sie und werden verwackeligt."

Fässchen prustete erheitert: „So so, verwackeligt. Das ist Absicht, Lottchen. Die Kameraoptik bleibt so lange offen, dass man das Verwackelte überhaupt nicht sieht. Die fahrenden Autos verschwimmen total und werden unsichtbar. So wie du, wenn du vordenkst. Zurück bleiben nur ihre Lichter, die man auf dem fertigen Foto als weiße und rote Leuchtspuren sieht. Wenn die Bilder fertig sind, zeige ich sie dir."

„Hast du mich in echt im Schaufenster gesehen?", wollte Lottchen wissen.

„Ja", bestätigte der Mann ernst. „Du musst lernen, das Spiegeln der Fenster in einer Stadt mit vorzudenken, Lotti. Sonst kriegst du Probleme. Es ist nicht gut, wenn dich zu viele Menschen sehen."

Lotte fühlte sich unbehaglich. „Hoffentlich haben mich nicht schon ganz viele Tagmenschen gesehen", sagte sie unglücklich.

„Ach wo!" Matze strubbelte ihr durchs Haar. „Nimm das nicht zu ernst, Lotti." Er setzte sie auf den Boden. „Magst du mitkommen? Ich mach noch vier Aufnahmen. Dann ist der Film voll und morgen früh gebe ich ihn zum Entwickeln ab."

„Gerne", antwortete Charlotte.

„Wo ist Frank?", wollte Fässchen wissen.

„Er ist ausgegangen", sagte Lottchen. „Mit Conny."

„Oh. Ja, die kenne ich. Nur aus seinen Erzählungen, aber er hat mir verdammt viel von ihr erzählt. Sogar am Telefon. Man stelle sich vor: Frank Reuter quasselt eine halbe Stunde lang mit mir am Telefon wie ein Waschweib. Und er hat mir eine fünf Kilometer lange E-Mail geschickt."

Matze baute das Stativ ab: „Gehen wir. Ich will noch das Rathaus knipsen und von dort aus hier herunter zur Stadtmitte."

Lotte fasste vertrauensvoll nach seiner Hand.

„Warst du bei einem Reh?", wollte Matze wissen.

„Mm." Lottchen spürte, das Fässchen nicht recht zufrieden war. „Es ist nicht schlimm, wenn ich manchmal allein bin, Matze. Du brauchst dir keine Sorgen zu machen. Frank ist kein böser Mann, wenn er mich allein lässt."

„So", sagte Matze nur.

„In echt!", setzte Lottchen nach. „Es ist nicht schlimm, allein zu sein, solange man weiß, dass irgendwo auf der Welt jemand auf einen wartet, jemand, der einen lieb hat."

„Hat er dich denn lieb, der Frank?"

„Ja!", sagte Charlotte inbrünstig. „Und ich ihn auch! Und wie!"

Sie hopste einige Schritte voraus und drehte sich dabei mehrere Male um sich selbst. Dabei machte sie sich so unsichtbar, wie sie nur konnte. Sie beobachtete ihr Spiegelbild in den Fensterscheiben der Geschäfte. Verflixt! Man konnte sie tatsächlich sehen. Charlotte erkannte im Augenwinkel, wie Matze grinste.

Na warte, du Grinse-Matze! Lottchen änderte ihren Rhythmus, probierte etwas Neues. Bei sich nannte sie es Über-Eck-Vordenken. Doch so neu war das nicht. Sie erinnerte sich plötzlich, dass sie es schon einmal instinktiv gemacht hatte. Fässchen stieß einen überraschten Ruf aus. Lottchen lächelte. „Es klappt!", rief sie erfreut.

„Und ob das klappt!", grunzte Matze. Er starrte verdutzt umher.

Lotte stellte sich ihm in den Weg: „Da bin ich."

Fässchen lächelte ihr zu: „Das war perfekt, Prinzessin. Ich wette, wenn du dich so bewegst, können dich nicht mal Clanleute richtig sehen. Auch nicht die Vermummten."

Die Vermummten! Lottchen lief ein Schauer über den Rücken. Das war es! Als die Vermummten ihre Eltern ermordet hatten, hatte sie sich so bewegt. Und die wahnsinnig gewordenen Clankrieger waren planlos umhergerannt und hatten überall gesucht. So war Lottchen entkommen.

Ich muss das üben!, dachte Charlotte bei sich.

Matze zeigte auf eine Löwenfigur aus Sandstein, die auf dem Vorplatz des Bexbacher Rathauses stand: „Den „Leeb" knips ich noch. Komm, Lotti!" Matze machte seine Langzeitaufnahmen und bei der letzten stellte er sich mit Lottchen in Positur, öffnete die Blende des Kameraobjektivs weit und dann standen sie da wie Ölgötzen, während der Selbstauslöser das Foto machte. Danach packte Fässchen seine Kameraausrüstung zusammen.

„Wenn wir morgen Abend Musik machen, kommt Conny auch", sagte Charlotte unvermittelt. „Ich bin neugierig, wie sie ist. Hoffentlich ist sie so lieb wie Christina."

Matze lächelte ihr aufmunternd zu: „Ich glaube schon. Wenn man Frank hört, muss sie ein wahrer Engel sein, dabei haben sie sich erst einige Male getroffen. Na egal, wie diese Conny ist, eins steht fest: Die ist purer Balsam für Franks wunde Seele. Frank ging es nicht gut. Ich finde es schön, dass die beiden, die als Kinder ineinander verliebt waren, sich wieder gefunden haben. Das ist so richtig romantisch."

„Das finde ich auch", sagte Lottchen. „Seit er Conny lieb hat, ist Frank ganz anders geworden. Vorher war etwas tief in ihm drinnen hart wie Stein. Das hat ihm wehgetan. Ich konnte es spüren."

„Ja, das konntest du", sprach Matze leise. „Weißt du, Frank hatte keine schöne Kindheit. Er hatte Probleme mit seiner Mutter und hat in der Schule miterlebt, wie sich eine Klassenkameradin auf schreckliche Weise umbrachte. Seitdem hat Frank Probleme mit Frauen. Der Schmerz hat ihn verkrüppelt. Er hat mir in unserer Kindheit von seinem Schmerz erzählt, aber er weinte nicht darüber. Das trichtert man uns Jungen früh ein: Ein richtiger Junge weint nicht! Also weinen wir verkehrt herum. Wir weinen unsichtbar nach innen." Matze zog die Tragetasche mit der Ausrüstung zu und hängte sie sich über die Schulter. „Und wenn wir zuviel weinen, ertrinken wir an unseren Tränen, die in unserem Innersten nicht abfließen können. Ich bin froh, dass es Frank besser geht. Endlich lässt er seinen heißgeliebten Hass los. Dafür war es allerhöchste Eisenbahn. Hass ist wie Gift. Er bringt einen langsam um."

„Gehst du jetzt heim schlafen?", fragte Lottchen.

Fässchen lachte leise: „Schlafen? Es ist gerade mal acht Uhr. Ich fahre ins Hallenbad."

„Oh!" Charlotte biss sich auf die Unterlippe.

„Möchtest du mit?", fragte Matze.

Sie schaute ihn unter ihren dichten schwarzen Haaren an: „Darf ich denn?"

„Würde ich sonst fragen?"

„Ich würde furchtbar gerne", gab Lottchen zu. „Ich gehe gerne schwimmen. Aber ich habe keinen Badeanzug und nackig darf ich bestimmt nicht in ein Hallenbad. Das sieht doch jeder, weil da Lampen sind."

Fässchen kicherte. „Nee, das wäre wohl nicht so gut. Aber keine Sorge, ich habe zu Hause einen Bikini, der dir passen müsste."

Zusammen gingen sie zu Matzes Wohnung. Lottchen hopste gutgelaunt vor dem Mann her. Matze wohnte in einem dreistöckigen Haus in der Stadtmitte in der Dachgeschosswohnung. Das Haus sah alt und heruntergekommen aus.

„Sei leise, Lotti", schärfte er ihr ein. „Wenn dich keiner hört, stellte auch niemand dumme Fragen." Lottchen nickte stumm. Sie stiegen die Treppen hoch. Lotte ging vertrauensvoll an Matzes Hand. Im Wohnzimmer stellte er einen Stuhl vor ein Regal an der Wand: „Schau mal, Lottchen, mein Formicarium." Er hob sie hoch und stellte sie auf den Stuhl: „Aber nicht dagegen klopfen."

Auf dem Regal standen zwei hohe, schmale Behälter aus durchsichtigem

Kunststoff, die mit einem dünnen Plastikschlauch miteinander verbunden waren. In den Behältern befand sich feiner Sand.

„Ameisen!", rief Lotte. Mit ihren nachtaktiven Augen erkannte sie jede Einzelheit.

„Lasius niger, schwarze Wegameisen", erklärte Matze. „Da unten die Große in der Kammer ist die Königin und die kleinen Arbeiterinnen kümmern sich um sie und die Brut. Dort links außen in dem kleinen durchsichtigen Stückchen Schlauch, befindet sich Honigwasser, das Futter für die Tiere. Durch den Schlauch zwischen den beiden Formicarien können Ameisen hin und her krabbeln."

Lottchen war von dem Gewusel fasziniert. Sie konnte sich kaum davon losreißen: „Wie schön die krabbeln können! Und wie geschickt sie Gänge und Kammern im Sand gebaut haben!"

Matze seufzte leise. „Das ist das Einzige, was ich hier halten kann. Andere Haustiere sind verboten und wenn der Vermieter wüsste, dass ich Krabbelviecher in der Wohnung habe, würde er ausrasten, der Kacker. Würde er mal lieber die Heizung reparieren!"

„Warum ziehst du nicht aus, wenn es dir in diesem Haus nicht gefällt?", fragte Lottchen.

„Ich bin hier geblieben, weil es billig ist", antwortete Matze. „Um Geld zu sparen für mein eigenes Haus. Bald ist es soweit. Dann kehre ich dieser Bruchbude den Rücken. So, schau schön den Ameisen zu. Ich hole die Badesachen."

Bald kam er zurück und präsentierte Lottchen einen hellblauen Bikini: „Der müsste dir passen. Letztens beim Campen am Mittersheimer Weiher hat sich die kleine Tochter einer Bekannten in meinem großen Hauszelt umgezogen, weil ihr Muttis Dackelhütte zu eng war. Statt in die Badetasche ihrer Mutter hat sie das Teil bei mir in die Tasche gestopft. Ich hab's gewaschen und sie kriegt es demnächst zurück, wenn ich wieder nach Mittersheim fahre."

In Matzes Opel fuhren sie zum Bexbacher Hallenbad in den Höcherberghallen.

Im Hallenbad gefiel es Charlotte. Das Chlorwasser kratzte in den Augen, aber sie hatte einen Heidenspaß.

Matze Tintenfess warf immer wieder einen Blick in die Runde, ob er ein bekanntes Gesicht sehen konnte, aber es waren nur Fremde im Schwimmbad.

Gut so, dachte er. Das erspart mir blöde Fragen. Ist ja nicht ganz ungefährlich, Franks Nachtkind mit ins Bad zu nehmen, aber verdammt! Die Kleine muss mal raus unter Leute und kleine Kinder wollen, dass man sich um sie kümmert. Was Frank da abzieht, ist nicht okay. Auch wenn Lottchen sagt, dass es ihr nichts ausmacht, allein gelassen zu werden. Das sagt sie doch nur, weil sie drauf programmiert ist, superlieb zu sein, weil es die Art ihrer Rasse ist. Frankenpopper, du Stinktier!

Lottchen plantschte vergnügt im Wasser herum und tauchte wie eine Ente. Im flachen Kinderbecken bildete Matze mit zusammengelegten Händen eine Räuberleiter: „Stell deinen Fuß rein, Lotti!" Lottchen tat es und Matze katapultierte sie in die Luft. Kreischend vor Begeisterung platschte Charlotte ins Wasser.

„Noch mal!", verlangte sie sofort.

Matze tat ihr den Gefallen. Dann nahm er sie mit ins Tiefe und ließ sie auf seinem breiten Rücken reiten, wenn er wie ein Wal abtauchte. Lottchen krähte vor Vergnügen und erwürgte ihn ein bisschen.

„Du bist fast genauso lieb wie Frank", rief sie und drückte ihm einen Kuss auf die Backe.

Fässchen musste lächeln. Wie leicht es war, dieses anspruchslose kleine Geschöpf froh zu machen.

Sie blieben bis kurz vor zehn im Wasser und verließen das Bad erst auf den allerletzten Drücker.

„Hoffentlich war es nicht gefährlich, dass mich so viele Leute geseht haben", sagte sie draußen auf dem Parkplatz, als sie die Badetaschen im Kofferraum verstauten.

Matze schüttelte den Kopf: „Nein. Man ist nirgends besser getarnt als in einer anonymen Menschenmenge. Keiner hat dich beachtet. Alle dachten, ein kleines Mädchen sei mit seinem Vater oder Onkel im Schwimmbad. Mach dir keine Sorgen, Lotti."

Sie stiegen ins Auto.

„Wo fährst du jetzt hin?", fragte Lottchen.

„Nach Hause. Ich zieh mir mein neuestes Eisenbahnvideo rein. Ist heute mit der Post gekommen. Über Dampfloks."

„Darf ich mitkommen?", fiepte es vom Rücksitz.

Fässchen grinste sich einen. Ganz so gerne schien Lottchen denn doch nicht allein zu sein. Wie ich's mir dachte!

„Gerne", sagte er laut. „Ich mach dir auch was Gutes zu futtern."

Eine halbe Stunde später saß Matze Tintenfess auf seinem alten Sofa. Die DVD lief. Lottchen, die eine Riesenportion Müsli mit Orangensaft verdrückt hatte, lag zu einem Ball zusammengerollt auf seinem Schoß und schaute sich mit ihm den Film an. Die grünlackierte bayrische S 3/6 gefiel ihr genauso gut wie Matze.

Matze ließ seinen Zeigefinger an Lottchens Wirbelsäule hochgleiten.

„Huh!", sagte sie und reckte sich. „Noch mal!"

Grinsend tat Matze ihr den Gefallen. Lotte war nicht anders als andere Kinder in ihrem Alter. Eine Weile schauten sie den Film an und malten sich aus, in der großen grünen Dampflokomotive mitzufahren.

„Frag doch Frank, ob er eine Geschichte über Dampfloks schreibt", schlug Lottchen vor.

„Keine schlechte Idee", meinte Matze. „Obwohl der Dödel wahrscheinlich eine

Mörderlokomotive erfinden würde, die in einem Tunnel auf ahnungslose Opfer lauert und sie auffrisst, der olle Horrorpoet."

Als das Video zu Ende war, lag Lotte eine Weile ruhig auf Matzes Schoß. Er spürte, dass sie etwas auf dem Herzen hatte, und wartete geduldig.

„Ist es wirklich wahr?", fragte Lottchen schließlich.

„Was denn?", wollte Matze wissen.

„Das, wo du letztens zu Liebfrank gesagt hast. Das mit Kain und Abel." Aha! Von daher wehte der Wind! „Sind wir Nachtleute tatsächlich Verfluchte?" Die Stimme des Kindes zitterte.

Matze hob Lottchen hoch und drückte sie sanft an sich: „Ich weiß es nicht, Lotti."

„Du hast es aber doch gesagt!" Lottchens Unterlippe bebte verräterisch. „Müssen wir auf immer für die Sünden unserer Vorväter büßen? Werden wir für immer in die Nacht verbannt sein?" Eine Träne rollte über Charlottes Wange und dann noch eine und noch eine. Es wurden zwei kleine Bäche, die nicht mehr versiegen wollten.

Matze Tintenfess fühlte sich schrecklich hilflos, als ihn das Kind stumm weinend anschaute.

„Vielleicht verhält es sich ganz anders", fing er an. „Kennst du die Geschichte von Jakob und seinem Bruder Esau?"

Lottchen schüttelte unter Tränen den Kopf.

„Sie waren die Söhne Isaaks", erzählte Fässchen. „Als Isaak alt und fast blind war, rief er Esau zu sich, seinen ältesten Sohn, und bat ihn, ihm ein Wildbret zu erjagen und es ihm zuzubereiten. Danach wollte Isaak Esau seinen Segen vor dem Herrn erteilen und ihm alles vererben. Isaaks Frau Rebekka hörte dies und sie stachelte den Jakob auf, seinen Vater zu betrügen. Jakob holte zwei Ziegenböckchen aus der Herde und schlachtete sie. Seine Mutter Rebekka bereitete sie zu, wie Esau seinem Vater stets das Wildbret zubereitete, und die

Felle der Ziegenböcke zog sie über Jakobs Hände und Hals, denn Esau war ein sehr haariger Mann, Jakob aber glatt. Und Jakob ging hin und belog Isaak. Er sagte, er sei seines Vaters Erstgeborener Esau. Isaak betastete Jakobs Hände und Hals und hielt ihn für Esau und er segnete Jakob und übergab ihm alles.

Als Esau mit dem Wildbret zu seinem Vater kam, erkannte Isaak den Betrug, aber er konnte nichts mehr rückgängig machen. Sein Segen war erteilt. Und es blieb nichts für Esau übrig und er musste in die Ferne ziehen ohne den Segen seines Vaters. Doch dort in der Fremde erwarb er doch noch ein großes Vermögen und Vieh, und er konnte gut leben."

Matze strich Lottchen übers Haar. „Wer weiß, vielleicht ist das die Erklärung. Vielleicht war Heimtücke im Spiel. Die Clanleute mussten in die Fremde ziehen, in die Nacht, doch die Nacht war wie ein weites, reiches Land, aus dem sie vielfältigen Nutzen zogen. Clairvaux hat mehrere Theorien in seinem Buch aufgestellt. Er wusste es selbst nicht genau. Vielleicht ist die Legende von Jakob dem Lügner und Esau dem Betrogenen die richtige. Ihr habt die Nacht zum Geschenk erhalten."

„Aber wieso sehnen wir uns dann so sehr nach dem Tag?", fragte Charlotte unglücklich. Sie weinte noch immer.

„Man will immer das, was man nicht kriegen kann", sprach Matze ruhig. „Das liegt in der Natur des Menschen. Sieh mal: Die Nacht gehört dir. Einer wie ich geht blind und tumb durch die Dunkelheit, deine Augen aber sehen ein weites, wunderbares Land. Tagmenschen fürchten die Nacht, euch Clanmenschen ist sie dagegen Freund. Und vielleicht ist das ja die Verbindung zwischen unseren Rassen." Der Gedanke faszinierte Matze Tintenfess. „Ja! Überleg doch mal, Lottchen! Es gibt für euch Nachtmenschen nichts Schöneres, als einem Tagmenschen zu lauschen, der den Tag für euch webt. Das ist der Beweis! Gott hat uns diese Verbindung geschenkt. Und für uns Tagmenschen ist es einfach ein schönes Erlebnis, mit Nachtleuten zusammen zu sein. Ihr wirkt auf uns unglaublich lieb und nett. Wir wurden getrennt, aber diese eine Verbindung ist uns geblieben."

„Ja", sagte Lottchen und lehnte sich an ihn. Sie klang einigermaßen getröstet. Ihre Tränen versiegten.

Matze gähnte herzhaft.

„Gehst du ins Bett?", wollte Charlotte wissen.

„Bald", erwiderte er. „Ich bin ja nicht so eine Nachteule wie dein Frank."

„Ich geh dann mal", meinte Lottchen.

Matze musste grinsen, als sie versuchte, so cool und locker wie eine Große zu klingen. „Soll ich dich bringen?"

Das Mädchen blickte ihn stumm an und nickte.

Matze lächelte und wuschelte ihr durchs Haar: „Na, dann komm, Prinzessin."

An seiner Hand ging Lotte quer durch Bexbach zu Frank Reuters Haus. Unterwegs löcherte sie ihn pausenlos. Matze musste ihr von seinen Radtouren erzählen, von den blühenden Blumenwiesen im Bliestal hinter Wörschweiler und von schneeweißen Wolken am azurblauen Himmel. Vor allem von den Farbvergleichen konnte sie nicht genug kriegen. Rot wie Blut, lachsrot, feuerrot, rotgolden, rotbraun, dunkelrot, hellrot, orangerot, glühendes Rot, stumpfes Rot, verwaschenes Rot. Sie wollte stets genau wissen, welche Farbe alles hatte. Fässchen antwortete ergeben. Er wusste aus Erfahrung, dass es keinen Zweck hatte, oberflächliche Beschreibungen zu liefern. Also waren die Wiesen im Bliestal saftig grün, im abendlichen Gegenlicht leuchteten die Halme grüngolden und man bekam Lust, sich in eine Kuh zu verwandeln und davon zu kosten, so lecker erschien das Gras. Auf dem Waldwegen spielten goldene Lichtkringel über den fast schwarzen Boden, der mit mittelbraunem Laub vom Vorjahr bedeckt war, aus dem hier und da dunkelgrüne Moospolster lugten, und der Himmel war nicht blau, sondern azurblau, tiefblau, bläulich-grau, milchig trübe mit sanftem Blauschleier oder hellgrau, dunkelgrau mit schwarzen Schlieren und Gewitterwolken, die sich auftürmten.

Lottchen sog alles in sich auf. Sie hing an seinen Lippen und schien Angst zu haben, auch nur das kleinste Fitzelchen Information zu verpassen.

Vor Franks Haus kuschelte sie sich in Matzes Arme: „Es war schön heute Abend. Alles war schön, das Knipsen, das Schwimmbad und der Film mit den dunkelgrünen Dampfloks."

„Ich werde Frankenstein sagen, er soll dir einen Bikini kaufen", versprach Matze.

Lottchen lachte. „Frankenstein!"

„Ich verhackstücke manchmal seinen Namen, um ihn zu frotzeln", sagte Matze. „Damit kann man ihn prima aufziehen." Er spürte, dass Lottchen ihn etwas fragen wollte, sich aber nicht traute. Die alten, starren Regeln! Er seufzte innerlich, kniete vor Lottchen nieder und fasste sie bei den Schultern: „Wenn du möchtest, kannst du mich ruhig öfter besuchen kommen."

Charlottes Augen leuchteten auf: „Ehrlich?"

„Ja, Prinzessin. Ruf aber vorher an, damit du weißt, ob ich zu Hause bin."

Das Mädchen umhalste ihn und drückte ihm einen Kuss auf die Wange: „Du bist lieb. Danke! Kommst du morgen Abend? Frank hat mir davon erzählt."

„Klar komme ich, und dann machen wir alle zusammen Musik." Fässchen lachte. „Wenn man den Krach, den wir veranstalten, Musik nennen kann. Und dein Vorname wird unser Bandname. Wir nennen uns „The Charlottes". Klingt cool, was?"

„Obercool!"

Matze lachte hellauf. „Genau. Obercool. Wirst sehen, wir werden noch mal berühmt und treten überall auf. Vielleicht machen wir sogar unsere eigene CD. Tschüs, Nachtkind."

„Tschüs, Matze." Lottchen winkte zum Abschied. Dann wurde sie eins mit der

Nacht und schlich ums Haus herum zur Kellertür.

„Bis morgen, kleines Silberauge", flüsterte Matze. Er spürte ein Ziehen in der Brust. Wie ähnlich sie Daniel war!

*

Frank Reuter lag mit Conny Ecker im Bett. Conny lag halb auf ihm und streichelte seine Brust.

„Frank, hast du etwas? Ich kann spüren, dass du an irgendwas herumknabberst."

Frank seufzte.

„Ist es wegen deiner Schwester?" Er hatte ihr von Christinas Pech mit Marius Kaiser erzählt.

Frank umarmte sie. „Nein, Conny", sagte er. „Es ist etwas anderes." Er holte tief Luft. „Ich muss dir etwas erzählen, Conny, etwas, das nur sehr wenige Menschen wissen, aber da wir jetzt zusammen sind, musst du es erfahren. Unter keinen Umständen darfst du mit jemandem darüber reden!"

Conny lächelte unsicher: „Das klingt geheimnisvoll, Frank. Es ist doch nichts Schlimmes?"

„Ich bin nicht mit dem Gesetz in Konflikt gekommen, wenn es das ist, was du meinst."

Conny Ecker musste unwillkürlich grinsen. Wie geschraubt er sich manchmal ausdrückte, der Herr Schriftsteller.

„Ich bin mit einem anderen Gesetz aneinandergeraten", fuhr Frank fort. „Mit dem Naturgesetz. Wirst du schweigen?"

Conny küsste ihn: „Ich liebe dich."

„In meinem Haus lebt seit einiger Zeit ein kleines Kind. Es wird bei mir bleiben, doch niemand darf etwas davon erfahren!"

„Ein Kind?" Connys Neugier war geweckt.

Frank spielte mit ihrem Haar, ließ die rotfunkelnden Strähnen durch seine Finger gleiten. „Kein gewöhnliches Kind. Ein Nachtkind." Er erzählte Conny alles, angefangen mit der Regennacht, in der er Lottchen auf der Landstraße angefahren hatte.

Conny Ecker lauschte, ungläubig zuerst und voller Staunen, das sich immer mehr in Begeisterung verwandelte. Als Frank seinen Bericht beendete, umarmte sie ihn. „Das ist das Schönste, was ich je gehört habe! Mensch, Frank! All diese alten Legenden und Mythen! Sie haben einen wahren Kern. Und ausgerechnet du findest so ein Kind."

Frank war von Connys Reaktion überrascht: „Ich hatte Angst, du würdest zurückschrecken."

„Nicht im Mindesten." Sie kuschelte sich eng an ihn. „Im Gegenteil! Ich bin mächtig neugierig auf dein Nachtkind. Wenn man dir zuhört, muss es das süßeste Kind der Welt sein."

„Das ist sie, Conny."

„Da bin ich aber mal gespannt."

„Morgen Abend wirst du sie kennenlernen. Du kommst doch?"

„Und ob! Ich muss Charlotte unbedingt sehen. Allein schon deshalb werde ich kommen."

„Ich bin wohl nicht mehr interessant?"

Lachend küsste sie ihn.

*

Am folgenden Abend fuhr Conny Ecker zu Frank nach Bexbach. Sie war neugierig auf Franks kleines „Adoptivkind". Conny musste lächeln. Frank Reuter hatte sein „verlorenes Waisenkind" bekommen. Als sie Kinder waren, hatte er ihr erzählt, dass er später als Erwachsener, ein armes, verlassenes Kind aus dem Waisenhaus bei sich aufnehmen würde, ein Kind, das niemand haben wollte und das nirgends hin konnte.

„So ein bisschen ist es wahr geworden", sprach sie vor sich hin. „Nur mit dem Unterschied, dass es gleich zwei Parteien gibt, die Charlotte ebenfalls haben wollen: die Clanleute und diese vermummten Killer."

Conny fand Franks Schilderungen gruselig und faszinierend zugleich. Sie war schon immer ein Fan von mystischen Dingen gewesen, hatte schon als Kind von Elfen und Feen fantasiert und wie selbstverständlich an Werwölfe, Vampire und Dämonen geglaubt.

Sie parkte vor Franks Haus. Auf ihr Klingeln öffnete eine Frau, die einige Jahre jünger war als Conny.

„Hallo. Du musst Franks Schwester Christina sein."

„Hi, Conny."

Die beiden Frauen waren sich auf Anhieb sympathisch.

Frank kam hinzu: „Hallo." Er umarmte Conny und küsste sie. „Komm. Wir sind im Wohnzimmer. Fässchen ist auch schon da." Frank stellte seinen Freund vor.

Sie nahmen auf der bequemen Ledergarnitur rund um den Wohnzimmertisch Platz und besprachen ihren Plan, eine Band zu gründen.

Conny ließ ihre Blicke umherschweifen. Sie wollte schon fragen, wo Charlotte sei, da nahm sie im Augenwinkel eine Bewegung wahr. Ein kleines Gesicht, umrahmt von dichtem schwarzem Haar lugte hinterm Türrahmen hervor. Große blaue Augen musterten Conny neugierig und misstrauisch zugleich.

„Hallo. Du musst Charlotte sein."

Dem Gesicht folgte ein schmaler, zartgliedriger Körper in einem dunkel gemusterten Dirndlkleidchen. Das Mädchen trug keine Schuhe und verkrallte die Zehen seiner winzigen Füße im Teppich. Unschlüssig biss es auf seine Unterlippe.

Sie ist ein kleines Schüchterchen! Connys Herz flog dem zarten kleinen Wesen zu.

Das Mädchen lief zu Frank und kuschelte sich in seine Arme. Aus der sicheren Umarmung heraus musterte es Conny neugierig: „Ist das die Conny?"

Beim Klang der glockenhellen Stimme war es endgültig um Conny Ecker geschehen. Frank hatte sie vorgewarnt, doch sie hatte nicht ahnen können, welch starke Wirkung Lottchen auf sie haben würde. In dieses Kind musste man sich einfach verlieben.

„Du bist aber ein hübsches kleines Mädchen", sagte sie und lächelte. „Ich bin Conny, die Freundin von Frank."

Fragender Blick: „Stimmt es, dass du schon als Kind mit Frank verliebt warst?"

Leises Lachen ringsum.

„Ja", erwiderte Conny. „Ich liebe Frank, seit ich acht Jahre alt war."

Das Kind lächelte: „Ich, seit ich sechs bin!"

„Hört! Hört!", brummte Matze. „Der Reuter! Dem laufen die Weiber in Scharen nach!" Erneutes Lachen.

Lottchen löste sich aus Franks Armen. Sie ging zu Conny und gab ihr artig die Hand: „Guten Abend. Ich bin Charlotte. Du kannst aber ruhig Lottchen zu mir sagen, wenn du magst."

Conny schmolz dahin. „Gerne, Lottchen." Gott! Das Kind war zum Verlieben! Von wegen schrecklicher Vampir!

Conny kniete vor dem kleinen Wesen nieder. Genau nach Franks Anweisung streckte sie ihm die offenen Handflächen entgegen. Lottchen schaute sie an. Ihr

Blick war so intensiv, dass Conny dachte, sie würde durch ihre Augen direkt in ihr Herz sehen. Kleine Hände legten sich auf Connys Hände. Sie machten das seltsame Geräusch gemeinsam. Frank hatte recht, wenn man diesen komischen Jodler von sich gab, war es unmöglich, ein böses Gesicht zu ziehen. Beim Gleichklang der Töne durchlief ein sanfter Schauer Connys Körper. Lottchens Blick saugte sich an Connys Augen fest. Dann war der kleine Moment vollkommener Vertrautheit vorbei.

Lottchen stand da und schaute sie freundlich an.

Conny konnte nicht anders. Sie legte die rechte Hand an die Wange des Kindes und streichelte sanft das Gesicht. Lottchen schmiegte sich zart an die streichelnde Hand.

„Und wieder hat's einen erwischt", lästerte Matze Tintenfess. „Nur gut, dass sie nicht wirklich Menschen anfällt wie in den alten Schauermärchen. Wir wären machtlos gegen ihren Charme und würden ihr verfallen und sehenden Auges ins Verderben rennen. Buuh!"

„Du bist garstig!", sagte Lotte. Alle lachten. Auch das Kind.

„Machst du mit uns Musik?", fragte es Conny.

„Ich muss mich aufs Singen beschränken. Leider kann ich kein Instrument."

Lottchen blickte zu Conny auf: „Wenn du willst, zeige ich dir, wie man Mundharmonika spielt, und Flöte kann ich auch schon ein bisschen."

Ein bisschen ist gut!, dachte Frank Reuter belustigt. Lottchen kapierte die Griffe auf der Tin Whistle mit atemberaubender Schnelligkeit, ja, oft war ihr Kopf den kleinen Händen voraus, deren Finger noch nicht recht gehorchten. Dann ärgerte sie sich und zog einen Flunsch.

„Ich weiß, wie es geht!", maulte sie und sah dabei zum Sterben süß aus. „Aber meine Finger wollen nicht."

„Einfach weiter üben", riet Frank dann.

Er freute sich, dass Conny seinen Hausgast auf Anhieb mochte. Sie war genauso verliebt in das Kind wie Tine und die Frauen auf der Ranch.

Seine Schwester kramte in ihrer Handtasche herum: „Ich habe dir ein Päckchen geröstete Erdnüsse mitgebracht, Lottchen." Ein Foto flutschte aus der Tasche und segelte zu Boden, genau vor Fässchens Füße. Er hob es auf.

Christina verzog das Gesicht: „Das kannst du gleich wegwerfen. An den Mistkerl möchte ich nicht länger erinnert werden."

Matze betrachtete die Fotografie. „Den kenn ich doch!"

Frank schaute ihm über die Schulter: „Der schöne Marius."

Matze runzelte die Stirn: „Das ist Marius Kaiser? Der Ex deiner Schwester?"

„Ja", grummelte Christina. „Er ist ein Dreckskerl!"

„Den kenne ich", wiederholte Fässchen. „Ich wusste nicht, dass du mit dem zusammen warst. Sei froh, dass du ihn los bist. Das ist ein perverses Mistschwein. Der Typ hat einen an der Waffel. Den kenne ich von früher aus der Schule. Ich wusste nicht, dass er noch immer in Bexbach wohnt, diese Kackvisage. Wisst ihr, was der immer machte? Er quälte kleine Kinder. Er hat ihnen wehgetan, sie regelrecht gefoltert, und dabei bekam der Wichser einen Riesenständer.

Eines Tages kam ich drüber zu, als er einen kleinen Jungen in der Mangel hatte, der höchstens halb so groß war wie er selbst. Er piesackte den Kleinen solange, bis er schrie und heulte."

Matze tippte mit den Zeigefinger auf das Foto: „Ich habe mir das saubere Bürschchen gegriffen und durch den Wolf gedreht. Zum Schluss habe ich ihm herzhaft in die Eier getreten. Da war Sense mit Ständer. Dieses Dreckschwein! Am liebsten stach er die kleinen Kinder mit Nadeln. Richtig tief!"

„Nein!" Christina wurde blass.

Conny drückte mitfühlend ihre Hand.

„Doch!", sagte Fässchen. „Das war ein ganz perverser Hund! Aber wir haben es ihm abgewöhnt. Wir behielten ihn im Auge, ich, Dreher, Ruffing und die zwei Maierbrüder. Wenn er sich wieder ein Kind greifen wollte, setzte es Dresche. Zum Schuljahresende ist er dann auf eine andere Schule gekommen und ich verlor ihn aus den Augen. Ich dachte, der ist weit weg."

„Er wohnt ganz in der Nähe." Christina war geschockt. „Ich hätte um ein Haar einen Psychopathen geheiratet! Mein Gott!"

Matze stand auf und holte seine altersschwache Gitarre aus einer Zimmerecke: „Denken wir nicht länger an den Blödian. Machen wir lieber Musik!"

Christina holte ihr Banjo.

„Mit was wollen wir anfangen?", fragte Matze. Er lachte. „Ist eigentlich egal. Ich wette, wir sind so grottenschlecht, dass alle Hunde im Viertel losheulen, wenn sie unsere Katzenmusik hören."

Ohne Aufforderung begann Christina zu spielen. Sie legte ein gezupftes Intro hin und dann begann sie mit klarer Stimme „At the rising of the moon" zu singen.

Matze Tintenfess klappte die Kinnlade herunter. Ungläubig starrte er Christina an.

Die wurde rot bis in die Haarwurzeln, aber sie warf trotzig den Kopf zurück und sang noch lauter und mit solcher Hingabe, dass es alle im Wohnzimmer berührte.

Nach drei Minuten war der Song zu Ende.

„Das war fantastisch", lobte Conny. „Du hast eine herrliche Stimme, Christina."

„Klasse!", sagte Frank.

„Das war megatoll", schloss sich Lottchen an.

Christina beachtete sie nicht. Sie starrte Matze Tintenfess an. Wieder warf sie ihr Haar zurück. Ihre Wangen glühten, aber sie hatte Fässchen fest im Visier: „Reicht das als Anfangsdarbietung von der krächzenden Vogelscheuche mit fünf

Magengeschwüren oder muss ich noch üben?"

Matze war, und das kam bei ihm wahrlich nicht oft vor, sprachlos. Er öffnete und schloss seinen Mund wie ein Fisch auf dem Trockenen. Alles, was er hervorbrachte, war ein Geräusch, das wie „glmpf" klang.

Endlich gewann er soweit seine Fassung zurück, dass er wieder sprechen konnte: „Ich glaub, mich knutscht ein Elch!" Er schluckte. Schluckte noch mal. Dann huschte ein Grinsen über sein Gesicht. „Was erwartest du?", fragte er. „Dass ich nach Worten ringe und blödsinnig herumstottere? Verdammt, nein! Christina Reuter, du hattest früher eine Stimme, die klang wie eine Kreissäge, aber das eben war der beste Gesang, den ich je gehört habe! Du warst unglaublich, Tina! Eine Stimme wie ein klarer Gebirgsbach! Aus dem hässlichen Entlein ist ein stolzer Schwan geworden. Das gebe ich unumwunden zu, ohne dass mir dabei ein Zacken aus der Krone bricht."

Frank Reuter sah seine Schwester noch mehr erröten. Küken! Küken! Nimm dich in Acht! Tina fuhr auf Fässchen ab, das war ihm jetzt sonnenklar, doch wo sollte das hinführen? Matze Tintenfess war ein Eigenbrötler, dem sich bei dem Ausdruck „traute Zweisamkeit" vor Abscheu die Zehennägel hochrollten. Länger als vier Wochen blieb er bei keiner Tussi und er wanderte von einer zur anderen wie ein Schmetterling, der von jeder zarten Blüte nur kostet und dann weitergaukelt.

Frank zuckte die Achseln. Christina war erwachsen. Sie musste wissen, in wen sie sich verguckte. Wenigstens war Fässchen kein hinterhältiger Arsch wie der schöne Marius. Matze und Tine beugten sich über ein Notenheft und besprachen ihre Einsätze, als würden sie seit ewigen Zeiten miteinander in der gleichen Band spielen. Es tat Christina sichtlich gut, dass Matze sie anerkannte, sie für voll nahm und sie nicht mehr von oben herab wie ein kleines Kind behandelte.

Lottchen drückte sich an Tinas Bein und schaute zu, wie sie die Gitarrenakkorde mit dem Zeigefinger abfuhr.

Matze stupfte sie in den Bauch: „Und du wirst das Bandmaskottchen der Charlottes. Lottchen, das Maskottchen. Du spielst Mundharmonika und singst mit Tina und Conny im Trio und ich mit Frankenstein im Duett. Schaff dich her, Frankenfiedler! Du auch, Conny! Nimm das Tamburin. Du bist für die Percussion zuständig."

Matze zeigte sein Organisationstalent. Er verteilte Singstimmen und Instrumente, betete die Texte vor und fragte sie alle ab, wie ein gestrenger alter Lateinlehrer seine Schüler. Die Strenge lohnte sich. Bald tanzten alle nach seiner Pfeife und keine halbe Stunde später brachten sie es fertig, ihren ersten Song gemeinsam zu spielen.

Es zeigte sich, dass Connys Stimme gut als Begleitung zu Christinas Gesang passte und Lottchen den Gesang mit ihrer glockenhellen Kinderstimme zu einem perfekten Dreiklang machte. „Henry Joe" klappte auf Anhieb und weil es so schön lief, sangen Matze und Frank noch mal „Rising of the moon", wobei sich vor allem Frank mit seiner dunklen, versoffen klingenden Stimme gut machte, während Matze ihn eine halbe Oktave höher begleitete.

„Das war ja schon mal nicht schlecht", gab Fässchen nach einer Stunde harten Probens zu. „Nächstes Mal üben wir auch Countrysongs ein, damit wir auf der Ranch angeben können wie zehn nackige Neger."

„Bitte heute schon!", bettelte Lottchen. Ihre Augen sprühten vor Aufregung.

„Ja, heute schon", verlangte auch Conny, der die Sache einen Heidenspaß machte.

Matze staunte: „Ihr seid noch nicht müde vom Proben?"

„Neiiiin!", brüllten Frank, Conny, Tina und Lotte im Chor. „Wir wollen noch ein Westernlied üben. Heute! Heute! Heute!"

Matze zuckte die Schultern: „Von mir aus. Wie wär's mit der Western Union?"

„Yeah!", rief Conny. „'Ich möcht so gerne mal nach Nashville.' Das ist mein

Lieblingslied."

„Der Text ist deutsch und wir kennen ihn alle", meinte Matze. „Das ist schon mal gut." Er übte als Erstes mit Lottchen die Begleitung des Songs. Wo normalerweise eine Steelguitar jaulte, sollte Lotte mit der Mundharmonika einsetzen.

Eine halbe Stunde später schafften sie das Lied. Für den Anfang klang es gar nicht mal schlecht.

„So, nun habe ich aber genug", rief Fässchen lachend. „Von dem vielen Durcheinandergedudel kriege ich dicke Ohren und einen trockenen Hals." Er schaute auf seine Armbanduhr: „Ich fahr nach Höchen auf die Ranch. Ich habe Brand wie eine Bergziege."

Conny stieß Frank an: „Wir könnten auch mitfahren. Westernklamotten habe ich im Auto."

„Au ja!", krähte Lottchen. „Auf die Ranch! Dort treffe ich meine Freunde wieder!" Sie sprang Frank in die Arme: „Bitte, bitte, Liebfrank, lass uns mit Matze auf die Ranch fahren!"

„Von mir aus." Reuter schaute zu seiner Schwester hinüber: „Du kommst doch auch mit, Tine?"

„Ich habe nichts anzuziehen", sagte Christina. „Nur Jeans und Bluse geht wohl nicht."

Conny legte ihr einen Arm um die Schulter: „Ich habe Ersatzmokassins dabei. Du hast kleine Füße. Genau wie ich. Siebenunddreißig?"

„Ja", bestätigte Tina.

„Dachte ich mir gleich. Ein Callicohemd und eine gehäkelte Trappermütze habe ich auch übrig, und schon bist du westernmäßig ausgerüstet."

„Von mir kannst du ein kariertes Holzfällerhemd haben als Jacke, falls es dir kalt wird", meldete sich Fässchen.

Keine zehn Minuten später standen alle fertig aufgerödelt in Franks Wohnzimmer.

„Wir geben eine prima Trappergruppe ab", meinte Fässchen. Er war sichtlich guter Laune.

Nur Charlotte stand etwas abseits und guckte verunsichert. Das Indianerkleidchen, das Frank ihr vor einigen Wochen besorgt hatte, war eher etwas für den Fasching. Gegenüber den handgemachten Sachen der Erwachsenen sah es geradezu schäbig aus.

Frank holte ein Paket aus dem Wohnzimmerschrank: „Ich habe was für dich, Lottchen."

„Für mich?" Neugierig lupfte das Mädchen den Deckel der Pappschachtel. Zum Vorschein kamen ein kleiner Trapperanzug aus weichem, hellem Hirschleder, ein Paar winzige, mit bunten Glasperlen bestickte Indianermokassins und eine gehäkelte Trappermütze. Das tellerrunde Barett war aus lachsroter Wolle gehäkelt und mit einer hellgrünen Pudelquaste verziert, an der keck eine Habichtfeder hing. Dazu gab es einen dunkelbraunen Ledergürtel mit einer Tasche aus Kaninchenfell.

Lottchen starrte die Sachen an: „Für mich?"

„Ja, Prinzessin", sagte Frank. „Ich habe alles selbst gemacht, heimlich tagsüber, wenn du geschlafen hast. Willst du es anprobieren?"

„Ja!" Charlotte zog ihr Dirndl aus, streifte die hirschlederne Hose über und zog das Lederhemd mit den Fransen an. Bevor sie in die Mokassins schlüpfte, zog Frank ihr Socken an die Füße: „Es wird vielleicht kühl im Höcher Wald."

„Ich mach dir Indianerzöpfe", schlug Conny vor. Zusammen mit Tina flocht sie Zöpfe in Charlottes dichtes schwarzes Haar.

Schließlich stand die Kleine vor ihnen, angezogen wie ein Miniaturtrapper, das rote Barett leicht schief auf dem Kopf, wie es sich gehörte. Die Habichtfeder wippte.

„Gefalle ich dir?", fragte sie Frank.

Er nickte: „Du siehst klasse aus, Prinzessin."

Lottchen krabbelte flink auf eine Sessellehne, sodass sie ihm von Angesicht zu Angesicht gegenüberstand: „Du bist der liebste Mensch auf der ganzen Welt!"

Das sagte sie so inbrünstig, dass Frank einen Kloß in den Hals bekam. Nie hätte er geglaubt, dass er einmal ein Kind so lieben würde. Er musste mit Gewalt die Tränen zurückhalten.

Lottchens kühle Hand streichelte unendlich zart über sein Gesicht.

„Nicht nach innen weinen, Liebfrank!", sagte sie leise und schaute ihn so liebevoll an, dass sich alles in ihm zu drehen begann. „Wenn du nach innen weinst, ertrinkst du an deinen ungeweinten Tränen. Lass sie raus."

Frank Reuter hatte das Gefühl, als ob etwas im Innern seines Herzens aufriss.

„Lottchen!", flüsterte er und zwei heiße Tränen rannen über seine Wangen. Er umarmte das Kind. „Ich habe dich lieb, Lottchen."

Als er aufsah, standen die anderen schweigend um sie herum. Tine hatte nasse Augen, Conny ebenfalls und Fässchen guckte ganz komisch.

Frank hob Charlotte hoch. Er räusperte sich: „Fahren wir? Wie teilen wir uns auf? Alle in ein Auto?"

„Nee, ich bleibe über Nacht auf der Ranch, und du musst vor Sonnenaufgang wieder zurück", meinte Matze. „Verteilen wir uns auf zwei Wagen. Du kannst bei mir mitfahren, Christina, wenn du willst."

„Darf ich bei Tina mit?", fragte Lottchen.

Frank lächelte sie an: „Natürlich. Auf der Ranch treffen wir uns alle auf dem Parkplatz."

Sie stiegen in die Autos und fuhren los. Matze fuhr in seinem Opel Astra voraus, Frank im Mercedes hinterher. Conny saß neben ihm auf dem Beifahrersitz.

„Wenn du was trinken möchtest, Frank, das ist kein Problem. Ich trinke nur Mineralwasser und Saft."

„Danke für das nette Angebot. Ein paar Bier wären nicht schlecht."

„Sie hat tatsächlich Silberaugen." Es war klar, dass Conny Charlotte meinte. „Wie sie am Anfang hinter dem Türrahmen hervorspitzte, das sah zum Schießen aus! Sie ist das reizendste Kind, das ich je kennengelernt habe."

„Ja, man muss sie einfach mögen", bestätigte Frank. „Sie wickelt jeden um den Finger."

„Ein Vampir", sprach Conny. „Ein leibhaftiger Vampir."

Reuter wollte Einwände machen.

„Okay, ein Nachtkind!", sagte sie. „Ich habe es ja nicht böse oder abwertend gemeint, Frank. Das Wort Vampir ist nun mal jedem geläufig. Stirbt sie wirklich, wenn sie in die Sonne geht?"

„Matze sagt Ja und bei der Angst, die Charlotte vor der Sonne hat, wird es wohl stimmen."

Conny war skeptisch: „Ich kann mir das nicht vorstellen. Sie geht in die Sonne und PUFF! Ein Fluch ... so etwas gibt es doch nicht!"

„Das dachtest du bis gestern auch über Clanleute. Dass es die nicht gibt."

„Trotzdem ... wie soll das gehen?"

„Ich weiß es nicht", gab Frank zu. „In Matzes altem Buch stand alles sehr vage ausgedrückt. Die Haut fällt in Fetzen ab. Die Betroffenen schreien wie am Spieß. Sie sagen, es sei in ihnen drin und töte sie. Und dann sterben sie."

„Ich hoffe, diese Vermummten existieren nicht wirklich."

„Doch, das tun sie. Sie sind der Hauptgrund, warum ich Lottes Existenz geheim halten muss." Frank fiel ein, dass er noch bei Frau Kunz vorbeischauen musste. Das hatte er vollkommen vergessen.

„Und sie kann sich unsichtbar machen?", fuhr Conny fort. „Das kann ich mir am allerwenigsten vorstellen. Wie soll das funktionieren?"

Frank grinste. „Sie kann es dir ja gleich zeigen. Sie kann es. Ich weiß nicht, wie sie es macht. Es ist wie bei einer Filmaufnahme. Du kennst doch sicher das Phänomen, wenn sich die Räder der Postkutsche rückwärts zu drehen scheinen."

„Das kommt davon, dass die vierundzwanzig Bilder pro Sekunde, die auf den Film belichtet werden, irgendwie „Löcher" lassen, durch die die Speichen durchrutschen ... oder so ähnlich."

„Gut ausgedrückt", sagte Frank. „Ich glaube, genauso macht es Lottchen. Sie bewegt sich auf eine Art und Weise, die sie vor unserem Blick wegrutschen lässt. Sie verschwimmt mit der Nacht."

„Und ihre Kleider? Die vielleicht auch?"

„Auch die Kleider."

Sie kamen in Höchen an und stellten die Autos auf den Parkplatz unterhalb der Ranch. Aus dem Saloon dröhnte Countrymusik.

Matze Tintenfess vergatterte sie alle zu Stillschweigen: „Kein Wort über unsere Proben! Kein Wort über die „Charlottes"! Wir üben solange, bis wir ein richtiges Repertoire vorweisen können, und erst dann treten wir auf. Die werden Maulaffen feilhalten. Also, pssst!"

„Pssst!", sagte Lottchen und verschwamm mit der Dunkelheit. Von einem Moment auf den anderen war sie verschwunden.

Conny Ecker stieß einen überraschten Ruf aus.

Frank lachte. „Na? Habe ich dir zuviel versprochen?" Er wurde wieder ernst: „Denk dran, auf der Ranch kennt niemand Lottchens Geheimnis. Es soll auch niemand erfahren. Für die Leute vom Westernclub ist sie ein verlassenes Kind mit XP."

„Keine Sorge", sagte Conny. Sie suchte die nähere Umgebung ab, konnte Charlotte aber nirgends ausmachen.

„Hallo, Conny", piepste es dicht neben ihr. „Suchst du mich?"

Conny zuckte zusammen.

Lottchen lachte fröhlich. Dann sauste sie den Weg hoch: „Kommt!"

Sie liefen zum Saloon.

Als Christina zur Saloontür hineinging, schlug ihr eine Welle aus Musik, lauten Stimmen und Zigarettenqualm entgegen. Der Saloon war mit Menschen angefüllt, die verschiedene Verkleidungen trugen. Es gab Cowboys und Cowgirls, Indianerinnen, Trapper und grauuniformierte Südstaatensoldaten.

„Charlotte!", schrie eine Kinderstimme aus dem Gewühl.

„Sabrina!", rief Lottchen erfreut.

Ein Mädchen in ihrem Alter kam angeflitzt. Es trug Jeans, ein Fransenhemd und einen Cowboyhut. Sie umarmte Lotte: „Bleibt ihr lange?"

„Ja, bis morgen früh oder so."

„Bist du noch immer so schlimm krank?"

„Ja, und das geht nie weg."

„Du Armes! Gehen wir raus, spielen?"

„Au ja!"

Schon waren die beiden Mädchen verschwunden.

„Ey, Matze! Hallo, Frank!", rief's von allen Seiten. Auch Conny Ecker wurde begrüßt. Sie war als Mitglied des Lautenbacher Westernvereins keine Unbekannte und fand sich schnell zurecht. Frank hatte gesagt, dass er sie auf dem nächsten Westerntreffen der Vereine sowieso kennengelernt hätte, aber so sei es besser. Kein anderer hatte sie ihm wegschnappen können. Christina, die niemanden kannte, kam sich in dem Trubel etwas verloren vor.

Conny nahm sich ihrer an und machte sie mit allen Leuten bekannt. Bald legte Tina ihre anfängliche Scheu ab und sie unterhielt sich angeregt mit mehreren

Frauen des Westernclubs.

„Eine schöne Mütze hast du an", sagte die Mutter von Sabrina.

„Die hat mir Conny freundlicherweise ausgeliehen", sagte Christina. „Ich habe leider keine Westernausrüstung."

„Kannst du stricken?"

„Ja, ich stricke sehr gerne. Häkeln mag ich auch und nähen. Ich bin ganz närrisch darauf. Ich habe sogar zwei Magazine über Handarbeiten abonniert und nähe viele meiner Kleider selbst."

Ihr Gegenüber lachte fröhlich: „Dann bist du bei uns am richtigen Platz. Gute Näherinnen sind im Westernhobby gefragte Personen, vor allem bei den Mannsleuten. Wenn du so einem ungehobelten Rülz ein Callicohemd nähst oder eine Mütze strickst, wird er handzahm."

Christina dachte an Matze Tintenfess. Ob der zahm werden würde, wenn sie ihm etwas strickte?

Eine Stunde lang redeten die Frauen miteinander. Schließlich stand Christina auf. Der dichte Qualm im Saloon brannte ihr in den Augen. Sie ging nach draußen.

Weiter oben am Waldrand hörte sie Charlotte und ihre kleine Freundin lärmen. Mitten auf dem freien Platz, um den die hölzernen Blockhütten der Ranch standen, brannte ein Feuer. Roh behauene Stämme lagen als primitive Bänke rund um die Feuerstelle. Eine massige Gestalt hockte auf einem der Stämme und drehte ihr den Rücken zu. Es war Matze Tintenfess. Tinas Herz schlug einen Takt schneller. Sie überlegte, ob sie zu ihm gehen sollte. Matze starrte stumm in die Flammen. Von ihrer Mutter wusste Christina, dass es nicht besonders klug war, Männer beim Nachdenken zu stören. Erwischte man sie auf dem falschen Fuß, konnten sie wie Krokodile nach einem schnappen.

Sie musste an die Musikprobe denken, als Fässchen sie zum ersten Mal in ihrem

Leben nicht von oben herab behandelt hatte. Galt das für immer? Oder war es nur ein kurzes Aufflackern gewesen?

Es gab nur einen Weg, um das herauszufinden.

Christina ging zur Feuerstelle und setzte sich neben Matze auf den Baumstamm. Er blickte nicht auf, starrte weiter stumm in die Flammen. Das lodernde Feuer tauchte sein kantiges Gesicht mit der scharfgeschnittenen Nase abwechselnd in orangerote Glut und schwarze, undurchdringliche Schatten.

Die Saloontür schwang auf und ein Schwall lauter Musik quoll heraus. Tina schaute sich um. Ihr Bruder und Conny Ecker kamen Arm in Arm aus dem Saloon. Christina mochte Conny Ecker sehr. Sie war so anders als Franks frühere Freundinnen, von denen sie etliche kennengelernt hatte. Allesamt waren es eingebildete Schicksen gewesen und - um mit ihrer Mutter zu reden - so hohl, dass man, hätte man sechs Drähte über die Bräute gespannt, mühelos auf ihnen hätte Gitarre spielen können. Conny war ganz anders. Sie war warmherzig und freundlich, fröhlich und entgegenkommend. Tina verstand sich auf Anhieb mit ihr.

Frank und Conny blieben an einer Ecke des Saloons stehen. Sie küssten sich zärtlich. Dann bogen sie um die Ecke und verschwanden aus Christinas Blickfeld.

„Frank hat es geschafft. Er hat die Endlosschleife durchbrochen, in der er seit Jahren festhing", sagte Matze unvermittelt. „Diese Conny ist das Beste, was ihm passieren konnte. Ich wünsche ihm, dass es diesmal klappt."

Christina schaute ihn an. Er war so anders als Marius Kaiser, groß und gedrungen, und wenn er so leise sprach, war seine Stimme tief und kehlig. Sie dachte an Matzes Bericht, wie er Marius durch den Wolf gedreht hatte, Marius, dessen wahres Gesicht sie erst seit Kurzem kannte. Ob Matze nach der Prügelei auch gehumpelt hatte wie damals nach der Schlägerei mit den drei Jungs?

„Ich mag Conny auch", sagte sie leise. Mehr fiel ihr nicht ein. Sag was, du dumme Gans, schrie sie sich in Gedanken an, aber sie fühlte sich schüchtern und hilflos. Sie hatte Angst, dass Matze sie anschnauzen würde, wenn sie etwas Falschen sagte, dass er sie wieder so geringschätzig behandeln würde wie früher. Oh ja, er war umgänglicher, seit sie erwachsen war, höflich war er geworden, aber er war kalt geblieben und hatte immer wieder seinen bissigen Sarkasmus von der Kette gelassen.

Verzweifelt suchte Christina nach einem unverfänglichen Thema. Oben im Wald schrie Lottchen nach ihrer Freundin, die lautstark antwortete. Seltsam, dass Kinder sich nur brüllend unterhalten konnten.

„Es ist schön hier oben", sagte sie lahm.

„Mm", machte Matze. „Das ist auch das Einzige, was mich dann und wann nach Bexbach zurücktreiben wird: die Ranch und Frank."

Christina rutschte das Herz in die Hose: „Du gehst fort?"

Er nickte.

Nein, dachte Christina. Sie fühlte, wie etwas ihre Brust einschnürte. Matze ging fort!

„Wohin?" Ihre Stimme klang wie Mäusefiepen.

„Kirkel."

Tina atmete auf. Kirkel lag nur dreizehn Kilometer von Bexbach entfernt. Kirkel hatte Matze gesagt, nicht München, Hamburg oder Berlin. Nur Kirkel. Nur dreizehn Kilometer. Erst jetzt bemerkte sie, wie schnell ihr Herz schlug.

„Den Arsch hab ich mir abgespart", brummte Matze. „Mein ganzes Leben lang! Hab mit sechzehn angefangen. Immer dieselbe Leier: Von allem Geld, das ich verdiente, habe ich stets die Hälfte auf die Bank getragen und es gut angelegt. Nächsten Monat wird die Kohle ausbezahlt. Genug, um mir damit ein kleines Häuschen im Grünen zu kaufen." Er klang irgendwie knurrig.

„Den Arsch abgespart!", murrte er. „Auf alles verzichtet, um mir meinen

Lebenstraum zu erfüllen! Wenn die anderen noch einen draufmachten, bin ich nach Hause gegangen, um Geld zu sparen für mein Häuschen."

Matze hob ein Stöckchen vom Boden auf und schleuderte es ins Feuer. „Meinen eigenen Bauerngarten wollte ich haben, so groß wie nur irgend möglich. Mein ganz großer Traum war ein eigener Bauernhof, auf dem ich als Selbstversorger leben könnte. Permakultur wollte ich betreiben."

„Wie der Sepp Holzer in Österreich?" Im gleichen Moment, als ihr die Worte herausrutschten, hätte sich Christina am liebsten die Zunge abgebissen. Sie hatte ihn unterbrochen. Was, wenn er jetzt sauer wurde?

Matze starrte sie an: „Du kennst Sepp Holzer?"

„Eh ... ja", antwortete sie. „Es kam mal ein Film im Fernsehen. Den habe ich auf DVD aufgenommen."

Matze blickte sie anerkennend an: „Sieh an, die Christina!"

Tina fühlte, wie flammende Röte in ihre Wangen schoss. Sie war froh, dass Matze es im Dunkeln nicht sehen konnte. „Ich habe auch „Mit 4 PS ins Glück", einen Film über einen Bauernhof, der noch nach Altvätersitte mit Pferden bewirtschaftet wird. Ich mag Pferde."

„Ich wollte wenigstens einen Garten", sagte Matze. Er starrte wieder ins Feuer. „Einen großen Garten, in dem ich Permakultur betreiben kann, organischen, naturnahen Landbau ohne Gifte und künstlichen Dünger. Dafür habe ich mich krummgelegt."

„Kannst du es denn nicht machen?", fragte Tina vorsichtig. „Ich meine, mit deinem Geld? Reicht es nicht?"

„Doch!" Ein weiteres Stöckchen flog ins Feuer. Matze schwieg so lange, dass Christina dachte, er hätte sie vergessen. „Vor zwei Wochen tauchte plötzlich so ein geschniegelter Fuzzi im Anzug bei mir auf." Matze schnaubte. „So ein feiner Pinkel. Ein Anwalt. Er sei der Nachlassverwalter von Albert Wagner aus Kirkel, erklärte er. Der Name sagte mir nichts. Er zeigte mir Fotos. Der Mann auf den Bildern kam mir vage bekannt vor.

Weißt du, wer das war? Ein Kerl, dem ich vor fast zwanzig Jahren mal den Hintern vom Grind gezogen habe. Der ist damals beim Schlittschuhlaufen auf dem Jägersburger Weiher im Eis eingebrochen und ich habe ihn rausgezogen. Kam zufällig dort vorbei. War in Jägersburg mit Freunden saufen und hatte den Bus verpasst. Statt eine Stunde auf den nächsten zu warten, bin ich zu Fuß losmarschiert. Das war Glück für diesen Wagner. Es war schon dunkel und keine Sau hatte gemerkt, dass er im Eis eingebrochen war. Der wäre ohne meine Hilfe ersoffen wie eine Ratte. Als ich ihn zwei Tage später im Krankenhaus besuchte, schenkte er mir eine Armbanduhr und hundert Mark als Dank für die Lebensrettung. Fand ich nobel und mehr hab ich, ehrlich gesagt, nicht erwartet. Dass der Typ meine Adresse haben wollte, ging mir am Hintern vorbei.

Und da kommt dieser geschniegelte Anwalt daher, stinkt nach Rasierwasser wie eine Nutte und verklickert mir, dass der Albert Wagner gestorben ist, und er hat mich als Alleinerben eingesetzt. Ein kleines Gehöft am Ortsrand von Kirkel hat er mir vermacht und eine ganze Stange Geld dazu. Zusammen mit meiner gesparten Knete bin ich fein raus. Ich kann aussteigen. Hab schon in der Firma gekündigt. Nie wieder in drei Schichten malochen! Jetzt werde ich Selbstversorger."

„Das ist klasse!", sprach Christina. Mehr traute sie sich nicht zu sagen, aus Furcht, die herrliche Vertrautheit zwischen ihr und Matze würde zerstört. Noch nie hatte er so mit ihr gesprochen, ihr seine geheimsten Träume offenbart. Tina reckte sich und drehte den Oberkörper hin und her, weil ihr Rücken verspannt war. Aus dem Augenwinkel erkannte sie Conny und Frank. Sie kamen um die Saloonecke. Lottchen flitzte zu ihnen und wollte geschmust werden.

„Ich bin ein bisschen eifersüchtig auf dein Bruderherz", sagte Matze Tintenfess, ohne sich umzudrehen. Der Mann hatte anscheinend Augen im Hinterkopf.

„Ich habe mir immer Kinder gewünscht, einen ganzen Stall voll, und Frank hat eins bekommen. Einfach so!" Matze lachte auf. „Er hat tatsächlich sein armes, verlassenes Waisenkind bekommen. Und ich krieg wie üblich was gepfiffen!" Matze klang nicht wütend, nur traurig. „Wir haben mal 'ne Radtour nach Neunkirchen gemacht, Frank und ich. Da waren wir zwölf oder dreizehn. Als wir oben an der Drehscheibe beim St. Vinzenz-Waisenhaus vorbeikamen, hat so eine Nonne gerade ein kleines Kind verprügelt. Auf offener Straße. Das war damals noch gang und gäbe. Es war ein Mädchen, nicht älter als Charlotte, und es hat furchtbar geschrien und geweint. Am erschütterndsten war, dass es fortlaufend nach seiner Mama schrie. Und die Scheiß-Nonne plärrte sie an: „Nach der brauchst du nicht rufen. Die hört dich sowieso nicht mehr, weil sie tot ist und wenn sie wüsste, was für ein schlechtes Kind du bist, würde sie sich im Grabe umdrehen!"

Frank und ich waren wie erschlagen. Wir schworen uns, dass jeder von uns als Erwachsener so ein verlassenes Kind aus dem Waisenhaus bei sich aufnehmen würde."

Christina war tief berührt. Sie musste schlucken und kämpfte gegen den Impuls, Matze die Hand auf den Arm zu legen.

„Aber nix da!", fuhr Matze fort. „Als wir groß waren, gab es kein Waisenhaus mehr. Ist ein Altenheim geworden. Arme Waisenkinder gibt es auch keine mehr. Heutzutage werden die alle adoptiert. Müsstest du ja wissen. Du arbeitest auf dem Amt. Ist auch gut so. Heute gibt es mehr Leute, die Kinder adoptieren wollen, als Kinder da sind, die neue Eltern brauchen.

Damals war das anders. Die armen Küken wollte keiner haben. Und der Frank hat sein Waisenkind doch noch bekommen."

Matze lächelte. „Das netteste, freundlichste Kind der Welt. So eins gibt's nicht mal im Film."

„Ja", sagte Christina.

„Ich bin nicht wirklich auf Frank eifersüchtig", sagte Matze. „Ich gönne ihm sein Glück. Er hat, weiß Gott, lange genug drauf warten müssen und im Fall von Lotti steht es auf kippeligen Beinen."

Er hob einen kleinen Ast vom Boden auf, zog sein Bowiemesser aus der Gürtelscheide und begann an dem Holzstück herumzuschnitzen. „Mir hängt bloß mein lebenslanges Pech zum Hals raus."

Aber Matze! Du hast doch gerade ein kleines Vermögen geerbt, hätte Tina am liebsten gesagt, doch sie hielt sich zurück. Matze wirkte so verletzlich in diesem Moment. Sie verstand seine Misere.

„Ich bin zu alt", knurrte er. „Weißt du, was meinen Traum perfekt gemacht hätte? Eine Familie. Ich wollte immer einen Selbstversorgerhof, eine Frau und einen ganzen Stall Kinder dazu." Wütend schnitzte er an dem Ast herum. „Und nun ist es zu spät. Ich bin weit über dreißig. Eine Frau in meinem Alter hat da schon Probleme, ein einzelnes Kind auszutragen, ganz zu schweigen von einem ganzen Stall voll.

Ich habe gespart und auf meinen Lebenstraum hingearbeitet und dabei mein wirkliches Leben verpasst. Es ist einfach an mir vorbeigezogen und ich Arschloch hab's nicht bemerkt!"

Matze stand auf. „Und überhaupt: Welche Frau will so ein Leben heutzutage noch? Die sind doch alle verwöhnt. Mehr als ein Kind will keine mehr. Scheiße!"

Mit einer wütenden Handbewegung schleuderte er sein Bowiemesser fort. Es flog wirbelnd durch den Feuerschein und schlug mit einem trockenen „Donk" in den Stamm einer jungen Birke ein, die vor einer der Blockhütten wuchs.

„Alles Scheiße!" Matze ging weg.

Christina biss sich auf die Lippen, um nicht laut aufzuschreien.

Matze, bleib bei mir, wollte sie rufen. Sie stand auf. Nein! Sie durfte nicht hinter ihm herlaufen. Unschlüssig trippelte sie an der Feuerstelle herum.

„Matze!", flüsterte sie. „Matze!"

Langsam schritt sie zu der Birke. Die Klinge von Matzes Bowiemesser steckte zur Hälfte im Baumstamm.

„Ein toller Wurf, nicht wahr?" Conny Ecker tauchte neben Christina auf. „Das hat er drauf, der Matze Tintenfess. Frank hat mir davon erzählt und die Frauen im Saloon auch. Matze ist einer der Besten im Messerwerfen und mit dem Tomahawk. Bogenschießen kann er auch. Nur mit den handarbeitlichen Fähigkeiten hapert es. Während andere Kerle ihre Ledersachen selber fertigen, stellt Fässchen sich zu dämlich an. Er muss andere Leute dafür anheuern und macht denen dafür die grobe Arbeit; Holzhacken zum Beispiel."

Christina freute sich irgendwie über diese Neuigkeit. In ihrer Fantasie häkelte sie eine Mütze für Matze und sah sein Lächeln, als er sie aus ihren Händen entgegennahm. Leider war es nur eine schöne Vorstellung. Sie seufzte.

„Ist er auf dich sauer, weil er so plötzlich wegging?", wollte Conny wissen.

Tina zuckte die Achseln: „Ich weiß nicht. Er hat mir von seinen Träumen erzählt, und dann ist er wütend geworden und aufgesprungen. Ihm ist klar geworden, dass er sein Leben vor lauter Sparen auf den großen Traum verpasst hat."

„Das geht dir nahe", stellte Conny fest. „Stimmt's?"

„Ja", antwortete Christina. Sie erzählte Conny, was sich zugetragen hatte.

„Wow!", machte Conny. Sie legte Christina eine Hand auf den Arm: „Er hat dir seine Blockhütte gezeigt, seine ganz private Höhle." Sie lächelte. „Wenn du ihn lässt, zündet er dir darin ein Feuer an und legt dir seine Jagdbeute zu Füßen."

„Meinst du?" Tina glaubte es nicht recht. „Er war so wütend."

„Aber doch nicht auf dich, Tina! Und er war nicht wirklich wütend, sondern verletzt."

Christina atmete auf. „Das stimmt."

Conny lächelte sie an: „Er bedeutet dir wohl viel, der Matze?"

Tina nickte.

„Obwohl du erst seit Kurzem von deinem letzten Freund getrennt bist?"

„Marius!" Christina sprach das Wort aus, als ob es Gift wäre. „Der war der größte Dreckskerl, den ich je kannte. Den will ich nie wieder sehen."

„Das mit Matze ... fing das heute Abend an?"

Tina blickte zu Boden. Sie lächelte still in sich hinein: „Nein, Conny. Das fing schon viel früher an. Ich glaube, ich habe ihn schon immer gemocht, aber Matze hat mich nie für voll genommen. Er hat mich immer wie ein dummes, kleines Kind behandelt und mich bei jeder Gelegenheit abgekanzelt."

„Du liebst ihn." Das war keine Frage, sondern eine Feststellung.

Tina wurde rot. Ja, sie liebte Matze Tintenfess, hatte ihn immer geliebt, egal, wie ekelhaft er ihr gegenüber war, und sie hatte sich all die Jahre nach seiner Anerkennung verzehrt. Heute hatte er sie zum ersten Mal wirklich als Mensch wahrgenommen, und was passierte? Er wurde wütend und dampfte davon! Christina war nahe daran, in Tränen auszubrechen.

Conny erfasste mit einem Blick, wie sie sich fühlte. Sie legte ihr den Arm um die Schultern: „Komm, Tina. Gehen wir in den Saloon und amüsieren uns. Du wirst sehen, Matze regt sich ab. Er ist ja nicht auf dich sauer, sondern auf sein Schicksal. Er hat dir seine Höhle gezeigt. Der kommt zurück."

Arm in Arm betraten sie den Saloon.

Dort „gewann" Matze gerade eine Wette, die er mit Frank Reuter abgeschlossen hatte: Wer zuerst eine Maß Bier ausgetrunken hatte, war Sieger. Frank „verlor" knapp. Seine „Strafe" bestand darin, dass er alle Silberschmuckstücke der Ranchleute einsammeln musste.

„Die Sachen, die ihr noch zu Hause habt, bringt ihr nächstes Mal mit!", befahl Fässchen lautstark. „Jeder noch so kleine Ohrstecker, jeder Ring, jede silberne Gürtelschnalle wird getauscht! Der reiche Reuter ist reif. Alles muss er ablöhnen."

Frank sollte die Silberschmuckstücke bei einem Juwelier abgeben und exakte Kopien davon aus einer Platinlegierung anfertigen lassen. Dann war Schluss mit angelaufenem Silber und welcher Verein hatte schon Platinschmuck?

„Das wird aber teuer", grölte Manfred. „Mindestens zehntausend Eier!"

„Na und? Frank hat's doch!"

Christina schaute zu Lottchen hinüber, die mit Sabrina an der Längswand des Saloons stand. Sie blickte Matze an und in ihren Augen stand blanke Dankbarkeit. Wenn auf der Ranch niemand mehr Silber trug, bestand für Charlotte keine Gefahr mehr, sich an dem Metall zu verbrennen. Und Frank würden die paar Tausender völlig egal sein. Eine Welle der Zuneigung überspülte Tina. Matze dachte einfach an alles.

Nur nicht an mich, dachte sie voller Wehmut. Matze!

Fässchen holte seine Mundharmonika aus der Tasche und spielte ein paar Takte Musik. Sofort fielen alle im Saloon in die Melodie ein:

„I wish I was in the land of cotton

old times there are not forgotten

look away, look away, look away Dixie Land."

Conny und Christina sangen die Dixie mit. Tina hatte die Hymne der amerikanischen Südstaaten schon immer gemocht.

Nach dem Lied legte jemand eine CD mit Südstaatenmusik auf. Etliche Leute tanzten dazu. Christina tanzte mit Conny.

Frank Reuter stand mit einem Krug Bier an der Theke. Irgendetwas kam ihm komisch vor. Es dauerte ein Weilchen, bis er dahinterkam. Es war Matze. Der schaute manchmal verstohlen zu Christina hin.

Vielleicht, dachte Frank, hat Tine diesmal doch nicht ihr übliches Pech.

Er grabschte sich Lottchen, die gerade an ihm vorbeifegte: „Ein Tänzchen gefällig, Prinzessin? Meine Freundin tanzt ja lieber mit meiner Schwester statt mit mir."

„Ja!", rief das Mädchen und zerrte ihn zur Tanzfläche.

Während Frank sich mit Charlotte im Kreis drehte, schaute er zu seiner Schwester und seinem besten Freund. Er sah, wie Tina Matze anschaute.

Ich würde es dir gönnen, Küken, dachte er.

*

Dunkelheit lag über Lautenbach, als Marius Kaiser einen Tag später tief geduckt über den Hinterhof von Christina Reuters Haus schlich. Er trug einen schwarzen Jogginganzug und eine dunkle Maske, die nur seine Augen frei ließ. An der Kellertür angekommen, holte er die Nachschlüssel heraus. „Yep!" Die Tür ließ sich öffnen. Er betrat den Keller.

Mit Manuela Hennes hatte er sich in einem kleinen Hotel im Hunsrück eingemietet, um offiziell eine Woche Ferien zu machen. Angereist waren sie mit seinem Wagen. Das kleine Auto von Manuela hatten sie in einem Nachbarort auf einem öffentlichen Parkplatz abgestellt, wo es niemandem auffiel. Sobald es dunkel wurde, stieg Marius über den Balkon ihres Hotelzimmers, holte heimlich Manuelas Wagen und fuhr nach Lautenbach, wo er das Auto in einer Seitenstraße abstellte. Keine Menschenseele würde ihn mit Manuelas Wagen in Verbindung bringen. Das Alibi war perfekt.

Er hatte eine ganze Nacht lang Zeit, zu tun, weshalb er gekommen war.

Marius Kaiser schloss die Kellertür hinter sich ab. Nur kein Risiko eingehen.

„Ich bin gekommen, Christina!", flüsterte er. „Heute Nacht rechnen wir ab!" Er würde Christina Reuter zeigen, dass er sich nicht so einfach von einer dahergelaufenen Schlampe hinauswerfen ließ.

„Ich mache dich fertig!", zischte er. „Ich werde dich zum Heulen bringen! Ich werde dich winseln hören! Du wirst betteln!" Bei dieser Vorstellung bekam er eine Erektion. „Heute Nacht wirst du sterben, Christina!"

Mit raubtierhafter Geschmeidigkeit schlich er die Kellertreppe hinauf. Am oberen Ende verhielt Marius kurz und lauschte. Der Fernseher lief. Christina war zu Hause. Er zog seine Pistole: „Na, dann mal los! Der Tanz beginnt!"

Vorm Haus erklang Motorengeräusch. Scheiße! Kommt da jemand? Marius Kaiser hielt den Atem an.

Der Automotor wurde abgestellt und Schritte näherten sich, trampelten die Eingangstreppe hoch und dann erklang die Dreifachglocke, dieses Scheiß-Bimmelimm-Ding, in das Christina so vernarrt war.

Obwohl ihn hinter der Kellertür niemand sehen konnte, duckte sich Marius unwillkürlich zusammen. So ein Mist. Das hatte ihm gerade noch gefehlt, dass Tina Besuch bekam. Verdammt! Es war fast zehn Uhr abends! Da machte man keine Besuche. Hatten die Leute denn überhaupt keinen Anstand mehr? Wahrscheinlich war es eine von Tinas Freundinnen, die ihr brühwarm berichten musste, wie sie im Supermarkt um ein Haar einen Furz gelassen hätte, als sie sich dieses umwerfende rosa Kleid anschaute, das sie so schlank machte wie eine Sardine, obwohl sie zwanzig Kilo Übergewicht hatte und in jedem Kleid aussah wie ein Elefant im Hauszelt, egal welche Farbe es hatte.

Die verkackte Klingel bimmelimmte ein zweites Mal. Die aufgeregte Elefantenkuh mit ihrem rosa Kleid musste tierisch aufgeregt sein. Vielleicht war das rosa Kleid ein absolutes Schnäppchen gewesen und eine andere Elefantin hatte es ihr beinahe vor der Nase weggeschnappt, als sie noch am Furzen war und überlegte, ob ihr nicht vielleicht doch das laubfroschgrüne Kleid mit den lila Noppen besser stand. Weiber!

Marius hörte, wie Christina die Haustür öffnete: „Frankie! Wo kommst du denn her?"

Von draußen, du saudumme Kuh! Wo soll er sonst herkommen? Aus dem vergoldeten Scheißhaus des schwulen Sultans von Fackdad?

Das hatte noch gefehlt! Der dreimal verfluchte Reuterarsch kam, um sein kleines Schwesterchen zu beglucken! Sicher hatte die beleidigte Ziege nichts Besseres zu tun gehabt, als überall anzurufen und jedem, der es hören wollte, erzählt, wie gemein der bitterböse Marius Kaiser war und dass sie ihn gar nimmer lieb hatte, und ihr idiotischer Bruder, der sich einbildete, Christina sei immer noch ein Kleinkind, dem er den Arsch abwischen musste, kam flugs angerannt, um sie zu trösten.

„Hallo, Tine." Das war nicht die Stimme von Frank Oberschwein Reuter. Es war das schrille Quiekorgan seines Teufelsbratens, des verzogenen kleinen Balgs, in das anscheinend jedermann verknallt war, weil es so niedlich aussah, dass einem bei seinem bloßen Anblick Zuckersirup aus den Ohren quoll.

Scheiße! Was sollte das werden? Ein trauter Familienabend zu dritt? Erst trösten, dann ratschen, dann mit dem süßen kleinen Kindchen Malefiz oder Einkriegezeck spielen?

Marius biss sich auf die Lippen, um nicht vor Wut zu schreien. Warum musste diese dämliche Fotze ausgerechnet heute Abend noch so spät Besuch bekommen? Was für eine Scheißwelt. Heutzutage konnte man nicht mal mehr jemanden in Ruhe ermorden!

„Das ist aber schön, dass ihr beiden mich besucht", flötete Tina. „Kommt rein."

Sie gingen ins Wohnzimmer. Marius Kaiser öffnete die Kellertür einen winzigen Spalt, um zu lauschen.

„Ich will nicht lange um den heißen Brei herumreden", sagte das Reuterschwein.

Marius verdrehte die Augen. Dann red auch nicht drum herum, sondern sag, was du zu sagen hast, du Arsch!

„Tine, könnte ich Lottchen ein paar Tage bei dir lassen? Es ist dringend."

„Gerne, Frank. Was ist denn los? Du bist so aufgeregt."

„Das bin ich, darauf kannst du Gift nehmen."

„Frank fliegt im Flugzeug nach Amerika", sagte Charlotte.

„Im Ernst?", fragte Tina.

Nein! Im Flugzeug!!! Das hat das kleine Kackbiest doch gerade gesagt!

„Einer von der UNIVERSAL hat mich vor einer halben Stunde angerufen", sagte Frank. „Stell dir vor, sie haben Stephen Granger rumgekriegt. Er will TIGERBLUT verfilmen."

Tina riss die Augen auf: „Stephen Granger? Mister Oscar? Dein Buch?"

Stephen Granger war Hollywoods bekanntester Regisseur von Horrorfilmen. Er sammelte Oscars wie andere Leute Briefmarken.

„Ich muss in die Staaten fliegen", fuhr Frank fort. „Granger besteht grundsätzlich darauf, die Autoren seiner Filmvorlagen persönlich kennenzulernen. Er sagt von sich, dass er nur dann einen guten Film machen kann, wenn er weiß, wer die Person ist, die das Buch geschrieben hat. Er will den Menschen hinter dem Buch kennenlernen. Erst dann macht er den Film. Es ist das Geheimnis seines Erfolgs.

Die UNIVERSAL hat für mich einen Flug am Mittwoch gebucht, in drei Tagen also. Ich werde drei oder vier Tage weg sein, schätze ich. Bis Sonntag bin ich sicher zurück."

„Mensch, Frank! Stephen Granger! Das ist fantastisch. Er wird einen super Film aus deinem Roman machen."

Christina hob Lotte auf ihren Schoss: „Und du, Prinzesschen, willst du ein paar Tage bei mir bleiben?"

„Ja, Tine", antwortete das Kind. „Das würde ich echt gerne."

Das würde ich echt gerne, äffte Marius die Worte des Mädchens im Geist nach. Ich würde ja sooo gerne, Tine! Dann können wir Malefotz spielen und du kannst mir ein bisschen in meinen niedlichen Kleinmädchenarsch kriechen. Oh ja! Das würde ich ja sooo gerne! Da fahr ich voll drauf ab, wenn mich die Leute so zuckersüß finden und mir pausenlos hinten reinkriechen wollen. Das ist so ein wunderbar kriechendes Gefühl an meinem Arsch. An meinem niedlichen Kleinmädchenarsch! In echt, eh!

„Ich richte dir im Keller ein lichtsicheres Schlafzimmer ein", versprach Christina. „Ich nehme mir ein paar Tage frei und wir zwei machen uns eine schöne Zeit. Ich freue mich auf dich, Lottchen."

Oh und wiiie ich mich freue, Fottchen! Ich freue mir den Arsch viereckig, Fottchen! Ich nehme mir sogar Urlaub, um dir pausenlos in deinen dürren Kleinmädchenhintern zu kriechen und dich den lieben langen Tag total niedlich zu finden, Schatzibutzi-du-du!

Marius Kaiser lachte in sich hinein.

Und wenn es am allerallerschönsten ist, kleines niedliches Butzidutzi-Rotzlöffelchen, kommt der liebe Marius vorbei und grillt deinen dürren Kleinmädchenarsch! Dann wirst du einen tierischen Sonnenbrand auf deinem niedlichen dürren Kleinmädchenarsch bekommen und jede Menge ziemlich großer, rauchender Sommersprossen in dein supersüßes Butzi-Dutzi-Gesichtchen. Rotzlöffelchen, es ist gar nicht gut für den Teint, wenn man raucht. Und du wirst rauchen, was, Rotzlöffelchen?

Frank und Christina besprachen die Einzelheiten. Sie bemerkten nicht, dass hinter der Kellertür ein Paar Augen in der Dunkelheit lauerten. Marius Kaiser schloss die Tür und schlich sich davon. Er hatte genug gehört. Er wollte nicht warten, bis das Reuterschwein mit seinem kleinen Teufelsbraten wegfuhr. Nachher kam womöglich noch seine hohle Schwester in den Keller getrampelt, um für das zuckersüße kleine Mistbalg sogleich einen Raum herzurichten, auch wenn es laut Verabredung erst in zwei Tagen zu Besuch kommen würde. Dooftina würde sofort loslegen.

Lautlos verließ Marius Christina Reuters Haus.

*

„Was?!" Die Stimme von Manuela Hennes war schrill vor Entrüstung. „Du hast sie doch nicht alle!"

„Leise!", zischte Marius. „Du weckst das halbe Hotel auf!"

„Du bist so was von bescheuert!", keifte sie. „Mensch, du warst schon im Haus und was machst du? Haust wieder ab! Du hast dich nicht getraut, du Schlappschwanz! Gib's zu!"

„Hör mir doch erst mal zu, bevor du ausflippst!", knurrte Marius. „Ich muss warten! Ich fahre in zwei Tagen noch mal nach Lautenbach und dann schlage ich zwei Fliegen mit einer Klappe."

„Mit welcher Klappe denn? Mit deiner? Die ist zwar groß, aber nix dahinter!"

Marius lachte. Er liebte es, wenn sie so in Fahrt kam. Sie gackerte wie eine wütende Henne und ihre Haare standen vom Kopf ab. Er begann in aller Ruhe, seinen schwarzen Jogginganzug auszuziehen und genoss es, wie Manu zeternd auf und ab lief.

„Brrr! Ich bin klitschnass. Gut, dass sie im Radio besseres Wetter gemeldet haben. Gestern Abend war es mal kurz trocken, aber heute hat es den ganzen Tag gepisst und über dem Garten von Pisstina Reuter muss eine extradicke Wolke gehangen haben, als ich durchlief. Dort fielen keine Regentropfen. Das war ein richtiger Wasserfall. Aber jetzt wird das Wetter ja schön. Das muss auch so sein, weil ich für meinen neuen Plan schönes Sonnenwetter brauche."

„Sonnenwetter! Du Dussel! Willst du etwa tagsüber nach Lautenbach?" Manuela tippte sich mit dem Zeigefinger an die Stirn. „Stell doch gleich ein großes Schild vor Christinas Tür: Ich, Marius Kaiser, werde heute um zwölf Uhr mittags dieses Haus überfallen und es zusammen mit seiner Besitzerin anzünden. Du

Hornochse!"

Marius zog erst gar keine trockenen Sachen mehr an. Er packte Manuela und warf sie aufs Bett. Mit flinken Bewegungen zog er ihr den Pyjama aus, obwohl sie sich erbittert zur Wehr setzte.

„Das ist alles, an was du denken kannst!", keifte sie. „Vögeln!"

Er warf sich mit seinem ganzen Gewicht auf sie und nagelte sie auf dem Bett fest: „Genau, Babe. Sex war schon immer das Beste, wenn ich nachdenken musste. Beim Ficken kommen mir die besten Ideen." Er küsste sie fordernd. „Und nun hör mir endlich zu, du Motzliesel!"

Er erzählte ihr in allen Einzelheiten, was er in Christina Reuters Haus gehört hatte.

Manuela beruhigte sich, blieb aber skeptisch: „Meinst du wirklich, dass du das schaffst?"

„Klar doch", sagte Marius leichthin. „Ich mache es am Freitag. Mittags fahre ich nach Lautenbach. Vom Wald aus gelange ich ungesehen auf Christinas Grundstück. Das Schöne ist ja, dass ihr Haus ein wenig abseits liegt. Der nächste Nachbar wohnt fast hundert Meter entfernt. Die gute Tina ist Freitagnachmittag immer in der Sauna. Ich werde das kleine Vampirbalg im Schlaf überraschen. Das Reuterarschloch hat gesagt, es schläft tief und fest, bis die Sonne untergeht. Vorher wacht es nie auf.

Ich nehme zwei Paar Handschellen und klick-klack ist das Kleine an Händen und Füßen gefesselt. Dann noch einen Knebel ins Maul. Ich will ja nicht von dem kleinen Dreckvieh gebissen werden, wenn es aufwacht."

„Nimm doch Chloroform", schlug Manuela vor.

„Keine schlechte Idee, Babe. Ich sehe, du denkst mit." Marius bedeckte Manuelas Körper mit Küssen: „Sobald es dunkel ist, schleppe ich Reuters kleinen Vampir zum Auto im Wald und verstaue das Balg im Kofferraum. Dann warte ich im

Haus versteckt auf Christina und kümmere mich um sie. Ich werde wohl die ganze Nacht brauchen. Wenn es so aussehen soll, als ob eine organisierte Einbrecherbande ihr Haus hochgenommen hat, muss ich alles Mögliche wegschleppen: Fernseher, DVD-Player, Stereoanlage, die Klunker, einfach alles von Wert. Das Zeug versenke ich in der Blies bei Niederbexbach."

„Es ist heutzutage echt schlimm", sprach Manuela mit falschem Bedauern. „Diese rumänischen Banden sind wirklich grausam."

Marius lächelte sardonisch: „Die schrecken auch vor einem Mord nicht zurück, wenn man sie beim Einbruch überrascht. Die killen eiskalt jeden Zeugen."

„Die arme Christina. Aber so kommt sie wenigstens einmal im Leben in die Zeitung, auch wenn sie dann schon tot ist." Manuela lachte hellauf.

Marius küsste sie: „Nicht so laut, meine schöne Grausame. Und das Teufelsbalg kette ich in den Blieswiesen an das Stauwehr eines Entwässerungsgrabens. Sie wird ein Bild für die Götter abgeben: hilflos mitten auf der weiten Wiese, und dann geht die Sonne auf."

„Puff!", machte Manuela.

Marius grinste: „Ich habe noch eine besonders delikate Idee auf Lager." Er flüsterte in Manuelas Ohr.

Ihre Augen wurden groß: „Das willst du echt tun?" Sie umschloss seinen Unterleib mit ihren Beinen, presste ihn fest an sich. „Das ist einfach geil!"

„Ich tu das auch für dich, Manu. Denk daran, wie das Reuterschwein dich behandelt hat. Wie ein Stück Dreck! Der Tod seiner Schwester und seines heißgeliebten Teufelskükens wird ihn fertigmachen, und dann noch das! Hähä! Wer weiß, vielleicht begeht er Selbstmord. Ich könnte auch nachhelfen ... Lust hätte ich schon."

Manuela Hennes küsste ihn leidenschaftlich: „Deine Idee ist echt geil. Du bist ein böser Junge! Ein ganz, ganz böser Junge!"

„Ja", sprach Marius. „Ich bin ein böser Junge."

Manuela griff nach ihrer Jeanshose. Sie zog den Gürtel heraus. Zischend glitt der breite Lederriemen aus den Schlaufen: „Böser Junge! Dafür hast du eine Strafe verdient."

Marius begann vor Erregung zu zittern.

„Los! Bück dich, du böser Junge!", befahl Manuela. „Jetzt gibt's Haue."

„Ich werde geschlagen", winselte Marius. Er bekam einen Mordsständer. „Mit meinem eigenen Gürtel!"

Sie hatten wilden Sex bis zum Morgengrauen.

*

Einen Tag, bevor er in die Staaten fliegen sollte, wachte Frank Reuter kurz vor Mittag auf. Er hatte geträumt. Er erinnerte sich nicht mehr genau an die Handlung seines Traums. Nur eine kleine Melodie war in seinem Gedächtnis haften geblieben. Er summte sie leise vor sich hin, während er duschte, sich die Zähne putzte und sich rasierte. Die Melodie ließ ihn nicht mehr los. Jedes Mal schienen die einfachen Töne nach seinem Herzen zu greifen.

„Woher kenne ich das Lied bloß?", fragte er sein Spiegelbild. „Das Liedchen kannte ich schon als Kind. Aber woher?"

Die Erkenntnis traf ihn wie ein Schock: „Von Mutter!" Er musste sich auf den Rand der Badewanne setzen, weil seine Knie weich wurden. „Von Mutter!" Wieder summte er die Melodie.

„Mama!", flüsterte er. Er schluckte. Da war ein Ziehen in seinem Herzen, das sich stetig verstärkte.

Frank stand auf, zog sich an und verließ das Badezimmer. Ruhelos lief er in der Wohnung umher. Das Lied geisterte pausenlos durch seinen Kopf. Seine Mutter hatte es gesummt, als er mit fünf Jahren krank im Bett lag und sie bei ihm wachte. Sie hatte ihm selbsterfundene Geschichten vom kleinen Dinkelmännchen erzählt, eine traurige Geschichte über einen kleinen Zwerg, den niemand mochte, weil er so hässlich war. Immer wenn es besonders traurig wurde, hatte sie die Melodie gesummt und dem kleinen Frank damit Tränen in die Augen getrieben. Schließlich hatte sich eine gute Fee des armen Dinkelmännchens angenommen. Weil er ihr das Leben gerettet hatte, schenkte sie ihm Schönheit, ein Schloss im Wald, viel Gold und Edelsteine und eine besonders entzückende Zwergenprinzessin. Beim Happy End hatte seine Mutter die traurige Melodie in Moll plötzlich in eine fröhliche Dur-Tonfolge abgewandelt und Frank war beinahe vor Glückseligkeit vergangen.

In der Folgezeit hatte seine Mutter ständig Fortsetzungen zur Geschichte vom Dinkelmännchen erfinden müssen.

„Habe ich mein Schreibtalent etwa von Mutter?" Frank blieb abrupt stehen. Seine Hände öffneten und schlossen sich immer wieder. Dann fasste er einen Entschluss.

Er stieg in seinen Mercedes und fuhr zum Bexbacher Friedhof. Er hatte das Grab seiner Mutter noch nie gesehen, wusste nur ungefähr, wo es lag. Nach einigem Suchen fand er es. Als er vor dem Grab stand, war er fassungslos. „Das ... das ist ja ...!"

Das Grab war völlig verwahrlost. Kriechender Wacholder bedeckte die Schrift auf dem Grabstein aus poliertem schwarzem Granit fast vollständig. Die restlichen Pflanzen auf dem Grab waren verdorrt. Sie mussten eingegangen sein, bevor der starke Regen der letzten Tage eingesetzt hatte. Um dieses Grab hatte sich schon lange niemand mehr gekümmert. Klar, Franks Vater hatte wenig Interesse bekundet. Schließlich hatte seine Frau ihn wegen eines anderen verlassen, aber was war mit Jörg?

Frank erkannte vertrocknete Stiefmütterchen auf dem Grab. Ausgerechnet

Stiefmütterchen! Wo doch jeder wusste, dass seine Mutter Stiefmütterchen nicht ausstehen konnte. Das ganze Grab stand voll mit verdorrten Scheiß-Stiefmütterchen!

„So also kümmerst du dich!", knurrte Frank. Jörg schien kein großes Interesse am Grab der Frau zu haben, die er einmal aus ihrer Familie herausgebumst hatte, um sie zu seiner eigenen Frau zu machen.

„Wichser!" Frank fühlte Wut in sich aufsteigen, gepaart mit unendlicher Traurigkeit. Hatte er seiner Mutter nicht oft ein solches Schicksal gewünscht? Dass sich niemand mehr um sie kümmern sollte? Doch als er vor diesem erbärmlichen Grab stand, empfand er nur Trauer. „Mutter!"

Er drehte sich um und strebte mit Riesenschritten dem Ausgang des Friedhofs zu. Er stieg in sein Auto und gab dem Mercedes die Sporen. Der Kompressor jaulte. Frank fuhr nach Homburg. Im DEHNER-Gartencenter kaufte er Werkzeuge und Pflanzen ein. Damit kehrte er zum Friedhof zurück.

Eine Stunde lang arbeitete er am Grab seiner Mutter. Zuerst stutzte er den wild wuchernden Wacholder. Dann riss er die verdammten Stiefmütterchen aus und pflanzte kleinwüchsige Margeriten und Studentenblumen, die Lieblingsblumen seiner Mutter. Er goss die neuen Pflanzen an und harkte das Grab ordentlich.

Als er fertig war, begutachtete er sein Werk. „So kann man das lassen. So hat ein anständiges Grab auszusehen." Zum ersten Mal seit Jahren fühlte er keinerlei Hass gegenüber seiner Mutter, sondern nur Trauer.

„Mutter, was hast du gemacht?", murmelte er. „Jetzt siehst du, was dieser Jörg von dir hält. Wahrscheinlich vögelt dieser Wichser längst eine andere Frau. Womöglich bumst er wieder eine intakte Familie kaputt, das Schwein. Dazu ist er noch nicht zu alt. Dazu ist man nie zu alt! Oh, Mutter!" Er summte die kleine Melodie.

Schließlich fuhr er nach Hause.

*

Anderntags brachte Frank Charlotte zu seiner Schwester nach Lautenbach. Lottchen hatte einige Klamotten und ihre Lieblingsstofftiere dabei, natürlich auch ihren geliebten rosa Stoffhasen.

Christina freute sich über ihren kleinen Gast.

„Ich stelle dir all meine Puppen vor, die ich von Frankie geschenkt bekam", versprach sie und knuddelte Lottchen, die sich das gerne gefallen ließ. „Ich muss immer noch staunen, wie sehr du meiner Lottepuppe gleichst. Siehst du deiner Mutter wirklich so ähnlich?"

„Ich weiß nicht, wie Mama als Kind ausgesehen hat", sagte Lottchen und kuschelte sich in Tinas Arme. „Aber alle vom Revelin-Clan sagten, ich sei ihr wie aus dem Gesicht geschnitten."

„Matze hat mir etliche Texte von Clairvaux per E-Mail geschickt", sagte Frank. „Dieser Franzose schreibt, dass bei den Clanleuten die Vererbung über die mütterliche Linie geht, und wenn sich eine neue Königinnenlinie ankündigt, wird die Ähnlichkeit von Mutter und Tochter von Generation zu Generation größer."

Er trank lustlos an dem Kaffee, den seine Schwester ihm gekocht hatte. Sie merkte, dass etwas mit ihm nicht stimmte.

„Frank, was hast du?", wollte Christina wissen. „Du wirkst so bedrückt. Freust du dich nicht auf Hollywood?"

„Weiß auch nicht", brummte Frank. „Ich fühle mich seit einigen Tagen irgendwie unwohl."

„Du bist doch hoffentlich nicht krank?"

Reuter schüttelte den Kopf: „Das ist es nicht. Es ist so ein unbestimmtes Gefühl, als ob du in Urlaub fährst und die ganze Zeit denkst: Mensch, ich habe irgendetwas Wichtiges vergessen! Und wenn du aus Spanien zurückkommst, stellst du fest, dass du das Licht im Keller angelassen hast oder den Fernseher."

Er runzelte die Stirn: „Ich komme ums Verrecken nicht drauf, was es ist. Das nervt!"

„Wahrscheinlich ist es nichts", meinte Christina. „Du verreist zum ersten Mal so weit. Das ist es. Oder du fürchtest dich unbewusst vor dem Transatlantikflug. Das ist kein Wunder, nachdem, was am 11. September 2001 in New York passierte."

"Darüber habe ich auch schon nachgedacht", sagte Frank. „Aber ich fürchte mich nicht vor dem Flug, Tine." Er blickte seine Schwester eindringlich an: „Ich denke dauernd, dass was mit dir ist und mit Lottchen."

„Wie meinst du das?"

„Weiß ich nicht", erwiderte Frank. „Es ist bloß so ein mieses Gefühl. Als ob ich euch allein lasse und euch droht eine Gefahr."

„Ach so!" Christina lächelte spöttisch. „Frank Reuter, du hast den Gluckenreflex! Das ist alles! Reg dich ganz schnell wieder ab! Ich bin jetzt ein großes Mädchen und kann auf mich selber aufpassen." Sie klang knurrig. „Du musst mir nicht mehr den Po abwischen. Das kann ich seit vielen Jahren allein."

Frank stand auf: „Ich muss los. Tut mir leid. Wahrscheinlich ist wirklich nichts." Er umarmte seine Schwester: „Bis bald. In drei oder vier Tagen bin ich wieder da."

Er umarmte Lottchen: „Tschüs, Prinzessin. Ich habe dich lieb."

„Ich dich auch, Liebfrank", piepste Lotte. Sie und Tina begleiteten Frank nach draußen zu seinem Wagen.

„Mach dir keine Sorgen, Frank", bat Christina. „Uns kann nichts passieren. Es weiß ja keiner, dass Charlotte bei mir ist. Ich passe gut auf sie auf."

Frank drehte sich noch einmal um.

„Es ist ein anderes Gefühl, Tine", sagte er. Man sah ihm an, dass er sich unbehaglich fühlte. „Es ist wie in CUJO, diesem Horrorroman von Stephen King, als sich der kleine Junge vor dem Schrank fürchtet. Er denkt, dass etwas Schreckliches in dem Schrank lauert und ihn auffressen will."

„Schriftstellerfantasie", sagte Tina lächelnd. Sie und Lottchen winkten Frank hinterher, als er davonfuhr.

*

Frank fuhr nach Frankfurt, wo sein Flugzeug auf ihn wartete. Die ersten drei Stunden seines Fluges nach Los Angeles verschlief er. Als er über dem Atlantik aufwachte, fühlte er sich noch miserabler. Er hatte geträumt. Im Traum hatte er seine Angst um Tina und Lottchen noch intensiver erlebt. Da war etwas gewesen, etwas Furchtbares, das hinter einer Tür lauerte. Doch es war keine Schranktür gewesen. Es war die Tür zu Christinas Keller.

Augen hatten hinter der Tür hervorgesehen, Augen, die vor Hass und Mordlust brannten.

*

Er war aus dem Wald gekommen, vorsichtig nach allen Seiten sichernd, damit ihn niemand sah. Es war noch hell. Er schloss die Kellertür auf und drang ins Haus ein. Er suchte den Raum im Keller und fand ihn. Marius Kaiser starrte das Teufelsbalg an. Sein Herz hämmerte wild. Jetzt nur keinen Fehler machen!

Was als Erstes? Die Hände mit den Handschellen auf den Rücken oder Chloroform? Er entschloss sich, das Chloroform zu benutzen. Mit größtmöglicher Vorsicht öffnete er die kleine braune Glasflasche und kippte etwas von der Flüssigkeit auf ein gefaltetes Taschentuch. Er atmete nur flach. Das hätte noch gefehlt, dass er eine Ladung des Betäubungsmittels erwischte und in Christinas Keller ein Nickerchen hielt!

Noch zwei Schritte.

Noch einen.

Jetzt!

Marius presste das Tuch auf das Gesicht des schlafenden Kindes.

Wenn es mich beißt!

Es biss ihn nicht. Es seufzte leise und wurde schlaff. Sicherheitshalber hielt ihm Marius das Tuch noch eine Weile vors Gesicht. Dann warf er es achtlos beiseite und lief in die Waschküche, wo er sich unter dem Wasserhahn die Hände wusch. Als er zurückkehrte, hing nur noch ein ganz leichter Chloroformgeruch in der Luft.

Marius warf die Bettdecke beiseite. Das Kind lag nur mit einem Nachthemd bekleidet auf dem Bett. Er drehte es auf den Bauch, riss ihm die Arme nach hinten und schloss sie hinterm Rücken mit einem Paar Handschellen zusammen. Er kettete auch die Fußgelenke zusammen. Das kleine Mistbalg sollte keine Chance haben, davonzulaufen.

Jetzt noch der Knebel. Marius drehte das Mädchen auf die Seite. Er öffnete ihren Mund und starrte die Zähne an. Enttäuschung machte sich in ihm breit, als er feststellte, dass die Eckzähne sich kaum von denen eines normalen Menschen unterschieden, allenfalls waren sie ein wenig spitzer. Er hatte richtige lange Vampirzähne erwartet.

Egal, der Knebel musste sein. Er wollte nicht riskieren, gebissen zu werden. Zudem war es nötig, dem verdammten Balg das Maul zu stopfen, da es eine ziemliche Weile im Kofferraum des Autos verbringen sollte.

„Es soll dich niemand schreien hören, Fottchen", flüsterte Marius. „Nur ich will dein Geplärr hören, später, wenn die Nacht zu Ende geht ... dann will ich dich schreien hören."

Er wickelte den kleinen Teufelsbraten in eine Wolldecke und trug das Bündel zur Tür, die in den Hof hinausführte. Draußen wurde es dunkel. Sorgsam sicherte Marius nach allen Seiten, dann trug er seine Last durch Christina Reuters Garten, wobei er jede sich bietende Deckung nutzte.

Das Auto stand in einem Waldweg versteckt. Marius sperrte seine Beute im Kofferraum ein. „Geschafft!" Aufatmend lehnte er sich gegen den Wagen. Er zitterte vor Anspannung. Verdammt, war das aufregend! Er holte sein Handy aus der Tasche und wählte Manuelas Nummer. Sie meldete sich gleich nach dem ersten Klingelton.

„Teil 1 des Plans erfolgreich durchgeführt", meldete Marius.

Manuelas Stimme klang freudig erregt: „Super! Der Rest wird auch klappen, Marius. Wenn du was anpackst, klappt es immer. Ich küsse dich durchs Telefon."

„Danke für die Blumen, Schatz", sagte Marius. „Ich mach mich auf die Socken. Bald kommt die liebe Christina."

„Bereite ihr einen warmen Empfang", quäkte Manuelas Stimme aus dem Telefon.

„Einen heißen Empfang", trumpfte Marius auf.

„Vergiss nicht, ihr schöne Grüße von mir auszurichten!"

„Mach ich." Marius schaltete das Handy aus. Er kehrte zu Christinas Haus zurück. Er trug denselben schwarzen Jogginganzug und die Gesichtsmaske wie einige Tage zuvor. Seine weitere Ausrüstung befand sich bereits im Haus und stand vorm Zimmer des Teufelskükens bereit. Viel war es nicht. Nur ein weiteres Paar Handschellen, ein Feuerzeug und zwei Kanister mit Benzin.

Marius machte es sich im Zimmer des Vampirbalgs auf einer alten Couch gemütlich. Es würde nicht mehr lange dauern, bis Christina aus der Sauna kam. Marius wartete geduldig. Er hatte eine ganze Nacht lang Zeit.

*

Christina Reuter fuhr nach Hause. Sie war spät dran. In der Sauna hatte sie ihre Freundin Iris getroffen und nach dem Saunen waren sie noch in ein Café gegangen und hatten geredet, hauptsächlich über Marius Kaiser, aber auch über Matze Tintenfess.

Christina spürte, dass sie Matze liebte, mochte er noch so ein Grobian sein. Wenn sie an Matze dachte, geriet ihr Herz jedes Mal aus dem Takt.

An Marius Kaiser dachte sie hingegen nicht mehr gerne. Von der Erinnerung an Marius fühlte sie sich beschmutzt, richtiggehend besudelt.

„Hoffentlich hat Lottchen keine Angst allein im Haus. Es ist ihr ja noch fremd", murmelte Christina. „Ich hätte nicht so lange mit Iris reden dürfen." Sie gab Gas. Sie wollte schnell zu Charlotte.

Die Zeit mit dem Kind bereitete ihr eine Riesenfreude. Lottchen war ein süßer kleiner Fratz, anhänglich, freundlich und fast immer gutgelaunt. Es war Tina schwergefallen, ihrem Bruder zu glauben, als er ihr von Lottes perfekter Freundlichkeit erzählte, doch nun erlebte sie es selbst. Noch nie hatte sie das Kind zickig erlebt. Lottchen war immer nett und ausgesprochen verschmust.

Am Abend zuvor hatte sie zusammen im Wohnzimmer beim Anschauen eines Walt Disney-Films unter einer Wolldecke gekuschelt. Wenn Christina, die Lottchen im Arm hielt, die Kleine anlächelte, hatte sie prompt zurückgelächelt, auf solch gewinnende Weise, dass man sie einfach gernhaben musste.

Nur einmal war Charlottes gute Laune gewichen, hatte sich ihr Blick verdüstert, nämlich, als das Gespräch auf ihre Leute kam.

„Ich habe Angst, dass sie mich finden", piepste sie.

„Wäre das so schlimm? Willst du nicht wieder zu deinem Clan zurück? Hast du sie nicht lieb?", fragte Christina.

Lottchen schaute sie aus großen Augen an: „Ich kenne sie ja nicht und ich will nicht, dass sie mich finden. Ich will bei Liebfrank bleiben."

„Würden dich die Clanleute wegnehmen?"

Lotte nickte: „Ja. Sie halten nichts von Tagmenschen. Es gibt nur einige wenige unter euch, denen sie trauen." Sie verzog das Gesicht: „Hoffentlich verrät mich die Puppenfrau nicht!" Sie dachte nach: „Solange die Clanleute nicht wissen, wo ich bin, wissen es die Vermummten auch nicht."

Die Vermummten! Die dunkle Seite der Clanleute, wie Frank es nannte. Sie hatten Charlottes Eltern ausgelöscht.

Aber Frank machte sich auch Sorgen wegen der normalen Clanmenschen. Er zeigte es bloß nicht. Nach außen war er ruhig und gelassen.

„Tine, ich weiß nicht, was ich tun würde, wenn die kommen, um Lottchen zu holen", hatte er letztens am Telefon gesagt. „Lottchen gehört zu mir. Sie ist inzwischen wie ein eigenes Kind für mich und sie liebt mich. Sie hat sich fest an mich angeschlossen. Ich bin ihr Liebmensch."

Ihr Liebmensch ... Aus Matzes Texten hatte er die Informationen über das Familienleben der Nachtleute. Ihre sozialen Bindungen waren anders strukturiert als die der Tagmenschen. Der Clan war die Großfamilie, die Halt bot. Kinder fühlten sich zu allen Mitgliedern ihres Familienclans hingezogen, doch im Gegensatz zu Menschenkindern gingen sie niemals mehrere enge Bindungen ein. Ein Menschenkind liebte Vater und Mutter meistens gleich stark, dazu oft noch seine Geschwister und Großeltern.

Ein Nachtkind band sich ausschließlich an eine einzige Person. Das konnte ein Elternteil sein, aber genauso gut auch ein älteres Geschwister, ein weit entfernter

Verwandter oder sonst jemand. Dieser sogenannte Liebmensch wurde zur wichtigsten Bezugsperson.

Lottchens Liebmensch war ihre Mutter gewesen und der Verlust hatte das Kind fast umgebracht. Deshalb war Lotte fast zwei Jahre allein umhergeirrt. Nicht nur aus Furcht vor den Vermummten war sie ihrem Clan ferngeblieben, auch weil der Tod ihrer Mutter alle Bindungen vernichtet hatte. In Clairvaux´ Buch stand, dass kleinere Kinder nach dem Verlust ihres Liebmenschen oft elend zugrunde gingen und niemand etwas dagegen tun konnte. Nur äußerst selten akzeptierte ein Nachtkind eine neue Bindung.

Kein Wunder, dass Lottchen Angst hatte, ihre Leute könnten sie von Frank wegholen.

Sie hatte sich fest an Tina gekuschelt und sie so intensiv angeschaut, dass es Christina durch und durch ging: „Wenn ich Frank verliere, werde ich sterben."

„Frank würde dich nicht hergeben. Mach dir keine Sorgen, Lottchen."

„Sie würden verlangen, dass ich mit ihnen komme", flüsterte Charlotte.

„Du musst ja nicht gehorchen", hielt Christina dagegen.

„Doch", sagte Lottchen. Man sah ihr an, dass es ihr beinahe das Herz abdrückte. „Ich muss. So sind die Regeln. Wenn mein Clan verlangt, dass ich mitgehe, muss ich gehorchen. Davor habe ich Angst, Tina. Manchmal habe ich so eine Angst, dass ich fast keine Luft mehr bekomme. Sie dürfen mich nicht finden!"

„Wir halten dich gut versteckt", versprach Christina. Die Not des Kindes ging ihr sehr nahe.

„Werden wir es schaffen?", fragte sich Christina laut, während sie die schmale Landstraße nach Lautenbach entlangfuhr. Leider wussten ziemlich viele Leute von Charlottes Existenz. Die Ranchbesatzung würde dichthalten, hatte Frank gesagt. Was war mit Marius Kaiser? Was, wenn es dem Mistkerl einfiel zu reden?

Er wusste nicht, was Lottchen war, aber stellte er deswegen keine Gefahr dar? Die Puppenmacherin aus Zweibrücken wusste jedenfalls Bescheid über Franks kleinen Gast. Würde sie schweigen?

Vielleicht war es die Sorge wegen der Puppenfrau, die Franks Unwohlsein verursacht hatte.

Im Autoradio wurde schönes Wetter gemeldet. Wenigstens ein Lichtblick. Die starken Regenfälle der letzten Tage waren Christina aufs Gemüt geschlagen. Sie hasste Regen. Er machte die Welt grau, kalt und farblos. Tina war ein Sonnenkind. Sie liebte den warmen Sommer. Die kalte, verregnete Jahreszeit konnte ihr gestohlen bleiben.

Ganz im Gegensatz zu Matze Tintenfess.

„Es gibt kein schlechtes Wetter, nur falsche Bekleidung", pflegte er zu sagen, zog seine Goretex-Montur an und machte eine Radtour im strömenden Regen.

Matze! Christinas Herz schlug einen Takt schneller. Bald würde sie ihn wiedersehen. Wenn Frank aus den USA zurück war, würden die „Charlottes" wieder gemeinsam proben.

Tina kam zu Hause an und parkte den Wagen unterm Carport neben ihrem Haus.

„Matze!", sang sie in Gedanken, als sie zur Haustür schritt. „Matze. Matze. Matze."

Sie schloss die Haustür hinter sich: „Ich bin da, Schätzchen."

„Willkommen zu Hause, Schätzchen!"

Christina fuhr herum und blickte in ein Paar kalte Augen. Marius Kaiser hielt eine Pistole auf ihr Gesicht gerichtet: „Hallo, Tina!"

*

Frank Reuter saß auf seinem Platz in der ersten Klasse wie auf glühenden Kohlen. Warum zur Hölle schlichen diese verfluchten Flugzeuge so lahmarschig über den Großen Teich? Es war zum Verzweifeln.

Das ungute Gefühl, das ihn die letzten Tage begleitet hatte, war stündlich stärker geworden.

Die Verhandlungen mit Stephen Granger und der UNIVERSAL gingen Gott sei Dank angenehm schnell über die Bühne. Frank hatte keine Zeit verloren und den nächstmöglichen Direktflug nach Frankfurt genommen.

Er hatte jeden Tag von Amerika aus mit Christina telefoniert und sich mit ihr und Lottchen unterhalten. Alles schien in bester Ordnung, doch das ungute Gefühl wurde immer drängender.

Wenn ich nur wüsste, was es ist!

Es war zum Verzweifeln. Es hatte nichts mit den Clanleuten zu tun, auch nicht mit den Vermummten. Es war etwas anderes, etwas, das er zu kennen glaubte. Dauernd schwebte das Bild der Kellertür von Christinas Haus vor seinem inneren Auge. Hinter dieser Tür führte die Treppe in den Keller hinunter, wo Charlottes Zimmer eingerichtet war. In Franks Träumen lauerte etwas unsagbar Bösartiges hinter dieser Tür. Frank hatte Augen gesehen, die vor Mordlust glühten.

Ich kenne es, dachte er. Es sitzt dort hinter der Tür. Es lauscht. Es starrt. Es hasst.

Da war so eine Ahnung, etwas am Rande seiner Wahrnehmung, aber jedes Mal, wenn er es zu erhaschen versuchte, huschte es weg.

Flieg schneller, befahl Frank dem Flugzeug in Gedanken. Schneller, verdammte Mühle!

*

Christina starrte Marius an. Eisiges Entsetzen packte sie.

Marius wirkte befriedigt: „Schön. Du kapierst schnell, dass ich nicht gekommen bin, um mit dir bei Kaffee und Kuchen ein Plauderstündchen zu halten."

Er fuchtelte mit der Pistole: „Los! Setz dich in Bewegung!" Er dirigierte sie zur Kellertür.

Christinas Herz schlug bis zum Hals. „Marius ...", begann sie.

„Halts Maul!", blaffte er und bohrte ihr die Pistole in den Rücken. „Geh weiter! Runter in den Keller!"

Tina gehorchte. Sie war vor Angst wie gelähmt, konnte sich nur langsam bewegen wie durch zähen Sirup. Gott, was soll ich nur tun? Wie ist er hereingekommen? Was hat er vor? Was wird er mit mir machen? Sie zitterte vor Furcht.

Marius befahl ihr, zum Heizungskeller zu gehen. Sie kamen an dem Raum vorbei, in dem Charlotte den Tag verbrachte. Die Tür war verschlossen.

Lottchen! Um Gottes willen! Kind, wenn du da bist, gib keinen Mucks von dir! Du bist meine einzige Hoffnung.

Christina spürte, dass Marius zu allem entschlossen war. Seine Augen brannten vor Hass.

Vor der Tür zum Heizungskeller zögerte sie. Die Tür war aus starkem Stahlblech. Wenn sie im Heizungskeller war, würde sie draußen niemand schreien hören. Aber wer sollte sie denn hören? Das Nachbarhaus lag beinahe hundert Meter entfernt.

„Rein da!", zischte Marius. „Und keine Faxen, sonst knall ich dich ab, Schlampe!"

Im Heizungsraum holte er ein Paar Handschellen hervor. Er befahl Tina, sich neben einem senkrecht verlaufenden Rohr niederzuknien, und kettete sie daran fest.

„So!", meinte er. Sein Gesicht strahlte Zufriedenheit aus. „Von hier kommst du nicht mehr weg!"

In Christinas Kopf wirbelte alles durcheinander. Sie konnte keinen klaren Gedanken fassen.

Marius zog ein kleines Schlüsselchen aus der Tasche: „Für deine Handschellen, Tina." Er hängte den Schlüssel an einen vorstehenden Nagel an der Kellerwand. „Leider kommst du nicht dran. Er hängt außerhalb deiner Reichweite." Marius grinste. Ihm schien die Sache großen Spaß zu machen. „Dumm gelaufen, was?"

Er verließ den Raum und kehrte eine Minute später mit einem dreibeinigen Hocker zurück, den er an der Tür aufstellte. In aller Seelenruhe nahm er Platz. Er steckte die Pistole in ein Schulterhalfter und schaute auf seine Armbanduhr.

„Jetzt reden wir, Christina. Ich habe viel Zeit. Die ganze Nacht."

Tina schöpfte Hoffnung. Er wollte sie nicht töten, jedenfalls nicht gleich. Er wollte reden, eine Gnadenfrist für sie.

Lottchen, hilf mir, dachte sie.

Wo war das Kind? Es musste sich irgendwo im Haus aufhalten. Hatte es sich versteckt, als Marius auftauchte? Würde Charlotte verstehen, in welcher Lage Christina war? Würde sie Hilfe holen? Christina hoffte es von ganzem Herzen.

Marius lächelte sie freundlich an. Das Lächeln verursachte Tina Übelkeit.

„Da wären wir also", begann Marius. „Du hast doch nicht im Ernst geglaubt, ich lasse mich einfach so von dir rauswerfen?" Er grinste wie ein Kühlergrill. „Wie ich hörte, bist du noch nicht dazu gekommen, dein Testament ändern zu lassen. Ich kann leider nicht auf dein Geld verzichten, Tinchen, mein Bienchen."

Marius klang wie ein freundlicher Lehrer, der einem begriffsstutzigen Schüler etwas erklärt. „Das verstehst du doch, nicht wahr?"

„Marius, hör mal, wenn du Geld willst, das ist kein Problem", stammelte Christina. „Du bekommst es, nur bitte tu nichts Unüberlegtes. Denk doch an die

Folgen!"

„Folgen? Welche Folgen?" Marius war die Selbstsicherheit in Person. „Ich habe keine Folgen zu befürchten. Mein Alibi ist hieb und stichfest. Kein Schwein wird an mich denken. Dass ich dich nach deinem tragischen Ableben beerbe, wird wie ein Zufall aussehen. Oh ja, Tina, ich werde dein Geld bekommen!"

Christinas Zittern verstärkte sich. Er wollte sie also wirklich umbringen.

Lieber Gott, hilf mir, dachte sie. Lass Lottchen Hilfe holen. Bitte, bitte!

„Ich möchte dir eine Geschichte erzählen, Christina", sprach Marius. „Die Geschichte eines armen, unschuldigen, kleinen Jungen. Es ist eine sehr tragische Geschichte." Er lächelte schmerzlich. „Danach wirst du mich besser verstehen, Christina.

Es war einmal ein kleiner Junge, der bekam von seinem Vater den Auftrag, einen Lottoschein abzugeben ..."

Christina lauschte der Erzählung von Marius Kaiser. Sie lauschte mit wachsendem Grauen. Marius hatte alles von Anfang an geplant. Sie sah, wie purer Hass aus seinen Augen sprühte, als er ihr erzählte, wie er ein Leben lang auf seine Rache gewartet hatte.

„Es war göttliche Fügung, dass ich dich an jener Registrierkasse traf", sagte Marius. „Gott hat das arrangiert. Gott wollte, dass ich meine Rache bekomme."

Plötzlich zuckte er zusammen. Oben im Wohnzimmer schrillte das Telefon. Es klingelte endlos.

„Hast du einen Neuen?", fragte er spöttisch.

Das Telefon verstummte. Kurz darauf piepste Christinas Handy los, das sie an einem Gürtelclip trug.

Marius schoss nach vorne und riss das Mobiltelefon vor ihrem Gürtel, bevor sie auch nur daran denken konnte, es zu benutzen, um einen Notruf abzusetzen.

Marius atmete tief durch. „Wie gut, dass dein Verehrer so hartnäckig ist. Das kleine Scheißding habe ich doch glatt übersehen. Ui, ui! Das hätte böse ausgehen können."

Das Handy piepste weiter.

„Der hat es aber nötig!", sagte Marius. Dann zog er eine gehässige Fratze. „Ach was! Wer will schon etwas von so einer langweiligen Spinatwachtel wie dir? Das ist dein Brüderchen, stimmt's?"

Das Handy verstummte. Marius betrachtete es eingehend. „Hmm ... Christina hat Kopfschmerzen. Schlimme Kopfschmerzen. Deswegen schaltet sie ihr Handy aus und geht nach einer Migränetablette ins Bett. Und weil Frank Arschloch Reuter in Amerika ist, kann er nicht auf einen Sprung vorbeischauen, um nachzusehen, ob seinem geliebten Schwesterlein vielleicht ein Furz quer steckt." Er lachte. Und schaltete das Handy ab.

Christina wurde übel. Er weiß, dass Frank in den Staaten ist! Woher? Hat er mein Haus abgehört? Um Himmels willen! Lottchen! Wach auf! Hol Hilfe! Bitte! Dieser Psychopath dreht vollkommen durch!

„Ja, ich denke, das Reuterschwein wird es noch ein paar Mal versuchen und schließlich aufgeben", sagte Marius. „Er ruft erst morgen früh wieder an und morgen früh bist du mausetot, Fräulein Reuter."

Christinas Zittern nahm noch zu. Sie konnte vor Angst kaum noch denken. Das Einzige, was sie wusste, war, dass Charlotte Hilfe holen konnte. An diesen Strohhalm klammerte sie sich mit aller Kraft, während Marius Kaiser seine Geschichte weiter erzählte.

*

Der Mercedes raste mit mehr als zweihundert Stundenkilometern über die Autobahn. Frank Reuter fuhr Vollgas. Er versuchte mehrmals, seine Schwester zu erreichen, doch aus der Freisprechanlage kam nur der entnervende Dauerwählton. Niemand hob ab.

Frank blickte nach Osten. Dort wurde der Himmel allmählich heller. Nach dem Regenwetter der letzten Tage würde es ein klarer, wolkenloser Tag werden, hatte der Nachrichtensprecher im Radio gesagt. Die Überschwemmungen in Südwestdeutschland gingen allmählich zurück.

„Mist!", fluchte Frank, als erneut das endlose Klingeln von Tinas Wohnzimmertelefon ertönte.

Er wählte die Nummer von Matze Tintenfess. Dessen Mobiltelefon war ausgeschaltet.

Was soll ich nur tun? Vielleicht ist überhaupt nichts vorgefallen und Christina ist nur früher zu Bett gegangen. Aber würde das Klingeln des Telefons sie nicht wecken?

Da war etwas, das spürte er instinktiv. Wieder sah er die hasserfüllten Augen hinter Tinas Kellertür. Seltsamerweise glaubte er plötzlich, den Geruch frischgemähten Grases in der Nase zu haben.

Warum zur Hölle denke ich ans Rasenmähen?

Warum ging in Lautenbach niemand ans Telefon? War Christina etwas zugestoßen und Lottchen traute sich nicht ans Telefon aus Angst, sich zu verraten?

Frank hielt das Gaspedal weiter durchgedrückt. Nur gut, dass fast keine Fahrzeuge auf der Autobahn unterwegs waren. Die Nacht wich immer weiter zurück. Bald würde die Sonne aufgehen.

*

Christina Reuter hing hilflos angekettet am Heizungsrohr und lauschte mit steigendem Entsetzen den Ausführungen von Marius. Beinahe eine Stunde hatte er sie alleingelassen und im Haus herumgefuhrwerkt. Als er zu ihr zurückkehrte, war er bei bester Laune.

„Warst du auch schön brav, während ich weg war?" Er lächelte scheinheilig. „Du wirst nicht glauben, was passiert ist, während wir beide uns heute Nacht unterhalten haben." Er machte keinen Hehl daraus, dass er die Situation genoss. „In dein Haus wurde eingebrochen, Tina! Einfach furchtbar! Die Wohnung sieht vielleicht aus! Sie kamen durch den Keller. Sie haben das Schloss aufgebohrt und dann haben sie alles weggeschleppt. All deine Wertsachen und die teuren Geräte.

Weißt du, wer das war? Es waren welche von diesen perfekt organisierten rumänischen Banden. Böse Gesellen sind das. Die schrecken auch vor einem Mord nicht zurück, wenn es Zeugen gibt. Die machen einen kalt, ohne mit der Wimper zu zucken. Pech für dich, Tina. Du hast sie gesehen und sie beschlossen daraufhin, dich auszuknipsen."

Christina zitterte wie Espenlaub. Lottchen, wo bist du? Hilf mir! Außer dir habe ich niemanden!

„Draußen wird es bald hell", sagte Marius. „Ich muss los, Tina. Es soll mich ja keiner sehen." Er lächelte sardonisch. „Außerdem muss ich bei Sonnenaufgang in den Blieswiesen bei Niederbexbach sein. Den heutigen Sonnenaufgang darf ich auf keinen Fall verpassen. Der Himmel ist wolkenlos. Das wird ein prachtvoller Sonnenaufgang. In eine Dreiviertelstunde ist es soweit. Du wirst den Sonnenaufgang leider nie wieder sehen, Tina."

Marius' Lächeln wurde noch breiter: „Ich werde das Gefühl nicht los, dass du auf irgendjemanden wartest, Tina. Auf wen denn? Denkst du, dass jemand Hilfe holen könnte? Wer denn? Vielleicht das kleine Balg, das dein Scheißbruder aufgelesen hat? Meinst du den kleinen Vampir?

Ts, ts, ts …

Das kleine Monster wird dir nicht helfen, Tina. Es liegt seit gestern Abend fest zusammengeschnürt im Kofferraum meines Autos, Schätzchen."

Marius lachte hellauf, als er sah, wie sich Christinas Gesicht zu einer Fratze puren Entsetzens verzerrte.

„Damit hast du nicht gerechnet, was?" Marius wirkte aufs Äußerste erheitert. Er konnte überhaupt nicht mehr aufhören zu lachen.

„D ... das ist geil!", wieherte er. „Du solltest dein saudummes Gesicht sehen, Tina. Einfach köstlich!" Abrupt wurde er ernst.

„Ich bringe den kleinen Scheißvampir in die Sonne, Tina! In den Blieswiesen kette ich das Teufelsbalg an eins der Stautore bei den Entwässerungsgräben und sehe zu, was passiert, wenn die Sonne aufgeht." Er brachte sein Gesicht ganz nahe an das von Tina. „Und weißt du, was das Beste wird? Ich filme alles mit einer Videokamera und schicke später deinem Arschlochbruder die besten Szenen. Falls das Gör meinen Namen brüllt, muss ich das natürlich rausschneiden, aber alles andere kriegt dein Scheißbruder.

Das komplette Video behalte ich als schöne Erinnerung für mich. Wenn du tot bist und das Teufelsküken dazu, wird dein Bruderherz verrückt vor Schmerz. Das hält der Scheißer nicht aus. Vielleicht begeht er sogar Selbstmord, was? Und ich erbe alles von dir, Schätzchen."

Christina schlotterte am ganzen Leib. Sie war einem Psychopathen ausgeliefert!

„Marius! Bitte! Tu wenigstens Charlotte nichts. Sie ist doch noch ein kleines Kind! Sie hat dir nichts getan!"

Marius ging nicht auf ihre Bitte ein. Er tat, als hätte er nichts gehört, und setzte sich vor sie auf den Kellerboden: „Und nun zu dir, Christina. Es wird Zeit, Abschied zu nehmen. Die Rumänenbande hat dein Haus ausgeräumt und dich im Heizungskeller an ein Rohr gekettet." Er grinste süffisant. „Bevor sie gehen, kippen sie überall Benzin aus. Ein Streichholz dran und PUFF! Dir wird bald ziemlich warm werden, Tina."

Er sprang auf.

„Das wird dich lehren, mich rauszuwerfen!", schrie er. „Niemand wirft mich raus! Schon gar nicht so eine dämliche Schlampe wie du! Du wirst bei lebendigem Leib verbrennen, genau wie das Vampirbalg!" In seinen Augen glühte ein irres Feuer.

Christina erkannte, dass er wahnsinnig war.

„Marius! M ... Marius! Bitte, tu das nicht!" Ihre Zähne klapperten. Sie war außer sich vor Angst.

„Was denn, Christina?", fragte Marius. Seine Stimme war sanft wie die eines Predigers.

„Marius, lass mich frei! Bitte, lass mich leben! Bitte, bitte!"

Marius legte den Kopf schief: „Soll ich?" Er zog ein Feuerzeug aus der Tasche, hielt es vor Christinas Gesicht und ließ es probeweise aufschnappen. Zufrieden betrachtete er die Flamme.

„Marius, bitte!" Christina verlor das letzte bisschen Beherrschung. Die Todesangst raubte ihr den letzten Rest Stolz. Sie bettelte. Sie flehte ihn an, sie zu verschonen. Ihr Herz schlug so wild, dass sie glaubte, es müsse ihr jeden Moment aus dem Mund herausquellen. Sie flehte. Sie stammelte. Sie heulte. Sie winselte. Sie sah Marius' Erektion.

„Ich muss los. Tschüs, Tina." Marius drehte sich und verließ den Raum.

„Marius!" Christinas Stimme überschlug sich. „Marius, komm zurück!"

Die Tür schloss sich hinter Marius.

„Marius! Tu das nicht! Komm zurück! Bitte, bitte, bitte!"

Christinas Stimme erstarb zu einem Wimmern.

Nach einer Weile roch sie es: den stechenden Geruch von Benzin. Und da war eine Art Rumpeln vor der geschlossenen Tür. Es war das Geräusch des Feuers, das sich vom Keller ausgehend durch das Haus fraß.

Christina erbrach sich vor Angst. Es war aus. Das wusste sie. In wenigen Minuten würde sie sterben, auf unglaublich grausame Art sterben. Bis irgendein Nachbar bemerkte, dass ihr Haus in Flammen stand, und die Feuerwehr alarmierte, würde sie längst Grillfleisch sein.

Tina hockte am Boden, an das Rohr gekettet und sie schlotterte dermaßen vor Angst, dass die metallenen Handschellen an dem Rohr klingelten.

„Lieber, lieber Gott! Bitte lass es nicht so lange dauern!", flehte sie inbrünstig. „Und beschütze Lottchen! Bitte, lieber Gott!"

Das Rumpeln vor der Tür wurde lauter. Marius musste eine ungeheure Menge Benzin vergossen haben. Das Feuer brüllte. Die Metalltür begann zu ächzen. Hitze strahlte in Wellen von ihr aus. Bald hatte Christina Mühe zu atmen. Die Hitze wurde unerträglich. Zusätzlich drang Qualm durch die Türschlitze. Die Tür hatte sich in der Hitze der Feuersbrunst so sehr verformt, dass sie nicht mehr richtig schloss.

Die Tür färbte sich. Fassungslos sah Tina zu, wie das Metall kirschrot zu glühen begann. Da verstand sie, dass Gott ihr Flehen nicht erhört hatte. Es würde lange dauern, entsetzlich lange, und es würde wehtun, so weh, dass sie, kurz bevor die Flammen sie töteten, vor Schmerz den Verstand verlieren würde.

Heulend riss Christina an den Handschellen, die sie an das Rohr fesselten. Dann kroch die sengende Hitze durch die geschlossene Tür zu ihr wie ein riesiges unsichtbares Tier. Christina begann zu schreien. Sie konnte überhaupt nicht mehr aufhören zu schreien.

*

Frank Reuter holte aus dem C 230 heraus, was herauszuholen war. Das Gefühl der Dringlichkeit war mittlerweile so stark, dass er beim Fahren jede Vorsicht außer Acht ließ. Er raste mit achtzig Sachen durch Breitenbach. Noch zwei Kilometer bis zu Christinas Haus. Der Himmel wurde immer heller. Der Sonnenaufgang war nicht mehr fern.

Als er in Lautenbach ankam, blieb ihm fast das Herz stehen. Tinas Haus stand in Flammen.

Jesus Christus! Ich wusste es!

Frank raste die Straße hoch und brachte den Mercedes mit einer Vollbremsung zum Stillstand.

„Tine! Lottchen!", brüllte er beim Aussteigen.

Einige Nachbarsleute standen auf der Straße, teilweise in Schlafbekleidung.

„Die Feuerwehr ist alarmiert!", rief ein älterer Mann.

Frank stürmte die Eingangstreppe hoch. Mit fliegenden Fingern holte er den Schlüssel von Christinas Haus hervor. Noch nie hatte er ihn benutzt. Ursprünglich war er gedacht, es Frank zu ermöglichen, Tines Haus zu betreten, um ihre Pflanzen zu gießen, wenn sie mal in Urlaub war. Es wäre Frank niemals eingefallen, einfach so die Haustür damit aufzusperren. Er hatte immer geklingelt. Aber zum Klingeln war keine Zeit. Er sperrte die Tür auf.

„Kommen Sie zurück!", schrie jemand, und versuchte Frank zurückzuhalten. „Um Himmels willen! Da drin lebt niemand mehr!"

Reuter machte sich los. Mit einem Satz war er in dem brennenden Haus. „Tine!", schrie er. „Christina!"

Beißender Qualm drang in seine Lungen und ließ ihn husten. Seine Augen brannten, als hätte jemand Pfeffer hineingestreut. Wo waren Tine und Charlotte? Waren sie im Haus?

„Tine!"

Frank kämpfte sich durch Rauch und Flammen vorwärts. Er warf einen Blick in alle Zimmer. Das Feuer schien seinen Ursprung im Keller zu haben.

Der Keller!

Die Kellertür stand offen, die Tür, hinter der er im Traum die hasserfüllten Augen gesehen hatte. Die Kellertreppe stand in Flammen.

„Christina!", brüllte Frank. „Lottchen!"

Er hielt inne. Hatte er gerade etwas gehört? Ein Hustenanfall schüttelte ihn durch. Wieder brüllte er den Namen seiner Schwester. Dann hörte er Schreie.

„Oh Gott!"

Reuter starrte die brennende Kellertreppe an. Wenn ich da runtergehe, komme ich nicht wieder hoch.

Egal! Der Keller hatte noch mehr Ausgänge. Frank stürmte die Treppe hinunter. Die Flammen zischten ihm entgegen, schnappten nach ihm wie orangerote Krokodile.

„Tine!"

„Hier! Hier! Im Heizungskeller!"

Frank stürzte vorwärts. Die Tür des Heizungskellers war geschlossen. Er riss sie auf und verbrannte sich dabei die Hand. Er roch verbranntes Benzin. Hier musste das Feuer angefangen haben, doch der Sprit war inzwischen verpufft und vorm Heizungskeller war das Feuer erstorben.

Drinnen hing Christina zappelnd an einem Rohr. Sie rollte mit den Augen und zerrte in Todesangst an ihren Fesseln.

„Der Schlüssel hängt an der Wand hinter dir!", kreischte sie. Ihre Stimme war rau und heiser.

Frank riss den Schlüssel vom Nagel und kniete vor Tina nieder. Sogar der Boden schien zu glühen. Die Hitze war ungeheuerlich. Wäre draußen das Benzin nicht so schnell verbrannt, wäre Christina längst tot gewesen.

Klick! Die Handschellen sprangen auf. Frank riss Tina hoch und zerrte sie aus dem Raum. Die Treppe nach oben brannte lichterloh. Dieser Fluchtweg war versperrt. Frank stolperte zum Hinterausgang. Er schleppte Christina mit sich. Sie roch nach Qualm und Erbrochenem.

„Er hat Lottchen!", schrie sie über das Brüllen des Feuers. „Er bringt sie um! Er ist in Niederbexbach in den Blieswiesen! Er kettet sie an und wartet, bis die Sonne aufgeht!"

„Wer?"

„Marius!"

Endlich! Die Tür! Frank drückte den Türgriff. Die Tür bewegte sich keinen Millimeter.

„Scheiße! Abgeschlossen! Tine, hast du den Schlüssel?"

„Sie kann nicht zu sein!", schrie Christina in Panik. „Er hat das Schloss aufgebohrt!"

Frank warf sich gegen die Tür.

„Sie klemmt!" Er schaute sich gehetzt um. Hinter ihnen wüteten die Flammen. Sie kamen immer näher. Es gab keinen anderen Ausweg.

„Los! Wir beide zusammen!", brüllte er über den Lärm des Feuers. „Bei drei!" Er zählte laut ab.

Bei drei warfen sie sich gemeinsam gegen die Tür. Sie ächzte, gab aber nicht nach. Das Feuer erreichte den Raum, in dem sie sich befanden. Gierig leckten die Flammen an den hölzernen Regalen mit Obstkonserven hoch. Dichter Qualm kroch unter der Decke entlang auf Frank und Christina zu. Er war schwarz wie Teer und so dickflüssig wie Sirup.

„Ich will raus!", heulte Christina in Panik. Sie schlug um sich.

Frank packte sie und schüttelte sie durch: „Tine! Komm zu dir! Wenn du jetzt durchdrehst, verrecken wir beide! Krieg dich ein!"

„Ich will raus!", keuchte Tina. Sie verkrallte ihre Finger in seine Schultern. „Frank, ich will hier raus!"

„Wir kommen raus! Wir schaffen das schon. Los, noch mal! Bei drei!"

Bei drei warfen sie sich mit aller Kraft gegen die Tür. Sie knirschte und öffnete sich einen Spalt breit. Die hereinströmende Frischluft fachte das Feuer hinter ihnen zu einer geschlossenen Flammenwand an.

„Noch mal!", schrie Frank und zählte ab.

Diesmal gab die Tür so leicht nach, dass sie nach draußen flogen wie Korken aus einer Flasche. Sie stürzten weiter, angetrieben von der Hitze des brennenden Hauses.

„Rette Lottchen!", keuchte Christina. Sie standen hustend auf der Wiese hinterm Haus. „Marius hat sie!" Sie musste so stark husten, dass sie in die Knie brach. Ihr Gesicht war rauchgeschwärzt. Sirenengeheul kam rasch näher.

Tina stieß Frank von sich: „Du musst fahren! Wenn die Feuerwehr und die Polizei da sind, lassen sie dich nicht mehr weg! Marius will Lottchen umbringen. Fahr zu! Ich komme schon klar! Fahr doch!"

Frank stürmte ums Haus herum zu seinem Auto. Er warf sich in den Mercedes. Der Motor lief noch. Ein stechender Schmerz zuckte durch seinen rechten Oberschenkel. Dort hatte er den Handschellenschlüssel in die Jeanstasche gesteckt. Der Schlüssel piekte.

Frank beachtete den Schmerz nicht. Er legte in aller Eile den Sicherheitsgurt an, wendete den Wagen und raste los. Am Ende der Straße kamen ihm mit Blaulicht und heulenden Sirenen zwei Einsatzfahrzeuge der Feuerwehr entgegen. Kurz dahinter kam ein Polizeiauto angeheult.

Auf der Hauptstraße trat Frank das Gaspedal bis zum Bodenblech durch.

*

Marius Kaiser stand inmitten der Wiesen, die sich hinter Niederbexbach kilometerweit nach allen Seiten erstreckten. Neben ihm stand die laufende Videokamera auf einem Stativ. Sie war auf das eiserne Stauwehr in einem Entwässerungsgraben gerichtet. Er hatte Manus Auto im Dorf in einer Seitenstraße geparkt. Hier auf dem Damm, der durch die Blieswiesen führte, wäre der Wagen aufgefallen. Er hatte Reuters Teufelsküken, eingewickelt in die Decke, geschultert und war aus dem Dorf hinausgelaufen. Jetzt stand er da und atmete tief ein und aus. Der Spaß konnte beginnen.

Die Wiesen waren klitschnass, aber die Überschwemmung war zurückgegangen. Hinter ihm rauschte die Blies dahin. Sie war noch dick angeschwollen und füllte ihr Bett ganz aus. Hier und da leckte das Wasser über die Ufer.

Marius lächelte versonnen. Er fühlte sich großartig.

Es war schon hell. In wenigen Minuten würde im Osten die Sonne aufgehen.

Reuters Teufelsküken wusste es. Es hing jammernd an einer der Schubstangen des Stautors, das in einem der Entwässerungsgräben aufragte, und zappelte in panischer Angst. Marius hatte es perfekt angekettet. Egal wie es sich wand, es konnte sich nicht vor der aufgehenden Sonne verstecken.

Er hatte das Balg über die Wiese geschleift und ihm dann dermaßen eine gescheuert, dass es benommen zusammengeklappt war. Er hatte die Handschellen geöffnet und die Hände des Teufelsbratens vorm Körper an die Schubstange gekettet. Die Fußfesseln hatte er abgenommen. Er wollte, dass die Rotznase möglichst viel zappeln konnte. Er bedauerte, keine drei Meter lange Kette mitgenommen zu haben. Dann würde das kleine Biest lustig umherspringen, wenn es zu rauchen anfing. Wirklich schade!

Aber auch so versprach die Sache ein echter Genuss zu werden.

„Lach mal schön", rief Marius fröhlich. „Du wirst gefilmt und den Film schicke ich dem Reuterschwein!"

Er griff sich in den Schritt. Gott, war das geil!

*

Frank schoss die geschlängelte Hauptstraße von Frankenholz so schnell hinunter, dass die Reifen seines Wagens in jeder Kurve kreischten.

Gott sei Dank ist heute Samstag, dachte er. So früh am Morgen ist kaum Verkehr.

Er war verrückt vor Angst um Charlotte. Bitte, Gott, lass mich rechtzeitig nach Niederbexbach kommen! Was hat Lottchen diesem Marius getan? Dieses Mistschwein!

Frank wusste jetzt, wessen Augen er im Traum hinter Christinas Kellertür gesehen hatte. Es waren die Augen von Marius Kaiser gewesen, der rachsüchtig auf der Kellertreppe stand und heimlich lauschte. Irgendwie musste Frank ihn im Augenwinkel wahrgenommen haben, als er mit Christina im Wohnzimmer saß. Oder war es bloßer Instinkt? Intuition?

Egal! Tatsache war, dass Marius Kaiser durchgeknallt war. Er hatte versucht, Christina zu ermorden und war dabei, Charlotte einen grauenhaften Tod zu bereiten. Nachdenken konnte Frank später. Jetzt zählte nur, dass er nach Niederbexbach kam, bevor die Sonne über den Horizont stieg.

Er erreichte das Ortsende von Frankenholz und raste die langgezogene Rechtskurve nach Oberbexbach hinunter. In Oberbexbach begann die Hochstraße. Sie führte fast schnurgerade den Höcherberg hinunter. Frank trat das Gaspedal durch.

Es war wahrscheinlich das erste Mal, dass ein Auto mit zweihundert Stundenkilometern durch Oberbexbach schoss. Auf Höhe der ESSO-Tankstelle Bambach überholte Frank einen Frühaufsteher in einem dunkelroten BMW. Der Fahrer glaubte, im Rückwärtsgang unterwegs zu sein, als der Mercedes mit brüllendem Motor an ihm vorbeihämmerte.

Erst hundert Meter vorm Kreisel am Ende der Hochstraße trat Frank mit aller Kraft auf die Bremse. Er raste durch den Kreisel, der Gott sei Dank leer war. Auf der gegenüberliegenden Seite trieb er den C 230 über die schmale Brücke, welche die Bahnlinie Bexbach – Homburg überquerte, und schoss in den Feldweg, der zum Bexbacher Blumengarten führte. Kies und Dreckklumpen spritzten hinter dem Mercedes auf und Steine schlugen krachend gegen den Unterboden. Frank gab nichts darauf. Der Feldweg sparte einen Kilometer Wegstrecke.

Es wurde immer heller. Noch lugte die Sonne nicht über den Horizont, aber die wenigen faserigen Wolkenfetzen im Osten glühten bereits feurig rot. Es würde nicht mehr lange dauern.

Oh Gott! Lass mich es schaffen! Lottchen ist mein Ein und Alles!

Oben am Blumengarten bog er in die Niederbexbacher Straße ein und raste weiter, als säße ihm der Teufel im Nacken.

*

Marius Kaiser delektierte sich am Anblick des leidenden Kindes. Was für ein herrlicher Spaß! Das hier war sogar noch besser als Christina Reuters Gewinsel und besser als früher, wenn er kleine Bälger gequält hatte. Marius hatte eine Riesenerektion.

Das kleine Dreckbiest war verrückt vor Angst. Es bettelte. Es flehte. Es klapperte mit den Zähnen. Es heulte Rotz und Wasser. Es brunzte sich nass vor Angst.

Marius hatte das Gefühl, als müsste sein erigierter Penis jeden Moment explodieren. Er fühlte die erregende Schönheit vollkommener Macht.

Er schaute nach Osten. Gleich würde die Sonne aufgehen.

Reuters Teufelsküken sah es auch. Wie es zappelte! Wie es schrie! Wie es vor Angst schlotterte!

Am schönsten war sein jämmerliches Flehen.

Marius liefen Schauer der Erregung über den ganzen Körper. Gleich würde er! Gleich! Oh!!!

Plötzlich näherte sich Motorbrummen. Marius drehte sich um. Er erstarrte. Der Mercedes des Reuterschweins kam über die Dammstraße geschossen.

Das konnte nicht sein! Das dreimal verfluchte und vollgekackte Supermegareuterschwein war in Kotzmichelrückwärtskack-Amerika!

Aber es war der Scheiß-Mercedes des Scheiß-Reuterschweins, daran bestand kein Zweifel.

„Neiiin!" Marius kreischte vor Wut wie ein Geier, den jemand von einem fetten, saftigen Aas vertreiben wollte. „Reuterschwein! Du verkacktes Reutermistschwein! Du wirst dein Vampirbalg nicht retten!"

Marius rannte auf den Mercedes zu. Im Laufen zog er die Pistole aus dem Halfter. Hinter ihm schrie und heulte das kleine Biest.

„Ich werde es verpassen! Den schönsten Moment verpassen!", kreischte Marius. Er biss sich vor Wut in die Zunge. „Ich will doch dabei zusehen!"

Das verfluchte Reuter-Scheiß-Dreckschwein stieg aus seinem Scheiß-Arschloch-Reuter-Kack-Mercedes und kam auf ihn zugerannt. Marius riss die Pistole hoch: „Halt! Stehen bleiben!"

Das kleine Balg hinter ihm plärrte wie am Spieß.

Der Reuter-Kacker blieb kurz stehen. Dann kam er mit langsamen Schritten auf ihn zu und sprach ganz ruhig: „Gib auf, Marius! Du hast verspielt."

Marius zitterte vor Wut. Diese Kack-Sau vermasselte ihm die Freude am Sterben des Vampirkükens!

„Ich knall dich ab, Reuterschwein!"

„Dann kriegst du lebenslänglich", sprach das Reutersuperarschloch mit dieser verkackten Predigerstimme. Für was hielt sich dieser Wichser eigentlich!

„Gar nichts kriege ich, du Wichsbock!" Marius´ Stimme steigerte sich zu schrillem Gekreisch. „Es gibt keine Zeugen! Deine Schwester ist verbrannt. Ich versenke dich in der Blies und dein Drecksvampir verreckt gerade in der Sonne!"

„Christina ist nicht tot", sprach die Reutersau salbungsvoll. „Ich habe sie aus dem brennenden Haus gerettet. Sie ist absolut okay und sie wird der Polizei alles erzählen, Marius. Wenn du mich kaltmachst, gehst du lebenslänglich ins Loch. Gibst du auf, wirst du nur wegen Brandstiftung und wegen versuchten Mordes angeklagt und bist nach ein paar Jahren wieder draußen. Überleg es dir gut, Mann!"

Beim Reden kam er immer näher an Marius heran.

„Du lüüügst!", kreischte Marius. Seine Stimme klang wie Möwengeschrei. „Du willst mich verarschen, du Kacker! Deine Scheißschwester ist tot! Sie ist im Keller ihres verdammten Scheiß-Arschloch-Hauses krepiert! Genauso, wie sie es verdiente! Sie ist Grillfleisch! Brat-Tina!"

Doch Marius sah in Reuterriesenarschlochs Gesicht, dass dem nicht so war. Marius hatte verspielt. Er keifte und spuckte vor Wut. Sein schöner Plan! Kaputt gemacht! Alles verdorben, weil das saudumme Scheiß-Reuter-Arschloch-Schwein zu früh aus Wichs-Fick-Amerika zurückkam!

Marius heulte vor Wut. Er riss die Pistole hoch und drückte ab.

Frank Reuter sah den Wahnsinn in Marius Kaisers Augen flackern.

Als er auf ihn schoss, duckte sich Frank instinktiv. Er spürte etwas Heißes direkt an seinem rechten Ohr vorbeizischen. Ein brenzliger Geruch stieg ihm in die Nase. Vorbeigeschossen!

Bevor Marius reagieren konnte, tauchte Frank nach unten weg und rammte ihm den Kopf in den Magen.

Marius gab ein Geräusch von sich, das wie „Orrrgnn!" klang. Frank klammerte sich an ihm fest. Marius nahm die Pistole hoch und schlug damit auf Franks Kopf ein. Frank riss den rechten Arm hoch und schlug zu. Die Waffe flog in hohem Bogen davon.

So! Jetzt steht es fifty-fifty, dachte er und ging auf Marius Kaiser los. Ich prügele dir die Scheiße aus dem Hirn!

Doch Marius war ein verdammt harter Gegner. Mit der Kraft des Wahnsinnigen kämpfte er gegen Frank. Frank musste mehrere betäubende Faustschläge an den Kopf einstecken. Er stolperte und fiel rücklings ins Gras. Sofort war Marius über ihm. Er legte ihm die Hände um die Kehle und drückte mit mörderischer Kraft zu.

„Ich mach dich alle, Reuterschwein!", keuchte er. „Reuterschwein! Schweinereuter! Reuterschwein!" Er grunzte vor Wut wie ein Eber. „Totmachn! Totmachn!" Irrsinniger Hass flammte in seinen Augen.

Frank versuchte vergeblich, der eisernen Umklammerung zu entkommen. Er schaffte es nicht, Marius' Finger von seinem Hals zu lösen. Die Umgebung verschwamm vor seinen Augen.

Lottchen!, dachte er in Panik. Wenn ich sterbe, stirbst du auch!

Knurrend hockte Marius über ihm. Frank konnte nichts Menschliches mehr in den Augen des Mannes erkennen. Er war wie ein tollwütiges Tier. Speichel rann ihm aus dem Mund. Die hasserfüllten Augen, die Frank im Traum hinter Christinas Kellertür gesehen hatten, schwebten über seinem Gesicht.

Die Augen!

Frank ließ die würgenden Hände an seiner Kehle los und rammte beide Daumen in diese stierenden Augen. Sofort verschwand der Druck an seiner Kehle. Marius kippte aufheulend zur Seite.

Rasch wand sich Frank unter seinem Gegner hervor und rappelte sich auf. Marius kniete am Boden und presste die Hände aufs Gesicht. Frank hämmerte ihm die Faust gegen die Schläfe. Der Schlag hätte jeden normalen Mann aus den Latschen kippen lassen.

Nicht so Marius Kaiser. Der Wahnsinn verlieh ihm Titanenkräfte. Er schnappte nach Franks Arm wie ein Reptil und zerrte daran. Frank hatte nicht damit gerechnet. Er ging zu Boden. Schon hagelten Faustschläge auf ihn ein. Er wehrte sich, so gut es ging, nahm seinen Gegner in den Schwitzkasten und schaffte es, sich auf ihn zu setzen.

Marius kämpfte wie ein Berserker. Wie eine Würgeschlange wand er sich unter Frank und entzog sich seinen zupackenden Händen. Plötzlich kam ein Holzpflock aus dem Nichts auf Franks Gesicht zugeflogen. Krachend hämmerte das Holz gegen seinen Schädel. Er verlor das Gleichgewicht und kippte um. Marius wand sich wie ein Aal unter ihm. Er schlüpfte unter ihm hervor und sprang auf die Füße. Mit dem Holzstück drosch er wahllos auf Frank ein. Dabei schrie er ohne Unterlass.

Frank fiel in die nasse Wiese. Marius trat ihm in den Magen und ins Gesicht.

Franks Kräfte ließen rapide nach.

Ich verliere, dachte er verzweifelt. Ich schaffe es nicht! Er bringt mich um! Er wird uns beide umbringen!

Weit weg hörte er Lottchens Schreie.

Marius riss ihn hoch und warf ihn in die Wiese. Als Frank aufschlug, spürte er etwas Hartes unter sich.

Knurrend wie ein Hund fiel Marius ihn an. Frank drehte sich um und tastete nach dem harten Gegenstand. Marius landete auf seinem Rücken und hämmerte mit den Fäusten auf seinen Schädel ein. Franks tastende Finger fanden den Gegenstand im Gras und schlossen sich darum. Es war die Pistole.

Neue Hoffnung keimte in ihm auf. Er buckelte wie ein Rodeopferd, um Marius abzuwerfen und versuchte aufzustehen. Direkt vor sich sah er die Blies rauschen.

Beim Kämpfen waren sie dem angeschwollenen Fluss gefährlich nahe gekommen. Frank wusste, dass es um ihn geschehen war, wenn er in die reißende Flut stürzte. Die starke Strömung würde ihm den Rest geben.

Er buckelte erneut und rammte seinen rechten Arm nach hinten. Sein Ellbogen traf auf Widerstand. Es knirschte und Marius brüllte vor Schmerz. Für einen Augenblick ließ er von Frank ab. Der nutzte die Chance, um herumzuwirbeln. Marius stand halb aufgerichtet über ihm, die Blies hinter sich, und duckte sich, um ihn erneut anzufallen. Aus seiner zermatschten Nase quoll Blut.

Frank riss die Pistole hoch, hielt sie Marius direkt vors Gesicht und drückte ab.

In den Hollywoodfilmen dauerte es immer ewig, bis der Getroffene umfiel. Meistens glotzte er den Schützen erstmal vorwurfsvoll an. Oft sagte er sogar noch etwas wie: „Du hast mich erschossen, du Mistschwein!" oder: „Hey Gringo! Du hast mir ein Loch in den Bauch geschossen! Solche Bauchschmerzen hatte ich zuletzt mit sieben Jahren. Damals hatte ich mich überfressen!" Dann presste er die Hände auf seine Wunde, die sich grundsätzlich im Bauch oder im Brustkorb befand. Nie gab es Treffer im Gesicht oder in den Eiern und wenn der Brustkorb getroffen wurde, saß der Schuss niemals im Herzen, obwohl das Herz ein verdammt großes Organ war und man praktisch gar nicht danebenschießen konnte, wenn man den Brustkorb traf.

Nachdem der Erschossene seine Hände auf die Wunde gepresst hatte, machte er ein möglichst schmerzverzerrtes Gesicht und begann herumzuwanken wie ein Besoffener an Christi Himmelfahrt. Dann verdrehte er die Augen und ließ sich sehr, sehr langsam hinfallen. Fand sich ein Balkongeländer oder Ähnliches in der Nähe, wurde dies vom fast Toten aufgesucht, um zum guten Schluss noch eine anständige Purzelbaumnummer hinzulegen.

Es dauerte jedenfalls immer eine Ewigkeit, bis sich der Erschossene entschloss, endlich tot umzufallen, und mancher Tote konnte es partout nicht lassen, am Boden noch schnell ein bisschen zu zucken.

Bei Marius Kaiser war alles anders. Der Schuss brach und wo eine Sekunde zuvor noch das überraschte, völlig ungläubige Gesicht von Marius gewesen war, war plötzlich blauer Himmel und Marius verschwand mit leisem „Flusch" im Wasser. Die Flut riss ihn sofort mit.

Frank kam auf die Beine. Er keuchte. Er hatte es gepackt. Er hatte sich den Wahnsinnigen vom Hals geschafft.

Er hatte einen Menschen getötet!

Er starrte die Pistole in seiner Hand an. Eine dünne bläuliche Rauchfahne kräuselte sich aus der Mündung des kurzen Laufs. Entsetzen packte ihn. Mit einem Ausruf puren Ekels warf er die Waffe in den Fluss. Dann verpasste er der Videokamera auf dem Stativ einen Tritt. Sie flog ins Wasser und versank sofort.

Hinter sich hörte er laute Schreie.

„Frank! Frank! FRANK!"

Lottchen! Frank fuhr herum. Charlotte zappelte verzweifelt am Stauwehr. Es war inzwischen taghell. „Lottchen!!!" Er begann zu rennen.

„Frank! Ich sterbe! Ich muss sterben!", schrie Charlotte mit sich überschlagender Stimme.

Nackte Panik stand in ihren Augen, als Frank bei ihr ankam.

Er fummelte in seiner Jeans nach dem Schlüssel für die Handschellen. Er konnte fast nicht zupacken. Marius hatte ihm das Holzstück einige Mal mit voller Wucht auf die Hand geschlagen.

„Frank! Liebfrank, bitte, hilf mir doch! Ich muss gleich sterben!" Lottchen schrie so schrill, dass es Frank in den Ohren wehtat. Endlos fischte er nach dem verdammten Schlüssel. Schließlich bekam er ihn zu fassen und zog ihn aus der Jeans.

„Frank! Bitte, bitte, bitte!", heulte Charlotte in höchster Not.

Frank versuchte, den kleinen Schlüssel in das Schloss der Handschellen zu stecken. Es ging nicht, weil Charlotte so wild zappelte.

„Lottchen, du musst stillhalten, sonst krieg ich den Schlüssel nicht rein!", schrie er. „Halt still!"

Lottchen schrie wie am Spieß und zappelte wie ein Fisch auf dem Trockenen.

„Lottchen!" Sie reagierte nicht. Dazu war ihre Panik zu groß.

Er packte ihre Handgelenke, presste sie mit Gewalt zusammen und hielt sie fest. Dann stocherte er mit dem Schlüsselchen nach dem Schlüsselloch.

„Frank! Frank! Frank!", schrie Charlotte.

Frank brachte den Schlüssel ins Schloss. Er drehte ihn um. Mit leisem Klicken sprangen die Handschellen auf.

„Frank!", schrie Lottchen.

Dann versteifte sie sich plötzlich und die Augen quollen ihr aus den Höhlen.

„Da!", fiepte sie. „D-Da!"

Frank drehte sich um.

Im Osten erwachte der neue Tag. Die Sonne stieg über den Horizont. Gleißendhelle Lichtfinger schossen über die kilometerweiten Wiesen auf sie zu.

„Jetzt muss ich sterben!", wisperte Lottchen.

„Nein!" Frank packte sie und rannte los. Im Laufen steckte er das Kind unter seine Lederjacke. Gott, war der Wagen weit weg!

Frank versuchte schneller zu laufen, aber es ging nicht. Marius hatte ihn übel zugerichtet. Er humpelte. Seine rechte Hand schwoll an und wurde gefühllos.

Charlotte klammerte sich an ihm fest. Sie begann wieder zu schreien, ob vor Angst oder vor Schmerz, vermochte Frank nicht zu sagen.

Lottchens Schreie gellten in seinen Ohren und die Sonne stach ihm in die Augen. Er kam zur Dammstraße und stieg die Böschung hinauf, wo sein Mercedes mit laufendem Motor stand. Frank beugte sich in den Fahrerraum.

Charlotte brüllte auf wie am Spieß.

„Nicht vorne ins Auto!", heulte sie. „Dort scheint die Sonne herein! Frank, nicht! Nein, nein, neiiin!"

„Ich brauche den Schlüssel, um den Kofferraum zu öffnen." Frank zog den Zündschlüssel ab und umrundete den Wagen. Am Heck brauchte er eine kleine Ewigkeit, um mit seiner geschwollenen Hand den Schlüssel ins Schlüsselloch zu bringen. Als er den Schlüssel drehen wollte, bewegte er sich nicht.

„Was? Aber . . .!" Wütend hieb er auf den Kofferraumdeckel: „Scheiße!"

Der Deckel schwang auf. Er hatte in seiner Panik vergessen, dass der Wagen Zentralverriegelung hatte. Hastig legte er Charlotte in den Kofferraum und schlug den Deckel zu.

Hoffentlich kann ich noch einigermaßen Auto fahren, dachte er. Ich kann mich kaum noch bewegen.

Er stöhnte, als er sich hinters Lenkrad fallen ließ. Von hinten erklang Lottchens panisches Schluchzen.

„Lottchen!", rief Frank.

Keine Reaktion.

„LOTTCHEN!"

„W-Was?", kam es schluchzend aus dem Kofferraum hinter der Rücksitzbank.

„Ich kann dich jetzt nicht trösten. Ich muss nach Hause fahren, solange ich überhaupt noch Auto fahren kann! Ist es dunkel im Kofferraum?"

„I-Ich weiß n-nicht. Ich habe die Augen zu."

„Mach sie auf!"

„N-Nein! Ich k-kann n-nicht!"

„Mach die Augen auf, Lottchen! Sag mir, ob es dunkel ist!"

„J-Ja", kam es von hinten.

„Gut. Du bist erst mal in Sicherheit. Ich bringe dich nach Hause."

„Ich hab s-solche A-Angst!", weinte Charlotte.

„Ich weiß, Schatz. Ich weiß!"

Reuter startete den Motor. Statt zu wenden und nach Niederbexbach zurückzukehren, fuhr er auf der Dammstraße weiter. Wenn in Niederbexbach jemand die Schüsse gehört hatte, hatte er vielleicht die Polizei alarmiert. Die Polente war das Letzte, was er gebrauchen konnte.

Der Dammweg führte über die Bliesbrücke zur Betze. Er stieg an, führte am Hirschberg vorbei und schlängelte sich durch Wiesen und Felder nach Limbach.

Als Frank wieder auf der normalen Straße war, musste er sich beherrschen, um nicht wie ein Stier zu rasen. Lottchens Schluchzen zerrte an seinen Nerven, sein Körper schmerzte und er war todmüde.

Nach einer halben Ewigkeit kam er in Bexbach an. Er öffnete das Garagentor mit der elektrischen Fernbedienung. Es schloss sich automatisch hinter dem Mercedes.

Frank stieg aus. „Wir sind da, Lottchen. Es ist dunkel. Hier kommt kein Licht rein." Er dankte Gott, dass seine Garage keine Fenster hatte, weil sie halb unter der Erde mit dem Keller auf der gleichen Ebene lag.

Als er den Kofferraumdeckel öffnete, kam Charlotte herausgeschossen wie eine kleine Kanonenkugel und krallte sich laut schluchzend an ihm fest. Sie schlotterte am ganzen Leib. Frank trug sie in den Keller hinüber.

Sie blickte ihn aus rotgeweinten Augen an: „D-Du blutest, Liebfrank!"

„Ja, ich weiß, und patschnass bin ich auch. Du ebenfalls. Ich lasse heißes Wasser in die Wanne. Wir baden, sonst werden wir krank."

Er wollte Lottchen im Bad absetzen, um frische Klamotten zu holen. Sofort klammerte sie sich an ihm fest.

„Frank, bleib bei mir!", schluchzte sie.

„Ich hol doch nur was zum Anziehen!"

Aber das Kind ließ nicht locker und so schleppte er sie mit, als er Handtücher und Schlafanzüge für sie beide holte, die in der Waschküche auf den Wäscheleinen hingen. Er war hundemüde. Der Transatlantikflug steckte ihm in den Knochen und der Kampf mit Marius Kaiser hatte ihn erschöpft. Er bewegte sich wie in Zeitlupe, als er seine nassen, verdreckten Sachen auszog und Lottchen aus ihrem Nachthemd schälte. Erst jetzt bemerkte er die Beule am Kopf des Kindes.

„Da h-hat er mich gehauen", sagte Lottchen.

Frank hob sie hoch und stieg mit ihr in die Wanne. Das Kind weinte noch immer. Vorsichtig betastete Frank ihre Handgelenke. So wie Charlotte an ihren Handfesseln gezerrt hatte, waren Verletzungen nicht ausgeschlossen.

„Es ist n-nichts g-gebrochen", schluchzte Lottchen. Sie wurde ruhiger. „Es tut nur weh, Liebfrank. Das geht bald weg. Du b-blutest ganz schlimm!"

Frank fasste sich ins Gesicht: „Der Mistkerl hat mir voll eine auf die Nase verpasst. Aber sie ist nicht gebrochen." Er versuchte ein Lächeln: „Es hört bald auf zu bluten. Keine Sorge."

Frank überprüfte Charlottes Haut auf Verbrennungen, konnte aber nichts finden. „Ich glaube, wir beide haben verdammtes Glück gehabt, Prinzessin!"

Frank blieb nur solange im Wasser, um sich oberflächlich zu reinigen und die Kälte aus seinen Knochen zu vertreiben. Das warme Wasser machte ihn müde.

Lottchen folgte ihm sofort, als er aus der Wanne stieg. Sie trockneten sich gegenseitig ab und schlüpften in ihre Schlafanzüge. Noch nie hatte Frank es so genossen, frischgewaschenen, trockenen Stoff auf der Haut zu spüren.

Er hob Lotte hoch: „Ich bring dich ins Bett, Schatz. Dann ruf ich im Krankenhaus an. Ich muss wissen, wie es Tine geht."

„Nein! Lass mich nicht allein!", rief Lottchen und brach aufs Neue in Tränen aus.

Sie weigerte sich, sich in ihrem Zimmer von ihm auf den Boden stellen zu lassen, klammerte sich laut jammernd an ihm fest.

„Ver ...!" Frank trug sie die Kellertreppe hinauf.

„Jetzt musst du aber runter, Lottchen!", sprach er eindringlich. „Ich muss ans Telefon im Wohnzimmer. Dort scheint die Sonne."

Er stellte das Mädchen auf die oberste Treppenstufe und öffnete die Tür zur Wohnung. Direkt vor der Türöffnung stach ein grellweißer Sonnenstrahl durch den Flur. Charlotte schrie auf und zuckte entsetzt zurück. Frank lief schnell zum Telefon, das in Sichtweite auf dem kleinen Tischchen an der Wohnzimmerecke stand.

„Frank! Bleib da!", schluchzte Lottchen.

Frank wählte die Nummer der Homburger Uniklinik. Er war sicher, dass Tine dort war. Tatsächlich war seine Schwester am frühen Morgen dort eingeliefert worden. Es dauerte eine Ewigkeit, bis Frank sich zum zuständigen Arzt durchtelefoniert hatte.

Die ganze Zeit über stand Lottchen schluchzend am Kellereingang. Die Not des Kindes und sein pausenloses Jammern machten Frank schier wahnsinnig und er konnte vor Erschöpfung die Augen kaum noch aufhalten.

Der behandelnde Arzt hatte tröstliche Nachrichten. Es ging Christina den Umständen entsprechend gut. Verbrennungen hatte sie keine nennenswerten, nur eine Rauchvergiftung. Man hatte ihr ein Beruhigungsmittel gegeben und sie schlief. Ein Besuch sei zur Zeit zwecklos. Vor dem frühen Abend würde Tine nicht aufwachen.

Frank schämte sich für die ungeheure Erleichterung, die er empfand, als er hörte, dass er nicht nach Homburg fahren musste. Das hätte er nicht mehr fertiggebracht.

Er bedankte sich für die Auskunft. Dann sagte er, in Bexbach sei alles in

Ordnung. Er versprach, am Abend bei seiner Schwester vorbeizuschauen, und legte auf.

Gott, war er müde! Er wollte nur noch ins Bett.

„F-Frank! Komm!", weinte Lottchen.

Kaum hatte er die Kellertür hinter sich geschlossen und den hellen Tag ausgesperrt, klammerte sich das Kind wieder an ihm fest. Lottes sonst so kühle Haut fühlte sich heiß an. Frank brachte sie in ihr Zimmer und wollte sie in ihr Bett legen.

Lotte begann am ganzen Körper zu zittern. „Lass mich nicht allein, Liebfrank! Bitte, bitte, lass mich nicht allein!"

Frank gab auf. Er hatte keine Power mehr, um lange mit dem Kind zu diskutieren. Er würde eben bei Charlotte im Bett schlafen. Er schlüpfte zusammen mit ihr unter die Decke. Lottchen krallte sich zitternd an ihn. Frank hielt sie im Arm und versuchte sie zu beruhigen.

„Es kam!", sagte Lottchen plötzlich. „Es kam direkt aus der Sonne! Es wollte mich totmachen! Es wollte durch meine Augen in mich rein! Es wirkt von innen! Meine ganzen Knochen tun weh! So weh! Es macht von innen tot! Erst dann verbrennt die Haut. Ich habe solche Angst gehabt! So sehr habe ich mich noch nie gefürchtet, nicht einmal, als die Vermummten meine Eltern ermordeten und eine Nacht lang hinter mir her waren!"

Sie kuschelte sich noch enger an ihn: „Nicht wahr, es kann nicht hier herein? Gell, es kann nicht in mein Zimmer? Bitte sag, dass es nicht hereinkann!"

„Es kann nicht rein", sprach Frank. „Hier drinnen kriegt es dich nicht."

„Du passt auf mich auf, gell?" Ihr Kopf lag schwer auf Franks Arm. Sie hörte auf zu zittern. Dann wurden ihre Atemzüge regelmäßig.

Frank knirschte vor Zorn mit den Zähnen. Gott, was hat dir dieses unschuldige kleine Kind getan, dass du es so grausam bestrafst?! Ist die Schuld ihrer Rasse nicht längst bezahlt? Wo bleibt deine Barmherzigkeit?!

Und dann, Lottchen war schon eingeschlafen und Frank dämmerte ebenfalls dem Schlaf entgegen, vermeinte er ganz tief in seinem Herzen eine sanfte Stimme zu hören: „Frank, wenn du als kleines Kind trotz Verbot ins Wasser gegangen wärst, hätte das Wasser dich totgemacht. Es wäre durch deine Nase und deinen Mund in dich eingedrungen und hätte dich getötet. Es gibt nun einmal Regeln, die man einhalten muss, Frank. Diese Regeln sind dazu da, dir zu helfen, nicht, um sie zu hassen."

Endlich fiel Frank in einen tiefen, traumlosen Schlaf.

*

Es dunkelte bereits, als Frank aufwachte. Als er die Augen öffnete, blickte er in die hellen, emailleblauen Augen von Charlotte. Sie streichelte seine stachelige Wange und schaute ihn ernst an: „Du hast den bösen Mann totgemacht."

„Ja", sagte Frank schlicht. Er hatte einen Menschen getötet. „Ich musste es tun, sonst hätte er mich und dich umgebracht." Lottchen nickte stumm. Sie sah traurig aus.

„Armer Liebfrank", sagte sie leise. „Armer, armer Liebfrank."

Reuter fühlte sich miserabel. Es stimmte, er hatte Marius Kaiser töten müssen. Marius war wahnsinnig gewesen und hätte keine Ruhe gegeben, bis er ihn und Charlotte umgebracht hätte. Doch Frank fühlte keinen Triumph über den gewonnenen Kampf. Im Gegenteil, nacktes Grauen befiel ihn, wenn er daran dachte, was er getan hatte.

In den Kinofilmen sah es immer so cool aus, wenn der Bösewicht umgenietet wurde. Das Publikum billigte seinen Tod. Er hatte ihn verdient. Im echten Leben war es anders.

Ich habe einen Menschen getötet! Ich bin ein Mörder!

Lottchen streichelte ihn noch immer: „Bist du traurig?"

„Ja. Was ich getan habe, ist furchtbar. Ich wollte das nicht."

„Ich weiß, Liebfrank."

Er richtete sich auf: „Geht es dir wieder gut?" Charlotte nickte.

„Keine Schmerzen mehr?" Sie schüttelte den Kopf.

„Aber mir tut alles weh!", sagte Frank. „Vor allem meine rechte Hand und der Kopf. „Komm, stehen wir auf! Tine ist bestimmt schon wach und macht sich Sorgen um uns."

*

Eine Dreiviertelstunde später standen sie in Christinas Krankenzimmer.

„Ich bin okay", sagte sie. „Die Ärzte wollen mich aber noch ein paar Tage hier behalten. Ich bin ganz schön erleichtert, dass ihr lebt. Als der Arzt mir sagte, dass du heute Morgen angerufen hast, ist mir ein Stein vom Herzen gefallen. Marius ist also tot."

Frank war verblüfft: „Woher weißt du das? Ich habe nichts davon erzählt."

„Die Polizei war eben bei mir", erzählte Tina. „Sie nahmen meine Anzeige auf. Nach Marius suchten sie natürlich schon den ganzen Tag, weil ich heute Morgen aussagte, dass er versucht hat, mich umzubringen. Sie haben ihn bei Blieskastel gefunden. Wegen der Überschwemmung war die Blies ein reißender Fluss. Seine Leiche war völlig entstellt. Der Polizist sagte, das kommt daher, dass sie zwanzig Kilometer weit mitgerissen wurde. Marius ist so oft gegen Felsbrocken und Brückenpfeiler geschlagen, dass man ihn kaum identifizieren konnte. Man sah zuerst keinen Zusammenhang zwischen Marius und der Wasserleiche.

Das Auto von Marius stand nämlich im Hunsrück auf einem Hotelparkplatz.

Dort war auch seine Freundin Manuela. Aber deren Wagen fehlte. Er wurde in Niederbexbach gefunden.

Marius starb an einem Schuss in den Mund. Das konnte man feststellen. Eine Waffe fand man nicht. Die Polizei geht davon aus, dass sie in die Blies gefallen ist, zusammen mit Marius. Die denken, es war Selbstmord. Marius hat sich erschossen, nachdem er begriff, was er getan hatte, und im Radio hörte, dass man mich lebend aus dem Haus geborgen hatte."

Christina schaute Frank intensiv an: „Marius hat sich nicht selbst erschossen. Was ist wirklich passiert, Frankie?"

Reuter ging zur Tür und vergewisserte sich, dass niemand lauschte. Dann kam er zum Krankenbett zurück und berichtete in allen Einzelheiten, was sich zugetragen hatte.

„Jesus Christus!", wisperte Christina. „Um ein Haar hätte er uns alle ausgelöscht!" Sie drückte zärtlich Lottchens Hand: „Es muss grauenhaft für dich gewesen sein."

Charlotte nickte.

Plötzlich piepte Reuters Mobiltelefon. „Das ist die Melodie von Matze."

Er schaltete das Mobiltelefon ein: „Reuter."

„Tintenfess. Mensch, Frank, was ist da los? Ich hab's in den Nachrichten gehört, aber bei dir ging den ganzen Tag keiner ans Telefon und deine Funke war aus."

„Wir sind alle in Ordnung, Matze."

„Christina auch?", wollte Fässchen wissen.

Frank grinste sich einen: „Ja, Christina auch." Er gab Matze einen kurzen Bericht durch.

„Ich komme ins Krankenhaus", sagte Matze. „Sag am Empfang, dass ich ein naher Angehöriger bin, damit die mich reinlassen. Die offiziellen Besuchszeiten sind ja längst um."

„Mach ich, Alter", versprach Frank. Er drückte das Gespräch weg und ging nach unten zum Eingang des Klinikgebäudes, wo er der diensttuenden Schwester mitteilte, dass Matze Tintenfess ein naher Angehöriger sei.

Die Nachtschwester, eine resolute Frau um die fünfzig, runzelte die Stirn: „Tintenfess? Aber Sie und ihre Schwester heißen doch Reuter!" Sie nagelte Frank mit Blicken fest.

Er wusste, dass er diesem Drachen nicht mit Freundlichkeit kommen konnte. Die würde nichts durchgehen lassen. Plötzlich kam ihn eine Idee. Er musste mit aller Macht ein Lachen unterdrücken, als er sich an die Nachtschwester wandte: „Er ist der Verlobte meiner Schwester."

„Ah so." Der Drachen schluckte den hingeworfenen Brocken. „Das ist natürlich etwas anderes."

Frank machte, dass er Land gewann. Sie sollte sein Grinsen nicht sehen.

Im Krankenzimmer schaute ihm Tine entgegen: „Wird man Matze zu mir lassen?"

„Aber ja, Küken. Ich habe die Empfangsdame entsprechend instruiert." Er konnte sein Grinsen nicht länger unterdrücken.

Tina schaute ihn streng an: „Frank Reuter! Was hast du der Nachtschwester gesagt?"

„Och, gar nichts", sagte Frank so unbefangen wie möglich. „Nur, dass er ein Freund der Familie ist."

Er setzte sich auf die Bettkante. „Du musst ja irrsinnige Ängste im Keller ausgestanden haben", lenkte er ab.

„Ja", antwortete Christina. „Und alles nur wegen eines blöden Zufalls. Ihr wart damals zum falschen Zeitpunkt am falschen Ort." Frank schaute sie fragend an.

„Du und deine Mutter", fuhr Christina fort. Nun verstand Frank gar nichts mehr. Tine erzählte, was Marius ihr im Keller ins Gesicht geschleudert hatte, die

Geschichte mit dem geplatzten Lottogewinn.

„In den Augen von Marius warst du schuld an seiner Misere", beendete sie ihren Bericht. „Sein ganzes Leben lang hat er seinen Hass mit sich herumgetragen, und als er mich kennenlernte, sah er seine Chance auf Rache gekommen. Er hat alles von langer Hand vorbereitet."

Sie schauderte. „Was für ein Psychopath! Ich bin froh, dass er unschädlich gemacht wurde. Marius war eine wandelnde Zeitbombe. Wer weiß, wen er noch umgebracht hätte, bloß weil ihn mal wer mies behandelt hat!"

Frank war wie vor den Kopf geschlagen. Seine Gedanken schwirrten wie aufgeregte Wespen durcheinander.

Ich bin schuld, dachte er. Es ist alles meine Schuld! Weil ich mit Mutter im Auto gestritten habe. Er erinnerte sich tatsächlich noch an jenen Tag in seiner Kindheit. Er hatte seine Mutter absichtlich provoziert, und dadurch wäre es beinahe zu einem Unfall gekommen. Oh Gott! Ich war es! Ich bin schuld, dass Marius Kaiser zu einem mit Hass vollgepumpten Psychopathen wurde!

Ein würgendes Gefühl stieg in seinem Hals hoch. Wie sehr musste Marius an seiner unglücklichen Kindheit gelitten haben! Frank konnte sich genau vorstellen, wie er um die Vergebung seines Vaters bettelte und wie sein Hass wuchs, als er einsehen musste, dass es keine Vergebung für ihn geben würde. Marius Kaiser hatte seine Kindheit in der Hölle verbracht.

Es ist alles meine Schuld, dachte Frank. Ein eisiger Finger strich seine Wirbelsäule hinauf. Und dann gehe ich hin und knalle ihn ab wie einen tollen Hund! Was habe ich getan? Gott, was habe ich getan. Das Schuldgefühl drückte ihm beinahe die Luft ab.

„Frankie!", sagte Christina alarmiert. „Was ist mit dir? Du schaust so komisch! Du redest dir doch hoffentlich keine Schuldgefühle ein! Du warst ein Kind und nicht verantwortlich, hörst du!"

„Doch, Tine!", flüsterte Frank. „Ich habe meine Mutter provoziert. Ich wollte, dass sie sich aufregt, und sie hätte um ein Haar Marius überfahren. Statt Mitleid mit ihm zu haben, streckte ich ihm die Zunge heraus. Und heute Morgen habe ich ihn umgebracht! Jesus Christus!"

„Frank, hör sofort damit auf!", befahl Christina. „Du bist unschuldig. Marius trug die Veranlagung zum Wahnsinn längst in sich. Er wäre auch ohne diesen dummen Zufall so geworden. Es war nur ein Zufall!"

„Nein, Tine. Ich habe ihn zu dem gemacht, was er war", sagte Frank.

Christina richtete sich im Bett auf und umarmte ihn.

„Jetzt hörst du mir mal ganz genau zu!", sprach sie eindringlich. „Der Polizist, der mich verhörte, sagte, der Irrsinn lag bei Kaisers in der Familie. Schon der Großvater von Marius landete wegen Mordes im Gefängnis. Er hat seine eigene Frau erschlagen und eins seiner Kinder. Und der Vater von Marius sitzt seit einigen Jahren in einer geschlossenen Anstalt, weil er seine Frau halbtot prügelte. Er war vorher schon mehrmals wegen Gewalttätigkeiten aufgefallen. Marius Kaiser trug das unselige Erbe seiner Familie in sich und es wäre so oder so irgendwann hervorgekommen. Denk an die kleinen Kinder, die er quälte!"

Die Tür flog auf und Matze Tintenfess kam herein: „Guten Abend allerseits. Störe ich bei der Familienkonferenz? Mann, ihr seht alle drei echt scheiße aus!"

Er trat zum Bett: „Hallo, Tina." Er hielt ihr etwas hin. „Für dich."

Es war ein Strauß Gänseblümchen.

„Von meinem kleinen Balkon", sagte er. „Ich habe doch meinen Balkongarten, wo ich Tomaten, Johannisbeeren und Chilis züchte und meine Blumenkästen mit den Küchenkräutern. Ääähm ... und weil ich gerne Blumen sehe, habe ich auch Gänseblümchen." Er hatte es plötzlich eilig, zum Waschbecken in der Zimmerecke zu kommen, wo er ein kleines Glas aus der Tasche seiner Jacke holte und es mit Wasser füllte. Er brauchte ziemlich lange.

„Als Blumenvase de luxe", verkündete er, als er zum Bett zurückkam.

Christinas Augen leuchteten auf. „Danke, Matze. Das ist der schönste Blumenstrauß, den ich je bekommen habe." Sie stellte die Gänseblümchen ins Wasser.

„Die armen Blumen hätte ich ja lieber im Blumentopf mitgebracht", grummelte Matze, der wieder Oberwasser bekam. „Aber nein! Ihr Weiber wollt ja, dass sie abgeschnitten werden. Ihr wollt sie sterben sehen. Das zeigt, wie plemplem ihr Weibsen seid. Fahrt auf abgeschnittene Geschlechtsteile ab! Bah!"

„Wie bitte?", fragte Frank.

„Na klar", sagte Matze. „Blüten sind nichts weiter als die Geschlechtsteile der Pflanzen. Damit pflanzen sie sich fort. Du hast wohl noch nie die Geschichte von den Blümchen und den Bienchen gehört? Glaubst du etwa immer noch an den Klapperstorch?"

Matze schien sich an etwas zu erinnern: „Was ich noch fragen wollte: Sagt mal, wieso war die Trulla unten am Empfang so scheißfreundlich zu mir? Und was meinte die mit „oh, Blümchen! Ja, Sie sind tatsächlich der Richtige!" Könnt ihr mir mal verklickern, was das sollte?"

Frank brach in Lachen aus.

Christina schaute zu Matze Tintenfess auf, der ratlos mitten im Raum stand. Er wirkte unsicher und befangen. Matze, du bist ein Rüpel, dachte sie. Aber ich liebe dich, du Grobian.

Und dann überraschte Matze sie, indem er sich aufs Bett setzte und mitfühlend ihre Hand drückte: „Du musst wahnsinnige Angst gehabt haben, Tina. Erzähl doch mal!"

Christina musste erst schlucken, bevor sie erzählen konnte.

*

Wochen vergingen. Nachdem Christina aus dem Krankenhaus entlassen worden war, gab ihr Frank ein Zimmer in seinem Haus, weil ihr eigenes Haus in Lautenbach durch den Brand vorläufig nicht bewohnbar war. Sowieso hatte Christina keine große Lust mehr, dort zu wohnen.

„Es erinnert mich alles zu sehr an Marius", sagte sie zu ihrem Bruder. „Und alles ist kaputt, bis auf meine Puppen. Es ist wirklich ein kleines Wunder, dass den Puppen nichts passiert ist. Ich glaube, ich ziehe woanders hin. Im Winter war es auch immer miserabel. Wenn Schnee lag, kam ich über die Steigungen kaum nach Homburg durch."

Das leuchtete Frank ein: „Wo möchtest du denn hinziehen? Hast du schon darüber nachgedacht?"

Christina tat unschlüssig: „Vielleicht nach Kirkel. Dort ist alles flach, man muss im Winter keine eisglatten Steilstücke hochfahren. Ich bin nahe bei meiner Arbeitsstelle in Homburg. Neben Homburg liegen als größere Orte noch St. Ingbert und Neunkirchen nahebei und Saarbrücken ist auch nicht weit. Trotzdem würde ich in Kirkel auf dem Land wohnen. Und wenn ich im Winter das Auto nicht benutzen möchte, kann ich mit dem Zug nach Homburg fahren. Lautenbach lag zu abgeschieden."

„Das klingt gescheit", meinte Frank. Er wunderte sich, wieso Christina so fipsig war, als sie Kirkel erwähnte. Richtig aufgedreht wirkte sie dabei.

„Ich mach mich dann mal wieder an mein Drehbuch. Stephen Granger hat übrigens durchblicken lassen, dass er weitere meiner Romane verfilmen möchte." Frank ging in sein Arbeitszimmer.

Drunten im Keller schlief Lottchen friedlich in ihrem Zimmer. Von allen Beteiligten hatte sie den Schock jener schrecklichen Nacht am besten weggesteckt. Sie freute sich, mit Christina zusätzliche Gesellschaft bekommen zu haben, und Conny Ecker kam jetzt auch immer häufiger zu Besuch. Manchmal übernachtete sie bei Frank.

Beim Hochfahren des Computers summte Frank die kleine Melodie vor sich hin, die er von seiner Mutter hatte. Er war wieder an ihrem Grab gewesen und nichts hatte darauf hingedeutet, dass sich jemand darum kümmerte. Frank hatte vor dem Grabhügel gestanden und nicht gewusst, was er denken sollte. Er wusste nicht einmal, warum er auf den Friedhof gegangen war. Etwas hatte ihn dorthin getrieben, ein unbestimmtes Gefühl. Ein wenig war es auch Schuldgefühl gegenüber Marius Kaiser, an den er oft denken musste.

*

Abends schaute Matze bei Frank vorbei. Charlotte war bereits aufgestanden, Christina würde mit ihr ins Hallenbad fahren.

„Hallo, Matze", grüßte Christina.

"Tach, Tina. Machst du für deinen faulen Bruder das Kindermädchen?"

„Das mache ich gerne. Frank kann nicht ins Schwimmbad. Er hat sich beim Salatmachen in den Finger geschnitten."

„Ach nee! Den Finger hat er sich halber abgesäbelt. Na, ich werde ihm Gesellschaft leisten."

Christina machte ein enttäuschtes Gesicht. Sie hatte wohl damit gerechnet, dass Matze mit ins Hallenbad kommen würde.

Matze und Frank begleiteten die beiden Schwimmerinnen zur Haustür und verabschiedeten sie.

Danach setzten sie sich ins Wohnzimmer.

„Ich habe was für dich", sagte Matze. Er öffnete seine Tasche.

„Was?!" Frank starrte auf die beiden Mitbringsel, die Matze auf den Tisch gelegt hatte. „Das ist nicht dein Ernst!"

„Sie es dir genauer an", forderte Matze. Er zog das Bowiemesser aus seiner

Lederscheide. „Es ist aufgebaut wie ein Finn-Messer. Im Innern eine Seele aus hochfestem, extrem schnitthaltigem Stahl und an den Außenseiten der Klinge weicherer Stahl, um die bruchgefährdete Seele zu schützen. Das Messer hier hat innen guten Messerstahl, damit du ordentlich in anderer Leute Eingeweide herumstochern kannst. Außen trägt es jedoch eine Silberlegierung."

Er legte das Messer auf den Tisch, packte die Pistole und zog das Magazin heraus: „Die Geschosse sind aus reinem Sterlingsilber. In dem Kästchen da sind dreihundert Schuss."

„Was soll ich damit?", fragte Frank.

„Es benutzen, falls du vermummten Besuch bekommst", antwortete Fässchen. Er lehnte sich in seinen Sessel zurück. „Keine Angst. Für alle Fälle habe ich ein identisches Messer in Reserve. Ich brauch den Mist eh nicht mehr. Mir wollen die Vermummten ja nicht an den Kragen. Die Silberwaffen habe ich mir vor Jahren anfertigen lassen, als ich mich noch mit dem Gedanken trug, gegen die Clanleute zu Felde zu ziehen." Matze schnaubte. „Was für ein Blödsinn! Es hätte Daniel nicht wieder lebendig gemacht. Da kannst du mal sehen, wie bekloppt ich früher war. Ich habe lange gebraucht, um erwachsen zu werden. Behalte die Waffen, Mann. Kann sein, dass du sie irgendwann brauchst. Und pass auf, dass Charlotte nicht damit in Berührung kommt. Du hast gesehen, was Silber bei einem Nachtmenschen anrichtet."

Reuter starrte die Waffen auf dem Tisch an. Sie gefielen ihm nicht. Sie erinnerten ihn zu sehr daran, auf welch tönernen Füßen seine Zukunft mit Lottchen stand.

Die Puppenmacherin habe ich immer noch nicht angerufen, dachte er.

Er wollte sie nicht anrufen. Schlafende Hunde soll man nicht wecken. Seit der Sache mit Marius Kaiser verdrängte Frank alle unangenehmen Gedanken, doch die Waffen auf dem Tisch zwangen ihn, sich damit auseinanderzusetzen. Über Marius und das, was er mit Christina angestellt hatte, war in den Nachrichten berichtet worden. Die konnte sich jeder anschauen oder im Radio hören,

Puppenfrauen aus Zweibrücken genauso gut wie Clanleute in aller Welt.

„Danke, Fässchen", sagte er. „Ich werde die Waffen in Zukunft immer bei mir tragen, auch wenn mir nicht ganz wohl dabei ist, eine nicht angemeldete Handfeuerwaffe mitzuführen."

„Die Knarre ist eher für die Verteidigung zu Hause gedacht. Was wurde eigentlich aus dieser Manuela, mit deren Wagen Marius Kaiser unterwegs war?"

Frank zuckte die Schultern: „Die Polizei konnte ihr nichts nachweisen. Sie behauptet, dass sie mit Marius eine Woche Urlaub im Hotel gebucht hatte. Dass er ihr Auto benutzte, um in Lautenbach den Feuerteufel zu spielen, wusste sie angeblich nicht."

„Nach allem, was Tina erzählt hat, wusste sie es hundertprozentig."

„Klar, Mann", sagte Frank. „Aber sie streitet alles ab."

„Wird sie Stunk machen?"

Frank schüttelte den Kopf: „Ich glaube, die hat viel zu viel Schiss. Die will sich ja nicht selber reinreiten. Die hält den Mund, um sich nicht in Gefahr zu bringen, der Mitwisserschaft angeklagt zu werden."

Matze stand auf: „Schön. Ich muss los. Wir sehen uns bei der nächsten Probe der Charlottes."

*

Die folgende Woche verlief ruhig. Wenn Frank nicht allein mit Conny loszog, saßen sie abends alle zusammen im Wohnzimmer. Sie gingen auch gemeinsam ins Hallenbad. Dass Matze Tintenfess mit ins Schwimmbad kam, freute Christina sichtlich. Er hatte seinen Sarkasmus fast vollständig abgelegt.

Lottchen kuschelte gerne mit Frank auf der Couch im Wohnzimmer und lauschte den Märchen vom Dinkelmännchen, die Frank von seiner Mutter hatte. Das Kind war verrückt nach den Geschichten und die kleine Melodie, die Frank dazu summte, konnte sie bald auf ihrer Mundharmonika nachspielen. Lottchen stand auch gerne neben Frank, wenn er schrieb. Dann las sie halblaut mit, wenn er neue Kindergeschichten verfasste. Reuter war längst an die leise Stimme gewöhnt, die das rhythmische Klicken der Tasten kaum übertönte, ja, er vermisste sie sogar, wenn er alleine schrieb.

Wenn er eine neue Drehbuchsequenz schickte, war die UNIVERSAL jedes Mal mit seiner Leistung zufrieden.

Frank und Conny kamen immer enger zusammen. Sie verbrachten viel Zeit miteinander. Zum ersten Mal in seinem Leben dachte Frank Reuter ans Heiraten.

Bei den Proben der Charlottes stellte sich heraus, dass Conny Ecker zwar kein Instrument beherrschte, sie aber ein hervorragendes Gespür für Rhythmus hatte. Es fing damit an, dass sie mit einem Teelöffel auf dem Boden einer leeren Ein Liter Bierdose trommelte. Für die nächste Probe besorgte Frank ein Waschbrett, ein Tamburin und eine Triangel, dann ein kleines Schlagzeug, und so bekamen die Charlottes Percussion.

Alles schien in Butter und Frank ignorierte die kleine Stimme in seinem Hinterkopf, die ihn manchmal daran erinnerte, dass er die Puppenmacherin in Zweibrücken anrufen wollte. Er wollte keine schlafenden Hunde wecken.

*

Die nächste Probe fand statt. Die Charlottes spielten mittlerweile so harmonisch zusammen, dass Frank fand, sie könnten bald auf der Ranch auftreten. „Wir müssen nur noch unser Repertoire erweitern, damit wir wenigstens eine volle Stunde Musik zusammenbekommen."

Er reckte sich: „Ich brauche jetzt aber Bewegung an der frischen Luft. Wie wäre es mit einem Nachtspaziergang?"

„Ja!", rief Lottchen.

Also machte die ganze Truppe einen ausgedehnten Nachtspaziergang. Conny und Christina nahmen Lotte zwischen sich und spielten „Flieg, Engelchen flieg" und Frank und Matze ließen das Mädchen abwechselnd auf ihren Schultern reiten.

Tina sah zu, dass sie neben Matze Tintenfess kam. Angeregt besprachen sie, welche Musikstücke die Charlottes als Nächstes einstudieren könnten.

„Ein oder zwei langsame Sachen wären nicht schlecht", fand Matze. „Als wir heute 'The Star of the County down' in der langsamen Version spielten, kam das so richtig gut. Conny unterstützt deine Hauptstimme perfekt und als Lottchen beim Refrain mit einsetzte, das klang einfach fantastisch."

Frank sah, wie gut es Christina tat, dass Matze sich ganz normal mit ihr unterhielt. Er frotzelte sie nur noch selten.

Es wurde Zeit, umzukehren. Sie kamen auf dem holprigen Feldweg nach Bexbach zurück, der zum Wohnviertel führte. Sie gingen vorsichtig, um nicht zu stolpern. Nur Lottchen flitzte wieselflink um sie herum. Sie rannte voraus und kam wieder zurückgeschossen, warf sich lachend in Franks Arme. Dann sauste sie wieder davon.

Sie erreichten Franks Wohnviertel und Lottchen kam zu ihnen zurück und ging brav an Franks Hand. Als sie in Franks Straße einbogen, erstarrte Charlotte plötzlich.

„Lottchen, was hast du?", fragte Frank alarmiert.

Da passierte es.

Die Nacht um sie herum geriet in Bewegung und die Schatten erwachten zum Leben.

„Mein Gott!", hauchte Conny.

„Das sind mindestens, fünfzig", sagte Frank.

„Eher hundert", meinte Matze.

Frank griff nach dem Messer, das er am Gürtel trug.

„Ruhig Blut!", sagte Matze. „Das sind keine Vermummten. Lass das Silber stecken!"

Um sie herum standen lauter schwarzhaarige Menschen in dunkler Kleidung. Ihre blassen Gesichter schienen in der nächtlichen Dunkelheit zu schweben. Immer wieder verschwammen einzelne Personen mit der Nacht.

Lottchen griff nach Franks Hand: „Der Clan ist gekommen!"

Ein großgewachsener Mann trat vor: „Hallo, Charlotte." Er klang nett. „Endlich haben wir dich gefunden. Wir dachten alle, du wärst tot. Wir sind gekommen, um dich mit nach Hause zu nehmen."

Lotte klammerte sich an Franks Hand.

„Sie gehört zu mir", sagte Frank. Er bemühte sich um einen ruhigen Tonfall. Jetzt nur nicht ausflippen.

„Nein, Herr Reuter, Charlotte gehört nicht zu Ihnen", sagte der Mann. „Sie gehört zu uns. Wir sind ihr Clan."

„Sie will nicht mehr zu euch", sagte Frank. „Sie kennt euch gar nicht mehr."

„Natürlich kennt sie uns noch." Der Mann seufzte. „Wir sind nicht gekommen, um zu streiten. Charlotte wird mit uns kommen, so oder so."

Christina trat neben ihren Bruder: „Ihr wart nie für sie da! Lottchen ist zwei Jahre allein draußen umhergeirrt."

„Wir wussten nicht, dass sie noch lebt. Wir dachten, sie sei tot, wie ihre Eltern. Frau Kunz aus Zweibrücken erzählte uns, dass Charlotte bei Herrn Reuter ein Heim gefunden hat."

„Wusst ich's doch, dass die mich verpfeifen würde!", knurrte Frank.

„Sie irren sich, Herr Reuter", sprach der Clanmann. „Frau Kunz behielt ihr Wissen für sich. Sie informierte uns erst, als in den Radionachrichten der Bericht über Ihre Schwester Christina kam. Wir haben eins und eins zusammengezählt. Uns war klar, dass dieser Marius Kaiser keines natürlichen Todes starb. Sie haben ihn ermordet, Herr Reuter."

„Ermordet ist gut!", schaltete sich Fässchen ein. „Es war wohl eher umgekehrt! Dieser Kerl war verrückt. Er hat versucht Franks Schwester, Charlotte und Frank umzubringen. Frank hat mit ihm auf Leben und Tod gekämpft. Es war Tötung in Notwehr, kein Mord. Frank wäre vor jedem Gericht damit durchgekommen. Er schwieg nur, um Charlottes Existenz geheim zu halten."

Der Clanmann schaute Frank an: „Sie haben einen Menschen getötet. Das steht einwandfrei fest."

„Sollte ich vielleicht tatenlos zusehen, wie er erst Lottchen und dann mich abmurkst?", fragte Frank. „Sollte ich stillhalten wie hirnloses Schlachtvieh? Das ist nicht meine Art."

„Sie haben recht, Herr Reuter. Das ist ganz und gar nicht die Art Ihrer Rasse. Dazu ist Ihre Rasse zu aggressiv. Doch darum geht es nicht. Sie haben gezeigt, dass Sie Charlotte nicht schützen können. Wir können es."

„Ach, echt?", fragte Matze. Er hatte seinen Sarkasmus von der Kette gelassen. „Und was war vor zwei Jahren, als die Vermummten Lottchens Eltern massakrierten und Lotte schlachten wollten? Wo war damals euer Schutz?"

Die Clanleute zuckten zusammen, als hätten sie alle gleichzeitig einen elektrischen Schlag erhalten.

Matze schob das Kinn vor: „Tut ihr überhaupt was gegen die Vermummten?! Nein! Ihr seid auch noch stolz auf eure geheime Kriegerkaste. Ihr betet euren schwarzen Orden heimlich an."

„Das ist nicht wahr!", rief der Mann. Er sah geschockt aus. „Wie können Sie so etwas behaupten?! Niemand ist stolz auf die Vermummten. Sie sind entmenschte

Bestien."

„Hören Sie doch auf", sagte Fässchen. „Ich weiß aus erster Hand, dass es sich nicht so verhält. Ihr himmelt die Mörder an."

Der Clanmann rang sichtlich um Fassung. „Es gibt einige wenige, die die Vermummten akzeptieren, doch das ist eine verschwindend kleine Minderheit. Es sind dumme, verbohrte Leute, vergleichbar mit den Angehörigen eurer Rasse, die „Ausländer raus!" brüllen und Beifall klatschen, wenn Neonazis Asylbewerberheime anzünden und unschuldige Kinder in den Flammen umkommen. Ja, solche Menschen gibt es bei Ihnen, aber es ist eine Minderheit. Wie bei uns diejenigen, die für die Vermummten sind."

Er wandte sich an Lottchen: „Komm mit uns, Charlotte. Wir sind deine Verwandten. Wir lieben dich, Kind."

Lottchen klammerte sich an Frank: „Ich will bei dir bleiben, Liebfrank!"

Frank umarmte sie: „Du kannst bei mir bleiben, solange du willst, Prinzessin."

„Das kann sie nicht", sagte der Clanmann. „Sie wird mit uns kommen, so wahr ich Bernhard von Revelin-Lorraine heiße."

Er kniete drei Schritte vor Lottchen nieder. „Bitte, Charlotte, komm mit uns."

Lottchen wand sich aus Franks Umarmung. „Nein!", schrillte sie und stemmte die kleinen Fäuste in die Hüften. „Ich will bei Liebfrank bleiben!"

Erschüttert sah Frank, dass der Clanmann anfing zu weinen. Auch viele der Umstehenden brachen in Tränen aus, Männer wie Frauen.

„Kind, du glaubst nicht, wie weh es tut, wenn du das sagst", sprach der Clanmann. „Bitte komm in Güte mit uns. Wir sind dein Clan. Bitte, Charlotte!"

„Nein!", wiederholte Lottchen mit Nachdruck. Ihre Augen blitzten.

Die Clanleute starrten sie mit Tränen in den Augen an, voller Unglauben.

Bernhard von Kestrel-Lorraine erhob sich. Sein Gesicht war eine Maske aus Schmerz.

„Was haben Sie mit dem Kind gemacht?", fragte er.

„Nichts", erwiderte Frank. „Ich fand sie draußen. Sie war allein. Ich nahm sie in mein Haus auf und schenkte ihr all die Liebe, die ich ihr geben konnte."

„Ich will bei Liebfrank bleiben!", rief Lottchen.

Der Clanmann schlug die Hände vors Gesicht. Ein Weinkrampf schüttelte ihn. „Kind! Kind! Was sagst du da?"

Er senkte die Hände und schaute Charlotte aus tränennassen Augen an. Er wirkte unendlich traurig. „Du lässt mir keine andere Wahl."

Er richtete sich kerzengerade auf: „Charlotte von Revellin-Lorraine, ich befehle dir, mit uns zu kommen. Wir sind dein Clan. Der Clan weist den Weg! Du wirst gehorchen!"

Lottchen begann zu weinen.

„Nein! Ich will nicht! Ich will bei Liebfrank bleiben!", schluchzte sie.

Die Clanleute schwiegen.

Lottchen stand weinend auf der Straße: „I-Ich mag nicht mitkommen!"

Die Clanleute schwiegen.

Frank hob Lottchen hoch. „Was machen die?", fragte er Matze.

„Nichts", erwiderte Matze.

„Und was soll das bringen? Nichts tun! Was bringt das?"

„Es bringt verdammt viel, wenn einer im Sumpf steckt und langsam untergeht."

Lottchen umklammerte Franks Hals.

„Frank!", schluchzte sie. „Liebfrank!"

Sie umarmte ihn noch einmal, dann ließ sie sich zu Boden sinken. Frank Reuter stand da wie erstarrt. Die Szene kam ihm absolut unwirklich vor. Er sah zu, wie Charlotte langsam zu den Clanleuten ging. Sie weinte ohne Unterlass.

„Lottchen!", rief er. „Nein! Geh nicht!" Er machte einen Schritt in Lottes

Richtung.

Bernhard von Revelin-Lorraine vertrat ihm den Weg: „Lassen Sie sie! Bitte!"

„Aus dem Weg!", zischte Frank.

„Lassen Sie Charlotte gehen!"

„Den Teufel werde ich!", rief Frank. Sein Puls schoss in die Höhe.

Ich schlag dir den Schädel ein, dachte er.

Der Clanmann zuckte zurück. „Da sehen Sie es selbst!", rief er. Er war sichtlich erschüttert. „Sie wollen schon wieder morden! Bei so einem Menschen lassen wir unser eigen Fleisch und Blut nicht eine Minute länger!"

Frank wollte den Kerl packen. Er hatte große Lust, ihm die arrogante Visage zu Brei zu schlagen.

Eine Hand so hart und schwer wie Gusseisen fasste seine Schulter und hielt ihn zurück.

„Gib auf, Frank!", sagte Matze Tintenfess. „Was willst du machen? Ihn umbringen? Sie alle kaltmachen? Es sind Lottchens Leute. Was denkst du, wird in ihr vorgehen, wenn sie dabei zusehen muss, wie ihr Liebmensch wie ein tollwütiges Raubtier auf ihre Familie losgeht?! Denkst du, nach einem solchen Schock könnte sie dich noch lieben? Mit Gewalt kommst du nicht weiter. Hol Charlotte mit Gewalt zurück, und dann? Willst du dich ein Leben lang in deinem Haus wie in einer Festung verschanzen? Es ist aus, mein Freund. Wir sind nun einmal geschiedene Rassen. Der uralte Fluch trennt uns auf ewig. Du bist machtlos."

„Aber sie will doch nicht mit!", rief Frank. „Siehst du nicht, wie sie leidet?"

„Bist du freiwillig in die Schule gegangen? Hast du freiwillig in drei Schichten malocht? Hältst du freiwillig vor einer roten Ampel? Wir alle unterliegen Zwängen. Das ist der Lauf der Welt."

„Aber das ist herzlos!", meldete sich Conny. „Wie kann man einem kleinen Kind so etwas antun?"

„Tun unsere Leute nicht dasselbe mit ihren Kindern, wenn geschiedene Frauen die Kinder nicht mehr zu ihren Vätern lassen und zu den Großeltern väterlicherseits? Und werden nicht Tag für Tag Kinder von ihren Eltern fertiggemacht, behandelt wie Dreck?"

Plötzlich drehte sich Charlotte um und kam zu Frank zurückgerannt. Schluchzend warf sie sich in seine Arme: „Liebfrank! Mein Liebfrank!" Sie bedeckte sein Gesicht mit Küssen. „Ich habe dich so lieb! Aber ich muss gehorchen. Ich muss mit meinen Leuten gehen. So sind die Regeln. Ich habe meiner Mutter versprochen, immer zu gehorchen, wie es sich für eine echte Prinzessin gehört."

Frank kniete vor dem Mädchen nieder und umarmte sie: „Lottchen, mein kleiner Schatz! Mein Nachtkind!"

„Ich werde dich nie vergessen Liebfrank", sagte Charlotte unter Tränen. „Ich werde nie aufhören, dich lieb zu haben. Ich möchte so gerne bei dir bleiben. Oh, Frank!"

Aufschluchzend drehte sie sich um und lief zu den Clanleuten zurück. Augenblicklich verschwammen sie mit den Schatten.

„Lottchen!", schrie Frank. „Charlotte!"

Ihre Stimme kam aus der Dunkelheit, schon fünfzig Meter entfernt und so schrill, als ob man zwei Glasplatten aneinander reiben würde, zwischen denen sich Sandkörner befanden: „Frank! Liebfrank! Ohne dich kann ich nicht leben! Ohne dich werde ich *sterben*!"

„Wartet!", rief Christina hinter den Clanleuten her. „Man kann doch miteinander reden. Lottchen könnte doch wenigstens manchmal zu Besuch kommen."

„Sie sind fort", sagte Matze. „Und so eine Abmachung würden sie niemals akzeptieren. Es ist vorbei, Freunde."

Er klopfte Frank auf die Schulter: „Komm, gehen wir ins Haus."

„Charlotte!", flüsterte Frank. „Lottchen!"

*

Die folgenden Tage lagen wie Blei auf Frank Reuter. Ihm fehlte jeder Antrieb. Er hatte zu nichts Lust und verkroch sich in sein Arbeitszimmer, wo er stundenlang den leeren Bildschirm seines Computers oder seine Kakteen anstarrte.

Seine Schwester schlich wie ein Gespenst durch die Gegend. Sie putzte das ganze Haus von oben bis unten, und als Conny Ecker vorbeikam, putzten sie es gemeinsam noch einmal von unten nach oben.

Conny riet Christina, Frank in Ruhe zu lassen: „Der hockt jetzt auf seinem einsamen Felsgipfel und denkt nach."

„Hast du das aus den schlauen Büchern von Alan und Barbara Pease?"

Conny nickte: „Ich bringe sie dir morgen mit. Dir werden beim Lesen die Augen aufgehen. Es ist auch zum Lachen."

„Aber ich möchte mit Frank reden! Er muss über das Vorgefallene reden, sonst frisst er es in sich hinein."

„Irrtum, meine Liebe", sagte Conny. „Er muss allein sein. Je mehr du jetzt in ihn dringst, desto weiter zieht er sich von dir zurück. Lass ihn um Himmels willen in Ruhe. Er wird schon bald von selbst zu dir kommen. Vorläufig hockt er in seiner Höhle und starrt ins Feuer. Wenn du reden willst, bin ich ja da und ehrlich gesagt, ich brauche auch jemanden, der mir zuhört. Ich kann ja mit sonst niemandem sprechen, weil Lottchens Existenz geheim ist."

„Ich bin froh, dass du da bist, Conny. Diese Bücher - sind die wirklich so gut?"

„Und ob! Sie geben einen tiefen Einblick in die Verschiedenartigkeit von Mann und Frau. Sie zeigen, wie man Irrtümer vermeidet und besser miteinander auskommt. Obwohl ich das meiste schon kannte. Von meiner Mutter. Sie und mein Vater führen eine richtige Musterehe. Sie sind auch heute noch ineinander verliebt wie am ersten Tag. Ich kann mich nur an zwei oder dreimal erinnern, dass sie Streit hatten. Meine Mutter hat mich früh in die Geheimnisse der Spezies Mensch eingeweiht. Sie sagt immer, wenn alle darüber Bescheid wüssten, gäbe es keine Scheidungen mehr und keine Kinder, die daran kaputtgehen. Sie war begeistert, als sie erfuhr, dass die Bücher von Alan und Barbara Pease reißenden Absatz fanden."

*

Das Telefon in Frank Reuters Arbeitszimmer tutete. Mechanisch hob er ab: „Reuter."

„Ich bin es, Gerhard. Sag mal, was hast du dir mit diesen affigen Kleinkindergeschichten eigentlich gedacht, die du mir übers Internet geschickt hast? Bist du dir darüber im Klaren, dass eine solche Schreibe deiner Karriere als Horrorschriftsteller ein jähes Ende bereiten könnte?"

Mein herzallerliebster Verleger! Der hat mir gerade noch gefehlt!

„Leck mich, Selzer!"

„Wie bitte?! Sag mal, tickst du noch richtig? Ich mache mir Sorgen um deine Karriere und du blökst mich an!"

Frank schluckte ein Seufzen herunter. „Du machst dir Sorgen, dass du mit meiner Schreibe nicht mehr so viel verdienen kannst, Gerhard. Das ist alles. Soll ich dir was sagen? Das ist mir scheißegal! Ich habe genug Geld. Mir ist sowieso alles egal! Einfach alles! Ich gebe dir einen Monat von heute an gerechnet, um die Kindergeschichten zu kaufen. Danach biete ich sie anderen Verlagen an. Ist mir völlig wurscht, wer sie veröffentlicht; Hauptsache, sie erscheinen."

„Geschichten vom Dinkelmännchen?"

„Ja, Geschichten vom Dinkelmännchen!", brüllte Frank ins Telefon. „Diese Geschichten kommen bei kleinen Kindern verdammt gut an. Ich muss es wissen, weil ich sie selbst schon als Kind liebte, und heute tun es die Kinder auch. Ich habe es getestet."

Selzer räusperte sich: „Also hör mal, Frank. Was ist los mit dir? Du benimmst dich, als wäre jemand gestorben. So kenne ich dich nicht."

„Genauso ist mir zumute", sagte Frank. „Und mehr erfährst du nicht! Weil es dich nichts angeht. Basta!"

„Na gut", lenkte Selzer ein. „So schlecht ist die Idee ja nicht einmal. Frank Reuter, der bekannte Horrorschriftsteller, gibt sein erstes Kinderbuch heraus. Eine kleine Testauflage, sagen wir mal, eintausend Exemplare, wären schon drin. Das Beste sind natürlich die Zeichnungen, die du beigelegt hast. Die sehen zum Schießen aus. Halb wie von einem kleinen Kind gezeichnet und halb, als wären sie von einem Profi."

„Es wird keine weiteren Zeichnungen geben", sagte Frank. Er war unendlich müde. „Die Quelle ist versiegt. Die kannst du vergessen." Er legte auf, ohne auf Gerhard Selzers Antwort zu warten.

„Ich wette, die Nervensäge ruft gleich wieder an!" Er stand auf und griff nach seinen Autoschlüsseln.

„Tine, ich fahre einkaufen. Brauchst du was?"

Seine Schwester kam aus dem Wohnzimmer. Sie hielt ein Strickzeug in der Hand: „Könntest du mir zwei Knäuel moosgrüne Wolle mitbringen? Ich habe nicht mehr viel davon."

„Ist okay. Bring ich dir mit."

Er ging nach unten. Er fühlte Christinas Blicke auf seinem Nacken. Er wusste, dass sie mit ihm reden wollte, aber er konnte nicht. Er war innerlich zu wund. Er konnte von morgens bis abends nur an Charlotte denken und wenn er an sie dachte, drehten sich seine Gedanken im Kreis herum wie ein verdammter Brummkreisel, solange, bis er sie gewaltsam im Innersten seiner Seele verschloss, wo sie für kurze Zeit Ruhe gaben; leider nie lange genug.

Im Supermarkt kaufte er zwei Päckchen Müsli und vier Tetrapacks mit Sojamilch sowie eine Packung Haselnüsse. Er ernährte sich immer noch ziemlich vegetarisch, obwohl Lottchen sich nicht mehr bei seinem Anblick ekeln konnte, wenn er Fleisch aß; sie war ja nicht mehr da. Frank konnte nicht damit aufhören. Solange er für ausreichend vegetarische Vorräte sorgte, konnte er sich einreden, dass Charlotte eines Tages zurückkehren würde. Er gab sich süßen Tagträumen hin, in denen sie ihre Leute löcherte, bis der Clan entnervt aufgab und sie wenigstens einmal pro Woche zu ihrem Liebmenschen zu Besuch ließ.

Doch Matze Tintenfess hatte ihm nachdrücklich klargemacht, dass ein solches Arrangement für die Nachtleute nicht infrage kam.

Verdammt! Ich denke schon wieder an sie!

Um sich abzulenken, schob er seinen Einkaufswagen in die Abteilung für Handarbeiten. Tine hatte es gut. Die konnte sich mit Stricken ablenken. Sie strickte seit Tagen Baretts, Schals und kleine Gürteltaschen, die man als Ausrüstung im Westernclub benutzen konnte.

Frank wühlte im Regal und packte zwei Knäuel moosgrüne Wolle ein.

Zwischen den Regalen rannten zwei kleine Kinder umher. Sie waren höchstens fünf Jahre alt, ein Junge und ein Mädchen, wahrscheinlich Zwillinge.

„Rennt nicht herum wie die Verrückten!", rief die Mutter entnervt. „Ihr fallt noch hin."

Natürlich hörten die kleinen Racker nicht auf sie. Es kam, was kommen musste. Als der Junge um eine Ecke bog, rutschten ihm die Beine unterm Körper weg und er schlug auf den Boden. Brüllend tat er sein Missgeschick kund.

„Och, Marco, ich habe euch doch gesagt, ihr sollt aufpassen", sagte die Mutter und nahm den Jungen tröstend in die Arme. Das kleine Mädchen stand verdattert daneben. Der Junge heulte ausgiebig.

„So, jetzt ist es aber wieder gut!", sagte seine Mutter energisch. „Ja?"

Und es war gut. Die Tränen trockneten schneller, als Frank das Wort „wiedergeboren" sagen konnte, und schon flitzte der Kleine mit seiner Schwester wieder um die Regale.

Frank fuhr seinen Einkaufswagen zur Kasse.

Er musste an Charlotte denken, wie sie damals auf dem Parkettfußboden ausgerutscht war, als sie auf Strümpfen um die Wohnzimmerecke biegen wollte. Er hatte sie auf die gleiche Weise getröstet wie die junge Mutter den kleinen Marco. Lottchen hatte auf Frank gehört. Sie war von da an nie wieder auf Strümpfen durchs Haus gelaufen. Entweder sie trug ihre Hausschuhe mit rutschfester Sohle oder sie lief barfuß.

„Lottchen! Lottchen!", murmelte Frank auf dem Nachhauseweg im Auto. Er war kreuzunglücklich. Wie mochte es da erst Charlotte gehen?

Zu Hause startete Frank den Flugzeugcomputer und schaute sich das Nachrichtenbord an. Er hatte wenig Lust, am Samstag bei den Irren mitzumischen, aber er hatte es sich zur Gewohnheit gemacht, vorm Wochenende das Bord zu checken.

Die üblichen Sprüche standen in dem kleinen Chatfenster:

„FASS, wir himmeln dich am Samstag gleich noch mal!"

„Ich bin am WE bei meinen Schwiegereltern. Würg! Sorry! KILLER"

„Meine Katze hat mir aufs rechte Fußpedal gesch ...! So eine Scheiße! ZORRO"

lol

„Sag ihr, sie soll auch links draufkacken, damit du nicht einseitig wirst!"

wieher

rofl

„Ich bin am Samstag ab 20 Uhr dabei. KALLE."

Wie sehr vermisste er Lottchens altkluge Bemerkungen zu dem Geschreibsel auf dem Bildschirm!

Die Haustürklingel schellte. Tine öffnete. Es war Conny. Sie blieb zum Abendessen.

Zum ersten Mal seit Tagen beteiligte sich Frank am Tischgespräch. Er konnte beinahe körperlich fühlen, wie Tine und Conny aufatmeten.

Nach dem Essen war Frank endlich fähig, über seinen Schmerz zu reden. Er hatte zwei aufmerksame Zuhörer.

Und nachts schämte er sich nicht, in Connys Armen zu weinen.

Vom nächsten Tag an ging es mit Frank bergauf. Er knöpfte sich sein Drehbuch vor und entwickelte innerhalb eines halben Tages den Rohling für einen neuen Roman. Es ging ihm nicht gut, aber es ging ihm besser.

*

Eines Abends waren Tine und Conny ins Hallenbad gefahren. Frank saß allein daheim. Er hatte keine Lust auf Schwimmen gehabt und sich stattdessen lieber in sein Drehbuch verbissen. Er kam gut voran. Plötzlich klingelte es an der Haustür.

„Nanu! Wer bimmelt da spätabends bei mir?"

Lottchen!, schoss es ihm durch den Kopf. Wer denn sonst?! Sie hatten aufgegeben! Sie brachten seinen kleinen Schatz zu ihm zurück!

Er stürzte zur Haustür. Erst drei Schritte davor fiel ihm ein, dass es wahrscheinlich Matze Tintenfess war. Enttäuschung machte sich in ihm breit. Für einen Augenblick war er voller Hoffnung gewesen.

Scheiße!

Er öffnete die Tür. Eine junge Frau mit dunklem Haar stand vor ihm. „Guten Abend", sprach sie freundlich. „Herr Reuter?"

„Hm, ja." Verdammt! Jemand von den Zeugen Jehovas hatte ihm gerade noch gefehlt. Er hatte keine Lust, sich biblische Belehrungen anzuhören.

„Ich heiße Carmen Fabray. Ich bin Nachtschwester an der Universitätsklinik in Homburg. Ich komme zu Ihnen, weil Jörg Wendel mich darum gebeten hat."

„Jörg?!" Frank stutzte. Was wollte der Depp von ihm? Mit dem hatte er nichts zu schaffen. Der sollte sich mal lieber um das Grab seiner Frau kümmern, der Arsch!

„Herr Wendel ist sehr krank", sagte die Frau. „Lungenkrebs im Endstadium. Er wird nicht mehr lange leben. Er bat mich, zu Ihnen zu gehen. Er möchte dringend mit Ihnen sprechen, Herr Reuter. Es ist ihm sehr wichtig, dass Sie ihn besuchen."

Frank wollte unwillig auffahren, aber etwas an der Art der Frau hielt ihn zurück. Sie war so freundlich. Sie konnte nichts dafür, dass er auf Jörg Wendel einen Rochus hatte.

„Ich habe mit Herrn Wendel nichts zu schaffen", sagte Frank. „Wir sind nicht unbedingt das, was man Freunde nennt."

„Ich weiß", sagte Frau Fabray und strich sich eine widerspenstige schwarze Haarsträhne aus dem Gesicht. „Herr Wendel bat mich, Sie trotzdem zu ihm zu bringen. Er hat Ihnen etwas Wichtiges zu sagen."

„Was soll der mir schon großartig sagen", murrte Frank. Er war nahe daran, nachzugeben, wollte aber noch ein Weilchen den Starrköpfigen spielen.

Und falls ich wirklich mitkomme, dann nur, weil du so nett bist, Frau Nachtschwester, dachte er.

Die Frau redete mit Engelszungen auf ihn ein: „Bitte, Herr Reuter! Jörg Wendel wird bald sterben, vielleicht schon heute Nacht. Sie werden doch einem Todkranken auf dem Sterbebett nicht den letzten Wunsch abschlagen. Es ist wichtig für Sie, hat Herr Wendel gesagt. Bitte!"

Was macht diese Person mit mir, dachte Reuter.

Er seufzte. „Also gut. Ich komme mit. Sonst lassen Sie mir ja doch keine Ruhe." Er musste gegen seinen Willen lächeln. „Sind Sie mit Ihrem Wagen da?"

„Nein, mit der Bahn."

„Mit dem Zug? Dann haben Sie ja den letzten Zug aus Homburg benutzt. Was hätten Sie getan, wenn ich mich geweigert hätte, mitzukommen?"

Sie lächelte ihn an: „Haben Sie aber nicht."

„Okay, nehmen wir mein Auto."

Reuter dirigierte sie durch den Keller zur Garage. Täuschte er sich oder zögerte sie kurz vor der Tür zu Lottchens Zimmer? Bevor er darüber nachdenken konnte, war der Augenblick schon vorüber.

„Sie sind ziemlich risikofreundlich", sagte er zu der Frau, als sie im Mercedes nach Homburg fuhren. „Gehen so einfach mit mir in den Keller."

„Das mussten wir doch, um zur Garage zu gelangen", sagte sie unbefangen. „Sie sehen nicht wie die Sorte Mann aus, die im Keller über Frauen herfällt." Sie fuhren die Anhöhe hinauf, auf der die Homburger Uniklinik lag. „Da vorne links ist das Parkhaus ...", begann die Nachtschwester.

Reuter fuhr einfach weiter.

„Hören Sie, Sie müssen zum Parkhaus!"

Reuter bremste erst vor der Schranke am Pförtnerhäuschen. Er öffnete die Seitenscheibe und hielt dem Pförtner seinen Blutspenderausweis hin: „Ich werde erwartet."

„Ist gut. Passieren Sie." Die Schranke öffnete sich und Frank fuhr aufs Gelände der Uniklinik.

Er schaute kurz nach rechts: „Sagen Sie jetzt bloß nicht, ich hätte gelogen."

Die Frau lachte und dirigierte ihn zum richtigen Gebäude: „Aber der Parkplatz vom Chefarzt ist tabu."

Fünf Minuten später stand Frank vor dem zweiten Mann seiner Mutter. Bei Jörgs Anblick wusste er, warum das Grab auf dem Bexbacher Friedhof verwahrlost war. Jörg musste schon sehr lange im Krankenhaus sein und man merkte ihm an, dass es zu Ende ging. Sein Körper war völlig verfallen.

Bei Reuters Anblick versuchte er ein Lächeln: „Hallo, Frank. Du bist gekommen." Er wirkte erleichtert. „Das ist gut!"

„Wie geht es dir?", fragte Reuter.

Jörg lächelte schmerzlich: „Das sieht man doch, oder? Die Zigaretten haben mir den Garaus gemacht. Mir bleibt nicht mehr viel Zeit."

Er beugte sich zu seinem Nachttisch hinüber: „Ich habe etwas für dich." Er fischte ein mit Bindfaden umwickeltes Päckchen aus der obersten Schublade und reichte es Frank.

„Was ist das?", fragte Frank.

„Briefe", antwortete Jörg. „Von deiner Mutter. Du hast sie damals ungelesen zurückgehen lassen. Bevor sie starb, nahm sie mir das Versprechen ab, dir die Briefe persönlich zu überreichen. Ihr lag sehr viel daran, dass du sie bekommst. Eines Tages ist sein Zorn auf mich nicht mehr so groß und du kannst ihm die Briefe geben, sagte sie zu mir. Warte, bis er älter wird.

Ich kann nicht länger warten. Frank, ich bitte dich inständig, wirf diese Briefe nicht weg. Bitte versprich mir, dass du sie wenigstens einmal lesen wirst." Bevor Frank etwas erwidern konnte, fuhr Jörg fort: „Du musst sie ja nicht sofort lesen. Leg sie in den Schrank, wo sie dich nicht stören. Wer weiß, in ein paar Jahren möchtest du vielleicht hineinschauen." Er blickte Frank so flehend an, dass der sich genierte.

„Ist gut", brummte Frank. Er tat schroff, um seine Verlegenheit zu überspielen. „Ich werde sie irgendwann lesen." Er griff nach dem Päckchen.

Jörg gab die Briefe nicht frei. „Versprochen?", fragte er.

„Ja doch. Versprochen!"

Jörg ließ los.

Frank war seltsam zumute. Er fühlte sich nicht wohl in seiner Haut.

Da liegt er vor dir und ist am Krepieren, dachte er. Hast du dir das früher nicht immer gewünscht? Wo bleibt dein Triumph?

„Da ist noch etwas", sagte Jörg. „Ich möchte dich um etwas bitten. Ich mache es kurz. Ich werde dich mit Gesülze verschonen, von wegen, ich hätte nicht geahnt, wie schlimm es für dich war. Es war schlimm für dich, und ich trug zu einem Teil die Schuld daran. Das tut mir leid, Frank. Bitte verzeih mir."

Das kam so geradlinig und direkt, dass Frank der überfallartigen Bitte nichts entgegenzusetzen hatte. Er stand da wie zur Salzsäule erstarrt. Vor einigen Monaten hätte er mit einer bösen Erwiderung geantwortet, aber er war ruhiger geworden und der Schmerz über den Verlust von Charlotte machte ihn innerlich wund und empfindlich.

Was soll's, Alter. Toben bringt jetzt auch nichts mehr. Pfeif drauf!

Noch nie in seinem Leben war ihm etwas so schwergefallen. Er trat zu Jörg, bevor er es sich anders überlegen konnte, und reichte ihm die Hand: „Ich verzeihe dir."

Jörgs Gesicht begann zu strahlen: „Danke. Das lag mir wirklich am Herzen."

„Schon gut", brummte Frank. Er wandte sich zum Gehen.

„Sie hat gebettelt", sagte Jörg. Frank blieb stehen. „Angefleht hat sich mich, als es mit ihr zu Ende ging, dass ich dich an ihr Sterbebett hole, damit sie sich vor ihrem Tod mit dir aussöhnen konnte. Ich habe dir geschrieben, aber persönlich zu bitten, wagte ich nicht. Das habe ich mir all die Jahre vorgeworfen."

„Sinnlos", sagte Frank. „Ich wäre nicht gekommen." Er machte eine Pause. „Aber heute würde ich kommen. Ich war an ihrem Grab. Ich dachte, du bist ein Scheißkerl und kümmerst dich nicht. Das Grab war total verkommen. Ich wusste nicht, dass du im Krankenhaus bist. Ich habe es schön hergerichtet."

Jörg strahlte noch mehr. „Jetzt weiß ich, dass du die Briefe auf jeden Fall lesen wirst. Danke, Frank. Ich wünsche dir alles Gute. Leb wohl."

Frank winkte zum Abschied, dann ging er.

Er merkte nicht, dass die Nachtschwester vor der Tür stand. Carmen Fabray hatte die ganze Zeit gelauscht. Sie wusste, dass es sich nicht gehörte, wenn man als Nachtschwester heimlich Patienten belauschte.

„Ich musste es tun! Ich konnte nicht anders!", sagte sie halblaut vor sich hin und schaute Frank hinterher. „Du hast ihm verziehen, Frank Reuter, einem Menschen, den du dein Leben lang gehasst und verachtet hast. Du hast Stärke bewiesen, Stärke, die meine Leute nicht haben. Du hast Größe gezeigt. Deine Stärke wirst du brauchen, wenn sie dich um Hilfe bitten. Falls sie dich um Hilfe bitten! Sie sind total festgefahren, leben immer noch im finsteren Mittelalter. Sie krallen sich am Alten fest.

Schuld sind die Frauen. Sie sind die wahren Regentinnen der Clans, und sie unterdrücken alles Neue aus Furcht vor Veränderungen. Sie verschließen ihre Augen vor dem Offensichtlichen. Sie weigern sich, die Zeichen zu sehen.

Unsere kleine Königin ist in furchtbarer Gefahr, aber sie wollen es nicht wahrhaben. Du wirst viel Stärke brauchen, Frank Reuter, wenn es soweit ist. Nur du kannst sie retten, wenn es zu spät für alle Hoffnung ist!"

Sie drehte sich um und ging in Jörg Wendels Zimmer. Als sie unter einer Deckenlampe

vorbeiging, leuchteten ihre Pupillen für einen Moment hellsilbern auf.

*

Manuela Hennes öffnete auf das Klingeln die Wohnungstür: „Ja bitte?"

„N´ Abend, Süße! Darf ich reinkommen?" Matze Tintenfess schob die Frau unsanft nach hinten. Er trat ein und schloss die Tür hinter sich. Blitzartig packte er Manuela an der Gurgel: „Halt die Klappe, Madame! Wenn du schreist, knallt's!"

Manuela wurde blass: „Was wollen Sie von mir?"

„Nur ein bisschen reden. Entspann dich!" Matze drückte Manuela in einen Sessel: „Setz dich lieber."

Er baute sich vor der verängstigten Frau auf: „Du hattest also null Ahnung von dem, was dein mieser Freund Marius abziehen wollte?"

Manuela wurde noch blasser. Matze grinste. „Du weißt genau Bescheid", sagte er.

Manuela Hennes wollte etwas erwidern.

„Spar dir dein Gesabbel!", zischte Matze. „Mir ist egal, ob du Schuldgefühle hast oder sonst was! Mich interessiert nur eins, Fräuleinchen: deine Rachlust!" Er beugte sich über Manu: „Ich schätze, du hast eine Scheißwut auf Frank und Christina Reuter." Er lachte leise. „Weißt du, Madame, das ist mir auch egal. Von mir aus kannst du die beiden bis zum jüngsten Tag hassen. Aber eins sag ich dir! Komm niemals auf die Idee, Rachepläne zu schmieden! Denk nicht einmal dran! Du würdest es nicht überleben!"

Er packte Manuelas Gesicht mit der rechten Hand und drückte ihre Wangen zusammen: „Du weißt, wer bei Frank Reuter lebt, nicht wahr? Marius hat dir alles erzählt. Bei Frank wohnt ein Vampirkind!" Matze drückte noch fester zu. „Glaub mir, Fräuleinchen, die Vampire wurden echt schweinesauer, als sie mitbekamen, was dein Marius mit dem kleinen Kind vorhatte."

Manuela sackte zusammen.

„Du hast mitbekommen, was mit Marius passierte!", fuhr Matze fort. „Er ist auf sehr hässliche Weise gestorben und nur der anbrechende Tag sorgte dafür, dass es nicht noch länger dauerte und noch schrecklicher wurde!"

Matze ließ Manuela los: „Frank und seine Schwester stehen unter dem Schutz der Vampire. Das kleine Kind sowieso." Er sah die Angst in den Augen der jungen Frau. Gut so! Sie sollte Angst haben, eine richtige Scheißangst!

„Sie leben zu Tausenden mitten unter uns!", knurrte Matze. „Die Nacht gehört ihnen. Sie sind überall. Man kann sich nicht vor ihnen verstecken. Sie finden einen immer!"

„Bitte!", wisperte Manuela. „Ich will doch gar nicht ..."

„Oh doch! Du willst!", grollte Matze. „Aber du gewöhnst es dir besser ab, Madame! Was meinst du, was die Vampire mit dir anstellen würden, wenn du auch nur daran denkst, ihren Schützlingen etwas anzutun? Die schlitzen dich auf! Die ziehen dir bei lebendigem Leib die Haut ab!"

Manuela begann zu zittern.

„Du glaubst nicht, wie lange es dauert!", sagte Matze. „Eine Nacht ist schrecklich lang! Hörst du mir überhaupt zu?"

„J-Ja!", wimmte Manuela.

„Guuut!", sagte Matze. „Du wirst jegliche Rachepläne aufgeben! Du wirst nicht einmal daran denken! Hast du mich verstanden?"

„Ja, ich habe verstanden!"

„Fein", sagte Matze. Mit einem Mal wirkte er gut gelaunt. „Wenn du brav bist, hast du nichts zu befürchten. Außer Frank, Christina und mir weiß keiner von dir. Aber wenn einem von uns dreien etwas zustoßen sollte, sagen es die anderen den Vampiren. Und für den Fall, dass wir alle drei gleichzeitig eines unnatürlichen Todes sterben sollten, haben wir Briefe hinterlegt und die

Vampire können sehr gut lesen, Madame! Du wirst das Maul halten und Ruhe geben, ja?"

„Ja", wimmerte Manuela. Sie zitterte am ganzen Körper. „Bitte glauben Sie mir, ich werde nichts tun!"

„Dann will ich mal so tun, als ob ich dir traue. Und tschüs!" Matze verließ die Wohnung.

Zurück blieb eine zitternde, schreckensbleiche Manuela Hennes.

Matze lief zu seinem Auto, das in einer Seitenstraße parkte.

„Mann, bin ich ein schäbiger Wichser! Ich habe gelogen wie ein Tier", murmelte er. „Die Tante hätte sich vor Angst beinahe in die Hosen gemacht!"

Er seufzte. Die Schauspielerei war ihm nicht leichtgefallen, aber er hatte sicherstellen müssen, dass diese Manuela ihnen nicht schadete. Nachdem er den brutalen Erpresser herausgekehrt hatte, hatte sie soviel Angst, dass sie sich zeitlebens still verhalten würde. Sollte sie ruhig glauben, dass die Vampire blutrünstige Monster waren.

Matze setzte sich in seinen Wagen und startete den Motor.

„Der Zweck heiligt die Mittel", sagte er. „Und ich bin echt ein verlogener Wichser!"

Er fuhr nach Bexbach zurück.

*

Frank Reuter lief in seinem Arbeitszimmer auf und ab. Christina und Conny waren zusammen zum Einkaufen gefahren. Vor acht Uhr abends würden sie nicht zurückkommen. Er hatte vier Stunden Zeit. Die erste halbe Stunde war verstrichen.

Auf einem seiner Schreibtische lag das Bündel Briefe, das Jörg Wendel ihm gegeben hatte. Von Zeit zu Zeit warf Frank einen Blick darauf. Er hatte geduldig gewartet, bis Conny und Christina außer Haus waren. Er wollte allein sein, wenn er die Briefe zum ersten Mal las.

Er starrte das Bündel an, als wäre es eine scharfgemachte Handgranate.

„Scheiße nochmal!"

Er setzte sich an den Tisch und sah die Briefe durch. Acht Stück waren es insgesamt, alle in der unteren linken Ecke säuberlich nummeriert. Auf den ersten beiden Briefen erkannte er seine Handschrift.

„Zurück an Absender", stand da in großen Lettern. Auf dem dritten Umschlag war die trotzige Botschaft mit einem Stempel gedruckt.

Frank erinnerte sich, wie er zur Druckerei Hügel in der Bahnhofstraße gestürmt war, um sich den Stempel anfertigen zu lassen. Extragroße Buchstaben hatte er verlangt und dabei innerlich vor Wut geglüht.

Der offiziell wirkende Stempel hatte nichts genutzt; es kamen weiterhin Briefe, bis seine Mutter schließlich starb.

„Hast du mich vermisst?", flüsterte Reuter. „Hast du mich vermisst, so wie ich heute Lottchen vermisse? Ich vermisse sie jede Minute, jede Stunde, jeden Tag! Und es wird mit jedem Tag schlimmer. Der Schmerz lässt nicht nach. Im Gegenteil, er wird stärker und ich fühle mich so furchtbar hilflos. Ich glaube, wenn ich Conny nicht hätte, würde ich irrewerden."

Er öffnete den Umschlag und nahm den Brief heraus.

„Lieber Frank, ich weiß, dass du nichts mehr von mir wissen willst. Trotzdem hoffe ich, dass du wenigstens meinen Brief liest. Ich bitte dich von ganzem Herzen darum: Nimm dir die paar Minuten Zeit."

Frank las. Er las Seite um Seite.

Seine Mutter gab zu, einen Fehler begangen zu haben, als sie seinen Vater heiratete.

„Wir passten schon damals nicht zusammen, aber ich dachte, wenn wir erst verheiratet wären, könnte ich ihn ändern. Das war ein Trugschluss. Vielen Frauen geht es ähnlich wie mir."

Von der Gleichgültigkeit ihres Mannes schrieb seine Mutter und von dem Gefühl der Kälte und Lieblosigkeit. Dass sie Zärtlichkeiten vermisst hatte.

„Manchmal kam ich mir vor wie eine lebende Gummipuppe, wie eine Bettmaschine, nur dazu da, seine Gelüste zu befriedigen. Er ging nie auf mich ein, hörte mir nie zu."

Aber, und das wunderte Frank, sie gab ihrem Mann nicht allein die Schuld. Zum ersten Mal in ihrem Leben erkannte sie ihre eigene Schuld am Scheitern ihrer Ehe mit an.

„Ich habe alles falsch gemacht, was man falsch machen konnte. Ich war eine dumme Kuh!"

Dann bat sie Frank um Verzeihung für den Schmerz, den sie ihm bereitet hatte.

„Ich wusste nicht, wie ich es sonst hätte machen sollen", schrieb sie. „Ich konnte nicht länger bei deinem Vater bleiben. Ich hielt es einfach nicht mehr aus. Ich wollte dich nicht mit zu Jörg nehmen, um dir wehzutun oder dich deinem Vater wegzunehmen, sondern weil ich glaubte, dass du es bei mir besser haben würdest. Heute weiß ich, dass ich mich ziemlich bescheuert aufgeführt habe."

Bescheuert?!? Hatte seine Mutter wirklich das Wort „bescheuert" geschrieben?

„Ich lief mit Scheuklappen und einer farbigen Brille durchs Leben. Ich wollte deine innere Not nicht sehen, also blendete ich sie aus. Erst als du mich aus deinem Haus hinausgeworfen hast, gingen mir die Augen auf, und ich erkannte, wie tief verletzt du warst.

Frank, ich liebe dich von ganzem Herzen und bete, dass es nicht zu spät für eine Aussprache zwischen uns beiden ist. Ich bin sehr krank und werde bald sterben.

Lieber, lieber Frank, lass uns miteinander reden! Nur ein einziges Mal!

Es tut mir leid, dass du wegen mir so gelitten hast. Ich habe es nicht mit Absicht getan, ich war einfach nur blind und taub. Ich war dumm! Bitte komm wenigstens einmal zu mir!"

„Aber ich bin nicht gekommen!", sagte Frank. „Ich heulte zu Hause und brütete stille Rache. Heimzahlen wollte ich es dir und habe es auch getan." Frank fühlte sich elend.

Er las Brief um Brief. Der Inhalt war stets der gleiche, bloß dass in den letzten Briefen nur noch die Bitte um ein Gespräch stand.

„Frank! Ich flehe dich an! Lass mich bitte nicht ohne deine Verzeihung sterben!"

Frank warf den latzten Brief auf den Tisch. Er erinnerte sich daran, wie er nach der Scheidung seiner Eltern oft unausstehlich gewesen. Nach bestem Können hatte er seine Mutter geärgert und ihr wehgetan, wo er konnte.

„Mutter!", sagte er. „Tat es dir wirklich so weh, als ich dich nicht mehr wollte? Habe ich dich so sehr getroffen damit?" Ein würgender Kloß stieg in seinem Hals auf. Er war ekelhaft zu seiner Mutter gewesen. Er hatte es genossen, sie zu beleidigen und zu verletzen. Heimgezahlt hatte er es ihr.

Plötzlich tat es ihm in seinem Innersten so weh, als hätte jemand eine Messerklinge in sein Herz gestoßen. Er vergrub sein Gesicht in den Händen und begann zu weinen.

„Mutti!", schluchzte er. „Mutti! Könnte ich es nur rückgängig machen!"

*

Weitere Tage vergingen. Frank trauerte so intensiv um Charlotte wie am ersten Tag. Der Schmerz ließ nicht nach.

Nur mit Conny lief alles gut. Ihre Liebe gab ihm Kraft und Stärke.

An einem Abend mitten in der Woche saß Frank mit Matze Tintenfess im

Wohnzimmer und überraschte seinen Freund mit der Nachricht, dass er vielleicht Conny Ecker heiraten würde.

„Nicht sofort, aber vielleicht nächstes Jahr", sagte er. „Ich habe sie noch nicht gefragt, aber ich bin mir sicher, dass sie Ja sagen wird."

Matze schaute ihn argwöhnisch an.

„Du brauchst nicht so zu gucken!", sagte Frank. „Ich habe meine Vergangenheit aufbereitet, ganz ohne Kopfklempner!" Er erzählte von den Briefen seiner Mutter.

„Ich bin immer noch böse auf sie. Aber ohne Hass. Sie hat etwas getan, was ich nicht gut fand, und ich habe das Recht, dies scheiße zu finden, aber es ist kein Hass mehr in mir, der mich innerlich zerfrisst. Matze, ob du mir glaubst oder nicht, ich habe meine miese Kindheit überwunden und deshalb bin ich fähig, an eine Heirat mit Conny zu denken. Ich kann wieder vertrauen."

Matze betrachtete ihn schweigend. Sein Gesicht nahm einen ganz weichen Ausdruck an.

„Nein, Frank", sagte er schließlich. „Du hast deine Kindheit nicht überwunden, du hast sie zurückgewonnen! Nicht vertrauen kannst du. Du kannst wieder GLAUBEN! Du kannst wieder glauben, dass es das Gute im Menschen gibt, und glauben können nur Kinder. Du hast es geschafft, Frank. Ich wünsche dir alles Gute mit Conny. Sie ist ein Prachtkerl."

Die Haustür sprang auf. „Wir sind zurück", rief Tina und kam ins Wohnzimmer.

Als sie Matze erblickte, überflog eine leichte Röte ihr Gesicht: „Oh, hallo, Matze."

Matze zog eine Augenbraue hoch. „N´Abend."

Conny ging zu Frank und holte sich einen Kuss ab. „Wir haben einen Käsekuchen mitgebracht", sagte sie.

Christina schaute zu Matze hin: „Bleibst du zum Essen?"

Matze fixierte sie: „Soll ich?"

Sie wurde rot. „Kannst du keine normale Antwort geben, wenn ich dich etwas frage?" Ihr Ton war nicht vorwurfsvoll oder wütend, eher traurig.

Matze kratzte sich am Arm: Erm ... ja. Klar, ich bleibe gern. Danke für die Einladung." Nun war es an ihm, Farbe ins Gesicht zu bekommen. „Aahm ich hol mal Teller und Besteck." Er entfleuchte in Franks Küche.

Frank starrte verdutzt hinter ihm her. Dann grinste er.

Später saßen sie gemeinsam um den Wohnzimmertisch, aßen Käsekuchen und tranken Kaffee dazu. Fässchen ließ beiläufig los, was er mit Manuela Hennes angestellt hatte.

„Wow!", sagte Conny. „Du hast dich aufgeführt wie die Typen in den Hollywoodfilmen."

„Dort hab ich's mir ja auch abgeguckt", nuschelte Matze mit vollem Mund.

„Käsekuchen", sagte Frank. „Den habe ich lange nicht mehr gegessen. Als Lottchen bei mir war, wäre so etwas nicht auf den Tisch gekommen, es sei denn, er wäre mit Sojamilch gebacken worden." Er seufzte abgrundtief. „Ihr glaubt nicht, wie sehr ich sie vermisse! Ich täte alles, um Charlotte zurückzubekommen. Ich kann nicht begreifen, dass ich sie nie wieder in meinem Leben sehen werde!"

„Oh Mann! Du liebst es, auf deinem Unglück herumzureiten", brummte Matze. „Geduld ist nicht deine Stärke."

Frank schaute ihn verständnislos an: „Wie meinst du das?"

Matze stöhnte. „Mensch, Frankendoof! Du hast Lottchen und mich auf der Ranch an der Quelle belauscht und was habe ich da zu ihr gesagt? „Wenn alle Stricke reißen, kannst du immer noch sterben." Und was hat Lottchen geschrien, als ihre Leute sie mitnahmen? „Frank! Ohne dich werde ich *sterben*!" Das hast du doch gehört, oder?"

„Willst du damit sagen, dass Charlotte stirbt?", fragte Conny erschrocken. „Warum sagst du solche Sachen?"

„Weil's wahr ist!", gab Matze zur Antwort.

Frank starrte ihn an wie den Mann im Mond: „Selbstmord? Wie bei Daniel?"

„Natürlich nicht. Das würde ja nichts nutzen. Sie will ja zu dir zurück. Also macht sie es schön langsam, zum Mitleiden, sozusagen."

Christina verzog das Gesicht: „Das ist ja entsetzlich!"

„Das Gesicht der Wahrheit ist niemals schön", sagte Matze. „Charlotte stirbt."

Frank war blass: „Wie?"

„Ganz simpel: Sie hört auf, Blut zu sich zu nehmen."

„Aber das merken ihre Leute doch."

„Sicher, irgendwann werden sie dahinterkommen."

Conny hielt Franks Hand: „Dann werden sie Lotte zum Trinken zwingen."

„Irrtum!", sagte Matze. „Das geht nicht. Mit Gewalt kriegt man kein Blut in einen Nachtmenschen rein. Das Blut muss von der Gaumenschleimhaut absorbiert werden und es muss absolut frisch sein. Ein Glas Blut mit einem Schlauch in den Magen geschüttet, hätte verheerende Folgen. Das macht richtig bösartig krank.

Nein, so ein Clanmensch muss schon selber beißen und trinken, und das funktioniert nicht unter Zwang. Wenn Lotti beschließt, kein Blut mehr zu nehmen, wird sie todkrank und stirbt irgendwann."

„Das merken die doch, dass sie nichts trinkt", sagte Conny.

„Wie denn?", wollte Fässchen wissen.

„Es fällt eben auf, wenn sie nichts trinkt."

„Nein", meldete sich Frank. „Ich habe alle Texte von Clairvaux gelesen. Die Blutaufnahme ist eine sehr intime Angelegenheit. Das macht jeder Clanmensch für sich alleine, selbst die Kinder. Wenn Lottchen rausgeht und sagt, sie geht zu einem Reh, kann niemand nachprüfen, ob sie es wirklich tut."

„Ganz recht", bestätigte Matze. „Kein Clanmensch lässt sich beim

Blutaufnehmen zusehen. Ich wollte damals Daniel mal zugucken, aber er sagte Nein. Ich war zehn und neugierig, also quengelte ich eine Zeitlang. Aber er ignorierte mich einfach, bis ich damit aufhörte."

„Ganz kleine Kinder?" Conny klang skeptisch. „Wie klein? Mit zwei Jahren schon allein in den Wald?"

„Nein, erst mit vier Jahren", sagte Frank. „Vorher nehmen die kleinen Kinder die lebensnotwendigen Stoffe des Blutes mit der Muttermilch auf. Nachtkinder werden extrem lange gesäugt, weil sie als Winzlinge zur Welt kommen. Sie sind kaum größer als Barbiepuppen. Erst mit knapp zwei Jahren werden sie entwöhnt. Sie trinken aber in regelmäßigen Abständen weiter Muttermilch in kleinen Mengen, um an die Blutbestandteile zu kommen, bis sie mit ungefähr vier Jahren anfangen, selbstständig Blut aufzunehmen."

Hoffnung keimte in Frank auf: „Wenn Charlotte krank wird, müssen die Clanleute klein beigeben. Dann darf sie zu mir zurück."

„Vielleicht", sagte Matze. „Vielleicht schauen sie auch tatenlos beim Sterben zu."

„Das kann ich nicht glauben!", rief Christina.

„Ich sagte ja: vielleicht", brummte Fässchen. Er visierte Frank an: „Jedenfalls sei drauf gefasst, demnächst eine weite Strecke mit dem Auto fahren zu müssen. Sorg dafür, dass dein Tank immer voll ist. Die geheimen Orte der Clanleute liegen fast alle ein Stückchen weiter weg von Bexbach."

„Wo liegen diese Orte?", wollte Frank wissen.

„Das werde ich dir nicht sagen!"

„Wieso nicht?"

„Weil ich versprochen habe, mein Wissen niemals weiterzugeben."

Frank schaute Matze mit großen Augen an: „Versprochen? Matze, dein Freund Daniel ist seit über fünfundzwanzig Jahren tot!"

„Ja und!", fuhr Matze auf. „Was soll das Geschwafel? Willst du damit ausdrücken, dass jemand, der tot ist, ein Scheißhaufen ist, dem man ein gegebenes Versprechen nicht länger zu halten braucht? Wozu wären dann Versprechen da?"

„Es tut mir leid, Matze", sagte Frank. „Ich habe es nicht so gemeint. Entschuldige bitte." Er war zerknirscht. „Es ist bloß wegen dieser grässlichen Geschichte mit Lottchen. Warum hast du mir nichts davon erzählt?"

Matze war wieder ruhig: „Weil ich dachte, dass du genug Grips hättest, von selber draufzukommen. Manchmal bist du wirklich schwer von Begriff."

„Die Clanleute werden aber etwas unternehmen, wenn es Charlotte schlecht geht, nicht wahr?", fragte Conny.

„Na sicher", sagte Frank. „Sie können nicht einfach dabeistehen und zuschauen, wie sie stirbt."

„Bei Daniel taten sie es auch", sagte Matze.

„Das kannst du doch nicht vergleichen", sagte Conny. „Dein Freund sprang vom Turm, den konnte niemand mehr zurückhalten."

„Von wegen!", grollte Matze. „Die Clanfritzen standen um den Turm herum und schauten zu, wie Daniel oben über die Brüstung stieg und zu mir herunterrief, dass ihm unsere Freundschaft über alles ging, auch über seine eigenen Leute. Es war mehr als genug Zeit, um einzulenken. Die Clantypen hätten nachgeben können. Der Obermufti hätte rufen können: „Daniel, tu es nicht! Wir geben nach. Wir erlauben dir die Freundschaft zu diesem Tagkind. Komm zu uns, Daniel! Es wird alles gut."

Aber sie taten nichts. Sie glotzten nur stumm nach oben, und dann sprang Daniel.

Die Clanleute sind so sehr in ihren alten Regeln festgefahren, dass sie eher den Tod eines der ihrigen hinnehmen, als auch nur eine Handbreit von ihren starren Regeln abzuweichen."

Frank lief es eiskalt den Rücken hinunter.

Vor seinem inneren Auge sah er Lottchen todkrank in einem Bett liegen. Dutzende Clanmenschen standen um das Bett herum. Sie litten, sie klagten und sie weinten um ihre kleine Königin, aber sie waren nicht in der Lage, Charlottes Liebmensch um Hilfe zu bitten, weil ihre altmodischen Gesetze es nicht gestatteten. Eine schreckliche Vorstellung.

„Wie lange dauert es, bis ein Nachtmensch krank wird, wenn er kein Blut erhält?"

„Genaue Angaben gibt es bei Clairvaux nicht, und in dem Kirchenbuch stehen ebenfalls keine Zeitangaben. Es heißt nur, dass die Vampire wahnsinnig werden und Menschen anfallen, wenn sie kein Herbivorenblut erhalten."

„Wird Lottchen auch so werden?", fragte Tina besorgt. „Unser liebes, kleines Lottchen als wahnsinniges, blutrünstiges Vampirkind. Das kann ich mir einfach nicht vorstellen."

„Ich bin mir da auch nicht ganz einig", gab Matze zu. „Der Text ist schwer zu verstehen. Wörtlich heißt es: 'So der Vampyr menschliches Blut bekommet, fallet er dem Irrsinne anheim und er greifet alle Menschen an, derer er habhaft werden kann.' Das kann man auslegen, wie man will. Trinkt der Clanmann freiwillig Menschenblut? Oder wird es ihm verabreicht?

Clairvaux schreibt, dass getrunkenes Blut den Wahnsinn hervorruft. Es ist schwer zu kapieren. Aber ich glaube, es besteht ein großer Unterschied, ob Blut getrunken wird, also in den Magen runtergeschluckt wird, oder ob es nur in winzigen Mengen von der Gaumenschleimhaut absorbiert wird. Clairvaux sagt normalerweise, der Nachtmensch *nimmt* Blut. Nur bei *trinkt* Blut erwähnt er den Wahnsinn. So habe ich das verstanden."

Christina atmete auf: „Charlotte wird also nicht verrückt?"

„Ich weiß nicht", entgegnete Matze.

„Ich habe dich aber so verstanden!", beharrte Tina. „So wie ich es sehe, hat die katholische Kirche gefangenen Clanleuten Menschenblut durch die Speiseröhre eingetrichtert und dadurch wurden sie wahnsinnig und fielen Menschen an."

Matze runzelte die Stirn: „So herum habe ich das noch nie betrachtet. Aber egal. Charlotte stirbt, wenn sie kein Blut aufnimmt, und die Clanleute sind womöglich zu stur, nachzugeben."

„Das glaube ich nicht", rief Frank. „Als du mit Lottchen über Daniel gesprochen hast, sagte sie, die Clanleute würden solch einen Tod nie mehr zulassen. Ihre Mutter hat ihr das gesagt. Sie werden nachgeben, Matze!"

Frank atmete auf. Ihm wurde ganz flau im Magen vor lauter Erleichterung. Lottchen war in Gefahr, ja, und es konnte schlimm werden, aber ihre Leute würden sie nicht einfach sterben lassen.

„Sie werden zu mir kommen! Ich werde Lottchen zurückbekommen. Wenigstens wäre eine Einigung möglich, so etwas wie regelmäßiges Besuchsrecht."

Frank fasste neue Hoffnung.

*

Es war Freitagnachmittag. Frank, Conny und Christina waren nach Höchen auf die Ranch gefahren. Fast der ganze Verein war gekommen, um zusammen ein Wochenende lang zu feiern. Südstaatensoldaten führten ihre eleganten Ladys zum Saloon, wo Cowboys und Cowgirls zu Hillbillymusik tanzten. Indianer und Trapper gaben sich ein Stelldichein und überall wuselten Kinder herum. Vorm Saloon war eine Zeltplane als provisorisches Dach aufgespannt und darunter waren Tische und Bänke aufgestellt. Über dem großen Grill direkt daneben brutzelten Steaks und Würste.

Die drei Bexbacher kamen als frankokanadische Voyageurs verkleidet, als französische Trapper des achtzehnten Jahrhunderts.

Christina war nicht gut drauf. Matze Tintenfess war nicht mit von der Partie. Er hatte Nachtschicht.

„Ich bin ja nicht pervers!", hatte er gemault. „Ich komme doch nicht mittags auf ein Bier und drei Natursprudel vorbei und wenn's abends am schönsten wird, muss ich zur Arbeit. Ohne mich! Da bleibe ich lieber gleich zu Hause."

Am liebsten hätte Christina gebettelt, dass er mitkommen solle, wenigstens für ein oder zwei Stunden, doch Conny hatte ihr eingeschärft, dass es das Dümmste auf der Welt sei, zu versuchen, einen Mann gegen seinen Willen zu etwas zu bewegen

Conny wusste so viel. Ihr gegenüber kam sich Christina wie ein dummer Teenager vor, auch wenn Conny ihr Wissen freimütig mit ihr teilte.

Tina stand mit Petra Schubert beim Grill und schaute dem bunten Treiben zu. Innerlich seufzte sie dauernd. Sie hätte nicht gedacht, dass sie Matze so sehr vermissen würde. Auch wenn sie sich nicht traute, ihm ihre Liebe zu gestehen, wäre es schön, ihn in der Nähe zu wissen, sein hartes, kehliges Lachen zu hören und ab und zu einen Blick aus seinen stahlblauen Augen aufzufangen, die sich wie Nägel in Tinas Augen bohren konnten, sodass sie sich völlig hilflos fühlte und ihr das Herz bis zum Hals schlug.

„Schade, dass Fässchen nicht dabei ist", sagte sie zu Petra.

„Ja, seine Schichtarbeit ist echt ätzend", fand Petra. „Er muss fast jedes Wochenende durcharbeiten. Matze würde für zusätzliche Stimmung sorgen. Stattdessen hat er Nachtschicht. Armer Hund!"

Christina sah Conny und Frank auf einer Bank vorm Saloon. Die beiden saßen eng umschlungen und küssten sich immer wieder.

Ich will auch, dachte Christina sehnsüchtig. Aber sie traute sich ja nicht mal, Matze zu sagen, dass sie ihn mochte. In seiner Gegenwart benahm sie sich linkisch und sie war so schüchtern, dass sie manchmal kein Wort herausbekam.

Sie ging zu dem Armyzelt neben Franks Blockhaus. In dem Zelt aus dicker Naturbaumwolle würde sie heute Nacht schlafen. An der vorderen Zeltstange hing an einem Haken das dicke grünschwarz-karierte Holzfällerhemd aus Flanell, das Matze ihr beim letzten Ranchbesuch ausgeliehen hatte. Sie hatte es bis heute nicht zurückgegeben.

„Behalt es, bis du selber was hast", hatte Matze gesagt. „Abends kann es auf der Ranch ziemlich kühl werden, weil sie mitten im Wald liegt. Keine Angst, ich habe mehrere Hemden von der Sorte."

Christina nahm das Hemd vom Haken und drückte den weichen Stoff an ihr Gesicht. Obwohl es frisch gewaschen war, versuchte sie sich einzubilden, einen winzigen Hauch von Matzes Geruch wahrzunehmen. Matze! Christina setzte sich seufzend auf das Feldbett, auf dem ihr Schlafsack ausgebreitet lag.

„Matze, warum bist du nicht da?", murmelte sie.

Schließlich ging sie wieder nach draußen. Neidisch schaute sie zu Conny und ihrem Bruder. Frank und Conny amüsierten sich prächtig. Sie futterten Steaks und Würste. Sie tanzten im Saloon, sie unterhielten sich angeregt mit Freunden, sie sprachen dem Bier zu und sie küssten sich immer wieder.

Die zwei haben es gut, dachte Tina. Sie holte die kleine Taschenuhr aus der Gürteltasche aus Dachsfell. Halb fünf. Noch viel Zeit. Die Big Party würde bis tief in die Nacht dauern und am Samstag weitergehen.

Wieder sah sie, wie sich Frank und Conny küssten. Frank ging es wieder gut, seit er darauf hoffte, dass die Clanleute irgendwann nachgeben mussten und er Lottchen zurückbekommen würde. Auch Tina vermisste das Kind. Wie hatte Lottchen es geliebt, auf der Ranch zu sein und mit ihren gleichaltrigen Freunden herumzutoben!

Christina wurde durstig. Sie lief über den Vorplatz, um sich am Stand vorm Saloon eine Cola zu besorgen.

„Autsch!" Sie knickte mit dem Bein ein, als ein gemeiner Schmerz durch ihren linken Fuß schoss. Es war wohl doch keine so gute Idee gewesen, die brandneuen Cowboystiefel zur Trappermontur anzuziehen. Aber ihre selbstgenähten Hirschledermokassins waren noch nicht komplett mit bunten Glasperlen bestickt. Auf dem rechten Schuh fehlte noch die Hälfte des Musters und so unfertig hatte Tina nicht aufs Westerntreffen gehen wollen.

Wenn mir die Füße weiterhin so wehtun, muss ich mir Franks Auto leihen und nach Hause fahren, um andere Schuhe zu holen, dachte sie. Ich habe echt Pech dieses Wochenende.

Die neuen Stiefel drückten überm Spann und an den Zehen. Von Conny wusste sie, dass auf den Westerntreffen einige Leute barfuß gingen, vor allem, wenn sie als Indianer oder Trapper auftraten, aber für nackte Füße war es definitiv zu kühl und gegen Abend würden die Temperaturen noch mehr sinken.

Mist! Ich bin die Pechmarie von Bexbach.

Christina holte sich eine Cola und setzte sich zu Petra, Anika und einigen anderen Frauen an den Tisch. Man empfing sie so freundlich, als gehöre sie schon seit Jahren dazu.

„Der Manni steigt der Ingrid hinterher", sagte Anika. „Die geraten heute noch zusammen."

„Er soll ja ganz gut im Bett sein", meinte Sonja.

„Er ist wie alle Kerle", hielt Petra dagegen. „Große Klappe und nichts dahinter. Andrea hat mir erzählt, dass er nach dem Sex sofort einschläft." Sie rümpfte die Nase: „Männer!"

„Wenn du nach dem Sex auch noch Action haben willst, musst du dich an Matze Tintenfess halten", sagte Sonja. „Ich habe gehört, der sei so unersättlich, dass er gar nicht zum Schlafen kommt. Meine Cousine hat erzählt, das sei kein Mann, sondern ein Oktopus: acht Arme und an jeder Hand zwanzig Finger."

„Deine Cousine, ist das diejenige, die sagte, Fässchen sei eine Kreuzung aus Teddybär und Wildschwein?"

„Wow! Dann muss er aber was zu bieten haben!"

„Der ist doch kalt wie ein Fisch!"

„Ich kenne ihn anders."

„Fässchen ist ein Mistkerl. Der gibt sich nur Mühe mit einer Frau, wenn er was von ihr will."

„Sind die Männer nicht alle so?"

„Aber ja."

„Sag ich doch."

Christina trank ihre Cola aus und stand auf.

Sie wollte nichts über Matze Tintenfess hören, sie wollte bei ihm sein. Wenn er wenigstens morgen Mittag kurz vorbeikäme, dachte sie. Vielleicht kann Frankie ihn umstimmen. Sie nahm sich vor, mit ihrem Bruder zu reden. Sie zuckte zusammen. Diese verflixten neuen Stiefel!

Im Saloon schwieg die Musik.

„Ey, Kalle! Leg eine neue CD auf!", brüllte jemand.

Unten auf dem Parkplatz erklang ein Fanfarenstoß. Es war das auf und abschwellende Wecksignal der amerikanischen Army.

„Neuer Besuch!", rief Udo Hager.

Nun spielte die Fanfare eine Melodie. Christina überlegte, wo sie das Lied schon einmal gehört hatte. Richtig, in „Predator" mit Arnold Schwarzenegger. Als Arni zum Schluss siegreich aus dem Kampf mit dem Alien hervorgegangen war, hatte im Hintergrund eine Fanfare diese traurigschöne Melodie gespielt.

Aus dem Saloon quollen Leute und von den Tischen strömten noch mehr herbei. Alle wollten wissen, wer da im Wald herumtrompetete.

Der Bläser tauchte aus den grünen Schatten der Bäume unten auf dem Parkplatz heraus.

Christinas Herz setzte aus und hüpfte dann aufgeregt weiter. Es war Matze Tintenfess! Tina stieß einen kleinen Juchzer aus. Matze! Er war gekommen!

„Hey, Matze! Wo kommst du denn her?", rief Udo.

Matze zeigte zum Parkplatz: „Von da unten." Gelächter brandete auf. „Ich habe mir gedacht, was soll ich dieses allerletzte Wochenende in der Firma noch eine Nachtschicht runterreißen? Wo ich eh gekündigt habe. Ich habe einfach keinen Bock mehr. Und mal ehrlich: Was könnten die von der Firma dagegen tun? Mich feuern?" Er lachte. Alle lachten mit.

„Da komme ich doch lieber auf die Rrrrrranch!", brüllte Matze. Er legte den Kopf in den Nacken und ließ den Rebellenschrei vom Stapel. Augenblicklich brüllten alle Männer mit.

Wie Wölfe, dachte Tina. Sie lehnte am Stamm einer Birke und sah zu, wie Matze den Weg heraufkam. Er trug seine hirschledernen Trapperhosen, einfache, schmucklose Mokassins, ein grünes Callicohemd und eine runde Trappermütze mit einer Adlerfeder. Die Kinder wimmelten um ihn herum und wollten hochgehoben werden und die Fanfare blasen. Matze gab das Instrument her: „Aber blast mir das Ding nicht auf wie einen Luftballon, sonst fliegt es davon!" Er hatte Dutzende von Händen zu schütteln.

Schließlich kam er an Christina vorbei. Er blickte sie direkt an, nagelte sie mit seinem Blick an die Birke. Christinas Herz schlug einen Purzelbaum und ihre Knie fühlten sich weich wie Pudding an. Matze machte zwei Schritte auf sie zu, ohne die Augen von ihr zu lassen. Mit der rechten Hand streichelte er flüchtig durch Christinas Haar.

„Christina Frankschwester", sagte er so leise, dass niemand sonst es hören konnte. „Du bist da!" Sein Gesicht verriet keine Regung, aber seine Augen bohrten sich in die ihren. „Gut!"

Er ging zum Saloon, wobei er bei jedem Schritt Hände schütteln musste. Christina blickte ihm nach und überlegte, ob sie ihn küssen oder erwürgen sollte. Er wusste doch, wie sehr sie diese blöde Bezeichnung hasste. Sie wollte hinter ihm her, da drehte er sich um und nagelte sie erneut mit den Augen an der Birke fest. Sie starrte zurück und versuchte möglichst unbefangen zu wirken. Bloß nichts anmerken lassen! Sein spöttisches Grinsen strafte ihre Bemühungen Lügen.

Den ganzen Nachmittag warf Matze ihr Blicke zu. Wenn er sich mit anderen Leuten unterhielt, reckte er immer wieder den Kopf wie ein Habicht und starrte in ihre Richtung. Seine Augen spießten sie förmlich auf.

Fässchen erzählte mindestens zehnmal, wie er um Viertel nach zwei den Personalchef seiner Firma angerufen hatte, um ihm mitzuteilen, dass er nicht mehr kommen würde. Besonders die Frauen schienen großes Interesse an Matzes Erzählung zu haben, sehr zu Christinas Missvergnügen. Die Schicksen hingen an Matzes Lippen wie Fliegen am Honig. Sein Lachen flutete über den Platz. Dann verschwand er im Saloon. Christina ließ einige Minuten vergehen, bevor sie ihm folgte. Sie wollte nicht, dass er dachte, sie liefe ihm hinterher, doch genau in der Sekunde, in der sie zur Tür hereinkam, schaute er ihr von der Theke aus in die Augen.

Sie senkte den Blick und flüchtete nach rechts in die Ecke, wo Frank und Conny mit Harry und Traudel saßen. Matzes spöttisches Grinsen brannte ihr im Genick.

Gott, wie ihre Füße schmerzten. Diese verdammten Stiefel!

Sie unterhielt sich mit Conny über indianische Perlenstickereien und ließ mindestens fünf Minuten verstreichen, bevor sie einen vorsichtigen Seitenblick zu Matze wagte. Er lehnte an der Theke, die Beine übereinandergeschlagen, eine Flasche Mineralwasser in der rechten Hand, und grinste sie an. Ruckartig wandte sie das Gesicht weg. Ihre Wangen brannten. Über dem Lärm im Saloon hörte sie sein kehliges Lachen.

Es war zuviel. Christina sprang auf und humpelte nach draußen.

Wenn ich weiter wie ein aufgeregtes Huhn herumrenne, laufe ich mir in diesen dämlichen Stiefeln noch Blasen! Tina wusste, dass sie nach Hause fahren und andere Schuhe anziehen musste, aber sie konnte sich nicht dazu durchringen. Sie konnte die Ranch nicht verlassen, denn unsichtbare Ketten fesselten sie an diesen Platz im Höcher Wald, Ketten, die von den stahlblauen Augen Matzes geschmiedet wurden.

Zwei Stunden vergingen. Christina saß draußen bei Anika, Petra und Sonja. Matze tauchte manchmal vorm Saloon auf. Er war nie allein. Jedes Mal war eine Frau bei ihm. Christina presste die Lippen zusammen, als sich Ute an Matze schmiegte. Widerlich, wie sich die eingebildete Gans an ihn ranschmiss! Nein, nicht Gans! Pute! Ute, die Pute!

Die Pute lachte girrend über Matzes Witze. Sie strich sich in einem fort Haarsträhnen aus dem Gesicht und nestelte an ihrer Bluse aus veilchenblauem Callicostoff. Matze plauderte charmant mit Ute, der Pute, und er lachte mit ihr. Einmal fuhr er sogar mit der Hand durch ihr dunkelbraunes Haar.

Christina starrte ihr leeres Glas an. Nach zwei Colas war sie auf Mineralwasser umgestiegen. Wieder lachte die Pute. Gott, wenn ich mir dieses affektierte Gewieher noch ein einziges Mal anhören muss, bringe ich die Kuh um!

Christina griff nach ihrem Glas. Sie wollte aufstehen, um sich ein neues zu holen, als es jemand aus ihrer Hand nahm und ihr mit elegantem Schwung ein frischgefülltes Glas vorsetzte, ohne seinen flotten Gang auch nur im Mindesten abzubremsen. Verdutzt schaute Christina dem schnellen Kellner hinterher. Es war Matze Tintenfess. Er gab das leere Glas an der Außentheke ab und marschierte quer über den Vorplatz. Auf der anderen Seite verschwand er zwischen zwei Blockhütten.

Christina schaute sich suchend um. Der würde sich doch nicht mit Ute, der Pute, zu einem kleinen Rendezvous im Wald treffen! Sie atmete auf. Ute, die Pute, stand bei Harry und bewieherte ihn. Christina schaute auf ihre Uhr. Es ging auf acht zu.

Humpelnd lief sie über den Vorplatz. Ich muss nach Hause. Noch eine Stunde in diesen Folterinstrumenten halte ich nicht aus!

Stattdessen lief sie zwischen den Blockhütten hindurch, wo kurz zuvor Matze verschwunden war. Dahinter stieg der Hang an. Buchen, Fichten und Birken standen dicht an dicht. Am Waldrand ringelten sich Brombeerranken wie ein lebender Stacheldrahtverhau. Schmale Fußpfade führten an mehreren Stellen durch die dichte Hecke. Der Lärm des Saloons blieb hinter Christina zurück, als sie einem der Pfade folgte.

Wie still es im Wald war. Und wie kühl. Sie bekam schrecklich große Lust, die grausamen Stiefel auszuziehen und barfuß über den weichen, sandigen Pfad zu laufen.

Plötzlich schlossen sich von hinten zwei Arme um sie und hielten sie fest wie ein Schraubstock.

„Kleine Mädchen sollten nicht allein in den Wald gehen", flüsterte es in ihr Ohr. Es war Matze. „Im Wald ist es gefährlich, Schneeweißchen." Er ließ Strähnen ihres weißblonden Haars durch seine Finger gleiten, ohne Christina loszulassen. „Gefährlich ist das! Weißt du das nicht?", grollte er.

Sie schüttelte wortlos den Kopf. Das Herz schlug ihr zum Zerbersten.

„So? Du weißt es nicht?" Er lachte leise. „Pech für dich!" Sein Griff verstärkte sich. „Was ich mal in den Händen habe, gebe ich freiwillig nicht mehr her."

Sie wand sich, bis sie ihm von Angesicht zu Angesicht gegenüberstand, gefangen in seinen Armen. Seine Augen schwebten über ihr, hypnotisierten sie. Noch nie hatte sie sich so schwach und hilflos gefühlt. Sie brachte kein Wort heraus. Wieder lachte er sein kehliges Lachen. Sie roch den Duft seines Rasierwassers.

Kein Bieratem. Er hat nichts getrunken, schoss es ihr durch den Kopf. Normalerweise lief es bei Matze genau wie bei Frankie, wenn der auf die Ranch kam: Er kam. Er sah. Er soff. Sie erinnerte sich, Matze im Lauf des Nachmittags nur einmal mit einer kleinen Flasche Mineralwasser gesehen zu haben.

„Trinkst du heute kein Bier?", fragte sie. Im selben Moment hätte sie sich am liebsten die Zunge abgebissen. Was rede ich da für einen Käse? Gleich sage ich so einen Quatsch wie „Schönes Wetter heute, was?" Ich doofe Kuh!

Er lächelte spöttisch: „Kein Bock auf Bier. Mir steht der Appetit nach was anderem." Er hob sie hoch wie ein kleines Kind und trug sie davon, aus dem Wald heraus zu seiner Blockhütte.

Christina hörte die Musik im Saloon und das Stimmengewirr der Leute wie aus weiter Ferne. Es war wie im Schwimmbad, wenn man faul auf seiner Decke lag und das Geschrei und Geplansche im Schwimmbecken nur gedämpft aus der Ferne zu einem durchdrang.

Matze trug sie in seine Hütte. Er schloss die Tür hinter sich und legte den Riegel vor.

„Weitere Besucher unerwünscht", sagte er leise.

Er trug Christina zu einem aus rohen Brettern gezimmerten Bett, das mit weichen Fellen belegt war, und setzte sie darauf ab. Er holte Holzscheite aus einer Ecke und schichtete sie in dem primitiv gemauerten Kamin auf. Tina schaute sich in der Blockhütte um. In dem schummrigen Licht sah man nicht viel. Das einzige Fenster war mit einem Vorhang aus grünem Callicostoff abgedeckt. Winzige Blumen blühten auf dem Stoff, blutrote und himmelblaue. Mitten in der Bude stand ein Tisch mit vier Stühlen. Alles sah selbstgebaut aus. Auf Bords an den Wänden stand Emaillegeschirr: Wasserkessel, Töpfe, Pfannen, eine Teekanne, Tassen, Teller, Becher und an Nägeln hingen Löffel und Gabeln aus emailliertem Blech. In einer Ecke stand ein kleiner Ofen.

Die rohen Holzwände der Hütte waren mit Reh- und Wildschweinfellen behängt, auch ein Fuchsfell war dabei. Es schimmerte herrlich rot im schummrigen Licht des Abends. Auf einem Regal standen Bücher, auf einem anderen Petroleumlampen verschiedenster Bauart. Daneben lagen einfache weiße Kerzen. An der Stirnwand der Bude stand eine große Holzkiste mit Deckel und Metallbeschlägen, ein Ding, wie man es eher bei einem Piratenkapitän vermutet hätte. An der Wand links von der Eingangstür hingen zwei große, handgemalte Bilder. Eines zeigte den Saloon der Ranch bei Nacht. Warmes gelbes Licht ergoss sich aus den hohen Sprossenfenstern und erhellte draußen den nachtdunklen Vorplatz, auf dem zwei Eichhörnchen nebeneinandersaßen. Das zweite Bild zeigte eine Gruppe Südstaatensoldaten in ihren typischen, aus allem Möglichen zusammengestoppelten Uniformen. Christina erkannte Matze Tintenfess, ihren Bruder Frank, Manni, Harry und noch welche aus dem Westernclub.

Matze bemerkte ihren Blick: „Hab ich nach einem Foto gemalt."

„Es ist wunderschön", sagte Christina. Gerne wäre sie aufgestanden, um das Bild aus der Nähe zu betrachten, aber schon der Gedanke daran ließ sie zusammenzucken. Kein unnötiger Schritt mehr in diesen entsetzlichen Stiefeln! Sie überlegte, ob sie die Dinger ausziehen sollte, wagte es aber nicht, weil sie sicher war, dass sie ihre Füße später nicht wieder hineinbringen würde.

Matze holte ein Trapperfeuerzeug aus einem Wollbeutel an seinem Gürtel. Er kniete vorm Kamin und bereitete ein kleines Nest aus trockenem Gras und Holzspänen vor. Dann schlug er mit dem Feuerstein auf das Reibeisen und erzeugte damit Funken, die in dem Nest landeten. Er hob es auf und blies sanft hinein. Schon züngelten winzige Flämmchen hervor. Vorsichtig steckte Matze das brennende Bündel zwischen die Holzscheite im Kamin. Wieder blies er sanft. Knisternd leckten die Flammen am Holz empor und er legte größere Stücke nach. Bald brannte ein heimeliges Feuer im Kamin und erfüllte die Hütte mit Knistern und dem Geruch brennenden Buchenholzes.

Erst jetzt bemerkte Christina, dass es ziemlich kühl war. Doch vom Kamin aus breitete sich herrliche Wärme aus.

Matze nahm einen rußgeschwärzten Gusseisenkessel von einem Haken an der Wand und hängte ihn an einer Querstange übers Feuer. Er fischte eine Emailledose von einem Wandbord, nahm eine Handvoll Kräuter heraus und tat sie in den Kessel. Dann goss er aus einer Gießkanne aus Zinkblech Wasser in den Kessel.

Die Flammen brannten so stark, dass das Wasser bald heiß wurde. Ein angenehmer, frischer Duft verbreitete sich in der Hütte. Christina erkannte Pfefferminze und Kamille, aber es mussten noch andere Kräuter im Kessel sieden.

Matze zog eine große Blechschüssel unterm Bett hervor. Dort hinein goss er den heißen, dampfenden Kräutersud und gab kaltes Wasser aus der Gießkanne hinzu, bis er mit der Temperatur zufrieden war. „So. Fertig."

Er zog Christina die Stiefel aus. Einmal zuckte sie zusammen: „Autsch!"

Ganz vorsichtig zog er ihr den Stiefel vom Fuß. „Ausgehumpelt hat es sich." Er starrte den Stiefel an: „Was ist denn das für eine Miniatur? Wo kaufst du deine Schuhe? In der Kinderabteilung? Das ist doch höchstens 37!"

„Genau wie Conny."

Matze grinste: „Na ja, Gott gab euch einen Ausgleich für die kleinen Füße: eine große Schnute, die fast nie stillsteht."

Christina musste lachen.

Er zog ihr die Socken aus und schob ihr die Schüssel hin: „Rein damit. Dann geht's deinen Tretern bald besser."

Tina hätte ihn vor Dankbarkeit umarmen können. Das Kräuterwasser war himmlisch. Die Temperatur stimmte genau.

„Was läufst du auch in zu engen Schuhen rum?", fragte er. „Du bist gehumpelt wie ein abgestürzter Vogel."

„Sie sind ganz neu. Sie passen mir schon, aber sie sind noch nicht eingelaufen."

Matze stand auf: „Bin gleich wieder da." Mit der Gießkanne verschwand er nach draußen.

Christina bewegte ihre malträtierten Füße im warmen Wasser und wackelte mit den Zehen. Sie schloss die Augen. Herrlich!

Schon war Matze zurück. Er hatte die Gießkanne an der Quelle mit frischem Wasser gefüllt und er trug einen Strauß Waldblumen in der Hand. Die Blumen stellte er in einen

Emaillebecher mit Wasser.

„Blumen für die schönste Blume vom Höcherberg", sagte er. Zum ersten Mal unterließ er es, spöttisch zu grinsen, sah sie nur ernst an. In Christinas Kopf begann sich alles zu drehen. Er kam zu ihr und kniete neben der Schüssel nieder, hob ihren rechten Fuß an und begann ihn sanft zu massieren. Tina seufzte wohlig. Gott, tat das gut. Matze war ein wahrer Meister im Massieren. Eine gute Viertelstunde lang rieb und drückte er ihre Füße, bis auch der letzte Schmerz verflogen war.

Matze deutete auf ihre Stiefel: „Lass die Dinger bloß aus, solange du auf der Ranch bist." Er trocknete ihr die Füße ab. „Ich habe was Besseres für dich." Er öffnete die riesige Holzkiste und holte ein Paar Hirschledermokassins heraus.

„Sind nicht doll verziert, nur zusammengenäht, aber die Größe stimmt." Er legte sie neben die Stiefel.

Dann fütterte er das Feuer im Kamin und hängte einen Grillrost über die Flammen. Neben der großen Holzkiste hatte die ganze Zeit eine kleinere gestanden. Jetzt entpuppte sie sich zu Christinas Erstaunen als ganz normale Kühltasche, die mit Leder verkleidet war. Daraus holte Matze zwei Putenschnitzel, zwei grobe Bauernbratwürste und zwei kleine Steaks hervor und platzierte sie auf seinem archaischen Grill.

Mit schnellen, geübten Griffen deckte er den Tisch. Zum Schluss stellte er einen groben hölzernen Kerzenständer mit drei langen weißen Kerzen auf und zündete die Kerzen mit einem brennenden Span an, den er aus dem Feuer zog.

Draußen wurde es dunkel.

Christina saß mit angezogenen Beinen auf den weichen Fellen und schaute zu, wie Matze zwei Petroleumlampen anzündete. Eine war aus Porzellan mit einem silberfarbenen Reflektorspiegel und hing an der Hüttenwand. Die andere aus kupferfarbenem Blech hängte er an einen Haken über dem Esstisch. Zwischendurch kümmerte er sich um das Grillgut. Fett zischte in die Flammen und ein verführerischer Duft verbreitete sich in der Blockhütte. Matze holte eine Flasche Rotwein, öffnete sie und stellte sie auf den Tisch. Als Weingläser mussten Emailletassen herhalten. Schließlich holte Matze noch drei flauschige Felle aus seiner Piratenkapitän-Holzkiste und legte sie vor einem der Stühle übereinandergestapelt auf den Boden.

Er kam zu Christina und reichte ihr die Hand: „Darf ich bitten."

Tina ging an seiner Hand zum Tisch. Der Holzboden war kühl unter ihren nackten Sohlen, aber die Felle waren weich und warm.

Matze verteilte das Grillgut auf den Tellern, goss Wein in die Tassen und zauberte aus dem Nichts ein knuspriges französisches Baguette hervor: „Hab ich heute Mittag noch schnell in der Bäckerei geholt. Die backen auch französisches Brot."

Er setzte sich ihr gegenüber und hob ihr seine Weintasse entgegen: „Ich wünsch dir guten Appetit, Tina."

„Danke, Matze." Mehr brachte sie nicht heraus.

Sie stieß mit ihm an und trank. Der Wein war gut. Das Essen auch. Noch nie hatte ihr eine Mahlzeit so gut geschmeckt.

Draußen erklang Utes Wiehern. Christina lächelte. Sollte die Pute ruhig ihre Show abziehen. Es war ihr egal. Das Einzige, was zählte, war, dass sie mit Matze zusammen war und niemand sie stören konnte. Über den Kerzenflammen sah sie Matzes Augen schimmern. Nie zuvor hatte er sie so angesehen. Tina wurde schwindlig von seinem Blick.

Nachdem sie sich satt gegessen hatten, räumte Matze das Geschirr weg. Sie tranken noch eine Tasse Rotwein zusammen, schweigend. Draußen schwatzten und lachten die Leute und aus dem Saloon wehten Musikfetzen herüber, alles war weit fort, ausgeblendet.

Matze stand auf. Er kam langsam um den Tisch herum auf Christina zu.

Ja, dachte sie, ja, Matze, ich bin bereit. Starke Arme umfingen sie und hoben sie hoch, als wäre sie nicht schwerer als ein kleines Kind. Matze trug sie zum Bett und legte sie auf die Felle. Er löschte die Kerzen und ließ nur die beiden Petroleumlampen brennen.

„Kerzen sind gefährlich, wenn man nicht drauf aufpasst", sagte er leise. Dann schälte er Christina aus ihren Kleidern. Das Feuer im Kamin hatte die Hütte so gut erwärmt, dass sie nicht im Mindesten fror. Matze zog sein Hemd aus und zog eine kleine Vogelfeder aus seiner Trappermütze.

Was hat er vor?, überlegte Christina.

Streicheln. Er benutzte die seidenweiche Feder, um sie am ganzen Körper zu streicheln. Ganz unten bei ihren Füßen fing er an und arbeitete sich an ihren Beinen hoch. Tina blieb ganz still liegen, die Augen geschlossen. Es kitzelte und war gleichzeitig wundervoll. Sie genoss die seidige Berührung. Die Feder suchte sich ihren Weg an den Beinen hinauf, Vorderseite, Rückseite, Innenseite. Von Zeit zu Zeit packten Matzes Hände sie sanft und drehten sie auf den Bauch, dann wieder auf den Rücken.

Christina seufzte wohlig. Matze ließ die Feder höher wandern. Beim ersten aufreizenden Strich an der Innenseite ihrer Oberschenkel stöhnte sie. Sie öffnete die Beine, um ihm Zutritt zu ihrer intimsten Stelle zu gewähren. Sie war bereit.

Doch Matze beschäftigte sich mit ihrem Po. Christina hielt den Atem an. Es war schier unerträglich. Die sachte, seidenzarte Berührung der Feder war nicht auszuhalten. Höher glitt die Feder, strich ihr Rückgrat empor, dann an den Körperseiten entlang.

Matze drehte sie um und ihre Brüste kamen an die Reihe. Christina rekelte sich seufzend unter Matzes Feder. Es war unerträglich schön. Matze hatte es nicht eilig. Wenn sie die Augen öffnete, sah sie in sein lächelndes Gesicht.

Nachdem die Feder auch ihr Gesicht und ihre Arme gestreichelt hatte, führte ihr Weg wieder abwärts bis hinunter zu ihren Knöcheln. Erst dann zog Matze seine restliche Kleidung aus und legte sich zu Christina auf das weiche Lager. Christina war nur allzu bereit. Sie lag in seinen Armen und er küsste sie lange und zärtlich. Seine Lippen waren weich und sanft.

Jetzt, dachte Tina. Komm zu mir, Matze!

Doch er dachte nicht daran. Er schickte seine Hände auf Erkundungstour. Seine Finger streichelten sie am ganzen Körper. Seine Berührungen verbrannten sie. Sie spürte seine Hände überall auf ihrer Haut. Auch seine Lippen erkundeten ihren Körper.

„Matze!", flüsterte sie. „Komm zu mir!"

Er streichelte und küsste weiter, ließ seine wissenden Finger auf sie los.

Endlich konnte Christina es nicht mehr länger aushalten. Sie griff nach seinem Glied, das sich hart und pochend vor Verlangen gegen ihre Hüfte drückte, spürte die samtene Oberfläche. Bei der zärtlichen Berührung stöhnte er auf.

„Komm zu mir, Matze! Ich will dich spüren! Jetzt!"

Sie führte ihn, bereitete seiner Stärke mit ihrem Körper ein Willkommen. Langsam stieß er auf sie herab und sie umfing ihn mit Armen und Beinen. Sie wollte ihn nicht mehr von sich lassen. Er sollte bei ihr bleiben.

Er küsste sie, hart und fordernd zuerst, dann zart und weich. Sie begannen sich gleichzeitig zu bewegen.

„Matze!", flüsterte sie. „Matze!"

Er hielt sich zurück, bewegte sich mit schrecklicher Langsamkeit und fand noch Zeit, ihr Gesicht mit zarten Küssen zu bedecken. Christina glaubte, verrückt zu werden. Er entfachte ein loderndes Feuer in ihr und in ihrem Bauch breitete sich eine Leichtigkeit aus, die sie zur Decke der Hütte emporschweben lassen wollte.

„Matze!", rief sie.

Da endlich wurde er schneller, ließ er seiner Erregung freien Lauf. Immer schneller wurde sein Rhythmus, riss sie mit wie eine riesige Brandungswelle. Sie rief seinen Namen, passte sich seinen Bewegungen an. Jetzt war er stark und fordernd, fast rücksichtslos. Er rannte gegen sie an, stürmte sie wie eine Festung. Doch sie umfing ihn weich wie fließendes Wasser und hieß seine Stärke willkommen, nahm sie in sich auf.

Er trug sie davon, immer schneller und wilder, und dann schwamm sie ganz oben auf der Krone der höchsten aller Brandungswellen, ein Schwarm kleiner Vögelchen stieg in ihrem Bauch auf, sie verkrallte sich in Matze, hörte, wie er heiser ihren Namen rief, und es trug sie fort, fort über die rauschende Brandung hinauf in die Wolken ...

Danach lag sie in seinen Armen und fühlte sich leicht wie ein Luftballon.

Er küsste sie lange und zärtlich.

Draußen wieherte Ute.

Christina kuschelte sich an Matze. Wenn die eingebildete Pute wüsste! Tina war ganz Seligkeit und Zufriedenheit.

Matze löste sich aus ihrer Umarmung. Tina ließ ihn. Er stand auf. Tina spürte Enttäuschung in sich aufsteigen. Kerle! Die einen schliefen nach dem Sex ein und die anderen gingen einfach weg! Sie wollte ihn zurückrufen, da sah sie, dass er nur das Feuer im Kamin fütterte. Schon kam er zu ihr zurück. Sie empfing ihn mit offenen Armen. Draußen wieherte Ute.

„Was guckst du so?", fragte Matze. Er lächelte.

Sie küsste ihn: „Ich dachte, die Ute kriegt dich rum, so wie die sich an dich rangeschmissen hat."

Er grinste. „Ich mag nichts Rangeschmissenes und auf Pferdefleisch fahr ich nicht ab." Er flehmte wie ein Hengst und imitierte Utes wieherndes Lachen täuschend echt. Christina musste so lachen, dass sie außer Atem geriet.

Matze umschlang sie mit den Armen und küsste sie.

„Ich will nix zum Bumsen", sagte er. Seine Lippen waren ganz nahe an ihrem Ohr. Seine dunkle Stimme ließ die zarte Haut an ihrem Hals vibrieren. „Ich will mehr!"

„Mehr?" Sie bog den Hals zurück und musterte ihn. Er schaute schweigend zurück. Er war die Ruhe selbst. In seinen Augen brannten kleine Feuer.

„Matze?" Ihre Stimme war ganz piepsig. „Ich ..." Sie rang nach Worten. Seine Augen fraßen sie auf. Sein Schweigen war wie Brüllen. Sie wurde ganz klein unter seinem forschenden Blick. Gleich würde er sein spöttisches Lächeln aufsetzen. Nein! Alles, nur das nicht!

„Ich liebe dich!", sagte sie hastig. „Ich liebe dich, Matze! Ich habe dich immer geliebt. Schon als ich noch ein kleines Mädchen war!"

Und dann brachen die Worte aus ihr heraus, schwirrend wie eine Schar aufgeregte Wellensittiche, die entdeckt hat, dass die Käfigtür offen steht. Purrrrr! Alles kam herausgeflogen.

Dass sie schon mit zehn Jahren in Matze verknallt war. Wie sie unter seinem Sarkasmus gelitten hatte. Wie sie sich nach seiner Anerkennung verzehrt hatte. Dass all ihre Männer nur ein schaler Ersatz für Matze gewesen waren. Christina redete und redete. „Ich kann nichts dafür! Ich liebe dich, du Grobian!"

Er lächelte: „Ich weiß." Er küsste sie lange und intensiv. „Du bist dir darüber im Klaren, dass du bekloppt bist?"

Wortlos kuschelte sie sich an ihn. Seine Hände gingen erneut auf Erkundungstour. „Kommst du mit mir nach Kirkel?"

Sie schaute ihm tief in die Augen: „Ja, Matze, und ich möchte Kinder mit dir haben, viele Kinder." Mit den Fingerspitzen fuhr sie die Konturen seiner Lippen nach, diese dicken, sinnlichen Lippen, die so fordernd oder so zärtlich küssen konnten. „Wie viele Kinder wünschst du dir?"

„Mindestens zwei", flüsterte er. „Lieber wären mir vier."

„Ich liebe Kinder und habe mir immer welche gewünscht", sagte sie leise. „Von mir aus kann es ein ganzer Stall voll werden."

„Aber kein Ältestes!"

Sie schaute ihn fragend an.

„Ich will kein ältestes Kind! Egal, ob Sohn oder Tochter. Ich will nur Kinder unterschiedlichen Alters! Kein Ältestes! Es darf kein Kind geben, das mehr als zwei Jahre älter ist als die anderen und niemals dürfen wir das älteste Kind als Aufpasser und Kindermädchen missbrauchen! Es ist die Aufgabe der Eltern, sich um ihre Kinder zu kümmern!" Er betonte das Wort Eltern.

„Dass Frank früher auf mich aufpasste, hat dir nicht gefallen", sagte Christina.

„Er tat es nicht freiwillig", sagte Matze. „Er tat es aus Angst, links liegen gelassen zu werden, und bei mir zu Hause war es noch viel ärger. Ich war in meiner Familie das Aschenputtel und der Arschwischer. Ich hatte keine richtige Kindheit. Ständig musste ich mich um meine jüngeren Geschwister kümmern. Die bekamen alles und ich bekam nichts. Ich habe mir geschworen, dass es bei meinen eigenen Kindern nicht so wird."

Christina küsste ihn. „Bei uns wird es nicht so sein, Matze. Ganz sicher nicht." Sie war trunken vor Glück, konnte es nicht fassen, dass sie in inniger Umarmung mit ihm auf den weichen Fellen lag und über solche Dinge sprach, als wäre es nichts.

„Wir müssen von Anfang an gemeinsam über alles sprechen", sagte Matze. „Wenn einem von uns etwas nicht passt, muss er es sofort rauslassen. Nichts darf sich innerlich festfressen."

„Ja", sagte sie schlicht.

Seine tastenden, streichelnden Finger hatten sie längst wieder in Flammen gesetzt. Sie spürte sein Glied gegen ihren Bauch pochen. Die Zeit der Worte war um. Die Zeit der Taten folgte. Sie taten es. Es war noch besser als beim ersten Mal.

Nach dem Sex lag sie auf ihm. Sein Oberkörper hob und senkte sich im Rhythmus seiner Atemzüge. Unter seinem gut genährten Bauch spürte sie seine Muskulatur. Matze mochte eine Wampe haben, aber die Muskeln darunter waren hart und durchtrainiert. Christina hatte das Gefühl, auf einer prall aufgepumpten Luftmatratze zu liegen, über die eine dicke weiche Wolldecke gebreitet war. „Matze?"

„Ja, Tina?"

Sie streichelte seine Schulter. „Seit wann?"

Schweigen.

Sie stützte sich auf seiner Brust ab und schaute ihn an: „Sag!"

„Weiß nicht."

„Seit der ersten Probe der Charlottes?"

Er lachte sein spöttisches Lachen, das sie so verabscheute. Doch diesmal wusste sie, dass das Lachen nicht ihr persönlich galt.

Sie boxte ihn in die Seite: „Was hast du zu lachen?!"

„Weiber!" Ein einziges Wort, und doch sagte es mehr als zwanzig Sätze. Er schwieg so lange, dass sie dachte, das Thema sei für ihn beendet.

„Ihr bildet euch so viel auf eure weibliche Intuition ein, aber wenn es darauf ankommt, seid ihr taub und blind. Das ist der Grund, warum ihr uns Männer zu Tode nervt, indem ihr ständig fragt: Liebst du mich? Was für ein Schmarrn!" Er spielte mit ihrem Haar. „Wenn du mich fragst, ob ich Autofahren kann, und ich antworte mit Ja, dann glaubst du es doch auch und bohrst nicht alle drei Tage nach, ob ich immer noch Auto fahren kann. Weiber!"

„Was meinst du damit? Das kapiere ich nicht."

„Weiber!"

„Sag schon! Was meinst du damit?"

„Nichts!"

Sie knuffte ihn. „Sag nicht nichts!"

„Sagt ihr Weiber doch auch immer, wenn wir Männer euch fragen, ob ihr was habt!"

Plötzlich packte er sie und warf sich über sie: „Ich will, dass du mir etwas versprichst, Christina! Nur dieses eine!"

„Ja, Matze."

„Ich will dieses Wort niemals aus deinem Mund hören, verstehst du? Wenn ich dich frage, ob du was hast, dann erwarte ich, dass du mir eine ehrliche Antwort gibst. Ehrlichkeit ist die Grundlage jeder Beziehung. Ich will, dass du mir sagst, wenn dir etwas fehlt, anstatt es in dich hineinzufressen."

Sie umfing ihn mit Armen und Beinen. „Ich werde immer ehrlich zu dir sein, Matze." Sie küsste ihn. „Du auch zu mir, ja?"

„Ich bin immer ehrlich. Frag deinen Bruder."

Christina kicherte. „Stimmt. Das hat er mir letztens gesagt."

Sie kuschelte sich an ihn: „Seit wann, Matze? Sag schon! Bitte! Seit wann liebst du mich?"

Er blickte sie lange und so liebevoll an, dass ihr ganz schwummerig wurde: „Seit

Ewigkeiten, Christina. Es fing mit dem Messer an."

„Das ist nicht wahr!" Sie kämpfte sich unter ihm hervor. „Sag das noch mal!"

„Nee."

Sie boxte ihn. „Doch!"

Er grapschte sie und presste sie mit seiner schieren Kraft in die Felle: „Es ist so. Nimm's hin oder lass es sein."

Christina spürte Tränen aufsteigen. „Warum hast du es mir nie gesagt? Stattdessen warst du immer so ekelhaft zu mir."

„Ich bin fast zehn Jahre älter als du, hast du schon mal daran gedacht? Was hätten deine Eltern gesagt, wenn ein Zwanzigjähriger einer Elfjährigen hinterhersteigt? Die hätten mich für einen Kinderficker gehalten. Aber du bist mir hinterhergelaufen. Also musste ich dich wegekeln. Mir blieb keine andere Wahl."

Er küsste sie lange und fordernd. „Und jetzt ist es vorbei mit dem blöden Versteckspielen. Alles passiert zur rechten Zeit und am rechten Ort." Er lächelte sie an. „Oder gefällt es dir nicht in meiner Blockhütte?"

Sie presste sich an ihn: „Doch, Matze! Ich möchte an keinem anderen Platz der Welt sein! Ich liebe dich."

Draußen wieherte Ute, die Pute. „Pferdefleisch", flüsterte Matze.

„Hör nicht auf die!", wisperte Christina. Sie griff nach seiner steil aufgerichteten Männlichkeit, betastete seine samtweiche Härte: „Komm zu mir, Matze."

Wieder setzten seine Hände sie in Flammen. Sie hatten fantastischen Sex und danach war sie es, die in seinen Armen einschlief wie ein zufriedenes Kind.

Matze Tintenfess lag noch eine Weile wach. Auf den Ellbogen aufgestützt, spielte er mit ihrem weißblonden Haar und schaute versonnen auf sie hinunter.

„All die Jahre konnte ich dir aus dem Weg gehen, Waldfee, aber irgendwann bricht jeder Damm. Da hab ich mich auf was eingelassen! Wenn das schiefgeht, geht es richtig schief. Aber wenn es klappt, wird es das Beste auf der Welt."

Er stand auf und legte noch einmal Holz nach. Er holte ein Bild aus der großen Kiste und hängte es neben die anderen beiden Bilder, die er selbst gemalt hatte. Dann legte er sich aufs Bett und zog eine große, handgewebte Wolldecke über sich und Christina. Drei Minuten später war er eingeschlafen.

*

Als Christina erwachte, wurde es gerade zaghaft Tag. Für einen Augenblick wusste sie nicht, wo sie war. Dann kam die Erinnerung und ein Gefühl tiefer Zufriedenheit kam über sie, gepaart mit einer solchen Freude, dass sie glaubte, platzen zu müssen.

Aromatischer Kräuterduft stieg ihr in die Nase.

Matze war schon aufgestanden und hatte das Feuer im Kamin neu entfacht. Es knisterte und erfüllte die Hütte mit behaglicher Wärme. Über dem Feuer hing ein Wasserkessel. Von dort kam der Wohlgeruch. Matze stand nackt vorm Kamin und wusch sich mit dem Kräutersud. Ab und zu tauchte er einen Waschlappen in das Wasser und rieb sich ab.

Christina ließ den Blick schweifen. Der Tisch war für das Frühstück gedeckt. Matze hatte Brot in Scheiben geschnitten. Saubere Teller und Besteck lagen bereit. Sie schaute die roh gezimmerten Möbel an. Matze hatte sie selbst gebaut. Er liebte es, Möbel zu machen, nur dass er damit seine Probleme hatte. In seiner kleinen Mietwohnung war ebensowenig Platz dafür wie in dem kleinen Kellerraum, den er hatte. Wenn er mit Holz werkeln wollte, tat er das in einem Schuppen eines Bekannten, der ihn das gelegentlich machen ließ. Matze baute die coolsten Sachen. Frankie hatte stoffbespannte Klappstühle, die Matze gemacht hatte, und einen fantastischen Gartentisch, den man verstellen konnte.

Auch einen Schrank hatte Matze für Christinas Bruder gebaut.

Matze drehte sich zu ihr um: „Wusst ich's doch, dass dich die Wärme wecken würde." Er hängte den Kessel aus und trug ihn zu Christina an die Lagerstatt. Er warf die Wolldecke zurück und begann sie in aller Ruhe zu waschen.

„Das riecht so gut", sagte Tina.

„Ich sammle die Kräuter im Wald und auf Wiesen und Feldern. Was Besseres zum Waschen gibt es nicht. Es macht munter und tut der Haut gut."

Christina rekelte sich wohlig. Das warme Wasser, sein aromatischer Duft und Matzes Hände machten sie munter. Ihr Blick fiel auf die Hüttenwand neben der Eingangstür. Dort hingen jetzt drei Bilder. Tina richtete sich auf. „Was?" Sie erhob sich und schritt quer durch die Hütte zu den Bildern. „Matze! Oh, Matze!"

Das handgemalte Bild zeigte sie selbst, eine Christina im Alter von ungefähr vierzehn Jahren in einem Umhang aus farbigem Webstoff. Sie stand in einer Gebirgslandschaft. Hinter ihr stieg ein Berg schroff in die Höhe, von blaugrünem, dunklem Wald bedeckt. Es herrschte Abenddämmerung. Am bleifarbenen Himmel funkelte ein einziger Stern. Vor dem Mädchen floss ein klarer Bach vorbei, das Wasser umspielte ihre Zehen.

Das helle Blau des Kleidungsstücks verstärkte noch den Eindruck, dass das Mädchen auf dem Bild in fließendes Gebirgswasser gekleidet war, und die Farbe kontrastierte wunderbar mit ihren fast weißen Haaren. Außer dem Umhang, der bis an die Knöchel reichte, trug das Mädchen auf dem Bild nichts außer einem schweren silbernen Armreifen an jedem Handgelenk und in ihrem Haar steckte eine leuchtendrote Blume.

Matze umfasste Christina von hinten: „Gefällt's dir?"

„Es ist wunderschön, Matze."

„So habe ich dich im Traum gesehen. Vor vielen, vielen Jahren. Und so warst du immer für mich."

Christina fühlte Tränen aufsteigen. Sie packte seine Hände und hielt sich daran fest.

„Es ging nicht, Tina", sagte er leise. Zuerst warst du zu jung und dann ... wie hätte das laufen sollen? Ich hatte dir nichts zu bieten. Jetzt, wo ich den Hof habe, ist alles anders."

„Es hätte mir Marius erspart und all die anderen Typen."

„Nein, Christina. Die hast du dir selbst ausgesucht, um herauszufinden, was du vom Leben erwartest, oder wenigstens, um festzustellen, was du nicht willst. Früher hätte es mit uns beiden nichts werden können. Das weißt du. Vielleicht eine kurze Affäre, die nur einen schalen Geschmack hinterlassen hätte. Aber nun haben wir eine echte Chance. Wir müssen sie nur nutzen." Er holte ein Handtuch und trocknete sie sanft ab.

„Denkst du, ich sollte aufhören, auf dem Amt zu arbeiten?"

„Nein, Tina. Noch nicht. Lass es uns langsam anpacken. Behalt auch dein Haus in Kirkel. Es wird dir helfen, wenn du weißt, dass du eine Alternative zu uns beiden hast."

„Du weißt von meinem neuen Haus?" Sie schnappte ihn und zog ihn aufs Bett.

„Hey, Vorsicht! Ich kippe das Waschwasser aus."

„Woher weißt du das mit dem Haus?", fragte sie. „Frankie! Der hat geratscht!"

Matze rollte sich auf sie und drückte ihre Arme über ihrem Kopf in die Felle: „Männer ratschen nicht. Gar nichts hat er mir gesagt, der Frankenstein."

„Aber wie ...?"

„Du hast dich mit deinem Makler in Kirkel umgesehen. Das habe ich mitgekriegt, als ich an meinem neuen Haus werkelte. Also habe ich mich ein bisschen umgehört. Die junge Frau hat sich hier ein Haus gekauft, erzählte man mir. Wussten Sie, dass das die Schwester von Frank Reuter ist, dem Horrorschriftsteller?

Ich bin dir auf die Schliche gekommen, Christina Frankschwester."

Sie versuchte ihn zu beißen: „Nenn mich nicht so, du Scheusal!"

Er lachte sein kehliges Lachen. „Du hast ganz schön Energie im Leib so früh am Morgen. Dabei haben wir nicht mal gefrühstückt."

Sie wickelte die Beine um seinen Unterleib und presste ihn mit aller Kraft an sich.

„Na ja", meinte er. „Das Frühstück läuft uns ja nicht weg."

„Stimmt." Er küsste sie.

Eine halbe Stunde später saßen sie bei Kaffee, Brot und Spiegelei am Tisch. Als Brotaufstrich gab es Honig. Wieder hatte Matze Kerzen angezündet.

„Ich liebe Kerzen", sagte er. „Sie geben deinen Augen diesen weichen Schimmer."

Christina langte tüchtig zu. Die Eier schmeckten hervorragend. Matze hatte sie mit frischen Kräutern gewürzt, die er im Wald besorgt hatte, als sie noch schlief.

„Wenn unser kleiner Hof erst mal läuft, haben wir solche Kräuter und frisches Obst und Gemüse im Überfluss", sagte er.

Christina wurde ganz warm ums Herz, als er „unser" aussprach.

„Das war das beste Frühstück, das ich je hatte", sagte sie.

Matze tat skeptisch: „Ich weiß nicht. Es fehlt noch was. Leider kann ich das nicht aus meiner Kiste hervorzaubern. Was hältst du von frischen Walderdbeeren?"

„Das wäre fantastisch!"

„Dann lass uns in den Wald gehen. Ich weiß, wo welche wachsen."

Tina wollte nach ihren Mokassins greifen.

„Lass nur", meinte Matze. „Heute ist es warm genug, um ohne Schuhe zu gehen. Meine Schuhe lass ich auch hier. Jahrelang musste ich im Job in klobigen Sicherheitsschuhen herumlaufen. Nach der Arbeit haben mir die Füße manchmal so wehgetan, dass ich hätte jaulen können wie ein Hund. Was für eine Qual! Nie wieder! Auf unserem Hof zieh ich höchstens Holzschuhe an. Darin hat man nie kalte oder heiße Füße. Die Bauern früher wussten, was gut war." Er griff nach seinem Barett, das an der Hüttenwand hing.

„Warte", sagte Christina. „Lass das da hängen." Auf seinen fragenden Blick lächelte sie nur still.

Er zuckte die Achseln und hielt ihr die Tür auf: „Wie du meinst."

Tina lief zu ihrem Zelt und holte die Trappermütze aus ihrer Tasche, an der sie fast eine Woche gearbeitet hatte. Sie war aus dunkelgrüner Wolle mit einem dünnen roten Zierstreifen am Rand und einer braunen Bommel.

Sie drückte sie Matze in die Hand: „Hier. Für dich. Die habe ich selbst gestrickt."

Er strahlte: „Hey, danke! Das ist klasse." Er betrachtete das Barett. „Moosgrün. Meine Lieblingsfarbe."

„Die Bommel wollte ich zuerst dunkelrot machen wie den Zierstreifen, aber braun gefiel mir besser."

„Mir auch." Matze setzte die Mütze auf. „Passt."

Er fasste nach ihrer Hand: „Gehen wir." Matze nahm den schmalen Pfad, der hinter den Hütten durch die Brombeerhecke in den Buchenwald führte. Die Bäume rechts und links vereinigten ihre Äste über dem Weg. Es sah aus, als liefen sie durch eine grüne Kathedrale. Die Sonne ging gerade auf und ließ das Laub hellgrün erstrahlen. Goldene Lichtkringel tanzten über den dunklen Waldboden. Vögel sangen. Obwohl sie keinen Kilometer von Höchen entfernt waren, erschien Christina der Wald wie ein vorzeitlicher Urwald, der sich endlos nach allen Seiten ausdehnte. Sie atmete den frischen, herben Geruch nach Erde ein. Bei jedem Schritt federte der Boden unter ihren nackten Sohlen. Er war kühl, aber nicht so kalt, dass sie fror. Stellenweise liefen sie über ausgedehnte Moospolster. Es war ein himmlisches Gefühl, barfuß darüber zu gehen.

Matze bog nach rechts ab. Der Wald lichtete sich und die Bäume wurden niedriger. Bald lagen sie im hellen Sonnenlicht und die Strahlen erwärmten den Boden. Rechter Hand öffneten sich Lichtungen mit Heidekraut und vereinzelt stehenden Birken. Und da waren die Walderdbeeren, winzige Dinger im Vergleich zu den Erdbeeren, die man im Supermarkt kaufen konnte. Aber sie schmeckten hervorragend.

„Hier musst du ein bisschen aufpassen", warnte Matze. „Vor allem an den Stellen, an denen Gras auf dem Weg wächst. Da schleicht sich schon mal eine vorwitzige Brombeerranke über den Boden. Die Dornen pieken hundsgemein."

Tina lachte und drehte sich tanzend auf dem Weg um sich selbst: „Hier ist es herrlich." Sie fiel ihm in die Arme und küsste ihn. Sie war trunken vor Glück. Als sie sich noch fester an Matzes Körper presste, spürte sie sein Glied gegen ihren Unterleib pochen. Sie sah zu ihm auf: „Sollen wir zurück zur Blockhütte?"

„Wozu? Wo ein Wille ist, ist auch ein Gebüsch."

Sie schaute ihn an, ein wenig verunsichert und fasziniert zugleich. Die Vorstellung, es im Wald zu tun, schreckte sie ab und erregte sie zugleich: „Was ist, wenn uns jemand sieht?"

Er hob sie hoch. „Ich weiß da einen Platz", flüsterte er ihr ins Ohr.

Sie umschlang ihn mit Armen und Beinen und ließ sich tragen wie ein kleines Kind. Matze folgte dem Weg durch die Heide bis zu einem Hain aus dichtstehenden Laubbäumen. Er duckte sich und drang ins Dickicht ein. Plötzlich befanden sie sich auf einer winzigen Lichtung mitten im dichten Gehölz. Moos bedeckte den Boden der Lichtung, die kaum drei Meter Durchmesser hatte. Matze setzte sie ab: „Hier war vor dir noch nie eine Frau. Ich fand den Platz schon vor Jahren. Niemand kennt ihn."

„Hier ist es wunderschön", sagte sie und lehnte sich gegen seine breite Brust.

„Ameisen gibt's auch keine", sagte er.

„Du wirst mich schon zum Kribbeln bringen", flüsterte sie und zog ihn sanft zu Boden.

*

Als sie zur Ranch zurückkehrten, erwachte das Westernlager gerade zum Leben. An der Quelle trafen sie Conny und Frank.

„Guten Morgen, ihr zwei", rief Conny. Sie erfasste mit einem Blick die Lage und umarmte Christina. „Du hast es geschafft", flüsterte sie ihr ins Ohr. „Ich freue mich ja so für dich. Ich wette, du schwebst auf Wolke Sieben."

Tina kicherte: „Das kannst du laut sagen. Bis jetzt habe ich noch keinen Landeplatz gefunden. Ich schwebe viel zu hoch oben in den Wolken und kann den Boden nicht mehr sehen. Conny, ich bin so glücklich!"

Frank hielt seinen Kopf unter den Wasserstrahl aus dem Rohr, das aus dem Hang ragte. Er sah arg zerknittert aus.

„Morgen, Frankenstein", sagte Fässchen gutgelaunt. „Wie geht's?"

„Bescheiden!", brummte Frank. „Wenn ich den erwische, der mich heute Nacht so vollgesoffen hat, erwürge ich ihn. Uuuuh!" Er fasste sich an den Kopf: „Ich kennen einen, der heute brav bei Mineralwasser und Cola bleibt. Zweimal hintereinander so eine mörderische Tour durch die Brauerei hält der stärkste Recke nicht aus. Ich glaube, meine Leber ist prall wie ein Zeppelin."

Christina schmiegte sich in Matzes Arme. Frank glotzte zwischen seiner Schwester und Matze hin und her.

„Wow!" Mehr fiel ihm nicht ein.

Christina wurde doch tatsächlich rot. Matze zog sie mit sich fort.

„Komm, Tina. Die Händler bauen ihre Tische auf. Lass deinen versoffenen Bruder erst mal auskatern. Ciao, Frankenstein. Wir sehen uns."

Christina und Matze spazierten über den Platz vorm Saloon. Auf mehreren Tischen boten Leute aus dem Westernhobby allerlei selbstgefertigte Sachen an. Es gab alles, was das Herz begehrte, von gehäkelten und gestrickten Trappermützen und Kappen aus Waschbärfell bis zum Trapperhemd aus Hirschleder. Einer bot Messer feil, ein anderer Leder und Felle. Christina erstand mehrere Säckchen mit bunten Glasperlen.

*

Mittags ging der Betrieb im Saloon wieder los. Matze und Tina tanzten zusammen. Christina sah einmal kurz Ute, die Pute, im Gewühl. Die Gute schaute neidisch zu ihnen herüber.

Pech, meine Gute, dachte Tina. Endlich habe ich mal Glück! Und das lasse ich nicht wieder los! Niemals!

Lachend tanzte sie mit Matze im Kreis zum Takt der Countrymusik.

Ich könnte vor Freude platzen!

Sie sah zu Matze auf, schaute in diese stahlblauen Augen, die so spöttisch und grausam gleichgültig blicken konnten. Sie entdeckte nur Zuneigung in diesen Augen, Zuneigung, die ihr ganz alleine galt.

Frank schaute Fässchen und seiner Schwester von der Theke aus zu.

Ich wünsche dir alles Glück der Erde, Küken, dachte er. Werde glücklich mit Matze.

Er seufzte innerlich. Wenn ich doch auch so glücklich sein könnte! Ich liebe Conny über alles. Sie ist die einzige Frau für mich. Es ist, als hätte ich ein Leben lang nur auf sie gewartet. Alles, was mir jetzt noch fehlt, um mein Glück wirklich vollkommen zu machen, ist Lottchen.

Bei dem Gedanken an Charlotte krampfte sich sein Herz zusammen.

Lottchen! Wo bist du, mein kleines Nachtkind? Wie geht es dir? Ich vermisse dich so sehr!

*

Zwei Tage nach dem Wochenende auf der Ranch fuhren Frank und Conny von einem Kinobesuch in Homburg nach Hause.

„Ich hätte nie gedacht, dass Matze und Christina einmal zusammenkommen", sagte Frank. „Mein Schwesterherz läuft rum wie eine Schlafwandlerin und ihre Augen leuchten wie Christbaumkerzen. Ich freue mich ehrlich für sie. Sie hatte immer nur Pech mit den Männern."

„Sie ist glücklich wie ein kleines Kind", bestätigte Conny. „Sie sagte, sie könne die ganze Welt umarmen." Sie lehnte sich zu Frank hinüber: „Das könnte ich auch, Frank."

Er hob ihre Hand an die Lippen und küsste sie: „Dito!"

Das Ortsschild von Bexbach tauchte im Scheinwerferlicht auf. Frank schaltete einen Gang herunter.

„Sag mal, Conny, möchtest du nicht zu mir ziehen? Und wenn dir meine Bude nicht gefällt, kaufe ich eine neue."

„Ach ja? Wo denn?"

„Was hältst du von Kirkel? Das liegt näher an Saarbrücken. Du hast gesagt, dass du dein Zoogeschäft nicht aufgeben magst." Frank redete wie ein Wasserfall: „Bexbach ist nicht mehr das, was es mal war, und von Kirkel aus kannst du über die Landstraße nach Saarbrücken oder über die Autobahn. Eine Bahnlinie gibt es auch und ..."

„Darf ich mal in Ruhe darüber nachdenken?"

„Äh ... ja ... natürlich."

Conny lachte auf. „Du hast es plötzlich so eilig. Du denkst wohl, was Matze Tintenfess kann, musst du auch können?" Sie fasste ihn am Arm: „Ich habe es nicht böse gemeint, Frank. Ich freue mich, dass du gefragt hast. Die Antwort lautet Ja. Ich möchte mit dir zusammenleben und Kirkel wäre wundervoll, allein schon wegen Tina. Sie ist inzwischen meine beste Freundin und ich wollte schon immer raus aufs Land."

Frank atmete auf. Er hatte allen Mut zusammennehmen müssen, um zu fragen. „Das ist klasse, Conny, dass du es mit mir versuchen willst. Es wird nicht leicht sein, aber ich verspreche dir, mir Mühe zu geben. Ich bin sogar dabei, diese Bücher zu lesen, die Tine mir gegeben hat, über die Unterschiede zwischen Mann und Frau, von Alan und Barbara Pease."

„Ach, da sind meine Bücher gelandet", sagte Conny. Sie lächelte in sich hinein.

Frank bog in die Einfahrt zu seinem Haus, stellte den Motor ab und stieg aus.

Conny kam ums Auto herum zu ihm und schmiegte sich in seine Arme: „Ich liebe dich, Frank. Wenn wir zusammenhalten, werden wir es schaffen."

Er küsste sie zärtlich: „Ja, Conny. Das werden wir."

Da passierte es. Die Schatten erwachten zum Leben. Es war wie beim letzten Mal. Die Nacht geriet in Bewegung und wurde lebendig. Um sie herum tauchten rund hundert Nachtmenschen aus der Dunkelheit hervor.

Conny zuckte zusammen: „Was wollen die? Wieso sind das so viele?"

Einer der Clanmänner trat vor: „Herr Reuter?"

Frank erkannte ihn sofort. Es war Bernhard von Revelin-Lorraine. Sein Herz begann zu klopfen. Es konnte sich nur um Lottchen handeln.

Ich bekomme sie zurück, dachte er. Freudige Erregung machte sich in ihm breit. Mein kleines Nachtkind kommt zu mir zurück!

„Guten Abend", sagte er und bemühte sich, seine Stimme nicht sarkastisch klingen zu lassen. „Sie tauchen schon wieder mit einer halben Legion bei mir auf. Trauen Sie sich nicht, mir allein gegenüberzutreten? Ich beiße nicht."

„Als wir Charlotte abholten, waren alle dabei als Zeugen für das, was ich tat", sprach Bernhard. „Nun sind sie dabei, um meine Schande zu bezeugen. So geht es beim Clan. Alle sollen sehen, dass ich zu Ihnen gehen muss, zu einem unserer Feinde, um ihn um Hilfe anzuflehen."

Frank verging schlagartig jede Lust auf weitere Seitenhiebe. Der Mann war fertig. Er stand wie ein geprügelter Hund vor ihm. Er war am Ende. Frank fühlte keinerlei Triumph.

Die Haustür flog auf und Christina stürzte heraus: „Die sind wieder da!" Sie lief zu Frank und baute sich neben ihm auf.

„Wo ist Lottchen?", fragte sie ohne Umschweife. „Wie geht es ihr?"

„Es geht Charlotte sehr schlecht", antwortete der Clanmann. Er wandte sich an Frank: „Ich bin gekommen, um Sie um Hilfe zu ersuchen. Wir wissen keinen anderen Weg mehr. Wir sind völlig hilflos."

Frank fühlte sich unbehaglich. Der Mann war kurz davor, in Tränen auszubrechen. „Was ist mit Lottchen?"

„Sie liegt im Sterben", sagte Bernhard. „Sie ist so schwach, dass sie nicht aus eigener Kraft aufstehen kann."

Frank rutschte das Herz in die Hose. „Oh, mein Gott!"

„Wir bemerkten es zu spät", sagte der Clanmann. „Sie hat kein Blut genommen. Wir wissen nicht mehr, was wir noch tun könnten. Bitte, können Sie uns helfen?"

„Ich komme mit", sagte Frank knapp. „Einen Moment bitte." Er rannte ins Haus und holte die Pistole aus dem Safe in seinem Arbeitszimmer. Das Messer trug er am Gürtel. Er nahm Matzes Rat ernst.

„Ich bin soweit", sagte er draußen.

Der Clanmann schluckte einmal und sprach dann mit fester Stimme: „Ich,

Bernhard von Revelin-Lorraine, nehme die Schuld an allem auf mich."

„Vergiss es, Mann!" Frank schob den Clanmann zu seinem Mercedes. „Es geht jetzt nicht um Schuldzuweisungen. Es geht ausschließlich um Lottchen!" Er wandte sich an Tina und Conny: „Ich rufe euch über mein Mobiltelefon an. Tschüs." Er umarmte Conny und küsste sie.

„Pass auf dich auf, Frank", bat sie. „Sei vorsichtig."

Frank und Bernhard stiegen in den Wagen und fuhren los.

Sobald das Auto in Bewegung war, verschwammen die Clanleute mit der Dunkelheit.

Christina lehnte sich an Conny: „Ich habe ein furchtbar schlechtes Gefühl, Conny. Das sieht nicht gut aus. Hast du bemerkt, wie dringlich dieser Bernhard sprach? Er war kurz davor, zu heulen."

„Ja", sagte Conny. „Ich fürchte, die Clanmenschen haben zu lange gewartet und jetzt steht es auf Messers Schneide."

Frank Reuter und Bernhard von Revelin-Lorraine fuhren durch Bexbach.

„Fahren Sie über Zweibrücken", verlangte der Clanmann. „Charlotte ist in der Ölmühle im Pfälzer Wald."

„Quatsch! Das ist ein Riesenumweg über Zweibrücken!", sagte Frank und nahm die Ausfallstraße nach Homburg. „Ich kenne die Ölmühle. Ich bin mal mit meinem Freund auf eine, Radtour daran vorbeigefahren. Ich fahre über die Sickinger Höhe."

„Einverstanden", sagte der Clanmann. „Bitte fahren Sie zu! Es eilt!"

„Scheiße! Warum sind Sie auch so spät gekommen?", fluchte Frank. „Auf den allerletzten Drücker, was?! Erst als wirklich nichts anderes mehr ging!"

„Wir merkten es nicht", sagte Bernhard. „Es ist ein schleichender Vorgang.

Charlotte ging regelmäßig nach draußen und wir glaubten, dass sie Blut nimmt. Vor drei Tagen brach sie zusammen. Wir wussten nicht, warum und dachten an eine Krankheit, bis die rasende Auszehrung begann. Da war es schon zu spät, noch etwas zu unternehmen."

„Na prima! Und was bitteschön soll ich machen? Ich bin kein Wunderdoktor!"

„Wir werden sehen", sprach der Clanmann. „Sie hat nach Ihnen gerufen. Immer wieder."

Eine lange Pause entstand.

Frank erreichte den Ortsausgang von Homburg und fuhr über Kirrberg die Sickinger Höhe hinauf.

„Sie haben nicht versucht, uns aufzuspüren", sagte Bernhard von Kestrel-Lorraine unvermittelt.

„Wie denn auch?! Das wäre dasselbe, wie eine Stecknadel in einem Heuhaufen zu suchen."

„Ihr Freund hat Ihnen nichts gesagt?" Der Clanmann klang überrascht.

Frank schnaubte. „Als ich ihn fragte, wo eure geheimen Verstecke sind, war er verschlossen wie eine Auster. Er sagte, er hätte versprochen, nichts zu verraten, und als ich weiter in ihn drang, hätte er mir beinahe den Kopf abgerissen."

Frank erzählte, wie Fässchen reagiert hatte. Er konnte das Gesicht des Bernhard von Revelin-Lorraine im Dunkeln nicht erkennen, aber er spürte, wie es in dem Mann arbeitete. Sollte er ruhig sehen, dass auch Tagmenschen eine Ehre im Leib hatten.

„Er hat Ihnen nichts verraten." Bernhards Stimme war totale Verwunderung. „Ihnen, seinem besten Freund!"

„Für Matze Tintenfess ist ein Versprechen ein Versprechen! Euer Geheimnis ist bei ihm sicher, genau wie bei mir! Was soll diese verknöcherte Geheimniskrämerei? Wir sind keine Ungeheuer, Mann! Das finstere Mittelalter ist Vergangenheit! Es gibt keine bösen Vampirkiller mehr! Eure Vorsicht grenzt an Paranoia!"

Bernhard schaute ihn von der Seite an: „Ach ja? Das Mittelalter ist vorüber? Überlegen Sie mal, was die Nazis mit uns angestellt hätten, hätten sie von unserer Existenz gewusst."

„Die hätten euch zu Kampfpiloten für die Nachtjagd ausgebildet."

„Und weil wir nicht aggressiv sind und niemals kämpfen, hätten sie uns vors Kriegsgericht gestellt und standrechtlich erschossen. Oder wir wären in spezielle Konzentrationslager gekommen, wo SS-Ärzte wie Josef Mengele Versuche an uns durchgeführt hätten."

„Stimmt schon", gab Frank zu. „Aber die Nazis gibt es nicht mehr. Das ist über fünfzig Jahre her. Wir leben heute in einer Demokratie."

„Wo ist der Unterschied, Herr Reuter? Eure Wissenschaftler würden vor Begeisterung Purzelbäume schlagen bei der Aussicht, echte Vampire untersuchen zu können, natürlich alles streng im Namen der Wissenschaft. Unsere wenigen Kinder würden in geschlossenen Labors aufwachsen, umgeben von monströsen medizinischen Apparaten."

„Alles Käse! So etwas ist verboten!"

„Na schön, aber wir wären auf Schritt und Tritt von Kameras begleitet. Man würde uns immer und überall filmen. Allein die Vorstellung ist schauderhaft, absolut garstig. Und wir wären Ausgestoßene, Verfemte! Ihre Rasse würde uns mit Ablehnung und Abscheu begegnen, wie sie es stets mit Minderheiten tut!"

Frank dachte nach. „Irgendwo haben Sie recht."

„Wir sind gleich da", sagte Bernhard von Kestrel-Lorraine. „Biegen Sie dort vor der Rechtskurve in den Feldweg ab."

Frank folgte der Anweisung. Der Weg war nicht asphaltiert, aber er war gut befahrbar. Frank stutzte. Der Weg war ziemlich lang, länger, als er ihn in

Erinnerung hatte. Es war zwei Jahre her, dass er mit Matze auf der Radtour an der Ölmühle vorbeigekommen war, aber er wusste genau, dass das große Gebäude mit den markanten Dachgauben von der Straße aus gut zu sehen war. Matze hatte es sogar fotografiert, weil er von dem Haus neben dem Hügel fasziniert war. Er hatte behauptet, das sei ein besonderer Hügel, eine alte keltische Kultstätte, eine Stelle, an der sich die Kraftlinien der Erde kreuzten. Der Weg zur Ölmühle war höchstens siebzig Meter lang.

Aber der Weg, den Frank befuhr, schlängelte sich mehrere hundert Meter durch dichten Wald.

Wie kann das sein? Frank beschlich ein seltsames Gefühl. Zum ersten Mal begriff er, dass die Nachtmenschen über besondere Fähigkeiten verfügten, die über unsichtbares Wandern durch die Nacht hinausgingen.

„Dieser Weg ist viel länger, als ich ihn in Erinnerung habe."

„Die Nacht hat ihre eigenen Wege", sagte der Clanmann.

„Ich hätte die Einfahrt allein nicht gefunden", sagte Frank.

„Natürlich nicht. Sie ist nicht offen für Abkömmlinge Ihrer Rasse. Wir können uns durchaus schützen."

„Trotzdem kamen euch die Häscher der Inquisition auf die Schliche."

„Es gibt keinen absoluten Schutz."

„Stimmt."

Der Wald trat zurück und die Ölmühle lag im silbernen Mondlicht vor ihnen. Noch war der Mond nicht voll, aber er beleuchtete den runden Hügel mit dem Haus zu seiner Rechten eindrucksvoll.

Ein Ort des Friedens, dachte Frank und fuhr zu dem Gebäude. Mehrere Augenpaare leuchteten im Licht der Scheinwerfer hellsilbern auf. Frank hielt an und stellte den Motor ab.

Eine Frau kam ihnen aus der Dunkelheit entgegen: „Kommt! Es eilt!"

Frank erkannte sie sofort: „Carmen Fabray!" Es war die Nachtschwester, die ihn zu Jörg Wendel geschleift hatte.

Sie ergriff seine Hand: „Schnell, Herr Reuter! Charlotte geht es schlecht!"

Sie liefen ins Haus. Carmen Fabray führte Frank in den Keller und geleitete ihn zu einer geschlossenen Tür: „Herr Reuter, Sie müssen jetzt sehr stark sein! Sie sind Charlottes letzte Chance."

Sie öffnete die Tür und ließ Frank eintreten.

Mehrere Personen standen um ein Bett herum. Ihre besorgten Gesichter sprachen Bände. Als Frank ins Zimmer kam, traten sie zur Seite und gaben den Blick auf das Bett frei.

„Nein!" Frank traten die Augen aus dem Kopf. Aufkreischend wich er zurück. „Nein!"

*

Er prallte mit dem Rücken so hart gegen die Wand, dass es ihm schlagartig die Luft aus den Lungen presste. Keuchend rang er nach Atem. „Mein Gott! Lottchen!" Seine Beine wollten unter ihm nachgeben.

„Lottchen!" Mehr als ein Winseln brachte Frank nicht hervor.

Er war vorgewarnt worden, aber auf das, was auf dem Bett lag, konnte ihn nichts vorbereiten. Er hatte Filme über Konzentrationslager gesehen, aufgenommen von den alliierten Eroberern. Bilder von KZ-Insassen, die zu lebenden Skeletten abgemagert waren. Grauenhafte Bilder waren das gewesen, doch der Anblick Charlottes war schlimmer.

Sie lag auf dem Bett, ein winziges, dürres Etwas, das nur noch aus Haut und Knochen zu bestehen schien. Ihr Körper war total verfallen. Sie sah wie eine Krebskranke im Endstadium aus. Ihre Haut war bleich und fleckig, die Augen in dem eingefallenen Gesicht lagen tief in den Höhlen. Sie wirkten unnatürlich groß.

Die Augen schwenkten in Franks Richtung, so langsam, als wäre selbst diese einfache Bewegung mit ungeheurer Anstrengung verbunden. Das jämmerliche, sterbende Etwas auf dem Bett versuchte ein Lächeln: „Liebfrank!" Ein leises Wispern, kaum hörbar. Charlotte wollte die Hand nach Frank ausstrecken, doch sie war zu kraftlos.

Mit drei Schritten war Frank beim Bett. Er beugte sich über das Kind: „Lottchen! Meine kleine Prinzessin!"

Er wagte kaum, sie zu berühren, aus Angst, sie könne unter seinen Händen zerbröseln wie Asche. Die Nachtschwester stand auf der anderen Seite des Bettes. Sie weinte.

„Warum habt ihr mich nicht eher gerufen?", fragte Frank.

„Wir merkten es nicht", antwortete Carmen Fabray. „Man sah ihr nichts an. Der rasende Verfall kam überraschend von einer Stunde zur anderen."

„Ihr hättet mich früher rufen müssen", beharrte Frank. „Ihr wusstet, dass Lotte sich nach mir sehnt. Hättet ihr nachgegeben, wäre das nicht passiert."

„Sie verstehen nicht", sagte Bernhard von Revelin-Lorraine. „Für uns Nachtmenschen sind Angehörige Ihrer Rasse gefährlich. Sie haben unterwegs im Auto von den Nazis gesprochen. Stellen Sie sich vor, wir hätten das Jahr 1944. Sie sind Jude und leben mit ihrer Familie in einem geheimen Versteck. Ihr Kind wird krank. Würden Sie jemanden von der SS um Hilfe bitten?"

„Ihr seid verbohrte Narren. So langsam müsstet ihr wissen, dass ich euch nicht gefährlich werden kann."

„Sie haben einen Menschen getötet."

„Ich habe einen tollen Hund erschlagen. Der Mann hat mich angegriffen und wollte mich umbringen."

„So sehen Sie es."

Frank schwieg. Es hatte keinen Sinn, wenn sie sich gegenseitig anfauchten. „Charlotte muss trinken. Wenn der körperliche Verfall so schnell kommt, geht er auch schnell vorbei, wenn sie ihr Quantum Blut erhält."

„Sie ist nicht mehr in der Lage, sich unsichtbar zu machen. Ohne diese Fähigkeit kann sie nicht zu einem Reh gehen", sagte Carmen Fabray. „Sie kann nicht einmal mehr laufen. Sie ist viel zu schwach."

„Dann bringen wir sie raus in den Wald", sagte Frank.

„Wenn Sie sie hochheben, brechen ihre Knochen wie Glas."

Frank dachte angestrengt nach. „Und wenn wir ein Reh zu ihr bringen? Oder eine Ziege? Irgendeinen Pflanzenfresser?"

Die Nachtschwester schüttelte den Kopf. Sie weinte noch immer. „Ohne Vordenken würde das Tier nicht stillhalten und verängstigt um sich treten. Und Charlotte muss aktiv trinken. Sie muss es selbst tun und das Tier muss wach sein. Einfach nur Blut, das geht nicht. Es ist schwer zu erklären. Nur wenn ein Nachtmensch vordenkt und zu einem wachen Tier geht und ein wenig Blut nimmt, tut uns dieses bisschen Blut gut. Abgezapftes Blut hingegen hilft nicht. Es würde nicht funktionieren. Wir haben all diese Möglichkeiten bereits durchgesprochen."

Franks Magen zog sich zusammen: „Dann hat Lotte keine Chance mehr." Er fiel auf die Knie. Ganz sachte streichelte er über Lottchens Gesicht. Ihre Haut spannte sich trocken wie Pergament über die Wangenknochen. „Mein kleiner Schatz. Was fange ich nur mit dir an?"

Aus den tiefliegenden Augen leuchtete ihm blanke Zuneigung entgegen. Charlotte wollte etwas sagen, aber sie brachte nur einen leisen Laut hervor: „Che." Ein „ch" wie in dem Wort „Buch", nicht mehr als ein kraftloser Seufzer.

Frank starrte die Nachtleute an: „Sie stirbt. Was soll ich tun? Gibt es überhaupt eine Möglichkeit, sie zu retten?"

„Sie sind gekommen", sprach Bernhard leise. Er sah elend aus. Frank musste an den Abend denken, als er Fässchen und Lotte an der Quelle belauscht hatte. „Sterben tut weh", hatte Matze gesagt. „Vor allem denen, die hilflos dabei zusehen müssen."

Die Clanleute kamen vor Schmerz fast um. Er sah ein paar Kinder am Rand des Bettes stehen. Sie wirkten winzig im Vergleich zu den Erwachsenen. Aus großen Augen schauten sie Frank an. Sie waren ganz still. Anders die Großen. In ihren Gesichtern zuckte es. Etliche weinten still. Sie hatten ein gefährliches Raubtier, einen Fleischfresser, in ihre Mitte geholt, hatten ihren schrecklichsten Feind herbeigerufen, um ihrer sterbenden Königin zu helfen. All ihre Hoffnung mussten sie in die Hände des Predators legen.

Frank blickte Bernhard an: „Was kann ich tun, was Sie nicht können?"

Der Clanmann sah aus, als würde man ihn gerade mit einem rotglühenden Eisen pfählen. Noch nie hatte Frank solchen Schmerz und solche Angst in den Augen eines Menschen gesehen. „Bernhard! Sagen Sie es mir um Himmels willen!"

„Sie muss trinken", flüsterte Bernhard von Kestrel-Lorraine. „Es steht in unseren ältesten Legenden." Er schlug die Hände vors Gesicht.

Frank hatte das Gefühl, als hätte jemand in seinem Gehirn mit roher Gewalt einige uralte, verrostete Zahnräder in Bewegung gesetzt. Knirschend mahlten sie gegeneinander und spuckten die Antwort aus: „Blut *trinken*!"

„Jesus Christus! Das ist es also!"

„Es ist die einzige Möglichkeit", sagte Carmen Fabray. „Es ist gefährlich, aber wenn Sie es nicht tun, stirbt Charlotte."

Frank war bestürzt: „Aber von Menschenblut werdet ihr wahnsinnig! So steht es in den alten Büchern."

Bernhard von Revelin-Lorraine schaute ihn schmerzlich an: „Es heißt, eine kleine

Menge könne den einsetzenden Tod aufhalten und dem sterbenden Clanmenschen so viel Kraft geben, dass er ins Leben zurückkehrt. Das Blut muss von Ihrer Rasse stammen. Nur ein paar Tropfen."

„Wie Digitalis", sagte Frank. „Oder Atropin. Extrem starke Herzmittel. In geringer Dosierung wirken sie kreislaufstärkend. Zu hohe Dosierung ist tödlich."

„Ja", sagte der Clanmann.

„Ihr wisst selbst nichts Genaues?"

Der Clanmann schüttelte den Kopf: „Die Legenden sind uralt und schwer zu verstehen."

Angst stieg in Frank auf. Er wusste, ihm blieb keine andere Wahl.

„Mein Lottchen!", flüsterte er und küsste das Kind. „Mein kleines Nachtkind!" Unendlich zart schob er seine Hände unter das abgemagerte Kind. Er hob es vorsichtig hoch und legte Lottes Köpfchen in seine Halsbeuge.

„Trink, Lottchen!", sagte er leise. „Trink, und du wirst gesund."

Das Mädchen lag kraftlos in seinen Armen.

Frank klopfte ihm sanft auf den Rücken. „Lottchen, du musst trinken! Bitte!"

Er spürte, wie sie ihre Lippen öffnete, um etwas zu sagen. Heraus kam wieder nur der kraftlose Seufzer: „Che." Sie fiel in sich zusammen. Frank begann zu weinen.

„Bitte, Lottchen! Bitte trink!", flehte er.

Ein leiser Hauch an seinem Hals: „Che."

„Du kannst es, Schatz! Gib dir Mühe. Du wirst sehen, du schaffst es."

„Che."

Dann spürte er die weichen Lippen des Kindes an seinem Hals. Lotte atmete durch die Nase, langsam ein und wieder aus. Der zarte Luftstrom kitzelte auf Franks Haut.

„Che."

„Lottchen, du musst trinken, Liebes!", drängte Frank sanft. „Hab keine Angst. Tu es!"

Lotte hing entkräftet in seinen Armen. Wieder seufzte sie, ein Geräusch völliger Schwäche. „Che."

Dann spürte Frank einen winzigen Piks. Mehr nicht. Selbst der kleine Biss hatte Charlotte ungeheure Kraft gekostet.

„Na los, Lottchen! Nur ein paar Tropfen! Dann wirst du wieder gesund", lockte Frank. „Du willst doch zu mir zurück. Trink!"

Eine kurze, sanfte Berührung. Das Kind leckte mit der Zungenspitze über Franks Haut. Es kitzelte. „Che."

Lange Pause.

Bitte, trink, dachte Frank inbrünstig. Stirb mir nicht unter den Händen weg!

Noch ein Lecken. Mit der Zungenbewegung schleckte Lotte das Blut an der Innenseite ihrer Eckzähne durch den feinen Kanal hoch und verteilte es am Gaumen, wo es von der Mundschleimhaut absorbiert wurde. Sie schleckte noch dreimal mit langen Pausen dazwischen.

„Che."

Bitte, Gott, lass es wirken, betete Frank. Er glaubte zu spüren, wie Lottes Herzschlag kräftiger wurde. Noch immer hielt sie den leicht geöffneten Mund an seinen Hals gedrückt. Ihre Lippen fühlten sich kühl an und weich. Der sachte Atem aus ihrem Näschen kitzelte seine Haut.

Noch ein Schlecken, eifriger diesmal.

Und nach wenigen Sekunden noch eines.

Sie schafft es, dachte Reuter voller Freude. Sie kommt durch! Lottes Atem ging schneller, kräftiger.

Noch ein Schlecken. „Mm."

„So ist es gut, mein kleiner Schatz." Sanft legte Frank das Kind in die Kissen zurück.

Auf das, was dann folgte, war er nicht gefasst.

Aus Charlottes Kehle drang ein Laut, der einer hungrigen Urzeitechse gut zu Gesicht gestanden hätte. Ihre dürren Arme, die gerade noch schlaff nach unten gehangen hatten, schossen in die Höhe und ihre Hände verkrallten sich in Franks Haar. Ihr Kopf schoss hoch und ihre Zähne bohrten sich ruckelnd in Franks Hals. Er schrie vor Schmerz und wollte Lotte von sich wegschieben.

Fauchend krallte sie sich an ihm fest. Sie verbiss sich noch tiefer in seinen Hals. Sie trank. Sie trank in tiefen, durstigen Zügen. Sie schluckte hastig und saugte mit aller Kraft.

„Nein!", schrie er. „Lottchen, hör auf! Wenn du zuviel trinkst, wirst du wahnsinnig!" Reißender Schmerz tobte durch seinen Hals. „Zurück!" Unter Aufbietung aller Kraft schaffte Frank es, Charlotte von sich zu stoßen und sie auf das Bett zu werfen.

Sie bleckte die Zähne. Sie heulte auf. Sofort fiel sie ihn wieder an. In ihren Augen loderte ein schreckliches Feuer. Sie sah aus wie ein halbverhungertes Tier, das Tollwut im Endstadium hat. Knurrend bohrte sie ihre Zähne in Franks Hals.

Wieder stieß er sie weg. Er versetzte ihr einen Schlag ins Gesicht. Es nutzte nichts. Sie ging sofort wieder auf ihn los. Sie sprang aus dem Bett.

Gedankenschnell riss Frank das Silbermesser aus der Gürtelscheide. Als Lotte erneut angriff, hieb er ihr mit der stumpfen Seite des Messers auf die Hände. Sie zuckte zurück und schrie so schrill auf, dass es ihm in den Ohren wehtat. Einen zweiten Angriff wehrte er auf die gleiche Weise ab. Sie umkreiste ihn kreischend. Gelbes Feuer brannte ihn ihren Augen.

„Ich will mehr!", schrie sie. „Ich will mehr!" Ohne auf das Messer zu achten, stürzte sie vorwärts.

Frank ließ das Messer fallen und trat zur Seite. Lottes Attacke lief ins Leere. Von hinten packte er sie und presste ihre Arme an ihren Körper. Charlotte schrie und fauchte. Sie biss um sich. Sie knurrte wie ein Hund.

„Helft mir!", schrie Frank die Nachtleute an. „Steht nicht rum wie aus Stein gemeißelt! Ich kann sie nicht mehr lange halten! Die hat Kraft wie eine Wahnsinnige." Er zitterte vor Anstrengung.

Eine Wahnsinnige? Genau! Und was tat man mit Wahnsinnigen, die tobten und um sich schlugen und bissen?

„Holt Schnüre! Wir müssen sie am Bett fixieren!", brüllte Frank. Er bemühte sich, das Kind festzuhalten. Lotte zappelte und schnappte um sich. Ihre Zähne schlugen mit lautem Klacken aufeinander. Sie heulte. Sie knurrte.

Endlich löste sich jemand von den Nachtleuten aus der Schreckensstarre, die sie alle ergriffen hatte. Es war Carmen Fabray. Sie rannte hinaus und kehrte nach kurzer Zeit mit einem Bündel Schnüre zurück.

„Ihr müsst mir helfen!", rief Frank. „Packt sie an Händen und Füßen! Und nehmt euch vor ihren Zähnen in Acht!"

„Vorwärts!", befahl Bernhard. „Tut, was er sagt!"

Starke Hände packten das tobende Kind und zogen an seinen Händen und Füßen, bis es wie ein großes X zwischen ihnen hing. Charlotte biss wild um sich.

„Aufs Bett!"

Lotte brüllte. Sie zappelte. Aber sie hatte keine Chance. Die Clanmenschen legte Schnüre um ihre Hand und Fußgelenke und fixierten sie am Bettrahmen. Sie heulte und bäumte sich auf.

Frank konnte es nicht fassen, welch irrsinnige Kraft in diesem ausgemergelten Körper steckte. Charlotte zerrte so fest an ihren Fesseln, dass das Bett bedrohlich zu knarren begann. Sie schrie. Ihre Schreie waren schrill wie Möwenschreie. Die Augen traten ihr aus dem Kopf. Plötzlich riss sie den Mund auf und eine Fontäne aus Blut und eitrigem Schleim schoss hervor. Sie hustete, schrie und erbrach sich immer wieder. Blut rann in dünnen Fäden aus ihren Augen.

Die Schreie gingen endlos weiter. Jetzt waren es Schmerzensschreie. Lottchen wand sich unter Qualen. Sie heulte vor Pein. Mitten in einer Bewegung erstarrte sie. All ihre Muskeln verkrampften sich. Dann wurden ihre Augen glasig und sie fiel in Ohnmacht.

„Heilige Madonna!", schnaufte Frank.

Die Nachtleute standen um ihn herum und starrten ihn an. Sie hielten möglichst viel Abstand.

„Sie bluten", sagte Carmen Fabray. „Kommen Sie mit nach nebenan. Ich desinfiziere die Wunde und verbinde sie."

„Habe ich mich mit etwas angesteckt?", fragte Frank, als sie ihn verarztete.

„Angesteckt?"

„Weil Sie die Wunde desinfizieren."

„Ich desinfiziere sie nur. Das macht man so. Keine Angst, Sie werden sich nicht in einen blutrünstigen Filmvampir verwandeln."

„Sieht es schlimm mit mir aus?"

„Nur eine Fleischwunde. Sie hatten Glück. Charlotte hat keine Schlagader getroffen."

„Sie wollte aber! Jesus, ich hatte eine Scheißangst! Sie hatte ungeheure Kräfte. Ich konnte sie mir kaum vom Leib halten."

Frank war stinkig. Während Carmen Fabray ihn verband, wurde er immer zorniger. Der ganze Mist hätte nicht passieren müssen, wenn die dickköpfigen Clandeppen ein wenig nachgegeben hätten. Sture Rindviecher waren sie alle miteinander!

„Fertig!"

Sie kehrten in Lottchens Zimmer zurück. Das Mädchen war noch immer ohnmächtig. Die Clanleute bildeten eine Gasse für Frank, wobei sie einen großen Bogen um sein Messer machten. Er hob es auf und steckte es in die Scheide zurück. Rundum starrten ihn bleiche, verängstigte Gesichter an.

„Was glotzt ihr wie eine Herde dämlicher Schafe?!" Frank war schweinesauer. „Hättet ihr dickköpfigen Idioten mich früher gerufen, hätte das nicht passieren müssen." Er zeigte auf Lotte auf dem blutbesudelten Bett. „Ihr seid eine Bande von ignoranten Strohköpfen! Solch eine Arroganz ist mir noch nicht untergekommen! Lasst lieber euer eigenes Kind verrecken, als auch nur eine Handbreit nachzugeben!"

Zu Franks Erstaunen gab es keine Widerworte. Stattdessen brachen die Leute um ihn herum in Tränen aus. Sie weinten wie kleine Kinder, die zu Unrecht geschlagen wurden.

„Wir haben es doch nicht gewusst!", rief Bernhard. „Charlotte ging regelmäßig nach draußen. Wir dachten nicht im Traum daran, dass sie kein Blut nehmen würde. Wir wussten es doch nicht! Sie hat nicht mit uns geredet!"

Carmen Fabray umarmte ihn tröstend: „Hören Sie auf, uns anzuschreien, Frank Reuter! Wir sind keine gefühllosen Insekten. Man merkt nicht, wenn ein Nachtmensch kein Blut nimmt. Charlotte war nur unausgeglichen und reizbar. Wir dachten, das sei so, weil wir sie von Ihnen weggeholt hatten. Wir hofften, dass es sich irgendwann legen würde. Man sah ihr nichts an, bis der rasende Verfall einsetzte.

Um Gottes willen! Sie wollte sich umbringen! Wissen Sie überhaupt, was das für uns bedeutet? Wie weh uns das tut?

Sie hat nicht mit uns gesprochen, seit sie bei uns ist. Nicht ein einziges Wort!

Als sie zum ersten Mal nach draußen ging, fragten wir sie, ob wir uns darauf verlassen könnten, dass sie zum Clan zurückkehrt. Sie hat geschrien. Sie hat einfach losgeschrien wie ein Tier und ist gegangen. Einfach nur geschrien!

Sie sieht durch uns hindurch und tut so, als gäbe es uns nicht. Das hält doch auf die Dauer kein Mensch aus!" Die Frau weinte gotterbärmlich.

„Wir lieben unsere Kinder genauso wie ihr Tagmenschen, und wir brauchen die Liebe, die sie uns schenken, wie die Luft zum Atmen. Aber sie schenken diese Liebe nur, wenn sie es wollen. Charlotte aber war völlig verschlossen und sprach mit niemandem. Wir brauchen doch ihre Liebe und ihre Zuneigung. Ohne sie gehen wir zugrunde."

Das müsste bei uns Tagmenschen auch so sein, dachte Frank. Dann gäbe es nicht so viele unglückliche, leidende Kinder. Dann wäre Mutter ganz sicher nicht zu Jörg gegangen und sie hätte mir nicht die halbe Kindheit lang mit dem Erholungsheim gedroht und mich damit zu Tode geängstigt.

Er beruhigte sich.

„Ihr hättet früher nachgeben müssen", murrte er. „Ja, ja, ich weiß! Ich bin einer von der SS!", sagte er, als Bernhard etwas erwidern wollte. Er grinste schief: „Letzten Endes musstet ihr mich ja doch rufen, mich, den bösen schwarzen Mann!"

„Das einzige Wort, das Charlotte sagte, als sie zusammenbrach, war Liebfrank", schluchzte der Clanmann. „Immer und immer wieder Liebfrank, bis sie sogar zum Sprechen zu schwach war, Herr Reuter." Er schaute Frank bittend an, unterwürfig wie ein besiegter Hund: „Machen Sie sie gesund! Bitte! Nur Sie können es. Dann darf sie bei Ihnen bleiben, wenn sie es will. Aber manchmal, nur ab und zu, dürfen wir sie doch sehen, ja?"

Frank war betroffen. Der Mann hatte sich gerade zutiefst gedemütigt. Er war fertig. Er stand neben einer großen Frau, die ihm ähnelte; eine nahe Verwandte vielleicht. Die Frau hielt ihn umarmt wie ein Kind.

„Hören Sie, Bernhard. Falls Charlotte wieder gesund wird, werden wir uns alle zusammensetzen und über eine vernünftige und menschliche Regelung sprechen. Ich will Ihnen Charlotte nicht wegnehmen, aber ich liebe dieses Kind und Lottchen liebt mich. Wir sind doch erwachsene Menschen. Uns wird schon etwas einfallen. Vielleicht eine Woche bei mir und eine Woche bei Ihnen? Etwas in der Art. Aber zuerst muss Charlotte wieder gesund werden."

Die Clanleute atmeten hörbar auf.

Frank wandte sich Lotte zu. Er fühlte keinen Triumph, nur Müdigkeit und Traurigkeit.

Ich gewinne neuerdings alle Kämpfe in meinem Leben, dachte er. Doch zu welchem Preis? Ich habe einen Menschen getötet. Jetzt bin ich verantwortlich für zerstörte Familienbindungen und vielleicht stirbt Charlotte. In den Augen der Clanleute bin ich ein Feind, ein bösartiger Eindringling, etwas Ekelhaftes und Widernatürliches.

Würde ich etwas in mein Haus einladen, das ich fürchte und verabscheue?

Vor seinem inneren Auge erschien das Bild einer monströsen Kreatur, die aussah wie ein tollwütiger Leprakranker mit langen Klauenfingern.

Frank fühlte sich miserabel.

Das wird allmählich zum Dauerzustand bei mir!

Er gab sich einen Ruck.

Schluss mit Schuldgefühlen! Weder Lottchen noch ich können etwas dafür, dass wir aneinandergerieten. Sie hat mich zu ihrem Liebmenschen erwählt, weil sie mich brauchte, und ich habe es zugelassen. Ich habe dieses Kind gerne. Basta!

Er beugte sich über Lottchen. Sie lag mit geschlossenen Augen da. Ihr Atem ging flach und unregelmäßig. Aber das Blut, das sie getrunken hatte, zeigte Wirkung. Der körperliche Verfall bildete sich zurück. Die Geschwindigkeit der Heilung war unglaublich. Zwar war das Kind noch immer klapperdürr, aber es sah nicht mehr wie ein fast verhungerter KZ-Häftling aus.

Der Geruch von Blut und Erbrochenem beleidigte seine Nase. „Wir müssen die Bettwäsche wechseln und Charlotte waschen."

„Ich hole das Nötige", erbot sich Carmen Fabray.

„Wollen Sie riskieren, sie loszubinden?", fragte Bernhard. „Was, wenn sie aufwacht?" Er klang nicht ängstlich, eher wissbegierig und etwas verunsichert. Seine Tränen waren getrocknet, aber seine Augen waren noch immer verheult.

Frank fühlte keine Feindschaft ihm gegenüber.

Fünf zu eins, funktioniert das auch bei den Erwachsenen?, fragte er sich in Gedanken.

Carmen kam mit frischer Bettwäsche, einem Nachthemd und Waschsachen zurück. Zwei Männer schleppten eine Zinkwanne mit warmem Wasser ins Zimmer.

Frank löste Lottchens Fesseln und zog ihr das blutbesudelte Nachthemd aus. Dann hob er sie hoch und trug sie zu der Wanne. Lotte stöhnte leise im Schlaf. Während Carmen die Bettwäsche wechselte, wusch Frank Charlotte von oben bis unten. Dabei konnte er sich von der atemberaubenden Geschwindigkeit des Heilungsprozesses überzeugen. Lottes Körper regenerierte sich gruselig schnell. Auch die Brandwunden auf ihren Händen, wo er sie mit dem Silbermesser berührt hatte, verheilten in Nullkommanichts. Aber würde sie überleben? Sie hatte eine riesige Überdosis erhalten. Nur ein paar Tropfen sollten es sein, aber sie hatte sein Blut schluckweise getrunken.

Als er sie abtrocknete, regte sie sich.

„Sie wacht auf! Schnell!", rief Carmen und half ihm, Lottchen das frische Nachthemd überzustreifen. Gemeinsam trugen sie das Kind zum frischgemachten Bett.

Mit einem Schrei erwachte Charlotte. Sie schnappte sofort nach Frank.

„Zupacken!", schrie Frank. Vier Clanmänner sprangen hinzu und banden das tobende Kind wieder am Bett fest.

„Das war auf den letzten Drücker", sagte Carmen Fabray.

Lotte lag brüllend auf dem Bett. Sie bäumte sich auf und zerrte an ihren Fesseln.

Sie kreischte. Ihre Kiefer schnappten klickend zu und sie rollte mit den Augen.

Sie tobte und heulte eine Viertelstunde lang. Dann sackte ihr Körper zusammen und sie lag zitternd da, das Gesicht schweißnass. Sie rang nach Atem.

„Ich glaube, es ist vorbei", sagte Carmen.

Mit einem Aufschrei bäumte sich Lottchen auf: „Aaah! Aaaaah!!!"

Frank tat es in der Seele weh, sie so leiden zu sehen.

„Weh!", schrie sie. „Es tut so weh! Aaaah!!!" Sie warf den Kopf hin und her.

„Frank! Liebfrank!", schrie sie. Ihr Atem ging stoßweise und keuchend. „Es tut so weh! Aaaaah!" Sie schlug mit dem Kopf. Ihre Augen waren weit aufgerissen.

„Frank!", heulte sie. „Hilf mir! Es tut mir so weh! Bitte mach, dass es aufhört! Liebfrank, bitte!"

Reuter hielt es nicht länger aus. Er knotete die Schnüre auf, die Lottchen am Bett festhielten.

„Was tun Sie da?", rief Carmen Fabray alarmiert. „Was ist, wenn sie wieder beißt?!"

„Sie ist jetzt wieder bei Sinnen", sagte Frank. Er nahm Lottchen in die Arme: „Ist ja gut, Prinzessin. Ich bin bei dir."

„Es ... es tut so schrecklich weh!", keuchte Charlotte. „Alles in mir drin vom Mund bis in den Bauch. Ooaaaah! Es brennt! Ich verbrenne!"

Sie wand sich. Sie heulte. Sie krümmte sich zusammen. Frank konnte nichts tun, außer, sie in seinen Armen zu halten. Lottchen schrie und weinte ohne Unterlass.

Manchmal setzte ihr Geschrei kurz aus. Dann rang sie keuchend nach Atem, am ganzen Körper zitternd. Ein paar Sekunden herrschte Ruhe, bis Lotte sich wieder zusammenkrümmte wie ein Igel und vor Schmerzen zu schreien begann.

„Habt ihr denn kein Schmerzmittel?", fragte Frank. Er war am Verzweifeln.

Carmen schüttelte den Kopf: „Gegen das, was sie hat, gibt ein kein Mittel. Es gibt nichts, was Charlotte helfen kann. Nur ihre eigene Regenerationsfähigkeit. So sagen es die alten Legenden."

Ein würgender Hustenanfall schüttelte Charlotte durch. Gerade als sie wieder zu schreien anfangen wollte, schoss ein Strahl Erbrochenes aus ihrem Mund heraus. Es war dickflüssiger, blutiger Schleim.

Mein Gott! So sieht es in ihrem Inneren aus! Stirb mir nicht weg, Lottchen! Bitte nicht!

Lotte hustete und heulte in einem. Sie würgte erneut eitrigen Schleim hoch und erbrach ihn auf den Fußboden. Dunkelrote Blutschlieren schillerten darin.

„Sie hat innere Blutungen", sagte Frank. „Das Blut kann nicht alles von mir stammen." Er schaute flehend zu Carmen auf: „Wisst ihr denn nichts, was man tun könnte?"

Die Augen der Frau füllten sich mit Tränen: „Nein. Wir können nur beten."

Heulend bäumte sich Charlotte in Franks Armen auf. Sie krümmte sich. Sie zitterte unkontrolliert. Dann klappte sie zusammen.

„Sie ist wieder ohnmächtig geworden."

*

Charlotte fiel in eine Art Fieberkoma, aus dem sie alle halbe Stunde erwachte. Dann lag sie schreiend auf ihrem Bett. Gegen Morgen wurde es etwas besser und schließlich fiel sie in einen unruhigen Schlaf.

Endlich kam Frank dazu, Conny anzurufen und ihr einen knappen Bericht durchzugeben.

Conny war besorgt: „Frank, weißt du überhaupt, was du tust?"

„Nein, Conny. Ich kann nur an ihrem Bett wachen und sie trösten, wenn sie vor Schmerzen weint. Die Clanleute sagen, ihr Körper muss das allein durchstehen.

Es ist schrecklich, so hilflos zu sein. Im Moment schläft sie, aber ich weiß nicht, wie lange."

„Kann ich dir irgendwie helfen? Soll ich zu dir kommen?"

„Nein", sagte Frank. „Ich habe Bernhard von Revelin-Lorraine mein Wort gegeben, das geheime Versteck nicht zu verraten. Du könntest sowieso nichts tun, Schatz, aber es ist wahnsinnig lieb, dass du es mir anbietest. Das tut richtig gut. Ich melde mich, wenn sich Lottchens Zustand gebessert hat. Du sagst doch Tine und Matze Bescheid?"

„Mache ich. Tschüs, Frank."

*

Frank wachte den ganzen Tag an Lottchens Bett. Ab und zu ließ sich jemand vom Clan blicken. Die Leute sahen aus wie Gespenster. Ihre Rasse vertrug es nicht, die Tagesruhe zu unterbrechen.

Charlotte wachte in unregelmäßigen Abständen auf, geweckt von den schrecklichen Schmerzen in ihrem Leib. Dann lag sie schluchzend in Franks Armen. Sie wand sich vor Qual. Einmal verlor sie die Kontrolle über Blase und Darm. Frank säuberte sie und wechselte die Bettwäsche. Carmen Fabray hatte einen Vorrat an frischer Wäsche in einem Schrank gestapelt.

Gegen Abend konnte Frank eine Stunde lang dösen, aber nach Sonnenuntergang wachte Lottchen wieder häufiger auf und schrie und heulte vor Pein. Sie erbrach weiter eitrigen Blutschleim. Eine Besserung ihres Zustandes schien nicht in Sicht. Frank war am Verzweifeln. Die Clanleute waren ebenso hilflos wie er, aber er war dankbar für ihre Unterstützung bei Lottchens Pflege. Vor allem Carmen Fabray half ihm klaglos dabei, beschmutzte Bettwäsche zu wechseln.

„Ich arbeite als Krankenschwester", sagte sie schlicht. „Für mich ist das nichts

Außergewöhnliches."

Gegen ein Uhr nachts wusch Frank Charlotte in der Wanne mit warmem Wasser ab. Nach einer halben Stunde Heulen war sie wieder ohnmächtig geworden.

Plötzlich schrak er zusammen. Etwas war anders, etwas hatte sich verändert. Er untersuchte Lottchen eingehend.

„Carmen!", rief er.

Sie kam sofort: „Ja?"

„Schau!" Er hob Lottchen aus dem Wasser.

„Was ist?" fragte Carmen.

„Die Regeneration hat aufgehört", flüsterte Frank. „Der körperliche Verfall setzt wieder ein!"

Weitere Clanmenschen kamen hinzu, alarmiert von Franks Ruf.

„Was ist mit Charlotte?", fragte Bernhard.

„Ihr Körper verfällt wieder", sagte Carmen. „Sie geht von uns. Endgültig!"

„Wir müssen es aufhalten", drängte Frank. „Irgendwie!"

„Es geht nicht, Herr Reuter", sagte Carmen. „Charlottes Abwehrkräfte waren zu schwach. Sie regeneriert sich nicht selbstständig. Sie wird sterben." Die Frau schauderte. „Aber zuvor wird sie ein Vampir! Sie wird Nacht für Nacht aufwachen, gepeinigt von grausigen Schmerzen und einem unstillbaren Durst nach Blut. Nur wenn sie viel frisches Menschenblut trinkt, werden die Schmerzen für einige Zeit nachlassen und ihr Körper wird sich regenerieren. Danach muss sie wieder trinken. Sie wird solange Menschen anfallen, bis sie irgendwann am Blut krepiert."

„Aber sie hatte Schmerzen, als sie mein Blut schluckte", sagte Frank.

„Das ist nur am Anfang so", sagte Bernhard. Er betrachtete Charlotte. Sie lag halb bewusstlos in Franks Armen lag. „Es ist wie mit den meisten tödlichen Drogen. Beim ersten Mal ist es noch schlimm und es geht einem dreckig, aber danach kann man nicht mehr davon lassen."

„Wie Zigaretten und Alkohol", erklärte Carmen.

„Oder Heroin", sagte Bernhard.

Lottchen wachte auf. Sie holte keuchend Luft und krümmte sich zusammen. Ein Hustenanfall schüttelte sie.

„Frank!", keuchte sie und klammerte sich an ihm fest. „Liebfrank, ich habe Durst! Schrecklichen Durst!"

Frank schnürte es die Kehle zusammen. Er sah Lottchen als wahnsinniges Vampirkind durch die Nacht streifen, immer auf der Jagd nach neuen Opfern. Er sah sie bei Sonnenuntergang aus einem unruhigen Tagesschlaf erwachen, zusammengekrümmt vor Schmerzen. Sie würde wissen, dass es nur eine einzige Möglichkeit gab, die entsetzliche Pein zu lindern. Mit dem Instinkt eines Raubtiers würde sie sich auf die Suche machen und Menschen anfallen. Sie würde so werden wie die Monster in den Hollywoodfilmen.

„Ich habe solchen Durst", keuchte Charlotte. „Ich muss trinken!"

Franks Herz krampfte sich zusammen. Er schaute zu den Clanleuten auf. Sie standen weinend um ihn und Lottchen herum. Diesmal weinte auch Frank.

„Lottchen!", schluchzte er. „Um Himmels willen! Ich will dich nicht verlieren!"

Bernhard legte ihm die Hand auf die Schulter: „Es gibt keine Rettung mehr, Herr Reuter. Es ist aus!"

*

Frank traf eine Entscheidung: „Nein, Bernhard! So schnell gebe ich nicht auf! Sie will trinken? Sie soll trinken! Habt ihr Gemüsebrühe?"

Die Clanleute starrten ihn verständnislos an.

„Ihr werdet doch wissen, was eine Gemüsebrühe ist!", rief Frank.

„Ich kümmere mich darum", sagte Carmen Fabray.

„Bringt mir solange was anderes!", befahl Frank. „Na los! Steht nicht rum wie Ölgötzen! Bringt mir was zu essen!"

„Wir haben Bananen da", sagte eine Frau.

„Her damit!", verlangte Frank. „Zuerst eine Banane!"

Die Nachtleute kamen in Bewegung. Neue Hoffnung keimte in ihnen auf. Der Liebmensch ihrer Königin schien zu wissen, was zu tun war. Vielleicht gab es eine Chance.

Die Frau brachte eine Banane.

„Schälen!", blaffte Frank.

„Hier, die Banane."

Frank brach ein Stück ab und hielt es Charlotte hin.

„Neiiiin!", jammerte das Kind. „Ich kann nicht essen! Es brennt so!"

„Du musst!", rief Frank. „Iss! Sonst wirst du sterben!"

Lotte presste die Lippen zusammen. Frank hielt ihr die Nase zu. Charlotte kämpfte, aber schließlich musste sie den Mund aufmachen, um Luft zu holen. Flugs stopfte Frank ihr das Stück Banane hinein. Er passte höllisch auf, dass sie ihn nicht mit den Zähnen erwischte. Frisches Blut würde sie garantiert in wilde Raserei treiben.

Lotte versuchte, die Nahrung auszuspucken. Frank hielt ihr den Mund zu.

„Iss das!", befahl er.

„Hgllrgmpf!", machte Charlotte.

Frank schüttelte sie.

„Kau und schluck!", schrie er. „Verdammt noch mal, schluck das Zeug, sonst gehst du tot!"

Charlotte traten die Augen aus dem Kopf. Krampfhaft schluckte sie.

„Jawoll! Runter damit! So ist es gut, Lottchen!"

Sie schrie laut auf.

„Es tut so weh! Es verbrennt mich!", schluchzte sie.

Schon schob Frank ihr ein neues Stückchen Banane in den Mund.

„Nein!", heulte Charlotte. „Ich kann nicht. Bitte!"

„Runter damit!", brüllte Frank. „Los!" Er hielt das Kind eisern fest.

Lotte kaute und schluckte. Dabei schluchzte und schrie sie in einem fort. Sie wand sich vor Qual. Doch Frank kannte keine Gnade. Es war nicht zu ändern, dass es wehtat. Charlotte musste Nahrung zu sich nehmen.

Kaum hatte Lotte geschluckt, zwang er ihr ein neues Stück Banane auf.

Wenn der Versuch fehlschlägt, wird der Schmerz sowieso nie wieder von ihr gehen, dachte er voller Grauen. Bitte, Gott, hilf mir. Ich will Lottchen nicht verlieren.

Carmen Fabray kam mit einem Babyfläschchen zu ihm: „Die Gemüsebrühe ist fertig. Ich habe sie ein wenig abgekühlt."

„Das ging aber fix!"

„Ich habe sie eine halbe Stunde lang gekocht."

So lange?! Kämpfte er wirklich schon dreißig Minuten mit Lotte?

„So, hier ist was Feines zu trinken, Lottchen. Das gibt dir Kraft."

Sie riss die Augen auf. „Nein! Ich kann nicht mehr!", heulte sie.

„Du musst!", sagte Frank resolut.

„Neiiiiin! Es brennt so schrecklich!" Lottchen klammerte sich schluchzend an ihm fest.

„Bitte, bitte, Liebfrank, tu mir nicht mehr weh!", flehte sie unter Tränen. „Bitte, bitte, bitte!"

„Du musst! Du wolltest doch trinken!" Frank stopfte ihr erbarmungslos den Sauger der Flasche in den Mund: „Runter damit!"

Charlotte gab ein Gurgeln von sich. Sie verfiel in konvulsivische Zuckungen.

„Es tut mir leid, Schatz, aber du musst das trinken", sagte er unter Tränen.

„Hrrrglglll!"

„Behalt es bei dir! Wenn du kotzt, stopf ich dir alles wieder rein!" Frank litt mit Charlotte, aber er konnte ihr die Qualen nicht ersparen. Durch einen Tränenschleier sah er, dass die Clanleute ebenfalls weinten. Er verlor jedes Zeitgefühl im Kampf mit Lotte. Sie wand sich. Sie schrie. Sie schluchzte. In ihrer Pein machte sie unter sich. Aber Frank gab erst Ruhe, nachdem sie das ganze Fläschchen Gemüsebrühe getrunken hatte.

„So, Schatz, jetzt ist es gut. Du hast alles ausgetrunken. Das hast du fein gemacht", lobte er.

Sie lag schluchzend in seinen Armen.

„Nicht mehr trinken!", bettelte sie. „Bitte, Liebfrank!"

„Nein, du brauchst nicht mehr zu trinken, Lottchen."

Frank schaute zu Carmen Fabray hoch: „Sie hat sich nass gemacht. Ich muss sie waschen. Machst du mir die Wanne fertig?"

Sie nickte stumm und machte sich an die Arbeit.

Frank zog Lotte aus und wusch sie in der Wanne. Danach trocknete er sie ab, steckte sie in ein frisches Nachthemd und brachte sie zum Bett.

„Au! Nicht hinlegen!", jammerte sie. „Es tut weh! Halt mich fest, Liebfrank."

Er setzte sich mit Lottchen auf den Bettrand. Er hielt sie in den Armen. „Beruhige dich, Lottchen. Es wird alles gut. Du hast gegessen. Bald geht es dir besser."

Carmen kniete vor ihnen auf dem Boden. Sie untersuchte Lottes nackte Füße. „Die Haut hört auf zu schuppen. Sie löst sich nicht länger auf." Sie schaute Frank an, pure Dankbarkeit strahlte aus ihren Augen. „Der Regenerationsprozess kommt wieder in Gang! Du hast es geschafft, Tagmann!"

„Frank. Mein Name ist Frank."

Die Clanleute murmelten durcheinander. Neue Hoffnung kam auf. Der Predator, der gefürchtete Fleischfresser, rettete Regina Charlotte! Die Königin würde leben!

„Frank Reuter, wir danken dir", sagte Bernhard. „Ohne dich wäre unsere kleine Königin gestorben."

„Es stand auf Messers Schneide", sagte Frank. Er war traurig. „Habt ihr denn nichts dazugelernt, damals, als das mit Daniel Hardenbrunn passierte? Lottchen hat mir erzählt, ihr würdet so etwas nie mehr zulassen, und doch habt ihr es getan!"

Die Clanleute schauten beschämt zu Boden. Charlotte hing weinend an Frank.

„Hör auf zu weinen, Liebes", sagte Frank. „Versuche dich zu beruhigen."

„Es brennt so", weinte Charlotte.

Frank nahm sie fest in die Arme und küsste ihr Gesicht: „Komm, Lottchen! Gehen wir fort! Fort aus der dunklen, toten Nacht. Komm mit mir raus vor die Tür! Die Sonne scheint. Hörst du, wie die Vögel singen?" Lottchen wurde ganz still.

„Da! Direkt vor uns beginnt ein Fußpfad. Er ist so schmal, dass wir hintereinander gehen müssen. Heller, ockerfarbener Sand, Lottchen. Wo die Sonne hinscheint, ist er hell und glitzert und er ist ganz warm und pudrig. Im Schatten ist er dunkler, so braun wie die Rinde einer Buche und er ist kühl und feucht. Spürst du es unter deinen nackten Sohlen?"

„Ja", hauchte sie. Sie sah ihn mit großen Augen an.

„Der Pfad führt durch eine Wiese", fuhr Frank fort. Das Gras ist hellgrün, es strahlt im Sonnenlicht. Es ist kurz, nur eine Handbreit hoch. Du kannst darüber laufen. Wenn du die Füße schleifen lässt, kitzelt es zwischen den Zehen. Ein

Stück weiter weg sind die Halme höher und das Grün ist dunkler, saftiger. Die Halme wiegen sich im Wind wie Tänzerinnen.

Der Pfad führt nicht geradeaus, er schlängelt sich wie ein kleiner Bach durch die Wiese. Überall blühen Blumen im Gras. Kleine Gänseblümchen mit dottergelben Gesichtern und einem Kragen aus weißen Blütenblättern, so weiß, dass sie im Sonnenlicht gleißen. Daneben steht Vergissmeinnicht. Seine winzigen Blüten sind blau, blassblau wie der Himmel an einem kühlen Sommertag, und daneben steht Löwenzahn, mit gezackten grünen Blättern. Seine Blüten sind buschige Teller aus leuchtendem Gelb. Siehst du die Blumen, Lottchen?"

Lottchen nickte. Sie war mucksmäuschenstill.

Frank ließ seiner Fantasie freien Lauf. Er benutzte seine schriftstellerische Gabe, um eine blühende Frühlingswiese entstehen zu lassen. Er erfüllte die Landschaft mit Farben, Geräuschen und Gerüchen.

Als er aufblickte, standen die Clanleute schweigend um sie herum. Sie hingen an seinen Lippen. Sie tranken seine Worte.

Frank belebte die Wiese mit Insekten, ließ braune Honigbienen, gelbschwarze Wespen und dicke schwarze Hummeln mit roten Hintern über die Blumen fliegen. Vögel landeten auf dem Pfad. Frank hatte nicht gewusst, wie viele verschiedene Braun und Grautöne ein simpler Sperling aufzuweisen hatte. Er brauchte fast drei Minuten, um den kleinen Gesellen mit den munteren schwarzen Knopfaugen zu schildern.

Lottes Körper wurde bleischwer in Franks Armen. Sie war eingeschlafen. Frank legte sie aufs Bett und deckte sie zu.

„Schlaf schön, Prinzessin", flüsterte er und strich zärtlich über Lottes Haar. „Der Schlaf kennt keinen Schmerz. Er bringt Heilung. Ich wache über dich, Lotti. Ich bin immer da."

Frank sah auf seine Armbanduhr. Draußen brach der neue Tag an.

„Geht schlafen", sagte er zu den Clanleuten. „Ich passe auf sie auf."

Bernhard wollte etwas erwidern.

„Nächste Nacht müsst ihr fit sein", sagte Frank. „Dann brauche ich euch vielleicht. Carmen?"

Sie nickte: „Frank hat recht. Wir werden schlafen gehen."

Bernhard blieb kurz bei Frank stehen: „Danke. Es ist für einen Nachtmenschen praktisch unmöglich, eine Tagesperiode lang wach zu bleiben, selbst wenn wir uns in einem geschützten Raum aufhalten. Wir sind nicht wie ihr, die ihr in euren Fabriken Nachtschichten macht. Ohne Tagschlaf werden wir krank."

„Ich weiß", sagte Frank. „Charlotte hat es mir erzählt und es steht auch in dem Buch von Clodevig von Clairvaux."

Carmen berührte ihn am Arm: „Und du, Frank? Du hast zwei Nächte durchgemacht." Es war das erste Mal, dass ihn jemand vom Clan anfasste. Eine unsichtbare Veränderung ging mit den Nachtleuten vor sich. Plötzlich hatte Frank nicht länger das Gefühl, als würden sie vor ihm zurückweichen.

„Ich komme klar", sagte Frank. „Ich schlafe zwischendurch immer mal ein bisschen. Wenn Lottchen mich braucht, wache ich auf. Meine Rasse kann das, jedenfalls eine gewisse Zeit lang. Macht euch keine Sorgen. Ich passe gut auf eure Prinzessin auf. Und falls es nächste Nacht eng wird, habe ich das hier." Er holte ein Filmdöschen aus der Tasche. „Das fahre ich schon ewig im Handschuhfach meines Autos spazieren. Käme garnicht gut bei einer Polizeikontrolle."

„Was ist das?" fragte Bernhard.

„Eine ganze Dose voll bestes Kawumm. Eine von den kleinen Pillen, und ich bin munter wie ein Fisch im Wasser. Vor einigen Jahren hatte ich mal eine Phase, da stärkte das Zeug meine Konzentration. Es macht halt wunderbar wach. Ich konnte ganze Nächte durchschreiben."

Carmen war bestürzt: „Ecstasy!"

„So ein paar Amphetamine haben noch keinem geschadet", meinte Frank lakonisch. „Man darf es nur nicht übertreiben. Guten Tag allerseits."

*

Frank schleppte sich durch den Tag. Jemand hatte ihm ein Klappbett aufgebaut, auf dem es sich bequem lag. Er schlief unruhig, immer wieder von Charlotte geweckt. Wenn er dann hochschreckte, stellte er fest, dass sie im Schlaf gejammert hatte und nicht aufgewacht war.

Frank konnte nicht feststellen, ob der Heilungsprozess weiterlief, oder ob es ihm lediglich gelungen war, den körperlichen Verfall aufzuhalten.

Gegen Abend erwachte er aus einem kurzen Schlaf, als Carmen Fabray ihn an der Schulter fasste.

Sofort ruckte er hoch: „Ist etwas mit Charlotte?"

„Nein, sie schläft. Wie fühlen Sie sich, Frank?"

„Bescheiden!" Er stand auf. „Ich würde gerne mal duschen. Ich stinke wie ein Bock."

„Den Flur hinunter, die letzte Tür rechts. Ich habe Kleider in passender Größe zurechtgelegt. Man wird Ihre Kleidung waschen."

„Das nenne ich Service", sagte Frank. Grinsend verschwand er.

Als er frisch geduscht zurückkam, waren auch andere Clanleute in Lottchens Zimmer. Und drei Siamkatzen.

„Jai", sagte Frank. Er grinste. „Sie sind hier überall. Sie schleichen durch alle Zimmer."

„Die Jai sind uns heilig", sagte Carmen. „Sie beschützen uns."

„Hat jemand jemals diese 'Dunklen' gesehen?", fragte Frank.

„Nein", antwortete Carmen. „Aber wir glauben daran und deshalb halten wir die Jai heilig."

Noch so eine blöde, verknöcherte Tradition!, dachte Frank. Ich wette, die ist mindestens fünftausend Jahre alt und völlig unnütz!

„Hübsche Klamotten habt ihr mir da ausgeliehen", meinte er. „Nur ein wenig zu einfarbig für meinen Geschmack. Habt ihr nichts anderes als Schwarz und dunkle Erdtöne?"

„Damit ist man im Dunkeln am besten getarnt", sagte Bernhard. „Sie sehen angegriffen aus, Frank."

„Das haben wir gleich." Frank nahm eine seiner kleinen Pillen ein. „Um eins heute Nacht nehme ich noch eine. Damit funktioniere ich wie ein Uhrwerk."

Charlotte regte sich.

„Sie wacht auf. Ich hole Gemüsebrühe", sagte Carmen. „Es ist auch Obst und Gemüse da."

„Alles, was weich ist und leicht runterrutscht", sagte Frank. „Bananen und Tomaten wären gut. Lottchen braucht Vitamine."

Als Charlotte das Essen sah, fing sie sofort an zu weinen. „Liebfrank, nicht schon wieder! Bitte nicht! Es tut so weh!"

„Lottchen, du musst essen, sonst stirbst du. Ich weiß, dass es wehtut, aber du wirst das alles essen." Frank zeigte auf eine Banane und zwei Tomaten.

Lotte verlegte sich aufs Betteln: „Bitte nicht! Tu mir nicht weh, Liebfrank!"

Frank hielt ihr eine Tomate hin: „Iss!"

„Nein!" Charlotte flehte. Sie bettelte. Sie wimmerte.

Frank wurde übel vor Schmerz und Mitleid, aber es gab keinen anderen Weg. Die Clanleute hatten gesagt, dass es kein Mittel gab, um Lottes Schmerz zu lindern, außer ihrer Selbstheilungskraft. Sie musste essen und trinken.

„Dann halt auf die harte Tour!" Er packte Charlotte mit eisernem Griff. Die umstehenden Nachtleute schrien entsetzt auf, Lottchen schrie noch viel lauter. Sie wand sich, aber es gab kein Entkommen. Frank trichterte ihr die erste Tomate ein, dann musste sie Brühe trinken, dann kamen die Banane und die zweite Tomate. Dann der Rest der Gemüsebrühe.

Lotte weinte und schrie, aber sie aß. Bei der Gemüsebrühe hörte sie auf zu trinken und fiel in Ohnmacht.

Bernhard von Revelin-Lorraine sah zu, wie der Tagmensch die kleine Königin aufs Bett legte. Carmen Fabray untersuchte sie.

„Sie regeneriert", teilte sie mit. „Es geht langsam, aber es kommt in Gang."

Bernhard weinte vor Erleichterung. Der Tagmensch hatte es vollbracht. Keiner vom Clan hätte das gekonnt. Niemand wäre imstande gewesen, das Kind zum Essen zu zwingen, nicht bei den entsetzlichen Schreien Charlottes. Aber der Tagmensch hatte seine Ohren und sein Herz verschlossen und Lottes Widerstand gebrochen. Er hatte ihr Furchtbares angetan, um sie zu retten, und es funktionierte.

Bernhard beobachtete, wie Frank Reuter eine weitere Pille nahm. Die Droge würde seinen Körper aufpeitschen und der Tagmann würde weit über seine Grenzen hinausgehen. Er riskierte seine Gesundheit, ja sein Leben für Charlotte von Revelin-Lorraine. Es war die Eigenart seiner Rasse, so zu handeln. Das hatte sie zur mächtigsten Lebensform auf dem Planeten werden lassen.

Nach einer Stunde wachte die Regina auf. Schon hielt der Tagmensch neues Essen parat.

Charlotte schaute ihn auf weit aufgerissenen Augen an: „Liebfrank!" Alle Qual, alle Angst lagen in diesem einen Wort.

„Bitte nicht!", flehten ihre Augen. Niemand vom Clan hätte dagegen angehen können.

Doch der Predator, das Raubtier, der Fleischfresser, konnte.

„Iss!", befahl er.

Und die kleine Regina aß. Sie weinte vor Schmerz in Frank Reuters Armen, aber sie tat, was er verlangte. Eines stand fest: Die Verbindung zwischen Charlotte und dem Tagmenschen war zu tief, um unterbunden zu werden. Und wenn er ehrlich zu sich selbst war, konnte Bernhard das hinnehmen. Wenn er zusah, wie der Mann das Kind säuberte, ohne sich zu ekeln, wenn er Lotte tröstete, begann Bernhard von Kestrel-Lorraine Achtung für Frank Reuter zu empfinden.

Bernhard beobachtete Charlotte beim Essen. Sie stellte sich nicht mehr an, als ob sie lebendig gegrillt wurde. Die Regenerierung hatte eingesetzt. Zwar sah man ihr an, dass sie Schmerzen hatte, aber sie aß tapfer. Anschließend lag die kleine Regina in Frank Reuters Armen und blickte zu ihm auf: „Mach die Wiese, Liebfrank!"

Und der Predator begann, das Wunder zu vollbringen. Seine Augen lagen tief in den Höhlen vor Müdigkeit, trotz der Droge, die er benutzte. Bernhard konnte seine Erschöpfung beinahe körperlich spüren, und doch vollbrachte er das Wunder. Er begann mit Worten den Tag zu weben, ließ die Erde in strahlender Sonne vor den Augen der Clanmenschen erscheinen. Bernhard hing genauso atemlos an den Lippen Frank Reuters wie alle anderen.

*

Bei Sonnenaufgang schlief Lottchen ein. Diesmal würden die Schmerzen sie nicht wecken. Das wusste Frank. Die Regeneration ihres Körpers hatte inzwischen mit voller Geschwindigkeit eingesetzt.

Endlich mal ausschlafen, dachte Frank. Er brauchte den Schlaf. Er war verdammt fertig.

*

In den folgenden Tagen ging es aufwärts mit Charlotte. Anfangs war sie schwach und schlief viel, doch schon nach drei Tagen ging sie nach draußen, um Blut zu nehmen. Sie war noch wackelig auf den Beinen, aber sie ging. Und sie nahm IHN mit, den Predator. Er trug sein Silbermesser und eine geladene Pistole. Der Clan stand unter Schock. So etwas hatte es noch nie gegeben. Niemand hatte Begleitung, wenn er ging, um Blut zu nehmen. Die Nachtmenschen fühlten, wie ihre Welt ins Wanken geriet. Aber sie waren machtlos.

Sie konnten nichts dagegen unternehmen. Stattdessen lungerte jeder, der es einrichten konnte, am Eingang von Charlottes Zimmer herum und lauerte darauf, dass der Tagmann für die Regina den Tag weben würde. Niemand vom Clan mochte auch nur ein einziges Wort versäumen!

*

Matze Tintenfess fuhr zu Christina. Sie wohnte noch immer im Haus ihres Bruders. Frank hatte sich in den letzten Tagen mehrere Male über sein Handy gemeldet. Er hatte einen harten Kampf mit Lottchen gehabt, aber jetzt ging es ihr besser und sie kam rasch wieder zu Kräften. Mit keinem Wort verriet Frank, wo er sich aufhielt.

Guter Junge, dachte Matze. So gewinnst du den Respekt der Clanleute.

Er freute sich auf Christina. Er war bei einem Bekannten in Erbach gewesen und hatte ihm geholfen, im Keller eine Badewanne zu setzen, dort sollte ein zusätzliches Bad entstehen. Es war immer gut, Bekannten zu helfen, dann hatte man Leute an der Hand, wenn man selber mal Hilfe brauchte. Aber es war verdammt spät geworden. Es ging auf halb elf zu. Beim Werkeln im Keller hatten sie nicht bemerkt, dass es draußen dunkel geworden war.

Matze parkte vor Frank Reuters Haus.

Als er an der Haustür klingelte, rief es von drinnen: „Wer ist da?"

„Ich bin's, Matze."

Die Tür schwang auf.

„Gott sei Dank, dass du da bist!", rief Christina. „Wir wollten anrufen, aber du hast dein Mobiltelefon vergessen und das von Frank ist abgeschaltet." Sie und Conny sahen verängstigt aus.

„Was ist los?", fragte Matze.

Christina hatte es eilig, die Haustür hinter ihm zu verschließen.

„Da war etwas, Matze!", sagte sie. „Draußen hinterm Haus. Wir wissen nicht, ob es noch da ist."

„Es? Was meinst du? Ein Tier? Ein Hund vielleicht, der im Garten rumstromert?" Matze lief durchs Haus nach hinten.

An der Tür zur Terrasse hielt Christina ihn zurück: „Matze, ich weiß nicht, was es war, aber es war ganz sicher kein Hund. Es war ... es war ..." Sie rang nach Worten.

Matze öffnete die Tür.

„Es war unheimlich!", sagte Conny. Sie fröstelte, obwohl es warm war. „Wir hörten Geräusche und wollten nachsehen. Wir gingen auf die Terrasse. Es war windig, und die Büsche rauschten. Trotzdem hörten wir, dass etwas auf dem Grundstück herumschlich."

„Was für ein Etwas?", fragte Matze. Er starrte in den nachtdunklen Garten. „Ihr habt sicher ein Tier gehört, einen Hund oder eine Katze."

„Das war weder ein Hund noch eine Katze", sagte Christina. „Dazu war es zu groß. Wir haben einen Schatten an der hinteren Gartenmauer gesehen und er gab

Knurrlaute von sich und er keuchte. Ganz leise nur. Es war zum Fürchten. Wir sind sofort wieder ins Haus zurück und haben die Tür verriegelt."

„Es war ein Wildschwein, das sich ins Wohnviertel verirrt hat", sagte Matze. „Der Wald ist nicht fern. Es war gut, dass ihr gleich ins Haus zurück seid. Mit den Viechern ist nicht zu spaßen."

Christina blickte ihn eindringlich an: „Das war kein Wildschweingrunzen. Es klang ganz anders, und das Ding im Garten war zu groß für ein Wildschwein."

„Außerdem schien es von jenseits der Gartenmauer Antwort zu bekommen", fügte Conny hinzu. „Doch das Schlimmste war der Geruch! Es roch irgendwie faulig und krank."

„So habe ich mir als Kind in meinen Albträumen den Gestank des Aussätzigen vorgestellt", sagte Tina. „Er lauerte im Keller auf mich oder hinterm Haus unter der Treppe zum Hof."

„Scheiße!", flüsterte Matze. Er fühlte, wie sich die kleinen Härchen in seinem Nacken aufrichteten. „Wir müssen Frank warnen!" Er schaltete sein Mobiltelefon ein und wählte das Telefon von Frank Reuter an.

„Franks Telefon ist aus", sagte Christina. „Matze, was ist?"

„Ich muss Frank unbedingt erreichen! Er und Lottchen sind in Gefahr!" Matze lief im Zimmer auf und ab wie ein Tiger im Käfig: „Denk nach, Matze Tintenfess! Was kannst du tun?", fragte er sich selbst. „Die geheimen Verstecke abzuklappern dauert zu lange und wer weiß, wie viele alte Unterkünfte aufgegeben wurden und welche neu dazukamen! Ich *muss* ihn anrufen! Hah!"

Matze drückte eine neue Telefonnummer in sein Mobiltelefon ein.

„Matze! Was ist? Sag doch!", drängte Christina.

„Scht!", zischte Matze. Er lauschte auf das Tuten des Telefons. „Nun geh schon ran! Es ist Nacht! Du bist wach!"

Eine leise Stimme meldete sich: „Ja?"

„Ich bin's. Der Mann, der den Tag webt."

„Oh. Hallo."

„Hör zu! Ich habe nicht viel Zeit. Es gibt eine undichte Stelle im Revelin-Clan. Einer von euch hat gesungen. Die Königin ist in höchster Gefahr. Du weißt, wo sie ist."

„Ich werde es dir nicht sagen, Tagmensch. Das weißt du."

„Darum geht's nicht!", rief Matze. „Ich brauche die Telefonnummer von dort! Schnell!"

„Es sind viele gute Leute bei der Regina. Sie passen auf. Von welcher Gefahr redest du?"

„Strigoi!"

„Oh, mein Gott! Nein!"

„Doch!", sagte Matze. „Sie waren hier in Bexbach, beim Haus, in dem Charlotte lebte. Du weißt, dass sie immer alle Orte abschleichen, bevor sie zuschlagen. Wenn sie Frank Reuters Haus kennen, wissen sie auch, wo Frank und Charlotte jetzt sind. Ihr habt einen Verräter unter euch! Also her mit der Nummer! Ich verpfeif dich nicht! Mach dir nicht ins Hemd!"

Die Stimme nannte eine Telefonnummer.

„Danke, mein Freund. Ich melde mich bald wieder bei dir und erzähle für dich." Matze drückte das Gespräch weg und wählte die neue Nummer.

„Was bedeutet Strigoi?", fragte Christina.

„Gespenst", sagte Matze. „So nennt man in Rumänien die Vampire."

Am anderen Ende der Leitung wurde abgehoben: „Ja bitte?"

„Matze Tintenfess, der Freund von Frank Reuter. Ist er bei Ihnen?"

„Was meinen Sie? Ich verstehe nicht. Ich kenne keinen Mann mit diesem Namen. Sicher haben Sie sich verwählt."

„Sabbel nicht rum!", rief Matze. „Ich weiß, dass die Regina bei euch ist, und wo die ist, ist Frank! Sie sind unterwegs zu eurem Versteck! Die Strigoi waren hier bei Franks Haus und haben rumgeschnüffelt. Sie kommen zu euch! Ihr habt eine undichte Stelle! Die Vermummten sind auf Lottchens Spur!"

Christina schlug die Hände vor den Mund.

„Um Gottes willen!", quäkte es aus dem Telefon.

„Ihr müsst euch sofort verbarrikadieren", sagte Matze.

„Sie sind draußen!", sagte die Stimme im Telefon. „Frank Reuter und Charlotte sind hinausgegangen in den Wald. Charlotte muss Blut nehmen."

„Scheiße!" Matze wurde blass. „Hat er sein Mobiltelefon dabei?"

„Nein, es liegt hier im Haus. Es ist abgeschaltet."

„Schick Leute los, um die beiden zu suchen!", rief Matze. „Und dann müsst ihr ... hey! Hallo? Hallo!"

Matze starrte das Handy an.

„Unterbrochen!", flüsterte er. „Jemand hat die Telefonleitung bei den Clanleuten gekappt! Sie sind dort! Die Vermummten greifen das Versteck des Clans an."

*

Frank und Lottchen kamen aus dem Wald. Lottchen hatte ein Reh besucht.

„Deine Leute haben voll den Waffeldreher gekriegt, als ich mit dir mitging", sagte Frank. Er grinste. „Die haben geguckt wie rostige Hustenbonbons. Warum sagst du ihnen nicht, dass ich auf dem Waldweg warte, während du zu einem Tier gehst?"

Das kleine Mädchen blickte zu ihm auf. Ihre Augen glänzten im Mondlicht: „Es hat mich ja keiner gefragt." Sie lächelte.

Frank lachte auf. „Den Sarkasmus hast du dir bei mir abgeschaut", sagte er. „Du bist ein raffiniertes kleines Biest, weißt du das?"

„Nein, Liebfrank", sagte sie und sah dabei so weise wie eine Fünfzigjährige aus. „Es ist nicht meine Schuld, wenn sich die Leute etwas Dummes ausdenken. Sie tun sich selber weh, mit ihrem doofen Verdacht. Der Narr bestraft sich selbst."

Frank war baff. Obwohl er Charlotte schon so lange kannte, erstaunte sie ihn immer wieder. Sie hatte die Seele eines sechsjährigen Kindes, aber ihr scharfer Verstand war ihrer körperlichen Entwicklung um Jahre voraus. Kein Kind von Tagmenschen hätte so geredet.

Ihre Antwort war einer Königin würdig, dachte Frank. Zum ersten Mal fragte er sich, ob Lottchens Frühreife normal für ihre Rasse war, oder ob nur die Reginas, die genetischen Königinnen, darüber verfügten.

Sie kamen unter den Bäumen hervor. Ein schmaler Fußpfad schlängelte sich durch eine Wiese, die im Mondlicht wie ein See aus gekräuseltem Silberpelz vor ihnen lag. Es war eine klare Nacht. Millionen von Sternen funkelten am Himmel.

„Wie schön", sagte Frank. Er blieb stehen. „All die weißen Lichter dort oben, die Sterne! Den Anblick habe ich schon als kleiner Junge geliebt. Ich wollte Sternenforscher werden."

Charlotte starrte Frank an: „Weiß?"

„Ja. Die Sterne. Sie sind weiße Lichtpunkte im schwarzen Samt des Himmels, schimmernde Diamanten am Firmament."

Lotte schaute betroffen. Sie streichelte Franks Hand: „Du kannst es nicht sehen, Liebfrank. Du Armer!"

„Was meinst du damit, Lottchen?"

„Sie sind nicht weiß, Frank. Sie sind bunt. Sie schimmern in allen Farben. Und der Himmel ist nicht schwarz, er hat auch Braun und Rottöne und er bewegt sich, ganz tief innen drin. Ich kann das sehen. Du nicht?"

„Nein", antwortete Frank verblüfft. „Ich sehe tiefste Schwärze, das absolute Nichts, und darauf blinken die Sterne."

„Ich kann ihre Farben sehen", sagte Lottchen. „Und sie sind unterschiedlich weit weg, das erkenne ich genau. Ich kann ganz tief in den Himmel hineinblicken und er bewegt sich, Frank. Als ob dort Leben wäre." Sie streichelte Franks Hand. „Du Armer! Jetzt weiß ich, warum sie euch Oarba nennen, Blinde. Ihr könnt im Dunkeln nicht sehen. Ihr erkennt nur Schemen."

Frank lächelte: „Ich glaube, ihr Clanleute habt es doch nicht so schlecht getroffen, Prinzessin. Ihr seht die nächtliche Welt ganz anders als wir Tagleute. Ihr seht viel mehr, nicht nur, was Hell und Dunkel angeht."

Sie setzten sich in Bewegung und folgten dem Pfad, der zu dem Gebäude am Fuß des Hügels führte.

Frank fragte sich, wie Lottchen die nächtliche Landschaft sah. Er dachte an die Bilder, die sie gezeichnet hatte. Sie hatte großes Talent, Menschen, Tiere und Dinge naturgetreu zu zeichnen, aber sie hatte sie nie inmitten einer Landschaft gemalt und die Figuren hatten eine eigenartige Farbgebung gehabt. Ob Charlotte auch Landschaften malen konnte? Frank wurde neugierig, wie Clanmenschen das Land bei Nacht sahen.

Lottchen drehte sich nach ihm um: „Frank, glaubst du ..."

Plötzlich riss sie die Augen auf. Blankes Entsetzen stand darin.

„Strigoi!", schrie sie.

Etwas Großes prallte gegen Franks Rücken, mit solcher Wucht, dass er vornüber stürzte. Er wollte sich aufrappeln, da fiel etwas auf ihn und presste sein Gesicht in den Dreck. Rasender Schmerz schoss durch Franks linke Schulter.

Frank schlug um sich und rappelte sich hoch. Mit äußerster Kraftanstrengung gelang es ihm, unter seinem Angreifer hervorzukommen. Er versuchte, sich zur Seite zu wälzen.

Plötzlich schaute er in zwei gelbe Augen. Fauliger Gestank schlug ihm entgegen. Die Augen waren entfernt menschlich, aber der nackte Wahnsinn brannte in ihnen. Die gelbe Farbe kam von einer Schicht Eiter, der mit blutigen Schlieren durchsetzt war. Unter den Augen geiferte ein aufgerissener Mund, eine dunkle, blutige Höhle, aus der zwei Reihen Zähne herausragten. Vor allem von dort kam der höllische Gestank nach Fäulnis und Verwesung.

Der Kopf des Dings war mit Gazestreifen umwickelt. Dort, wo sie nackte Gesichtshaut

freiließen, sah Frank, dass sich diese in Streifen ablöste. Das Gesicht stieß ein Knurren aus und verströmte eine Wolke fauligen Geruchs, dass es Frank den Atem nahm. Brüllend vor Ekel schlug er die geballte Faust in das grausige Antlitz.

„Frank, pass auf!", schrie Lottchen. „Die Vermummten sind da!"

Frank sprang auf. Er drehte sich einmal um sich selbst. Ein Dutzend der vermummten Gestalten huschte über die mondbeschienene Wiese. Sie schlugen seltsame Kapriolen. Nicht eine der Kreaturen lief geradeaus. Sie trugen enganliegende dunkle Kleidung und jeder freie Quadratzentimeter Haut war mit Stoffstreifen umwickelt.

Sie versuchten, Charlotte zu fassen. Mit einem Aufschrei schoss sie vorwärts, mitten zwischen zwei der grässlichen Dinger hindurch, und verschwamm mit der Dunkelheit. Die Vermummten versuchten ihr zu folgen. Sie bewegten sich seltsam ruckelnd und machten immer wieder abrupte Seitwärtsbewegungen.

Sie können nicht mehr richtig vordenken, schoss es Frank durch den Kopf.

Es stimmte. Der Wahnsinn störte das Vordenken der Kreaturen. Sie wankten wie Betrunkene umher und konnten Lottchen nicht recht folgen. Jedes Mal, wenn ein Vermummter mit der Nacht zu verschmelzen begann, tauchte er einen Schritt weiter wieder auf. Doch ohne Vordenken konnten sie Charlotte nicht richtig sehen. Sie blieb für die eitergetränkten Augen der Angreifer so unsichtbar wie für Frank. Oder doch nicht?

Frank erkannte deutlich ein System hinter den unkoordiniert ablaufenden Bewegungen. Die Vermummten schienen zu versuchen, Lottchen in die Zange zu nehmen.

Eine der Gestalten warf sich auf Frank. Der riss das Messer aus der Scheide und sprang zur Seite. Der Vermummte bleckte fauchend die Zähne.

Jesus! Hat das Vieh mich etwa in die Schulter gebissen?

Frank ließ den Angriff ins Leere laufen. Sein Gegner stoppte und fuhr herum. Plötzlich hielt er ein Messer in der Hand und stach damit nach Frank. Trotz allen Wankens und Schwankens bewegte er sich erschreckend flink. Frank parierte den Stich gedankenschnell mit seinem Messer. Er war froh, dass das silberbelegte Bowiemesser eine breite Parierstange hatte, die seine Hand schützte. Die Klingen prallten aneinander ab. Tschitting!, schallte es durch die Nacht. Frank legte eine halbe Drehung hin und riss das Messer hoch. Die Schneide zeigte nach oben. Mit einem Geräusch, das auf fürchterliche Weise saftig klang, fuhr die lange Klinge in den Bauch des Vermummten und schlitzte ihn bis zum Brustkorb auf.

Der Strigoi schrie laut auf, so schrill, dass es in den Ohren schmerzte.

Die anderen Vermummten fuhren herum. Als sie sahen, wie Franks Gegner zu Boden fiel, gingen sie gemeinsam auf den Tagmenschen los. Er steckte das Messer in die Scheide. Er zog die Pistole und lud hastig durch. Wo war Lotte? Er durfte sie nicht unabsichtlich treffen!

„Lottchen, ich muss schießen! Geh in sechs Uhr in Deckung!"

„Ich bin auf sechs Uhr, Frank!", gellte es aus der Dunkelheit hinter ihm.

Frank feuerte auf den nächstbesten Angreifer. Das Knallen des Schusses kam ihm seltsam leise vor über dem wahnsinnigen Geheul des Vermummten, der sterbend vor ihm auf dem Boden lag. Nur ein trockenes „Beff".

Der Schuss saß. Brustkorbtreffer. Der Vermummte kippte hintenüber und blieb reglos liegen. Frank schoss wieder. Und noch mal. Er landete meistens Treffer, aber die Strigoi ließen sich davon nicht beeindrucken. Sie rückten ihm gnadenlos auf die Pelle. Er musste zurückweichen. Mehrmals feuernd umrundete er die Angriffsspitze der Vermummten und hielt auf das Haus zu. Dabei hielt er den Blick immer auf die wankenden Gestalten gerichtet.

„Lottchen, wo bist du?"

„Auf sechs Uhr, Frank."

Gut! Frank erschoss einen weiteren Vermummten. Plötzlich teilten sich die Angreifer und umgingen Frank. Gestank erfüllte die Luft. Sie sind am Verwesen, dachte Frank voller Abscheu. Was immer sie getan haben, um zu Vermummten zu werden, es tötet sie. Es lässt sie bei lebendigem Leib verfaulen.

KLICK! Die Pistole schwieg. Mit fliegenden Fingern wechselte Frank das Magazin.

Er hörte Lottchen schreien und fuhr herum. Drei Strigoi warfen sich auf sie. Kurz bevor sie zusammentrafen, warf sich Lotte zu Boden und verschwamm mit der Nacht. Die Vermummten prallten gegeneinander. Frank sah einen dunklen Schemen über den Boden huschen. Sobald er sicher war, dass Charlotte aus der Gefahrenzone entkommen war, schoss er auf die drei Jäger.

Etwas fiel ihn von der Seite an und schlug ihm die Feuerwaffe aus der Hand. Knurrend schnappte ein blutiges Maul nach Franks Gesicht. Er versetzte dem Angreifer einen Stoß und zog das Silbermesser. Schon tauchte das knurrende Gesicht vor ihm auf. In den blutunterlaufenen Augen glühte Irrsinn. Eitriger Speichel troff von einem Kinn, von dem sich die Haut in Fetzen löste.

Frank warf sich vorwärts. Er rammte das Messer mitten in das Gesicht, das in der Dunkelheit schwebte. Gurgelnd brach der Strigoi zusammen.

Frank sicherte nach allen Seiten. Wo war die Pistole?

Wieder kamen zwei neue Gegner. Sie schossen von links und rechts auf ihn zu.

Sie trugen Messer. Frank blieb keine Wahl. Er setzte alles auf eine Karte und griff an. Er warf sich auf den von rechts kommenden Vermummten und zog ihm das Messer quer über den Bauch. Er spürte, wie heiße, schwabbelnde Gedärme über seine Hand glitschten. Aufheulend brach der Strigoi zusammen. Sein Kumpan griff Frank von hinten an. Frank wirbelte herum und parierte den Messerhieb. Die Klingen sangen beim Zusammenprall. Tschitting! Frank ließ sich zu Boden fallen und der verdutzte Angreifer hieb ins Leere. Er prallte mit den Schienbeinen gegen Franks geduckten Körper und fiel über ihn. Frank rollte sich herum, bis er über dem gestürzten Vermummten kniete und stieß ihm die Klinge des Messers bis zum Heft in den Rücken. Der Vermummte erstarrte.

Keuchend sprang Frank auf. Die Angreifer lagen allesamt tot oder sterbend auf der Wiese. Ich habe es geschafft, dachte er.

Im Augenwinkel bemerkte Frank eine Bewegung. Es waren Bernhard von Revelin-Lorraine und die Nachtleute. Sie kamen aus dem Haus und rannten auf ihn zu.

Dass Frank sich nach ihnen umdrehte, rettete ihm das Leben. Er spürte einen rasenden Schmerz in der Hüfte, als bohre ihm jemand einen glühenden Nagel in den Rücken.

„Frank! Pass auf!", schrie Lottchen aus der Dunkelheit. „Er hat ein Messer!"

Etwas huschte davon. Es drehte mitten im Lauf und kam in einer enger werdenden Kurve zurück. Das war kein Vermummter. Das war ein vordenkender Nachtmensch! Verzweifelt versuchte Frank der Bewegung des Angreifers mit den Augen zu folgen. Er war für Franks Augen so gut wie unsichtbar. Gegen einen solchen Gegner hatte er keine Chance. Er schlug um sich, zerschnitt mit der Klinge seines Silbermessers die Nachtluft. Direkt vor ihm erklang ein Kreischen. Etwas wich zurück. Frank starrte angestrengt. Wo war der Clanmann?

„Drei Uhr!", gellte Lottchens Stimme aus dem Dunkel. Frank drehte sich gedankenschnell in die richtige Position und stach in die Nacht. Ein lauter Schmerzensschrei zeigte ihm, dass er einen Treffer gelandet hatte.

„Er dreht ab!", schrie Lottchen. „Nach neun Uhr. Achtung! Er läuft einen Wirbel. Er kommt tief geduckt aus halb eins!" Frank warf sich herum, das Messer erhoben. Er wurde innerlich kalt. Es war wie beim Flugzeugspiel bei den Irren. Er vertraute Charlottes Anweisungen blind. Sie würde ihn zielsicher auf seinen Gegner lenken. Frank machte sich bereit, den Angreifer zu töten.

Plötzlich knallte es hinter ihm. Etwas raste fauchend an seiner Schläfe vorbei, eine Fahne rauchigen Geruchs hinter sich herziehend.

„Der nächste Schuss sitzt!", rief es hinter Frank. „Lass das Messer fallen und zeig dich, du feige Hyäne!" Das war nicht die normale Stimme von Charlotte. Diesen Klang hatte Frank noch nie gehört.

„Wird's bald! Oder willst du, dass deine Regina zur Mörderin wird!"

Ein wütender Aufschrei direkt vor Frank und dann tauchte ein breitschultriger Mann aus dem Dunkel, ein Koloss mit Ringerstatur. In der Hand hielt er ein Messer mit kurzer, gebogener Klinge. Sein linker Arm blutete und es roch nach verbranntem Fleisch. Dort hatte Frank ihn mit der Silberklinge erwischt.

Der Mann kreischte vor Wut: „Irina!"

„Ja", kam es aus der Nacht. „Ich bin aus meinem Gefängnis ausgebrochen und dir gefolgt, du Mörder! Ich werde niemals Regina des Anescu-Clans und aller anderen sein, wenn meine Füße im Blut meiner Schwester baden! Cristian von Anescu, du bist ein Lump! Ein Mörder!"

Frank drehte sich um. Lottchen stand dort, keine zwei Meter entfernt, und neben ihr ein Mädchen von vielleicht zehn Jahren. Es hielt Franks Pistole in der Hand. Die mit Silberkugeln geladene Waffe war auf Cristian von Anescu gerichtet.

„Nenn mich nicht Mörder!", brüllte der Mann. „Ich töte nicht!"

„Du bist auf diesen Menschen losgegangen."

„Das ist kein Mensch!" Der Fremde spuckte vor Frank aus. „Er ist Orb! Ein Blinder! Eine Tagkreatur! Ihn zu töten, ist keine Sünde, aber ich habe niemanden vom Clan getötet!"

„Dazu hast du ja die Strigoi, nicht wahr?"

Erst jetzt verstand Frank, wieso die Stimme so seltsam klang. Das fremde Mädchen und Charlotte sprachen gemeinsam. Sie redeten vollkommen synchron. „Du hast die Vermummten auf die zukünftige Königin des Revelin-Clans gehetzt. Das ist das Gleiche wie Mord. Cristian von Anescu, ich bin nicht länger dein Fleisch und Blut! Du bist nicht mehr mein Oheim! Ich werfe deinen Namen in den Dreck! Solange ich lebe, werde ich ihn nie wieder tragen und auch im Tode nicht! Du hast mich gegen meinen Willen gefangen gehalten. Ich sollte dir die Macht über die Clans bringen, als Regina unter deiner Fuchtel und unter der deiner widerlichen Frau Lucia von Goret-Anescu, die dich angestiftet hat! Und meinen Liebmenschen habt ihr von mir ferngehalten, bis er starb! Cristian von Anescu, du bist ein Nichts!"

Der Mann schrie auf. „Du bist mein Fleisch und Blut!", brüllte er. „Was ich tat, tat ich nur für dich! Es kann nur eine Königin geben! So ist das Gesetz!"

„Ich *bin* eine Königin!", sagten Charlotte und Irina synchron. „Wir sind eins!"

„Nein!", schrie der Clanmann.

„Doch!", antworteten die Mädchen. „Von heute an sind Charlotte von Revelin-Lorraine und Irina aus Rumänien wie Schwestern. Wir werden immer eins sein, sobald wir zusammentreffen."

„Niemals!", kreischte Cristian. „Nie darf diese verfluchte Krot des Revelin-Clans Regina werden!" Er verschwamm mit der Nacht und stürzte auf Lottchen los.

Frank sprang ihn an. Er erwischte ihn gerade noch an den Beinen und brachte ihn zu Fall. Cristian wand sich und stach mit dem Messer nach Frank. Er stach ihm in den Arm. Als Frank zurückwich, schoss der Clanmann in die Höhe, um über Charlotte herzufallen. Frank stellte sich ihm in den Weg. Der Mann stieß ihn einfach zur Seite. Gegen dieses Kraftpaket kam Frank nicht an. Er wechselte sein Messer in die linke Hand und fuchtelte damit.

Tatsächlich ließ sich Cristian von Anescu davon ablenken. Seine Augen folgten dem funkelnden Silber. So stark wirkte das brennende Metall auf ihn, dass er seine Tarnung nicht aufrechterhalten konnte. Für einen Moment wurde er deutlich sichtbar.

Frank nutzte die Chance und trat ihm mit aller Kraft in die Hoden. Grunzend ging der Nachtmensch in die Knie. Frank schlug ihm die geballte Rechte genau zwischen Oberlippe und Nase. Knochen knirschten.

Der Mann kippte nach hinten. Doch er fasste sein Messer mit beiden Händen, um sofort wieder anzugreifen. Frank wusste, dieser Mann würde niemals aufgeben. Mit einem Satz war er über ihm. Er rammte das Silbermesser in den Bauch seines Gegners und ließ es mit einer ausholenden Handbewegung zweimal im Kreis rotieren. Cristian bäumte sich schreiend auf. Er riss sein Messer in die Höhe.

Mitten in der Bewegung erstarrte er und krümmte sich zusammen. Er war tot.

Frank stand auf. Sein linker Arm wurde taub. Er sah sich hektisch um: „Waren das alle?"

„Nein", sagten Charlotte und Irina gleichzeitig. „Da ist noch der, der Regina Charlotte an meinen Oheim und seine Strigoi verraten hat. Sein Name ist Walther Armant von Revelin-Lorraine."

Die Clanleute starrten einen Mann in ihrer Mitte an.

„Du bist es gewesen!", sagte Bernhard. „Du hast deine zukünftige Königin an die Vermummten verraten!"

Der Mann verschwamm mit der Dunkelheit und rannte los. Frank setzte ihm nach. Er berechnete den Winkel, in dem der Mann an ihm vorbeikommen musste, und hechtete in die Dunkelheit. Er prallte mit dem Flüchtenden zusammen und brachte ihn zu Fall. Er drehte ihm den Arm auf den Rücken und zerrte ihn hoch: „Hier haben wir unseren sauberen Verräter!"

Bernhard trat vor: „Walther Armant von Revelin-Lorraine, du hast dich an deinem Clan vergangen! Du hast die vermummten Mörder auf Regina Charlotte gehetzt. Durch deinen abscheulichen Verrat wäre unsere zukünftige Königin beinahe getötet worden. Ich stoße dich aus unserer Mitte aus! Gebunden sollst du sein! Gefangen auf immer! Alle sollen den sehen, der Schande über seinen Clan brachte und die Strigoi rief!"

Wie aus dem Nichts tauchten ein paar Clanmänner auf, die ein eisernes Gestell mit sich trugen. Es war ein Käfig. Ohne viel Federlesens wurde Walther Armant in das tragbare Gefängnis gesperrt.

„Den Rest deiner Tage sollst du darin verbringen und wenn sie dich hinaustragen, um Blut zu nehmen, wird dein Bein an einer Kette hängen, die deine Flucht verhindert! Dies soll deine Strafe sein, Verräter!"

Der Eingesperrte begann zu heulen wie ein Tier. „Neiiin! Nicht das! Tut mir das nicht an! Lasst mich sterben! Gebt mir ein Messer, damit ich meinem Leben ein Ende setzen kann und meiner Schande entkomme!"

„Niemand vom Clan hilft beim Töten. Das weißt du", sagte Bernhard. „Der Rest deines elenden Lebens soll eine einzige Strafe für dich sein. Hinweg mit ihm!" Man trug den heulenden Gefangenen fort.

Frank starrte den Käfigträgern hinterher. Konnte es eine schrecklichere Strafe geben, als auf immer in solch einem engen Gefängnis eingesperrt zu sein? War nicht sogar der Tod eine gnädigere Strafe? Er begriff, dass Menschen, die nicht töten konnten, unter Umständen grausamer sein konnten als Leute seiner eigenen Rasse.

Er riss sich von Walther Armant los und drehte sich nach Charlotte um: „Lottchen!" Frank sank auf die Knie.

Lotte flog ihm in die Arme: „Liebfrank!"

Bernhard von Revelin-Lorraine sah, wie der Predator die kleine Regina umarmte. Obwohl der Fleischfresser verwundet war, hob er Charlotte hoch, als sei es nichts. Er gab keinen Laut des Schmerzes von sich, nur seine Augen erzählten von der Pein, die er empfand. Doch er stellte sein ganzes Selbst hintan und trug Charlotte von Revelin-Lorraine zum Clanversteck, und seine Schritte waren fest und sicher.

Er hatte sein Leben in den Kampf geworfen, um Charlotte zu schützen, hatte sein eigenes Leben, ohne zu zögern, aufs Spiel gesetzt, um die Regina zu retten. Bernhard schauderte. Er hatte mit eigenen Augen gesehen, wie der Tagmensch mit der Effizienz eines Raubtiers getötet hatte. Doch es war keine Mordlust in ihm gewesen. Er war nicht wie die Strigoi. Für Frank Reuter war es die einzige Möglichkeit gewesen, sein Liebkind zu retten.

Neben dem Schauder empfand Bernhard Achtung und Mitgefühl. Bernhard von Revelin-Lorraine lernte. Als Frank in seine Richtung blickte, lächelte er ihm zu.

Dann erwies er der fremden Regina seine Achtung.

*

„Frank, Sie sind verletzt", sagte Carmen Fabray im Haus. „Ich muss Ihre Wunden versorgen."

„Ruft meinen Freund an", sagte Frank zu Bernhard. Er nannte Matzes Nummer. „Meine Leute sorgen sich um mich."

Bernhard nickte. Er nahm Franks Mobiltelefon entgegen und ging ins Nebenzimmer.

Alle standen dabei, als Carmen Fabray den Tagmensch verarztete. Sie wussten, dass seine Selbstheilungskräfte nicht so stark waren wie die der Clanmenschen.

„Er wird doch nicht sterben?", piepste Lottchen ängstlich.

„Nein, Charlotte", sagte Carmen. „Es sind keine lebensgefährlichen Wunden."

Bernhard kam ins Zimmer zurück: „Ich habe deine Leute benachrichtigt, damit sie sich keine Sorgen machen müssen. Ich teilte ihnen mit, dass du bis zu deiner Genesung in unserer Obhut bleiben wirst."

„Danke", sagte Frank.

Carmen reinigte seine Verletzungen und verband sie.

„Einer von diesen Vermummten hat mich gebissen", sagte Frank. Seine Stimme troff vor Ekel. „Hoffentlich fange ich mir nichts ein. Diese Typen waren wandelnde Eiterbeulen."

„Seien Sie außer Sorge", sagte Carmen. „Es wird Ihnen keinen bleibenden Schaden zufügen. Einfaches Desinfizieren der Bisswunde genügt. Der Irrsinn der Strigoi ist nicht ansteckend. Es ist nicht wie Tollwut.

So, fertig. Schonen Sie sich in den nächsten Tagen. Keine großen körperlichen Anstrengungen."

„Geht klar", sagte Frank. Er breitete die Arme aus: „Lotti!" Charlotte kuschelte sich in seine Arme. Er bedeckte ihr Gesicht mit Küssen: „Was habe ich eine Angst um dich ausgestanden, mein kleiner Schatz."

Charlotte lag in seinen Armen und gab einen Laut puren Behagens von sich.

„Wie hast du das draußen gemacht, so im Duett mit dem anderen Mädchen zu sprechen?"

Lottchen schaute ihn an und lächelte. „Ganz einfach, Liebfrank. Mit Vordenken", sagte sie synchron mit der rumänischen Regina.

„Wie heißt du?", fragte Frank das Mädchen. „Du hast mir das Leben gerettet, als du deinem durchgedrehten Onkel eine Kugel am Kopf vorbei gejagt hast."

„Ich habe keinen Namen mehr", sprach das Mädchen. „Meine Mutter gab mir den Namen Irina, aber der Name der Familie meines Oheims existiert für mich nicht mehr. Ich bin die Siebte in der langen Reihe von Töchtern. Ich habe gesprochen."

Frank lächelte sie an: „Noch eine Königin. Warum eine von euch kaltmachen? Ihr vertragt euch doch."

„Ja", sagte Irina. „Doch mein Oheim und seine Frau waren von Machtgier und Ruhmsucht zerfressen. Sie wollten die alte Macht der Karpatenclans wieder herstellen. Mein Oheim hielt mich seit meiner frühesten Kindheit gefangen. Ich wurde immer überwacht.

Er wusste, dass in Westeuropa eine weitere Regina geboren worden war, als ich zehn Jahre alt wurde. Er beschloss, sich mit Strigoi zusammenzutun. Es meldeten sich genug Verblendete, die bereit waren, sich auf immer zu entmenschen.

Vier Jahre dauerte es, bis Cristian von Anescu herausfand, wo die neue Königin lebte. Der Mann, der jetzt im Käfig steckt, verriet seine Regina und mein Oheim sagte es den Vermummten. Doch die Strigoi versagten. Sie töteten die Eltern Charlottes, doch das Kind entkam ihnen.

Mein Oheim überwachte den Revelin-Clan. Es gab keine Nachrichten über die kleine Königin und er begann schon zu glauben, dass sie irgendwo draußen gestorben war, da meldete sich sein Kontaktmann und berichtete, dass Charlotte von Revelin-Lorraine lebte. Sie war in der Obhut eines Tagmenschen.

Mein Oheim rief erneut die Männer der Karpatenclans auf, den dunklen Weg zu gehen. In aller Heimlichkeit entmenschten sich seine Gefolgsmänner und dann gingen sie auf die Jagd.

Ich wurde nicht weit von hier gefangengehalten, aber mein Oheim war nachlässig. Ich konnte entfliehen, als er mit den Vermummten aufbrach. Ich verfolgte sie. Alles in mir war gegen das Töten der fremden Regina. Schon als kleines Mädchen habe ich das Ritual der Strigoi verabscheut. Heute, vier Tage nach meinem sechzehnten Geburtstag, ist es mir gelungen, das sinnlose Schlachten aufzuhalten. Nie wieder soll es Morde geben!"

Frank schaute Irina an. Er war fasziniert. Sie war sechzehn Jahre alt, sah aber aus wie ein zehnjähriges Mädchen.

„Diese Vermummten", sagte er. „Die waren am Verwesen. Das war das Ekelhafteste, was ich je gesehen habe. Und der eine, der mich gebissen hat, wollte mein Blut, nicht wahr? Das ist das Geheimnis der Strigoi: keine Pflanzendroge. Sie trinken Menschenblut."

„Das ist nicht die ganze Wahrheit", sagte Irina. „Sie nehmen als Erstes die Droge, um fähig zu werden, einen Mord zu begehen. Die Pflanzendroge entmenscht sie weit genug dazu, aber die Wirkung hält nicht lange an. Es ist in der Tat Blut, das die Vermummten zu dem macht, was sie sind.

Die Strigoi töten Menschen deiner Rasse, aber sie trinken das Blut nicht warm. Sie lassen die Leichen ausbluten und trinken das Blut ihrer Opfer erst, wenn es anfängt zu faulen. Das ist ihre wahre Kampfdroge. Sie bringt sie innerhalb weniger Monate um, aber in dieser Zeit sind sie erfüllt von dem unbedingten Willen, die fremde Regina zu töten. Nichts hält sie auf. Nur der Tod."

„Nur der Tod", sagte Frank.

„Ja, der Tod. Sonst nichts. Du hast ihnen den Tod gegeben. Niemand von uns hätte das gekonnt. Als ich meinem Oheim drohte, ihn zu erschießen, habe ich gelogen. Ich hätte es nicht gekonnt, selbst wenn er mir etwas angetan hätte. Töten können nur die Strigoi."

„Aber dein Onkel ist mit dem Messer auf Charlotte losgegangen", hielt Frank dagegen.

Das Gesicht von Irina verzog sich vor Abscheu: „Er hat davon getrunken! Jedes Mal, wenn sie das Ritual des Blutes feierten, hat er davon gekostet. Immer nur einen oder zwei Tropfen, aber er konnte nicht mehr damit aufhören, nachdem er einmal angefangen hatte. Er war süchtig danach.

Es begann ihn anzugreifen. Er bekam Geschwüre und seine Haut löste sich auf. Er musste ständig Verbände an den Beinen tragen wie die Vermummten, die am ganzen Leib Binden tragen, weil ihre Haut in Streifen abfällt."

„Widerlich!", sagte Frank. „Sind wirklich alle Vermummten tot?"

„Ja, Frank", sagte Bernhard. „Sie waren alle gemeinsam gekommen, um Charlotte zu ermorden. Du hast ihnen den Tod gegeben. Niemand vom Clan verabscheut dich für deine Tat. Du hast getan, was du tun musstest nach der Art deiner Rasse. Wir sind entsetzt, aber niemand wird dir mit Abscheu begegnen."

„Was wird mit Irina?", fragte Frank. „Steht der Revelin-Clan ihr feindlich gegenüber?"

Die Antwort kam von Charlotte: „Nein. Irina und ich sind ab heute Schwestern. Nie wieder sollen Reginas Gegnerinnen sein!"

„Und kein Clan soll sich mehr über den anderen erheben", sagte Irina. „Alle sollen gleichberechtigt sein." Sie zögerte. „Ich habe meinen Namen abgelegt. Ich bin namenlos."

Lottchen ergriff ihre Hand: „Das bist du nicht, Irina. Wir beide sind eins, sobald wir zusammen sind. Immer wenn wir einander treffen, sind wir wie ein Mensch. Du bist Revelin-Lorraine wie ich."

Man sah Irina an, dass ihr unbehaglich zumute war: „Ich finde es nicht gut. Dann hat ein Clan beide Königinnen. Wird nicht neuer Neid aufkommen?"

„Nimm einen neuen Namen an", schlug Frank Reuter vor. „Trage den Namen des Ortes, an dem du das abscheuliche Verbrechen verhindert hast! Du schätzt deine Mutter?"

„Ja", sagte Irina. „Sie war ein guter Mensch. Ganz anders als mein Oheim."

„Wie lautete der Mädchenname deine Mutter?"

„Sanda", antwortete Irina.

Frank kniete vor dem rumänischen Mädchen nieder und legte ihm die Hände auf die Schultern: „Dann bist du von heute an Irina Sanda von Sickingen-Pfalz. Du trägst den Namen deiner geliebten Mutter und des Ortes deiner größten Tat."

„Du bist bei uns willkommen, Irina", sagte Bernhard. „Wir werden die große

Zusammenkunft ausrufen, bei der sich Vertreter aller Clans treffen. Alle sollen sehen, dass das Volk der Nacht ab sofort zwei Reginas hat, und es wird Schluss sein mit dem widerwärtigen Ritual der Strigoi. Du wirst eine von Revelin-Lorraine."

Bernhard hatte Tränen in den Augen: „Die uralte Prophezeiung hat sich erfüllt. Zwei Reginas wurden eins. Nie wieder wird Feindschaft sein zwischen den Clans. Nie wieder Neid. Wir werden alle zu einem Volk werden, dem Volk der Nacht."

*

Gegen drei Uhr nachmittags ging Frank Reuter den Kellergang entlang zur hintersten Tür. In dem Zimmer stand der eiserne Käfig mit Walther Armant von Revelin-Lorraine. Als Frank den Raum betrat, schrak der Mann auf.

„Was willst du von mir, Tagmensch?", fragte der Gefangene. Er stand auf, verkrallte die Hände im Gitter und zog eine wütende Fratze: „Bist du gekommen, um dich an meinem Unglück zu weiden? Genügt es dir nicht, dass du mich der Schande ausgeliefert hast?! Ich hasse dich! Warum hast du mich nicht getötet?"

„Ich töte keine Flüchtenden", sagte Frank. „Ich töte nur Angreifer und ausschließlich in Notwehr. Deine Schauermärchen über Tagmenschen kannst du dir an den Hut stecken."

„Großmaul! Scheißer! Das Blut soll dir in den Adern verfaulen!", fluchte Walther. Er rüttelte an den Gitterstäben: „Töte mich, Tagmensch, wenn du einen Schneid hast! Keiner wird ein Wort darüber verlieren! Du darfst es. Du bist ein Predator. Du bist ein Raubtier, ein Fleischfresser! Ein Killer! Erschieß mich! Gib mir den Tod! Ich sehne ihn herbei."

„Ich bin nicht gekommen, um dir den Tod zu geben", sprach Frank ruhig. „Ich bin gekommen, um dir eine Chance zu geben." Er holte einen Schlüssel hervor und sperrte den Käfig auf.

Walther Armant keifte ihn an: „Was tust du da?! Du handelst gegen den Clan! Wenn du mich freilässt, beweist das nur die Niedertracht und Verschlagenheit deiner Rasse!"

Frank öffnete die Käfigtür: „Du weißt, wohin du jetzt gehen kannst."

Der Clanmann starrte ihn wütend an: „Ich kann nirgends hingehen, du Narr! Wohin ich auch gehe, die Schande begleitet mich! Niemand vom Clan wird mir je wieder in die Augen sehen! Es wäre besser, ich wäre tot!" Er lachte unfroh. „Du denkst, du erweist mir eine Gnade, Tagmensch! Für mich gibt es auf dieser Welt keine Gnade mehr! Ich wurde entclant! Ich bin ein Nichts! Wo soll ich hingehen?!" Seine Stimme war voller Bitterkeit: „Es gibt keinen Ort, an den ich gehen könnte, Tagmensch!"

„Doch!", sagte Frank. Er zeigte zur Kellerdecke.

Walther traten die Augen aus dem Kopf: „Es ist heller Tag! Ich kann es fühlen. Normalerweise würde ich tief schlafen. Doch ich wurde wach. Ich hörte dich kommen." Er straffte sich: „Jetzt verstehe ich, Tagmann. Ich danke dir für die unverdiente Gnade. Sag dem Clan, Walther Armant von Revellin-Lorraine ging in Schande hinaus, um in Ehre zu sterben, Auge in Auge mit dem Schrecklichen. Ich werde sehen, was kein Clanmann zuvor sah, draußen unter dem brennenden Mordstern."

Er ging voraus.

„Ich werde lange genug leben, um alles zu sehen", sagte Walther. Er stand vor der Haustür. Dahinter wartete der helle Tag. „Ich werde einige Minuten haben, bevor der brennende Verfall einsetzt. Ich danke dir, Frank Reuter, dass du mir die Chance gewährst, meiner Schande zu entkommen. Leb wohl." Er reichte

Frank die Hand.

„Sieh nicht in die Sonne", riet Frank. „Es kommt von dort und dringt in deine Augen ein. Schau nur die Natur an, nicht den Himmel."

„Danke", sprach Walther. Dann schloss er die Augen. Er riss die Tür auf und ging mit weitausholenden Schritten hinaus in die Helligkeit des Sommernachmittags. Mitten auf der Blumenwiese neben dem Zufahrtsweg blieb er stehen und öffnete die Augen. Er drehte sich im Kreis, wankend wie ein Betrunkener. Er begann am ganzen Körper zu zittern.

„Oooh!", sagte er. Und dann lauter: „Ooooh!"

Ein jauchzender Laut kam über seine Lippen. „Ich sehe es! Ich kann alles sehen! Es ist so schön! So unglaublich schön!"

Frank stand in der Tür und sah zu, wie der Clanmann den Tag mit den Augen trank. Walther kniete im Gras und streichelte die blühenden Blumen. Er weinte vor Angst, aber auch vor Glück.

Nach zwei Minuten kehrte Frank ins Haus zurück. Als draußen die Schreie begannen, hielt er sich die Ohren zu.

*

Am Abend ging Frank mit Bernhard von Revelin-Lorraine am Waldrand spazieren. Sie berieten über die Zukunft. Fürs Erste einigten sie sich darauf, dass Charlotte an fünf Tagen bei Frank leben sollte und zwei Tage beim Clan. Die endgültige Regelung würde sich ausschließlich nach den Bedürfnissen und Wünschen des Kindes richten.

„Ich hätte nie gedacht, dass ich mich eines Tages so zwanglos mit dir unterhalten würde", sagte Bernhard. „Es fällt mir immer noch schwer."

„Nimm es pragmatisch", meinte Frank. „Sieh mich nicht länger als einen Killer an. Würdest du ein Tier für einen Mörder halten, weil es tötet, wenn sein Junges angegriffen wird? So weit ist Homo sapiens nicht von den Tieren entfernt. Der einzige Unterschied ist die Tatsache, dass wir Menschen Werkzeuge herstellen können."

Er holte das Silbermesser aus der Scheide und warf es. Es flog, sich mehrfach überschlagend, gegen einen Baum, prallte ab und fiel zu Boden.

„Mist!", murrte Frank. „Da hast du es! Ich kann nicht mal Messer werfen. Einen schönen Killer gebe ich ab! Bei Matze sieht das immer so cool aus."

„Ja", sagte Bernhard. „Matze Tintenfess kann das. Er beherrscht die Kunst des Messerwerfens meisterlich, sogar im Dunkeln."

Frank staunte. „Woher weißt du das?"

„Wir haben ihn beobachtet, damals nach Daniels Freitod. Dein Freund hat jahrelang geübt, fast nächtlich, heimlich im Wald. Zuerst abends, später, als er älter wurde, sogar mitten in der Nacht.

Anfangs benutzte er normale Messer, später kamen Messer dazu, die das brennende Metall enthielten. Wir beobachteten ihn und spürten seine Wut. Wir fragten uns, wann wird er kommen, um Krieg zu führen?

„Er hat sich längst abgeregt", sagte Frank. „Ich wusste nicht, dass Matze so verbissen trainiert hat. Doch es überrascht mich nicht. Was er tut, tut er gründlich. Aber er empfindet euch Nachtleuten gegenüber keine Feindschaft mehr. Im Gegenteil. Er lehrte mich, dass Hass selbstzerstörend ist."

Plötzlich tauchte direkt vor ihnen ein kleiner Junge auf, wie aus dem Nichts. Er war nicht größer als Charlotte, aber in seinen Augen las Frank, dass er älter war. Der Junge trug ein Hemd, das aussah wie aus dem neunzehnten Jahrhundert, und eine Hose, die ihm zu groß war und die mehrfach geflickt war.

„Gute Nacht", sagte der Kleine scheu. Er fraß Frank Reuter schier mit den Augen auf.

„Gute Nacht", erwiderte Frank möglichst freundlich. Er erinnerte sich, den Jungen schon öfter gesehen zu haben. Wenn die Clankinder um Charlottes Krankenbett standen, war er stets dabei. Aber er trieb sich auch allein im Krankenzimmer herum.

Der Junge kam zu Frank. Er schaute zu ihm auf: „Danke! Vielen Dank, dass du Charlotte gerettet hast. Du bist ein guter Mensch, Frank Reuter."

„Ich habe getan, was ich konnte", sagte Frank. Er ging in die Hocke, um dem Jungen Auge in Auge gegenüber zu sein. „Weißt du, ich liebe Lottchen über alles."

Im Gesicht des Jungen zuckte es. Er senkte den Blick. „Ich auch", flüsterte er. Er sprach so leise, dass Frank ihn fast nicht verstand. Er hob den Blick und sah Frank direkt in die Augen: „Sie war immer so traurig. So schrecklich traurig. Sie war ganz allein."

Frank spürte, dass der Junge kurz davor war, in Tränen auszubrechen.

„Ganz allein", sagte der Kleine, „obwohl sie unter vielen Menschen war. Sie war so allein. Oft ging sie weg. Sie wollte niemanden um sich haben. Obwohl es wehtut, wenn man ganz allein ist. Sie ging in den Wald. I-Ich folgte ihr. Manchmal. Ich ... sie hat geweint."

Die Augen des Jungen wirkten riesengroß in dem kleinen, porzellanweißen Gesicht. „Geweint. Oft. Lange. Es tat mir so weh. Ich hätte alles darum gegeben, Charlotte zu trösten, aber sie war, im wahrsten Sinne des Wortes, untröstlich.

Ich konnte spüren, dass sie sterben wollte. Weil sie von dir getrennt worden war, Frank Reuter. Das war schlecht. Das war falsch. Das war böse. Ich hätte es ihnen allen am liebsten ins Gesicht geschrien." Er warf Bernhard einen scheelen Blick zu. „Sie sind ja alle so erwachsen und so schlau! Denken die jedenfalls. Dabei wollten sie bloß „ihre" Regina haben! Aber man kann einen Menschen nicht besitzen. Wenn man es versucht, verletzt man ihn. Man tut ihm weh und raubt ihm die Freiheit. Das ist ein ganz schändliches Verhalten! Das ist garstig."

Frank war baff. Er war es gewohnt, dass Lottchen manchmal redete, als sei sie zehn Jahre älter, aber dieser kleine Junge verblüffte ihn. Vor ihm stand ein Kind, das kurz davorstand, zu weinen, und doch sprach dieses Kind mit einer natürlichen Weisheit zu ihm. Der Junge redete wie ein Erwachsener.

„Ja", sagte er. „Du drückst es richtig aus. Ein solches Verhalten ist schändlich. Aber sie haben nun gesehen, wohin dieses Verhalten sie bringt."

Der Junge lächelte scheu: „Ja. Weil du es ihnen unter die Nase gerieben hast, Frank Reuter." Er machte einen Schritt auf Frank zu und umarmte ihn. Er gab ihm einen schnellen, festen Kuss auf die Wange.

„Danke", sagte er nochmals und schaute Frank tief in die Augen. „Ich danke dir von ganzem Herzen, dass du Lottchen gerettet hast. Ich liebe sie. Du hast sie dem Tod entrissen. Vielen Dank." Er deutete eine kleine Verbeugung an. „Dies sage ich zu dir, Benedikt Trautner von Kestrel-Lorraine." Wieder umarmte er Frank. Dann drehte er sich um und sauste davon. Nach einigen Schritten verschwamm er mit der Nacht.

Frank erhob sich. Er blickte dem Jungen nach. Die kleine Begegnung hatte ihn innerlich aufgewühlt. Noch nie hatte jemand mit so viel Gefühl und Ehrlichkeit zu ihm gesprochen.

„Er hat dir seinen vollen Namen genannt." Bernhard schmunzelte. „Da strebt wohl jemand einen Pakt mit dir an."

Frank starrte noch immer in die Nacht. „Wie alt ist er?"

„Benny?" Bernhard schaute Frank an.

„Er ist nicht größer als Lottchen", sagte Frank. „Aber er kommt mir älter vor."

„Er ist elf."

„Elf", sprach Frank. „Und hat mehr Verstand und mehr Herz als mancher Erwachsene."

„Lass uns zum Haus zurückgehen", sagte Bernhard. „Charlotte wartet. Sie ist schon ganz zappelig, weil sie sich auf Conny und Christina freut. Deine Freundin und deine Schwester müssen außergewöhnliche Menschen sein."

„Wenn du möchtest, kannst du sie kennenlernen."

„Das sagte die kleine Regina auch. Sie hat mich eingeladen." Bernhard zögerte. „Es ist dein Haus, Frank Reuter. Gilt die Einladung Charlottes?" Die Frage fiel ihm sichtlich schwer.

„Lottchen ist für mich wie eine eigene Tochter. Wenn sie jemanden einlädt, ist es so, als hätte ich selbst die Einladung ausgesprochen."

„Einladungen sind wichtig für uns", sagte Bernhard. „Wir nehmen sie sehr ernst. Ohne Einladung können wir kein Haus betreten."

„Soll das heißen, dass der ganze Quatsch in den Horrormärchen wahr ist? Dass ein Vampir ohne Einladung nicht ins Haus kann?"

„Es hat mit Höflichkeit zu tun", sagte Bernhard. „So sind unsere Regeln."

„Die Regeln! Eure geliebten starren Regeln!"

„Sie sind starke Mauern für uns", sagte der Clanmann. „Sie gewähren uns Schutz und Frieden. Sorge dich nicht. Unsere Regeln sind nicht unabänderlich." Er lächelte. „Wir werden einige ändern, vor allem diejenigen, die euch Tagmenschen betreffen. Wir können nicht anders. Wir müssen es tun."

Vorm Haus blieb er stehen: „Da ist noch etwas, Frank. Wenn Charlotte von Revelin-Lorraine für dich wie eine Tochter ist, sollte sie deine Tochter werden. So verlangt es der Clan. Sie muss Blut von deinem Blut werden und du ein Teil vom Clan. Bist du einverstanden?"

„Das bin ich", antwortete Frank.

„Gut. Ich werde es bei der nächsten Versammlung vortragen."

Sie gingen ins Haus.

Lottchen kam angeflogen: „Liebfrank!" Sie kuschelte sich in Franks Arme. „Fahren wir jetzt zu Conny und Christina?"

„Ja, Prinzessin. Die beiden freuen sich schon auf dich. Sag allen Leuten Auf Wiedersehen."

Bernhard von Revelin-Lorraine sah zu, wie der Tagmensch und die kleine Regina sich verabschiedeten.

Wie zärtlich der Mann mit dem Kind umging! Bernhard hatte erlebt, wie er Charlotte gepflegt hatte. Ja, der Tagmann hatte Härte gezeigt, eine Härte, die niemand vom Clan aufgebracht hätte. Damit hatte er die kleine Regina gerettet. Aber er hatte sie auch gewaschen, wenn sie sich beschmutzt hatte. Er hatte sich nicht vor ihrem Kot und ihrem Erbrochenen geekelt.

Und er hatte sie verteidigt, wie es sich für einen Predator, ein fleischfressendes Raubtier, geziemte, ohne Rücksicht auf das eigene Leben. Er hatte Regina Charlotte bedingungslos die Treue gehalten.

Du hast dich im Scherz einen SS-Mann genannt, dachte Bernhard. Sarkastisch hast du es gemeint, aber es kommt der Wahrheit sehr nahe. Du bist den Männern des Totenkopfordens erschreckend ähnlich, Frank Reuter. Du handelst, ohne es zu wissen, nach den Regeln des schwarzen Ordens. Du trägst keine Siegrunen am Kragenspiegel, aber deine Ehre heißt Treue und im Kampf warst du wie die Männer der Waffen-SS. Dein Wahlspruch lautete: Den Tod geben und den Tod nehmen, und du hast keine Gefangenen gemacht.

Was Bernhard viel stärker belastete, war Frank Reuters Kampf gegen die Strigoi. Als Cristian Anescu den Tagmenschen angriff und dabei vordachte, hatte Charlotte ihren Liebmensch mit präzisen Steuerbefehlen geleitet. Doch sie hatte Frank nicht zur Flucht vor dem Angreifer verholfen, sondern den Tagmenschen punktgenau auf seinen Gegner gelotst. Letzten Endes war es Charlotte, die Cristian ausgelöscht hatte, indem sie den Tagmann wie eine Fernlenk-Rakete auf ihn abgeschossen hatte. Bernhard schauderte.

War die kleine Regina fähig zu töten? Eine ungeheuerliche Vorstellung!

Bernhard atmete tief durch. Er musste noch viel lernen, doch er konnte das

Verhalten des Tagmenschen endlich akzeptieren. Frank Reuter wollte nicht töten. Die Umstände hatten ihn dazu gezwungen.

Du bist der beste Schutz für unsere kleine Regina, dachte Bernhard. Er winkte dem abfahrenden Auto hinterher. Vielleicht können wir Freunde werden. Und Angehöriger des Clans wirst du so oder so, wenn du Charlotte von Revellin-Lorraine als Kind annimmst.

*

Beim nächsten Vollmond fand Frank Reuters Clanungsritual statt. Mehr als tausend Clanangehörige waren angereist, um dabei zu sein, wenn der Liebmensch der Regina in den Revelin Clan aufgenommen wurde. Selbst die stolzen alten Clans aus den Karpaten hatten Abgesandte geschickt.

Conny Ecker, Christina Reuter und Matze Tintenfess waren ebenfalls anwesend.

Sie standen im Mondlicht auf der Wiese vor dem Hügel bei der Ölmühle im Kreis der Nachtmenschen.

Helene Stuyver von Hoogeveen, mit einhundertvier Jahren die Älteste aller europäischen Clans, leitete die Zeremonie. Sie war in ein schneeweißes Gewand gekleidet, das sich von der nachtschwarzen Bekleidung der Clanmenschen abhob. Sie stand mitten in der Wiese im silbernen Mondlicht und breitete die Arme aus: „Urmutter Gaia. Urvater Jahwe. Eins seid ihr und eins seid ihr immer gewesen. Ihr habt viele Namen, doch nicht der Name zählt, sondern der Glaube an den, der ihn trägt. Ihr seid eins. Ihr seid Du. Du bist ewig.

Du bist die Natur, in der wir leben. Du bist die Luft, die wir atmen. Du bist unsere Seele, die du uns geschenkt hast, um uns von den Tieren zu scheiden. Du bist unser Glaube und unsere Verehrung.

Sei Du nun Zeuge und Zeugin in einem, wenn diese beiden Menschen zu gleichem Blut vereint werden."

Helene holte zwei kleine metallene Gegenstände hervor. Sie hantierte mit den Spannfedern der Geräte. Dann kam sie zu Frank: „Zeige mir deine Hände, Frank Reuter von den Tagmenschen."

Frank hielt ihr die Handflächen entgegen. Helene drückte die kleinen Geräte gegen Franks Handflächen und löste die Spannfedern mit einem kleinen Hebelchen. Mit leisem Tschack stachen winzige Messer in Franks Handflächen. Er zuckte kurz zusammen.

Helene spannte die Geräte nach und wiederholte das Ritual bei Charlotte. Sie gab keinen Mucks von sich.

„Nun legt die Handflächen zum Gruß der Nacht ineinander", sagte Helene Stuyver.

Frank kniete vor Lottchen nieder. Sie legten die Handflächen aufeinander und gaben den seltsamen Laut von sich, mit dem sich Clanmenschen das gegenseitige Vertrauen aussprechen.

Helene legte ihnen die Hände auf die Schultern: „Große! Ewiger! Sieh, diese beiden sind eins geworden. Jeder ist Blut vom Blut des anderen. Es sind nicht länger verschiedene Menschen. Sie sind Vater und Tochter. Sie sind Tochter und Vater.

Charlotte, von heute an soll dein Name lauten: Charlotte Reuter von Revelin-Lorraine. Du bist jetzt die Tochter von Frank Reuter von Revelin-Lorraine, der aufgenommen wurde in den Clan, aufgenommen als Erster unter den Tagmenschen. Du, Charlotte, trägst jetzt das Blut des Tagmenschen in dir und du wirst ab sofort eine Winzigkeit zum Tag gehören und du, Frank, trägst nun das Blut des Nachtmenschen in dir und wirst ab heute eine Winzigkeit zur Nacht gehören. Somit werdet ihr beide, Charlotte und Frank Reuter von Revelin-Lorraine. Bindeglieder sollt ihr sein zwischen Tagmenschen und Nachtmenschen.

Schließt die Augen und spürt, wie ihr eins werdet!"

Frank und Lottchen schlossen die Augen.

Frank fühlte Charlottes kleine Hände auf seinen. Die kleinen Wunden, die Helene Stuyver von Hoogeveen ihnen beigebracht hatte, deckten sich genau. Er spürte Lottchens Herzschlag in seinen Händen, fühlte, wie er stärker und stärker wurde, sich seinem eigenen Herzrhythmus anpasste und wie er eins wurde mit dem kleinen Mädchen, das er vor mehreren Monaten auf der Landstraße aufgelesen hatte.

Frank atmete tief durch. Etwas Sanftes, Kühles nahm von ihm Besitz. Er spürte Helenes Hand auf seiner Schulter nicht länger. Er spürte nur Charlottes Präsenz. Alle Liebe und Zuneigung legte er in seine Gedanken, als er unhörbar sprach: „Lottchen, meine Tochter! Lottchen, mein Nachtkind!"

Die Präsenz in seinem Innern verstärkte sich und er fühlte, dass auch etwas von ihm auf Charlotte überging.

Plötzlich kam der jodelnde Laut über Franks Lippen, genau gleichzeitig mit Charlotte. Frank öffnete die Augen. Als er lächelte, tat Charlotte es genau zeitgleich. Er blickte in die wasserblauen Augen des Kindes, die im Mondlicht silbern schimmerten. Er erkannte das helle, verwaschene Emailleblau, obwohl es Nacht war. Lottchen gab einen sanften Laut von sich. Sie zeigte zum Himmel.

Frank blickte auf. Zu Tausenden funkelten die Sterne am Firmament. Farbig!

Er erkannte im Weiß der Sterne Farben. Nur schwach, aber er sah rote und blaue Sterne, grüne und gelbe, violette und orangefarbene. Und er sah Farben, die er nie zuvor gesehen hatte. Tief drinnen bewegte sich der Himmel. Dort, unendlich weit weg und doch so nah, pulsierten sanfte Rotbrauntöne in langsamem Rhythmus. Frank war überwältigt von der unglaublichen Schönheit.

„Du kannst sehen", sprach Helene Stuyver. „Du bist nicht länger orb, blind. Mit dem Blut deiner Tochter ging ein kleines Stück der Nacht auf dich über."

Sie wandte sich an Charlotte: „Regina Charlotte Reuter von Revelin-Lorraine, Tochter des Predators Frank Reuter, mit dem Blut deines Vaters ging ein winziges Stück des Tages auf dich über. Meide auch weiterhin den brennenden Mordstern, denn er ist der Bringer des Schmerzes für dich, kleine Regina, doch zu töten vermag er dich nicht mehr. Das Blut deines Vaters nahm ihm die Macht dazu hinweg."

Lottchen schaute Frank lange an. All ihre Liebe lag in diesem Blick.

„Papa", sagte sie leise. „Papa Liebfrank."

Wortlos schloss er sie in die Arme.

Bernhard stand daneben, als alle vom Clan der kleinen Königin und ihrem neuen Vater die Ehre erwiesen und die Treue schworen. Niemand trug Arglist und Abscheu im Herzen. Alle stimmten zu.

Zum Schluss entboten die Clanmenschen auch den drei anderen Tagmenschen den Gruß des Vertrauens. Conny Ecker und Christina Reuter umarmten Charlotte und schenkten ihr Liebe. Auch Matze Tintenfess, der Predator mit den Messern, kniete vor der kleinen Regina nieder und entbot ihr seinen Gruß.

„Frank ist wie mein Bruder", sprach er. „Und du sollst wie meine Nichte sein. Ich gelobe dir die Treue, Charlotte Franktochter." Er schlug die rechte Faust auf die Brust: „So habe ich gesprochen und so wird es sein!"

Charlotte umarmte ihn und küsste ihn auf die Wangen.

Bernhard sah, dass es gut war. Im Herzen des Predators wohnte kein Zorn mehr. Die Liebe der Regina hatte den letzten Rest hinweggefegt.

Sie hatte Macht, die kleine Königin, Macht wie nie zuvor eine ihrer Art. Sie hatte den Clan bezwungen. Sie hatte die Regeln verändert mit schierer Willenskraft und der Macht der Liebe. Seit sie mit Irina Sanda von Sickingen-Pfalz vereint war, war ihre Macht noch einmal unvorstellbar gewachsen. Die beiden jungen Königinnen verkörperten den Neuanfang und die Auferstehung einer aussterbenden Rasse. Die alte Prophezeiung hatte sich erfüllt.

Bernhard spürte, dass viele Veränderungen anstanden und dass er nicht alles Neue lieben würde. Doch er war bereit, zu lernen und alles anzunehmen, wie es seiner Rasse eigen war. Er würde Charlotte Reuter von Revelin-Lorraine auf immer die Treue halten.

*

Es war später Samstagnachmittag. Matze und Christina standen hinter Matzes Haus. Matze machte eine weitausholende Handbewegung: „Das ganze Land gehört mir, Christina. Sieben Hektar Acker und Wiesenfläche und ein Stück Wald dazu. Es ist alles ziemlich heruntergekommen, weil mein verstorbener Wohltäter die letzten drei Jahre nichts mehr auf seinem Hof tat. Er war zu krank.

Aber ich sehe es als Chance zum Neuanfang. Wir werden einen Garten anlegen und die ersten kleinen Felder bearbeiten. Stück für Stück wird unser Land fruchtbar werden. Wo möchtest du deinen Kräutergarten anlegen? Such dir die liebste Stelle aus."

Christina lehnte sich an seine Schulter: „Aussuchen?"

„Ja, Tina. Wenn man jemandem ein Geschenk macht, gibt man doch das Beste, das Wertvollste für diesen Menschen. Niemand schenkt den letzten Dreck."

Matze küsste Tina. „Deshalb frage ich dich. Du sollst dir das Filetstück heraussuchen, das Stück Land, das dir am besten gefällt."

Christina schmiegte sich an ihn: „Du bist lieb, Matze. Aber ich will mir kein Land aussuchen. Ich wünsche mir, dass wir beide alles gemeinsam machen. Ich will einfach mit dir zusammen arbeiten und ruhen, schlafen und aufwachen, glücklich sein und unglücklich sein. Ich möchte alles mit dir teilen. Das wäre das größte Geschenk für mich."

Matze drückte sie an sich. „Gute Wahl, Tina." Er küsste sie aufs Haar.

„Liebmatze", sagte sie leise.

Bitte, mach darüber keine Witze, flehte sie in Gedanken. Jetzt nicht, du lieber Grobian!

Er brachte seine Lippen ganz nah an ihr Ohr.

„Liebtina", flüsterte er.

Sie blieben mehrere Minuten engumschlungen stehen, ganz in ihr gemeinsames Glück versunken.

„Wie lange dauert es noch, bis wir einziehen können?", fragte Christina schließlich. „Ich kann es kaum erwarten. Ich würde lieber heute als morgen mit dir zusammenleben."

„Die elektrische Installation habe ich gemacht. Die Wasserrohre liegen auch. Das Bad funktioniert. Aber mit dem Tapezieren müssen wir noch warten, bis die Heizung eingebaut ist. Das dauert noch. Ich habe einen Termin für nächsten Monat bekommen.

Bevor der Winter beginnt, können wir einziehen. Weihnachten im neuen Haus!"

Christina seufzte. „Noch so lange? Wenn das Bad funktioniert, könnten wir doch auf dem Speicher schlafen. Dort stören wir die Handwerker nicht. Platz für Klamotten brauche ich nicht viel. Es ist ja fast alles verbrannt. Ich kann immer noch nicht glauben, dass ausgerechnet meine Puppen heil geblieben sind. Es ist wie ein Wunder." Sie küsste ihn auf den Mund: „Und dass wir beide zusammengefunden haben, ist auch ein Wunder!"

Matze lachte sie an: „Komm mal mit!" Er nahm sie bei der Hand und führte sie über das riesige Grundstück zu einer dichten Buchsbaumhecke. „Die Hecke gibt einen prima Schallschutz ab, wenn wir im Sommer Partys feiern wollen. Direkt hinterm Haus würden wir vielleicht unsere neuen Nachbarn stören." Er grinste breit. „Also habe ich klammheimlich einen Grillplatz angelegt. Aber es ist nicht zumutbar, dass Gäste den weiten Weg zum Haus zurücklaufen müssen, wenn sie mal aufs Klo wollen. Daher habe ich Wasser und Abwasser verlegt und Strom, obwohl ich es romantischer bei Kerzenlicht oder mit Petroleumlampen finde.

Bei schönem Wetter grillen wir auf der Wiese. Wenn es regnet, ziehen wir uns unter das Vordach zurück." Matze lotste Christina um die Hecke. „Und wenn wir zwei mal ganz allein sein wollen und es so richtig gemütlich haben wollen, benutzen wir die Bude."

Hinter der Hecke stand ein Blockhaus. Es sah aus wie die Hütten auf der Ranch, aber es hatte eine breite umlaufende Terrasse mit Überdachung.

Tina bekam Kugelaugen: „Matze! Das sieht aus wie ein winziges Herrenhaus aus der Südstaatenzeit."

Er schloss die Tür auf: „Voilà! Ein Kamin fürs gemütliche Feuer, Omas alter Küchenherd mit Holz und Kohlefeuerung fürs Kochen und Backen, einige kleine Schränke und ein großes Bett mit weichen Fellen. Gleich nebenan liegt das Bad.

Wenn es dir nichts ausmacht, unter diesen primitiven Verhältnissen zu leben, kannst du gerne mit mir zusammen einziehen.

Ich habe meine Wohnung in Bexbach gekündigt. Nächste Woche schlage ich hier meine Zelte auf."

Christina stieß einen freudigen Jauchzer aus. „Ja, ja! Matze, ich will! Es ist mir egal, wie wir untergebracht sind. Hauptsache, wir sind endlich zusammen." Sie küssten sich lange. „Ich bin so glücklich", sagte sie. „Ich hätte nie gedacht, dass es mir einmal so gut gehen würde."

„Dito", sprach Matze leise.

„Und heute Abend geben die Charlottes ihr erstes Konzert auf der Ranch", sagte Christina. „Ich bin furchtbar aufgeregt."

„Es wird ein voller Erfolg werden", versprach Matze.

Tina zeigte auf einen Schreibtisch am Fenster. Dort stand ein Laptop mit angeschlossenem Drucker und davor ein Berg einzelne Blätter: „Was ist das? Gehst du jetzt auch unter die Schriftsteller wie mein Bruder?"

„Nein, das ist die Übersetzung des Buches von Clodevig von Clairvaux. Ich bin endlich fertig damit. Vielleicht stelle ich alles ins Internet. Weiß noch nicht."

Christina hob das oberste Blatt vom Stapel: „Seite 378! Wow! Was für ein Wälzer." Sie las laut vor: „Dies war das Buch über die Menschen der Nacht, geschrieben von Bruder Clodevig von Clairvaux, der das Gelübde der Nacht ablegte. Er lebte in den Katakomben unter dem Kloster und entsagte auf immer dem Tageslicht, zum Ruhme Gottes."

Sie lachte. „Käse! Clodevig war ein Clanmann, stimmt's?"

„Ja", antwortete Matze. „Ich bin mir sicher. Er wollte ein Werk verfassen, das seine Rasse in besserem Licht dastehen ließ als dieses grässliche Machwerk der katholischen Kirche."

„Ich, Benedikt von Cairne, kopierte sein Buch", las Tina. „Dies ist die siebente Kopie von meiner Hand, verfasst im geheimen Code der Freien Brüder, damit die Inquisition im Dunkel tappe."

„Hey, die waren ein Verein, der gegen die katholische Kirche arbeitete, so eine Art Résistance."

Matze nickte.

„Glaubst du, dass es heute noch Eingeweihte gibt?"

„Es gibt die Glaubenskongregation, also kann diese Résistance, wie du sie so treffend nennst, auch noch existieren."

„Glaubenskongregation?"

„Offiziell heißt es Kongregation für die Glaubenslehre. Ist aus dem Heiligen Offizium entstanden, und zwar 1965, wenn ich mich recht entsinne."

Tina blickte ratlos: „Das sagt mir nichts."

„Das ist Absicht", sagte Matze. „Der pompöse Titel verschleiert den wahren Namen der Organisation. Früher nannte man sie 'Die heilige Inquisition'".

Christina schauderte. „Die Inquisition gibt es immer noch?"

„Und ob", sagte Matze. „Sie arbeitet im Verborgenen."

„Irre! Aber verbrennen dürfen die keinen mehr, selbst wenn er ein Ketzer ist!?"

„Jedenfalls nicht in aller Öffentlichkeit."

Sie boxte ihm gegen die Brust: „Matze!"

Dann wurde sie nachdenklich: „Und was ist mit diesen Dunklen?"

Matze zuckte die Schultern: „Keine Ahnung. Es steht nichts in den Büchern. Vielleicht ist das nur ein uralter Aberglaube." Er runzelte die Stirn: „Ich muss mal Bernhard fragen Vielleicht haben die Clanleute Bücher."

„Die Felle da auf dem Bett", lenkte Tina ab. „Sind die genauso weich wie die auf deiner Bude auf der Ranch?"

Matze grinste und küsste sie. Er hob sie hoch und trug sie zum Bett: „Das können wir gleich ausprobieren. Bis heute Abend ist noch massig Zeit, und die Ranch läuft uns nicht weg."

*

Frank Reuter kam aus der Garage zurück: „Die Instrumente sind eingepackt. Dein Waschbrett auch."

„Fein", rief Conny aus dem Badezimmer. „Ich bin gleich soweit, Schatz."

Frank ging in sein Arbeitszimmer. Er goss seine Kakteen.

Heute Abend galt es. Die Charlottes würden ihr erstes Konzert geben. Matze hatte vor zwei Wochen ein selbstentworfenes Plakat im Saloon aufgehängt und zum „Irischen Abend" eingeladen.

Zusammen mit Frank hatte er irisches Bier besorgt. Sie hatten zig Kisten Guinness und Kilkenny auf die Ranch gebracht, dazu verschiedene Sorten irischen Whiskey.

Zwar hatten die Charlottes auch etliche Westernlieder im Programm, aber irische Musik bildete den Schwerpunkt. Sie hatten wochenlang geübt, beinahe jeden Tag, auch wenn es manchmal nur eine halbe Stunde war.

Die Regelung, die Frank mit Bernhard von Revelin-Lorraine getroffen hatte, bewährte sich bislang. Lottchen fühlte sich auf beiden Seiten wohl. Sie war inzwischen gerne beim Clan, vor allem, weil sie in Irina Sanda eine schwesterliche Freundin gefunden hatte. Im Gegenzug kam Irina manchmal auf einen oder zwei Tage zu Conny und Frank nach Hause.

Sie war ein stilles Mädchen und ziemlich schüchtern. Es dauerte lange, bis sie sich auf andere Kinder einließ, etwa jene auf der Ranch. Dort war sie schon dreimal gewesen, ein Risiko, das Frank Reuter bewusst einging. Er mochte keine Geheimnisse.

Bernhard legte ihm keine Steine in den Weg. Er hatte sich sogar bei Frank entschuldigt, ihn nicht früher zur Ölmühle gerufen zu haben.

Alle Welt entschuldigt sich bei mir, dachte Frank. Zuerst Jörg, dann Mutter in ihren Briefen und jetzt sogar die Clanleute. Und ich? Er schüttelte den Kopf. Ich mache Leute kalt! Hoffentlich wird mir das nicht zur Gewohnheit.

Er kam damit klar, dass er die Vermummten getötet hatte. Für Frank waren das keine richtigen Menschen gewesen, eher tollwütige Tiere, die er in Notwehr erstochen und erschossen hatte. Der Tod von Cristian Anescu hatte ihn schon mehr mitgenommen. Cristian war ein ganz normaler Mensch gewesen mit Zielen und Wünschen. An Marius Kaiser dachte Frank erst recht nicht gerne. Noch immer hatte er massive Schuldgefühle. Was wäre aus Marius geworden, wenn nicht jene unselige Lottogeschichte passiert wäre? Das fragte sich Frank immer wieder.

Connys Antwort auf diese Frage war pragmatisch: „Er wäre die Sorte Arsch geworden, die seine Frau und Kinder schlägt, das ganze Geld durchbringt und ständig fremdgeht. Außerdem war er bekloppt. Vergiss nicht, dass der Irrsinn in seiner Familie erblich war."

Conny, was täte ich ohne dich? Frank war verliebt bis über beide Ohren und konnte sich ein Lieben als Single überhaupt nicht mehr vorstellen.

In Kirkel hatte er ein geräumiges Haus mit weitem Grundstück gekauft, gerade mal einen Steinwurf von Matzes Hof entfernt. Frank war bereit zum Aufbruch in sein neues Leben.

„Und euch stecke ich in den neuen Wintergarten", sagte er zu seinen Kakteen.

„Wo willst du uns hinstecken?"

Frank drehte sich um. Lottchen und Irina standen in der Tür. Sie trugen dunkelblaue Kleidchen mit weißen Kragen und weiße Schleifen im nachtschwarzen Haar. Sie sahen aus wie zwei Schwestern. Sogar ihre Augenfarbe war ähnlich. Eine junge Siamkatze schlich zwischen ihren Beinen herum.

Frank hatte sich entschlossen, für Lottchen eine Jai zu besorgen, damit sie sich bei ihm wohler fühlte. Leider hatte das verdammte Katzenvieh die Angewohnheit, ständig vor Frank herumzulaufen. Schon mehrmals hatte sie ihn fast zu Fall gebracht. Frank begann darüber nachzudenken, sich ein koreanisches Kochbuch zu kaufen. Katzenbraten sollte sehr schmackhaft sein. Er musste grinsen.

Lottchen kam zu Frank und wollte geknuddelt werden.

„Ich bin soweit", rief es vom Gang. Conny kam um die Ecke.

Irina fasste scheu nach ihrer Hand. Conny nahm sie in die Arme: „Du willst doch bestimmt auch ein bisschen gedrückt werden."

„Hm", sagte das Mädchen.

„Obwohl du mit sechzehn Jahren eigentlich ein wenig zu alt dafür bist", meinte Conny.

Irina schaute sie erschrocken an: „Wird man dafür irgendwann zu alt?"

Conny gab ihr einen Kuss: „Nicht doch, Rina. Ich wollte dich nur necken." Sie blickte zu Frank: „Fahren wir? Ich bin ganz schön nervös."

„Das sind wir alle", sagte Frank. „Nur Fässchen nicht, der Diktator. Der ist wie üblich kalt wie ein Fisch."

*

„Oh Mann, hab ich Lampenfieber!", jammerte Matze. Frank grinste. Sie standen im Saloon und bereiteten die Instrumente vor. Alle Tische und die Theke waren mit Leuten besetzt. Es waren mehr Besucher gekommen, als Frank gerechnet hatte. Diesmal trug niemand Westernmontur. Stattdessen hatten fast alle Anwesenden dunkelblaue oder graue Marinepullover an und Mützen gleicher Farbe. Wenn schon irischer Abend, dann stilecht. Das irische Bier floss in Strömen.

Irina spielte mit den Ranchkindern. Lotte war bei Frank.

Endlich waren die Vorbereitungen beendet.

„Fang du mit einem Instrumentallied auf dem Banjo an", raunte Matze Christina zu.

„Nichts da! Du singst als Erster mit Frankie!", sagte Tina energisch. „Wag nicht dich zu drücken, du Feigling!"

Sie trat vor: „Ladies and Gentlemen, guten Abend. Ich begrüße Sie zum ersten öffentlichen Konzert der Charlottes und wünsche Ihnen ein paar schöne Stunden mit uns."

Es wurde geklatscht und gepfiffen.

Die Charlottes legten los.

Frank und Matze sangen „The Rising of the Moon" und danach „Black Velvet Band." Die anfängliche Nervosität legte sich rasch. Schon nach dem ersten Lied hatten sie die Leute in der Tasche und als Conny und Christina und schließlich Lottchen mitsangen, gerieten die Saloonbesucher aus dem Häuschen.

Nach sieben irischen Liedern gaben die Charlottes den Western Union Titel „Ich möcht so gerne mal nach Nashville" zum Besten und direkt danach sang das weibliche Trio der Band „Turn the Cards slowly" von Patsy Cline. Nun gab es kein Halten mehr. Beifallklatschen und Pfiffe wurden bei jedem Song lauter. Die Leute stampften mit den Füßen im Takt.

Um halb zehn sang Matze „Mormon Braes" in der Version der Dubliners. Dann war der erste Durchgang beendet.

Der Saloon tobte. Von allen Seiten kamen die Leute heran und wollten den Bandmitgliedern die Hände schütteln.

„Das ist das verdammt Beste, was je auf der Ranch geboten wurde!"

„Ihr müsst auf dem Sommerfest spielen!"

„Jeden Monat ein Konzert der Charlottes!"

„Ihr seid Superklasse!"

Die Westerner überboten sich gegenseitig mit Lob.

Lottchen stand mit glänzenden Augen da und genoss das Spektakel. Frank hob sie hoch. „Sieh sie dir an, Prinzessin", rief er. „Sie gehören dir! Der tobende Mob liegt dir zu Füßen."

„Es ist sooo schön", rief Lottchen über den Lärm. Sie sprühte vor Begeisterung. „Ich habe dich so lieb und es ist so wunderbar heute. Ich wollte, diese Nacht würde nie vorübergehen!"

„Behalte sie ganz fest in deinem kleinen Herzen", riet Frank. „Dort kannst du sie für immer bewahren." Er küsste Lottchen. „Ich habe dich lieb, mein kleines

Nachtkind. Ich bin froh, dass ich dich in jener Regennacht gefunden habe. Du hast mein trauriges Leben mit Freude und Glück erfüllt. Du und Conny. Danke, dass es dich gibt."

Matze Tintenfess trank ein Mineralwasser. Der Trubel wurde ihm zuviel.

„Ich muss mal für eine Viertelstunde raus in die stille Nacht", rief er Christina ins Ohr. „Ich brauch ein bisschen frische Luft und Ruhe."

Sie umarmte und küsste ihn: „Geh nur, Liebling. Aber verlauf dich nicht im Wald!"

„Auf keinen Fall", rief er lachend. „Ich muss doch zu dir zurückkehren." Er verließ den Saloon und folgte dem schmalen Fußpfad, der zwischen den Blockhütten in den Wald führte. „Uff! Frische Luft und ein bisschen Stille", murmelte er und atmete tief durch. Die verrauchte Luft im Saloon war zum Schneiden dick gewesen. Matze wollte Sauerstoff tanken, bevor das Konzert der Charlottes in die zweite Runde ging.

Matze Tintenfess war glücklich wie noch nie im Leben. Er liebte Christina Reuter und würde mit ihr zusammenbleiben. Er freute sich auf seinen Selbstversorgerhof. Er hatte schon eine Menge getan und den Bauerngarten umgegraben und Hügelbeete angelegt. Und dass das Konzert ein solcher Erfolg werden würde, hätte er sich in seinen kühnsten Träumen nicht einfallen lassen. Schon sah er die Charlottes alle paar Wochen im Saloon und in irischen Kneipen in der näheren Umgebung auftreten.

Vor ihm geriet die Dunkelheit in Bewegung und ein Mann tauchte aus dem Nichts vor Matze auf. „Du!?"

„Ja, ich", sagte Bernhard von Revelin-Lorraine.

„Frank ist im Saloon."

„Ich kam deinetwegen."

„So?"

„Komm!" Bernhard drehte sich um und ging voraus. Er schaute nicht zurück. Matze folgte ihm. Der Pfad verbreiterte sich, sodass sie zu zweit nebeneinander gehen konnten. Mondlicht schimmerte zwischen den Blättern der Bäume.

„Zürnst du uns noch, Matze Tintenfess?", fragte der Clanmann.

„Ich fühle keinen Zorn mehr", sagte Matze. „Nur Traurigkeit. Warum habt ihr tatenlos zugesehen? Es war mehr als genug Zeit, Daniel etwas zuzurufen."

„Ja", gab Bernhard zu. „Dazu war Zeit genug." Matze erkannte, dass der Mann schrecklich litt.

„Jede Nacht", sagte Bernhard von Kestrel-Lorraine. „Jede Nacht habe ich aufs Neue die Szene vor meinem inneren Auge. Ich höre mich rufen: „Es wird alles gut, Daniel! Wir akzeptieren deine Freundschaft zu diesem Tagmenschen. Komm zu uns und alles wird gut." Bernhard stöhnte. „Jede Nacht denke ich daran, Matze Tintenfess! Und jede Nacht stirbt ein kleiner Teil von mir an diesem Schmerz. Nicht Kälte des Herzens war es, die uns damals schweigen ließ. Es war der Schrecken. Wir waren gelähmt vor Entsetzen. Bei uns Clanmenschen gibt es keinen Selbstmord. Solch eine Handlungsweise ist für uns undenkbar." Bernhard weinte.

Matze war tief betroffen. „Das wusste ich nicht. Ich dachte, ihr hättet aus purer Arroganz nichts gesagt. Ich habe euch gehasst. Jahrelang!"

„Ich weiß, Matze Tintenfess. Du hast trainiert. Mit Messern, die mit dem brennenden Metall legiert waren. Wir spürten deinen Zorn und fürchteten um unsere wenigen Kinder. In deiner Person wuchs ein schrecklicher Feind heran."

„Ihr habt mich heimlich überwacht?"

„Ja. Wir befürchteten, dass Daniel dir unsere Verstecke verraten hatte und du auf die Jagd gehen würdest, sobald du deine Vorbereitungen abgeschlossen hattest. Du warst der Predator in Person, das gnadenlose Raubtier, das ohne zu zögern töten kann."

„Ich trainierte wie besessen", sagte Matze. „Der Zorn trieb mich an, obwohl ich überhaupt nicht wusste, was ich tun würde, wenn ich erst mal gut genug im Messerkampf sein würde. Als ich ein guter Messerwerfer geworden war, war mein Zorn verraucht. Nur Schmerz und Trauer blieben zurück. Wenn ich gewusst hätte, wie es damals wirklich war ..." Er ließ den Satz offen.

„Vielleicht wäre es besser gewesen, wenn wir Clanmenschen mit dir gesprochen hätten", sagte Bernhard. „Doch wir empfanden nur Furcht und Ablehnung dir gegenüber." Er seufzte. „Dabei warst du Daniels Liebmensch!"

Matze blieb stehen. „Lass uns all den Hader vergessen", bat er. „In Zukunft sollen keine Missverständnisse mehr zwischen uns stehen. Wir haben Fehler gemacht. Lass uns aus unseren Fehlern lernen." Er reichte Bernhard die Hand. Bernhard schlug ein.

„Komm", sagte er und führte Matze tiefer in den Wald.

„Moment mal!", rief Matze. „Das ist doch ...!" Er schaute sich um. „Ich kenne diesen Wald wie meine Westentasche. Ich habe hier buchstäblich an jeden Baum gepinkelt, aber diesen Weg, auf dem wir gehen, den gibt es nicht!"

„Die Nacht hat viele Wege", sprach Bernhard. „Du wirst schweigen." Das war keine Frage, das war eine Feststellung. Matze nickte.

„Ich weiß jetzt, dass du ein guter Mensch bist", fuhr Bernhard fort. „Wir werden voneinander lernen. Frank Reuter sagte mir, dass du viele Fragen hast."

„Mehr als die Sterne", sagte Matze.

Bernhard blieb stehen. „Du hast noch immer die Neugier und Wissbegier eines Kindes. Ich werde all deine Fragen beantworten. Doch jetzt will ich dich alleine weitergehen lassen. Deine Leute können diesen Weg nicht gehen. Nur dir steht er offen, solange du in Frieden kommst. Du kannst diesen Weg sogar gehen, wenn der brennende Mordstern am Himmel steht. Du bist der Einzige auf dieser

Welt, der den Platz bei Tag sehen kann."

„Welchen Platz?", fragte Matze.

„Geh!", sprach Bernhard. „Du wirst verstehen, Matze Tintenfess." Er machte eine Pause.

„Er war mein Sohn", sagte er dann.

„Das wusste ich nicht", flüsterte Matze.

„Er hatte seine Mutter verloren. Sie starb an einer schweren Krankheit. Sie war sein Liebmensch. Nach ihrem Tod war Daniel ohne Orientierung. Niemand vermochte ihn zu trösten. Du konntest es. Du gabst meinem Sohn den Lebensmut zurück, und ich wollte euch trennen. Was gäbe ich darum, wenn ich die Zeit zurückdrehen könnte!"

„Wieso trägst du einen anderen Namen?"

„Hardenbrunn ist die weibliche Linie der Familie. Nach Daniels Tod war es mir nicht erlaubt, ihn länger zu tragen."

„Wir liebten einander wie Brüder", sagte Matze. „Ich liebe ihn immer noch."

„Ich weiß", sagte Bernhard. „Geh deinen Weg zu Ende, Matze Tintenfess. Ich lasse dich jetzt allein." Der Clanmann verschwamm mit der Nacht.

Matze folgte dem Pfad. Nach wenigen Minuten öffnete sich der Wald zu einer großen, kreisrunden Lichtung, einer Mulde von hundert Metern im Durchmesser, dicht mit niedrigem Gras bewachsen, das im Mondlicht wie ein Pelz aus Silber aussah. Tausende Blumen standen auf der Wiese. Im Zentrum der Lichtung erhob sich ein kleiner Hügel, auf dem ein mannshoher Stein stand.

Matze betrat die mondbeschienene Lichtung.

„Vergissmeinnicht", flüsterte er. „Und Waldveilchen. Daniels Lieblingsblumen, weil sie sich bei Nacht nicht völlig schließen."

Er spürte ein wehmütiges Ziehen im Herzen, als er den Hügel in der Mitte der Mulde betrat. Neben dem Stein ließ Matze sich auf dem Boden nieder. Seine

Rechte lag auf dem Stein, seine linke Hand spielte mit dem silberglänzenden Gras.

Hier also ruhst du, Freund, am schönsten Ort der Welt. Du hättest dich gefreut über das, was in den letzten Wochen geschehen ist. Friede kehrte ein zwischen unseren Rassen. Noch sind die Bande dünn und verletzlich, aber wir werden sie stark und fest machen.

Eine einzelne Träne lief Matze Tintenfess über die Wange.

„Dies ist nicht das Ende, mein Freund. Dies ist erst der Anfang!"

Er las die Inschrift auf dem Stein:

„Er kam zu uns im Mai 1961

Er ging von uns im September 1978

Er ging, weil er seinen Freund mehr liebte als das Leben

Nie werden wir seinen Namen vergessen!

Daniel Hardenbrunn von Kestrel-Lorraine"

E N D E

Printed in Poland
by Amazon Fulfillment
Poland Sp. z o.o., Wrocław